Andrea

GOLDMANN

Buch

Lorraine Page war früher einmal eine von allen geschätzte Kollegin auf der Pasadena Police Station. Doch seit dem Tod ihres Partners Lubrinski ist sie nicht mehr dieselbe. Sie hat völlig den Halt verloren. Als sie schließlich im Vollrausch einen vollkommen unschuldigen Jungen erschießt, bricht die Katastrophe über sie herein. Innerhalb kürzester Zeit verliert sie alles: Mann, Kinder und Job.

Lorraine erlebt die Hölle. Und gerade jetzt, in dieser schwierigen Zeit, stößt sie auf einen neuen Fall: Ein brutaler Serienmörder versetzt die Gegend in Angst und Schrecken – und Lorraine ist dem Killer auf der Spur. Zunächst gibt sie ihrem ehemaligen Kollegen Rooney, der inzwischen Captain geworden ist, anonyme Hinweise. Rooney ist verantwortlich für den Fall des »Hammermörders« und kann Hilfe gut gebrauchen. Doch für Lorraine wird der Fall mehr und mehr zu einer Frage der Ehre. Sie ermittelt auf eigene Faust – und kann Rooney schließlich die alles entscheidenden Hinweise geben…

Autorin

Lynda La Plante, 1946 in Liverpool geboren, war Schauspielerin, bevor sie mit dem Schreiben begann. Ihr erster Roman, *Der Fluch der schwarzen Steine,* wurde ein Bestseller. Außerdem schrieb sie das Drehbuch zu der preisgekrönten dreiteiligen Fernsehserie *Heißer Verdacht*, in deren Mittelpunkt die von Helen Mirren gespielte Polizistin Jane Tennison steht.

Außerdem bei Goldmann erschienen

Bella Mafia. Roman (42808)
Der Fluch der schwarzen Steine. Roman (42020)
Heißer Verdacht 1. Roman (42218)
Heißer Verdacht 2. Roman (42489)
Heißer Verdacht 3. Roman (43059)

LYNDA LAPLANTE

ZWEI LEBEN HAT DIE KATZE

ROMAN

Deutsch von
Regina Winter

GOLDMANN VERLAG

Die englische Originalausgabe erschien 1994 unter dem Titel
»Cold Shoulder« bei Macmillan, London.

Umwelthinweis:
Alle bedruckten Materialien dieses Taschenbuches
sind chlorfrei und umweltschonend.
Das Papier enthält Recycling-Anteile.

Der Goldmann Verlag
ist ein Unternehmen der Verlagsgruppe Bertelsmann

Deutsche Erstausgabe 2/96

Umschlaggestaltung: Design Team München
Umschlagfoto: TIB/Sikota, München
Satz: Uhl + Massopust, Aalen
Druck: Elsnerdruck, Berlin
Verlagsnummer: 43145
Lektorat: Martina Klüver
Herstellung: Ludwig Weidenbeck
Made in Germany
ISBN 3-442-43145-X

1 3 5 7 9 10 8 6 4 2

Für Betina Soto Acebal,
mit herzlichem Dank

Los Angeles, 12. April 1988 Es war dunkel, die Gasse nur vom flackernden Neonlicht der Hauptstraße erhellt; nicht eine einzige der Lampen über den diversen Hinterausgängen funktionierte. Der Junge rannte. Er trug eine schwarze Bomberjacke mit einem knallgelben Blitz auf dem Rücken, glänzende, schwarze, knielange Hosen und Turnschuhe mit flatternden Schnürsenkeln und heraushängender Lasche.

»Stehenbleiben – Polizei!«

Der Junge rannte weiter.

»Stehenbleiben – Polizei!«

Er hatte schon die Hälfte der Gasse hinter sich gebracht und wich mit einer tänzerischen Bewegung einer Mülltonne aus. Das Blinken einer rosafarbenen Leuchtreklame verlieh ihm etwas Unheimliches, und der Streifen auf seinem Rücken sah fast wie ein echter Blitz aus.

»Polizei – *Hände hoch!*«

Der Junge drehte sich um, in der rechten Hand eine Neun-Millimeter-Pistole, und Lieutenant Page feuerte sechs Schüsse aus ihrer .38er ab. Bam-bam-bam-bam-bam-bam. Der Junge kippte nach vorn, dann in einer halben Drehung nach rechts; er riß den Kopf zurück und breitete die Arme aus, dann stürzte er zu Boden. Sein langes, dunkles Haar fiel ihm über die Schultern, sein Körper zuckte und erschauderte noch einmal, dann regte er sich nicht mehr.

Lieutenant Page trat auf ihn zu, wobei sie automatisch die Achtunddreißiger wieder lud. Sergeant William Rooney rief ihr zu, zurückzubleiben und die Waffe einzustecken. Dann schob er sich an ihr vorbei, und als er sich hinhockte, verdeckte sein dicker Hintern ihr die Sicht.

»Gehen Sie in den Wagen zurück, Lieutenant.«

Lorraine Page tat, was man ihr gesagt hatte. Schaulustige hatten sich auf der Straße versammelt. Zwei Uniformierte versperrten den Eingang zur Gasse.

Sergeant Rooney schwitzte, als er vorsichtig die Waffe einpackte, bevor er sie dem Jungen aus den blutigen Fingern nahm. Er starrte einen Moment lang das tote Gesicht an, dann ging er langsam zum Streifenwagen zurück. Er beugte sich vor und zeigte Lorraine etwas, das er in sein rotzfleckiges Taschentuch gewickelt hatte. »War das die Waffe, Lieutenant?«

Die Neun-Millimeter-Pistole war ein rechteckiger, flacher, silbriger Sony Walkman. Drinnen lag ein altes Guns'N Roses-Band. Axl Rose hatte gerade »Knockin' on heavens's dooaaar« gegrölt…

Lorraine Page wandte sich ab. Rooneys dickes Gesicht war zu nah, und er schnupperte wie ein Tier, weil er es wußte und es riechen konnte. »Fahren Sie zurück zum Revier – und werden Sie verflucht noch mal wieder nüchtern.«

Der Umkleideraum war leer und roch nach Schweißfüßen. Lorraine hatte den Wodka in ihrem Spind versteckt. Schon die Kühle der Flasche zu spüren, beruhigte ihre zum Zerreißen gespannten Nerven. Sie lehnte sich ans Waschbecken, machte nicht einmal den Versuch, die Flasche zu verbergen, und trank wie eine Verdurstende in der Wüste, bis nichts mehr übrig war. Plötzlich war das Waschbecken glatt und der Boden uneben, er bewegte sich unter ihr, und die lange Bank an der Wand gegenüber schien ein guter Platz zu sein, sich darunter zu verkriechen.

Eine Viertelstunde später trat Sergeant Rooney die Tür auf. »Lieutenant? Sind Sie hier?« Er watschelte an der Spindreihe entlang. »Der Captain will Sie sehen. Sofort.«

Sie lag unter der Bank, dicht an der Wand; ihr Rock war hochgerutscht, einen Schuh hatte sie verloren, in ihrer Strumpfhose war eine breite Laufmasche. Sie hatte den Kopf auf den Arm gelegt, ihr dünnes blondes Haar verbarg ihr Gesicht. Den anderen Arm hatte sie weit ausgestreckt. Rooney stieß ihre Hand mit der Spitze seiner schwarzen, kreppbesohlten Schuhe an. »Lieutenant!«

Er bückte sich schnaufend und riß ihr grob das Haar zurück. Sie war nicht mehr bei Bewußtsein, ihr Mund stand ein wenig offen, und sie atmete tief und angestrengt. Sie war eine schöne Frau, ihre feinen blonden Wimpern zart wie die eines Kindes, ihre Wangenknochen ausgeprägt und ihre Nase vollkommen gerade. Selbst sturzbesoffen war Lieutenant Lorraine Page noch eine tolle Frau.

Rooney erhob sich und schob ihren Arm mit dem Fuß dichter an ihren Körper. Sie stöhnte und rollte sich zusammen. Rooney nahm die leere Flasche aus dem Waschbecken und kehrte dann in Captain Mallorys Büro zurück.

»Haben Sie sie gefunden?«

»Ja. Sie ist vollkommen hinüber, liegt auf dem Boden; sie muß eine Flasche im Spind gehabt haben.«

Rooney stellte sie auf den Schreibtisch und zuckte mit den Achseln. »Sie säuft, und das schon ziemlich lange. Ich dachte, sie hätte es noch unter Kontrolle... Sie hatte immer eine Ausrede – Sie wissen schon, Eheprobleme, das Übliche...«

Captain Mallory starrte aus dem Fenster, dann seufzte er. »Bringen Sie sie hier weg, ja? Nehmen Sie ihr die Marke und die Waffe ab und sagen Sie ihr, sie soll sich hier nie wieder blicken lassen.«

Lorraine räumte nicht einmal ihren Spind aus; das taten andere für sie. Sie nahmen ihr den Schlüssel ab, ihre Waffe und die Marke. Rooney brachte sie nach draußen; sie war zu betrunken, um zu verstehen, was geschah. Er hatte sie am Ellbogen gepackt und schob sie grob vor sich her. Der Reißverschluß an ihrem Rock war aufgegangen, ihr Unterrock war zu sehen, und wenn Rooney sie nicht gehalten hätte, wäre sie mehrmals hingefallen. Sie stieß sich beim Einsteigen den Kopf an, obwohl er sie gewarnt hatte. Sie lachte, und er knallte die Tür des Streifenwagens so fest zu, daß das ganze Auto wackelte.

»Sie finden das komisch? Ich hoffe, Sie können heute nacht schlafen, Lieutenant. So tief wie der Junge, den Sie auf dem Gewissen haben. Und jetzt schafft sie verdammt noch mal hier weg...«

Als der Streifenwagen vom Hof fuhr, brachte man gerade die Mutter des Jungen aufs Revier. Man hatte ihr nur gesagt, ihr Sohn sei erschossen worden, als er sich bei einer Drogenrazzia der Verhaftung entziehen wollte.

Zwei Wochen später war Lieutenant Lorraine Page offiziell nicht mehr im Polizeidienst. Man hatte keine Disziplinarmaßnahmen eingeleitet. Sie hatte ihren Rentenanspruch verloren, aber die Presse erfuhr nie von ihrer erzwungenen Kündigung, ebensowenig wie Tommy Lee Judds Eltern den Namen der Polizistin erfuhren, die sechs Schüsse auf ihren vierzehnjährigen Sohn abgefeuert hatte. Bei der Voruntersuchung hieß es, der Junge habe eine dreimalige Aufforderung stehenzubleiben ignoriert. Er war zwei Jahre zuvor schon einmal festgenommen worden, weil er mit Crack gehandelt hatte, aber die Aussage seines Bewährungshelfers, er sei die letzten sechs Monate sauber gewesen, fiel unter den Tisch. Der Tod des Jungen wurde zu den Akten genommen, und die Akten kamen ins Archiv. Nirgendwo wurde erwähnt, daß der Junge unbewaffnet gewesen war und man ihn mit einem anderen Verdächtigen verwechselt hatte – oder daß die Polizistin, die ihn erschossen hatte, vom Dienst suspendiert worden war und der Polizei inzwischen nicht mehr angehörte.

Tatsächlich war es so, als hätte Lieutenant Page nie existiert, und als sich der Fall herumsprach, redete niemand mehr, der je mit ihr Dienst getan hatte, ein Wort mit ihr. Man zeigte ihr die kalte Schulter. Sie hatte ihr Abzeichen entehrt, ihren Rang und ihre Stellung: Sie war im Dienst betrunken gewesen, und ein Vierzehnjähriger war gestorben. Alle hielten zusammen – sie wollten nicht Lorraine schützen, sondern sich selbst.

Zwölf Jahre Dienst, zwei Belobigungen und eine Personalakte, auf die jeder Officer, Mann oder Frau, hätte stolz sein können – und nun war es vorbei. Niemand machte sich die Mühe herauszufinden, was aus Lieutenant Lorraine Page geworden war.

Nach der Schießerei, als man sie ohne viel Federlesens vor ihrer Haustür abgesetzt hatte, war sie ins Haus gewankt und hatte sich aufs Bett fallen lassen. Mike, ihr Mann, wußte, daß sie Nachtschicht hatte und hatte ihren beiden Töchtern bereits Frühstück gemacht und sie zur Schule gebracht. Die Babysitterin, Rita, holte die Kinder ab und brachte sie nach Hause. Lorraines Schichtplan zufolge sollte sie nun zwei Tage frei haben. Rita wäre geblieben, um den Mädchen ein Mittagessen zu machen, aber die kleine Julia, erst sechs Jahre alt, rief laut »Mommy, Mommy«, und die vierjährige Sally begann, ihr Spielzeug zusammenzusuchen, weil sie es ihrer Mutter bringen wollte.

»Ist eure Mommy denn zu Hause?« fragte Rita überrascht.

»Ja, im Bett«, meinte Julia.

Rita klopfte an die Schlafzimmertür und spähte ins Zimmer. Lorraine lag auf dem Bauch, ein Kissen über dem Kopf. »Mrs. Page? Kann ich jetzt gehen?«

Lorraine schob das Kissen weg. »Ja, ja, danke, Rita.«

Julia kletterte aufs Bett. Sie hatte ein paar Puzzleteile dabei und etwas, was ein klirrendes Geräusch von sich gab, das sich wie ein Messer in Lorraines schmerzenden Kopf bohrte.

»Mummy, können wir uns das Puppentheater ansehen?«

»Mummy, ich muß mal Pipi.« Sally zupfte an der Bettdecke.

»*Mummy*, können wir uns das Puppentheater ansehen?« wiederholte Julia, während Lorraine sich langsam aufsetzte.

»Mummy, ich *muß* Pipi!«

Lorraine mußte sich am Nachttisch festhalten, um stehen zu bleiben. Sie brachte ihre Tochter ins Bad und half ihr auf die Toilette. »Ich hab' die Hose noch an«, jammerte die Kleine.

Nach einem kräftigen Schluck Wodka fühlte Lorraine sich nicht mehr so fahrig und erschöpft. Sie setzte die Kinder vor den Fernseher, trank noch ein paar Schluck und nahm drei Aspirin, damit sie sich baden und ordentlich anziehen konnte. Als Mike aus dem Büro kam, war die Küche aufgeräumt, das Bett gemacht, und Lorraine sah, frisch geschminkt, recht präsentabel aus. Sie trug ein Hauskleid aus Baumwolle und spähte gerade in den Kühlschrank, um zu überlegen, was sie kochen sollte, als die Haustür zufiel und Mikes übliches: »Hi, Schatz, da bin ich!« zu hören war. Er ließ die Aktentasche fallen, trat lächelnd hinter seine Frau, legte die Arme um sie und umfaßte ihre Brüste.

»Wir haben noch ein bißchen Zeit, bevor sie kommen.«

Lorraine löste sich von ihm. »Wer?«

Er ging wieder zum Tisch, um die Aktentasche aufzuheben. »Donny und Tina Patterson. Ich habe gesagt, wir essen hier und gehen dann ins Kino. Rita wollte sich um die Kinder kümmern.«

Sie schloß die Augen.

»Du hast es doch nicht vergessen, oder? Ich habe es aufgeschrieben, es steht im Kalender.«

»Ja, in Ordnung. Hast du eingekauft?«

Mike starrte sie an. »Du hast doch gesagt, du würdest heute früh auf dem Rückweg vom Revier einkaufen.«

»Tut mir leid, das habe ich vergessen. Ich gehe und hole noch was.«

»Vergiß es«, knurrte er und ging ins Schlafzimmer.

Sie folgte ihm. »Das ist doch kein Problem, dauert höchstens zwei Minuten. Ich ziehe mich an und ...«

Er lockerte den Krawattenknoten. »Bestell irgendwas. Neben dem Telefon liegt eine Liste von Restaurants, die ins Haus liefern.«

Sie rieb sich den Arm. »Gibt es auch was, worüber du keine Listen machst, Mike?«

Er starrte sie wütend an. »Ja, und du weißt genau, was es ist. Wir haben seit einem Monat nicht mehr miteinander geschlafen – soll ich mir das auch noch notieren? Um rauszufinden, wann es dir paßt?«

Sie verließ das Zimmer; sie wollte keinen Streit anfangen, weil die Kinder gerade hereingestürmt kamen, um sich auf ihren Vater zu stürzen. Er wirbelte sie herum und balgte sich mit ihnen auf dem großen Bett. Dann duschte er und zog sich um, badete die Kinder, kämmte sie und ließ sie ihre Schlafanzüge anziehen. Erst als beide Mädchen im Bett waren, jeweils mit ihrem Lieblingsstofftier versehen, kam er wieder in die Küche. Lorraine saß am Tisch und trank Kaffee.

»Möchtest du ihnen Gute Nacht sagen?«

»Sicher.« Sie stand auf, stieß sich dabei an der Tischkante und lächelte verlegen. Sobald sie draußen war, sah er in den Kühlschrank. Ein Blick auf die Flasche genügte.

»Hast du etwas zu essen bestellt?«

Lorraine schmuste mit Sally. Er wiederholte seine Frage, und sie seufzte. »Ja, ja, die Pizzas müssen jeden Augenblick kommen.«

»Pizzas?« fragte er ungläubig. Donny Patterson war sein Chef in der Anwaltspraxis; Mike hätte ihm gern etwas Besonderes vorgesetzt, aber dann ging er und deckte den Tisch. Er konnte hören, wie Lorraine den Mädchen vorlas – sie kicherten laut; Lorraine konnte sehr witzig sein. Mike nahm die besten Kristallgläser und Untersetzer aus dem Schrank und polierte noch einmal schnell das Silber. Dann machte er einen Salat. Er ging so methodisch vor wie immer, schnitt jede Tomate sorgfältig, wusch den Kopfsalat und den Sellerie.

»Ziehst du dich jetzt um?« rief er, immer die Uhr im Blick.

Lorraine lag auf dem Bett und hatte die Augen geschlossen. Mike holte sich ein Hemd aus dem Kleiderschrank und ein paar legere Hosen. Er zog sich teuer und stilvoll an, ein Zeichen seines Erfolgs. Er hoffte, in der Kanzlei Partner zu werden, und er wußte, daß diese Hoffnungen nicht unberechtigt waren.

»Woran arbeitest du denn im Moment?« fragte sie, reckte sich und gähnte.

»Am Fall Coleridge. Sieht so aus, als könne er sich ohne viel Aufhebens scheiden lassen, und es ist sehr wahrscheinlich, daß er das Sorgerecht für die Kinder bekommt.«

»Wirklich?« sagte sie, aber ohne echtes Interesse.

Er hielt ein Hemd hoch. »Gefällt es dir?«

»Ja.«

»Was ziehst du denn an?«

Sie setzte sich auf. Ihr war nicht nach Besuch, von Kino oder Abendessen mit zwei eingebildeten, ehrgeizigen Mittelklassesnobs gar nicht zu reden. »Ach, vielleicht mein Chanelkleid, oder das von Armani. Ich weiß nicht, Mike, ich habe Kopfschmerzen.«

»Möchtest du ein Aspirin?«

»Nein, ich denke, ich dusche lieber.«

Er zog sie an sich. »Die Pattersons sind wichtig für mich, Schatz, ja?«

Sie gab ihm einen Kuß und lehnte den Kopf an seine Schulter. »Ich verspreche, ich werde ein braves Mädchen sein.«

Er strich ihr über die Wange. Es erstaunte ihn immer wieder, wie sehr sie ihn erregte. Er bewunderte ihr Aussehen, ihren großen, schlanken Körper. »Geht es dir gut? Gab es letzte Nacht Schwierigkeiten?«

Sie schmiegte sich enger an ihn. Hatte es Schwierigkeiten gegeben? Die verzerrte Erinnerung verursachte ihr körperliche Schmerzen, und sie stöhnte leise, ein halbes Schluchzen, was er als Zeichen der Begierde deutete. Er schob ihr Kleid von den Schultern, küßte ihren Hals.

»Ich ziehe mich lieber um.« Sie trat einen Schritt zurück.

»Was ist los, Lorraine?«

Sie seufzte, schüttelte den Kopf. »Nichts, Mike. Ich glaube, ich bin einfach müde.«

Er hörte, wie sie die Dusche aufdrehte, und zog sich langsam an. Als er nach den Manschettenknöpfen griff, fiel sein Blick auf das Foto von Lorraine und ihrem ehemaligen Partner, einem dunkelhaarigen, trübsinnig dreinschauenden Burschen. Lorraine hatte ihn immer beim Nachnamen genannt, Lubrinski. Seit seinem Tod hatte sie sich verändert, war unzugänglich geworden. Mike hatte vergeblich versucht, mit ihr darüber zu reden, aber sie wollte nicht einmal mehr Lubrinskis Namen hören. Mike hatte kein Wort gesagt, als sie das Foto im Silberrahmen aufgestellt hatte, nachdem der Mann erschossen worden war. Er hatte versucht, sie zu ein paar Wochen Urlaub zu überreden, aber sie hatte sich geweigert. Statt dessen, das wußte er, hatte sie um mehr Überstunden und besonders um Nachteinsätze gebeten.

Lubrinski schien sich mit seinem müden, lakonischen Lächeln über ihn lustig zu machen, obwohl Mike sicher war, daß die beiden nichts miteinander gehabt hatten. Sie hatte ihn bewundert, das wußte Mike. Ihm selbst war Lubrinski bei ihren wenigen Begegnungen schüchtern und wortkarg vorgekommen.

Lorraine kam aus der Dusche, in ein Handtuch gewickelt, ein weiteres hatte sie sich ums nasse Haar geschlungen.

»Möchtest du ein Aspirin, Liebling?«

»Ja, danke.«

Der Fön erschien ihr schwer wie Blei. Sie wollte sich nur noch hinlegen und schlafen.

Mike reichte ihr ein Glas Wasser und zwei Aspirin. Er küßte sie auf den Scheitel; ihr Haar war zu einem weichen Pagenkopf geschnitten, der ihr herzförmiges Gesicht betonte. »Sie werden mir bald die Partnerschaft anbieten«, sagte er und setzte sich auf die Bettkante. »Dann haben wir erheblich mehr Geld, und du brauchst nicht mehr zu arbeiten.«

Methodisch rieb sie sich das Gesicht mit Grundierung ein; ein Klecks davon war noch auf ihrer Nase zu sehen. »Wann wirst du es erfahren?«

»Na ja, dieser Coleridge-Fall wirkt sich sehr positiv aus. Coleridge ist ein einflußreicher Mann, und er hat gesagt, er wird mich seinen Freunden empfehlen.«

»Wollen die sich jetzt auch alle scheiden lassen?« Er lachte, und sie tauchte den Pinsel in den Puder und tupfte sich die Wangen. »Ich dachte, du wolltest dich auf Strafrecht spezialisieren.«

»Das hatte ich vor, und vielleicht mache ich es auch noch, aber es ist gut, in allen Bereichen Erfahrungen zu sammeln. Und außerdem ...«

»Bringen Scheidungen mehr ein, nicht wahr?«

Mikes Stimme wurde schneidend: »Ist das so schlecht? Gefällt dir diese Wohnung etwa?«

»Ja, natürlich.«

»Nun, ich werde bald erheblich mehr verdienen. Dann kaufen wir uns ein Haus in Santa Monica, direkt am Strand.«

»Oh, gehen die Geschäfte so gut?«

Wieder lachte er. »Es wird noch ein paar Jahre dauern, aber Donny glaubt offenbar, daß ich es weit bringen werde. Wenn ich mich hier so umsehe, kann ich kaum glauben, wie wir mal angefangen haben.« Er nahm sie in die Arme. »Und ich werde nie vergessen, wie es damals war. Wenn du nicht gewesen wärst ...«

Sie lächelte und legte zartes Rouge auf. Die Zeiten, in denen er Tag und Nacht studiert und dazwischen jede Art von Job angenommen hatte, lagen lange zurück.

»Wir werden auch mehr Zeit füreinander haben.«

Lorraine legte den Rougepinsel aus der Hand. »Wenn ich mit der Schürze am Herd stehe?«

»Ich meine meine Zweifel, daß es je so weit kommen wird, Liebling, aber du weißt, daß wir auch daran denken sollten, und vielleicht an einen Urlaub? Wenn du mir sagst, wann du das nächste Mal länger frei hast, kann ich mit Donny reden …«

Sorgfältig zog sie die Konturen ihrer Lippen nach, ihre hellblauen Augen starrten sie aus dem Spiegel an. »Ich werde mit Rooney sprechen.«

Es klingelte, und Mike eilte zur Haustür. Die Pizza wurde gebracht. Sie hörte ihn telefonieren und mit Rita besprechen, wann sie kommen würde. Mike, der Methodische! Mike, der Aufsteiger, war ihr so fremd geworden – sie hatte das Gefühl, ihn schon lange verloren zu haben.

Lorraine starrte das verschwommene Foto Lubrinskis an. Sie berührte sein Gesicht mit der Fingerspitze. Es schien sich zu einem Lächeln zu verziehen – aber das war unmöglich, er würde sie nie wieder anlächeln. Lubrinski war tot; er war in ihren Armen gestorben, und manchmal hatte sie das Gefühl, *sie* wäre tot. Nichts schien mehr wirklich zu sein; diese Wohnung, all die schicken neuen Möbel und Geräte, mit denen Mike sie ausgestattet hatte. Er hatte den Umzug komplett organisiert, bis hin zu den Vorhängen. Lorraine hatte die alte Wohnung gemocht, obwohl sie den Kinderwagen drei Stockwerke hochschleppen mußte. Manchmal erschöpfte Mikes Energie sie regelrecht, und in der letzten Zeit war sie immer müde gewesen. Sie hatte mit niemandem im Haus Kontakt und kannte nicht einmal die Leute, die auf derselben Etage wohnten.

Wieder klingelte es an der Tür, und sie konnte hören, wie Mike die Gäste begrüßte. Sie blieb noch sitzen, brachte einfach nicht die Energie auf, sich dazuzugesellen. Sie zog eine Flasche aus der untersten Schublade des Frisiertischs. Nur ein paar Schluck, das war alles, was sie brauchte.

Donny und Tina standen in der Küche und schwatzten, während Mike den Wein entkorkte. Tina Patterson sah aus, als wollte sie zu einer Premiere gehen und nicht nur ins Kino. Sie küßte Lorraine auf beide Wangen, und Donny begrüßte sie mit einem festen, vertrauenerweckenden Händedruck. Mike scheuchte alle ins Eßzimmer und schenkte Wein ein. Er kümmerte sich um alles – bot den Gästen Plätze an, brachte die Teller mit Pizza herein, entschuldigte sich für das unkomplizierte Essen, weil Lorraine erst vor kurzem vom Dienst gekommen sei.

Sie saß da und nippte an ihrem Wein. Sie konnte die Pizza nicht ansehen; schon von den leuchtenden Farben wurde ihr übel. Sie sprachen über den Coleridge-Fall. Donny legte ständig die Hand auf Mikes Schulter, in einer Art und Weise, die Lorraine ärgerte, genauso wie der Anblick von Tinas zarten Händen mit den rotlackierten Nägeln. Sie verursachten klickende Geräusche, wenn Tina ein winziges Stück Pizza vom Teller nahm, um es zwischen die wohlgeformten Lippen zu schieben. »Wenn man dich ansieht, Lorraine, würde man nie glauben, daß du bei der Polizei bist; es ist einfach verblüffend.«

Lorraine zwang sich zu einem Lächeln, und Mike griff nach ihrer Hand. »Ich bin so stolz auf meine Frau. Wißt ihr, sie ist schon zweimal für ihren Mut ausgezeichnet worden.«

Er sprang auf, ging zum Regal und kehrte mit zwei gerahmten Fotos zurück. Lorraine in Uniform mit Präsident Reagan und ein Gruppenbild, das sie zusammen mit den in diesem Jahr ausgezeichneten Polizisten zeigte. »Lorraine hat den Mörder dieses kleinen Mädchens erwischt, das damals in der Kanalisation gefunden wurde, erinnert ihr euch? Der Hausmeister hatte die Kleine umgebracht, und sie hat ihn erwischt.«

Tina gab angemessen bewundernde Laute von sich und riß die Augen weit auf. Lorraine leerte ihr Glas; sie brauchte mehr zu trinken. »Ich setze Kaffee auf«, sagte sie und erhob sich vom Tisch. Sie nahm den Wodka aus dem Kühlschrank und trank aus der Flasche. Sie hatte sie gerade wieder zurückgestellt, als Tina mit einem Stapel schmutziger Teller hereinkam. »Männergespräche. Kann ich dir helfen?«

Lorraine lachte. Sie fühlte sich besser; Wein und Wodka hatten sie entspannt. Tina begann, die Spülmaschine einzuräumen.

»Macht es dir etwas aus?«

»Was?«

»Wenn du in einem Mordfall ermittelst; macht es dir etwas aus?«

»Ja.« Lorraine schaltete die Kaffeemaschine ein.

»Geht es dir unter die Haut?« wollte Tina wissen. Sie wusch sich die Hände. »Ich weiß immer, wenn Donny an einem schwierigen Fall arbeitet – er ist dann so niedergedrückt. Er trainiert in einem Fitneßstudio, um die Spannung loszuwerden, aber… dieser Fall mit dem kleinen Mädchen… das muß schrecklich gewesen sein.«

Lorraine holte ein Tablett. »Sie war erst sechs, und sie hieß Laura Bradley. Sie war gefoltert und vergewaltigt worden, und sie hatte ein Gesicht wie ein Engel. Ja, es ist mir unter die Haut gegangen.«

Tina zog die Schultern hoch. Lorraine stellte das Geschirr aufs Tablett, jede Tasse ganz präzise auf die Untertasse. »Eine ganze Zeit danach war ich schrecklich besorgt wegen der Mädchen, hatte Angst, es könnte ihnen etwas Ähnliches passieren. Man wird es nie wieder los. Man glaubt es vielleicht, aber es stimmt nicht.«

Sie drehte sich um, aber Tina hatte die Küche bereits verlassen. Lorraine konnte sie nebenan hören.

»Jungs, jetzt reicht es: Keine Fachgespräche mehr, jetzt geht's ins Kino! Wir wollen uns doch ein bißchen amüsieren!«

Das Vorprogramm im Kino dauerte so lange, daß Lorraine sich entschuldigte und behauptete, sie müsse auf die Toilette. Sie brauchte noch etwas zu trinken. Sie hatte nur vor, schnell in die nächste Bar zu gehen und einen zu kippen, bevor der Film begann.

Als sie mitten im Film immer noch nicht zurückgekommen war, machte Mike sich auf die Suche nach ihr. Er rief Rita an und fragte, ob Lorraine zu Hause war; war sie nicht. Zurück im Kino, erklärte er den Pattersons, daß Lorraine sich entschuldigen ließe, aber sie fühle sich nicht wohl und sei lieber nach Hause gegangen, als ihnen den Abend zu verderben. Es war nach elf, als Mike nach Hause kam. Er überprüfte Lorraines

Schichtplan: Demnach hatte sie zwei Tage frei, aber er rief zur Sicherheit noch einmal im Revier an. Er wurde zu Bill Rooney durchgestellt.

Nach dem Anruf lief er unruhig in der Wohnung auf und ab, setzte sich erst in die Küche, dann ins Wohnzimmer, wo er zwischen den Fernsehkanälen hin- und herschaltete. Er schaute nach den Kindern. Er wartete, bis er schließlich auf dem Sofa einschlief. Stunden später weckte ihn schrilles Gelächter, und er stand auf und ging zum Fenster.

Lorraine stand draußen auf dem Bürgersteig und zahlte ihr Taxi. Zwei Leute saßen noch im Wagen. Er sah, wie sie ihre Tasche fallen ließ und gegen die Wand taumelte, bevor sie schwankend das Gebäude betrat.

Die Wohnungstür stand offen, als sie aus dem Fahrstuhl kam. Sie holte tief Luft, setzte ein Lächeln auf und trat ein. Mike packte sie am Ellbogen und zog sie in die Küche. Er schloß die Tür. »Wo warst du?«

»Ach, ich hatte noch was zu erledigen.«

»Was?«

»Jemanden verhören.« Sie bemühte sich, nicht zu nuscheln; aber ihr Blick flackerte. Er schob ihr eine Tasse Kaffee hin. »Ich bin müde.«

»Trink das, damit du wieder nüchtern wirst.«

Sie stützte den Kopf in die Hände. Mike holte sich einen Stuhl und setzte sich ihr gegenüber. »Ich weiß Bescheid, Lorraine.«

»Worüber?«

Mike sagte, er habe mit Rooney gesprochen. Sie seufzte, wandte den Blick ab und zuckte mit den Achseln. Er beugte sich vor und nahm ihre Hand. »Ich weiß von der Schießerei. Warum hast du es mir nicht erzählt?«

Sie versuchte, ihm ihre Hand zu entziehen. Er ließ sie nicht los. »Warum hast du nicht mit mir darüber gesprochen?«

Sie schob ihn weg und zog sich in sich zurück, die Hände ineinander verkrampft. Er mußte sich noch weiter vorbeugen, um sie verstehen zu können. »Da gibt es nichts zu reden, Mike.«

Er erhob sich und lief auf und ab. »Was meinst du damit, nichts zu reden?« Am liebsten hätte er sie geschlagen. »Du warst im Dienst betrunken und behauptest, darüber gäbe es nichts zu reden?«

Sie lachte leise. »Keine Beschwerden.«

Er packte ihr Haar und zog sie zurück. »Du hast einen Jungen umgebracht, Lorraine.« Sie unternahm keinen Versuch, sich zu befreien, und er stieß sie angewidert von sich. »Du hast ihn erschossen.«

Sie nickte.

Mike konnte sich kein Bild davon machen, was sie dachte; ihr Blick war glasig, und sie schien leicht zu lächeln.

»Du bist draußen, verstehst du? Du bist gefeuert! Rooney hat mir erzählt, sie hätten dir die Marke abgenommen.«

Wieder zuckte sie mit den Schultern. »Na, das sollte dich doch freuen. Ich laß mir ein paar künstliche Nägel aufkleben und verwandle mich in eine zweite Tina. Das ist es doch, was du willst, Mike? *Oder nicht?*« Ihr Gesicht war wutverzerrt. Sie kannte keine Scham – und was noch schlimmer war, keine Reue.

»Geh schlafen, Lorraine.«

Sie stolperte gegen den Türrahmen, und dann fiel sie aufs Bett. Mike zog sie nicht aus. Er hatte das Zimmer schon fast wieder verlassen, als sie etwas sagte, was von den Kissen beinahe erstickt wurde. Sie wiederholte es wieder und wieder: »Ich erinnere mich nicht, ich erinnere mich nicht, er ist tot, er ist tot, er ist tot.«

Das praktisch nur gehauchte »Geh nicht weg« hörte er nicht mehr. Bis zum Morgengrauen saß er am Schreibtisch und arbeitete an seinem Fall.

Am nächsten Morgen saß Lorraine am Küchentisch, ein Glas Whisky in der Hand. Nichts hatte mehr eine Bedeutung.

Mike setzte sich ihr gegenüber. Sie hob das Glas. »Gegen den Kater«, sagte sie.

»Was wirst du jetzt machen?«

»Meinst du die Arbeit?« fragte sie.

»Nein. Wird es eine Verhandlung geben oder was?«

»Weiß ich nicht.«

»Meiner Ansicht nach ist alles Lubrinskis Schuld. Seit du mit ihm zusammengearbeitet hast, bist du ganz anders.«

»Verdammt noch mal, Lubrinski ist tot.«

Mike beobachtete, wie sie sich nachgoß. Plötzlich sprang er auf und entriß ihr die Flasche. »Das reicht jetzt.«

Sie hielt ihm angewidert das Glas hin. Er griff danach. »Es ist erst halb zehn. Wie lange geht das schon so?«

»Was meinst du, Mike?«

Am liebsten hätte er selbst einen Schluck getrunken.

»Ich habe nur etwas gebraucht, um mich ein bißchen aufzulockern. Ich war die letzte Zeit ziemlich angespannt.«

Ihm fehlten die Worte.

»Ich habe kein Problem damit, Mike. Es ist nur ... In der letzten Zeit wird mir alles zuviel.« Sie starrte ihre bloßen Füße an. »Ich bin vollkommen fertig, und ich kann mich überhaupt nicht mehr erinnern, was gestern abend passiert ist.«

Er schluckte. »Du hast einen Jungen umgebracht, Lorraine. Sie haben dir die Marke abgenommen, dich rausgeschmissen, verstehst du das nicht?«

»Oh.« Sie klang gleichgültig, starrte immer noch ihre Füße an.

»Ich werde noch mal mit Rooney reden. Ich weiß nicht, ob Anklage erhoben wird.«

»Hast du denn schon mit Rooney gesprochen?« wollte sie wissen.

»Ja«, fauchte er. »Das habe ich dir gestern nacht erzählt. Woher sollte ich wohl sonst davon wissen? Und was glaubst du, wird Donny tun, wenn das alles in die Zeitungen kommt?«

»Donny?« fragte sie verwirrt. »Was hat der denn damit zu tun?«

»Er hat ziemlich viel mit *mir* zu tun. Ich stecke mitten in einem wichtigen Fall. Was glaubst du, wie es aussieht, wenn rauskommt, daß meine Frau nicht nur ein Kind erschossen hat, sondern auch noch im Dienst betrunken war?«

Sie rieb sich den Nacken. »Das geht niemanden was an.«

Mike schloß die Augen. »Nein? Ich fürchte, die Journalisten werden sich wie die Geier draufstürzen.«

Sie nahm sich eine Zigarette, mit zitternden Fingern. Er sah zu, wie sie versuchte, sie anzuzünden. Sie inhalierte tief. »Erinnerst du dich an früher, Mike?« Er seufzte. Sie sah ihn an, legte den Kopf schief. »Der schönste Tag meines Lebens war der, an dem du deine Prüfungen bestanden hast und ... was ist passiert, Mike? Ich habe das Gefühl, daß ich dich überhaupt nicht mehr kenne, als triebe ich irgendwo mitten im Ozean. Ich hasse, was aus dir geworden ist, aber ich habe die ganze Zeit mitgemacht, ich hatte immer das Gefühl, ich könnte nichts dagegen sagen, aber alles zwischen uns hat sich geändert. Der Erfolg ist dir wichtiger als ich.«

Mike goß sich Whisky in das Glas, das er ihr abgenommen hatte, und leerte es in einem Zug. Es war, als hätte ihm jemand den Boden unter den Füßen weggezogen. Plötzlich war alles, was ihm je etwas bedeutet hatte, mit einem Fragezeichen versehen. Er setzte sich, das Glas immer noch in der Hand. »Nichts hat sich zwischen uns geändert, nichts. Ich liebe dich. Ich habe dich immer geliebt. Also gut, ich habe in letzter Zeit viel gearbeitet, aber du auch. Du weißt, ich möchte, daß du mit der Arbeit aufhörst; glaubst du, ich hätte nicht gemerkt, unter welchem Druck du stehst? Aber du redest ja nie mit mir.«

Sie kniete sich vor ihn und legte die Arme um ihn. »Ich wünschte, es wäre wieder wie damals, als wir beide gar nichts hatten.«

»Du hattest deinen Beruf. Ich war derjenige, der nichts hatte«, entgegnete er gereizt.

»Aber weißt du auch wieso? Ich habe hart gearbeitet, damit wir ein Heim haben und du studieren kannst.«

Er küßte sie auf die Stirn. »Vielleicht hast du ja noch gar nicht gemerkt, daß ich jetzt selbst gutes Geld verdiene. Du hättest seit Jahren nicht mehr arbeiten müssen; du bekommst überhaupt nicht richtig mit, wie die Mädchen groß werden.« Sie lehnte sich an ihn, und er legte den Arm um sie. »Was immer auch passiert, wir stehen das gemeinsam durch.«

Sie gingen ins Bett und schliefen zum ersten Mal seit einer Ewigkeit wieder miteinander. An diesem Abend kochte Lorraine, sie deckte sogar den Tisch, inklusive Kerzen. Dann fing es wieder an – die Panik. Wie immer begann es mit Momentaufnahmen von Gesichtern. Lubrinski, dann Laura Bradley und nun der Junge. Ein Junge, der davonlief, mit einem gelben Blitz auf der Jacke. Sie konnte nur noch daran denken, daß ein einziger Schluck Alkohol die Angst beenden und die Bilder zum Verschwinden bringen würde. Sie würde sich nicht mehr so unbehaglich, so eingeengt fühlen. Nur ein Schluck, und alles wäre wieder gut. Also trank sie einen, und dann noch einen und noch einen.

Mike kam erst nach Mitternacht nach Hause. Er sah, daß der Tisch feierlich gedeckt war, aber das Kerzenwachs war inzwischen auf die Tischdecke getropft. In der Küche fand er zwei Weinflaschen und die Scotchflasche im Abfalleimer, leer, zusammen mit den Resten des Abendessens.

Lorraine schlief, immer noch angezogen. Er weckte sie nicht und erzählte ihr nicht, daß Donny ihm die Partnerschaft angeboten hatte. Er zog die Daunendecke unter ihr hervor und deckte sie sanft zu. Er durchsuchte die Wohnung und warf alle Alkoholika, die er finden konnte, in den Müllschlucker. Erst als er neben Lorraine ins Bett schlüpfte, sah er, daß sie das Foto Lubrinskis im Arm hielt. Als er versuchte, es ihr abzunehmen, seufzte sie und drehte sich um. Vielleicht hatte die beiden doch mehr verbunden, als er geahnt hatte.

Am nächsten Morgen war Lorraine früh auf und frühstückte mit den Mädchen. Mike hörte, wie sie lachten und sich unterhielten. Als er in die Küche kam, machten sie sich gerade auf den Weg zur Schule.

»Ich fahre sie«, meinte sie. »Du hast doch noch gar nicht gefrühstückt!«

Er griff nach den Autoschlüsseln. »Ich fahre, ja?«

»Wann kommst du zurück?«

»Ich bin heute bei Gericht, also wird es spät werden.« Er ging, ohne ihr einen Abschiedskuß zu geben, und warf die Tür hinter sich zu.

Sie machte gerade die Betten, als er anrief. Er hatte sich einen Termin beim Arzt für sie geben lassen.

»Du hast was?«

»Hör mal, Schatz, er ist einer, mit dem du reden kannst; ein Freund von Donny…«

Lorraine unterbrach ihn: »Ich brauche keinen verfluchten Seelenklempner, besonders keinen Freund von Donny. Mir fehlt nichts, was nicht mit ein paar Tagen Ruhe…«

Mike gab nicht nach. »Das sehe ich anders. Lorraine, hör zu, leg nicht auf…«

Ihre Stimme war eiskalt, ruhig und kontrolliert. »Nein, Mike, ich brauche niemanden. Ich bin nicht krank, verstehst du das? Das ist mein letztes Wort. Wir sehen uns heute abend.«

Sie rief nicht auf dem Revier an. Sie suchte in den Zeitungen nach Artikeln über den Vorfall, aber sie hatte Angst, etwas über sich lesen zu müssen. Sie hatte auch Angst, sich draußen sehen zu lassen, und die folgenden Wochen führte sie eine Art Doppelleben. Wenn Mike morgens weg war, erledigte sie die Hausarbeit und bestellte Lebensmittel, die ins Haus geliefert wurden. Wenn Rita die Mädchen heimbrachte, spielte sie mit ihnen, las ihnen vor und kochte für Mike. Er wußte, daß sie trank, aber sie leugnete es, und er sah sie nie mit einem Glas Alkohol. Er hatte keine Ahnung, daß sie den größten Teil des Tages vor dem Fernseher verbrachte, mit der Wodkaflasche in der Hand. Sie wirkte nüchtern, aber jeden Abend schaute er nach leeren Flaschen. Dabei verdrängte er auch vor sich selbst, daß sie trank, vor allem, um weiteren Streit zu vermeiden. Er bat Rita, ihm sofort Bescheid zu sagen, sollte sie Lorraine jemals trinken sehen, vor allem in Gegenwart der Kinder.

Ein paar Wochen später rief Rita ihn an. »Sie sollten lieber heimkommen, Mr. Page. Ich weiß nicht, wo sie steckt – sie hat die Mädchen alleingelassen – es hätte alles mögliche passieren können.«

Wie ein Wahnsinniger fuhr er nach Hause. Die Kinder waren fast den ganzen Tag allein gewesen. Mike bat Rita, bei ihnen zu bleiben, und verließ blind vor Wut die Wohnung. Drei Stunden lang suchte er vergeblich nach Lorraine, dann rief er zu Hause an. Rita war verzweifelt: Lorraine war zurück; sie war betrunken, nicht imstande, auch nur gerade zu stehen. Als Mike nach

Hause kam, behauptete Lorraine, sie habe an einer wichtigen Besprechung teilnehmen müssen. Sie schien ihn kaum zu hören, wenn er mit ihr sprach, und wenn er sie berührte, beschimpfte sie ihn lauthals. Dann, als habe sie Angst vor etwas oder jemandem, bat sie ihn, sie ganz fest zu halten.

Am nächsten Morgen versprach sie beschämt, so werde er sie nie wieder sehen müssen. Nie wieder würde sie auch nur einen Tropfen anrühren.

Mike versuchte, so gut wie möglich mit der Situation fertig zu werden. Er bat Rita, Lorraine nie mit den Kindern allein zu lassen. Aber es wurde schlimmer. Immer wieder stritten sie sich wegen leerer Flaschen, die er in der Wohnung fand. Dann schwor sie, sie habe sie nicht angerührt, und beschuldigte sogar Rita, die Flaschen heimlich zu verstecken.

Mike war am Ende. Er versuchte, sich in Lorraines Situation zu versetzen – sie hatte einen unschuldigen Jungen erschossen und die Arbeit verloren, auf die sie immer so stolz gewesen war –, fühlte sich schuldig und beschämt, wohingegen sie diese Gefühle nicht zu kennen schien. Wenn er ihr Vorwürfe machte, schob sie alles auf seinen beruflichen Aufstieg.

»Du hast alles verdorben. Du mußtest ja unbedingt Karriere machen, obwohl wir so glücklich waren.« Die ständige Nörgelei gab ihm das Gefühl, sie lege es darauf an, daß er sie schlug. »Du warst zu Hause, aber ich war draußen auf den Straßen. Du warst die Mutter, aber ich mußte für uns beide verdienen, ich mußte wieder raus auf die Straße, obwohl meine Brüste noch voller Milch für meine Kinder waren.«

Ganz gleich, was er sagte, sie wendete es gegen ihn. Seine Schuldgefühle wegen jener Jahre, in denen sie ihn und die Kinder ernährt hatte, erstickten in ihrem ewigen Gezänk. Er war erschöpft – er fürchtete sich jeden Abend davor, nach Hause zu kommen. Wenn sie einmal nicht miteinander stritten, flehte sie ihn an, er möge ihr verzeihen, und bat ihn, sie ins Bett zu bringen. Und dennoch: Sie war offenbar nicht imstande zu weinen.

Schließlich war es Mike, der zu Donnys Freund, dem Arzt, ging. Er mußte mit jemandem darüber sprechen. Der Arzt warnte ihn: Solange Lorraine keine Hilfe fand, würde sie Mike mit in den Abgrund ziehen. Er ermutigte ihn, sie zu verlassen, und sie so zu zwingen, ärztliche Hilfe zu suchen. Aber Mikes eigene Schuldgefühle und das Wissen, wieviel Lorraine für ihn getan hatte, hielten ihn zurück. Als ihm allerdings die Mädchen gestanden, sich vor ihrer eigenen Mutter zu fürchten, raffte er sich zu einem letzten Versuch auf.

Lorraine stimmte schließlich zu, ihn zum Arzt zu begleiten, nüchtern und ruhig. Sie verbrachte zwei Stunden in der Praxis, sprach zunächst in Mikes Gegenwart mit dem Arzt, dann allein. Danach warf sie Mike beinahe triumphierend vor, das sei reine Geldverschwendung gewesen. Ein um das andere Mal wiederholte sie, mit ihr sei alles in Ordnung.

Mike rief am nächsten Tag den Arzt an und erfuhr, daß Lorraine behaupte, keine Probleme mit ihrer Arbeitslosigkeit zu haben. Einen Bluttest hatte sie verweigert.

Sie trank weiter, und die Kluft zwischen ihnen wurde breiter und tiefer. Störrisch weigerte sie sich zuzugeben, daß etwas mit ihr nicht in Ordnung sei: Sie habe ihren Alkoholkonsum unter Kontrolle. Äußerlich blieb sie tatsächlich unauffällig, verließ die Wohnung aber nur noch selten. Mike fand immer wieder versteckte Flaschen.

Nur sechs Monate nach Lorraines Entlassung beantragte Mike die Scheidung. Er überließ ihr die Wohnung mit dem gesamten Inventar. Sie protestierte, als er auf dem Sorgerecht für die Mädchen bestand, aber ansonsten schien sie mit allem zufrieden zu sein. Er gab ihr fünftausend Dollar und versprach dreitausend pro Monat als Unterhalt. Sie war merkwürdig ruhig und gelassen, als er ihr die Papiere zum Unterschreiben brachte, und er hatte den Verdacht, sie glaube einfach nicht, daß er wirklich Ernst machte. Aber sie unterzeichnete schwungvoll und lächelte ihn an.

»Du weißt doch, was du da gerade unterschrieben hast, nicht wahr, Lorraine?« fragte Mike ruhig.

»Ja.«

Er nahm sie fest in den Arm. »Ich verlasse dich und nehme die Mädchen mit, aber du kannst mich jederzeit anrufen, wenn du mich brauchst, und ich werde alles tun, was ich kann, um dir zu helfen. Du brauchst Hilfe, Lorraine; ich will nur, daß du das endlich zugibst.« Er fühlte sich elend. Sie half ihm packen, kniete sich hin, um den Koffer zu schließen. Sie trug ein hellblaues Jeanshemd, und ihre Füße waren nackt. Ihr Haar schimmerte, als sie sich über den Koffer beugte. Mike hätte sie am liebsten in die Arme genommen und mit ihr geschlafen.

Die Pattersons kamen, um ihm mit dem Gepäck zu helfen. Die Mädchen klammerten sich an Tina; sie glaubten, sie würden in Urlaub fahren. Es hatte nur einen Nachmittag gebraucht, alles einzupacken, so wenig Zeit, nach all den Jahren, die sie zusammen verbracht hatten.

»Tina nimmt die Mädchen im Auto mit. Möchtest du dich von ihnen verabschieden?« fragte Mike.

»Nein, ich will sie nicht aufregen.« Sie hörte, wie die Mädchen fragten, ob sie zur Großmutter fuhren, und wieso Mummy nicht mitkomme. Sie hörte, wie Tina ihnen versicherte, Mummy werde sie besuchen kommen. Sie hörte Donny rufen, daß jetzt alles im Auto war. Sie hörte Mike sagen, er werde gleich runterkommen. Sie hörte, wie Rita sich verabschiedete, mit zitternder Stimme.

Mike kam in die Küche. Lorraine drehte sich um und hielt ihm ihr Glas entgegen. »Nur Milch.«

Er lehnte sich gegen den Tisch. »Ich möchte nicht gehen, Lorraine.«

»Kommt mir nicht so vor.«

»Ich liebe dich.«

Sie strich sich das Haar aus der Stirn. »Ich liebe dich auch, Mike.«

Es gab nichts mehr zu sagen. Er ging zu ihr und nahm sie in die Arme. Sie lehnte den Kopf an seine Schulter, so, wie sie es immer getan hatte. Sie roch nach Zitrone, nach frischgewaschenem Haar, und er küßte sie. Sie hatte die schönsten, klarsten blauen Augen, die er je gesehen hatte. Sie schien direkt durch ihn hindurchzusehen, aber sie lächelte.

»Versprich, daß du dir Hilfe suchst.«

»Ich komme schon zurecht. Mach dir keine Sorgen um mich, Mike.«

Donny Patterson saß im Auto. Als Mike einstieg, sah er aus, als habe er geweint.

»Alles klar, Partner?«

Mike stieg ein und putzte sich die Nase. »Ich komme mir wie ein Arschloch vor. Sie scheint überhaupt nicht zu verstehen, was passiert.«

Donny legte ihm den Arm um die Schultern. »Hör mal, Kumpel, ich habe das schon dreimal durchgemacht. Es ist nicht leicht, aber jetzt hast du's hinter dir, und bald wirst du merken, wie erleichtert du bist. Sie hat Probleme. Und du hast alles getan, um ihr zu helfen, Mike.«

»Vielleicht kommen wir ja wieder zusammen«, sagte Mike.

Donny legte Mike die Hand aufs Knie. »Allmächtiger Gott, Mike, wann begreifst du endlich? Sie trinkt, und sie hat dich mit runtergezogen. Wenn sie sich nicht um Hilfe bemüht, wirst du sie vergessen müssen, so als wäre sie tot. Glaub mir, es ist das beste. Sag dir, sie ist gestorben; das wird es dir erheblich einfacher machen.«

Mike nickte. Sein Herz war schwer wie Blei. Er schloß die Augen. »Ich habe sie geliebt«, sagte er leise.

Lorraine saß auf dem Sofa und sah fern. Es war jetzt nicht mehr nötig, die Flasche Wodka zu verstecken, die neben ihr lag. Sie konnte tun und lassen was sie wollte, sie war allein. Sie verdiente nicht, daß jemand sie liebte, das wußte sie. Sie schämte sich, weil sie nicht den Mut aufbrachte, sich die Pulsadern aufzuschlitzen. Oder lag es daran, daß sie es nicht verdient hatte, so leicht zu sterben? Sie war ihr eigener Richter, und sie verurteilte sich zur Höchststrafe.

Lorraine trank die Flasche aus und machte sich auf die Suche nach einer neuen. Sie spähte ins Schlafzimmer, sah die offenen Schranktüren, die leeren Kleiderbügel, auf denen Mikes Sachen gehangen hatten, und wich zurück. Sie entdeckte eine Flasche, die sie in der Küche versteckt hatte, und trank sie beinahe leer, bevor sie ins Kinderzimmer ging. Sie summte leise vor sich hin. Sie legte sich in Sallys kleines Bett, die Flasche an die Brust gedrückt. Sie roch den Duft ihrer kleinen Tochter in den Kissen, es war, als gäbe Sally ihr einen Kuß, sie schien ganz nah zu sein. Sie griff nach Julias Kissen und drückte es sich an die Wange. Sie rollte sich zusammen, umklammerte die Kissen.

Sie spürte, wie eine angenehm warme Decke sich langsam über ihrem Körper ausbreitete, eine weiche, babyrosa Decke, so wie die, in die sie sich als kleines Mädchen immer gewickelt hatte; die sie über die Leiche der kleinen Laura gelegt hatte. Sie spürte, wie sich ihre Brust vor Angst zusammenzog, wie sie sich anspannte. Jetzt konnte sie ihn hören. Lubrinski.

»Na, wie läuft's, Page?«

»Alles klar, Lubrinski«, sagte sie laut, erschrocken über ihre eigene Stimme. »Alles klar, Partner.« Sie runzelte die Stirn. Wer schrie denn da? Jemand schrie, hörte gar nicht mehr auf, der Krach machte sie ganz verrückt. Sie stand auf, und dann kroch sie auf allen vieren in ihr Schlafzimmer. Das Schreien hörte nicht auf. Mühsam erhob sie sich und entdeckte eine Gestalt im Spiegel des Frisiertischs. Sie drückte sich die Hände auf den Mund, um die Schreie zu unterdrücken. Das war sie selbst, *sie* schrie! Diese schreckliche Angst war nicht zu unterdrücken. Nur Lubrinskis lächelndes Gesicht, das sie vom Nachttisch her ansah, konnte sie beruhigen. Sie griff nach dem Foto. »Hilf mir, Lubrinski, um Himmels willen, hilf mir.«

»Klar, Kleines, trink einen Schluck. Was hältst du davon, wenn wir einen Zug durch die Gemeinde machen?«

»Ja, warum nicht, du alter Mistkerl?« Lorraine lachte bitter, und sie spürte, wie sie sich wieder aufrichtete, wie die Panik wich.

An diesem Abend ging Lorraine zum ersten Mal allein aus, um in den Bars der Innenstadt zu trinken. Es war ihr gleich, wo sie landete und mit wem, es interessierte sie nicht, und den Männern machte es nichts aus, wenn sie sie mit Lubrinski anredete. Eine Menge Lubrinski-Doppelgänger kamen und gingen, und es gab noch schlimmere Nächte, in denen es ihr egal war, ob Lubrinski bei ihr war oder nicht. Alles, was sie interessierte, war der nächste Schluck, der sie von dieser erschrockenen Frau befreite, die ihr Entsetzen laut herausschrie.

Auf der Suche nach Vergessen legte sie einen weiten Weg zurück. Es war erschreckend einfach. Die Leute in den Bars waren wirklich freundlich, aber sie nutzten sie aus und bestahlen sie. Als sie kein Geld mehr hatte, verkaufte sie die Möbel und schließlich die Wohnung, und immer noch war sie auf der Flucht vor dieser Frau, deren schreckliche Schreie sie so entsetzten. Es machte ihr nichts aus, geschlagen zu werden, ebensowenig wie der Hohn von Prostituierten und Zuhältern. Verdammt, schließlich hatte sie viele von ihnen schon einmal verhaftet! Man schob sie herum und verwässerte ihre Drinks, aber das störte sie nicht. Betrunken bedeuteten ihr die Männer, die sie betatschten, nichts. Betrunken konnte sie sich verstecken, fand Trost in sabbernden Umarmungen, in fremden Zimmern und Betten. Wenn sie betrunken war, verstummten die Schreie.

Kapitel 1

Kalifornien, 11. April 1994 Sie wäre in dieser Nacht beinahe gestorben. Der Fahrer hatte sie vermutlich nicht einmal gesehen, und Lorraine konnte sich nur an wenig erinnern. Man hatte sie mit Kopfverletzungen ins Krankenhaus eingeliefert. Die folgenden Wochen, in denen sie von einer Wohltätigkeitsinstitution zur anderen verfrachtet wurde, da sie kein Geld und keine Krankenversicherung hatte, verschwammen in einem Nebelfeld. Schließlich landete sie in der Psychiatrie; die vorläufige Diagnose lautete auf Schizophrenie. Zu Anfang hatte man sie nicht als Alkoholikerin erkannt, sondern sich um all ihre anderen Krankheiten und Verletzungen gekümmert. Sie hatte schwere Abszesse, eine leichte Geschlechtskrankheit und Genitalherpes, Hautprobleme und war unterernährt. Achtzig Zigaretten am Tag verursachten einen chronischen Husten. Sie bekam Lungenentzündung, und ein paar Tage war es zweifelhaft, ob sie überleben würde. Als sie durchkam, brachten die Halluzinationen, die Übelkeit und die Schreikrämpfe die Ärzte schließlich darauf, daß sie unter schwerem Alkoholentzug litt.

Eine ganze Reihe von Psychiatern befragte sie und behandelte sie mit allen möglichen Medikamenten. Nach zwei Monaten wurde sie in die Psychiatrie von Watts City überwiesen, einem Alptraum von einem Krankenhaus, in das L. A. County seine schlimmsten Fälle schickte. Jugendliche im Drogenwahn, senile alte Damen, Frauen mittleren Alters, die zig Selbstmordversuche hinter sich hatten – es sah aus, als wäre jede gebrochene Frauenseele auf der Welt hier mit Lorraine eingekerkert. Ihre Leber war am Ende, und die Ärzte sagten ihr, wenn sie nicht aufhöre zu trinken, werde sie innerhalb eines Jahres tot sein. Schließlich brachte man sie ins Rehabilitationszentrum White Garden.

Rosie Hurst arbeitete im Rahmen eines Rehabilitationsprogramms als Köchin in White Garden. Rosie war groß und dick, hatte kurzes, krauses, dauergewelltes Haar, und sie war seit sechs Monaten trocken. Sie arbeitete hart und war freundlich zu den Patienten, weil sie wußte, daß sie selbst dieser Situation nur um Haaresbreite entgangen war. Einigen der weniger Verwirrten wurden kleine Arbeiten in der Küche zugeteilt, und so lernte Rosie Lorraine Page kennen.

Lorraine wollte nicht weiterleben. Sie hatte mit ihrem Tod gerechnet, fragte sich vage, wieso sie eigentlich immer noch lebte und kam dann auf die Idee, daß sie ja vielleicht doch schon gestorben war. Und das hier war die Hölle. Eigentlich gar nicht so schlimm – die Drogen entspannten sie ein wenig –, aber sie lechzte nach Alkohol. Es war der einzige Gedanke in ihrem betäubten Hirn. Ihr Mund war trocken und pelzig, ihre Zunge schien zu groß, und sie trank den ganzen Tag Wasser, beugte sich über den kleinen Trinkbrunnen im Flur, mit offenem Mund, die Hand auf dem Hebel, und ließ sich das Wasser direkt in den geschwollenen Mund laufen. Nichts konnte ihren Durst stillen.

»Wie lange bist du schon Alkoholikerin?«

Rosie hatte sie im Flur beobachtet. Lorraine konnte nicht antworten, weil sie es nie zugegeben hatte. Sie trank einfach nur gern.

»Was hast du beruflich gemacht?«

Lorraine konnte sich nicht erinnern, was sie die letzten Jahre getan hatte. Die Wochen und Monate waren nur noch undeutliche Schatten; sie war außerstande, ein Jahr vom anderen zu unterscheiden. Oder die Bars, Kneipen und schäbigen, heruntergekommenen Clubs, wo sie zusammen mit Frauen trank, die sie früher verhaftet und ins Gefängnis gebracht hatte. Denen hatte das gefallen. Und die Zuhälter, die sie in ihren Tagen bei der Sitte so eifrig verfolgt hatte, freuten sich, sie so billig verkaufen zu können. Sie war dafür bekannt, daß sie mit jedem ging, wenn er sie nur mit Alkohol versorgte. Hotels, Bars, private Parties... sie putzten Lorraine auf und schickten sie hin. Es war ganz gleich, wie viele oder wer sie waren, solange sie ihr den Schnaps zahlten. Mehr als einmal war sie festgenommen worden, nicht nur wegen Prostitution, sondern auch wegen Landstreicherei, aber die Verfahren wurden nie abgeschlossen – sie war einfach nicht vor Gericht erschienen, sondern immer weitergezogen, in die nächste Bar, die nächste Stadt.

Als der Unfall geschah, hatte Lorraine die Talsohle erreicht. Sie lag so tief im Dreck, daß sie keine Freier mehr bekommen konnte, und kein Zuhälter wollte sie mehr in seinem Stall haben. So viele Lkw-Fahrer, so viele Staaten, sie wußte gar nicht, daß sie wieder in L.A. war. Sie besaß nur noch, was sie am Leib trug; sogar ihren Ehering hatte sie versetzt. Selbst die Penner duldeten sie nicht mehr in ihrer Nähe, weil sie ihnen den Wein stahl. Sie konnte nicht mehr für sich sorgen, konnte nicht einmal mehr ein paar Cents fürs Essen verdienen.

Niemand erinnerte sich mehr an Lieutenant Page; viele der jungen Streifenbeamten, die sie durch die Straßen taumeln sahen, hatten sie nie gekannt. Sergeant Rooney war inzwischen Captain. Er wußte nicht, ob sie noch lebte oder tot war, und es interessierte ihn auch nicht.

Niemand interessierte sich mehr für sie, nicht einmal Mike oder die Kinder. Mike hatte im Lauf der Jahre oft versucht, ihr zu helfen. Hin und wieder hatte sie sich gemeldet, an den Geburtstagen der Kinder oder an Weihnachten, aber sie hatte nur unzusammenhängendes Zeug ins Telefon gebrabbelt und war dann in Schweigen verfallen – es sei denn, sie wollte Geld von ihm. Die Anrufe hörten auf, als Mike umzog. Er heiratete wieder, und die Kinder gewöhnten sich bald an ihr neues Leben. Sie fragten nicht mehr nach ihrer Mutter; sie hatten jetzt eine neue, bessere. Lorraine versuchte nicht wieder, mit Mike Kontakt aufzunehmen. Es war, als wäre sie zufrieden, auch diese letzte Verbindung verloren zu haben.

Nur Rosie, die sich an ihre eigenen Probleme erinnerte und ein freundlicher Mensch war, wollte Lorraine helfen, diesem dünnen, blassen Geschöpf mit dem merkwürdig kindlichen blonden Haar, das ihr wirr ums Gesicht hing. Ihre Finger waren braun verfleckt vom Nikotin, und sie hatte einen Schneidezahn verloren. Sie hatte eine seltsame Art, Leute anzusehen, mit schiefgelegtem Kopf und leicht zusammengekniffenen Augen, als wäre sie kurzsichtig, was noch eigentümlicher wirkte wegen einer häßlichen Narbe, die von ihrem linken Auge quer über den Wangenknochen verlief. Das formlose blaue Klinikkleid hing lose an ihr. Sie trug braune Schuhe, die ihr zu groß waren – sie schlappten bei jedem Schritt.

Rosie und Lorraine arbeiteten Seite an Seite, teilten Essen aus und deckten Tabletts. Im Lauf der Zeit entdeckte Rosie, daß in Lorraine mehr steckte, als man auf den ersten Blick vermutete. Man mußte ihr nie zweimal sagen, welche Patienten eine besondere Diät brauchten; sie gab die Tabletts immer an die richtigen weiter.

»Du hast doch sicher mal einen guten Job gehabt. Wie alt bist du?« versuchte Rosie, ein Gespräch anzufangen.

»So um die dreißig. Hast du eine Zigarette?«

Rosie schüttelte den Kopf. Sie hatte das Rauchen zusammen mit dem Alkohol aufgegeben. »Ich habe im Computerbereich gearbeitet. Was hast du gemacht?«

Lorraine wühlte zwischen den Essensresten im Mülleimer nach einer Kippe. Dann gab sie auf und wischte sich die Hände ab. »Rosie, das würdest du mir sowieso nicht glauben ... Ich seh' mal, ob ich irgendwo eine klauen kann.«

Rosie beobachtete, wie sie zur Sirenen-Sonja hinüberschlurfte, die immer ein sorgfältig gehütetes Päckchen Zigaretten hatte. Sie sah zu, wie Lorraine vorgab, Sonja zu kitzeln, und ihr dabei die Taschen durchsuchte, und dann erwischte Sonja sie natürlich und brach in ihr berüchtigtes Geschrei aus. Aber Lorraine hatte sich eine Zigarette geangelt und klammerte sich daran wie ein Asthmatiker an seinen Inhalator.

»Hast du Familie?« wollte Rosie wissen, als Lorraine sich an die Tür lehnte, die Augen geschlossen.

»Nö.«

Rosie sagte, sie habe irgendwo einen Sohn, aber sie hatte ihn und seinen Vater seit Jahren nicht mehr gesehen. Sie stand am Spülbecken und wollte gerne das Gespräch fortsetzen, aber Lorraine war weg. Rosie zog den Kittel aus und ging, um sich ihren Lohn abzuholen; ein Almosen, wenn man bedachte, wie lange sie hier schuftete, aber sie war nur eine Teilzeitkraft, und die meisten anderen waren Mexikanerinnen, die vermutlich noch schlechter bezahlt wurden. Sie lächelte die Frau an der Anmeldung an und knöpfte sich ihre ausgebeulte Strickjacke zu. »Bis demnächst.«

Die Frau nickte. »Es ist warm draußen. Sie werden die Jacke nicht brauchen.«

Rosie zuckte mit den Achseln – früh am Morgen war es noch ziemlich kühl. Sie fragte, wie lange Lorraine noch auf der Station bleiben würde.

Die Frau warf einen Blick auf ihre Liste. »Sie kommt bald raus. Vielleicht ist sie schon nicht mehr da, wenn Sie Donnerstag wiederkommen. Die Ärzte haben die Papiere noch nicht unterschrieben, aber sie ist zur Entlassung vorgesehen. Hat sie sich in der Küche gut benommen? Sie wissen ja, wie die sind – klauen alles ...«

Rosies Einkaufstasche fühlte sich plötzlich bleischwer an: Die Koteletts, das halbe Hähnchen und das Gemüse, das sie mitgenommen hatte ... sie würde auf der Stelle rausfliegen, wenn man sie erwischte. Sie erklärte, sie müsse zum Bus, und beeilte sich, nach draußen zu kommen.

Lorraine war noch da, als Rosie zwei Tage später wiederkam. Sie sah noch blasser aus als sonst und hustete ständig. Die Frau an der Anmeldung sagte, sie habe Fieber bekommen, also werde man sie noch zur Beobachtung dabehalten. Rosie machte sich Sorgen, aber die Arbeit ließ ihr keine Zeit zum Reden.

Erst erheblich später, als sie spülten, konnte sie Lorraine fragen, wie es ihr gehe. Sie antwortete nur widerstrebend und gab sich keine Mühe, Rosie zu helfen; sie war zu sehr damit beschäftigt, die Stellung am Trinkbrunnen zu halten. Ihre Gier nach Alkohol wurde mit jedem Tag schlimmer; sie war versessen auf Süßigkeiten und Nikotin und stahl die mühsam gehorteten Schokoriegel und Zigaretten der unvorsichtigen Patienten.

Sie hatte kein Geld und kein Zuhause, und sie beschloß, sich an Rosie zu hängen, die vielleicht ein Zimmer hatte – und etwas, das man stehlen konnte. Das war der einzige Grund, wieso sie sich auf das Gespräch einließ. Lorraine wollte etwas zu trinken, wollte Geld, wollte raus aus diesem Irrenhaus. Und Rosie wollte eine Freundin.

»Weißt du, ich glaube, ich könnte dir helfen – wenn du dir auch selbst helfen willst. Wenn du mir sagst: ›Rosie, ich will mir selbst helfen‹, dann werde ich alles tun, was in meiner Macht steht, um dich zu unterstützen. Ich gehe mit dir zu den Meetings ... wir haben Berater, Leute, mit denen man wirklich reden kann, und sie helfen dir auch, Arbeit zu finden. Du bist eine intelligente Frau, du müßtest doch irgendwas finden können ...«

Lorraine hatte sie auf diese seltsame Art angesehen, mit halb zugekniffenen Augen, und die Zigarette bis zum Filter geraucht. »Ja. Vielleicht könnte ich meinen alten Job wiederkriegen.«

»Was hast du gemacht?«

»Ich war bei der Polizei.«

Rosie kicherte und rollte weiter Teig aus. Sie zuckte erschrocken zusammen, als Lorraine plötzlich dicht hinter ihr stand, so dicht, daß sie sich vorbeugen mußte.

»Ich verhafte Sie wegen Teigbelästigung. Alles, was Sie sagen, kann gegen Sie verwendet werden ...«

Rosie lachte, und Lorraine kitzelte sie, genauso wie sie Sirenen-Sonja gekitzelt hatte. Rosie war nicht dumm. Sie wußte, daß Lorraine etwas vorhatte. Sie machte unmißverständlich klar, daß sie vollkommen pleite war, nur für den Fall, daß Lorraine nach Geld suchte ...

Drei Wochen später erhielt Lorraine ihren Marschbefehl. Während sie auf Rosies Ankunft wartete, machte sie die Küche sauber. Dann half sie ihr den ganzen Morgen, aber erst Stunden später erwähnte sie, daß sie entlassen war. Zu ihrer Überraschung sagte Rosie, das wisse sie bereits. »Ich habe über ein, zwei Dinge nachgedacht, die du mir erzählt hast, Rosie. Also gut – ich werde zu einem dieser Meetings gehen, weil ich wieder ein vernünftiges Leben führen will.« Sie sprach so leise, daß Rosie sie kaum verstehen konnte. »Ich verrate dir was: Ich war wirklich bei den Bullen, ich war Lieutenant.«

»Stimmt das?«

Lorraine nickte. »Ja. Hör mal, kann ich bei dir auf dem Fußboden pennen, bis ich ein Zimmer gefunden habe?« Sie hoffte, daß Rosie ihr trauen würde, wenn sie von ihrer Polizisten-Vergangenheit wußte. Es funktionierte offenbar.

Rosie verbarg ihr Zögern hinter einem breiten Grinsen. »Sicher, aber meine Wohnung ist nichts Besonderes. Hast du viel Gepäck?«

Lorraine gab vor, all ihre Sachen bei einem Freund gelassen zu haben, zu dem sie nicht gehen wolle, weil er ebenfalls trank – und sie wollte ja trocken bleiben.

Rosie verstand sie, denn sie wußte, daß es für Trinker falsch war, zu alten Freunden und alten Gewohnheiten zurückzukehren.

»Na gut. Du kannst mitkommen.«

Nach der Arbeit wartete Rosie vor dem Krankenhaus auf sie. Lorraine trug merkwürdig zusammengewürfelte Kleider. Nichts paßte – die Ärmel waren zu kurz, der Rockbund viel zu weit. In einer Papiertüte hatte sie eine Garnitur frischer Unterwäsche, und sie sah noch größer, dünner und seltsamer aus als in der gewohnten Umgebung. Jemand hatte ihr eine Sonnenbrille mit rosa Rahmen geschenkt, die ihre Augen verbarg. Als sie Lorraine im hellen Tageslicht sah, begann Rosie, ihre Freundlichkeit zu bedauern.

Lorraine schwieg während der langen Fahrt – sie mußten viermal umsteigen. Es gefiel ihr nicht, wieder in ihrer alten Gegend zu sein, in Pasadena, aber andererseits kannte sie sich ohnehin nicht mehr aus. Sie war froh über Rosies Gesellschaft – sie verspürte sogar das merkwürdige Verlangen, ihre Hand zu halten; sie hatte Angst, sie aus den Augen zu verlieren.

Schließlich kamen sie in ein Viertel mit kleinen, schäbigen Bungalows und heruntergekommenen Apartmenthäusern. Rosie zeigte auf einen Lebensmittelladen. »Da kaufe ich ein, und ich wohne über der Garage da hinten. Das ist sehr praktisch.«

Lorraine nickte. Selbst aus dieser Entfernung konnte sie die Getränkeabteilung des Ladens sehen. Schweiß brach ihr aus allen Poren, sie hatte einen ranzigen Geschmack im Mund und mußte sich die Lippen lecken. Als sie neben Rosie, die Brot und Salat und Kaffee einkaufte, an der Ladentheke stand, hätte sie am liebsten laut geschrien. Ihr Blick wanderte immer wieder zu den Flaschen; sie war so gierig auf einen Drink, daß ihr schwindlig wurde.

»Da sind wir. Geh du vor... paß auf, die fünfte Stufe ist locker.«

Rosie schloß die Fliegentür auf, dann die Wohnungstür. Als sie sie aufschob, kam eine Katze herausgeschossen und rieb sich miauend an ihren Knöcheln.

»Das ist Walter. Komm rein.«

Es war drückend heiß, obwohl Rosie die Jalousien heruntergelassen hatte. Sie schaltete die Klimaanlage ein, die laut zu surren begann. Die Wohnung bestand aus einem Wohnzimmer, einem vollgestopften Schlafzimmer und einer winzigen Dusche. Die Küche war eine unordentliche Ecke im Wohnzimmer. Rosie packte die Einkäufe aus, dann gab sie Lorraine Laken und Kissen für die Couch.

»Möchtest du einen Tee oder Kaffee oder lieber was Kaltes? Ich habe Cola im Kühlschrank und Limonade.«

Lorraine ließ sich auf das Sofa sinken und rollte sich die eiskalte Coladose über die Stirn. Sie sehnte sich verzweifelt nach Alkohol. Gierig trank sie die Cola.

Rosie reichte ihr ein Päckchen Zigaretten. »Ich dachte, du brauchst vermutlich welche, also, hier. Dann kannst du dich ein bißchen frischmachen, und anschließend sollten wir gehen, das Meeting fängt in einer Stunde an.«

Lorraine schloß die Augen und seufzte. «Vielleicht bin ich heute noch ein bißchen zu müde.«

Rosie baute sich vor ihr auf. »Du mußt unbedingt heute anfangen, und nächste Woche solltest du jeden Tag hingehen.«

Lorraine rang sich ein Lächeln ab und raffte sich auf, ging in das enge Badezimmer, das vollgestopft war mit Cremetiegeln, Tuben und einer erstaunlichen Ansammlung alter Zahnbürsten und halbleerer Zahnpastatuben. Auf einer Wäscheleine hingen Strumpfhosen, große, ausgebleichte Unterhosen und ein BH, der so groß war, daß Lorraine ihn staunend anstarrte.

Sie drehte das Wasser auf und trank, dann wusch sie sich das Gesicht und griff nach einem fadenscheinigen Handtuch. Sie starrte sich im Spiegel an, studierte ihr Gesicht, drogenfrei und stocknüchtern, zum ersten Mal seit achteinhalb Jahren. Das Bild einer Fremden starrte zurück. Ihre Augen waren geschwollen, trübe und rotgeädert, und links und rechts an ihrer Nase prangten Mitesser. Sie sah ihre gelben, fleckigen Zähne und die Zahnlücke. Und die Narbe: eine häßliche Erinnerung an die Vergangenheit. Sie folgte mit dem Zeigefinger der Linie ihrer trockenen, gesprungenen Lippen und fuhr sich mit der Hand durch das dünne Haar. Es sah eher abgehackt als geschnitten aus, alles andere als gerade. Vielleicht hatte sie es sogar selbst gemacht, sie konnte sich nicht erinnern. Es waren nicht nur Wochen oder Monate, die ihr entfallen waren, sondern ganze Jahre.

Rosie klopfte an die Tür. »Was machst du denn so lange?«

Lorraine holte tief Luft. »Ich wasche mich nur. Bin gleich fertig...« Als sie sich die Hände abtrocknete, fielen ihr wieder die Nikotinflecken auf, die schmutzigen, abgeknabberten Nägel. Alles an ihr war häßlich; sie war widerwärtig, ekelte sich vor sich selbst, sie *war* ekelhaft. Und ungeheuer wütend. Sie kannte diese Frau da nicht. Wer war das?

Rosie blickte auf und lächelte. »Fertig?«

Lorraine setzte die Sonnenbrille mit dem rosa Rahmen auf, als wolle sie sich dahinter verstecken. »Danke, daß du mich aufgenommen hast. Das ist wirklich nett von dir.«

Rosie, die gerade nach dem Schlüssel suchte, winkte ab. »Mir hat auch mal jemand geholfen, als ich ganz unten war. Und damals habe ich mir vorgenommen, das irgendwie zurückzugeben. Ich nehme an, du kriegst es jetzt ab.«

Lorraine saß beim Meeting ganz hinten, die Hände ineinander verkrampft, das Gesicht hinter der Sonnenbrille versteckt. Die anderen hatten sie mit solcher Wärme begrüßt, daß sie am liebsten sofort weggerannt wäre. Rosie hatte sie bei der Hand genommen, ihnen Plätze gesucht und Lorraine vorgestellt. Niemand nannte seinen Nachnamen. Lorraine sah sich die anderen an. Keiner schien in wirklich schlechter Verfassung zu sein, obwohl einige ein bißchen verloren wirkten. Langsam begann sie sich auf das Geschehen zu konzentrieren.

Eine Frau berichtete, daß sie fünfzehn Jahre lang nicht gewußt hatte, wer sie war, weil diese Jahre zu einer einzigen Sauftour verschwommen waren. Jetzt machte sie einen gepflegten und angenehmen Eindruck und war stolz, seit vier Jahren trocken zu sein. Sie hatte jemanden kennengelernt, der ihr Liebe und Geborgenheit gab. Bald, so hoffte sie, würde sie genug Selbstvertrauen haben, ihm sagen zu können, daß sie Alkoholikerin war. Sie wurde sehr emotional, reckte die Arme, als wäre sie bei einem Baptistengottesdienst. Lorraine seufzte gelangweilt: »Ich hoffe, er wird zu einem Meeting mitkommen, damit er meine Krankheit vollständig verstehen kann und weiß, daß ich auf dem Weg der Genesung bin, und natürlich auch, daß ich immer Alkoholikerin bleiben werde. Ich bin Alkoholikerin. Danke, daß ihr hier seid, daß ihr mir zuhört. Gott segne euch alle…« Sie brach in Tränen aus, und viele standen auf, umarmten sie und gratulierten ihr.

Lorraine blieb sitzen, peinlich berührt von diesem Spektakel. Sie war froh, als das Meeting zu Ende ging, und weigerte sich, die Hände ihrer Nachbarn zu ergreifen, als sie gemeinsam um Kraft und Führung beteten. Rosie war vollkommen versunken und hielt, mit geschlossenen Augen, die Hände zweier älterer Frauen.

Auch später, in der Wohnung, war sie voller Enthusiasmus und Energie. »Diese Meetings haben mir das Leben gerettet. Einige gehen schon seit zehn oder fünfzehn Jahren hin. Man muß sich der Tatsache stellen, daß man immer Alkoholiker bleibt. Ein Glas, und du bist wieder auf Null. Du mußt einfach verstehen, daß du krank bist, und daß diese Krankheit dich umbringt. Wenn ich nicht aufgehört hätte zu trinken, wäre ich jetzt tot, ebenso wie die meisten Leute, die wir heute abend getroffen haben.«

Sie deckte den Tisch, goß ihnen Wasser ein, gab klirrende Eiswürfel dazu. Die Hitze des Herds brachte sie mehr denn je zum Schwitzen. Selbst um sieben Uhr abends waren in der Wohnung noch über fünfundzwanzig Grad, und die schwächliche Klimaanlage konnte nicht viel ausrichten.

Lorraine schob ihr Essen hin und her und trank drei oder vier

Gläser Wasser. Rosie kratzte die Reste von Lorraines Teller auf ihren eigenen und pflügte sich hindurch, als wäre sie am Verhungern. Kauend fuchtelte sie mit der Gabel in der Luft herum. »Und, wo sollen wir dir eine Stelle suchen? Du hast kein Geld, nicht wahr? Sobald wir aufgegessen haben, fahren wir wieder los und gehen zu einem anderen Meeting; wir können uns erkundigen, ob jemand einen Job für dich hat, nur für den Anfang, nichts zu Anstrengendes...«

Lorraine konnte schon den Gedanken an ein weiteres Meeting nicht ertragen, von der Busfahrt gar nicht zu reden. »Kann ich jetzt nicht einfach schlafen? Ich bin wirklich müde.«

Rosie nickte; sie wollte ihr nicht zu sehr zusetzen. Statt dessen schwatzte sie ununterbrochen über ihre Arbeit als Datentypistin bei einer Bank. Sie packte Fotoalben aus, zeigte ihr das Haus ihrer Eltern, ihren Exmann, den Sohn, den sie seit fünf Jahren nicht mehr gesehen hatte. Sie redete, bis ihr fast die Augen zufielen. »Ich habe so viel verloren, Lorraine, aber ich hoffe, daß ich meinen Sohn bald sehen kann. Mein Exmann meint, ich könnte einen Tagesausflug mit ihm machen. Ich möchte, daß er mich so kennenlernt, wie ich jetzt bin. Das Wichtigste ist, jeden Tag so zu nehmen wie er ist, ihn als kostbar zu betrachten, weil es ein neuer Tag ohne Alkohol ist.« Lorraine lächelte, aber sie wünschte sich nur, Rosie würde sie endlich alleinlassen. Sie gähnte, in der Hoffnung, daß Rosie den Wink verstehen und ins Bett gehen würde, aber sie redete noch eine Stunde lang weiter und zitierte aus ihrem geliebten AA-Handbuch, als wäre es die Bibel. Schließlich erhob sie sich und drohte Lorraine mit ihrem dicken, kurzen Zeigefinger: »Ich bin für mich selbst verantwortlich«, sagte sie. »Sag dir das immer wieder: *Ich bin für mich selbst verantwortlich.*« Sie ging ins Schlafzimmer und machte die Tür hinter sich zu.

Erleichtert ließ Lorraine sich auf die Couch fallen. Etwa eine Viertelstunde lag sie noch wach, hörte die Klimaanlage surren, die Katze ihre Milch auflecken... Und ihr einziger Gedanke war, wie sie an einen Drink kommen konnte, ohne daß Rosie es herausfinden würde. Schließlich fielen ihr die Augen zu. Sie schlief ohne Tabletten, ohne Alkohol, tief und traumlos.

Lorraine war schon lange vor Rosie wach und kochte Kaffee. Es war erst fünf und noch leidlich kühl. Sie hatte Hunger und aß ein wenig Brot und Käse, dazu eine Schale Müsli. Sie hatte schon vier Tassen Kaffee getrunken und fünf Zigaretten geraucht, als Rosie endlich auftauchte.

»Guten Morgen; der Kaffee ist schon fertig…«

Rosie grunzte, goß sich welchen ein und ging wieder ins Schlafzimmer. Lorraine saß am Fenster und rauchte. Ein neuer Tag. Würde sie es ohne Alkohol schaffen? War sie dazu imstande? Und noch wichtiger: *Wollte* sie das überhaupt?

Rosie war kein Morgenmensch. Sie brummte weiter vor sich hin, und Lorraine ging duschen. Sie blieb lange in dem kleinen Bad und inspizierte sich. Die bläulichweiße Haut ihres Oberschenkels war mit kleinen runden Narben bedeckt, als hätte jemand Zigaretten darauf ausgedrückt. Besonders entsetzt war sie über ihre Füße. Sie sahen wie die einer alten Frau aus: gerötet, voller Hühneraugen und Blasen und mit lächerlich langen Nägeln – sie war überrascht, daß sie ihr im Krankenhaus nicht geschnitten worden waren. Sie schrubbte sich, bis sie fast wund war, und verbrauchte dabei das gesamte heiße Wasser. Sie rieb sich mit Rosies Lotion ein und massierte sich, sie putzte sich die Zähne und cremte ihre aufgesprungenen Lippen ein, damit sie nicht mehr so weh taten. Schließlich benutzte sie Rosies Shampoo und Haarkur und suchte im Schrank nach einer Nagelschere und einer Feile.

Rosie kochte vor Wut. Lorraine war seit halb acht in ihrem Bad, und nun war es fast neun. Als sie endlich auftauchte, in Handtücher gehüllt, schob sich Rosie an ihr vorbei und knallte die Tür hinter sich zu.

»Na, vielen Dank!« Sie kam wieder herausgestürmt. »Du hast das ganze heiße Wasser verbraucht! Jetzt muß ich mindestens eine Stunde warten.«

»Entschuldigung«, murmelte Lorraine. Die Dielen bebten, als Rosie ins Wohnzimmer stapfte.

»Würdest du bitte mal einen Moment herkommen?«

Lorraine seufzte genervt. Rosie stand wie ein aufgebrachter Feldwebel da, die Hände auf die Hüften gestützt.

»Hör mal zu. Das hier ist weder ein Hotel noch ein Krankenhaus. Wenn du morgens aufstehst, räumst du dein Bettzeug weg, und es wäre auch eine nette Geste, wenn du das Geschirr spülen würdest, das du benutzt hast. Das hier ist meine Wohnung. Sie ist zwar kein Schloß, aber ich reiße mir den Arsch auf, um sie bezahlen zu können.«

Rosie zerrte Laken und Kissen von der Couch und warf sie Lorraine vor die Füße. Sie hob sie gerade auf, als die Dielen wieder bebten und Rosie ihr einen schmutzigen Aschenbecher unter die Nase hielt. »Und diese Raucherei! Versuch bitte, dich einzuschränken, oder mach wenigstens das Fenster auf und spüle hinterher den Aschenbecher.«

Lorraine kam überhaupt nicht zu Wort. Rosie stürzte ins Schlafzimmer, nur um zwei Sekunden später wieder zu erscheinen und Lorraine aufzufordern, sie solle gefälligst das Bad saubermachen.

»Es war schon ein Dreckloch, als ich reingekommen bin!« schrie Lorraine. »Wenn dir so verdammt viel dran liegt, mach es doch selber!«

Rosie starrte sie an. »Ich denke ja gar nicht daran! Hol dir den Staubsauger aus dem Schrank und mach verflucht noch mal hier sauber!«

Lorraine setzte sich hin und fuhr sich durchs Haar. »Ich hab' gerade geduscht, ich will mich nicht wieder dreckig machen.«

Rosie rannte zum Schrank, riß die Tür auf und zerrte einen altmodischen Staubsauger heraus. Ihr Fett schwabbelte unter dem rosa Nachthemd, und sie trug äußerst merkwürdige Pantoffeln, mit dem Gesicht von Pluto auf dem einen und dem von Mickey Mouse auf dem anderen. Sie waren schon ziemlich mitgenommen, und Pluto fehlte ein Ohr.

Lorraine sah zu, wie Rosie den Stecker einsteckte. »Den hast du schon länger nicht mehr benutzt; du solltest auch hier saugen, hier ist alles voller Katzenhaare. Gehst du heute arbeiten?«

Rosie warf ihr einen wütenden Blick zu. »Nein. Warum? Damit du meine Sachen in Ruhe durchwühlen kannst? Ich habe nur eine Teilzeitstelle, falls du das vergessen hast. Montags und donnerstags.«

Lorraine nickte, unsicher, welcher Wochentag heute war, und verblüfft über die Veränderung in Rosies Verhalten. Über das Brummen des Staubsaugers hinweg schrie Rosie sie weiter an. Es wurde ein wenig friedlicher, als sie ins Schlafzimmer ging, aber nur einen Augenblick, dann setzte die Geräuschkulisse wieder ein: Schranktüren quietschten, Schubladen wurden aufgerissen und ruckartig wieder zugeschoben, bis Rosie schließlich mit einem Armvoll Kleidern wiederkam, die sie auf den Boden warf. »Hier, irgendwas davon wird dir schon passen. Wenn nicht, wirf es weg. Ich weiß nicht, wieso ich die überhaupt noch aufgehoben habe, vielleicht habe ich gehofft zu schrumpfen. Bedien dich.«

Lorraine sah das Bündel durch, alles in schrecklichen Farben und allen möglichen Größen, von vierzig bis achtundvierzig. Nichts paßte. Einige Teile waren halbwegs sauber, aber es waren keine Schuhe dabei und keine Unterwäsche. Schließlich entschied sie sich für ein Kleid mit Blumenmuster, das drei Nummern zu groß war, und machte es mit einem Gürtel zu einem tragbaren Modell. Wenigstens würde sie darin nicht allzusehr schwitzen. Sie hatte weder einen BH noch Strumpfhosen. Sie suchte die Papiertüte, die sie aus dem Krankenhaus mitgebracht hatte, konnte sie aber nicht finden. Ihr Haar war inzwischen trocken, und sie band es mit einem Gummi zusammen, dann stopfte sie die restlichen Kleider in einen Müllsack. Sie kippte den Inhalt des Mülleimers dazu und trug alles nach draußen.

Zurück in der Wohnung, spähte sie in den Kühlschrank. Rosie tauchte wieder auf, in einer weißen Bluse und einem weiten Rock mit Blumenmuster. Sie zerrte einen Kamm durch ihr krauses, feuchtes Haar.

»Das Wasser war immer noch kalt! Und du hast gestern die letzte Cola getrunken. Ich bin nicht die Caritas, verstehst du. Und jetzt sehen wir mal, zu welchem Meeting wir gehen…« Sie führte mehrere Telefonate und sprach länger mit jemandem, den sie als ihren Sponsor bezeichnete. Schließlich legte sie auf.

»Jake meint, ich sollte nicht dein Sponsor werden, aber da ich praktisch schon damit angefangen habe, versuche ich's mal. Also, immer wenn du das Bedürfnis zu trinken verspürst, ganz gleich ob am Tag oder in der Nacht, oder wenn du jemanden brauchst, mit dem du reden kannst, dann sag es einfach. Wolltest du heute früh trinken?«

»Was glaubst du denn?«

Rosie seufzte und erklärte dann, sie habe nicht genug Geld, um ihr Fahrkarten quer durch L.A. zu spendieren. »Hast du denn überhaupt kein Geld?« fragte sie verärgert.

»Nein, aber ich schaffe es schon...«

Rosie schob sie beiseite, machte sich ein Müsli und begann, geräuschvoll zu essen. Langsam gewann die warmherzige, freundliche Seite ihrer Persönlichkeit wieder die Oberhand. Sie machte Lorraine ein Kompliment für ihr Aussehen und zählte dann ihr Geld. Lorraine sah zu und versuchte sich auszurechnen, wieviel Geld insgesamt in Rosies Geldbeutel sein müßte. Sobald sich eine Gelegenheit ergab, würde sie es stehlen und abhauen.

»Wie sieht es mit Sozialhilfe aus? Hast du Anrecht auf irgendwelche Zahlungen?«

Lorraine zuckte mit den Achseln und sagte, sie könne sich nicht an ihre Versicherungsnummer erinnern; sie sagte nicht, daß noch diverse Verfahren gegen sie im Gang waren... Wenn sie Sozialhilfe beantragte, würde man sie verhaften. Rosie trank ihren Kaffee und stellte eine Liste zusammen.

»Na gut. Für ein paar Tage haben wir noch genug, aber wir müssen einen Job für dich finden und zusehen, daß wir deine Versicherungsnummer rausfinden. Nicht, daß man davon leben könnte, was sie einem zahlen, ich weiß...«

»Wir? Ich komme schon allein zurecht.«

»Nein, kommst du nicht. Ich kann nicht arbeiten gehen und dich hier allein lassen, jedenfalls nicht, solange ich dir nicht traue. Also, hier sind ein paar Vorschläge.« Sie hatte Kellnerin, Putzfrau und diverse Aushilfsarbeiten aufgeschrieben, darunter sämtliche Termine und Adressen von AA-Meetings. Lorraine fragte sich langsam, ob diese Anstrengungen nicht vor allem Rosie selbst nutzten.

»Hast du nicht gesagt, du hättest im Computerbereich gearbeitet? Kannst du keine vernünftige Stelle bekommen?« fragte sie.

Rosie blickte auf. »Aber sicher. Ich brauche nur in eine Bank zu stolzieren, und sofort machen sie mich zur Kassiererin. Ich habe nicht nur meine Stelle verloren, sondern auch meine Glaubwürdigkeit. Ich habe keine Zeugnisse, und meinen Führerschein habe ich gerade erst wieder zurückbekommen. Ich dachte, du wüßtest das; du bist doch angeblich Polizistin gewesen. Wieso kannst *du* denn keinen anständigen Job bekommen?«

Lorraine kaute an ihren Nägeln herum. Sie hatte keine Zigaretten mehr; jetzt gierte sie nicht nur nach Alkohol, sondern auch nach Nikotin. Plötzlich wurde sie müde und gähnte. Es war, als wäre sie seit Stunden wach, und das war sie ja auch, aber es war erst zehn Uhr.

»Darf ich mal aufs Klo?«

»Verdammt, du mußt mich doch nicht fragen, wenn du aufs Klo gehen willst!«

Als Lorraine nach einer Viertelstunde immer noch nicht wieder da war, schaute Rosie nach ihr. Sie lag auf ihrem Bett, zusammengerollt, in tiefem Schlaf. Rosie studierte Lorraines Gesicht, und ihr fiel auf, daß sie einmal sehr schön gewesen sein mußte. Man konnte immer noch ein wenig davon sehen; wenn Lorraines Gesicht entspannt war, verloren ihre Züge alle Härte. Ihr Mund war geschlossen, so daß man die Zahnlücke nicht sah, und die Narbe wurde vom Kissen verborgen. Zum ersten Mal fragte sich Rosie ernsthaft, wie Lorraines Vergangenheit ausgesehen hatte.

Sie schlich nach draußen und durchsuchte Lorraines Sachen. Nichts. Die Papiertüte enthielt nichts Persönliches, keine Briefe oder Karten, kein Make-up, und der Plastikgeldbeutel, den sie ihr gegeben hatte, war tatsächlich leer, sie hatte also nicht gelogen, was das anging. Aber in bezug auf Lorraines Familie war sich Rosie nicht so sicher; eine Frau, die einmal so schön gewesen war, mußte jemanden gehabt haben.

Rosie ließ Lorraine fast den ganzen Tag schlafen. Sie las, telefonierte und kochte sich etwas. Essen war eines der wenigen Vergnügen, die ihr geblieben waren. Um vier klingelte das Telefon.

Sie griff schnell nach dem Hörer, besorgt, Lorraine könnte aufwachen.

»Hallo, bist du das, Mommy?« Die hohe Stimme rührte sie. Endlich rief er an. Ihr Sohn.

»Ja, ich bin's. Wie geht's dir, Joey? Können wir uns sehen? Ich dachte, vielleicht schon dieses Wochenende?«

»Ich kann nicht, ich hab' ein wichtiges Spiel, ich bin in der zweiten Basketballmannschaft. Es geht nicht. Ich muß jetzt weg.«

Panik stieg in ihr auf. Er würde gleich auflegen. Sie wollte ihm sagen, daß sie auch quer durch L.A. fahren würde, um ihn spielen zu sehen, aber sie stotterte nur: »Warte mal, Joey, wieso steigst du nicht in einen Bus hierher? Wir können uns am Busbahnhof treffen. Bist du noch da, Joey?«

»Ich gehe nach Florida. Dad und ich ziehen da hin, wir haben schon ein Haus und alles.«

»Florida?« kreischte Rosie.

Unheilverkündende Stille. Sie hörte Joey flüstern. »Zieht diese Frau mit euch, Joey? Zieht... gib mir mal deinen Dad, Joey, hörst du mich? Ich möchte mit...«

Rosie zitterte. Sie wußte, daß dieses billige Flittchen im Hintergrund lauerte, daß sie nur darauf wartete, ihren Senf dazuzugeben. Sie krampfte die Hand um den Hörer, als sie hörte, wie ihr Sohn seinen Vater rief. »Hallo? Hallo?«

Dann war ihr Exmann am Apparat – sie hörte, wie er tief Luft holte, als müsse er sich wappnen, um mit ihr sprechen zu können. Es machte sie immer furchtbar wütend, wenn er so unbeteiligt tat, ruhig und überlegen, als wäre er ein Therapeut und sie noch ein Kind. »Rosie?«

»Was soll denn das mit Florida? Du hast nie erwähnt, daß du nach Florida ziehst, daß du mein Kind wegbringst.«

»Rosie, beruhige dich doch.«

»Ich bin ruhig, um Himmels willen, aber ich bin auch wütend.«

»Wenn wir den Umzug hinter uns haben, schreiben wir dir. Ich bekomme einen guten Job dort, erheblich mehr Geld.« Seine Stimme war glatt, er sprach ruhig und betont langsam.

»Ich will Joey sehen. Es ist mir egal, wieviel du verdienst – du hast mir sowieso nie einen Cent gezahlt.«

Er atmete schwer, und dann erklärte er ihr sorgfältig, daß ihr nie ein Besuchsrecht eingeräumt worden sei, von Sorgerecht gar nicht zu reden, und daß sie daher keinerlei Einfluß darauf nehmen könne, wo Joey wohnte. Das alles sei ihm überlassen, und er entscheide, was für seinen Sohn das beste sei, und wenn ihr das nicht gefalle, müsse sie sich an einen Anwalt wenden.

»Ach ja? Und woher soll ich das Geld dafür nehmen?«

»Für Schnaps hast du immer Geld gehabt, Rosie. Vielleicht bist du jetzt auch besoffen – für gewöhnlich warst du das ja, wenn du früher angerufen hast. Du hast dich sechs Monate nicht mehr gemeldet, und Joey ist es zwischenzeitlich egal, Rosie. Es liegt nicht an mir, und glaub bloß nicht, daß es was mit Barbara zu tun hätte, aber er…«

»Du Dreckskerl.«

Wieder holte er tief Luft. »Rosie, es tut mir leid, wir sollten nicht so miteinander reden. Wir schreiben, wir werden uns wieder mit dir in Verbindung setzen. Ich lege jetzt auf, weil ich mich nicht mit dir streiten will. Ich lege jetzt auf, Rosie.«

Sie starrte den Hörer an, als es klickte, und dann legte sie ihn sanft auf. Sie tätschelte das Telefon mit der flachen Hand und wünschte, es sei der Kopf ihres Jungen. Sie wußte nicht einmal, wie groß Joey inzwischen war, es war so lange her… Eines Tages, sagte sie sich, würde sie ihn in den Armen halten, und er würde ihr verzeihen. Sie fühlte sich so leer, am liebsten hätte sie geweint. Um all ihre verlorenen Jahre.

Stunden später wachte Lorraine auf. Das Herz schlug ihr bis zum Hals. Lautes Getöse hatte sie geweckt, als hätte jemand die Tür eingetreten. Musik dröhnte mit enormer Lautstärke. Sie stand auf. Sie erkannte die kreischende Stimme aus dem Nebenzimmer nicht, und dann klirrte Glas, noch lauter als die Musik.

Sie öffnete die Schlafzimmertür und schnappte erschrocken nach Luft. Rosie taumelte im Zimmer herum, eine Flasche Bourbon in der Hand. Sie stierte Lorraine an und schwenkte die

Flasche. »Willst du auch einen? Komm, setz dich, trink einen mit mir.«

Ungläubig schaute Lorraine zu, wie Rosie bei dem Versuch, ein Glas aus dem Schrank zu holen, dagegenkrachte und noch mehr Geschirr zerbrach. Sie fluchte und trat die Scherben weg. Ihr Blick flackerte, ihr Gesicht war rot und verschwitzt. Sie schwankte, als sie den Bourbon eingoß. »Trink einen, Kleine!«

Lorraine streckte gerade die Hand nach dem Glas aus, als die Tür aufging. Sie hatte keine Ahnung, wer dieser kleine, untersetzte Mann war, der Rosie das Glas aus der Hand nahm, ihr die Flasche entriß und den Bourbon ins Spülbecken goß. Rosie schrie und schlug nach ihm, verfehlte ihn aber und taumelte gegen den Schrank. Besen stürzten heraus und fielen auf sie, als sie weinend zu Boden sackte. Ihr Kopf fiel nach vorn, ihr ganzer Körper wurde von Schluchzen geschüttelt.

»Hilf mir, sie ins Schlafzimmer zu bringen, und *stell die verdammte Musik ab*!« Zusammen zerrten sie Rosie ins Schlafzimmer und dann ins Bad, wie einen gestrandeten Wal, und hoben ihren Oberkörper ins Duschbecken. Dann drehte der Mann die Dusche auf. Als Rosie wieder zu sich kam, mußte sie sich übergeben. Der Mann hielt sie fest und wurde dabei selbst vollkommen durchnäßt. Lorraine mußte ihm Handtücher und ein Kissen bringen. Schließlich hörte Rosie auf zu würgen, und er legte ihr ein Kissen unter den Kopf und stand auf. »Jetzt wird sie erst mal schlafen.«

Lorraine folgte ihm ins Wohnzimmer. Er versuchte, sich mit einem Küchenhandtuch abzutrocknen. »Sie haben sie zum Saufen gebracht, wie?«

Lorraine schüttelte den Kopf. Er setzte Kaffeewasser auf und holte Tassen, stakste vorsichtig über die Scherben. »Wie ist es denn dazu gekommen?«

»Keine Ahnung.« Sie verschränkte die Arme. Der Geruch nach Bourbon war so verlockend, daß sie schlucken mußte. »Haben Sie eine Zigarette?«

Er warf ihr eine zerdrückte Schachtel zu und rieb sich die Schulter. »Sie wiegt mindestens eine Tonne. Ich werde langsam zu alt für so was – sie hat mir schon mal die Schulter ausgerenkt, und meinem Rücken tut das auch nicht gut. Einmal hat sie mich bewußtlos geschlagen ... Also, wenn Sie die Flasche nicht mitgebracht haben, hat sie es selbst getan?«

Lorraine zündete sich eine Zigarette an und steckte das Päckchen ein. »Keine Ahnung. Ich hab' geschlafen.«

»Ach ja?« höhnte er. »Den Rausch ausgeschlafen, wie?«

Lorraine ärgerte sich über seine Attacken. Er hatte einen kurzen Hals, sein fettiges schwarzes Haar war schütter, und selbst seine Hände waren kurz und dick. »Sind Sie ihr Freund oder was?«

»Soll das ein Witz sein? Für so ein Nilpferd braucht es einen größeren Kerl. Ich bin ihr Sponsor, ich weiß schon gar nicht mehr seit wann. Die Leute vom Schnapsladen haben mich angerufen – wir haben ein Abkommen. Sie haben sie wieder draufgebracht, nicht wahr? Und dann hat sie die Flasche gekauft.« Er schenkte ihnen Kaffee ein. »Ich bin Jake Valsack.«

»Lorraine.«

Jake ließ sich schwerfällig auf dem Sofa nieder. »Aha. Sie haben es also eine Nacht lang geschafft, ja? Und ...« Er warf einen Blick auf die Armbanduhr und lächelte. Wenn er lächelte, ähnelte er weniger einem Schimpansen als einem putzigen Kobold. »Sie sind fast einen ganzen Tag lang trocken geblieben. Gehen wir zum Meeting – sie wird noch eine Zeitlang schlafen.«

Lorraine hatte keine Lust, zu einem Meeting zu gehen, also erklärte sie, sie wolle lieber bei Rosie bleiben. Jake brüllte vor Lachen. Wieder wurde sie wütend.

»Und, Lorraine, was haben Sie gemacht, bevor Sie angefangen haben zu trinken?«

Sie ging in die Kochnische und holte sich noch einen Kaffee. »Ich war Sekretärin.«

Er drehte sich zu ihr um. »Also können Sie tippen, ja? Haben Sie einen Job? Rosie sagte, Sie brauchen einen.«

»Haben Sie einen für mich?«

Wieder lachte Jake. »Glauben Sie, ich bin verrückt?«

Lorraine setzte sich auf die Sofalehne. »Und was haben Sie gemacht, bevor Sie angefangen haben zu trinken?« imitierte sie ihn höhnisch. Er blickte sie aus runden, dunklen Augen an – die

Ähnlichkeit mit einem Schimpansen war wirklich nicht zu übersehen.

»Ich war Arzt. Ich bin immer noch Arzt, ich habe nur keine Praxis mehr. Jetzt helfe ich in einer Klinik für Junkies und Alkis aus.«

Lorraine wandte den Blick ab, denn sie erkannte den Schmerz in seinen Augen. Vielleicht entdeckte Jake etwas Ähnliches in ihren, denn er wurde ein wenig weicher. Er zog eine Karte aus der Brieftasche. »Sie können mich unter dieser Nummer erreichen. Ich kenne jemanden, der eine Bürokraft braucht, für ein paar Stunden – oder Sie können für mich arbeiten. Ich bin eben doch Masochist. Wir sind für jede Hilfe dankbar, aber Geld gibt es keins.«

Er stand auf und warf einen Blick auf die kaputte Fliegentür. »Sagen Sie Rosie, ich komme wieder.«

Lorraine sah ihm nach, wie er die Straße entlangging. Dann suchte sie nach Rosies Handtasche. Sie öffnete gerade die Geldbörse, als sie ein Stöhnen aus dem Bad hörte. Rosie mühte sich aufzustehen. Lorraine sah ihr zu, kein bißchen angewidert; sie war selbst schon in erheblich schlimmerer Verfassung gewesen.

»Ich hab's wohl mal wieder versucht, wie?«

Lorraine lachte. »Genau. Dein Kumpel war hier, Jake.«

»Ach ja? Willst du da eigentlich weiter rumstehen und glotzen, oder hilfst du mir vielleicht beim Aufstehen?«

Lorraine versuchte, sie hochzuziehen, aber das Ergebnis war, daß sie ebenfalls hinfiel. Rosie war schwer wie ein Mammut. Endlich gelang es ihr, sie in eine sitzende Position zu zerren, und Rosie stützte den Kopf in die Hände und stöhnte. Lorraine holte ihr ein Glas Wasser. Rosie trank gierig und verlangte nach einem weiteren. »Hast du gesagt, Jake war hier?«

Lorraine nickte, und Rosie fing an zu weinen. Sie schluchzte und schluchzte und machte dazwischen unzusammenhängende, aber sehr bewundernde Bemerkungen über den Schimpansenmann. Schließlich putzte sie sich die Nase und wischte sich die Augen.

»Ich ziehe jetzt los und versuche, einen Job zu finden, Rosie. Hast du das verstanden?«

Rosie kam langsam auf die Beine. »Gut. Mach, was du willst.«

»Kann ich ein paar Dollar haben?« rief Lorraine aus dem Wohnzimmer.

»Klar, wenn noch was übrig ist. Ich weiß nicht, wieviel ich ausgegeben habe...« Rosie schleppte sich schwerfällig zu dem Stuhl am Telefon. »Ich warte noch ein bißchen, dann rufe ich ihn an. Ich muß mit ihm reden. Ich fürchte, du bist ohne mich besser dran. Ich bin ein mieser Sponsor. Da hatte Jake absolut recht.« Sie lehnte sich zurück, die Augen geschlossen. »Du kannst stolz auf dich sein. Du hast nicht getrunken, oder?«

»Nein.« Lorraine leerte Rosies Geldbörse und ging.

Sie hatte nicht vor, Rosie je wiederzusehen. Sie fühlte sich beinahe unbeschwert, spürte ein merkwürdiges Selbstvertrauen: Sie hatte nichts getrunken. Sie hätte es wahrscheinlich getan, wenn Jake nicht dazwischengekommen wäre, aber Tatsache blieb Tatsache.

Die Nachmittagssonne war glühend heiß, und Lorraine spürte die Hitze des Asphalts durch die Sohlen ihrer billigen, zu großen Schuhe. Das Gefühl, wenigstens etwas so Einfaches wie die eigenen Füße zu beherrschen, geradeaus gehen zu können, ohne zu schwanken, ließ ihr Selbstvertrauen wachsen. Sie schüttelte ihr Haar. Es roch nach Zitronen, genau wie das Shampoo, das sie früher – wie lang war das nun her? – benutzt hatte. Sie blieb an der Ecke stehen und zündete sich eine Zigarette an. Sie inhalierte tief und beobachtete, wie der glühende Rand langsam am Papier entlangkletterte. Sie wollte nicht an ihre Vergangenheit denken, an das, was sie einmal gewesen war.

Ein Auto fuhr langsam an ihr vorbei und blieb dann stehen. Sie hatte es schon aus dem Augenwinkel bemerkt: ein dunkelblauer Sedan. Sie konnte sogar den Fahrer beschreiben: Leinenjacke, blaues Hemd, kurzgeschnittenes, schütter werdendes blondes Haar, eine runde, randlose Brille und ein breiter, feuchter Mund. Er lehnte sich aus dem Fenster, lächelte, fuhr sich mit dem Daumen über die glänzenden, feuchten Lippen und fragte, ob er sie irgendwohin mitnehmen könne. Lorraine trat näher heran, senkte den Kopf ein wenig, damit die Narbe nicht zu sehen war, hielt den Mund halb geschlossen. Sie wollte nicht, daß er zu viel von ihren Zähnen sah. Sie kannte das Spiel und wußte, wenn er ein Bulle war, würde er sie dazu bringen wollen, ihren Preis zu nennen. Sie beugte sich weiter hinunter.

»Haben Sie sich verfahren?« Sie sprach leise, legte die Hand auf den Türgriff. »Kann ich etwas für Sie tun?«

Er starrte sie an, als versuche er, sie einzuschätzen, dann sah er sich noch einmal nach links und rechts um und wies mit dem Kopf auf den Beifahrersitz. »Steig ein.«

Das tat sie. Er fuhr schnell weiter, auch das gehörte zum Spiel. Sofort erklärte er, er wolle es mit dem Mund, und zwar in der Öffentlichkeit. Dabei leckte er sich ständig weiter die Lippen. Lorraine legte den Arm über die Sitzlehne, aber als sie seinen Hals berührte, zuckte er zusammen. Er wollte nicht angefaßt werden, sagte er, das könne er nicht ausstehen. Er fuhr weiter, überholte ständig, bis er schließlich in das Parkhaus eines Supermarkts einbog. Das erste Stockwerk war beinahe voll, Leute kamen und gingen mit vollen Einkaufstüten, beluden Kofferräume.

Er ließ den ersten Stock links liegen, dann den zweiten, die Reifen quietschten, als er weiter die Rampe hinauffuhr. Im dritten Stock parkte er schließlich. Er hatte kaum den Motor abgeschaltet, da zog er auch schon den Reißverschluß auf. Lorraine streckte die Hand aus. Er schubste sie weg. »Ich hab' dir doch gesagt, ich will nicht, daß du mich anfaßt.«

»Immer mit der Ruhe, Mann. Soll ich nur dreckige Geschichten erzählen, ist es das?«

Er war angespannt, krampfte die Hände zusammen.

»Nein, ich glaube, du willst, daß ich dir einen blase, gleich hier, wo dich vielleicht jemand erwischen kann: Das ist aufregend, wie? Böser Junge! Du bist ein sehr böser Junge, nicht wahr? Also, du hast Glück, das ist nämlich meine Spezialität. Was ist, soll ich dich noch drum bitten? Das willst du doch, oder?« Seine Lippen zuckten, sein Blick flackerte. Sie flüsterte, schnalzte mit der Zunge, und er schloß die Augen. »Wie ich schon sagte, es wird dir wirklich gefallen, und hier sind eine Menge Leute, aber erst müssen wir übers Geld reden. Können wir das vorher klären, ja?«

Er starrte aus dem Fenster, wurde erregter, als er sah, wie ein paar Kunden ihre Einkäufe einpackten; ihre Stimmen hallten in dem Betongebäude wider. Er lockerte den Gürtel, als habe er sie nicht gehört, zerrte an seiner Hose. »Mach schon, Miststück.«

Lorraine drückte sich mit dem Rücken an die Beifahrertür und tastete mit der linken Hand nach dem Türgriff. Wenn er jetzt komisch würde, wäre sie sofort draußen. »Zwanzig Dollar.«

Eine Frau parkte direkt neben ihnen. Im Wagen saßen ihr Mann und zwei Kinder. Als sie auf die Fahrstühle zugingen, fing Lorraines Freier an, sich selbst zu befriedigen, den Mund zu einem breiten Lächeln verzogen. Sein erigierter rosa Penis reckte sich aus der Wäsche. Der Mann begann zu keuchen, lehnte sich zurück, und mit der linken Hand bediente er den Hebel, der die Lehne verstellte.

Lorraine versuchte es noch einmal. »Zwanzig Dollar.«

Seine Erektion fiel in sich zusammen, und er gab ein unterdrücktes Schluchzen von sich. Sie fluchte: wieder einer von denen, die es gerade mal eine halbe Minute schafften und dann anfingen zu heulen.

Er zog die Brieftasche heraus, ein ganzes Bündel Banknoten, nahm einen Zwanziger und warf ihn ihr hin. »Und jetzt mach deine Arbeit, Miststück!« Er packte sie am Haar, drückte ihr Gesicht auf den schlaffen rosa Wurm. Lorraine konnte ihn riechen, seine Hose, selbst die Baumwolle seiner blaugestreiften Boxershorts. Er hatte die Hand in ihrem Nacken und hielt sie weiter am Haar, während er sie tiefer nach unten drückte.

War es der Zitronenduft in ihrem Haar, oder die Tatsache, daß sie stocknüchtern war? Sie wußte genau, wofür er sie bezahlte, sie hatte es wahrhaftig schon oft genug getan. Aber nie nüchtern. Sie hatte den Kopf zwischen den Beinen eines Freiers und gerade zwanzig Dollar dafür bekommen, ihm auf einem Parkdeck einen zu blasen, aber plötzlich tauchte der Geist von Lieutenant Lorraine Page auf und kämpfte um ein winziges bißchen Selbstachtung. Sie konnte es nicht.

»Tut mir leid. Hier haben Sie Ihr Geld wieder.«

Er ließ sie nicht los, drückte sie im Gegenteil noch tiefer nach unten. Sie stützte sich mit den Händen ab, versuchte sich aufzurichten. Er war viel stärker als sie, und sie war in dieser vornübergebeugten Position, den Kopf unter dem Lenkrad eingeklemmt, ausgesprochen verwundbar. Sie hörte ein Klicken, als er das Handschuhfach öffnete, konnte aber nicht sehen, was er herausholte. Sie zwang sich, ruhig zu bleiben, und versuchte sich in eine günstigere Position zu manövrieren, aber er hielt sie immer noch am Haar.

Der erste Schlag betäubte sie einen Augenblick – er streifte ihren Hinterkopf –, aber er hatte mit solcher Kraft zugeschlagen, daß er dabei automatisch den Griff lockerte. Mit aller Kraft riß sie den Kopf hoch, warf sich gegen seine Brust. Er rutschte zurück, und in diesem Augenblick sah sie den Klauenhammer. Er hob ihn, um wieder zuzuschlagen, und sie wußte, daß er sie damit umbringen wollte.

Sie wandte ihm ihr Gesicht zu und biß ihn in den Hals. Sie ließ nicht los, biß sich durch die Haut. Er schrie auf, war jetzt mehr darauf versessen, sie loszuwerden, als den Hammer noch einmal zu benutzen, aber sie ließ nicht locker.

Die Familie nebenan lud ihre Einkäufe ein. Die Fenster des blauen Sedan waren beschlagen, aber das Geschrei veranlaßte die Frau, ihre Kinder ins Auto zu schieben. Sie rief ihrem Mann zu, er solle nicht näher herangehen, aber er kümmerte sich nicht darum, und als er die Fahrertür erreicht hatte, rief er: »Alles in Ordnung da drin?« Zögernd streckte er die Hand nach dem Griff der Fahrertür aus. »Alles in Ordnung da drin?«

Als er die Tür öffnete, fiel Lorraine heraus, mit dem Kopf zuerst, und warf ihn beinahe um. Die ganze Familie schrie, als sie das Blut an ihrem Hinterkopf und dann an ihrem Mund sahen.

Der Sedan machte einen Satz rückwärts und zerrte Lorraine mit – ihr Kleid hing immer noch am Hebel des Sitzes. Der Mann, der ihr zu Hilfe gekommen war, streckte den Arm aus, hätte den Fahrer beinahe am Ärmel erwischt, aber auch er fiel, als dieser das Steuer herum und damit den Wagen zur Seite riß. Die Tür fiel zu, und der blaue Wagen schoß mit quietschenden Reifen auf die Ausfahrt zu.

Die Frau beugte sich über Lorraine, die versuchte, sich aufzurappeln. Zu ihren Füßen lag die Brieftasche; sie mußte beim Kampf aus der Tasche des Freiers gefallen sein. Lorraine griff danach. »Er hat versucht, mich auszurauben, er hat meine Tasche genommen und …«

Die Frau rief ihrem Mann zu, er solle die Polizei rufen, aber Lorraine schüttelte den Kopf. »Nein, nein, ist schon gut – ich habe meine Brieftasche ja wieder. Es ist alles in Ordnung …«

»Aber er hat Sie verletzt; schauen Sie sich doch nur an.«

Lorraine wich vor ihren besorgten Gesichtern zurück. Sie tastete über ihren Hinterkopf. »Es ist nichts; ich werde den Vorfall der Parkhausaufsicht melden. Ich danke Ihnen.«

Inzwischen war auch der Mann wieder bei ihnen, rot angelaufen und vor Aufregung zitternd. »Ich hole die Polizei. Geht es Ihnen gut?« Der Frau kam Lorraine plötzlich verdächtig vor, und sie packte ihren Mann am Arm. »Steig ein, laß sie in Ruhe. Sie sagt, sie will keine Hilfe. *Geh rein zu den Kindern!*«

Er sah von seiner Frau zu Lorraine, der ein dünnes Lächeln gelang. »Mir geht's gut, danke für Ihre Hilfe.«

Er zögerte noch, aber dann rief seine Frau mit schriller Stimme: »Siehst du denn nicht, was das für eine ist? Hast du ihr Gesicht nicht gesehen? Sie ist eine Nutte, und wahrscheinlich wollte sie ihn bestehlen. Steig endlich ein!« Selbst im Auto zeterte sie noch weiter, und er drehte sich um und starrte Lorraine an, verwirrt und entsetzt.

In der Damentoilette tränkte Lorraine eine Handvoll Klopapier mit Wasser und hielt es sich an den Hinterkopf. Sie hatte einen Schuh verloren, ihr Kleid hatte Blutflecken, und die Wunde hörte nicht auf zu bluten. Auch ihr Mund war blutig. Hatte er sie auch auf den Mund geschlagen? Aber es war nicht ihr Blut, sondern seins; sie hatte wirklich fest zugebissen. Sie zitterte und mußte sich auf die Toilette setzen, um nicht ohnmächtig zu werden.

Mit bebenden Händen klappte sie die Brieftasche auf. Ein Führerschein mit einem Foto – aber das zeigte nicht den Mann im Wagen. Die üblichen Fahrkarten und Abholzettel aus der Reinigung und mehr als dreihundertfünfzig Dollar. Sie faltete die Scheine und steckte sie in ihr Höschen. Dann warf sie die Brieftasche in den Mülleimer.

Sie blieb fünfzehn Minuten am Waschbecken und versuchte, die Blutung zu stillen. Als sie schließlich ging, fühlte sie sich immer noch schwindlig und schwach, also nahm sie ein Taxi zu Rosies Wohnung.

Lorraine hatte kaum noch die Kraft, aus dem Taxi zu steigen, und der Fahrer wurde fuchsteufelswild, als er sah, daß auf dem Sitz Blutflecken waren. Jake, der gerade Rosie besuchte, beobachtete die Szene aus dem Wohnzimmerfenster.

Er nahm zwar an, sie sei ebenso betrunken, wie Rosie es gewesen war, aber er half trotzdem, sie nach oben zu bringen. Als er die Wunde an ihrem Kopf sah, bestand er darauf, daß Lorraine ins Krankenhaus ging.

Da die Wunde immer noch blutete, stimmte Lorraine widerstrebend zu, mit Jake in seine Klinik zu fahren. Danach steckte Rosie sie in ihr eigenes Bett und gab ihr die Beruhigungsmittel und Antibiotika, die Jake verschrieben hatte. Als sie schlief, fragte Jake Rosie: »Was hat sie dir eigentlich alles vorgelogen?«

Rosie zuckte die Achseln. »Ach… sie hat nur behauptet, mal bei der Polizei gewesen zu sein.«

Jake lächelte und konzentrierte sich darauf, die Scharniere der kaputten Fliegentür abzuschrauben. »Das könnte natürlich erfunden sein. Ich glaube, sie geht auf den Strich und wollte sich deshalb nicht an die Polizei wenden. Aber jemand hat sie beinahe umgebracht. Ich mache mir allerdings mehr Sorgen um dich, Rosie – du bist früher doch so gut zurechtgekommen.«

»Ich glaube nicht, daß sie irgendwas mit meiner Sauferei zu tun hatte, Jake. Das lag an meinem Mann.«

Jake betrachtete kritisch die Schrauben. »Mag sein, aber du bist im Moment sehr verwundbar, Schatz, und es braucht nicht viel, dich aus dem Gleichgewicht zu bringen. Wie lange ist sie schon trocken? Nicht lange, oder?«

Rosie wußte, er hatte recht, und er meinte es gut, aber sie konnte ihn nicht einfach anrufen, wenn sie Gesellschaft brauchte. »Ich bin ziemlich einsam, Jake. Ich brauche Freunde.«

Jake griff nach den neuen Scharnieren. »Ich habe kein Recht, dir vorzuschreiben, was du tun und lassen sollst. Ich werde morgen wiederkommen müssen; das hier sind nicht die richtigen Schrauben.«

Rosie seufzte und spähte ins Schlafzimmer. »Ich glaube, wir kommen heute abend zurecht. Mich um sie zu kümmern, wird mich ablenken.«

Jake zog seine Jacke an. »Also gut, aber behalte sie im Auge. Ich traue ihr nicht über den Weg.«

Er erzählte ihr nichts von dem dicken Bündel Banknoten, das unter ihrem Rock herausgerutscht war. Lorraine war wütend geworden; als er sie nach dem Geld gefragt hatte, hatte sie ihn angefaucht, er solle sich raushalten; das sei ihr Erspartes. Jake war sicher, daß sie der Polizei bekannt war, er sah es an ihrem Gesicht, an dieser Härte. Sie mußte hart wie so mancher Mann sein, wenn sie nach solch einem Schlag noch imstande war rumzulaufen.

Rosie kochte Hühnersuppe, obwohl es draußen über fünfundzwanzig Grad hatte. Sie fühlte sich selbst ein bißchen schwach und aß fast alles auf, bevor sie eine kleine Schale zu Lorraine hineintrug. Lorraine war schon längere Zeit wach, hatte aber die Augen geschlossen und zuckte zusammen, als Rosie sich aufs Bett setzte. Ihr Kopf tat weh, ein scharfer Schmerz, der auf ihre Augen drückte.

»Suppe«, rief Rosie und hielt ihr die Schale und einen großen Löffel hin. Lorraine lächelte. Es war das letzte, was sie sich an einem so heißen Abend gewünscht hätte, aber nachdem sie den ersten Löffel probiert hatte, wußte sie, daß es genau das Richtige war. Schließlich stippte sie sogar mit dem Weißbrot die Reste auf und wischte die Schale sauber.

»Ich würde dir ja noch mehr anbieten, aber ich hab' bereits selbst zugeschlagen«, gestand Rosie, als sie die Schüssel wegtrug.

Lorraine kuschelte sich unter die Decke. »Ich bin satt, und es hat sehr gut geschmeckt… es macht mir übrigens nichts aus, wenn du auch im Bett schläfst; auf das Sofa da draußen wirst du wohl kaum passen!«

Rosie lachte. »Besten Dank! Ich hatte eigentlich vor, die Kissen auf den Boden zu legen. Ich würde dich ja einfach rausschmeißen, aber Jake hat gemeint, du mußt vorsichtig sein, dich nicht viel rumwälzen und dir auf keinen Fall den Kopf stoßen. Ich halte es schon auf dem Sofa aus – eine Nacht lang.«

Lorraine hörte sie noch lange herumstampfen. Sie überprüfte in ihrem Höschen, ob das Geld noch da war; sie war etwas beunruhigt, weil sie nicht wußte, ob Jake es Rosie gegenüber erwähnt hatte. Jedenfalls war es noch da, und das tröstete sie. Sie hatte mehr als dreihundert Dollar – genug, um von Rosie wegzukommen.

Die Dielen im Schlafzimmer bebten, als Rosie mit einer Tasse heißer Schokolade zurückkam, sie auf den Nachttisch stellte, die Nachttischlampe einschaltete und die Steppdecke zurechtzupfte. Diese Fürsorglichkeit – behandelt zu werden, als wäre sie ein kleines Mädchen – brach Lorraine fast das Herz.

»Rosie... bist du noch da?« flüsterte sie.

»Ja. Ich gebe dir jetzt noch deine Medizin.«

Sie beobachtete, wie Lorraine sich langsam auf den Ellbogen aufrichtete, mit schmerzverzerrtem Gesicht. »Möchtest du ein Aspirin?«

Lorraine nickte, und Rosie holte ihr zwei Tabletten. »Wenn du mich brauchst, ich bin draußen.«

Lorraine wurde rot. »Rosie, ich... äh... Ich will wirklich wieder ein vernünftiges Leben führen, und wenn es nötig ist, daß wir zu diesen Meetings gehen, dann gehen wir eben zusammen.«

Rosie nickte. »Das will ich aber auch hoffen. Gute Nacht, schlaf gut. Morgen pennst du wieder auf dem Sofa.«

Lorraine lachte leise und rollte sich zusammen. Sie hatte sich so lange nicht mehr lachen gehört, daß dieses Geräusch sie irgendwie wärmte, genau wie die weiche Steppdecke und die dicken Kissen. Fast vier Monate, rechnete sie, und kein Tropfen Alkohol. Konnte sie – *wollte* sie das wirklich weiter durchhalten? Das Geldbündel in ihrem Höschen drückte. Sie zog es heraus, stopfte es unters Kissen und fragte sich vage, wieso auf dem Führerschein nicht das Bild des Kerls gewesen war, der sie mitgenommen hatte. Er hatte das Auto vermutlich gestohlen, und die Brieftasche gehörte dem eigentlichen Besitzer. Sie seufzte tief, als sie sich noch einmal alles vor Augen rief. Ein Klauenhammer im Handschuhfach. Sehr praktisch. Die Position, zu der er sie gezwungen hatte, sein zurückgeklappter Sitz… als habe er so etwas schon früher getan. Jake hatte gesagt, sie habe Glück, noch am Leben zu sein; hätte er sie zwei Zentimeter weiter oben getroffen, hätte er ihr den Schädel eingeschlagen. Wenn sie den Kerl nicht in den Hals gebissen hätte, wäre sie jetzt tot. Sie wußte, daß sie ihn gezeichnet hatte – der Biß war tief gegangen. Sollte sie am Morgen die Polizei anrufen und ihnen einen anonymen Tip geben? Den Angreifer beschreiben? Sie gähnte. Vielleicht. Vielleicht sollte sie jetzt auch schlafen und einfach froh sein, wie Rosie immer sagte, daß sie einen weiteren Tag überlebt hatte.

Rosie zog die Polster vom Sofa, drehte den Fernseher leise und machte es sich bequem. Sie schaltete von Kanal zu Kanal und sah einen Augenblick in den Lokalnachrichten das Bild eines gewissen Norman Hastings, dessen Leiche im Kofferraum seines blauen Sedan gefunden worden war. Er war mit einer Art Hammer erschlagen worden. Seine Brieftasche fehlte. Jeder, der etwas über den Toten wußte, wurde gebeten, sich mit dem örtlichen Polizeirevier in Verbindung zu setzen, und dann erschien die Nummer auf dem Bildschirm. Eine Viertelstunde später schaltete sie den Fernseher aus und legte sich hin. Morgen, beim nächsten Meeting, würde sie zugeben müssen, daß sie rückfällig geworden war. Sie fing an, die zwölf Traditionen der anonymen Alkoholiker aufzusagen. Sie schaffte es selten über die fünfte oder sechste hinaus, und dieser Abend war keine Ausnahme. Schon bei der dritten war sie fest eingeschlafen. »Die einzige Voraussetzung für die AA-Zugehörigkeit ist der Wunsch, mit dem Trinken aufzuhören.«

Kapitel 2

Der Bericht über die Entdeckung von Norman Hastings' Leiche wurde in den morgendlichen Nachrichtensendungen wiederholt, zusammen mit Fotos des blauen Sedan und der Bitte, alle, die Hastings oder sein Auto gesehen hatten, sollten sich melden. Leiter der Ermittlungen war Captain William »Bill« Rooney von der Mordkommission in Pasadena.

Gleich am Vormittag rief ein Mann namens Don Summers an. Er war nicht hundertprozentig sicher, aber er glaubte, den blauen Sedan am Nachmittag zuvor in einem Parkhaus in Pasadena gesehen zu haben.

Rooney kam erst am nächsten Tag dazu, Summers zu befragen. Er bezweifelte, daß der Mann wirklich helfen könne, da er nicht sicher war, ob er genau dieses Auto gesehen hatte – die Nummer hatte er sich jedenfalls nicht notiert. Außerdem hatte er den Fahrer nicht genau gesehen, nur eine Frau, die mit ihm im Auto gewesen war. Rooney wußte auch, daß Hastings zu dem Zeitpunkt, als Summers den blauen Sedan vermutlich gesehen hatte, schon nicht mehr gelebt hatte. Er wußte von der fehlenden Brieftasche des Toten und daß sie wahrscheinlich über dreihundert Dollar enthalten hatte, die Hastings am Morgen seines Todes von der Bank abgehoben hatte. Er vermutete Raub als Tatmotiv, da sich bisher kein anderes Motiv ergeben hatte. Hastings war offenbar glücklich verheiratet gewesen, seine Arbeitskollegen hatten ihn gemocht, und er hatte keine Feinde gehabt.

Rooney las sich Summers' Aussage erst durch, nachdem er den Autopsiebericht und das Material der Spurensicherung zur Kenntnis genommen hatte. Jemand hatte den Sedan saubergemacht, und die Spurensicherung hatte keine Fingerabdrücke gefunden – nicht einmal die des Toten –, dafür aber Blutspuren auf dem Fahrersitz und im Handschuhfach. Was Rooney endgültig bewog, Summers noch einmal persönlich zu befragen, war der Frauenschuh, den man unter dem Sitz gefunden hatte und der nicht Hastings' Frau gehörte.

Rooney saß Mr. und Mrs. Summers gegenüber und hörte zu, wie sie noch einmal von dem blauen Sedan erzählten, von den Schreien des Mannes und der folgenden Szene.

»Na gut, was können Sie mir über die Frau sagen? Diejenige, die angeblich im Auto war?«

Summers beschrieb sie. Groß und schlank, mit einem blutbefleckten Blümchenkleid. Sie war verletzt gewesen, sie blutete aus dem Mund und hatte eine Wunde am Hinterkopf. Sie hatte eine Brieftasche in der Hand gehabt und erzählt, der Mann habe versucht, sie zu berauben. Summers' Frau warf ein, das habe sie nicht geglaubt, denn als sie angeboten habe, die Polizei zu rufen, habe die Frau sich geweigert und gesagt, es wäre alles in Ordnung.

Rooney bat um eine genauere Beschreibung der Frau. Summers zögerte, seine Frau nicht; sie erinnere sich genau an das dünne, schlecht geschnittene blonde Haar, daß die Frau etwas über einssiebzig groß gewesen sei, aber ungewöhnlich dünn; sie habe irgendwie krank ausgesehen. Sie erinnerte sich, daß sie zu ihrem Mann gesagt habe, die Frau wäre wahrscheinlich eine Prostituierte.

»Wie kommen Sie darauf?« wollte Rooney wissen.

Mrs. Summers biß sich auf die Lippen. »Ich weiß nicht, sie hatte so etwas an sich – etwas Abgebrühtes. Sie sah sehr hart aus, irgendwie verzweifelt – und natürlich war sie voller Blut.«

Don Summers warf seiner Frau einen Blick zu. »Ich kann nur sagen, ich stand näher an ihr dran als meine Frau, und diese Frau hatte Angst – sie war wirklich schwer verletzt, sie war überall blutig.«

Rooney zeigte ihnen den Schuh, den sie in Hastings' Wagen gefunden hatten, und sie bestätigten, daß die Frau nur einen Schuh angehabt hatte.

»Also müssen wir ein Aschenbrödel finden«, witzelte

Rooney, aber die Summers' fanden das überhaupt nicht komisch. Sie waren verschreckt von diesem weitläufigen, hochtechnisierten Polizeihauptquartier.

Selbst Rooney flößte das Gebäude manchmal Unbehagen ein. Er war nicht an so viele Flure, Räume und Gebäudeflügel gewöhnt und nicht an so viel Verwaltungspersonal. Die alten Tage, in denen ein Mann auf einem schmalen Flur mit abblätternder Farbe einem Kumpel begegnen und auf ein Schwätzchen stehenbleiben konnte, waren vorüber. Beinahe in jedem Büro hingen Schilder, die das Rauchen untersagten; einige Kollegen klebten sie sogar an ihre Computer. Nur Captain Rooney arbeitete weiter in einer Wolke aus Zigaretten- oder Zigarrenrauch. Zum Glück dauerte es bis zu seiner Pensionierung nicht mehr lange; der Hastings-Mord würde wohl sein letzter Fall sein. Er hoffte, ihn schnell lösen, noch einen Bonus kassieren und sich dann in den Ruhestand begeben zu können. Die Aussicht darauf verunsicherte ihn, aber das tat dieses neue Gebäude auch. Er wußte allerdings nicht, wie sein Leben danach aussehen sollte – er arbeitete bei der Polizei, seit er achtzehn war, er kannte nichts anders, das Revier war seine Welt.

Als Rooney wieder in sein Büro zurückkehrte, war noch ein weiterer Anruf im Zusammenhang mit dem Hastings-Mord eingegangen, diesmal von einer Frau, die anonym bleiben wollte. Sie hatte eine detaillierte Beschreibung des Mannes abgegeben, der angeblich den Wagen des Toten gefahren hatte: etwa neunzig Kilo schwer, etwa einsfünfundsiebzig groß, obwohl sie sich da nicht sicher war, blaue Augen, eine rosagetönte Brille mit Goldrand, gerade Nase, volle Lippen, bekleidet mit Leinenjacke und Hemd. Sie beschrieb eine Bißwunde an seinem Hals, die über dem Hemdkragen sichtbar sein mußte, dicht an der Kehle. Sie würde wahrscheinlich entzündet sein. Außerdem besaß der Mann einen Klauenhammer, den er im Handschuhfach aufbewahrt hatte.

Rooney sah sich die Notizen des Diensthabenden an.

»Und, haben Sie den Anruf zurückverfolgt? Das dürfte doch mit all diesen neuen Geräten nur ein paar Sekunden dauern.«

Sie hatten den Anruf nicht verfolgt, vor allem, weil sie ihn nicht ernst genommen hatten, und dann war es zu spät gewesen. Rooney stapfte in sein Büro zurück. Er hielt Josh Bean, seinem Lieutenant, die Notizen unter die Augen. »Hast du das gelesen? Wer immer sie ist, sie will, daß der Kerl erwischt wird – sie hat sogar die Waffe beschrieben. Nur komisch, daß sie nicht genau angeben konnte, wie groß der Bursche ist. Alles andere ja, Kleidung, Haar, Brille, Mund, sogar das Gewicht. Alles, bis auf ihren Namen. Und diese Idioten haben den Anruf nicht verfolgt!«

Bean sah sich die Notizen an. Sie hatte das Kennzeichen des Wagens nicht genannt, fiel ihm auf, während Rooney sich ächzend auf seinen kostbaren alten Lederdrehstuhl fallen ließ.

»Wahrscheinlich hat diese Summers recht, und sie ist eine Nutte. Deshalb weiß sie auch nicht, wie groß der Kerl war. Vermutlich ist er nicht ausgestiegen, sondern hat sie einfach auf dem Bürgersteig aufgelesen…«

Bean nickte zustimmend. »Es sei denn, beide Zeugen und diese Anruferin haben den falschen Typ gesehen. Vielleicht hat er nur das Pech, ebenfalls einen blauen Sedan zu fahren.«

Rooney stützte die Ellbogen auf den Schreibtisch. »Vielleicht, aber sie hat von einem Klauenhammer erzählt. Und im Bericht der Spurensicherung über die Mordwaffe steht: ›Ein stumpfkantiger Hammerkopf mit zweieinhalb Zentimetern Durchmesser und Klauen von drei Zentimetern Länge‹.« Er suchte in den Akten, bis er ein Foto des Toten gefunden hatte, eine Nahaufnahme der Wunden, die ihm an Schädel, Wangen und Kinn beigebracht worden waren. Wenn die anonyme Anruferin recht hatte, dann suchten sie nach einem Mörder, der eine tiefe Bißwunde am Hals hatte.

Rooney sah Bean grinsend an. »Das sollte ja wohl nicht lange dauern, wie? Dracula würde ich ausschließen, aber wir können uns ja einfach Hastings' sämtliche Geschäftspartner ansehen, und die ohne Biß fallen raus.«

Lieutenant Bean runzelte die Stirn; er war nicht ganz sicher, wie ernst Rooney das meinte. Plötzlich schnauzte der Captain ihn an, in die Gänge zu kommen.

»Verdammt, ich dachte, Sie machen Witze!«

Rooney kratzte sich an der Knollennase. »Quatsch! Dieser

Anruf ist viel zu detailliert, um ihn nicht ernst zu nehmen. Los, mach schon! Und nebenbei, der Schuh, den wir haben, könnte auch der Nutte gehören. Die Summers' meinten, sie habe nur einen Schuh angehabt, aber sie waren sich nicht sicher.«

»Also gut. Ich werde den Schuh mitnehmen, und alle müssen ihn anprobieren. Vielleicht finde ich ja die Besitzerin.«

Lorraine hatte das schlimmste Kopfweh ihres Lebens. Kein Kater hatte je so geschmerzt. Wenn sie aufstand, wurde ihr schwindlig, wenn sie sich bewegte, wurde ihr übel – und als sie sich zum erstenmal aufsetzte, mußte sie sich übergeben. Dank der Antibiotika und des Aspirins waren die peinigenden Schmerzen wenigstens ein bißchen gedämpft. Als Rosie kurz zum Einkaufen ausgegangen war, hatte sie die Polizei angerufen. Sie hatte sich bewußt kurz gefaßt, weil sie nicht wollte, daß der Anruf zurückverfolgt werden konnte, und als Rosie kam, war sie schon wieder im Bett.

Der Eisbeutel half, aber sie konnte unmöglich aufstehen und zum Meeting gehen. Rosie ließ sie nur ungern allein, doch sie brauchte das Meeting jetzt. Lorraine war froh, allein zu sein. Ihr ganzer Körper tat weh, aber der Kopfschmerz war reine Folter, so schlimm, daß sie an Alkohol nicht mal denken konnte, geschweige denn daran, aufzustehen und sich welchen zu besorgen. Sie wollte einfach nur, daß der Schmerz endlich nachließ.

Sie blieb länger als eine Woche in Rosies Bett, schaffte es allein nicht mal zur Toilette. Jedes Geräusch war unerträglich. Aber sie konnte etwas essen, und Rosie bediente sie vorn und hinten. Rosie genoß es, gebraucht zu werden; es lenkte sie davon ab, an Alkohol zu denken.

In der dritten Woche ließen die Kopfschmerzen langsam nach, und Lorraine konnte mit eigener Kraft unter die Dusche. An diesem Nachmittag zog Jake ihr die Fäden. Die Wunde war gut geheilt, aber Jakes Fähigkeiten als Friseur erwiesen sich als höchst zweifelhaft. An Lorraines Hinter- und Oberkopf war das Haar fast militärisch kurz, vorn lang und fransig. Sie wirkte beinahe jungenhaft, und sie mußten lachen, als sie sich die vorderen Strähnen zurückband, um sie aus der Stirn zu halten. Sie las viel, zunächst nur Zeitschriften, weil sie schon vom Durchblättern der Tageszeitungen Kopfschmerzen bekam, aber langsam pflügte sie sich auch durch Rosies kärglichen Bestand an kitschigen Bestsellern.

Sie hatte das Geld immer noch unter der Matratze versteckt. Manchmal hatte sie Schuldgefühle, weil Rosie für alles bezahlen mußte, aber sie wußte nicht, wie sie etwas dazu beisteuern sollte, da Rosie glaubte, sie sei pleite. Da Lorraine allzu neugierige Fragen über die Herkunft des Geldes befürchtete, beschloß sie, es nicht zu erwähnen.

Vier Wochen später hatte sie eine Lösung gefunden. Als Rosie von der Arbeit zurückkehrte, präsentierte sie ihr fünfzig Dollar. »Du kannst stolz auf mich sein, Rosie. Ich war erst bei meinem Freund und dann in einem Leihhaus. Hier, das ist für dich. Ich hab' mein Zeug verscherbelt.« Rosie ahnte nicht, daß Lorraine die Wohnung überhaupt nicht verlassen hatte, aber sie meinte, dann sei es an der Zeit, die Verteilung der Schlafplätze neu zu regeln. Sie versicherte Lorraine, daß sie sie nicht rauswerfen wolle, aber sie brauche unbedingt mal eine ruhige Nacht in ihrem eigenen Bett. An diesem Abend zog Lorraine wieder aufs Sofa.

Monate waren vergangen, seit Lorraine das letzte Glas Alkohol angerührt hatte, und der Angriff auf sie lag nun über sechs Wochen zurück. Auf dem unbequemen Sofa zusammengerollt, überlegte sie, was sie als nächstes tun solle. Sie war tatsächlich nüchtern, hatte nicht einmal das Bedürfnis, etwas zu trinken, aber würde es ihr auch so gehen, wenn sie wieder ganz gesund war?

Geld hatte sie, beinahe dreihundert Dollar. Es kam ihr wie ein Vermögen vor, aber sie wußte, es würde nicht lange reichen. Sie wollte aus Rosies Wohnung ausziehen, aber die Frage war, wohin? Und was sollte sie tun?

Nach zwei Tagen wurde es mehr als deutlich, daß sie sich nicht länger in der kleinen Wohnung verstecken konnte: Rosie hatte bereits mehrmals angedeutet, daß die fünfzig Dollar längst verbraucht waren.

Sie sah sich nicht in der Lage, langfristige Pläne zu machen; es war die nahe Zukunft, die sie beschäftigte. Als sie in der Wohnung festgesessen hatte, hatte sie viel ferngesehen und die Mordermittlungen verfolgt. In den Nachrichten wurde ein Phantombild der Frau aus dem blauen Sedan gezeigt, das sie beinahe komisch fand; es hatte nicht die geringste Ähnlichkeit mit ihr, und sie hatte keine Schuldgefühle, weil sie sich nicht bei der Polizei meldete. Sie versuchten, sich über den Taxifahrer auf ihre Spur zu setzen. In den Notaufnahmen der Krankenhäuser waren sie abschlägig beschieden worden. Es schien, daß niemand die Frau oder den blauen Schuh des Ermordeten gesehen hatte. Lorraines Anruf wurde für die Ermittlungen immer wichtiger.

Jake störte sich an ihrer Tatenlosigkeit. Er versuchte sie zu motivieren, indem er vorschlug, sein Freund könne etwas für ihre Zähne tun. Sie mußten unbedingt behandelt werden, und der fehlende Schneidezahn machte sie nicht gerade hübscher. Für etwa dreißig Dollar, bot er an, könne sie eine Krone bekommen.

»Du kennst also auch einen versoffenen Zahnarzt, wie, Jake?«

Jake lachte, aber sie hatte recht. Auch sein Freund war Alkoholiker und versuchte gerade, seine Praxis wieder aufzubauen.

Lorraine verbrachte vier qualvolle Tage, aber das Ergebnis konnte sich sehen lassen: zwei überkronte Schneidezähne, alle Löcher plombiert, das Zahnfleisch gereinigt und die Zähne gebleicht. Ihr Mund war geschwollen und wund, aber insgesamt war es ein Erfolg. Sie griff wieder auf die Lüge ihrer verkauften Habe zurück und zahlte die dreißig Dollar. Sie gab auch Rosie zwanzig und verkündete dann, jetzt habe sie nichts mehr, was sie verkaufen oder versetzen könne. Rosie glaubte ihr; Lorraine war eine gute Lügnerin.

Sie ging zu dem Friseur um die Ecke, um sich das Haar schneiden und Strähnen färben zu lassen. Jakes jämmerliches Geraspel schränkte die Möglichkeiten stark ein, aber die Friseuse gab sich große Mühe, schnitt die Haare hinten und an den Seiten sogar noch kürzer und vorn zu einem langen Pony, eine Frisur im Stil der zwanziger Jahre, die Lorraines Wangenknochen betonte, und die Strähnen ließen ihr dünnes Haar voller aussehen. Sie hatte sich keinesfalls in eine Schönheit verwandelt: Ihre Nase war gebogen und eingedellt, wo sie einmal gebrochen gewesen sein mußte, und natürlich war die weiße, gezackte Narbe geblieben. Trotzdem war es eine neue, selbstsicherere Lorraine, die vom Friseur nach Hause kam.

Rosie war verblüfft und voller Bewunderung, und auch Jake machte Lorraine Komplimente, wenn auch etwas indirekter. Er stieß einen Pfiff aus und sagte dann: »Schatz, du mußt wirklich mal umwerfend gewesen sein.«

Rosie wurde ein wenig neidisch. Nichts, was sie mit ihrem krausen Wuschelkopf anstellte, würde sie je so verändern – und es ärgerte sie, daß Lorraine sich einen teuren Haarschnitt leistete, aber keinen Cent zur Miete beisteuerte. Schließlich machte sie ihr klar, daß sie nicht die Wohlfahrt war und Lorraine endlich den Arsch hochkriegen solle...

Aber Lorraine hatte Angst, die Geborgenheit der Wohnung aufzugeben. Selbst Jakes Anwesenheit tröstete sie. Er war so zuverlässig und beruhigend. Immer noch verschwieg sie ihre versteckten Geldreserven; sie stellten ihre einzige Sicherheit dar und bedeuteten, daß sie sich, wenn sie denn wollte, ein Riesenbesäufnis leisten konnte. Der Gedanke, wieder zu trinken, blieb ein möglicher Fluchtweg, aber inzwischen wachte sie wenigstens nicht mehr morgens schon mit dem Gedanken an Alkohol auf. Weit entfernt: Meist wußte sie sogar beim Aufwachen, wo sie war. Aber die Freude darüber wich schnell wieder der Angst – der Angst, völlig allein dazustehen und sich nicht helfen zu können.

Sie gab nicht zu erkennen, was sich in ihr abspielte. Auf Rosie und Jake wirkte sie beherrscht und voller Selbstvertrauen. Sie war peinlich auf Sauberkeit bedacht, manchmal duschte sie zwei- oder dreimal am Tag, schrubbte sich beinahe wund. Sie untersuchte ihre Zähne und ihr Gesicht im Spiegel, studierte ihre Narben, als könnte sie dadurch herausfinden, wer sie war und wo sie sich in den vergangenen fünf Jahren aufgehalten hatte.

Sie trank den ganzen Tag Mineralwasser und aß so gut, daß ihre Haut viel frischer aussah und ihre Fingernägel wieder anfingen zu wachsen. Stundenlang polierte und feilte sie sie, vollkommen in sich selbst versunken. Sie beteiligte sich nicht an der Hausarbeit und sah Rosie einfach zu, wenn diese die Laken wechselte und allein in den Waschsalon ging. Nicht ein einziges Mal kochte oder spülte sie; sie aß, was immer Rosie ihr vorsetzte, und ignorierte sämtliche Winke mit dem Zaunpfahl.

Schließlich wandte Rosie sich an Jake. Er sollte Lorraine bitten zu gehen.

»Ich dachte, du magst sie«, meinte er nachdenklich.

»Das tu ich ja auch, aber sie *nimmt* immer nur, Jake. Und damit meine ich nicht nur Geld. Sie verbraucht all mein heißes Wasser, benutzt meine Sachen, und jetzt redet sie nicht mal mehr mit mir, sagt nie danke, sondern sitzt nur noch da und beglotzt und putzt sich. Verdammt, sie ist nicht besser als eine Katze. Sie muß verschwinden; sie macht mich wahnsinnig.«

Jake kam vorbei, als Rosie nicht zu Hause war. Lorraine saß am Fenster und las. Sie blickte auf, nickte ihm zu und vertiefte sich dann wieder in ihr Buch. »Wir müssen uns mal unterhalten«, sagte Jake und setzte sich aufs Sofa. Lorraine schaute nicht auf. Er schlug die feisten Beine übereinander. »Ich weiß, daß du vielleicht Angst hast, hier wegzugehen, du fühlst dich hier sicher, glaubst, eine Art von Normalität erreicht zu haben. Aber das ist eine unwirkliche Normalität, Lorraine. Das hier ist Rosies Wohnung, und sie hat keinen Cent übrig – nachdem sie für dich und für sich selbst sorgen muß...«

Lorraine klappte das Buch zu. »Also gut. Ich gehe.«

»Das mußt du nicht – aber such dir endlich einen Job, beteilige dich ein bißchen an den Kosten und hilf Rosie ein wenig. Und wenn du mehr Boden unter den Füßen hast, kannst du dir auch ein eigenes Zimmer suchen.«

Lorraine starrte erst ihre manikürten Finger an, dann aus dem Fenster. »Na ja, ich weiß nicht...« Sie drehte sich zu ihm um. Ihre Augen waren von einem verwaschenen Blau und völlig ausdruckslos. Er hätte nicht sagen können, was sie dachte. »Ich habe schon lange nicht mehr richtig gearbeitet, Jake. Du weißt schon...« Sie lächelte müde. »Vielleicht bin ich noch nicht bereit, Verantwortung zu übernehmen. Ich lebe tatsächlich von einem Tag zum anderen, aber ich habe verstanden, was du sagst, und ich werde gehen.«

»Wo willst du denn hin?« wollte Jake wissen.

Sie zuckte die Achseln. »Keine Ahnung. Ich finde schon was. Was interessiert es dich überhaupt?«

»Es interessiert mich eben sehr wohl – vor allem nach dieser aufwendigen Zahnbehandlung. Es wäre eine Schande, wenn du alles wieder verrotten ließest, denn wenn du hier verschwindest, ohne ein Ziel zu haben, landest du bald wieder in der Gosse.«

Sie seufzte; sie war müde, und das Nachdenken tat ihr weh. Sie fuhr sich über die Narbe am Hinterkopf. »Hör mal, Jake, ich bin hundemüde, wenn es dir nichts ausmacht…«

Er stand auf und ging in die Kochnische. »Ich koche uns einen Kaffee.« Er sah, wie ihre Miene sich verhärtete. Er wußte, sie wollte, daß er ging, aber er war noch nicht fertig. »Wir sollten uns noch ein bißchen unterhalten, Lorraine, noch ein paar Ideen aushecken. Wie ich schon sagte, du brauchst ein Ziel.«

Sie griff wieder nach dem Buch. Jake riß es ihr aus der Hand. »Diese Spielchen kannst du mit Rosie spielen, die ist schwach und verzweifelt. Auf eine verrückte Art hat sie dich gebraucht – du hast sie von ihren eigenen Problemen abgelenkt. Aber jetzt solltest du ihr auch etwas zurückgeben, verstehst du?«

Sie grinste ihn höhnisch an. »Wieso tust *du* das nicht, Jake? Vögel sie mal anständig durch, das braucht sie mehr als alles andere! Sie hat seit fünf Jahren keinen Mann mehr gehabt.«

Er hätte ihr am liebsten eine Ohrfeige verpaßt, aber er nahm sich zusammen. Er hielt einfach nur ihrem Blick stand. »Hat dich denn in letzter Zeit mal einer gevögelt? Kannst du dich denn überhaupt noch daran erinnern?«

»Ich hatte so viel davon, daß es mir für den Rest meines Lebens reicht.«

»Jede Wette. Eine Menge Säuferinnen gehen für Alkohol auf den Strich – du auch?«

»Verpiß dich.«

Jake packte ihr dünnes Handgelenk. »Wenn ich mich verpisse, sitzt du in der Scheiße. Du brauchst Rosie, und du brauchst diese Wohnung, denn das ist alles, was du hast – aber du nutzt sie aus. Ich versuche nur, Rosie zu helfen. Du kannst dir ja schon selbst helfen.«

»Ach ja?«

»Ja. Du siehst erheblich besser aus als bei deiner Ankunft – und du kannst auch gern weiterhin besser aussehen und dich besser fühlen – aber du brauchst eine Zukunft.«

Das mußte er Lorraine lassen: Sie gab keinen Zentimeter nach, zeigte immer noch nicht, was sie fühlte. Aber wenigstens trank sie den Kaffee, und obwohl sie kein Wort mehr sagte, schien sie zuzuhören, wobei sie unaufhörlich rauchte. Schließlich fiel ihm nichts mehr ein. Er schrieb ihr ein paar Kontaktadressen für Jobs auf und ging wieder, deprimiert und enttäuscht. Sie sagte nicht auf Wiedersehen und bedankte sich auch nicht für das Päckchen Zigaretten, das er ihr daließ.

Aber als Rosie zurückkam, war die Wohnung aufgeräumt, und Lorraine hatte Staub gesaugt und die Kochnische geputzt. Rosies Bett war gemacht, das Badezimmer sauber. Selbst die Katze war schon gefüttert.

Rosie murmelte ihren Dank und stellte eine Einkaufstüte mit Dosencola, Backofenfritten und einem Brathähnchen ab. Sie kochte, während Lorraine fernsah und hin und wieder mit einem Achselzucken antwortete, wenn Rosie etwas sagte. Sie aßen schweigend, und Rosie sah Lorraine immer wieder an. Dann setzte sie sich aufs Sofa, während Lorraine aufstand, den Tisch abräumte und spülte. Erst als sie mit dem Abtrocknen fertig war, eröffnete sie das Gespräch.

»Jake ist hier gewesen.«

»Ja, ich weiß.«

»Ich werde morgen mal sehen, ob ich einen Job finden kann, und dann zahle ich dir Miete.«

Rosie nickte. »In Ordnung. Kommst du heute abend mit zum Meeting?«

Lorraine zögerte. »Na gut.«

Wie schon zuvor saß Lorraine ganz hinten und beteiligte sich nicht. Als sie noch einmal die Liste der Jobs durchsah, begann ihr Herz heftig zu schlagen. Plötzlich brach ihr der Schweiß aus, und sie schlüpfte auf den Flur hinaus, wo es einen Trinkbrunnen gab. Sie mußte mehrere Becher Wasser trinken, bevor sie wieder ein wenig ruhiger war und ihr Mund sich nicht mehr wie Schmirgelpapier anfühlte. Der Brunnen war in der Nähe eines Schwarzen Bretts, an dem Zettel mit Kontaktadressen, Job-Angeboten, Terminen für Meetings und Flohmärkte angebracht waren. Lorraine notierte sich eine Adresse.

Rosie tauchte auf und sah sich besorgt nach ihr um, aber als sie entdeckte, daß Lorraine sich etwas vom Schwarzen Brett abschrieb, war sie beruhigt.

Lorraine drehte sich um. »Wenn ich eine Arbeit finden soll, brauche ich ein paar gescheite Klamotten. Jemand verkauft privat Sachen in meiner Größe – kommst du mit?«

Erst als Lorraine mit Kostümen, Blusen und Schuhen bepackt erschien, fragte sich Rosie, womit sie das eigentlich bezahlt hatte. Lorraine erzählte ihr, es habe nur fünfzehn Dollar gekostet – die Frau habe das Zeug rasch loswerden wollen, weil sie umzog. Tatsächlich hatte sie hundertfünfzig bezahlt und hatte jetzt weniger als hundert Dollar übrig. Die Tatsache, daß sie es für etwas anderes als Schnaps ausgegeben hatte, bedeutete – obwohl ihr das selbst nicht klar war – einen weiteren Schritt nach vorn.

Rosie saß auf dem Sofa und trank eine Cola, als Lorraine sich ihre neuen Sachen genauer anschaute, anprobierte, miteinander kombinierte. Sie wirkte sehr konzentriert. Sie murmelte und nickte, fuhr sich mit der Hand durchs Haar. »Mhm, nicht schlecht ... ja, das gefällt mir.«

Rosie war eifersüchtig, als sie Lorraine auf- und abstolzieren sah wie auf einem Laufsteg. Es waren gute Sachen, das konnte man deutlich sehen, Schneiderkostüme, eine besonders hübsche, cremefarbene Seidenbluse und eine aus schwarzem Crêpe, elegante flache Schuhe und ein paar braune Pumps, die aussahen, als wären sie nie getragen worden. »Ich hab' so meine Zweifel, ob du so was für die Jobs brauchst, die Jake dir aufgeschrieben hat«, meinte Rosie und rülpste.

Lorraine betrachtete sich in dem großen Spiegel am Kleiderschrank. »Vielleicht versuche ich ja auch, einen richtigen Job zu kriegen.«

Rosie zog einen Schmollmund. »Was denn zum Beispiel?«

Lorraine drehte sich um. »Empfangsdame – dafür muß man gut aussehen, aber es ist angenehm einfach, man sitzt den ganzen Tag nur rum. Vielleicht habe ich ja Glück.«

Rosie schnaubte. »Vielleicht auch nicht.«

Lorraine tat kaum ein Auge zu. Das Sofa war ohnehin unbequem, aber in dieser Nacht machte sie der Gedanke an den nächsten Tag so unruhig, daß sie sich von einer Seite auf die andere wälzte. Ihr Durst war kaum zu stillen. Zitternd und nervös trank sie alles, was an Cola und Mineralwasser noch im Haus war. Dann ging es wieder los – die Gier nach Alkohol. Sie sehnte sich nach einem Bier. Wäre ein einziges denn wirklich so schlimm?

Sie zog sich Rosies altes Blümchenkleid über und schlüpfte nach draußen. Sie war ganz besessen von dieser Gier, konnte an nichts anderes mehr denken und bemerkte den Streifenwagen erst, als sie auf der letzten Treppenstufe stand. Er fuhr langsam die Straße entlang, die Männer darin starrten die Häuser an. Lorraine beobachtete sie einige Zeit, dann kehrte sie in die Wohnung zurück, wo sie vom Fenster aus beobachtete, wie der Streifenwagen weiterfuhr. Als er endlich außer Sicht war, war der Drang zu trinken nicht mehr so heftig. Sie legte sich wieder hin, ohne das Kleid auszuziehen.

Sie hatte so etwas erwartet. Inzwischen mußten sie alle Taxifahrer befragt haben. Lorraine war viel zu sehr in ihre eigenen Angelegenheiten verwickelt gewesen, um weiter über diese Sache nachzudenken, aber jetzt erinnerte sie sich... Statt sich auf die Gegenwart zu konzentrieren, mußte sie allerdings an ihre Zeit in Uniform denken.

Sie war die einzige Frau im Revier gewesen und hatte nicht mal in Ruhe pinkeln können, bis man ihr eine eigene Kabine zugeteilt hatte. Aber auch dann vermied sie es noch, aufs Klo zu gehen, denn sie konnte sicher sein, daß immer ein Cop im Vorraum lauerte und seinen Schwanz präsentierte. Ihr Partner bekam Zustände, weil sie ihn immer bat, vor öffentlichen Toiletten anzuhalten. Es wurde so schlimm, daß sie den ganzen Tag nichts mehr trank, damit sie nicht pinkeln mußte. Später, nachdem sie dann aufgestiegen war, hatte sie das mehr als nachgeholt und so manchen ihrer Kollegen unter den Tisch gesoffen.

In den Szenen, die ihr jetzt einfielen, war sie immer in Uniform und ununterbrochen Demütigungen ausgesetzt. Eine Frau in einer Männerwelt, eine Frau, die keiner in dieser fest zusammengeschmiedeten Gemeinschaft haben wollte. Sie hatte sich jede neue Sprosse auf der Leiter mit Zähnen und Klauen erkämpft, hatte immer beweisen müssen, daß sie mindestens so hart wie ein Mann war. Sie war nicht gebildeter und hatte keine besseren Qualifikationen als andere, und wenn ihr Vater nicht Polizist gewesen wäre, hätte sie diese Laufbahn vermutlich nie eingeschlagen.

Lorraine hatte ihren Vater gehaßt, weil er nie Zeit für sie gehabt hatte, nur für ihren Bruder Kit, den er abgöttisch liebte. Was immer Kit gewollt hatte, Daddy sorgte dafür, daß er es bekam. Kit war der Stolz der Familie.

Lorraines Mutter war Alkoholikerin gewesen, eine verschreckte, mitleiderregende Frau, die heimlich trank, die sich sogar vor ihrem eigenen Schatten fürchtete und im Haus blieb, bis sie sich genug Mut angesoffen hatte, um nach draußen zu gehen. Peinlicherweise wurde sie dann jedesmal von Kollegen ihres Mannes aufgelesen und im Streifenwagen nach Hause gebracht. Nie wurde sie festgenommen, was immer sie tat. Nüchtern war Ellen Page dann weinerlich und schuldbewußt. Lorraine zog sich immer das Kissen über den Kopf, damit sie ihr Jammern nicht hören mußte.

In der letzten Zeit hatte Lorraine nicht mehr an ihre Mutter gedacht. Jetzt hatte sie ihr blasses Gesicht vor Augen, ihre bleichen Hände, die immer nervös mit ihrem Ehering spielten, ihre geröteten Augen, das strähnige blonde Haar. Lorraine sah ihrer Mutter sehr ähnlich; vielleicht hatte ihr Vater sie deshalb so wenig gemocht.

Sie hatte nie herausgefunden, wieso ihre Mutter trank. Sie suchte nur immer die versteckten Flaschen und goß den Inhalt, wie ihr Vater sie angewiesen hatte, in den Abfluß. Anfangs erzählte sie es jedesmal, wenn sie eine gefunden hatte, aber sie hatte immer den Eindruck, die schrecklichen Streitereien, die darauf folgten, wären ihretwegen – als wäre sie zumindest zum Teil selbst daran schuld. Schließlich schützte sie ihre Mutter und goß den Schnaps einfach weg, ohne etwas zu sagen.

Lorraines Mutter starb im Schlaf. Sie war erst zweiundvierzig und Lorraine dreizehn, aber von diesem Tag an übernahm Lorraine den Haushalt. Sie kochte und putzte, bediente ihren Vater und ihren Bruder. Sie blieb zu Hause, wenn die beiden zu Sportveranstaltungen gingen, immer zusammen, zwei unzertrennliche Freunde.

Kit kam bei einem Autounfall ums Leben. Zwei Jungen rasten mit einem gestohlenen Wagen über den Bürgersteig und überfuhren ihn. Auch ihren Bruder sah Lorraine jetzt deutlich vor sich, obwohl sie sich schon gar nicht mehr erinnern konnte, wie lange sie nicht mehr an ihn gedacht hatte. Sie hörte sogar seine Stimme; wenn er nach Hause kam, hatte er immer gerufen: »Hallo, hier bin ich wieder! Gibt's was zu essen?« Er hatte das »Problem« ihrer Mutter nie angesprochen. Wenn Ellen sich übergab, putzte Lorraine es weg, während er sich wie ein kleiner Junge in sein Zimmer einschloß und Musik hörte. Laut, sogar lauter, als die Mutter weinte oder lärmte, wenn sie in der Küche herumstolperte.

Ihr Vater hatte den Verlust seines Sohnes nie überwunden. Er war vor Kits Tod schon unzugänglich gewesen, aber danach hatte er für Lorraine überhaupt nichts mehr übrig. Wenn er stolz war, als sie die Zulassung für die Polizeischule schaffte, behielt er es für sich, und drei Wochen vor ihrem Abschluß starb er.

Lorraine verkaufte das Haus. Als sie seine Sachen durchsah, fand sie ein Bild ihrer Mutter. Sie war einmal schön gewesen, so zerbrechlich, daß es Lorraine den Atem verschlug, aber selbst damals hatte das schüchterne Lächeln etwas Verängstigtes gehabt. Sie fand auch ganze Alben mit Fotos ihres Bruders, jeder triumphale Schritt seines Lebens war für die Nachwelt dokumentiert. Aber es gab kaum Fotos von ihr selbst, und die waren nicht eingeklebt.

Lorraine verbrannte das meiste davon und verkaufte die Möbel zusammen mit dem Haus. Sie behielt nur ein Foto ihres Bruders und ein Hochzeitsbild ihrer Eltern. Sie hätte gern eines von ihnen zusammen gehabt, ein richtiges Familienfoto, aber es hatte keins gegeben – sie waren keine Familie gewesen. Jetzt hatte sie nichts, nicht mal ein Bild von Mike und den Mädchen. Sie stellte sie sich vor, die kleine Julia, die niedliche Sally ... und Mike. Trauer überwältigte sie. Sie zwang sich, dieses Gefühl wegzuschieben und statt dessen die Dreckflecken auf der Tapete zu zählen – alles, nur nicht mehr an die Vergangenheit denken.

Sie wachte auf, als Rosie in die Küche getrampelt kam. Sie war verkrampft, weil sie in einer so unbequemen Position geschlafen hatte.

»Ich werde zu spät kommen«, murmelte Rosie, morgenmufflig wie immer. Im Stehen schaufelte sie sich Müsli in den Mund, Milch lief ihr übers Kinn. Lorraine reckte sich.

»Fütterst du die Katze?« wollte Rosie wissen.

Lorraine ging in die Kochnische. »Glaubst du, daß Alkoholismus erblich ist?«

Rosie knallte die Müslischale ins Spülbecken. »Wenn du zu den Meetings mitgingst, wüßtest du das. Angeblich ja. Warum liest du die Broschüren nicht, die ich dir gegeben habe?« Weiter vor sich hingeifernd, ging sie zurück ins Schlafzimmer, und Lorraine schickte ein Dankgebet zum Himmel, daß sie dieses Bier nicht getrunken hatte. Wieder ein Tag nüchtern.

Lorraine betrachtete sich im Spiegel: Die Kostümjacke war ein bißchen zu lang, der Rockbund ein wenig zu weit, aber mit Hilfe des Gürtels brachte sie das Safarikostüm in eine gefällige Form, und zusammen mit der cremefarbenen Seidenbluse sah es richtig gut aus. Sie borgte sich ein paar Ohrstecker aus Rosies Schmuckkästchen und benutzte ihre Wimperntusche, ein wenig Rouge und Puder, und da Rosies Lippenstifte alles knallige Orangetöne waren, nahm sie lieber ein wenig Lippenbalsam. Als es an der Tür klopfte, zögerte sie: Vielleicht hätte sie Rosie wegen der Ohrringe lieber fragen sollen. Dann klopfte es wieder, und sie wußte, daß das nicht Rosie sein konnte, denn die hatte ja einen Schlüssel. Sie nahm an, es sei Jake.

Erschrocken trat sie zurück, als sie die beiden Polizisten in der Tür sah. Einer blieb draußen, während der andere die Wohnung betrat, »um ein paar Fragen zu stellen...« Lorraine steckte sich eine Zigarette an und setzte sich auf die Sofakante, dankbar, daß sie ihr Bettzeug weggeräumt hatte.

»Wohnen Sie hier?«

»Ja.«

»Wie heißen Sie?«

»Laura Bradley. Ich bin allerdings nicht die Mieterin, ich bin hier nur zu Besuch.«

»Wohnt noch jemand hier?«

Lorraine nannte Rosies Namen. Er fragte nach ihrem Aussehen, und sie sagte, Rosie sei dunkelhaarig und Ende dreißig.

»Eine dicke Frau?«

Lorraine lächelte. »Nein. Wieso? War etwas passiert?«

»Nein. Waren Sie am siebzehnten dieses Monats schon hier, am frühen Abend?«

Lorraine nickte.

»Ist noch jemand hergekommen? Mit einem Taxi?«

»Nein. Nicht , daß ich wüßte...«

Der Polizist stand auf, ging auf die Schlafzimmertür zu und öffnete sie.

»Wohnen nur Sie beide hier? Sonst niemand? Kein kleiner, dunkelhaariger Mann?«

Lorraine lachte. »Nein. Die Wohnung ist ziemlich klein. Wieso wollen Sie das wissen?«

Das Foto war nicht das gleiche wie in der Brieftasche und viel größer. Aber Lorraine wußte sofort, daß es der Besitzer des Führerscheins war.

»Kennen Sie diesen Mann?«

»Nein, tut mir leid. Was hat er getan?«

»Er ist umgebracht worden, Ma'am. Haben Sie das nicht gelesen?«

Lorraine zog ein angemessen erschrockenes Gesicht, dann stand sie auf. »Vielleicht hat er hier gewohnt, bevor ich zu Besuch kam. Ich kann meine Freundin fragen.«

Der Polizist schob das Foto wieder in die Jackentasche.

»Danke. Eigentlich sind wir nur daran interessiert, die Frau zu finden. Der Taxifahrer meinte, er habe sie hier in der Gegend abgesetzt.« Er lächelte Lorraine an. »Da die Beschreibung nicht auf Sie zutrifft, haben wir uns wohl geirrt, aber vielen Dank für Ihre Hilfe.«

Lorraine folgte ihm zur Tür. »Ist sie auch umgebracht worden?« fragte sie.

»Nein, aber wir glauben, daß sie den Mann kannte, der den Wagen des Toten gefahren hat. Wir haben zwei Zeugen.«

»Und die haben gesehen, daß sie hier hereingekommen ist?«

»Nein. Sie waren in einem Parkhaus in der Nähe, und man hat uns gesagt, sie habe vielleicht ein Taxi hierher genommen. Wir fragen alle hier in der Gegend, ob sie sie gesehen haben. Sie war bestimmt nicht zu übersehen – sie war blutüberströmt.«

Lorraine hielt ihm die Wohnungstür auf. »Ich werde Rosie fragen, ob sie sich an etwas erinnern kann.«

Der Polizist sagte, in diesem Fall solle sie sich bitte ans nächste Revier wenden, von dort aus würden ihre Informationen weitergeleitet werden.

Nachdem sie weg waren, ließ sich Lorraine gegen die Tür sinken. Ihr Herz schlug so heftig, daß ihr ganz schwindlig wurde. Dann tadelte sie sich selbst wegen ihrer Dummheit. Sie hatte mit diesem Mord nichts zu tun. Sie hatte den Cops nur eine Beschreibung des Mannes gegeben, zu dem sie ins Auto gestiegen war. Es gab keinen Grund, beunruhigt zu sein, außer, daß sie die Brieftasche genommen hatte. Aber die hatte sie weggeworfen, und von dem Geld war auch fast nichts mehr übrig. Es waren keine neuen Banknoten gewesen, und sie glaubte nicht, daß man ihr dadurch auf die Spur kommen könnte. Aber wieso machte sie sich überhaupt wegen solcher Kleinigkeiten Sorgen, wenn die Polizisten sie nicht mal erkannt hatten? Sie fuhr sich mit der Zunge über die frischüberkronten Schneidezähne. Sie hatte einen weiten Weg zurückgelegt seit dem Tag, an dem der Mann sie angegriffen hatte, körperlich und geistig, und sie gratulierte sich dafür, wie sie mit dem Polizisten umgegangen war.

Sie kritisierte die Cops sogar, weil sie so lange gebraucht hatten, den Taxifahrer zu finden, der sie an jenem Nachmittag heimgefahren hatte. Wenn sie den Fall bearbeitet hätte, hätte sie sich darum als erstes gekümmert.

Zufrieden verließ sie die Wohnung. Nichts mehr erinnerte an die Frau, die die Polizei beschrieben hatte: Ihr Haar war gut geschnitten, sie sah elegant aus, obwohl die Schuhe ein wenig eng waren und sie keine Handtasche hatte, aber sie war selbstsicherer als seit Jahren. Sie betrachtete sich im Vorbeigehen im Schaufenster des Lebensmittelladens und bemerkte dabei nicht einmal die Reihe von Schnapsflaschen, so sehr war sie damit beschäftigt, sich selbst zu bewundern. Wieder ein gewonnener Tag, und sie hatte sich schneller weiterbewegt, als sie jemals erwartet hatte.

Kapitel 3

Captain Rooney sah sich die Berichte seiner Leute an. Er hatte schon damit gerechnet, daß sie nicht viel hergaben. Die Aussage des Taxifahrers hatte ihnen nicht weitergeholfen; in der Nähe der angegebenen Adresse hatte niemand eine blutüberströmte Frau mit nur einem Schuh gesehen. Sie war verschwunden – vielleicht war sie tot. Er hatte die Summers' noch einmal aufs Revier geladen, um zu sehen, was sie zu der Personenbeschreibung der anonymen Anruferin zu sagen hatten. Der Mann hatte so ähnlich ausgesehen, bestätigten sie, aber sie waren sich nicht wirklich sicher. Als er ihnen ein Foto von Norman Hastings zeigte, konnten sie nicht sagen, ob nicht vielleicht er am Steuer gesessen hatte.

Die blonde Frau aus dem Parkhaus war eine wichtige Zeugin geworden. Irgendwer da draußen wußte, wer sie war. Ein Mann und eine Frau hatten ihr aus dem Taxi geholfen; der Mann hatte sogar für sie bezahlt. Rooney ordnete an, die Suche zu intensivieren, und rief die beiden Ermittler herein, mit denen Lorraine zuvor gesprochen hatte.

Er überprüfte alle Aussagen, die sie aufgenommen hatten. Sie waren überzeugt, daß niemand sie angelogen hatte. Sie nahmen an, der Taxifahrer habe sich vielleicht geirrt. »Wir haben nur eine blonde Frau gesehen, Captain, aber die hatte sämtliche Zähne, kurzes Haar, und sie war ziemlich elegant und nur zu Besuch bei ihrer Freundin. Sie sah wirklich nicht wie eine Nutte aus, nicht mal wie der Typ Frau, der welche kennen könnte.«

Rooney wies sie an, alle noch einmal zu befragen. Als sie die Augen verdrehten, brüllte er: »Nehmt den Taxifahrer mit, wenn es sein muß. Also los, raus mit euch.«

Die beiden standen noch in der Tür, als Josh Bean hereinkam. »Das sollten Sie sich mal ansehen, Captain.«

Rooney streckte die fette Hand nach dem Fax aus. Bean nickte den beiden Männern zu, sie sollten gehen, aber draußen warten. Rooney blickte auf. »Das sollten wir mal überprüfen. Sieht genauso aus wie das Mädchen, das wir suchen.«

Er griff nach seiner Jacke und sagte den beiden Ermittlern, sie könnten heimgehen. Offenbar hatten sie ihre Zeugin gefunden.

Der heruntergekommene Wohnblock war ein Graffitidschungel. Im Hof standen ausgebrannte Autos mit eingeschlagenen Fenstern. Rooney schlüpfte unter dem gelben Absperrband durch und trat zu den Uniformierten, die sich um die Leiche versammelt hatten. Gruppen von Jugendlichen standen herum und sahen neugierig zu. Das war nichts Ungewöhnliches, auch nicht um diese Tageszeit, da die meisten sich mit der Schule nicht häufiger als an ein, zwei Tagen in der Woche abgaben, wenn überhaupt. Das hier war Crack-Dealer-Land, und die Kids auf den BMX-Rädern hatten höchstwahrscheinlich Schußwaffen unter ihren modischen Jacken.

»Wer hat sie gefunden?« fragte Rooney.

»Der Junge da drüben mit der roten Mütze, aber er kann sie nicht allein aus dem Kofferraum gezogen haben. Der Wagen steht schon seit Wochen hier, und die Leiche war vorher nicht drin.«

Rooney starrte den Jungen an, der nicht älter als sieben sein konnte und lachend auf die Leiche zeigte, vor seinen Freunden mit seinem Fund prahlte.

»Sie war in diesem Wrack da. Er hat sie rausgezogen, hat angeblich geglaubt, sie lebe noch – wenn sie irgendwelchen Schmuck getragen hat, so hat sie jetzt keinen mehr.«

Rooney bückte sich, nicht ohne sich vorher das Taschentuch vor den Mund zu halten – die Leiche war schon mindestens zwei Tage alt. Sie trug ein Blümchenkleid mit einem Gürtel um die Taille. Rooney registrierte, daß ihre flachen schwarzen Schuhe dieselbe Größe hatten wie der, den sie in Hastings' Wagen gefunden hatten. Der Reißverschluß im Rücken des Kleids war offen. Das dünne blonde Haar war durchtränkt von geronnenem Blut; im Kopf klaffte eine Wunde, so tief, daß er die Knochen sehen konnte. Langsam drehten sie die Leiche um. Ihr Gesicht war so zerschlagen, daß es unmöglich war, sie zu erkennen. Blut war ihr übers Kleid gelaufen und verwischte das Blümchenmuster.

Rooney konnte hier nichts mehr ausrichten; er mußte auf die Berichte der Fachleute warten.

»Fehlt ihr ein Schneidezahn?« fragte er noch.

Ein Cop betrachtete die blutige Masse ihres Gesichts forschend. »Kann ich nicht sagen, er hat ihr so brutal die Nase eingeschlagen…«

Rooney fuhr mit Bean ins Büro zurück. Sie öffneten eine Flasche Scotch und gönnten sich beide einen kräftigen Schluck. Ganz gleich, wie viele man schon gesehen hatte, der Gestank schaffte einen immer, blieb einem in den Nasenlöchern hängen. Der süßliche, klebrige Gestank verfaulenden Fleischs.

»Wahrscheinlich ist es unsere Zeugin. Aschenbrödel«, meinte Rooney lakonisch. »Scheiße! Wir hätten wirklich mit ihr reden müssen.« Er seufzte.

»Ja.« Bean leerte sein Glas.

Rooney blickte auf, als seine Sekretärin hereinkam. Jemand aus der Pathologie hatte angerufen: Sie würden erst am nächsten Tag an der Leiche weiterarbeiten können, eventuell sogar noch später. Wollte er mit den Leuten von der Spurensicherung reden? Rooney schickte Bean los; er selbst, sagte er, habe noch Papierkram zu erledigen. Bean zog die Braue hoch; er wußte, daß Rooney das immer vorgab, wenn er heimgehen wollte. Aber diesmal hatte er sich geirrt: Rooney verbrachte die nächsten Stunden mit Anrufen bei diversen Revieren. Er wollte wissen, ob es irgendwo einen ähnlichen Mord gegeben hatte – die Mordwaffe vermutlich eine Art Hammer, das war alles… Tatsächlich schwatzte er die meiste Zeit mit alten Kumpeln, hatte keine Eile. Er wußte, daß es Zeit brauchte, bis er konkrete Auskünfte bekam. Sie würden alte Akten durchsehen müssen und Computerdaten überprüfen. Vielleicht war es Zeitverschwendung, aber immerhin bekam er den neuesten Tratsch zu hören, machte einen Termin für ein Billardspiel aus und verabredete sich mit Colin Sparks, einem alten Pokerkumpel, den er ein halbes Jahr nicht mehr gesehen hatte, in einer Kneipe.

Als Sparks »Joe's Diner« betrat, hockte Rooney schon eine Weile auf dem Plastikbarstuhl, den fetten Hintern gewaltig überhängend, und hatte bereits zwei Bier mit Schuß intus.

Sparks schlug ihm auf den Rücken und warf dann eine eselsohrige Akte vor ihm auf die Theke. »Ich bin spät dran, weil das hier sich als ziemlich interessant erwiesen hat. Es liegt schon Jahre zurück – vor meiner Versetzung. Tote Nutte. Schau's dir mal an.«

Rooney grinste den jungen Lieutenant an und versetzte ihm einen väterlichen Knuff. »Siehst gut aus, Junge. Wie läuft's denn so?«

»Prima. Ich werde wieder Vater, und alles ist in bester Ordnung.«

Rooney schlug die Akte auf. Maria Valez, zweiunddreißig, Mexikanerin. Die nächste Seite zeigte ein Foto der Leiche, die im Kofferraum eines gestohlenen Buick gefunden worden war. Wie bei der toten Frau an diesem Nachmittag war ihr Gesicht bis zur Unkenntlichkeit eingeschlagen. Es gab auch ein Foto ihres Hinterkopfs mit der tiefen Wunde; das blondgefärbte Haar war blutdurchtränkt. Mögliche Mordwaffe: ein Klauenhammer. Keine Zeugen, keine Festnahme, keine Anklage, Ermittlungen eingestellt.

Rooney klappte die Akte zu und schob sich eine Handvoll Erdnüsse in den Mund. »Darf ich die behalten? Ich möchte gern ein paar Einzelheiten mit meinem Fall vergleichen.«

»Aber sicher.«

»Danke«, sagte Rooney lächelnd und bestellte eine weitere Runde. »Und jetzt lade ich dich zum besten Curry in Pasadena ein.«

Als Lorraine aus dem Fitneßstudio kam, fühlte sie sich, als hätte man sie durch die Mangel gedreht. Sie hatte Blasen an den Fersen, ihre Seidenbluse war zerknittert, Schweiß tropfte ihr von der Stirn, und auch im Nacken war ihr Haar feucht. Bisher hatte sie sich bei zehn verschiedenen Stellen beworben und immer wieder hören müssen, daß sie nicht über die nötige Erfahrung verfüge oder die Stelle bereits besetzt sei. Schließlich hatte sie diese Cher-Doppelgängerin im Fitneßstudio angefaucht: »Verflucht, welche Erfahrungen verlangen Sie denn für einen simplen Telefonjob?«

»Cher« winkte verächtlich ab. »Vielleicht hab' ich mich nicht deutlich genug ausgedrückt: Also, erstens sehen Sie aus, als wären Sie dem Tod gerade noch von der Schippe gesprungen, und zweitens sind Sie zu alt. Reicht das?«

Lorraine hatte sich türenknallend verabschiedet und war nun kurz davor, das Handtuch zu werfen und heimzugehen, als sie bemerkte, daß sie vor dem Reisebüro stand, dessen Adresse sie sich als nächstes notiert hatte. Sie zupfte ihre Jacke zurecht, wischte sich den Schweiß von der Stirn und betrat den schäbigen Laden. Sie schaute sich nur kurz um – im Verkaufsraum gab es eine Theke, eine Vase mit welkenden Blumen, zwei Poster der Schwulenbewegung und ein weiteres, das für Cornflakes warb – und wollte das Reisebüro schon wieder verlassen, als aus dem Hinterzimmer ein Mann angeschossen kam. »Gott sei Dank! Kommen Sie, beeilen Sie sich. Ich bin Art Mathews. Ich war schon völlig verzweifelt.«

Lorraine zögerte, aber dann folgte sie Art ins Hinterzimmer. Er war etwa einssechzig groß, aber muskulös, was ein knappes T-Shirt und hautenge Jeans noch betonten. Seine dunklen Augen hinter den riesigen Brillengläsern waren fast zu groß für sein Gesicht und wirkten noch verblüffender, weil er vollkommen kahl war.

Das Zimmer war vollgepfropft mit Farbeimern, Klapptischen, Leinwänden, Leitern und Rollen von Teppichboden. Art bewegte sich mit kleinen, zierlichen Schritten und umging alle Hindernisse mit der Präzision eines Tänzers.

»Das Telefon muß hier irgendwo sein, und die Listen ebenfalls. O Gott, wo hab' ich nur die Listen? Ich bin so spät dran – und ich dachte, Sie würden schon vor drei Stunden kommen...«

Lorraine sah sich um. »Ich glaube, das hier ist ein Mißverständnis.«

Art sah sie an, die Hände auf den Hüften, und zog einen Schmollmund. »Das Reisebüro ist schon seit Monaten geschlossen, und ich habe die Räume übernommen. Ich soll hier morgen eine Kunstgalerie eröffnen, können Sie sich das vorstellen? O Gott, wenn Sie wüßten, was ich alles durchgemacht habe... *Wo ist das verdammte Telefon?*«

Lorraine entdeckte es unter einem Tisch. Art zerrte es hervor, fluchte, weil es ausgestöpselt war, und ließ sich im Schneidersitz auf dem Boden nieder. Lorraine beobachtete ihn, wie er sich bog, um eine Karte aus der Jeanstasche zu ziehen, und dann eine Nummer wählte.

»Wieso sind Sie hier?«

»Ich suche einen Job.«

Er sah die Karte an, dann wieder Lorraine. Wieder schob er die Lippen vor. »Hier ist Mr. Art Mathews. Sie haben mir versprochen... hallo? *Scheiß Anrufbeantworter!*«

Er sprang auf. »Ich brauche jemanden, der die Gästeliste durchgeht und etwa hundert Leute anruft, und zwar bis heute abend. Ich brauche jemanden, der mir hilft, den Laden hier aufzumachen. Ich muß noch streichen, die Leinwände und Fotos hängen...«

Lorraine knöpfte sich die Jacke auf. »Ich könnte das erledigen. Wieviel zahlen Sie?«

Art klatschte in die Hände. »Zehn Eier die Stunde – wie heißt du, Schatz?« Sie sagte es ihm. »Also gut, Lorraine, hier ist das Telefon, schnapp dir einen Stuhl, ich suche die Liste, und dann fängst du an. Ich muß wissen, wie viele Leute kommen, damit ich den Wein bestellen kann...«

»Sind die Leute schon eingeladen worden?« wollte Lorraine wissen.

»Ja, Liebes, aber nicht hierher. Ich hatte Probleme mit den letzten Räumen. Und wenn ich jetzt nicht aufmache und all die Fotos und Bilder zeige, bin ich erledigt – es hängt alles an einem seidenen Faden...«

Er drückte ihr ein pralles Adreßbuch in die Hand. »Da,

Schatz, hier ist es. Sei charmant, sei kühl, aber quetsch' eine Antwort aus ihnen heraus.«

Lorraine legte Zigaretten und Feuerzeug bereit und studierte die Liste, die sauber und ordentlich geschrieben und mit roten Sternchen versehen war. »Markiert der rote Stern die besonders wichtigen Leute?«

»Nein, das heißt nur, daß sie gut im Bett sind.« Art kreischte vor Lachen und vollführte beinahe eine Dreivierteldrehung, als der Summer wieder ertönte.

Lorraine hörte schrilles Gequietsche und Gelächter, dann erschien Art mit einem riesigen Blumengebinde und zwei sehr außergewöhnlichen Transsexuellen, die einen Freßkorb dabeihatten, eine Kiste Mineralwasser und zwei weitere Blumengestecke. »Das hier sind meine besten Freundinnen, Nula und Didi. Sie werden uns helfen. Und das hier ist – wie heißt du noch mal, Liebes? Sie wird die Anrufe erledigen – ein Mädchen für alles.«

Nula und Didi setzten ab, was sie mitgebracht hatten, und Art versuchte, ein wenig Platz zu schaffen. Lorraine begann mit den Anrufen. Sie blickte dankbar auf, als Nula einen Pappbecher und eine Flasche Mineralwasser vor sie hinstellte. Didi schob eine Kassette in den Gettobluster. Lorraine hatte ohrenbetäubende Musik erwartet, aber sie wurde von Mahlers Neunter überrascht, in zurückhaltender Lautstärke. Didi wandte sich an Lorraine und fragte mit rauher, leiser Stimme: »Magst du Opern?«

Sie nickte, und Didi wählte ein weiteres Band aus. Lorraine hatte in ihrem ganzen Leben noch keine Oper gehört.

Die Geschwindigkeit, mit der Art und seine Freundinnen arbeiteten, war verblüffend. Schon bald hatten sie die Wände in Rohweiß gestrichen, den Boden gefegt und den Müll zusammengetragen; vorn im Laden hatten sie den Wandschirm abgerissen, und jetzt strichen sie den Verkaufsraum an, mit großen Rollen auf Besenstielen.

Lorraine blieb an ihrem Tisch, ging die Liste durch und notierte Ablehnungen und Zusagen. Inzwischen hatte sie die Konversation auf ein Minimum reduziert. »Guten Tag, ich rufe im

Auftrag von Art Mathews' neuer Galerie an...« Sie gab die Adresse an, den Zeitpunkt der Eröffnung und erwähnte, daß ab neunzehn Uhr Wein und Canapés serviert würden. Die meisten erklärten, sie würden versuchen zu kommen, aber nur zwanzig sagten definitiv zu.

Puccini erklang, und Lorraine trank eine zweite Flasche Mineralwasser. Nula schob ihr ein Stück selbstgebackenen Bananenkuchen in einer Serviette, eine kleine Schüssel Obstsalat und ein wenig Knäckebrot mit selbstgemachter Paté hin. Ihre großen Hände waren rauh von der Arbeit, ihr Overall voller Farbflecken, aber sie hatte ein reizendes Lächeln. Didi achtete kaum auf Lorraine und war versessen darauf, mit der Arbeit fertig zu werden. Als sie eine kurze Pause einlegten, steckten die drei die Köpfe zusammen, bewunderten ihr Werk und diskutierten, wo welche Fotos und Gemälde am besten hängen würden.

Art beugte sich hin und wieder über Lorraine, um etwas auf der Liste nachzusehen, aber im allgemeinen benahm er sich, als wäre sie gar nicht da. Es war beinahe zehn, als Lorraine den letzten Anruf erledigte. Ein Mann namens Craig Lyall, und er wollte gern selbst mit Art sprechen. Sie legte die Hand über die Sprechmuschel. »Art, hier ist ein Craig Lyall, er möchte mit dir reden.«

Art reichte Nula den Pinsel. Sein weißes T-Shirt war längst schmutzig, seine Brille mit Farbe gesprenkelt. »Ja, am Apparat?«

Lorraine stand auf und reckte sich. Der Rücken tat ihr weh, und ihr Mund war strohtrocken. Sie ging in den Hauptraum, wo Nula und Didi Gemälde auspackten und sie an die Wände lehnten.

Art legte auf, trat neben Lorraine und legte den Arm um sie. »Nun, das waren gute Nachrichten, meine Liebe. Hört mal, ihr Süßen, Craig Lyall kommt!« Er schaute Lorraine an. »Du kannst jetzt heimgehen, aber ich bestehe darauf, daß du morgen wiederkommst. Und was um Himmels willen ist denn da passiert? Ein Unfall?«

Lorraine trat einen Schritt zurück, und ihre Hand fuhr automatisch zu der Narbe. »Ja.«

»Das solltest du richten lassen, Liebes. Ich kenne einen hervorragenden Chirurgen; wenn du die Adresse willst...« Wieder legte Art ihr den Arm um die Taille, zog sie ein wenig an sich, strahlte und ließ sie dann wieder los, um eine Brieftasche aus der Tasche zu ziehen.

Es war Lorraine ein wenig peinlich, als er dreißig Dollar abzählte, aber dann nahm sie das Geld und steckte es schnell ein. »Dann bis morgen«, sagte sie und blieb noch einen Moment in der Tür stehen. Alle drei lächelten sie an. Art schloß die Tür auf, und es summte, als sie auf die Matte trat. »Ach, das muß ich auch noch richten lassen«, meinte er nervös.

Lorraine hatte vor, den Bus zu nehmen, und war gerade zur Haltestelle unterwegs, als ein Wagen, der aus der entgegengesetzten Richtung kam, hupte. Lorraine sah hinüber und war erleichtert, Jake hinter dem Steuer zu entdecken. »Soll ich dich mitnehmen?« rief er. Als sie sein Auto erreicht hatte, hatte Art die Tür bereits geschlossen und war zu Nula und Didi zurückgekehrt.

Nula warf Didi einen Blick zu. »Sag's ihm.«

»Sag mir was?« fragte Art, der sich auf die Gemälde konzentrierte.

»Ich glaube, ich habe sie schon mal gesehen, ich weiß nur nicht wo. Ich denke schon den ganzen Abend darüber nach. Wo hast du sie her?«

»Sie ist einfach reingekommen. Ich dachte, sie wäre von der Agentur, aber sie wollte sich beim Reisebüro bewerben.«

Nula betrachtete ihre Nägel. »Die haben doch schon seit Monaten zu.«

Art fragte: »Gefällt sie dir nicht?«

Didi zuckte mit den Achseln. »Ich hab' ein komisches Gefühl.«

Art wünschte, die beiden würden gehen; am liebsten hätte er die Bilder alleine und in aller Ruhe aufgehängt. »Müßt ihr jetzt nicht gehen?«

»Also gut, vielen Dank«, sagte Nula zimperlich und fing an, ihre Sachen zusammenzusuchen.

Didi war fast fertig und sah sich ein letztes Mal um. »Sieht gut aus, und es wird noch besser, wenn ich morgen noch ein paar Kleinigkeiten mitbringe.«

Art küßte beide zum Abschied. »Ihr kommt doch morgen nachmittag, ja? Arbeitet ihr heute abend?«

Als beide bejahten, wünschte er ihnen viel Erfolg. Arm in Arm, auf hohen Absätzen und mit engen Röcken verließen sie den Laden; nur ihre breiten Schultern wiesen darauf hin, daß sie einmal Männer gewesen waren.

Art sah, wie sie sich ein Taxi heranwinkten, und schloß die Tür. Er zog einen kleinen Umschlag aus der Tasche und legte sich sorgfältig eine anderthalb Zentimeter lange *line*. Das würde ihm helfen, die Nacht durchzuarbeiten. Er schniefte, blinzelte die Tränen zurück, als es in den Nasenlöchern zu brennen begann, und holte dann mehrmals tief Luft. Es wirkte nicht sofort, nicht wie Kokain – das hatte er aufgegeben. Es würde noch eine Weile dauern, bis er wirklich etwas spürte, also plazierte er weiter die Gemälde und setzte sich dann mitten in seine kleine weiße Galerie, um sie sich alle anzusehen. Sie waren furchtbar, das wußte er genau.

Nula hatte sich geduscht und umgezogen. Sie sah aufreizend aus: Stilettoabsätze, ein enger Ledermini und ein unverschämt tief ausgeschnittenes Bustier. Sie hörte, wie die Tür aufging, und drehte sich um. Didi wedelte mit den Autoschlüsseln. »Fertig, Schatz? Du solltest schon mal losgehen, ich muß mich noch umziehen.«

»Komisch«, meinte Nula, »ich muß dauernd an diese Lorraine denken. Glaubst du, sie geht auch auf den Strich?«

Didi toupierte sich das Haar. »Du kannst sie ja einfach fragen. Sie hat gesagt, sie will morgen wieder vorbeikommen. Du siehst reizend aus, und jetzt mach schon, verschwinde, sonst werde ich nie fertig.«

Eine halbe Stunde später war Nula an ihrem üblichen Platz. Die meisten Freier hier wußten, daß sie und Didi Transsexuelle waren – die Gegend war dafür bekannt. Sie hatten beide ihre Stammkunden und zahlten eine Art Schutzgebühr. Curtis war kein richtiger Zuhälter, mehr ein Aufpasser, aber er kassierte für jeden Freier und schien immer zu wissen, wie viele es gewesen waren. Nula und Didi zahlten, ohne mit ihm zu streiten. Außerdem waren sie froh über seine Tips. Er wußte offenbar immer schon im voraus, wenn die Sitte auf dem Weg war.

Tony de Savoy – Spitzname Curtis, weil er einen altmodischen Haarschnitt wie Tony Curtis hatte – kam lächelnd vorbeigeschlendert. Er gab Holly, seinem besonderen Liebling, einen Kuß, und tätschelte ihren festen kleinen Arsch; dann wandte er sich an Nula.

»Hi, wie läuft's denn?«

Nula zuckte mit den Achseln. »Ziemlich ruhig heute. Curtis, kennst du eine Frau namens Lorraine Page? Eine große Blondine mit 'nem ziemlich zerschlagenen Gesicht?«

»Sie ist keine von meinen; wieso?«

»Ich bin ihr heute abend begegnet, und ich kenne sie von irgendwoher.«

Holly steckte sich einen Kaugummi in den Kirschenmund und fing wild an zu kauen. Curtis zeigte auf das Einwickelpapier. »Wirf das in den Mülleimer, du Schlampe.«

Holly zog einen Schmollmund und bückte sich übertrieben tief, um das Papier aufzuheben.

Curtis grinste Nula an. »Nicht übel, wie? Super Figur! He, Holly, wackel mal mit deinem kleinen Arsch.«

Holly kicherte und wand sich ein wenig, um auch ihre Titten zu präsentieren, dann stelzte sie mit provozierendem Hüftschwung auf hohen Hacken davon.

Nula sah ein Auto und marschierte los, während Curtis sich einen Kamm durch das gegelte Haar zog. »Bis dann. Den Freier kannst du abschreiben. Meiner süßen kleinen Holly entgeht keiner.«

Er lachte, als sie über die Straße auf das Auto zuging. »Ich bin in der Bar Q«, rief er ihr hinterher, als sie einem entgegenkommenden Wagen auswich und dem Fahrer den Finger zeigte.

Nula drehte sich noch einmal um und sah, daß er weitergegangen war und bei einem anderen Mädchen stand. Holly stieg gerade in das Auto ein. Nula eilte hinter ihr her, mit einem weiteren Seitenblick zu Curtis, der jetzt lachend auf zwei schwarze Mädels einredete und sich dabei immer noch die Schmalzlocke kämmte.

»Der gehört mir, Nula-Baby. Ich wette, der will 'ne richtige Frau.« Lachend schlug Holly die Beifahrertür zu.

Lorraine saß in Rosies Schlafzimmer und erzählte ihr von Art und der Galerie. Sie gab ihr sogar zehn Dollar für die Miete.

»Und, gehst du morgen wieder hin?« fragte Rosie.

Lorraine zog die zerknitterte Jacke aus. »Na ja, er hat sich meine Nummer aufgeschrieben, falls es noch mehr zu tun gibt, also werde ich wohl hingehen.«

Rosie drosch das Kissen in Form. »Gib mir meine Ohrringe zurück! Und nächstes Mal fragst du – sie sind zufällig echt. So ungefähr das einzige, was mein Mann mir je geschenkt hat...«

Lorraine nahm sie demonstrativ ab und legte sie zurück in die Schachtel. Rosie beobachtete jede Bewegung, verärgert über Lorraines Selbstsicherheit. Sie schien sich tatsächlich wieder gefangen zu haben, aber anstatt sich darüber zu freuen, war Rosie eifersüchtig.

»Vielleicht komme ich mit.«

Lorraine schaltete den Boiler ein. »Tu dir keinen Zwang an. Was ist eigentlich los mit dir?«

Rosie setzte sich. »Nichts – aber hast du nie daran gedacht, daß ich mir Sorgen machen könnte? Und Jake auch.«

Lorraine zog den Reißverschluß des Rocks auf. »Hast du ihn losgeschickt, nach mir zu suchen?«

»Selbstverständlich! Verdammt, ich hatte keine Ahnung, wo du bist – du hast mir ja nicht mal einen Zettel geschrieben, was du vorhast.«

Lorraine stieg aus dem Rock, und Rosie wandte sich ab, nicht aus Verlegenheit, sondern weil sie entsetzt darüber war, wie dünn und mit Narben übersät Lorraines Oberschenkel waren. »Was ist denn bloß mit dir passiert?« fragte sie. »All die Narben...«

Lorraine wickelte sich in ein Badetuch. »Ich war zu besoffen, um mitzukriegen, was passiert ist. Ein paar stammen von Zigaretten – vielleicht war ich das selbst...«

Rosie seufzte, als sie die Dusche hörte. Sie hatte Lorraine und Jake eigentlich erzählen wollen, daß sie heute im Krankenhaus gekündigt worden war – Sparmaßnahmen. Aber als Lorraine wieder aus dem Bad kam, schlief sie schon fest.

Lorraine schaltete das Licht aus und ging ins Wohnzimmer, um das Sofa zu richten. Sie setzte sich hin, eingewickelt in ein Handtuch, rauchte und sah fern. Wieder ein Tag ohne Alkohol – und ein Tag, an dem sie tatsächlich etwas geleistet hatte. Aber was bedeutete das schon? Sie schloß die Augen und lehnte sich zurück. Würde jetzt jeder Tag so sein? Herumrennen und nach Arbeit suchen? Sie mußte daran denken, wieviel Art und seine beiden Helferinnen an einem einzigen Abend geleistet hatten. Sie hatten diesen miesen kleinen Laden verändert, nicht in etwas Großartiges, aber Art würde morgen seine Galerie aufmachen und damit vielleicht ein bißchen Geld verdienen. Und wozu war *sie* gut? Sie fragte sich, was Nula und Didi beruflich machten. Vielleicht arbeiteten sie in einer anderen Galerie. Die beiden hatten ihr gefallen, und die Musik auch – vielleicht wurde es ja *wirklich* besser … Vielleicht bestand das Geheimnis tatsächlich darin, wie Rosie und Jake behaupteten, einen Tag nach dem anderen zu nehmen, nicht langfristig zu denken, sondern in einzelnen Tagen, in Tagen ohne Alkohol. Sie war ziemlich müde, und sie schlief ein, bevor die Bilder aus ihrer Vergangenheit sie einholen konnten.

Nula traf sich mit Curtis zum Frühstück. Sie hatte Didi seit Stunden nicht gesehen und nahm an, sie habe einen Freier für die ganze Nacht an Land gezogen. Curtis war nervös. Er suchte Holly und fragte jeden, der hereinkam, nach ihr. Nula sagte, sie habe sie mit dem Freier im Auto gesehen, aber seitdem nicht mehr. Er war ziemlich gereizt, also trank sie nur ihren Kaffee, zahlte, was sie ihm schuldig war, und machte sich davon. Es war beinahe halb sechs, und sie war ziemlich erledigt und außerdem besorgt, weil Didi immer noch nicht aufgetaucht war.

Didi war zu Hause, lag im Bett und hatte einen Eisbeutel auf dem Kopf. Besorgt beugte sich Nula über sie. »Alles in Ordnung?«

Didi nahm den Eisbeutel weg und enthüllte ein blaues Auge. »Sieh mich doch an! Ich hab' ein blaues Auge, und mein Fuß tut saumäßig weh, er ist ganz geschwollen.« Nula brachte mehr Eis, um Didis Knöchel zu kühlen. Sie war beunruhigt. Das blaue Auge war kein Problem, aber wenn Didi nicht laufen konnte, würde sie auch nicht arbeiten können. Jeder würde nach ihr fragen.

Didi seufzte und verschob den Eisbeutel ein wenig. »Übrigens, mir ist eingefallen, wo ich diese Lorraine gesehen hab'...«

Nula cremte sich das Gesicht ein. »Wo?«

»Bei einem AA-Meeting vor kurzem; du warst auch da.«

»Ach so.« Nula strich sanft über ihre weiche Haut. Merkwürdig, daß sie sich nicht daran erinnerte. Normalerweise hatte sie ein gutes Gedächtnis, was Gesichter anging.

»Ich werde heute abend schrecklich aussehen«, jammerte Didi. »Art wird mich gar nicht reinlassen, wenn ich so fürchterlich aussehe – du weißt ja, wie er ist.«

Nula sah sie an. »Ich hab' mich schon gefragt, wo du steckst. Ich hab' mir Sorgen gemacht. Curtis war auch ganz nervös und die ganze Zeit auf der Suche nach Holly.«

»Ich konnte wirklich nicht mehr kommen. Mein Fuß, mein Gesicht, sieh dir doch bloß mein Gesicht an! Wenn man so aussieht, kann man keinen aufreißen.«

»Das wird schon wieder. Wir überschminken die blauen Flecken, und der Fuß wird schon wieder abschwellen. Mich hat mal einer direkt auf die Nase gehauen. Ich dachte, das war's dann, und hatte zwei blaue Augen, aber hinterher war meine Nase wirklich niedlich.«

Didi starrte sie entgeistert an und schob sich dann wieder den Eisbeutel aufs Auge. Sie begann zu weinen, aber Nula sagte nichts mehr. Genervt stopfte sie Didis Sachen in den Wäschekorb. Alles würde gewaschen oder gereinigt werden müssen. Plötzlich sah sie die Wagenschlüssel auf dem Frisiertisch liegen und fuhr herum. Wieso hatte sie die Wagenschlüssel wieder mitgebracht?

»Wo ist das Auto?« fragte sie, und Didi hob langsam den Eisbeutel hoch. »Was hast du mit dem Auto gemacht?«

»Es steht vorm Haus; ich konnte doch nicht mehr laufen.«

Nula fluchte. Am liebsten hätte sie Didi eine gescheuert, aber statt dessen griff sie nach den Schlüsseln und verließ türenknallend die Wohnung. Didi ließ sich wieder in die Kissen sinken. Manchmal machte Nula ihr Angst – sie war wirklich herzlos. Sie kroch unter die Decke und bemitleidete sich selbst. Dann tastete sie unter dem Kissen nach dem großen Topasring und steckte ihn sich an den Finger. So fühlte sie sich gleich besser. Wenigstens den hatte sie in Sicherheit gebracht.

Der Morgen war hell und klar, und das leuchtende Orange der aufgehenden Sonne brachte die beigefarbene Metalliclackierung des Lincoln zum Glitzern. Ein Streifenwagen hielt an, denn der Lincoln stand im Halteverbot. Ein Uniformierter stieg aus und spähte in den Wagen; er notierte sich die Wagennummer und stieg wieder ein. Aber als er sich noch einmal umdrehte, sah er ein Stück rosa Stoff, der aus dem Kofferraum hing.

Das Auto war nicht als gestohlen gemeldet worden, aber nun sahen beide Cops es sich näher an. Einer probierte die Tür, sie war nicht verschlossen. Er spähte hinein, als sein Kollege den Kofferraum öffnete.

Sie lag auf der Seite, zusammengerollt. Ein Blick genügte. Ihr Gesicht war so zugerichtet, daß es kaum mehr als Gesicht zu erkennen war, und am Hinterkopf klaffte eine tiefe Wunde. Niemand hätte sie erkennen können, aber auf einem Fußkettchen konnten die beiden lesen, daß sie wahrscheinlich Holly geheißen hatte.

Kapitel 4

Lorraine war schon lange vor Rosie wach. Sie putzte, setzte Kaffee auf und suchte dann ihre schmutzige Wäsche zusammen. Sie hatte schon eine Tasche gepackt, um in den Waschsalon zu gehen, und überlegte, was sie noch an Lebensmitteln brauchten.

Schließlich tauchte Rosie auf, wie üblich schlechter Laune. Lorraines Aktivitäten änderten daran nichts.

»Soll ich was für dich mitwaschen?«

»Lieber Gott! Das weiß ich doch so früh am Morgen noch nicht!« Rosie riß die Schränke auf, als Lorraine mit dem Staubsaugen anfing.

»Kannst du damit nicht warten, bis ich gefrühstückt habe?«

Lorraine griff sich die Wäschetasche und ging. Sie belud die Maschine und machte sich dann auf den Weg zum nächsten Supermarkt, im selben Einkaufszentrum, in dem der Mann sie angegriffen hatte. Sie dachte kaum mehr daran – das schien schon so weit zurückzuliegen, und sie würde ohnehin nicht einmal in die Nähe des Parkhauses kommen.

Es war ziemlich lange her, seit sie zum letztenmal eingekauft hatte. Sie fand es furchtbar anstrengend, sich darauf zu konzentrieren, was sie brauchte, weil von der einen Seite die Musik auf sie eindrang, von der anderen eine Stimme, die die neuesten Sonderangebote verkündete, das Ganze untermalt vom *Ping* der Computerkassen, den Rufen der Angestellten, wenn sie sich gegenseitig nach Preisen fragten, und dem *Piep-piep*, wenn Waren über den Scanner gezogen wurden.

Es kam Lorraine so vor, als wäre sie die einzige, die diese Geräuschkulisse wahrnahm. Ihr fiel auf, daß alle anderen Kunden schnell wie der Blitz waren – ihr einziges Ziel war, so schnell wie möglich von A nach B zu kommen. Einkaufswagen stießen zusammen, ein Mann schnaubte, als sie an der Obstwaage zu lange brauchte. In der Kühlabteilung dachte sie, daß sich vielleicht alle so beeilten, weil man sich hier Frostbeulen holen konnte. Nichts mehr hier war ihr vertraut – war es wirklich schon so lange her, daß sie etwas so Normales getan hatte wie Lebensmittel einkaufen?

Sie packte Salat, Joghurt, Obst, ein wenig Vollkornbrot, Frühstücksflocken und Nüsse in den Wagen. Als sie gerade nach ein paar Kirschen griff, fing es an. Sie riß sich zusammen und schob den Wagen in den Kühlbereich. Sie begann am ganzen Körper zu zittern, Schweiß brach ihr aus allen Poren. Als sie das Kühlfach mit der Eiskrem öffnete, erinnerte sie die eisige Luft, die ihr entgegenwehte, an das Leichenschauhaus und an das erste Mal, als sie einer Leiche hatte Fingerabdrücke abnehmen müssen. Sie hatte weder Ekel noch irgendwelche Gefühle gezeigt, sondern sich auf die Abdruckkarte und den schwarzen Tintenroller konzentriert.

»Holen Sie die Abdrücke, Page, und bringen Sie sie ins Archiv.«

Lorraine hatte die starre Hand in ihre genommen. Es war eine Schwarze gewesen, etwa fünfzig Jahre alt. Lorraine hatte sich ihr Gesicht nicht angesehen, sondern sich gezwungen, nur an die Abdrücke zu denken. Sobald sie den toten Finger hatte sinken lassen, war er wieder zurückgeschnappt, die Hände der Frau waren zu festen Fäusten geballt. Lorraine hatte nicht gewußt, daß das ganze Team sie beobachtete, kichernd wie Schuljungen. Schließlich hatte sie die Faust aufgebracht, mit der Handfläche nach oben; aber sobald sie begann, die schwarze Tinte draufzurollen, führte die Hand eine Art Eigenleben und wickelte sich so fest um Lorraines Finger, daß sie sie nicht mehr lösen konnte. Die Männer waren in Gelächter ausgebrochen, und nur einem hatte sie ein wenig leid getan. Er war nicht viel älter gewesen als sie, aber *ihm* hatten die anderen den Trick verraten – anders als Lorraine, von der sie glaubten, sie sei zu ihrer Unterhaltung da. Sie sah zu, wie er auf den Ellbogen der Toten schlug und sich die Faust lange genug öffnete, um Abdrücke nehmen zu können. Sie hatte gelacht und es als Witz abgetan, aber noch Wochen danach hatte sie Alpträume von Toten gehabt, die sie umklammerten und nicht mehr weglassen wollten.

»Machen Sie bitte die Kühlfachtür wieder zu«, zischte eine Frau im Baumwollkittel, die gerade vorbeikam. Lorraine ließ den Kopf gegen die Tür sinken, und das Schwitzen ließ nach, aber ihr Hände zitterten immer noch. Sie wußte nicht, wieso ihr ausgerechnet dieser Vorfall plötzlich wieder eingefallen war.

Als sie nach Hause kam, sah Rosie gerade die Stellenanzeigen durch. Danach machte sie ein paar Anrufe, aber ohne Erfolg. Sie saß vor dem Fernseher und aß die Nüsse, die Lorraine mitgebracht hatte. Sie achtete kaum darauf, daß in den Nachrichten gemeldet wurde, eine Siebzehnjährige namens Angela Hollow, genannt Holly, sei brutal ermordet worden.

Lorraine saß auf Rosies Bett und rieb sich Feuchtigkeitscreme auf Gesicht, Hals und Hände. Sie war gerade bei den Fingerspitzen angekommen, als Polizeineuling Lorraine Page wieder erschien. Die Gummihandschuhe, die sie bei der Untersuchung einer Leiche immer tragen mußte, hatten ihre Hände ausgetrocknet, und sie hatte eine Flasche Handlotion im Büro deponiert. Die anderen neckten sie deshalb, aber es war nicht nur die trockene Haut gewesen, es war der Gestank. Ganz gleich, wie frisch eine Leiche war, sie hatte immer einen übelkeiterregenden Geruch an sich. Lorraine benutzte kein Parfüm, daher nahm sie die Lotion nicht nur, weil sie sich gut anfühlte, sondern auch, weil sie so frisch roch. Als sie sich die Hände einrieb, fing es wieder an. Sie war machtlos, sie konnte den Erinnerungen nicht entfliehen.

Man sagt, der erste Mordfall bliebe am deutlichsten im Gedächtnis. Lorraine war zu einer häuslichen Auseinandersetzung gerufen worden, und ihr Wagen war der erste am Tatort. Das kleine Haus hatte von außen so ordentlich und gepflegt ausgesehen, so normal, so ruhig, daß sie und ihr Partner die Zentrale angerufen hatten, um die Adresse noch einmal zu überprüfen. Ein Nachbar hatte angerufen und behauptet, er habe Geschrei und Schüsse gehört.

Die Haustür war nur angelehnt. Jemand hatte der Frau die

Kehle durchgeschnitten und Schnittwunden an Armen und Brust beigebracht. Sie trug ein Baumwollhemd, das dunkelrot vor Blut war. Sie fanden den Mann im Schlafzimmer, den Kopf weggeschossen, die Waffe noch in der Hand. Blut war auf die Wände gespritzt, die Bettdecke, auf der er lag, war blutgetränkt. Die dritte Leiche, ein zwölfjähriges Mädchen, lag im zweiten Schlafzimmer. Sie war mit einem einzigen Stich ins Herz getötet worden. Sie lag im Bett, zugedeckt, einen Arm um ihre Puppe, als schliefe sie friedlich. Später fanden sie pornographisches Material und Videos von dem Mädchen und dem Mann. Lorraine hatte diese ekelhaften selbstgedrehten Filme nie vergessen, und auch nicht, wie unschuldig das Mädchen mit seiner Puppe ausgesehen hatte. Aus diesem Vorfall hatte sie gelernt, nie nach dem Äußeren zu gehen: Keiner in der Familie war vorbestraft gewesen, ein typisches Paar aus der Vorstadt mit anständigen Jobs, aber hinter verschlossenen Türen hatten sie diese verabscheuungswürdigen Spielchen mit ihrem Kind getrieben. Ein harter Schlag für eine Zwanzigjährige, die erst ein paar Monate bei der Polizei war. Schlimmere Fälle folgten, aber sie erinnerte sich an diesen ersten Fall, als sie dort auf Rosies Bett saß. Lorraine wurde eiskalt, als stünde sie wieder im Leichenschauhaus, als wäre der Mord gerade erst passiert, als hätte das Kind nach ihr gerufen.

Rooney starrte die Leiche an, ging um die Bahre herum, zupfte sich an der Nase. Die Hammerschläge hatten beide Wangenknochen zertrümmert, die Nase und die rechte Seite des Kiefers. Der Schlag auf ihren Hinterkopf war tödlich gewesen, hatte den Schädel gespalten. Am Körper hatte sie keine weiteren Narben, aber es gab Hinweise, daß sie früher einmal geschlagen worden war. Angela Hollow war erst siebzehn gewesen, aber die blonde, einsachtundsechzig große Frau mit der hübschen Figur hatte schon drei Vorstrafen wegen Prostitution.

Schließlich kehrte Rooney wieder in sein Büro zurück. Bean wartete schon. Er hatte Hollys Zuhälter und vier andere Mädchen befragt, die sie am Vorabend ihres Todes gesehen hatten. Niemand hatte den Mann gesehen, der sie mitgenommen hatte, aber eine Zeugin erinnerte sich an das beigefarbene Auto. Ansonsten erinnerten sie sich nur noch, wie Holly gegen halb zehn die Straße überquert hatte. Danach hatte sie niemand mehr gesehen.

Rooney blätterte die Aussagen durch und sah sich dann die Akte an, die Colin Sparks ihm gegeben hatte. »Schau dir das mal an, Josh. Ich möchte, daß die Blutspuren mit denen von diesem Mädchen und denen aus Hastings' Auto verglichen werden.«

Bean ging, kehrte aber sofort mit einem ziemlich langen Fax zurück. »Sie sollten sich das mal ansehen; ist gerade erst reingekommen.«

Noch draußen im Flur hörte Bean Rooney fluchen. Das Fax war das Ergebnis seiner Anrufe vom Vorabend. Drei Frauen waren innerhalb von sieben Jahren durch Hammerschläge auf den Hinterkopf getötet worden, die Gesichter bis zur Unkenntlichkeit zerschlagen. Sie waren alle Prostituierte gewesen und in Kofferräumen gestohlener Autos gefunden worden. Keine Zeugen. Alle Fälle waren ungeklärt. Drei Morde, Angela Hollow war das vierte Opfer, Maria Valez das fünfte, die noch unidentifizierte Frau aus dem Autowrack das sechste, und wenn der Mörder auch Norman Hastings getötet hatte, waren es sieben. Rooney stand am Beginn der Fahndung nach einem Serienkiller.

Später am Nachmittag bestätigte sich sein Verdacht. Das Blut im blauen Sedan und das Blut, das in einem der Fälle, über die ihn Sparks informiert hatte, untersucht worden war, stammte von einer Person. Maria Valez hatte sich offenbar gegen ihren Mörder gewehrt. Dem Autopsiebericht zufolge hatte sie ihren Angreifer gekratzt; man hatte Blut unter ihren Fingernägeln gefunden. Alle anderen Opfer waren von dem Schlag auf den Hinterkopf überrascht worden.

Wie schon zuvor waren Mr. und Mrs. Summers erfreut, helfen zu können. Sie waren noch nie in einem Leichenschauhaus gewesen oder hatten mit polizeilichen Ermittlungen zu tun gehabt, geschweige denn mit einem Mordfall. Rooney beschloß, sie zu begleiten, wenn sie sich die Leiche ansahen.

»Also, sie ist hier hinter diesem Vorhang. Wir können sie umdrehen, Sie können sie von allen Seiten betrachten. Lassen Sie sich Zeit…«

Die Tote war gereinigt worden, ihr Haar gewaschen und gekämmt, und sie hatten auch ihr Gesicht von einem sehr fähigen Mann rekonstruieren lassen. Das Make-up betonte jedoch nur die tödliche Blässe, und die Augen der Frau waren geschlossen.

Mrs. Summers keuchte. Sie trat näher heran, aber ihr Mann blieb, wo er war, und starrte durchs Fenster. Es war der Mann, auf den Rooney sich konzentrierte; er hatte die Frau aus der Nähe gesehen und mit ihr gesprochen.

»Ja«, sagte Mrs. Summers.

»Ich weiß nicht…«, meinte ihr Mann.

»Sie ist es – schau dir doch nur das Haar an, das Haar ist dasselbe.«

»Vielleicht, ja.«

Mrs. Summers wandte sich Rooney zu. »Ich bin sicher.«

Rooney nickte, sah dann Mr. Summers an. »Was meinen Sie? Wir können sie ein wenig umdrehen.«

»Nein, ich glaube, meine Frau hat recht. Das ist die Frau, die wir gesehen haben.«

Rooney fragte noch einmal, ob er wirklich sicher sei.

»Ja«, erwiderte Mr. Summers mit fester Stimme.

Rooney kehrte in sein Büro zurück. Bean wartete auf ihn; er hatte die Frau anhand ihrer Fingerabdrücke und der Akten identifizieren können; es handelte sich um Helen Murphy, neununddreißig Jahre alt, eine Prostituierte. Sie war drei Wochen zuvor vermißt gemeldet worden.

Rooney gab sich damit nicht zufrieden. Er sah sich den Bericht an und fragte, ob es zahnärztliche Unterlagen gebe, denn er erinnerte sich an die Aussage des Taxifahrers, der Frau habe ein Schneidezahn gefehlt. Helen Murphy hatte falsche Zähne gehabt. Rooney schickte den Taxifahrer ins Leichenschauhaus. Er war nicht so sicher wie die Summers': Die Leiche sah der Kundin ähnlich, ihr Haar hatte dieselbe Farbe, meinte er. Schließlich erklärte er, es handele sich wahrscheinlich um die Frau, die er gefahren habe. Rooney gab sich geschlagen. Es würde keine weitere Fahndung nach der Frau aus dem Parkhaus geben.

Um fünf versammelte der Captain sein Team. Alle warteten geduldig, während er seine Notizen überflog. »Also, das hier ist Helen Murphy«, sagte er. »Prostituierte, blond, neununddreißig Jahre alt; die Leiche wurde in der Nähe der Paradise-Siedlung gefunden, im Kofferraum eines Autowracks, wo sie etwa zwei bis drei Tage gelegen hatte.«

Die Männer starrten die Fotos an. Außerdem gab es Bilder von Angela Hollow und dem gestohlenen Auto, von Maria Valez und drei weiteren unidentifizierten Frauen. Schließlich zeigte er ein Foto von Norman Hastings und seinem Wagen.

»Offensichtlich weicht der Fall Hastings von den anderen ab, weil er ein Mann war. Vielleicht ist Hastings dem Mörder in die Quere gekommen, als der das Auto stehlen wollte. Jedenfalls ist er mit einer ähnlichen Waffe getötet worden wie die Frauen: einem Klauenhammer. Wir wissen, daß es sich nicht um dieselbe Waffe handelt – die Wunden der Frauen weisen auf Hämmer unterschiedlicher Größe hin, aber allen Opfern ist das Gesicht eingeschlagen worden, und die Klauenseite wurde benutzt, um ihnen die tödliche Wunde nahe der Schädelbasis beizubringen. Wenn das Opfer mit dem Gesicht nach unten liegt, schlägt der Mörder mit dem Klauenhammer zu und reißt ihn wieder hoch, was, wie ihr hier sehen könnt, eine verdammt große Wunde hinterläßt.«

Rooney wartete, bis sie das Bild verdaut hatten, und fuhr dann fort: »Die Frauen waren alle Prostituierte, alle vorbestraft, offensichtlich alle blond. Keine Zeugen. Niemand hat je ein Motiv gefunden, und bisher konnten wir auch keine Verbindung zwischen den Frauen herstellen, von ihrem Beruf einmal abgesehen, und von der Tatsache, daß sie alle groß, blond und bis auf die letzte, Angela Hollow, keine besonderen Schönheiten waren.«

Rooney schloß mit der Beschreibung des Mannes, der angeblich Hastings' Wagen gefahren hatte. Der Mann, den sie suchten, betonte er, hatte eine schlimme Bißwunde am Hals, dicht an der Kehle, wenn man Helen Murphy glauben durfte.

»Der erste Hammermord fand 1986 statt, der nächste 1987, dann 1988, 1991 – das war Maria Valez – und die letzten beiden, Helen Murphy und Angela Hollow, plus Hastings, alle innerhalb von Monaten, wenn nicht Tagen. Wir haben eine Lücke zwischen 1988 und 1991, falls nicht noch mehr ans Licht kommt. Hoffen wir, daß das nicht der Fall ist.«

Ein junger, eifriger Officer fragte, wo sie anfangen sollten, und Rooney, selbst ein wenig verunsichert, schnauzte, da die Opfer alle Nutten gewesen waren, sollten sie auf den Straßen beginnen und in den Bordellen. Zunächst sollten sie zurückhaltend vorgehen, bis sie mehr Beweise hatten. Er wollte die Presse so lange wie möglich raushalten.

Als Rooney in sein Büro zurückkam, fühlte er sich ausgelaugt, und er hatte Hunger. Bean blickte auf, als er knurrte: »Lust auf'n Curry?«

Bean war nicht hungrig, aber er beschloß, Rooney zu begleiten, weil er mit ihm über den Fall reden wollte.

Im Wagen warf ihm Rooney einen Seitenblick zu. »Was ist los?«

»Na ja, ich finde, wir sollten nicht so viel zurückhalten. Es ist möglich, daß ein Serienkiller frei rumläuft. Diese Lücke zwischen den Morden – kann es sein, daß unser Mann in dieser Zeit im Knast war?«

»Jetzt ist er es auf jeden Fall nicht mehr.«

»Das meine ich ja gerade, Bill. Er hat Norman Hastings, Helen Murphy und Angela Hollow innerhalb von ein paar Wochen umgebracht. Selbst wenn er nur Nutten umbringt, sollte man die Mädels doch warnen.«

Rooney reagierte wie erwartet. »Sobald wir die Presse informieren, gibt's doch ein Riesentrara. Wir brauchen noch ein bißchen Zeit, um mehr rauszufinden, denn im Moment haben wir verflucht wenig, nur ...«

»Eine ziemlich gute Beschreibung. Irgend jemand muß doch jemanden kennen, der eine Bißwunde am Hals hat.«

Rooney ließ den Motor an. »*Das* dürfen wir auf keinen Fall rauslassen, sonst müssen wir uns mit der gesamten hiesigen

Vampirgemeinde rumschlagen ... Die Jungs auf der Straße können den Nutten davon erzählen, aber du weißt genausogut wie ich, daß sie das nicht aufhalten wird. Sie werden weiterarbeiten, ganz egal, was wir ihnen erzählen.«

»Was glaubst du, was das für ein Kerl ist, Bill?«

»Einer, der keine großen dürren blonden Nutten mag – verflucht, woher soll ich das denn wissen? Du kennst die Beschreibung so gut wie ich, was glaubst du denn?«

»Keine Ahnung.«

»Genau. Niemand hat eine Ahnung. Sie können zwar irgendwelche sogenannten Professoren auffahren, die uns Psychoprofile liefern, warum er tötet und was ihm das bringt. Aber wenn man dann sagt: ›Na gut, und wo finden wir den Kerl?‹ haben sie auch keine Ahnung. Josh, die können uns zwar zu einem Spinner führen, weil diese Typen auffallen, aber unser Mann ist nicht auffällig. Es sieht so aus, als wäre er seit Jahren damit durchgekommen. Es gibt nicht mal ein richtiges Muster, weil Norman Hastings ein unbescholtener Bürger war.«

Schweigend fuhren sie los. Bean seufzte. »Der Kerl hat offensichtlich was gegen Nutten ...«

Rooney schnaubte. »Vielleicht war seine Mutter oder seine Frau eine. Dann könnte man sagen, er bringt *sie* um. Alles Quatsch! Ich konnte meine Mutter nicht ausstehen, aber das bedeutet noch lange nicht, daß ich alle tyrannischen Rothaarigen mit Doppelkinn umbringen will.«

Er parkte vor dem Restaurant und stellte den Motor ab. Langsam wünschte er sich, er hätte Bean nicht mitgenommen. »Es sieht so aus, als würde er den Hammer einfach ziehen, wenn ihm danach ist. Und jetzt halt die Klappe, ich hab' Hunger und will nicht mehr drüber reden.« Rooney stieg aus, schloß den Wagen ab und entdeckte dabei Art's Galerie. »Mann, wo kommt denn die so plötzlich her? Gestern war hier noch ein Reisebüro.«

Er schlenderte hinüber, um sich den Laden anzusehen: Drinnen standen eine Menge Leute, redeten und tranken, Künstlertypen, nicht sein Geschmack. Ein Taxi hielt, und weitere Gäste gingen hinein. Ein gutaussehender, sorgfältig frisierter Mann in Jeanskleidung zahlte das Taxi, rückte die Sonnenbrille zurecht und folgte seinen beiden braungebrannten Freunden, während Rooney sich umdrehte und sein Lieblingsrestaurant betrat. Art grüßte seinen Freund Craig Lyall mit einem entzückten Aufkreischen und zog ihn hinein.

Kurz darauf traf auch Lorraine ein, zusammen mit Rosie und Jake. Sie parkten hinter Rooneys Wagen. Jake trug einen billigen Anzug, ein Nylonhemd und eine breite Krawatte mit Blumenmuster, Rosie ein Zelt von einem Kleid, das ihre Fülle eher betonte als verbarg, diverse Glasperlenketten, die klickten, wenn sie sich bewegte, und Ledersandalen. Lorraine hatte den Kostümrock gebügelt und wieder angezogen, dazu die schwarze Crêpebluse; die Safarijacke hatte sie über die Schultern gehängt. Sie trug die hochhackigen Pumps und wirkte noch größer und schlanker. Ihr Make-up war zurückhaltend wie immer, und da Rosie sich geweigert hatte, ihr die Ohrstecker zu leihen, trug sie auch keinen Schmuck. Art veranstaltete ihretwegen ein Mordstheater und erklärte begeistert, sie sähe einfach wunderbar aus und ihre Freunde seien mehr als willkommen.

Ein tuntiger junger Mann schwebte mit einem Tablett voller Weingläser vorbei. Lorraine hatte gerade die Hand nach einem ausgestreckt, als sie hörte, wie Jake laut um Mineralwasser bat. Die drei blieben ein wenig unsicher nahe der Tür stehen.

»Möchtet ihr die Bilder sehen?« fragte Lorraine.

»Gibt's denn welche?« Als sie sich weiter nach drinnen schoben, konnte Lorraine kein einziges Gemälde entdecken.

Nula winkte Lorraine und griff nach ihrer Hand. »Mir ist endlich eingefallen, wo wir uns schon mal gesehen haben – auf einem Meeting!«

Lorraine war verwirrt, dann verstand sie. Sie starrte auf ihr Glas mit Wasser, dann bemerkte sie, daß auch Nula eines hatte. Sie fragte nach Didi, und Nula erzählte ihr von dem verstauchten Knöchel.

»Das tut mir aber leid! Ihr habt so schwer gearbeitet! Sind schon viele Bilder verkauft?«

Nula zuckte mit den Achseln. »Das hoffe ich. Art ist pleite, aber andererseits, sind wir das nicht alle?«

Lorraine sah sich um und sah, daß Rosie und Jake sich nicht

vom Fleck gerührt hatten. »Kommt und lernt meine Freunde kennen.«

Jake war höflich, aber Rosie glotzte Nula derart fasziniert an, daß es Lorraine peinlich war. Nula schien es allerdings nichts auszumachen. Sie erzählte von der Galerie, wieviel sie und Didi gearbeitet hatten und wie wunderbar Lorraine gewesen war. »Warst du mal Schauspielerin?« fragte sie Lorraine plötzlich.

Lorraine lächelte. »Nein, war ich nicht.«

»Was machen Sie denn so?« fragte Rosie neugierig.

Nula legte den Kopf schräg und lächelte. »Alles, wofür man mich bezahlt, Schätzchen.«

Rosie war nicht sicher, wie das gemeint war, und es war ihr auch egal; sie schwitzte, und die Füße taten ihr weh. Sie fing Jakes Blick auf. »Das war vielleicht nicht die beste Idee. Laß uns wieder gehen.«

Jake sah Lorraine an. »Von mir aus. Lorraine?«

Sie wollten gerade gehen, als Art Lorraine an der Hand packte und sie zu einer Gruppe seiner Freunde zog. Rosie und Jake warteten zehn Minuten im Auto, bis sie auftauchte. »Fahrt schon mal los, ich bleibe noch. Art will, daß ich ihm ein bißchen helfe.«

Jake öffnete die Fahrertür und wollte gerade einsteigen, als ein großer Mann mit einem Bierbauch das indische Restaurant nebenan verließ, begleitet von einem jüngeren Mann mit kantigem Gesicht. Sie unterhielten sich angeregt, während der Ältere in seinen Taschen nach dem Autoschlüssel suchte. Trotzdem konnte er Lorraine nicht übersehen, die nur ein paar Meter neben ihm stand. Jake bemerkte, wie er ihr einen Blick zuwarf, und dann noch einen. Er hielt mitten im Satz inne, als sei er überrascht oder erschrocken.

»Lorraine?« sagte Rooney laut.

Sie machte eine halbe Drehung und wich unwillkürlich zurück, stieß mit Rosie zusammen.

»Sie sind es doch, oder?« Rooney trat näher heran.

Jake bemerkte, wie sie die Schultern zurücknahm und die Fäuste ballte.

»Lorraine«, wiederholte Rooney noch einmal. Er mußte sie

einfach anstarren – es war, als stünde er einem Geist gegenüber. War sie es wirklich? Dann legte sie den Kopf schief und kniff die Augen ein wenig zusammen, und er war sicher. »Tatsächlich. Lorraine Page«, sagte er. Sie nickte kaum wahrnehmbar und eilte zurück in die Galerie. Rooney sah ihr nach, dann starrte er Jake und Rosie an. »'n Abend.«

Rosie stieg ein. Jake zog die Fahrertür zu und beobachtete Rooney, als der zu seinem Auto zurückging.

»Was hatte denn das zu bedeuten?« fragte Rosie.

Jake zuckte mit den Achseln. »Das ist ein Bulle, und der andere Kerl auch. Die Bullen essen oft hier bei diesem Inder. Das war Bill Rooney, ein wirklich mieser Scheißkerl.«

Rosie war verblüfft. »So hab' ich dich noch nie reden gehört.«

»Kann schon sein, aber es gibt vieles, was du nicht über mich weißt. Dasselbe trifft wohl auch auf deine Mitbewohnerin zu. Dieser fette Arsch hat mich mal festgenommen, und sie vielleicht auch. Sieht aus, als würde er Lorraine aus einer Zeit kennen, an die sie lieber nicht erinnert werden will.«

Er fuhr ein paar Meter und blieb dann wieder stehen. »Vielleicht sollte ich zurückgehen und nachsehen, ob sie in Ordnung ist. Sie hat ein bißchen komisch ausgesehen.« Er wollte gerade zurückstoßen, als Lorraine zusammen mit Nula aus der Galerie kam und einem Taxi winkte.

Jake fuhr wieder an. »Weißt du inzwischen mehr über sie? Hat sie je irgendwelches Geld erwähnt? Erinnerst du dich an diesen Abend, an dem sie hingefallen ist? Sie hatte damals einen Haufen Geld.«

Rosie schaute aus dem Fenster. »Sie hat mir erzählt, sie hätte ein paar Sachen verkauft, die sie bei einem Freund untergestellt hatte. Jake, ich glaube, ich werde sie bitten auszuziehen. Sie hat so was an sich – ich weiß nicht, sie ist so …«

»Abgebrüht?«

»Ja, und egoistisch. Ich meine, ich bewundere irgendwie, wie sie sich zusammengerissen hat, aber ich weiß heute so wenig von ihr wie damals, als ich sie kennengelernt habe. Manchmal habe ich das Gefühl, sie will nicht, daß jemand sie kennt.«

»Der Bulle da hat sie gekannt. Und zwar ziemlich gut.«

Rooney zog die Handbremse. Sie standen vor Beans Haus. »Sie ist wegen Prostitution verhaftet worden. Zum Schluß haben sie sie in 'ne Zwangsjacke gesteckt, so durchgeknallt war sie.«

Bean hatte die Hand am Türgriff. »Heute sah sie aber ganz vernünftig aus.«

Rooney nickte. »Stimmt. Früher hat sie mal verdammt gut ausgesehen, aber sie hat nie mit Kollegen rumgemacht, jedenfalls nicht, daß ich wüßte. Ich glaube, sie hat sogar Kinder und war mit 'nem Anwalt oder so verheiratet, aber das hat sie auch versaut. Das ist 'ne Frau, die weiß, wie es in der Gosse aussieht.«

Bean öffnete die Tür. Lorraine Page interessierte ihn kaum, aber Rooney schien unbedingt weiterreden zu wollen. »Sie hat 'nen unbewaffneten Jungen erschossen.« Er schüttelte den Kopf. »Sechs Kugeln – hat ihren Achtunddreißiger leergeschossen. Aber weißt du, was mich wirklich angekotzt hat? Sie hat gelacht, ehrlich, es war ihr scheißegal. Sie war natürlich sturzbetrunken. Ich hab' gedacht, sie wäre längst tot...«

»Gute Nacht«, sagte Bean und stieg aus.

Rooney war tief in Gedanken versunken. Er sah sie immer noch vor sich, wie sie damals auf dem Boden des Umkleideraums gelegen hatte, mit hochgerutschtem Rock. Damals war er ihr zum letzten Mal begegnet, und sie war so besoffen gewesen, daß sie nicht mal hatte stehen können. Und sie hatte dasselbe dünne Lächeln auf den Lippen gehabt wie heute abend.

Lorraine sah sich um: Nulas Wohnung war merkwürdig mit diesen theatralischen Dekorationen, Rüschen, einem Sofa mit falschem Leopardenfell, Pelzteppichen und riesigen Postern nackter weiblicher Paare mit männlichen Genitalien in grotesken Posen. Gerade als sie überlegte, ob Nula und Didi sich hatten operieren lassen, kam Nula aus dem Schlafzimmer. »Einer Freundin von uns ist was Schreckliches passiert.«

Eine hinkende, rotäugige Didi erschien, in einen scharlachroten Seidenkimono gehüllt, ein zerknülltes Papiertuch in der Hand. »Sie war erst siebzehn. Sie haben sie in einem Kofferraum gefunden. Man hat sie mit einem Hammer erschlagen; in ihrem

Gesicht ist kein Knochen heil geblieben… Was sind das für Schweine, die so etwas tun?«

Nula schluchzte laut auf. »Wir haben sie gestern abend noch gesehen – ich hab' mit ihr gesprochen. Holly war so hübsch, so lieb…«

Lorraine hörte ihnen zu; sie weinten und jammerten. Sie wußte nicht, über wen sie sprachen. Zweimal versuchte sie zu fragen, ob sie lieber gehen solle, aber die beiden schienen gar nicht mehr zu wissen, daß sie noch da war. Didi trauerte offenbar heftiger, und es war Nula, die sich schließlich Lorraine wieder zuwandte: »Ich bin froh, daß du hier bist, das lenkt uns ein bißchen ab. Sie war noch ein Kind… Didi, wir müssen uns beschäftigen. Komm, wir füttern das Mädchen hier… komm schon, zieh die Schürze an.«

Didi huschte in die Küche und Nula seufzte. »Sie bekrabbelt sich schon wieder. Es hat sie wirklich schwer getroffen, aber ich kann sie immer wieder aufheitern.«

Sie kochte ein köstliches Abendessen, und das Entsetzen über Hollys Tod trat schließlich etwas in den Hintergrund. Das Gespräch drehte sich um ihren Freund Art: Er sei ein genialer Fotograf; sie redeten über seine Freunde, seinen permanenten Geldmangel, seine Gutmütigkeit.

»Das hier war seine Wohnung, und dann hat er einen Haufen Geld gemacht und sie uns einfach *gegeben*, und selbst als er vollkommen pleite und verzweifelt war, hat er uns *nie* gebeten, auszuziehen.«

Lorraine nickte. Die Bude war ein Alptraum, aber das war eben Geschmackssache, und sie genoß die Geschichten der beiden über alte Zeiten, als sie Tänzer gewesen waren. Von der Gegenwart sprachen sie nicht, aber sie zeigten ihr Fotoalben und alte Programme. Schließlich hatten sie sich regelrecht leergeredet. Die leise Musik, die im Hintergrund gelaufen war, wurde ausgeschaltet, und Lorraine nahm das als Stichwort für ihren Abgang. Sie stand auf und bedankte sich lächelnd.

»Wie lange bist du schon trocken?« fragte Nula.

»Viereinhalb Monate.« Nula lachte und erzählte, daß sie jetzt acht Jahre trocken sei und Didi vier. Sie warf Didi einen Blick zu. »Wahrscheinlich sollten wir dir lieber sagen, daß wir auf den Strich gehen – du hast vermutlich sowieso schon zwei und zwei zusammengezählt. Es ist uns lieber, wenn du es von uns selbst hörst, als von jemand anderem – und wir würden dich gern wiedersehen.«

Lorraine war überrascht, als Nula ihr den Arm um die Schultern legte. Sie war stark parfümiert.

»Hör mal, wir haben Kontakte, und wir könnten dir ein bißchen Arbeit beschaffen. Anständige Heterofreier, du mußt es uns nur sagen.«

Lorraine umging das geschickt und erklärte, sie habe noch zu tun, vielen Dank, und die beiden bestanden darauf, daß sie sich ein Taxi nach Hause nahm. Sie hatte nicht so kühl sein wollen, aber Nula und Didi hatten an jenen Teil ihres Lebens gerührt, dem sie sich bisher noch nicht gestellt hatte. Gleichzeitig ärgerte sie sich, weil sie offenbar wußten, daß sie auch auf den Strich gegangen war. Irgendwie hatte sie geglaubt, daß niemand ihr das anmerken könnte.

Aber die beiden hatten ihr auch, ohne es zu wissen, über eine Hürde hinweggeholfen, die sie gefürchtet hatte. Bill Rooney wiederzusehen, war ein Schlag in den Magen gewesen, so völlig unerwartet, daß sie kein Wort hatte sagen können. Die Taxifahrt kostete sie ihren letzten Dollar, aber das war ihr gleich. Eines wußte sie sicher – auf den Strich konnte sie nie wieder gehen.

Jede Stufe zu Rosies Wohnung kostete sie Kraft, und die letzte, die sie jetzt sehen wollte, war Rosie, die wie ein Buddha vor einer bescheuerten Game-Show hockte. Lorraine nickte ihr zu und wollte gleich ins Bad. Rosie schaltete den Fernseher aus. Das ließ nichts Gutes hoffen.

»Wir müssen reden.«

Lorraine zögerte. »Ja, ich weiß, aber ich muß erst unter die Dusche.« Der Fernseher ging wieder an.

Als sie ins Wohnzimmer zurückkam, nur in ein Badetuch gewickelt, schaltete Rosie das Gerät wieder aus. »Ich muß erst was trinken.« Sie warf die Kühlschranktür zu. »Vollkommen leer. Vielen Dank auch!«

Rosie grinste höhnisch. »Jetzt siehst du, wie das ist.«

»Du hast es absichtlich gemacht? Du fette Sau, ich hab' die letzten Tage genug eingekauft…«

»O ja!« höhnte Rosie. »Und wer glaubst du, hat den verdammten Kühlschrank aufgefüllt, seit du hier aufgekreuzt bist?«

Lorraine fuhr herum. »Verdammt noch mal, immerhin *habe* ich dir Geld gegeben!«

Rosie stand auf. »Und ich dir ein Dach über dem Kopf und mein Bett, als du krank gewesen bist. Ich hab' dich gefüttert, dich gewaschen – und nicht ein einziges Mal hast du auch nur den Anstand besessen, dich zu bedanken.«

»Du willst also, daß ich verschwinde, ja?« seufzte Lorraine.

»Wieso steigst du nicht mal von deinem hohen Roß und benimmst dich wie ein *Mensch*?« gab Rosie zurück. »Ich bin ehrlich mit dir, und was kriege ich dafür zurück?«

»Was willst du denn eigentlich?«

»Zum Beispiel wissen, wer du bist!« schrie Rosie.

Entnervt hob Lorraine die Arme. »Du weißt doch, wer ich bin. Verdammt, das habe ich dir doch schon gesagt. *Ich bin Lorraine Page!*«

»Das reicht nicht. Deinen Namen wußte ich schon im Krankenhaus. Es ist, als lebte ich mit jemandem zusammen, den ich nicht kenne, und damit komme ich nicht zurecht.«

Lorraine steckte sich eine Zigarette an und schloß die Augen. Sie hockte sich auf die Sesselkante. »Rosie, ich kann dir nicht viel sagen, weil ich nicht *weiß*, wer ich bin. Ich versuche ja, es rauszufinden, aber verflucht noch mal, wenn ich es selbst nicht weiß, was soll ich dir dann sagen?« Sie stand auf und begann, auf- und abzugehen. »Ich schaue in den Spiegel und weiß nicht mal, ob ich immer so ausgesehen habe. Ich sehe diese Narben überall, und ich weiß nicht, woher ich sie habe. Ich weiß nicht mal, woher die da stammt!« Sie zeigte auf die Narbe unter ihrem Auge. »Ich bin am ganzen Körper gezeichnet. Ich kann es sehen, du kannst es sehen – aber was ist in meinem Hirn passiert? Mir fehlen ganze Jahre meines Lebens, und manchmal weiß ich nicht mal, ob ich überhaupt was darüber rausfinden *will*.«

Rosie nickte, plötzlich besorgt. »Was ist heute abend passiert?

Du hast einen ziemlich erschütterten Eindruck gemacht.« Rosie wartete, aber sie bekam keine Antwort. »Der Mann da, der Dicke, hat dreimal deinen Namen genannt. Kennst du ihn?«

»Ja.«

»Wieso erzählst du es mir nicht einfach? Nein? Na gut, ich kann es dir noch leichter machen. Er ist ein Bulle; Jake kennt ihn. Es macht mir nichts aus, wenn du im Knast gewesen bist – aber erzähl's mir, ich will es wirklich wissen.«

Lorraine lachte freudlos. »Siehst du, du hast mir nicht geglaubt. Ich hab' es dir schon im Krankenhaus gesagt, Rosie, ich hab' dir gesagt, was ich einmal war.« Sie setzte sich wieder hin, schloß die Augen und ließ den Kopf gegen die Lehne sinken. »Ich war bei der Polizei, Rosie. Ich war Lieutenant, und der fette Kerl, den du heute abend gesehen hast, war mein Sergeant. Er heißt William – Bill – Rooney. Er war ziemlich überrascht, wie? Vielleicht hat er geglaubt, ich bin tot, wahrscheinlich hat er es gehofft...«

»Wieso hast du aufgehört?« wollte Rosie wissen.

»Ich bin rausgeflogen, Rosie. Weil ich gesoffen habe.« Und mit leiser, ausdrucksloser Stimme erzählte sie Rosie von ihrem Mann, ihren beiden Töchtern, der Scheidung und daß sie die Kinder seit sechs Jahren nicht mehr gesehen hatte. »Nach der Scheidung hab' ich mich vollaufen lassen. Und irgendwie hat diese Sauftour gedauert, bis wir uns kennengelernt haben, Rosie. Ich hab' alles verkauft, Wohnung, Möbel. Das Auto haben sie mir wegen Trunkenheit am Steuer weggenommen. Ich bin mit einer Geldstrafe davongekommen. Ich bin in den Jahren danach mit vielem gerade noch davongekommen, glaube ich. Ich kann mich nicht an viel davon erinnern, nur daß mir schließlich das Geld ausgegangen ist, und als ich nichts mehr zu verkaufen hatte...« Sie hustete, der Husten einer Kettenraucherin, der sie durchrüttelte und ihr Tränen in die Augen trieb.

Rosie wartete, sah zu, wie Lorraine eine neue Zigarette an der alten Kippe anzündete. »Und dann, als du nichts mehr zu verkaufen hattest, was war dann?«

Lorraine sah sie auf diese merkwürdige, spöttische, schräge Weise an. »Ich hab' mich selbst verkauft, Rosie – jedem, überall, ganz egal, solange ich nur etwas zu trinken gekriegt habe. Ich bin in den letzten Drecklöchern gewesen, Stundenhotels, Bars. Und ich kann mich kaum an einen einzigen Tag erinnern. Ich bin festgenommen worden, sollte wegen Landstreicherei vor Gericht. Manchmal war die Gier nach Alkohol so stark, daß ich fast wahnsinnig geworden bin. Ich war schon am Ende, bevor ich angefahren wurde und ins Krankenhaus kam. Das war's, Rosie. Jetzt weißt du so viel wie ich.«

Rosie fing an, Lorraines Bett zu machen. Es war eine schreckliche Geschichte, aber keine, die sie nicht schon öfter gehört hatte; bei den Meetings erzählten viele ähnliche Geschichten von Verzweiflung und Verlust, und auch ihre eigene wich nicht sonderlich davon ab. Was Lorraine von den anderen unterschied, war der völlige Mangel an Gefühlen, mit dem sie ihre Geschichte erzählte.

Lorraine schlüpfte mit einem zufriedenen Seufzer unter die Laken. Sie stützte den Kopf auf den Ellbogen. »Ich überlege gerade...«, sagte sie leise.

»Was?«

»Na ja, ich bin nicht mal sicher, ob ich mich wirklich zusammenreißen will. Für wen denn? Es wäre schon in Ordnung, wenn es mir dabei gut ginge oder wenn ich einen Grund hätte. Aber es gibt keinen.«

Rosie blieb in der Tür zu ihrem Schlafzimmer stehen. »Vielleicht gibt es tatsächlich keinen, aber es ist dein Leben. Und dann sind da noch die beiden kleinen Mädchen.« Lorraine schwieg, also fuhr Rosie fort: »Meine Mutter ist gestorben, als ich zehn war, und es gibt vieles, was ich sie noch gern gefragt hätte – zum Beispiel, woher diese beschissene Veranlagung zum Fettwerden in unserer Familie kommt. Mein Dad war nur Haut und Knochen. Und irgendwie hätte ich auch gern gewußt, ob sie mich geliebt hat. Weißt du, sie hat eine Überdosis genommen; sie hat sich umgebracht.«

Lorraine sah sie an. »Weißt du, Rosie, manchmal kann ich dich nicht ausstehen, besonders morgens, aber wenn ich vergessen habe, mich zu bedanken, dann tut es mir leid. Es gibt niemanden sonst, den ich auch nur einen Dreck interessiere;

ich habe kein Zuhause. Ich danke dir, daß du meine Freundin bist.«

Rosie wurde rot. »Gute Nacht, Lorraine.«

Lorraine hörte, wie sie ins Bad stapfte, dann ließ sie sich zurücksinken und starrte an die Decke. Ihre Töchter hatten nun seit sechs Jahren eine neue Mutter. Sie würden sie vielleicht gar nicht sehen wollen. Sie wußte nicht mal, wo sie wohnten.

Es tat weh, sich zu erinnern, es tat körperlich weh, als wäre jede einzelne Erinnerung so fest verstaut, daß sie sie gewaltsam herauszerren mußte. Es war merkwürdig, denn sie war nicht imstande, sich die Gesichter ihrer Töchter vorzustellen; sie sah nur das kleine Mädchen, das sie hatte finden müssen. Laura Bradley, sechs Jahre alt, die man zuletzt vor der Schule gesehen hatte, wo sie auf ihre Mutter wartete. Lorraine war dafür zuständig gewesen, die Nebengebäude und Keller der Schule zu durchsuchen, und sie hatte Lauras nackte Leiche gefunden, in eine der großen Röhren der Klimaanlage gezwängt. Wie eine Stoffpuppe, so winzig, so hilflos, aber ihr Körper hatte sich noch warm angefühlt, und Lorraine hatte Mund-zu-Mund-Beatmung versucht. Aber nichts hatte das Kind ins Leben zurückgebracht.

Sie stand auf und begann auf- und abzugehen. Warum? Warum erinnerte sie sich jetzt plötzlich an dieses Kind? Laura war aufs brutalste sexuell mißbraucht worden, ihre Gebärmutter von einem stumpfen Gegenstand zerrissen. Der Vergewaltiger hatte sich nicht damit zufriedengegeben, sie zu schänden, er hatte das hilflose Kind auch noch gefoltert. Laura Bradleys Verletzungen waren so entsetzlich, daß allen mit dem Fall befaßten Kollegen übel wurde; Lorraine erinnerte sich, daß sogar Bill Rooney geweint hatte. Besessen von dem Gedanken, den Mörder zu finden, hatte sie Tag und Nacht gearbeitet und selbst für ihre eigenen Töchter keine Zeit mehr gehabt. Sie hatte ihren Mann angeschrien, die Mädchen keine Sekunde allein zu lassen, und selbst einen Babysitter angeheuert, der sie vom Kindergarten abholte.

Mike hatte sie dazu zwingen wollen, sich auszuruhen, aber Lorraine hatte sich in die Ermittlungen verbissen und nicht mehr lockergelassen. Und ihre Entschlossenheit hatte sich ausgezahlt. Vom ersten Tag an hatte sie den Hausmeister der Schule verdächtigt, und da man zu dieser Zeit so etwas wie genetische Fingerabdrücke noch nicht kannte, hatte sie ihn beobachtet. Intuition sagte ihr, daß sie ihren Mann gefunden hatte.

Selbst ihr Vorgesetzter deutete an, sie solle sich zurückhalten, aber sie weigerte sich, suchte immer wieder den Tatort und die Wohnung des Hausmeisters auf, bis sie ihn endlich soweit hatte. Er hatte gestanden. Sie war sehr stolz gewesen, und man hatte sie befördert. Laura Bradley konnte wenigstens in Frieden ruhen.

Erst jetzt wurde ihr klar, wie oft sie in jener weit zurückliegenden Vergangenheit ihre Arbeit über die Bedürfnisse ihrer eigenen Kinder und ihres Mannes gestellt hatte. Mike hatte recht gehabt. Sie war besessen gewesen. Und abhängig vom Adrenalin, der Anspannung, dem Druck – bis es ihr nicht mehr möglich gewesen war, sich zu entspannen.

Sie kehrte zum Bett zurück und starrte einen Augenblick die Wand an. Vielleicht hatte Rosie recht und sie sollte versuchen, sich wieder mit ihnen in Verbindung zu setzen. Sie würde Sally und Julia gern erklären, was geschehen war, sie vielleicht sogar um Verzeihung bitten. Ja, es gab einen Grund, sich anzustrengen, selbst wenn sie nur weiterexistierte, um ihren Frieden mit Mike und den Kindern zu machen. Ruhiger geworden, löschte sie das Licht, rollte sich zusammen und war innerhalb von Minuten eingeschlafen.

Anders als Lorraine, konnte Rosie nicht schlafen. Sie dachte darüber nach, was sie gehört hatte. Auch sie hatte sich in einem bestimmten Stadium ihrer Genesung gefragt, ob nüchtern zu bleiben und sich all ihren Verlusten zu stellen wirklich die Mühe wert sei. Nüchtern, so hatte sie gedacht, hatte sie keinen Grund mehr zu leben. Jake hatte ihr damals gesagt, ihr Leben sei den Kampf wert, um ihres Sohnes willen. Sie hatte versucht, wieder Kontakt zu Joey zu finden, und sich dabei wirklich gut gefühlt – aber es war ein Fehlschlag gewesen. Rosie war immer noch nicht in der Lage, mit der emotionalen Belastung dieser Begegnung fertigzuwerden, mit der Tatsache, daß ihr Sohn eine andere Frau Mutter nannte. Sie kam nicht damit zurecht, ihren Exmann oder das neue Heim zu sehen, das er für sich und ihren Jungen gebaut hatte. Wieder einmal brach alles über ihr zusammen, und sie fühlte sich schuldig, weil sie Lorraine denselben schrecklichen Weg aufgezeigt hatte.

Leise stand sie auf. Wenn Lorraine noch wach war, würde sie ihr sagen, sie solle sich mehr Zeit lassen, bevor sie sich ihrer verlorenen Familie stellte. Es war falsch gewesen, sie so anzutreiben, sie hatte nicht genügend Erfahrung, und vielleicht war diese Mauer, die Lorraine um sich errichtete, für sie überlebenswichtig. Aber Lorraine schlief schon, ein Lächeln auf den Lippen, und nur die merkwürdig gezackte Narbe, die von ihrem Auge zur Wange verlief, störte das Bild der Unschuld.

Rosie nahm sich etwas vor: Sie würde Lorraine nicht aus der Wohnung werfen, Lorraine brauchte ein Gefühl von Sicherheit. Sie war ihre Freundin. Dann ging sie wieder zurück ins Bett und war innerhalb von Sekunden eingeschlafen.

Kapitel 5

In der Woche darauf bekam Lorraine einen Job in einem Blumenladen. Es war zeitlich begrenzt, Urlaubsvertretung für eine Verkäuferin. Vier Abende arbeitete sie in Arts Galerie, die er bis zweiundzwanzig Uhr offen hielt. Er war selten da, und sie war oft allein und wartete auf die wenigen Kunden. Ein paar Gemälde waren verkauft worden, aber das Geschäft blühte nicht gerade.

Für Lorraine war es eine gute Woche, denn sie hatte zu tun, und mit dem Geld, das sie verdiente, konnte sie sich noch weitere Second-hand-Sachen kaufen. Nula und Didi kamen oft auf ein Schwätzchen vorbei und brachten ihr immer selbstgemachten Bananenkuchen mit. Didi humpelte immer noch, aber sie wollte nicht zum Arzt gehen. Die beiden bewunderten Lorraines guten Geschmack und diskutierten ihre Einkäufe mit ihr. Weil sie so groß waren, gelang es ihnen selten, wirklich elegante Kleidung zu finden, besonders Schuhe. Lorraine sah jeden Tag besser aus und fühlte sich immer kräftiger. Die Schweißausbrüche waren seltener geworden, und sie hatte ein wenig zugenommen.

Rosie hatte angefangen, zu Hause Schreibarbeiten zu erledigen und sich dafür einen Computer und einen Drucker gemietet. Sie teilten sich die Hausarbeit, und Lorraine beteiligte sich an den Kosten für Lebensmittel und Miete, was bedeutete, daß ihr am Ende der Woche wenig übrigblieb, aber das wenige sparte sie.

Als der Job im Blumenladen zu Ende war, fragte Lorraine Art, ob er sie noch ein paar Stunden brauchen könne. Da er inzwischen einige Bilder verkauft und einen neuen Künstler entdeckt hatte, stellte er sie für zwei volle Tage in der Woche ein, zusätzlich zu den vier Abenden. Es gab wenig Kunden, und sie bezweifelte, daß die Galerie sich trug. Auf dem Weg zur Arbeit kam sie an einem Fitneßstudio vorbei, und sie beschloß, an ein paar Kursen teilzunehmen. Sie schaffte nur die ersten zehn Minuten der Step-Aerobic, dann konnte sie nicht mehr. Aber sie begann in der leeren Galerie mit einem Stapel Telefonbücher zu trainieren.

Lorraine benutzte Arts Telefon, um ihren Exmann aufzuspüren. Sie rief diverse Mike Pages an, aber bisher hatte sie keinen Erfolg gehabt. Er war offenbar verschwunden. Rosie überraschte sie mit dem Vorschlag, sich bei der Anwaltskammer zu erkundigen: Wenn er noch als Anwalt arbeitete, würden sie seine Adresse wissen.

Mike Page wohnte in Santa Monica. Lorraine hatte zwar nicht mit ihm direkt gesprochen, aber eine Sekretärin hatte ihr bestätigt, daß er zwei Töchter hatte, Julia und Sally. Bevor die Frau weiterfragen konnte, hatte Lorraine aufgelegt. Dann hatte sie sich die Telefonbücher geschnappt und bis zur Erschöpfung trainiert.

Es war Freitagabend, zwei Wochen nachdem Lorraine Mikes Büronummer herausgefunden hatte. Sie hatte den Anruf bei ihm immer wieder hinausgeschoben, immer mit der Ausrede, daß sie nicht genug Geld für den Bus nach Santa Monica hatte und daß sie nichts Passendes zum Anziehen habe. Sie kam mit einem Bananenkuchen von Didi und ein wenig Obst nach Hause. Sie hatte an diesem Tag viel geleistet: Sie hatte mit Hector, dem Besitzer des Fitneßstudios, trainiert, der ihr ein Anfängerprogramm zusammengestellt hatte, um ihre schlaffen Arm- und Beinmuskeln wieder aufzubauen.

Rosie blickte von einem Berg brauner Umschläge hoch und sah zu, wie Lorraine massenhaft Vitaminpräparate auspackte. Hector hatte ihr die meisten geschenkt, es waren Proben. Er hatte ihr vorgeschlagen, die Vitamine E, C, D und B12 zu nehmen, und zusätzlich Zink, wegen ihres Alkoholismus. Alle wußten von Lorraines Alkoholproblem – Nula hatte es ihnen erzählt –, aber das machte ihr nichts aus. Es war einfacher so, und außerdem wurde sie nicht in Versuchung geführt, weil keiner von ihnen trank.

»Aha, wir waren beim Friseur – oder hat Hector seine muskulösen Arme auch dafür hergegeben?« höhnte Rosie.

»Nein, ich war hier um die Ecke.« Ihr Haar war wieder kurzgeschnitten, und sie hatte neue Strähnen färben lassen.

Rosie klebte Umschläge zu. Sie sagte nichts zu Lorraines gutem Aussehen, denn sie war neidisch. Lorraine war braun geworden, weil sie oft zu Fuß zur Galerie und nach Hause ging, und sie hielt sich jetzt viel gerader als vorher und hatte ihren schlurfenden Gang verloren.

Lorraine zählte ihr Geld und legte einiges davon für Rosie beiseite. Dann ging sie ins Schlafzimmer und öffnete den vollgestopften Schrank. Sie nahm einen ihrer Schuhe heraus und steckte das Geld zu ihren Ersparnissen. Sie schnupperte zimperlich: Rosies Sachen rochen nach Schweiß. Sie wünschte, sie hätte einen eigenen Schrank.

»Kommst du heute abend mit zum Meeting?« fragte Rosie, die in der Tür stand. »Ich muß das hier noch abliefern, und danach gehe ich wahrscheinlich direkt hin.«

»Ich habe versprochen rüberzugehen, wenn die neuen Bilder gehängt werden.«

Rosie zog eine Schnute. »Hector hilft wohl auch, wie?«

Lorraine seufzte. »Hector ist schwul, Rosie.«

»Vielleicht ist er ja bi – bei manchen weiß man nie …«

»Hör auf, Rosie. Geh und wirf deine Briefe ein, ich mach uns was zu essen.«

Rosie verschwand türenknallend, und Lorraine ging in die Küche. Sie räumte auf, dann setzte sie sich ans Telefon. Sie wußte, daß im Büro wahrscheinlich niemand mehr war, aber sie hatte einfach das Gefühl, sie sollte noch einmal anrufen. Der Anrufbeantworter sprang an. Diesmal erklang Mike Pages Stimme, er gab eine Nummer an, unter der er im Notfall zu erreichen war. Lorraine notierte sie und wartete einen Moment, bevor sie wählte.

»Hallo.«

Die hohe Stimme eines Kindes.

Sie legte auf. Sie zündete sich eine Zigarette an, dann wählte sie noch einmal. Diesmal ging Mike an den Apparat. Sie schluckte angestrengt, bevor sie sprechen konnte.

»Mike, ich bin's, Lorraine.«

Eine kurze Pause entstand, bevor er sprach.

»Aha. Wie geht es dir? Es ist lange her.«

»Ich würde dich gern sehen… und die Mädchen.«

Wieder eine Pause, dann hustete Mike.

»Ja, das kann ich verstehen, und ich bin einverstanden. Wann möchtest du kommen?«

Lorraines Hände zitterten. Sie konnte nicht antworten. Mike fragte, ob sie noch da sei. »Vielleicht am Wochenende«, schlug er vor.

»Meinst du morgen?« Lorraine konnte kaum atmen.

»Oder am Sonntag.« Er schlug halb eins vor. Sie könnten zusammen essen, vielleicht am Strand spazierengehen.

Wieder schwiegen beide. Schließlich sagte Lorraine: »Dann um halb eins, am Sonntag.« Sie legte auf, bevor er etwas erwidern konnte. Sie starrte die Adresse an. Ihr Mund war trocken. Im Geist wiederholte sie jedes einzelne Wort des Gesprächs. Sie hatten so lange nicht mehr miteinander gesprochen.

Sie umklammerte einen Becher Kaffee. Langsam beruhigte sie sich wieder. Sie würde es schaffen, sie hatte es ja auch bisher geschafft, und sie sah gut aus. Und, was wichtiger war, sie war nüchtern.

Bill Rooney saß seinem Vorgesetzten, Michael Berillo, gegenüber und beugte sich vor, was seinen dicken Hintern noch breiter aussehen ließ. »Nichts. Wir haben keinen einzigen Zeugen…«

»Aber es gab doch eine Zeugin.«

Rooney nickte. »Ja, Helen Murphy. Wir nehmen an, daß er sie gesucht hat, nachdem sein erster Angriff fehlgeschlagen war. Und beim zweiten Mal ist er auf Nummer Sicher gegangen.«

»Aber davor hat sie angerufen…«

Rooney nickte. »Damit arbeiten wir, es ist alles, was wir haben – es war eine ziemlich gute Beschreibung.«

»Was ist mit dem Biß?«

»Inzwischen wird er verheilt oder verschorft sein – keine Ahnung.«

Michael Berillo war ein großer, breiter, finster dreinblickender Mann. Ganz gleich, wie spät es war, er hatte immer einen dunklen Bartschatten. Als er sich zurücklehnte, sprengte seine breite Brust fast die Knöpfe von seinem schweißfleckigen Hemd. »Und Helen Murphys Bekannte wußten nichts?«

»Nichts. Sie war wirklich eine alte Schlampe, ein Wunder, daß sie überhaupt noch Freier gefunden hat, und den meisten Leuten, mit denen wir gesprochen haben, ist nicht viel zu ihr eingefallen. Jedenfalls nichts Freundliches – sie muß ein Biest gewesen sein. Sie ist ziemlich viel rumgezogen. Ihr Mann ist unauffindbar – er ist Fernfahrer, keiner weiß, wo er im Moment steckt. Sie hatte drei Kinder, die alle im Heim sind. Wir fahnden nach dem Mann.«

Beide Männer schwiegen, in Gedanken versunken.

Dann sagte Berillo: »Sechs.«

Rooney nickte. »Ja, sechs – wenn man Norman Hastings mitzählt. Wir haben seine Arbeitskollegen befragt, alle, die ihn kannten. Er hat – hatte – eine wirklich nette Frau und zwei Kinder, und offenbar hatte niemand was gegen ihn. Ein angenehmer, durchschnittlicher Zeitgenosse, hat hin und wieder mit Freunden gepokert, ist zu Baseballspielen gegangen, ein guter Arbeiter, und...«

»Keine Verbindung zu einer dieser Frauen? Hatte er hin und wieder was mit Nutten?«

Rooney schüttelte den Kopf. »Wenn, dann hat seine Frau nichts davon gewußt und auch keiner seiner Freunde. Es sei denn, sie lügen.«

Sein Vorgesetzter blätterte in der umfangreichen Akte. »Also gut, wir dehnen es weiter aus. Sehen wir mal, ob in anderen Bundesstaaten ähnliche Fälle zu finden sind. Das Problem ist, wenn ich die Sache am Kochen halten will, brauche ich mehr. Wir haben hier eine Menge Leute, die nur dumm rumsitzen, und wir werden uns an die Presse wenden müssen.«

»Scheiße! Wenn Sie das tun, wird uns jeder vorschreiben wollen, wie wir unsere Arbeit machen müssen – Sie wissen genau, was passiert, wenn nur einer von denen glaubt, ein Serienkiller läuft frei herum.«

»Sie haben den Fall bislang allein bearbeitet, Bill, und es ist nichts dabei rausgekommen. Da draußen rennt ein verdammter Irrer rum, und ich kann die Informationen nicht länger zurückhalten. Wir brauchen jemanden, der uns ein psychologisches Profil erstellt.«

Rooney schnaubte, und Berillo schlug mit der Faust auf den Tisch. »Holen Sie sich alle Hilfe, die Sie kriegen können, Bill, und zwar schnell. Wenn Sie und Ihr Team nicht bald Resultate vorweisen, muß ich Ihnen den Fall entziehen – das wissen Sie. Treiben Sie diesen Murphy auf. Im Moment sieht es so aus, als wäre er der einzige Verdächtige, und Sie brauchen einen.«

»Was soll denn das heißen?«

»Sind Sie blöd oder was? Ich stehe unter Druck! Das letzte Opfer war vielleicht eine Nutte, aber sie war erst siebzehn! Und Norman Hastings war, wie Sie deutlich betont haben, ein unbescholtener Bürger. Glauben Sie, seine Familie wird nicht nach Resultaten schreien? Es geht nicht nur um ein paar alte Nutten – kapiert?«

Rooney hatte das Gefühl, man habe ihm den Boden unter den Füßen weggezogen. Wenn sie einen Psychologen wollten, sollten sie einen kriegen. Und wenn sie Clint Eastwood wollten, würde er auch den beibringen. Alles, solange sie ihm nicht den Fall entzogen, bis seine Pensionierung anstand. »Verstanden, Chef.«

Josh Bean hatte das Pech, gerade scheinbar untätig rumzusitzen, als Rooney in sein Büro kam. Rooney schrie ihn an, nicht so faul rumzuhängen. »Bring mir einen von diesen Psycho-Gutachtern – und zwar bis heute abend. Und dann will ich jeden Mann, der an diesem Fiasko gearbeitet hat, im Koordinationsbüro, in einer Stunde. Wir müssen Helen Murphys Mann finden und herbringen.«

Bean hüstelte. »Wir haben wieder eine.«

»Was?« Rooneys ohnehin rotes Gesicht nahm eine merkwürdig graurote Färbung an.

»Ich sagte, wir haben noch eine, von einem Brian Jones in Santa Monica gemeldet. Fax liegt auf dem Tisch.«

Rooney griff danach. Eine Prostituierte, 1992 tot im Kofferraum eines Cadillac gefunden, Gesicht und Schädel eingeschlagen. Mona Skinner, vierzig Jahre. Mögliche Mordwaffe: ein stumpfer Gegenstand, eine Art Hammer.

Bean schloß die Tür, und Rooney sank auf seinen Stuhl. Die Federn protestierten quietschend gegen seine hundertzwanzig Kilo. Mona Skinner war eine häßliche Frau mit kantigem Gesicht, langem, dünnem, blondgefärbtem Haar und einem höhnischen Zug um den Mund. Ihr aggressiver, boshafter Gesichtsausdruck schien zu sagen: »Du kannst mich mal.« Sie war innerhalb von fünfzehn Jahren neunmal wegen Prostitution verhaftet worden und hatte Strafen wegen Raubüberfall, Körperverletzung und Hehlerei abgesessen.

Rooney lehnte sich zurück. Er war wütend auf sich selbst, weil er diese Geschichte ins Rollen gebracht hatte – jetzt fiel alles auf ihn zurück. Er überprüfte, ob es Verbindungen zwischen Mona Skinner und den anderen gegeben hatte, und landete einen Treffer: Mona Skinner und Helen Murphy hatten zur selben Zeit im selben Frauengefängnis gesessen und auch einmal im selben Motel gewohnt. Das machte es nur noch wichtiger, Helen Murphys Mann zu finden, den Rooney jetzt ernsthaft als Hauptverdächtigen betrachtete.

Rosie aß die Spaghetti, machte das Knoblauchbrot nieder und schleppte sich, vollgefressen bis zum Platzen, aufs Sofa. Sie schaltete den Fernseher ein, sah sich kurz die Nachrichten an und schaltete dann weiter, um eine Spielshow zu finden.

»Sie haben den Kerl immer noch nicht gefunden, der diesen Mann hier in der Nähe umgebracht hat. Weißt du, was mich wundert?«

Lorraine spülte gerade. »Was?«

»Na ja, daß sie immer noch sagen, Leute, die was gesehen hätten, sollten sich melden. Ich meine, der Mord ist schon vor Wochen passiert. Wie soll sich jemand noch daran erinnern? Ich könnte mich nicht mal erinnern, wenn ich heute früh einen in einem metallicblauen Auto gesehen hätte, geschweige denn vor Wochen.«

»Du wärst überrascht«, sagte Lorraine und wischte die Spüle aus. »Ich hab' mal an einem Fall gearbeitet, wo wir praktisch gar nichts in der Hand hatten, und dann ist dieser Junge hypnotisiert worden, und er hat uns nicht nur die Autonummer des betreffenden Autos gegeben, sondern auch noch die von vier oder fünf anderen.«

Rosie wechselte wieder den Kanal. »Ich würde so was nicht mit mir machen lassen, weil es bedeutet, daß sie dich danach immer in ihrer Gewalt haben.«

Lorraine setzte sich neben sie, in Gedanken meilenweit entfernt. Sie dachte an die Brieftasche, an den Mann, der sie angegriffen hatte. Sie war überrascht, daß man ihn noch nicht gefunden hatte. Sie schloß die Augen und versuchte sich an sein Gesicht zu erinnern, die Szene, wie er sie am Bürgersteig angesprochen hatte. Sie sah ihn so deutlich vor sich, als wäre es gestern gewesen. Sie erinnerte sich an seine Hände, an lange, dünne, nervöse Finger. Hatte er einen Ring getragen? Sie konzentrierte sich... nein, sie war sicher, es war kein Ring dagewesen, aber dann sah sie seine Manschetten, die Jackenärmel und die Manschettenknöpfe. Sie beugte sich vor, dann schüttelte sie den Kopf. Das ging sie nichts an, sie hatte genug mit sich selbst zu tun.

Am nächsten Morgen ging sie zur Galerie, und auf dem Weg kaufte sie sich eine Zeitung. Die Schlagzeile schrie ihr in riesigen Lettern entgegen: POLIZEI JAGT SERIENKILLER. In der Galerie las sie den Artikel, dann faltete sie die Zeitung zusammen. Es war beinahe komisch, daß Bill Rooney die Ermittlungen leitete. Sie las zwischen den Zeilen, daß Rooney sich herausgeredet hatte, all diese Phrasen über »Fortschritte« und »unmittelbar bevorstehende Verhaftungen«. Aber am verräterischsten war die Bitte der Polizei, daß Leute, die glaubten, etwas zu wissen, sich melden sollten. Das bedeutete, daß sie selbst keine blasse Ahnung hatten.

Der Summer ertönte, und ein erhitzter, aufgeregter Art kam hereingestürzt, eine kleine Sporttasche in der Hand, weil er noch zum Training wollte. »Ich glaube, meine Liebe, jetzt werde ich wirklich absahnen! Gestern abend habe ich mit einem Freund gesprochen, der einen wichtigen Kunsthändler in New York kennt. Er hat das neue Zeug gesehen und ist fast an die Decke gesprungen! Er wird heute wiederkommen, und er interessiert sich nicht nur für ein oder zwei Bilder, sondern für die gesamte Ausstellung!«

Lorraine freute sich wirklich, denn das bedeutete mehr Geld für sie. Art hatte versprochen, sobald die Geschäfte besser gingen auch sie besser zu bezahlen. Er tänzelte umher, sah die Post durch und erklärte dann, er sei im Fitneßstudio nebenan, wenn ihn jemand suchte.

Sie sah sich noch einmal die Bilder an, aber die Farbflecken und Kringel von Arts neuer Entdeckung ließen sie kalt.

Später kam Nula vorbei. Sie legte den Arm um Lorraine. »Ich finde, du siehst immer besser aus. Sobald dein Haar lang genug ist, laß es dir von Didi stylen – sie ist wirklich eine Künstlerin. Sie kann auch färben – sie macht es bei mir, und bei Holly ...« Sie erstarrte und drückte sich die Hand auf den Mund. »O Gott, ich hab' ganz vergessen ...«

»Heute ist ein langer Artikel in der Zeitung, mit einem Foto.«

Nula betrachtete es. »Sie war viel schöner als auf dem Bild, wirklich hinreißend. Die Cops sind jetzt jeden Abend da. Schrecklich fürs Geschäft, aber sie nehmen an, dieser Irre bringt nur Huren um, also sind alle ein bißchen unruhig. Am Anfang ist kaum eine rausgegangen, aber von irgendwas muß man ja leben. Und ich hab' meine Zweifel, ob er bis zu unserem Ende der Straße kommt; wir haben nur unsere Stammkunden und ein paar neue, die Bescheid wissen.«

Lorraine zog ihren Rock glatt. »Trotzdem, ihr solltet auch aufpassen. Notiert euch die Autonummern der Freier, die euch komisch vorkommen – oder noch besser, geht mit keinem, wenn ihr unsicher seid.«

Nula legte den Kopf schief. »Genau das haben uns die Cops auch gesagt.«

Lorraine lächelte.

Nula öffnete ihre bestickte Tasche und holte ein Päckchen

heraus. »Würdest du das Art von mir geben? Es sind ein paar Postkarten und die Miete. Bis bald.«

Lorraine steckte das Päckchen in die Schreibtischschublade und wollte sie gerade wieder zuschieben, als sie ein Bündel Geld entdeckte. Sie schaute zur Tür, dann wieder in die offene Schublade. Sie nahm das Bündel heraus und blätterte es durch. Mindestens zwei- oder dreitausend Dollar. Einen Moment hielt sie es in der Hand, dann legte sie es zurück.

Etwa eine Stunde später kam Art zurück, rosig vom Training.

»Art, darf ich dir mal was sagen?«

Er betrachtete sie lächelnd. »Du klingst so ernst, was ist los?«

»In der Schublade liegt eine Menge Geld, und sie ist nicht mal abgeschlossen oder so.«

Art ging zum Schreibtisch und riß die Schublade auf. »Ich wollte es heute früh auf die Bank bringen, aber dann hab' ich es vergessen, und ich wollte es nicht im Spind lassen.«

Er packte das Geld in die Tasche.

»So, jetzt muß ich gehen. Schließt du später ab und läßt die Schlüssel nebenan bei Hector?« Dann holte er seine Brieftasche heraus und fing an, Zehn-Dollar-Noten vor sie hinzuzählen. »Ups... Ich hab' nicht mehr viel übrig. Kann ich dir Montag den Rest geben, Liebling?«

Lorraine wurde rot. »Ich brauche es unbedingt heute, Art. Ich hab' am Wochenende was vor.« Unwillkürlich warf sie einen Blick auf die Sporttasche.

»Das gehört einem Freund.«

Sie zuckte mit den Achseln. »Dann muß ich eben bis Montag warten.«

»Gut.« Art lächelte. »Ist das deine Zeitung? Kann ich sie haben?«

Sie reichte sie ihm. Er deutete auf Hollys Foto. »Ich hab' sie nicht gekannt, aber sie war eine Freundin von Nula und Didi.«

Als die Tür hinter ihm zugefallen war, erinnerte Lorraine sich an Nulas Päckchen und lief hinter ihm her, aber sie sah nur noch, wie er in einem Taxi davonfuhr. Sie war wütend; sie brauchte das Geld, um etwas für die Mädchen zu kaufen. Sie legte das Päckchen in die Schublade, holte es wieder heraus und betrachtete es nachdenklich. Nula hatte gesagt, ihre Miete sei drin; vielleicht sollte sie sich einfach nehmen, was Art ihr schuldete, und einen Zettel dazulegen.

Lorraine öffnete das Päckchen vorsichtig. Neben ein paar eingewickelten Postkarten enthielt es einen braunen Umschlag. Im Umschlag war ein Bündel Geldscheine. Sie war erstaunt über den Betrag – aber vielleicht waren die beiden ja mit der Miete im Rückstand gewesen. Sie zählte sich sechzig Dollar ab und steckte den Rest wieder in das Kuvert. Sie betrachtete die eingewickelten Postkarten und entschied, da sie vermutlich für die Galerie bestimmt waren, sie auszupacken.

Sie mußte sich hinsetzen, weil ihr übel wurde. Nicht, daß sie in den Tagen beim Sittendezernat keine Pornographie gesehen hätte, aber das hier war besonders widerwärtig, weil Nula und Didi auf den Fotos zu sehen waren. Vielleicht wäre es ihr, wenn sie die beiden öfter besucht hätte, früher oder später aufgefallen, daß ihre Wohnung ideal für Fotoaufnahmen war – es gab jede Menge Requisiten. Sie seufzte, sah sich jedes Bild noch einmal an, traurig, daß Nula und Didi sich für solche Demütigungen hergaben und ihre Genitalien und ihre schweren Brüste zur Schau stellten. Auf den ersten Karten waren nur die beiden abgelichtet, dann kamen diverse Tiere und maskierte Gestalten hinzu, und auf vier Karten ein hübsches blondes Mädchen mit einem kindlichen Gesicht, aber übergroßen Brüsten und einem straffen, kurvenreichen Körper. Ihr Blick war starr, als stehe sie unter Drogen, aber Lorraine erkannte sie sofort. Es war Holly. Kein Wunder, dachte sie, daß Nula und Didi so außer sich gewesen waren. Wenn die Karten nur Nula, Didi und Holly gezeigt hätten, hätte sich Lorraine vielleicht weniger aufgeregt, aber auf dem Rest waren eindeutig minderjährige Jungen in homosexuellen Posen abgebildet.

Sie steckte sich eine Zigarette an und inhalierte tief. Sie war alles andere als unschuldig – vermutlich hatte sie sich selbst in der Vergangenheit für einige Perversitäten hergegeben, um ein paar Dollar zu verdienen. Unruhig ging sie auf und ab, kehrte aber immer wieder zu den Postkarten zurück, nahm sie in die Hand, legte sie wieder hin. Sie wußte nicht, ob sie etwas unternehmen sollte, und, wenn ja, was. Ihr erster Gedanke war, die Fotos an die Polizei zu schicken, besonders wegen Holly. Sie fragte sich, ob der Mörder des Mädchens etwas mit den Bildern zu tun hatte. Das war allerdings ziemlich unwahrscheinlich.

»Das geht mich alles nichts an«, sagte sie laut. Sie war wütend auf sich selbst, weil sie das Päckchen geöffnet hatte. Es hatte alles verändert. Wenn sie den Inhalt der Polizei schickte, würden sie Nula und Didi verhören. Sie würden vielleicht auch in die Galerie kommen. Art hatte irgendwie damit zu tun, also würde auch sie befragt werden – von Bill Rooney. Sie wollte Rooney keine Gelegenheit geben, auf ihrer zerbrechlichen neuen Existenz herumzutrampeln. Sie saß in der Falle, weil sie die Brieftasche ihres Angreifers gestohlen hatte, und natürlich, weil sich herausgestellt hatte, daß sie gar nicht ihm gehörte, sondern Norman Hastings. »Verdammte Scheiße!«

Sie steckte sich noch eine Zigarette an, setzte sich wieder an den Schreibtisch und versuchte sich zu beruhigen. Die Brieftasche an sich war für die Ermittlungen nicht von Bedeutung. Wichtiger war, daß ihr Angreifer sie bei sich hatte. Es war offensichtlich, daß er sie von Hastings' Leiche hatte. Wenn die Berichte in den Zeitungen stimmten und man Hastings' Leiche tatsächlich in seinem eigenen Auto gefunden hatte, dann handelte es sich sicher um denselben Wagen, den ihr Angreifer gefahren hatte. Was bedeutete, daß die ganze Zeit im Parkhaus die Leiche hinten im Kofferraum gewesen war.

Die Polizei hatte versucht, sie zu finden, aber nach jenem ersten Besuch waren sie nie wiedergekommen. Suchten sie immer noch nach ihr? Sie fluchte, wünschte, sie hätte die Zeitung behalten, aber sie war sicher, daß nirgendwo gestanden hatte, die Polizei suche nach jemandem, der an jenem Nachmittag in Hastings' Wagen gesehen worden war. Sie hatte ihnen eine gute Beschreibung gegeben, die in der Zeitung praktisch wörtlich wiederholt worden war, also nahmen sie sie wohl ernst.

»Und mehr kann ich sowieso nicht tun«, sagte sie laut, drückte die Zigarette aus und steckte sich sofort eine andere an. Ihr Hals war verspannt, ihr ganzer Körper steif. Sie räumte die Schreibtischschublade aus, holte alles heraus, ohne genau zu wissen, wonach sie suchte. Es gab keinen Terminkalender und auch sonst keine wichtigen Papiere. Sie schaute einen Stapel Quittungen durch, sah sich die Preise an, die Art für die Gemälde gezahlt hatte. Ziemlich niedrig. Aber den Angaben zufolge waren die meisten Bilder, von denen sie geglaubt hatte, Art habe sie verkauft, den Künstlern zurückgegeben worden. Sie räumte die Papiere wieder ein, und dann starrte sie erneut das Geld und die Fotos an.

»Du solltest nicht in anderer Leute Sachen rumstöbern.«

Lorraine fuhr zusammen. Sie hatte ihn nicht gehört – der Summer hatte mal wieder versagt! Art griff nach den Fotos und steckte sie in den Umschlag. »Ich hab' gesehen, wie du den Schreibtisch durchwühlt hast. Was hast du denn gesucht?«

Lorraine wurde rot. »Ich weiß nicht.«

Art faltete den Umschlag zu einem festen Päckchen. »Und, haben sie dich angemacht?«

»Nein, haben sie nicht.«

»Jeder auf seine Art.«

»Ja, vermutlich…«

Art zog den Reißverschluß der Sporttasche auf, steckte die Fotos hinein. »Ich bin nur zurückgekommen, weil ich wegen deines Geldes ein schlechtes Gewissen hatte. Was für ein Glück. Ich hab' ganz vergessen, daß Nula die Fotos bringen wollte.«

Lorraine trat hinter dem Schreibtisch vor, zeigte auf die Bilder an den Wänden. »Das hier ist alles nur ein Vorwand? Fassade?«

Art sah sich um. »Nicht ganz, meine Liebe. Manchmal verkaufe ich auch was, aber ich bin so oft beschissen worden, daß ich es nur noch als Hobby betreibe. Vielleicht finde ich eines Tages, wenn ich genug Geld habe, jemanden, der wirklich Talent hat. Das Zeug hier ist vom Venice Beach, dort kriege ich es praktisch umsonst.«

Lorraine schüttelte den Kopf. »Aber die Pornos verkaufen sich gut, wie?«

Art sah sie mit großen Augen an. »Wie sollte ich den Laden sonst finanziert haben? Ich hab' Stammkunden, die meisten hast du schon getroffen. Wenn ich mich recht erinnere, hast du sie sogar alle angerufen.« Er griff nach dem Geld und reichte ihr einen Fünfzig-Dollar-Schein. »Hier hast du einen Bonus.«

Lorraine nahm das Geld nicht. »Die Bilder von Holly, dem Mädchen, das umgebracht wurde …«

»Was?«

»Es sind Bilder von Holly dabei.«

Art zuckte mit den Achseln. »Das wird ihr jetzt nichts mehr ausmachen, nicht wahr?«

»Aber vielleicht interessiert sich die Polizei dafür?«

Er preßte die Lippen zusammen. »Ich wüßte nicht wieso; es hat ihr offenbar Spaß gemacht, und niemand hat sie dazu gezwungen. Tatsächlich kenne ich sie nicht mal.«

»Wer hat die Fotos gemacht?«

Er seufzte, die Hände auf den Hüften, und sah Lorraine dann wieder an. »Das geht dich einen feuchten Dreck an. Und jetzt vergessen wir das alles, ja?«

Sie starrte ihn an, zwang sich, ganz ruhig zu sprechen: »Wenn ich es vergessen soll, muß es sich für mich wenigstens lohnen.«

»Was?«

»Du hast mich verstanden. Auf diesen Fotos sind auch Minderjährige – also wirst du zahlen. Und … wie du sagtest, es geht mich nichts an.«

Art zögerte. Er griff wieder nach dem Geld, starrte das Bündel unsicher an, bevor er eine Entscheidung traf. Er warf es Lorraine hin. »Weißt du, was mein großes Problem ist? Ich vertraue Leuten. Ich freunde mich mit ihnen an, ich helfe ihnen, und immer wieder machen sie mich fertig. Nimm es, du häßliches, undankbares Miststück!«

Sie nahm das Geld und steckte es ein. Als sie nach Zigaretten und Feuerzeug griff, packte Art sie am Handgelenk. »Nur noch eins, Süße. Ich will, daß du mir eine Quittung gibst, nur zur Sicherheit. Nur für den Fall, daß du mich verpfeifen willst und …«

Lorraine entriß ihm ihre Hand. Er war ziemlich stark und hatte ihr weh getan. »Du wirst mich nie wiedersehen, das verspreche ich dir.«

Art sagte kein Wort. Lorraine quittierte den Empfang des Geldes, ging zur Tür, öffnete sie, und der Summer ertönte. Sie drehte sich um, ein müdes Lächeln auf den Lippen. »Du solltest das Ding wirklich reparieren lassen, Art.«

Als die Tür hinter ihr zufiel, trat er gegen den Schreibtisch. Er wußte es und hatte es schon immer gewußt – was seine Menschenkenntnis anging, war er ein kompletter Idiot.

Lorraine ging einkaufen. Sie war ziemlich aufgeregt und berührte immer wieder das dicke Geldbündel in ihrer Tasche. Sie kaufte zwei Puppen für ihre Töchter, ein paar Dosen Farbe, Pinsel und einen kleinen Kleiderschrank. Sie kaufte auch Unterwäsche, Strumpfhosen und ein Nachthemd für Rosie. Beladen mit ihren Schätzen, nahm sie sich ein Taxi nach Hause.

Rosie riß den Mund auf, als Lorraine hereingestolpert kam. »Mein Gott! Was ist passiert? Hast du im Lotto gewonnen?«

Lorraine lachte. »Wir haben vier Bilder verkauft, und das hier ist mein Bonus.«

Rosie betrachtete die Farbdosen. »Und wer soll das alles machen?«

»Wir beide!«

Rosie schnaubte, aber sie packte bereits ihr Geschenk aus. Sie hielt das weißeNachthemd hoch. »Wow! Reine Baumwolle, und es ist *neu*!«

Sie sah die zwei Puppenschachteln. »Was ist denn da drin, Schuhe?« Sie öffnete eine und schaute Lorraine unsicher an. »Na ja. Ich benehme mich vielleicht manchmal wie eine durchgedrehte Neunjährige, aber …«

Lorraine nahm ihr die Schachtel ab und schloß den Deckel. »Die sind für meine Töchter.«

»Du hast Kontakt zu ihnen aufgenommen?«

Lorraine ging hinaus, ohne zu antworten. Sie hatte noch ein paar Tüten auf der Treppe gelassen und rief nach Rosie, sie solle ihr helfen. Jake erschien, unangemeldet, und wurde sofort angestellt, den Rest der Farben, Pinsel und Rollen nach oben zu tragen. Als er auch noch mithelfen mußte, Möbel zu rücken, um das Zimmer zum Streichen vorzubereiten, wünschte er sich, er wäre zu Hause geblieben. Trotzdem versprach er, später am Abend wiederzukommen und ein bißchen zu helfen.

Sie aßen etwas, zogen sich dann alte Nachthemden über, die Rosie schon wegwerfen wollte, und begannen mit der Arbeit. Nachdem Lorraine gesehen hatte, wie Art, Nula und Didi die Galerie in so kurzer Zeit verwandelt hatten, hatte sie geglaubt, so etwas wäre einfach, aber sie hatte die Erfahrung der drei unterschätzt. Als Jake wiederkam, hatten sie erst eine Wand gestrichen.

Er und Lorraine malerten das Zimmer zu Ende, und bis sie alle Möbel wieder zurückgeschoben hatten, war es nach Mitternacht. Jake versprach, am Morgen wiederzukommen, damit sie mit der Kochnische und vielleicht auch mit dem Schlafzimmer weitermachen könnten.

Lorraine duschte und kämmte sich die Farbspritzer aus dem Haar. Es tat gut, so müde zu sein – dann brauchte sie nicht darüber nachzudenken, was an diesem Tag passiert war. Sie war verspannt vom Streichen, und der Rücken tat ihr weh, aber als sie sich aufs Sofa warf, war sie sogar zu müde, sich zu überlegen, wie der nächste Tag wohl verlaufen würde. Sie hatte einen Busfahrplan und einen Stadtplan von Santa Monica; sie hatte sogar schon festgelegt, was sie anziehen würde. Die beiden Puppen waren auch schon eingepackt. Sie dachte nicht an die Zukunft und daß sie jetzt wieder auf Jobsuche gehen mußte. Daß sie morgen ihre Töchter sehen würde, war alles, was sie interessierte.

Kapitel 6

Rosie schreckte aus dem Schlaf, dann ließ sie sich wieder in die Kissen sinken. Lorraine war unter der Dusche. Sie blinzelte nach dem Wecker: halb neun. Sie konnte nicht wieder einschlafen, also stand sie auf und ging ins frischgestrichene Wohnzimmer. Lorraines Bettzeug war ordentlich weggeräumt, und in der Kochnische wartete frischgebrühter Kaffee. Rosie toastete ein paar Muffins und holte dann die Sonntagszeitung herein.

Lorraine erschien, geschminkt und in ihrer neuen Bluse und dem Safarikostüm. Inzwischen war sie nicht mehr drauf angewiesen, Rosies Make-up-Vorräte oder ihr Schmuckkästchen zu plündern, denn sie hatte sich eigene Schminksachen und ein paar falsche Perlenohrstecker gekauft.

Rosie starrte sie an, und dann schnupperte sie. »Mein Gott, du siehst aber gut aus, und du riechst phantastisch. Arbeitest du heute?«

»Ja, ein wichtiger Kunsthändler kommt, also muß ich die Galerie früh aufmachen. Tut mir leid, wenn ich dich geweckt habe.«

»Kein Problem. Magst du einen Muffin? Und Kaffee?«

»Nein, danke, ich habe schon gefrühstückt. Ich gehe jetzt.«

Jake kam etwa eine Stunde später. Rosie las immer noch Zeitung. »Morgen. Draußen ist schon eine Bullenhitze. Wo steckt denn Lorraine?«

»In der Galerie. Möchtest du Kaffee und Muffins?«

»Da sag' ich nicht nein.«

Sie teilten sich die Zeitung und saßen einander lesend gegenüber.

»Sie haben schon wieder eine Leiche gefunden«, sagte Jake. »Eine Prostituierte. Sie ist vor ein paar Monaten umgebracht worden, genauso wie die anderen, in Santa Monica.«

Rosie ließ die Zeitung sinken. Sie sah Jake an. »Sie hat gelogen. Sie ist nicht in die Galerie gegangen, sie besucht ihre Kinder in Santa Monica. Sie tut immer so geheimnisvoll … aber ich weiß, daß sie sie gefunden hat, weil ich die Adresse auf einem Zettel am Telefon gesehen habe, und ich weiß, daß sie hingefahren ist, weil die Puppen weg sind, die sie gestern gekauft hat. Aber warum hat sie mich angelogen?«

»Das ist vermutlich einfach ihre Art«, sagte Jake und faltete die Zeitung zusammen. »Warum überraschen wir sie nicht? Fangen wir mit der Küche an.«

Rosie zog ein Gesicht. »Ich habe gehofft, du hättest es schon vergessen. Ich hasse Anstreichen. Selbst Walter hat die Flucht ergriffen – Katzen können Farbe nicht ausstehen.« Sie starrte wütend auf die Tür zum Schlafzimmer. »Es ist Sonntagmorgen, verdammt noch mal, heute ist Ruhetag.«

Jake begann, die Kochnische auszuräumen. Es würde nicht lange dauern, sie zu streichen, und vielleicht konnten sie Lorraine dann wirklich überraschen und auch noch das Schlafzimmer schaffen.

Rooney schwitzte. Um zehn Uhr war es schon über fünfundzwanzig Grad warm. Er haßte es, sonntags arbeiten zu müssen; nichts war ihm lieber, als mit der Zeitung im Garten zu sitzen. Er hatte das Sonntagsblatt unter dem Arm, als er den Flur entlang zu seinem Büro stapfte. Bean kam ihm entgegen.

»Morgen, Captain. Der Psychologe ist schon da. Scheint ein netter Kerl zu sein, kein Angeber …«

Rooney schnaubte, und zusammen gingen sie ins Büro. Andrew Fellows war jünger, als Rooney erwartet hatte. Er war vorzeitig kahl geworden, und seine riesigen Ohren lenkten die Aufmerksamkeit von seinem nicht unansehnlichen Gesicht ab – sie bewegten sich auf und ab, wenn er sprach. Je lebhafter er wurde, entdeckte Rooney bald, desto angestrengter wackelten die Ohren – und Professor Fellows konnte sehr lebhaft werden. Er benutzte seine Hände wie ein Dirigent, und er schien außerstande, auch nur eine Sekunde still zu sitzen. Rooney nahm ihn mit ins Koordinationsbüro. Fotos sämtlicher Opfer hingen an den

Wänden, und mehrere Computer waren installiert worden. Erwartungsvoll sah er Fellows an. »Und, haben Sie was für uns?«

Fellows nickte und klappte eine abgewetzte lederne Aktentasche auf. »Ich habe drei Tage lang alles studiert, was Sie mir geschickt haben, und versucht, die Spreu vom Weizen zu trennen. Das meiste, was Sie mir gegeben hatten, bringt nicht viel, also habe ich mich auf die Beschreibung konzentriert, die diese anonyme Anruferin gegeben hat…«

Er begann, auf- und abzugehen. »Diese Frau hat ein prägnantes und ausgesprochen deutliches Bild des Täters abgegeben – von seiner Körpergröße abgesehen…«, Rooney seufzte, warf Bean einen Blick zu und rollte dann die Augen. Fellows hob die Hände, »…deswegen bin ich überzeugt, daß sie dem Mann nie zuvor begegnet ist. Er saß im Wagen, als er sie angesprochen hat.«

Fellows stellte sich vor die Fotos der Opfer. »Also, wir gehen davon aus, daß er all diese Frauen und Norman Hastings umgebracht hat, und diese Frau, Helen Murphy.« Fellows zeigte auf das falsche Bild, und Bean korrigierte ihn. »Die Leiche von Helen Murphy ist im Kofferraum eines Autos gefunden worden, also nehmen wir an, daß er – nachdem sein erster Versuch, sie zu töten, gescheitert war – sie aufgespürt hat oder wußte, wo sie wohnte, und sie schließlich tatsächlich getötet hat, mit derselben Methode, mit Hammerschlägen. Ist das soweit richtig?«

Rooney seufzte. »Ja, aber, wenn ich ganz ehrlich sein soll, verschwenden wir damit nur unsere Zeit. Was wir wissen müssen – was *ich* wissen will –, ist, was für eine Art von Mann er sein könnte.«

»Das ist klar. Sie haben eine erstaunlich genaue Beschreibung bekommen, aber lenken Sie mich nicht ab. Etwas stimmt hier nicht. Als ich noch einmal alles durchgegangen bin, was Helen Murphy betraf, war ich verwirrt.«

Rooney hüstelte. »Was *wir* dieser Beschreibung entnehmen können, Professor, ist, daß er vermutlich ein solides Einkommen hat, eine gute Stelle, und…«

»Ja, ja, aber darauf komme ich noch. Ich finde es einfach unlogisch, daß eine Frau, die so übel zugerichtet wurde – wie es ja auch diese ..., äh, Summers' bezeugt haben – und den Vorfall der Polizei gemeldet hat, die sogar den Hammer beschrieb, noch einmal freiwillig zu diesem Mann geht. Man hat Helen Murphy in einem Auto gefunden, das schon längere Zeit als Wrack unbeobachtet rumstand, seit etwa zwei oder drei Monaten. In den anderen Fällen sind alle Fahrzeuge kurz vor dem jeweiligen Verbrechen als gestohlen gemeldet worden. Was also bedeutet, unser Mann hat sie in einem anderen Wagen abholen, umbringen und dann die Leiche loswerden müssen. Der Mord an Helen Murphy ist demzufolge nicht wie die anderen abgelaufen.«

Rooney runzelte die Stirn. Er hatte selbst intensiv darüber nachgedacht und wollte das auch gerade sagen, als Fellows fortfuhr und auf Bean zeigte. »Der Mann, der den Anruf entgegengenommen hat, hielt die Frau für präzise, eloquent und meinte, sie habe rasch und beinahe abgehackt gesprochen. Sie hat sich geweigert, persönliche Angaben zu machen, und er hat sie nicht mal nach ihrem Namen fragen können, weil sie so schnell weitergeredet hat, aber er hat fast das ganze Gespräch mitgeschrieben, und dann hat sie aufgelegt, ja?«

Bean nickte. Er fühlte sich beinahe schuldig, als habe er etwas falsch gemacht, so intensiv starrte Fellows ihn an.

»Sie haben Aussagen zu Helen Murphy aufgenommen, nicht wahr?«

»Ja«, antwortete Bean, »aber nicht alle, einige Aussagen sind von ...«

Fellows unterbrach ihn, er bewegte seine Arme wie Flügel einer Windmühle. »Wer war diese Helen Murphy? Ehemals Helena, Helena Dubjeck. Alkoholikerin, drogensüchtig, eine unbelehrbare Krakelerin und ... Ich weiß nicht, weshalb sie noch festgenommen wurde. Sie hatte falsche Zähne. Außerdem, dem Pathologen zufolge, eine mögliche Mißbildung der Oberlippe, die man selbst auf ihrem Foto erkennen kann ...« Rooney wollte etwas sagen, aber der Psychologe begann wieder mit den Armen zu rudern. »Einen Moment. Hat Ihre anonyme Anruferin nicht gesagt, ihr Angreifer habe um die hundertachtzig Pfund gewogen? Merkwürdig, finden Sie nicht? Nicht ›fett‹ oder ›dünn‹ oder ›gut gebaut‹ – sie hat das Gewicht geschätzt.

Finden Sie das nicht merkwürdig für eine Frau wie diese Helen Murphy? Und Sie kümmern sich auch nicht darum, daß sie vielleicht einen Sprachfehler hatte, vielleicht sogar – da müßten Sie die fragen, die sie kannten – einen Akzent? Sie ist nicht in Amerika geboren, oder?«

Fellows fuhr sich über den kahlen Schädel und zupfte sich dann am Ohr. »Sehen Sie, worauf ich hinaus will? Ich würde sagen, wer immer die anonyme Anruferin war, sie kannte sich mit Personenbeschreibungen aus, wie sie die Polizei braucht. Habe ich recht? Der Anruf kam nicht von Helen Murphy.«

Rooney lehnte sich zurück, getroffen von den Argumenten, die Fellows wie Kugeln abschoß.

Fellows fuhr ungerührt fort: »Kommen wir noch einmal zu Mr. und Mrs. Summers zurück. Die Frau, die sie gesehen haben, hat geblutet, auch aus dem Mund. Stimmt das?«

Rooney nickte. »Die Anruferin hat gesagt, sie habe den Mann in den Hals gebissen.«

»Und sie sagte, er habe geblutet, also könnte das Blut an ihrem Mund gut seines gewesen sein. Sie stand den Summers' direkt gegenüber, die keine Wunde in ihrem Gesicht gesehen haben, nur das Blut am Mund – aber ihr Hinterkopf blutete. Trotzdem ist sie noch in der Lage gewesen, sich ein Taxi zu nehmen und eine Adresse anzugeben. Also, würde eine solche Frau nur ein paar Tage später wieder mit demselben Mann gehen? Und sich wieder auf dieselbe Weise schlagen lassen, mit einem Hammer auf den Hinterkopf? Es sei denn, sie kannte ihn und war bei den anderen Morden seine Komplizin, was ich bezweifle, denn mit dem Anruf hätte sie sich selbst gefährdet.«

Rooney fühlte sich wie ein Idiot. Dieser großohrige Kerl mit den Windmühlenarmen hatte nur drei Tage die Akten studiert und war dabei zu verblüffenden Ergebnissen gekommen. Er erwartete halb, daß Fellows noch einmal an seinem Ohr zupfte und ihnen dann den Namen des Mörders nannte. Aber der Psychologe schwieg jetzt, saß nur da und starrte auf seine Turnschuhe.

»Er ist ein kranker Mann«, begann er schließlich wieder, »ein zutiefst gestörter Mann, und ich glaube, daß er regelmäßig getötet hat. Ich nehme nicht an, daß er irgendwann einmal im Gefängnis oder in der Psychiatrie war. Im Gegenteil, er hat ein ausgeprägtes Selbstvertrauen, weil er seit Jahren unentdeckt geblieben ist. Und wie wird er auf die Veröffentlichungen in den Medien reagieren? Vielleicht versucht er jetzt zu beweisen, wie schlau er ist. Sie werden ihn nicht erwischen, wenn er keinen Fehler macht. Andererseits könnte der Wirbel in der Presse ihn auch veranlassen, zumindest eine Zeitlang aufzuhören. Aber er wird nicht vollständig aufhören können, weil ich annehme, daß diese Morde für ihn die einzige Möglichkeit sind, sexuelle Befriedigung zu erlangen.«

Fellows stand wieder auf und marschierte an der Wand mit den Fotos entlang, starrte die Gesichter an, drehte sich wieder um. »Er hat eine feste Arbeit, vielleicht ist er eine Art Vertreter. Er kommt viel rum. Er könnte ein Autoverkäufer sein – er kennt sich auf jeden Fall mit Autos aus und weiß, wie man sie stiehlt. Ich nehme an, er hat eine Garage oder einen anderen Platz, an dem er die Autos verstecken kann. Ich bezweifle, daß er Familie hat – jedenfalls weder Frau noch Kinder. Dieser Mann haßt ältere Frauen, er haßt sie ganz schrecklich...«

Rooney unterbrach ihn und fragte nach Angela Hollow. Fellows holte tief Luft. »Ja – sie war jung und sein letztes Opfer.« Er sah sich Hollys Foto an. »Finden Sie heraus, ob an dem Abend, an dem sie umgebracht wurde, eine andere Frau neben ihr stand. Vielleicht ist Holly in sein Auto gestiegen, obwohl er eigentlich eine andere haben wollte, die ganz in der Nähe stand. Ich muß zugeben, sie bringt meine Theorie ins Wanken, da sie nicht in dieselbe Kategorie gehört wie die anderen.

Was Hastings angeht...«, er deutete auf das Foto des Mannes, »auch dieser Fall hat etwas Merkwürdiges an sich. Er läßt sein Auto stehen, ich kann mich nicht genau erinnern, wo, unser Killer stiehlt es oder ist gerade dabei, und Hastings erwischt ihn auf frischer Tat. Hastings schreit, versucht sogar, den Dieb aufzuhalten, aber wieso hat er dann die Wunde am Hinterkopf, genau wie die Frauen? Es sei denn, Hastings war gerade dabei, sein Auto aufzuschließen, und der Mörder trat hinter ihn und hat ihn erschlagen.«

Rooney zog sich die Hosen hoch. »Er ist in die Bank gegangen und ...«

Fellows winkte ab. »Das ist unwichtig – unser Mann ist nicht hinter Geld her, er hat den Opfern sogar ihren Schmuck gelassen. Nein, er ist kein Räuber, er ist ein Sexualmörder, er will sich sexuell befriedigen, sonst nichts.«

Rooney wartete; er hatte beinahe Angst, den Psychologen zu unterbrechen. Fellows seufzte und setzte sich wieder, sah sich noch einmal Hastings' Foto an. »Es ist möglich, daß sie einander kannten. Aber nichts in den Zeugenaussagen und Berichten läßt darauf schließen, daß Hastings mehr war als ein Unglücklicher, der einfach nur zur falschen Zeit am falschen Ort war. Was wir nicht wissen ist: welcher Ort? Vor seiner Bank? Auf einem Parkplatz? Niemand hat sich gemeldet, der Norman Hastings am Tag seines Todes gesehen hat, also wo ist es passiert? Das wissen wir nicht.«

Fellows schwieg und knabberte an seiner Oberlippe; dann wandte er sich wieder den Fotos zu, den Grafiken und Notizen. Er starrte auf die Autos, in denen die toten Frauen gefunden worden waren, dann auf die Liste der Fundorte. Es mußte irgendeine Verbindung geben, ein Muster, das über die Art der Ausführung hinausging.

»Wie nahe liegen die Morde zeitlich beieinander?« Fellows wies auf Hollys und Helens Fotos.

Bean trat ebenfalls an die Wand und sah nach. »Die Frau im Parkhaus ist am selben Tag angegriffen worden, an dem der Kerl Hastings umgebracht hat, am Siebzehnten letzten Monats. Diese Frau hier, Helen Murphy, ist, soweit wir das sagen können, zwei Tage nachher ermordet worden.«

Fellows nickte. »Aber mit endgültiger Sicherheit kann man das nicht sagen? Ich meine, es könnte ein Tag mehr oder weniger sein. Die Leiche war schon am Verwesen, nicht wahr?«

Bean nickte und überprüfte dann die Informationen zu Holly. Fellows hatte ein kleines Notizbuch aus der Tasche gezogen und blätterte es durch. »Und wann ist Holly umgebracht worden, Lieutenant?«

»Am Fünfzehnten diesen Monats.«

»Haben Sie auch Daten für die anderen? Sehen Sie nach, ob es immer um dieselbe Zeit war. Ich weiß, einige Fälle liegen vier oder sechs Jahre zurück, aber ich hätte gern eine Liste der Daten.«

Bean nickte. Fellows wandte sich Rooney zu und lächelte bedrückt. »Tut mir leid, aber das war's für heute. Es ist nicht viel, weil ich mehr Zeit brauche, und ich hoffe, daß mir noch was einfällt. Ich nehme an, Sie haben dieselben Schlüsse auch schon gezogen. Im Grunde setze ich oft auch nur meinen gesunden Menschenverstand ein.«

Er griff nach seiner Aktentasche. »Sie wollen doch nicht schon gehen?« fragte Rooney. »Ich meine, das ganze Team wird sich heute zu einer Besprechung treffen...«

Fellows klappte die Aktentasche zu. »Ich bin sicher, Sie können ihnen das Wesentliche wiederholen, und ich hab' noch eine Verabredung auf dem Golfplatz. Informieren Sie mich über die neuesten Entwicklungen, und ich melde mich wieder bei Ihnen.«

»Was halten Sie von ihm?« fragte Bean, nachdem Fellows gegangen war.

»Ich nehme alles zurück, was ich gesagt habe. Reicht das?«

Bean grinste. »Komischer Typ, wie?«

»Großohr.« Rooney seufzte. »Wir sind fast wieder bei Null angelangt. Wenn wir seinen Ausführungen folgen, liegen wir mit Helen Murphys Mann vollkommen schief. Der Scheißkerl ist sowieso noch nicht aufgetaucht.«

Er spähte durch die Jalousie des Bürofensters. »Vor langer Zeit habe ich mal einen Fall bearbeitet – ein Kind wurde vermißt, und wir hatten alle aufgegeben, hatten nichts in der Hand. Erinnerst du dich an die Frau, die wir an dem Abend beim Inder gesehen haben?«

Bean zog eine Braue hoch.

»Na ja, sie arbeitete auch an dem Fall. Sie hat die Leiche der Kleinen in der Schule gefunden. So ein niedliches kleines Ding...« Rooney seufzte; er hatte wieder das Gesicht des kleinen Mädchens vor Augen. »Jedenfalls, Lorraine – so hieß sie, hab' ich dir von ihr erzählt?«

»Betrunken im Dienst, oder?«

»Das war, bevor sie anfing zu saufen, Jahre zuvor, und sie war eine gute Polizistin, sehr engagiert – na ja, soweit eine Frau das eben sein kann. Jedenfalls hat sie nicht aufgegeben, sie war absolut überzeugt davon, daß es der Hausmeister gewesen war, aber wir hatten nichts gegen ihn in der Hand. Er hatte sogar ein gutes Alibi für den Nachmittag, an dem das Mädchen verschwunden war. Wir hatten ihn alle von der Verdächtigenliste gestrichen; man hat ihr sogar verboten, sich noch mal an der Schule oder in seiner Wohnung blicken zu lassen. Also ist sie in ihrer Freizeit hin. Wir hatten absolut keine Beweise, es war nur Intuition...«

Bean gähnte und schaute auf die Uhr; er hörte, wie die Kollegen eintrafen, und er fragte sich, wohin diese Geschichte führen würde. Rooney schien es selbst nicht so genau zu wissen, zupfte immer noch mit seinem kurzen, dicken Zeigefinger an der Jalousie herum. »Sie machte ihn fertig, ich weiß nicht wie, keiner von uns hat es je erfahren. Sie hat ihn aufs Revier gebracht, vielleicht zum zehnten Mal, ihn wieder und wieder verhört, und der Captain ging die Wände hoch. Dann kam sie heraus und hatte diesen Gesichtsausdruck – wie ein Berufsboxer nach dem Sieg. Er hatte gestanden.«

Bean hörte nicht mehr zu; er sah zur Tür. »Jetzt sind alle da. Sollen wir rübergehen?«

Rooney zog die Hosen hoch. »Vielleicht sollten wir noch mal bei Hastings' Frau ansetzen, vielleicht sind wir zu weich gewesen, vielleicht war er ja gar kein so unbescholtener Bürger. Und dann versuchen wir noch mal, diese Zeugin zu finden. Wir geben einfach nicht auf – okay?«

Bean seufzte. »Vielleicht kann sie uns auch nicht weiterhelfen, selbst wenn wir sie finden.«

»Falsch«, bellte Rooney. »Falsch. Sie hat nie gesagt, wo er sie aufgelesen hat. Sie weiß vermutlich verdammt viel mehr, als sie gesagt hat. Und jetzt laß uns anfangen, bevor der ganze Sonntag im Arsch ist. Wir müssen dieses Miststück finden, und bis wir sie haben, haben alle Urlaubssperre...«

Das Taxi hielt vor einem schmalbrüstigen zweistöckigen Haus mit Blick zum Meer, nichts Besonderes, aber Lorraine wußte, daß es mindestens eine Million gekostet hatte. Mike Page war offensichtlich recht erfolgreich. Der Taxifahrer drehte sich zu Lorraine um: »Wollen Sie noch ein bißchen rumfahren, oder steigen Sie aus?«

»Fahren Sie noch ein bißchen.«

Er seufzte. »Wie Sie wollen, Lady, ist ja Ihr Geld.«

Wieder kreuzten sie durch Santa Monica, dann kehrten sie zurück und hielten an genau derselben Stelle wie zuvor.

»Das war's jetzt, Lady. Ich muß einen Stammkunden abholen, wenn es Ihnen also nichts ausmacht…«

Er log, das wußte sie, er wollte sie nur loswerden, vielleicht, weil Sonntag war und er nach Hause wollte. Sie zahlte und stieg aus. Die Tür war kaum hinter ihr zugefallen, da fuhr er an. Sie kam sich alleingelassen vor, hatte Angst, die paar Schritte bis zu Mikes Haustür zurückzulegen, aber sie konnte sich auch nicht umdrehen und weggehen. Wie erstarrt blieb sie stehen.

»Lorraine?« Diese Stimme hätte sie überall wiedererkannt. Sie drehte sich um. Mike trug ein Sporthemd, weiße Hosen und Slipper. Ein großer, langhaariger Hund hockte neben ihm. Ihr Herz klopfte heftig; sie hatte das Gefühl, dunkelrot anzulaufen, und jetzt brach ihr am ganzen Körper Schweiß aus. Mike hatte ein paar Fältchen um die Augen bekommen, aber davon abgesehen wirkte er nicht viel älter als bei ihrer letzten Begegnung.

»Hi!« Er stand direkt vor ihr. »Ich habe dich erst später erwartet.«

»Ich hab' mir ein Taxi genommen.«

Er lächelte, griff nach ihrer Einkaufstasche, und sie überließ sie ihm.

»Ich hab' was für die Mädchen mitgebracht; denk nicht, daß ich hierbleiben will…«

Er nahm ihren Ellbogen und schob sie aufs Haus zu, dann blieb er stehen. »Sie sind unterwegs, schwimmen, aber sie werden bald kommen. Solange können wir noch ein bißchen plaudern.«

Sie folgte ihm ein paar Stufen den Hang hinunter, und sie betraten das Haus durch eine Terrassentür.

»Schön hier«, sagte sie lahm.

»Ja – die Hypothek bringt mich fast um, aber den Kindern gefällt's.« Er schwieg einen Moment. »Oh – vermutlich weißt du das nicht: Ich hab' noch zwei Söhne bekommen – sie sind mit Kathy und den Mädchen zusammen unterwegs.«

Lorraine nickte; sie nahm an, Kathy sei die Stiefmutter. Sie waren in einem großen Zimmer, in dem Spielsachen und Zeitungen, ja sogar das Frühstücksgeschirr auf einem großen runden Tisch zurückgeblieben waren.

»Entschuldige das Durcheinander, aber an Sonntagen nehmen wir es nicht so genau. Und jetzt setz dich, ich bringe dir einen Kaffee.«

Lorraine sah sich um, betrachtete die Gemälde, die Teppiche, die Sandkörner auf dem Boden. »Darf ich rauchen?«

Mike, der gerade den Tisch abräumte, blickte auf. »Sicher. Ich hole dir einen Aschenbecher.«

Sie steckte sich eine an, und ihre Hand zitterte so sehr, daß sie ihm einen Seitenblick zuwarf, ob er es bemerkt hatte, aber er trug gerade einen Stapel Teller in die Küche. Die Tür schloß sich hinter ihm, und Lorraine inhalierte tief, sog den Rauch in die Lungen. Sie stand auf und stellte sich an das große offene Fenster, holte tief Luft und versuchte sich zu beruhigen.

Mike war erschüttert. Nichts hatte ihn darauf vorbereitet, wie sie aussah. Sie war sehr gealtert – nur noch Haut und Knochen, und ihr Gesicht so vernarbt, daß sie ständig zu blinzeln schien. Er wünschte sich, er hätte mehr Zeit gehabt, die Mädchen darauf vorzubereiten. Dann hörte er Sissys Stimme, und bevor er sie bitten konnte, noch nicht herunterzukommen, war sie im Wohnzimmer. Er horchte an der Tür. Sissy trug einen Baumwollkimono. Sie war tief gebräunt und hatte taillenlanges, aschblondes Haar. Sie war so groß wie Lorraine, aber sie hatte volle Brüste und schlanke, muskulöse Beine. Sie zog den Kimono fester um sich, weil er keinen Gürtel hatte und sie darunter nackt war. »Entschuldigen Sie, ich wußte nicht, daß jemand hier ist.«

Lorraine senkte den Kopf. »Ich, äh … na ja, ich nehme an, Sie wußten, daß ich komme. Ich bin Lorraine.«

»Ach ja. Entschuldigen Sie. Wo steckt Mike denn?«

Lorraine schluckte. »Er kocht Kaffee.«

Sie überlegte noch, wer diese Schönheit sei, aber Sissy schlenderte schon lässig zur Küchentür. »Liebling, du hättest mir sagen sollen, daß Lorraine schon da ist. Ich gehe rauf und dusche, damit ihr euch in Ruhe unterhalten könnt … Mike?«

Er kam aus der Küche und legte den Arm um Sissy. »Ihr habt euch also schon kennengelernt. Das ist Sissy, meine Frau.«

Lorraine zwang sich zu lächeln, und Sissy ging wieder nach oben. »Sie ist sehr schön«, sagte Lorraine leise.

Mike nickte. »Die Mädchen lieben sie abgöttisch, und … also, jetzt hole ich dir erst mal den Kaffee.«

Lorraine schaute auf die Veranda hinaus und steckte sich noch eine Zigarette an. Sie mußte husten – dieser schreckliche, tiefsitzende, rauhe Husten, der ihr die Tränen in die Augen trieb. Sie schnappte nach Luft, versuchte sich zu beherrschen, und Mike erschien mit einem Glas Wasser.

»Du solltest aufhören zu rauchen.«

Sie zuckte mit den Achseln, immer noch hustend, und nahm das Glas. Mike ging in die Küche zurück, Lorraine blieb draußen auf der Veranda und setzte sich auf eine Holzbank. Sie trank das Wasser und stellte das Glas vorsichtig auf dem Tisch ab. Wenigstens zitterten ihre Hände nicht mehr.

Mike kam wieder, goß ihr eine Tasse Kaffee ein, und sie lächelte. In diesem Lächeln lag noch etwas von der alten Lorraine, und Mike bemerkte, daß ihre Augen immer noch hellblau waren.

»Lange her, wie? Ich habe mich oft gefragt, wie es dir geht und gehofft, du würdest dich melden.«

Er wartete auf ihre Antwort, aber sie starrte weiter geradeaus. Er sah die Narbe an ihrer Wange, er sah, daß sie leicht zitterte. Er hatte sich oft gefragt, wie er wohl darauf reagieren würde, sie wiederzusehen. Er hatte erwartet, wütend zu werden oder etwas von der alten Anziehung zu spüren, aber mit dieser Traurigkeit hatte er nicht gerechnet. Er hatte sich Sorgen gemacht, sie könne das Sorgerecht beantragen oder verlangen, daß die Mädchen zu ihr zogen. Aber diese Lorraine, die in einem altmodischen Safarikostüm und billigen Schuhen vor ihm saß, würde das nicht tun. Die alte Lorraine war immer so selbstbewußt gewesen, ja sogar arrogant, und jetzt hatte er nur noch die jämmerliche Hülle vor sich, die diese Frau einmal beherbergt hatte. Mehr als alles andere verspürte er Mitleid und unendliche Erleichterung, daß sie keinen Anteil mehr an seinem Leben hatte.

»Ich trinke nicht mehr, Mike.« Ihre Stimme war heiser von zu vielen Zigaretten, tiefer, als er sie in Erinnerung hatte.

»Gut. Das ist gut...«, meinte er zögernd.

»Aber jetzt könnte ich einen Schnaps gebrauchen.«

Kapitel 7

Lorraine saß auf der Veranda, schirmte die Augen gegen die Sonne ab und wartete auf ihre Töchter. Mike kam mit zwei Fotoalben zurück und setzte sich neben sie. Einen Augenblick lang berührte seine Schulter die ihre.

»Das hier sind meine Jungs – Chip, der eigentlich Charles heißt, und das hier ist Mike junior.« Beide waren blond, beide so schön wie ihre Mutter. Schnell blätterte sie zum Anfang zurück, kaum interessiert an Mikes Söhnen. An das erste Foto konnte sie sich noch erinnern: Die beiden saßen nebeneinander auf der Klavierbank, und Sally fehlte ein Schneidezahn.

Mike blickte auf, hörte Stimmen vom Strand. »Sie kommen…«

Lorraine stand auf und stützte sich aufs Geländer. Sissy hatte an jeder Hand einen Jungen, und hinter ihr kam ein dunkelhaariges Mädchen im Teenageralter – aber vor ihnen liefen die Mädchen. Sally und Julia, in zerrissenen Jeans, verwaschenen T-Shirts, so braungebrannt wie Sissy, und sie riefen und winkten. Lorraine war perplex. Sie waren beide so groß, so verändert… wenn sie ihnen irgendwo begegnet wäre, hätte sie sie nicht erkannt. »Mein Gott«, murmelte sie.

Mike lachte. »Ja, sie werden schnell groß, nicht wahr?«

Sally war zehn, Julia zwölf. Sechs Jahre waren eine lange Zeit. Ihre Ausgelassenheit ließ nach, je näher sie der Veranda kamen, und sie wandten sich an Sissy, als erwarteten sie Hilfe von ihr, aber Mike rief ihnen zu, sie sollten heraufkommen. Julia war groß für ihr Alter und so schlank, wie Lorraine mit zwölf gewesen war.

»Hallo.«

Lorraine lächelte. Sie hätte ihre Tochter gern umarmt, aber sie war nicht sicher, ob Julia das wollte. Sally traute sich nicht näher; sie blieb zurück, als habe sie Angst. Sissy legte Julia den Arm um die Schulter. »Wieso zeigt ihr beiden Lorraine nicht das Fotoalbum, und ich mache uns was zu essen?«

»Gut«, erwiderte Julia.

Sally setzte sich neben Lorraine, aber Mike folgte Sissy ins Wohnzimmer und schob die Tür hinter sich halb zu. Er beobachtete sie noch einen Moment, bevor er seiner Frau in die Küche folgte.

Alle drei schwiegen unbehaglich. Lorraine wußte, die Puppen waren ein Fehler gewesen – auf jeden Fall für Julia, die sehr erwachsen und weltgewandt wirkte. Sally hatte den Kopf gesenkt.

»Es tut mir leid, daß ich nicht mit euch beiden in Verbindung geblieben bin …«, begann Lorraine zögernd.

Julia sah sie merkwürdig verstohlen an. »Schon gut. Hier bin ich mit einem Preis, den ich im Schwimmen gewonnen habe.«

Lorraine beugte sich vor, um sich das Foto anzusehen, und die Anspannung ließ ein wenig nach.

Sie aßen drinnen, weil es kühl geworden war, und Julia zeigte Lorraine das Bad. Lorraine schlich sich von Zimmer zu Zimmer, spähte überall hinein, bis sie das Schlafzimmer ihrer Töchter fand. Es war voll mit Postern und alten Teddybären, und der Kleiderschrank war zum Bersten gefüllt. Ein Zimmer, nach dem sich jedes Mädchen gesehnt hätte. Die letzte Tür führte zu Mikes Arbeitszimmer. An den Wänden hingen Fotos der Familie und einige von ihm beim Angeln. Es gab einen großen, modernen Schreibtisch mit Stapeln von Papieren und Akten, und Lorraine wollte die Tür gerade wieder schließen, als sie ein Foto von sich selbst mit den Mädchen sah. Das überraschte sie, und sie ging hinein, vorsichtig, daß niemand sie hörte.

Sie beugte sich über den Schreibtisch, um das Foto besser betrachten zu können, und erstarrte, als sie aus Versehen einen Papierstapel umstieß. Es waren Geschäftsbriefe, und als sie sie wieder zurückschob, blieb ihr Blick an einem Briefkopf hängen. Die Firma hatte sich auf die Restaurierung von älteren Importwagen spezialisiert. Der Brief bestätigte, daß man in einem Mercedes-Sportwagen Baujahr 1966 Ledersitze eingebaut hatte, und der Kunde hatte sich geweigert, die Rechnung zu zahlen. Nicht der Inhalt des Briefes erregte Lorraines Aufmerksamkeit, sondern das kleine, schwarz-grüne Oval mit dem Logo der Firma: S & A. Sie war sicher, daß sie es schon einmal gesehen hatte... nicht auf einem Brief... auf einem Manschettenknopf.

»Lorraine? *Lorraine?*« Mike rief nach ihr; schnell legte sie den Brief zurück und eilte nach unten.

Beim Essen drehte sich das – reichlich angestrengte – Gespräch um Autos.

»Was für einen Wagen fährst du jetzt?« fragte Lorraine.

Mike grunzte und zeigte auf einen der Jungen. »Ich brauche einen Bus für diese Bande, einen alten Geländewagen. Aber Sissy fährt einen MG – das ist ein englischer Sportwagen.«

»Ich weiß, was ein MG ist«, sagte Lorraine.

Sissy warf Mike eine Blick zu und lächelte dann. »Das ging mehr an meine Adresse – er steht die meiste Zeit in der Garage, nicht wegen meiner Unfälle, sondern wegen der Ersatzteile.«

»Gibt es denn eine gute Werkstatt in der Nähe?« fragte Lorraine harmlos.

Mike nickte. »Ja. Gott sei Dank. Sie haben sich auf ausländische Wagen und Oldtimer spezialisiert. Sie haben Rolls-Royce und Bentleys und Mercedes...«

Lorraine unterbrach ihn. »Eine große Firma?«

»Ziemlich.«

»Wie viele Angestellte haben sie?«

Mike schien ein wenig verwirrt, sagte aber: »So um die sechzig, siebzig , ich weiß nicht. Wieso?«

Lorraine lächelte. »Ich glaube, eine meiner Freundinnen hat ihren Wagen hier in der Nähe gekauft – vielleicht S & ?«

Mike nickte. »Genau – ich vertrete sie auch in Rechtsangelegenheiten. Hast du deinen Führerschein zurückbekommen?«

Lorraine wurde rot. »Nein, aber ich kann mir ohnehin kein Auto leisten.«

»Von S & A sicher nicht«, lachte Mike.

Julia stand auf und flüsterte Sissy etwas ins Ohr. Sissy runzelte die Stirn und schüttelte den Kopf. »Nein, kannst du nicht. Setz dich wieder hin.«

Julia schob die Unterlippe vor und ließ sich auf ihren Stuhl fallen. Es wurde still. Sissy zuckte die Achseln. »Sie will zum Tennis.«

Julia fauchte: »Ich spiele sonntags nachmittags immer Tennis.«

Mike drohte mit dem Finger. »Nicht an diesem Sonntag. Und jetzt helft eurer Mutter beim Abräumen und …«

Lorraine stand auf. »Nein, das ist schon in Ordnung – geh ruhig Tennis spielen. Ich muß sowieso in ein paar Minuten wieder weg.«

Mike stapelte Teller, bemüht, von der allgemeinen Verlegenheit abzulenken. »Na ja, wie du willst, aber du bist von so weit gekommen –«

»Ich kann ja wiederkommen – wenn es euch nicht stört …«

»Wo steckt denn Rufus?« fragte Sally, und plötzlich riefen alle nach dem Hund. Es sah so aus, als suchten sie alle nach einer Ausrede, das Zimmer zu verlassen. Lorraine ging zu der Tasche, die sie mitgebracht hatte, und zog die Schachtel mit der Puppe heraus. »Sally?« Sie ging auf die Veranda. »Ich habe dir was mitgebracht – vielleicht ist es dir schon zu kindisch, aber ich dachte, sie könnte dir vielleicht gefallen.«

Sally machte die Schachtel auf und betrachtete die Puppe. »Spricht sie? Meine Freundin Angela hat eine, die redet und schläft und weint, und man kann ihr Fläschchen geben, und dann macht sie in die Windeln.«

Lorraine sah das aufsässige Gesicht ihrer Tochter. »Die da trinkt, und wenn man ihr dann auf den Bauch drückt, spuckt sie einem ins Gesicht.«

Sallys Mund zitterte.

»Das war nur ein Witz!«

Sally rannte ins Haus, an Mike vorbei. Lorraine lachte über seine besorgte Miene. »Schon gut, Mike. Ich bin sowieso nie gut mit ihnen zurechtgekommen. Ich muß jetzt gehen.«

Mike setzte sich auf die Bank. »Tut mir leid. Vielleicht brauchen sie etwas Zeit, um sich an dich zu gewöhnen – falls du überhaupt vorhast, regelmäßig ...«

»Würde dich das stören?«

»Nein – na ja, vielleicht ... Ich weiß nicht, irgendwie hast du uns alle überrascht. Ich glaube, sie haben Angst, daß du sie mitnehmen willst.« Er starrte sie an. »Das willst du doch nicht, oder?«

Lorraine verschränkte die Arme. »Ich würde nichts tun, was sie durcheinanderbringt. Außerdem kenne ich sie praktisch nicht mehr – und du hast dich ebenfalls verändert. Sie hat einen Hausmann aus dir gemacht, der den Tisch deckt und ihn abräumt.«

Sissy, die gerade herausgekommen war, hatte die letzte Bemerkung gehört.

Sie stellte die Kaffeekanne ab und ging wieder ins Haus.

»Würdest du mir ein Taxi rufen?«

Lorraine war erleichtert, als das Taxi kam. Sie nahm die zweite Puppe wieder mit; Julia sollte nicht erfahren, daß sie sie immer noch für ein kleines Mädchen gehalten hatte. Sally weigerte sich, Lorraine einen Abschiedskuß zu geben, sondern klammerte sich an Sissy. Mike gab ihr einen Kuß auf die Wange, und Sissy reichte ihr die Hand – sie hatte einen starken, festen Händedruck. Sie starrte Lorraine kühl an, als sie sagte: »Kommen Sie doch mal wieder vorbei.« Als Lorraine sie nebeneinander stehen und winken sah, wußte sie, daß sie nie wieder hierherkommen würde.

Sie bat den Fahrer, sie bei S & A vorbeizufahren. Zwei große Vorführräume standen voller gepflegter Autos. Lorraine stieg aus, ging an den Schaufenstern entlang und spähte hinein. Auf einem Tisch standen Spielzeugautos und andere Kleinigkeiten, aber sie konnte keine Manschettenknöpfe entdecken. Als sie zum Taxi zurückkehrte, schwitzte sie wieder. Es war drei Uhr, die Sonne brannte auf den Asphalt, und sie bat den Fahrer, am nächsten Lebensmittelladen zu halten, weil sie eine Cola wollte.

Um zehn rief Rosie Jake an und sagte ihm, daß Lorraine immer noch nicht heimgekommen sei und sie sich Sorgen mache. Vielleicht war sie bei ihrem Exmann geblieben, meinte er. Wenn Rosie sich wirklich Sorgen machte, könne sie ja dort anrufen. Jake war erschöpft: Sie hatten die Küche und das Schlafzimmer gestrichen und sämtliche Möbel wieder zurechtgerückt.

Rosie wartete bis elf, dann rief sie Mike Page an und erhielt zur Antwort, daß Lorraine gegen drei gegangen sei. Sie rief Jake an. Er war schon im Bett und ziemlich gereizt, weil sie ihn schon wieder störte. »Rosie, was erwartest du von mir? Ich bin nicht ihr Aufpasser. Und jetzt laß mich in Ruhe, ja?«

Rosie wachte die halbe Nacht, und als Lorraine am Montagmorgen immer noch nicht da war, rief sie wieder bei Jake an, aber er war schon zur Arbeit gegangen, und dort wollte sie ihn nicht belästigen.

Weil sie nichts Besseres zu tun hatte und sich ablenken wollte, fing sie an, alle Schubladen und Schränke auszuräumen und ihre gehorteten Schätze wegzuwerfen. Sie hatten den neuen Schrank zusammengebaut und in einer Ecke des jetzt ordentlich aufgeräumten Schlafzimmers aufgestellt. Rosie schob ihn zurecht und begann ihn mit Lorraines wenigen Sachen zu füllen. Als letztes stellte sie die Schuhe um – und dabei fielen ihr Lorraines Ersparnisse in die Hände. Sie war verblüfft über die Menge, dann bekam sie Schuldgefühle, weil es so aussehen würde, als habe sie Lorraines Sachen durchsucht. Was sie natürlich auch getan hatte, aber ohne Hintergedanken.

Als Jake gegen sieben vorbeikam, war Rosie außer sich. Jake nahm sie mit zu einem Meeting; er war ziemlich sicher, daß Lorraine irgendwann nach Hause kommen würde, und wollte sein Auto nicht für eine Suchaktion zur Verfügung stellen.

Um zehn kehrten sie in Rosies Wohnung zurück und aßen etwas. Mitten in der Mahlzeit hörten sie eine rauhe Stimme. Jake ging ans Fenster und seufzte. »Da ist sie. Ich helfe ihr besser.«

Rosie hörte Glas klirren und ging ebenfalls ans Fenster.

Lorraine stand mitten auf der Straße und schwenkte eine Puppe. Ihre Bluse war zerrissen, ihr Rock hing halb herunter, und sie war schmutzig. Sie schlug nach Jake.

»Verpiß dich! *Hau ab, du Arsch!*«

Jake wich zurück, die Arme erhoben, und Lorraine trat fluchend nach ihm. Eine Frau mit einem Einkaufswagen kam vorbei, und Lorraine sah, wie sie sie anstarrte. »Was glotzt du denn so, du blöde Fotze? *Hau ab – verpiß dich!*«

Es dauerte eine Weile, bis Jake sie überredet hatte, mit nach oben zu kommen. Sie ging zwei Stufen nach oben und fiel drei wieder hinunter. Sie schrie vor Lachen und krabbelte langsam die Treppe hinauf, nur um anschließend darauf zu bestehen, noch einmal runterzugehen, weil sie ihre Puppe verloren hatte.

Schließlich bugsierte Jake sie in die Wohnung. Sie blieb an der Tür stehen. »Hi, Rosie. Hat er dich endlich gefickt?«

Rosie ging in die Küche, und Jake versuchte, Lorraine aufs Sofa zu setzen. Auf dem halben Weg dorthin zog sie ihre Bluse aus und fing an, an seiner Hose rumzufummeln. Er stieß ihre Hand weg und sagte: »Dreh die Dusche auf, Rosie.«

Lorraine stank nach Schnaps, Erbrochenem und Urin. Ihre Jacke hatte sie verloren. Sie weigerte sich, die Puppe loszulassen, selbst als sie sie unter die Dusche gezerrt und ausgezogen hatten. Jake schenkte ihrem nackten Körper keine Beachtung, er warf Rosie nur einen Blick zu, als er die neuen Prellungen und die alten Narben sah.

Rosie hätte am liebsten geweint, als sie ihre Freundin so sah, aber sie holte Handtücher und seifte Lorraine ab. Lorraine wurde schlaffer, und schließlich legten sie sie gewaschen und in einem sauberen Nachthemd auf Rosies Bett.

»Am besten lassen wir sie schlafen«, sagte Jake und schob Rosie ins Wohnzimmer. Sie sammelten die schmutzigen Kleidungsstücke auf und warfen sie in den Mülleimer. Lorraine fiel in einen tiefen, komaartigen Schlaf.

Im Lauf der Nacht sah Rosie immer wieder nach ihr, für den Fall, daß sie sich übergab. Jake ging. Er war deprimiert, obwohl er mit so etwas gerechnet hatte. Er kannte das alles schon von Rosie – nur daß Lorraine leichter die Treppe hochzuschaffen war.

Rosie schlief auf dem Sofa. Sie wurde wach, als Lorraine aus dem Schlafzimmer gestolpert kam. Sie sah grünlich-bleich aus und hatte tiefe, dunkle Ringe unter den Augen.

»Kaffee«, war alles, was sie herausbrachte. Ihr Kopf fühlte

sich an, als habe jemand einen Betonklotz daran befestigt, mit einem Stahlbolzen, der in ihren Schädel gerammt worden war. Sie brauchte Rosies Hilfe, um wieder ins Bett zu finden, und als sie sich hinlegte, stöhnte sie gequält. Die Eisbeutel lagen schon bereit, und Rosie packte ihr vorsichtig einen auf die Stirn. Lorraine schlief für den Rest des Tages und stand erst am frühen Abend wieder auf, um sich zu duschen. »Welcher Tag ist heute?«

»Mittwochabend.«

»Weck mich am Freitag.« Lorraine lächelte müde und legte sich aufs Sofa.

Rosie ging einkaufen und griff dazu auf Lorraines versteckte Ersparnisse zurück: Sie würde ihr später alles erzählen; sie konnte jetzt nicht arbeiten gehen und Lorraine alleinlassen; aber die Miete war fällig. Also bediente Rosie sich immer wieder.

Erst am Freitag wurde Lorraines Kater erträglicher. Sie saß da, starrte ins Leere, konnte nicht reden. Jedesmal, wenn sie versuchte, etwas zu erklären, brach sie mitten im Satz wieder ab. Rosie streichelte ihr über den Kopf. »Schatz, du brauchst nichts zu erklären, ich kenne das.«

Lorraine griff nach ihrer Hand. »Danke.«

Rosie lächelte, ging an Lorraines Ersparnisse und kaufte Filetsteaks: Lorraine brauchte gutes Essen, um wieder zu Kräften zu kommen. Sie zahlte auch die Telefonrechnung und die Stromrechnung, denn sie würde es ja beichten, wenn es Lorraine besser ging. Es war kein Diebstahl, sagte sie sich immer wieder – was Lorraine gehörte, gehörte schließlich auch ihr –, sie war nur im Augenblick ein bißchen knapp bei Kasse.

Als Jake am Wochenende vorbeikam, begrüßte ihn Lorraine voller Zuneigung.

Er legte den Kopf schief. »Wieder unter die Lebenden zurückgekehrt?«

Lorraine wurde rot. »Oh. Warst du hier?«

»Was glaubst du wohl, wer dich diese Treppe raufgeschleppt hat?«

Lorraine schenkte ihm ihren merkwürdig schrägen Blick. »Gott allein weiß, bei wem ich gelandet bin – ich hab' ein Gefühl zwischen den Beinen, als hätte ich auf einer heißen Herdplatte gesessen.«

Jake wandte sich ab; er wußte nie, wo er bei ihr dran war: Einen Moment hatte sie ein Schandmaul, im nächsten gab sie sich damenhaft. »An deiner Stelle würde ich ins Krankenhaus gehen und ein paar Tests machen lassen. Du hast gestunken wie ein Abfluß.«

Sie wich seinem Blick aus. Wenigstens schämt sie sich, dachte er, das spricht für sie. »Rosie hat sich gut um dich gekümmert, du solltest dich bei ihr bedanken.«

»Das brauchst du mir nicht zu sagen, Jake.« Ihre Stimme war so heiser, er mußte sich anstrengen, sie zu verstehen.

»Was?«

»Ich habe gesagt, ich werde mich durchchecken lassen. Alles klar?«

»Gut. Ich schlage vor, du gehst jetzt zu einem Meeting und auch in den folgenden Tagen, es sei denn, du mußt arbeiten. Glaubst du, daß sie dich in der Galerie noch nehmen? Ich bin allerdings vor ein paar Tagen vorbeigekommen, und es sah aus, als wäre sie geschlossen.«

Sie ging ins Schlafzimmer. »Sobald es mir wieder gut geht, sehe ich mich nach einem neuen Job um.«

Rosie stieß die Fliegentür auf, beladen mit Einkäufen. Jake nahm ihr die vollgestopften Tüten ab und stellte sie auf den Küchentisch. Flüsternd sagte er: »Sie sollte sich im Krankenhaus testen lassen.«

»Sie hat nur einen Kater, Jake.«

»Sie könnte auch AIDS haben, irgendeine Geschlechtskrankheit und Gott weiß was, also bring sie ins Krankenhaus.«

Rosie warf einen Blick auf die Schlafzimmertür und fragte sich, ob Lorraine sie gehört hatte, dann fing sie an auszupacken.

Lorraine hatte es gehört und ließ sich auf Rosies Bett sinken. Sie war nüchtern. Sie konnte sich kaum erinnern, was sie getan hatte und wo sie gewesen war. Sie seufzte. Vielleicht war es besser so. Sie wußte nicht, wieso sie sich überhaupt noch Gedanken machte. Es gab niemanden mehr, für den sie weiterleben wollte. Sie schloß die Augen und nahm sich vor, sobald Rosie und Jake weg waren, ihr Zeug zu packen, ihr Geld zu nehmen und die Wohnung zu verlassen. Sich so zu betrinken, daß sie nie wieder nüchtern würde. Nach diesem Entschluß fühlte sie sich besser; sie stand auf, wickelte sich in den Bademantel und ging in die Küche.

»Das riecht gut. Feiern wir?«

Rooney sah sich in dem geschmackvoll möblierten Zimmer um und betrachtete die auf dem Bücherregal arrangierten Fotos. Norman Hastings mit seiner Frau, Norman Hastings mit seinen Töchtern, seinem Hund, seinem Auto, ein lächelnder Norman Hastings. Norman Hastings, der freundliche Durchschnittsehemann und -vater von nebenan. Es roch, als würde etwas gebacken, und außerdem nach Möbelpolitur oder einem Lavendel-Raumspray. Rooney konnte Hastings' Hund im Hinterhof hören; er bellte, während eine quietschende Schaukel vor und zurück schwang. Die Mädchen riefen den Hund, lachten, und der Klang ihrer Stimmen vervollständigte die allgemeine Atmosphäre von Normalität. Nur der Vater dieser Durchschnittsfamilie fehlte.

Mrs. Hastings kam mit einer Schale selbstgebackener Plätzchen und einer Kanne Kaffee herein. Sie war eine hübsche Frau mit vollem Haar und einem reizenden Lächeln. Unbehaglich ließ sie sich Rooney gegenüber nieder.

»Tut mir leid, daß ich keine Neuigkeiten habe«, sagte Rooney. Sie biß sich auf die Lippe und versuchte, nicht zu weinen. Rooney haßte sich für das, was er vorhatte, aber er konnte es nicht aufschieben, und sie schien zu spüren, daß er etwas von ihr wollte.

»Mrs. Hastings, es tut mir leid, wenn es so aussieht, als wiederholten wir uns nur, aber ich habe noch ein paar Fragen.«

Sie knabberte an einem Plätzchen.

»Erzählen Sie mir bitte, wie ein ganz normaler Tag bei Ihrem Mann aussah – wohin er ging, wen er traf, so etwas.«

Er hatte die Geschichte schon einmal gehört. Norman Hastings stand jeden Tag um dieselbe Zeit auf, selbst an Wochenenden. Er brachte die Kinder zur Schule, ging zur Arbeit, kam nach Hause, aß mit seiner Familie zu Abend. An zwei Abenden in der Woche ging er mit Freunden zum Bowling oder spielte Poker. Die Wochenenden gehörten der Familie.

»Hatte er noch andere Hobbys?«

»Nur den Garten. Und er hat das Haus selbst renoviert und die Küche eingebaut.«

»Sonst nichts?«

Sie schüttelte den Kopf, dann zögerte sie. »Vor ein paar Jahren sind wir einem Country & Western-Club beigetreten. Wir sind vier- oder fünfmal hingegangen, aber es hat ihm nicht so gut gefallen wie mir.«

»Sind Sie weiter hingegangen?«

»Nein. Wissen Sie, man braucht einen Partner, für die Tänze... Ich bin wohl keine große Hilfe, wie?« fragte sie.

»Gab es unter seinen Freunden jemanden, den Sie nicht mochten?«

Sie schüttelte den Kopf.

»Würden Sie mir das Haus zeigen?«

Sie schien überrascht, aber sie stand auf und ging zur Tür. Rooney trabte hinter ihr her. Sie benahm sich wie eine Fremdenführerin, zeigte, was Norman alles selbst gemacht hatte – Anbauten, Einbauschränke. Sie langweilte ihn, und er wurde zusehends gereizter. Das letzte Zimmer war Hastings' Arbeitszimmer. Die Wände waren in derselben Farbe gestrichen wie die anderen Zimmer, die Fotos praktisch die gleichen wie im Wohnzimmer. Norman mit seiner Frau, den Kindern, den Bowlingkumpels, den Pokerfreunden. Vier Männer standen da, die Hände in den Taschen, und starrten in die Kamera. Rooney ging näher heran, betrachtete die Fotos und hoffte halb, er würde einen Mann mit breitem Mund, einer Brille und einer Bißwunde am Hals sehen, aber es waren alles gemütliche Typen mit Bierbäuchen. Rooney seufzte und wandte sich ab, aber dann bemerkte er einen helleren Fleck an der Wand. »Was hing denn da?«

Mrs. Hastings blinzelte. »Ich kann mich nicht mehr erinnern.«

Er wußte, daß sie log; das Haus war zu ordentlich, sie kannte hier jeden Quadratzentimeter. »War es ein Foto?« fragte Rooney, entspannt und beiläufig.

»Ich weiß es nicht. Norman muß es abgehängt haben.«

»Würde es Ihnen etwas ausmachen, danach zu suchen?«

Sie zögerte, dann ging sie zum Schreibtisch. Als sie eine Schublade aufzog, hörten sie von draußen ein Krachen, und eine der Töchter fing an, laut zu weinen. »Ich muß nachsehen – ich glaube, sie ist von der Schaukel gefallen.«

»Darf ich mir den Schreibtisch mal ansehen?«

Sie blieb in der Tür stehen. »Das wäre mir nicht recht.«

Entschuldigend hob er die Hände. Er trat vom Schreibtisch zurück und setzte sich auf Hastings' Stuhl. »Ich werde auf Sie warten.«

Sobald sie das Zimmer verlassen hatte, wühlte Rooney die Schubladen durch. Steuerformulare, Versicherungspolicen, alles sauber und ordentlich, wie der Rest des Hauses. Er trommelte mit den Fingern auf die Schreibtischplatte. Auf dem Schreibtisch stand ein weiteres Foto von Mrs. Hastings, flankiert von ihren Töchtern. Rooney nahm es in die Hand und starrte es an, dann drehte er es um. Man konnte den Rahmen stellen, aber auch hängen. Er hielt ihn vor den feinen Umriß an der Wand, und er paßte. Er wollte es gerade wieder auf den Schreibtisch stellen, als Mrs. Hastings zurückkam.

»Alles in Ordnung, sie hat sich nur das Knie ein bißchen aufgeschürft.« Sie starrte Rooney an, dann das Foto.

»Ein hübsches Foto – die Fotos sind alle sehr nett.«

Sie schob den Rahmen in exakt dieselbe Position wie zuvor. »Ja. Er ist Berufsfotograf.«

»Ah, das sieht man!« Rooney schwieg einen Augenblick. »Mrs. Hastings, dieses Foto ist das, was an der Wand fehlt, nicht wahr? War früher ein anderes Bild in diesem Rahmen? Wieso haben Sie es abgehängt?«

Sie kniff die Lippen zusammen; sie sah jetzt nicht mehr so hübsch aus, hatte etwas Stählernes an sich. »Ja, jetzt, wo Sie es erwähnen…« Sie verschränkte die Arme. »Es wäre mir lieber, wenn Sie jetzt gehen.«

Rooney rührte sich nicht von der Stelle. »Mrs. Hastings, Ihr Mann ist brutal ermordet worden. Und ich habe kein Motiv, ich weiß keinen Grund, wieso jemand so etwas tun sollte.«

»Raub. Sie haben nie seine Brieftasche gefunden. Es war ein Raubüberfall. So stand es jedenfalls in den Zeitungen.«

»Und Sie können sich kein anderes Motiv vorstellen?«

»Nein. Und inzwischen ist er begraben. Es ist vorbei. Ich möchte, daß Sie jetzt gehen.« Demonstrativ hielt sie die Tür auf, und Rooney ging an ihr vorbei.

In der Haustür blieb er noch einmal stehen. »Dieser Fotograf – haben Sie seine Adresse?«

»Nein, tut mir leid. Norman hat immer die Termine ausgemacht.«

Rooney kratzte sich am Kopf. »Wohnt er hier in der Gegend?«

Sie wurde rot. »Ich weiß es nicht.«

»Aber Sie müssen alle paar Jahre hingegangen sein, das haben Sie mir selbst erzählt. Sicher erinnern Sie sich.«

»Nein.«

Sie hatte schon die Haustür geöffnet, als er sie direkt fragte: »Warum lügen Sie mich an?«

»Bitte, lassen Sie mich in Ruhe.«

Rooney drückte die Tür wieder zu. Sie wich zurück in den Flur. *»Ich möchte nicht darüber reden.«*

Rooney folgte ihr. »Worüber wollen Sie nicht reden, Mrs. Hastings?«

Sie bewegte unruhig die Hände, ihre Wangen waren gerötet.

»Wieso setzen wir uns nicht wieder hin?«

»Nein.«

Rooney verdrehte die Augen zur frisch gestrichenen Decke. »Lassen Sie mich nicht jeden verdammten Fotografen überprüfen, Mrs. Hastings, verschwenden Sie nicht meine Zeit …« Seine Stimme war tief und bedrohlich. »Sieben Frauen sind umgebracht worden – auf dieselbe Art wie Ihr Mann: Ein Schlag mit dem Hammer, und dann hat man ihr Gesicht bis zur Unkenntlichkeit zerschlagen. Wenn Sie irgendwas wissen – ganz gleich was –, das mir helfen kann, den Mörder zu finden, sollten Sie es lieber sagen.«

Sie hatte die Arme immer noch verschränkt und zitterte am ganzen Körper. »Ich habe ihm gesagt, wenn ich ihn je wieder dabei erwische, würde ich mich scheiden lassen – und ich würde es seinen Eltern sagen, seinem Chef, seinen Freunden…«

»Was hat er getan, Mrs. Hastings?«

Sie schaute ihn fest an; ihr Gesicht war aschgrau. »Er hat Frauenkleider angezogen.«

Rooney zeigte keine Überraschung oder Widerwillen.

Sie war von einem dieser Country & Western-Abende heimgekommen – nachdem Norman gesagt hatte, es gefalle ihm dort nicht, war sie allein hingegangen. Sie begann zu weinen. »Ich war nur ein paar Minuten da, und dann kam ich mir komisch vor mit meinen Cowboystiefeln, und dann dachte ich, er hat recht, es ist wirklich blöd, also bin ich heimgefahren. Aber er hat nicht gehört, daß ich zurückgekommen bin. Ich wußte, daß er im Schlafzimmer war, weil ich das Licht gesehen hatte, und ich dachte, ich überrasche ihn.« Sie lachte bitter. »Ich weiß nicht, wer von uns überraschter war. Er war richtig aufgetakelt, mit blonder Perücke, einem schrecklichen, billigen Rüschenkleid, hohen Absätzen… Ich traute meinen Augen nicht.«

Sie brach schluchzend zusammen, aber Rooney schwieg, wartete ab. »Jedenfalls… sehr viel später – ich bin ins Bad gerannt und wollte nicht wieder rauskommen, er lag schluchzend vor der Tür auf den Knien, und ich hatte Angst, er würde die Mädchen wecken, also bin ich doch wieder rausgekommen. Er hatte sich umgezogen, aber es waren immer noch Spuren zu sehen – sein Gesicht…«

Norman Hastings hatte, auf den Knien vor seiner Frau liegend, auf die Bibel geschworen, daß niemand sonst davon wußte, daß er es noch nie zuvor getan hatte. Aber sie wußte es besser, daß es nicht stimmte. Sie hatte noch mehr Kleider in der Garage gefunden, mehr Perücken und Schuhe. Sie hatte alles verbrannt.

Rooney fragte: »Dieser Fotograf – glauben Sie, er hat dieselben Neigungen?«

»Er ist homosexuell, aber nachdem ich das mit Norman wußte, habe ich mich geweigert, noch mal hinzugehen.«

Rooney zog sein Notizbuch heraus. »Wie heißt er?«

Sie rang die Hände. »Lieber Gott, es wird doch jetzt nicht alles rauskommen, oder? Seine Eltern sind schon alt… und seine Freunde, seine Töchter – bitte versprechen Sie mir, daß es nie herauskommen wird.«

Rooney versprach, sein Bestes zu tun. Er log. Der Name des Fotografen war Craig Lyall; sie gab ihm sogar die Adresse seines Studios und seiner Wohnung.

Rooney ging den gepflegten kleinen Pfad vom Haus zur Straße und stieg in sein Auto. Großohr hatte recht gehabt – jetzt hatte er erheblich mehr Spuren, die er verfolgen konnte. Plötzlich fiel ihm wieder Lorraine Page ein. Er erinnerte sich, wie entsetzt sie bei einem ihrer ersten Fälle über das normale, ordentliche Haus und die scheinbar anständige Familie gewesen war, und das gequälte, mißbrauchte Kind. Er schaute zum Haus der Hastings' zurück, und plötzlich erschien es ihm nicht mehr so gepflegt und gemütlich. Er empfand tiefes Mitleid mit dem Mann, der in dieser perfekten kleinen Falle gesessen hatte. Und zum ersten Mal hatte er auch so etwas wie Mitleid für Lorraine Page übrig; sie war einmal eine gute Polizistin gewesen. Was für eine Verschwendung!

»Lorraine! *Lorraine!* Wir gehen jetzt, hast du gehört? *Lorraine!*« brüllte Rosie.

»Schon gut. Bis später.« Sie wünschte verzweifelt, daß sie endlich gingen, sie wollte nur noch ihr Geld nehmen und verschwinden. Sie war so ungeduldig, daß sie zum Schrank stürzte, sobald sie hörte, wie die Fliegentür zufiel, dort auf die Knie fiel und nach ihrem Geld suchte. Sie fand die Schuhe und starrte ungläubig auf die jämmerlichen Reste ihres Schatzes. Sie zerrte alles aus dem Schrank, überzeugt, sich geirrt zu haben. Dann richtete sie sich auf.

»Rosie!« fauchte sie.

Rosie und Jake waren gerade auf der Straße angekommen, als Lorraine die Treppe hinunterraste, die Finger zu Klauen gekrümmt. Sie packte Rosie am Hals. *»Wo ist es?«*

Jake versuchte sie wegzuzerren, aber sie stieß ihn so fest zurück, daß er in die Mülltonnen fiel. Wieder stürzte sie sich auf Rosie, die lauthals schrie.

»Mein Geld! *Du verdammtes Miststück, du hast mir mein Geld geklaut!*«

Rosie taumelte nach hinten, als Lorraine ihr ins Gesicht schlug, stolperte über einen Pflasterstein und fiel. Lorraine sprang auf sie, riß sie am Haar. »Du dreckiges Miststück! Das war *mein Geld, mein Geld* – du verlogene Fotze, du elendes Stück Scheiße... du *Arschloch!*«

Leute kamen aus dem Lebensmittelladen gelaufen und schauten zu. Lorraine hockte jetzt auf Rosie und schlug auf sie ein. Jake versuchte, sie wegzuziehen, aber er schaffte es nicht. Sie kratzte und fauchte wie eine Wildkatze, und dann brach sie zusammen, lag auf dem Boden und hämmerte mit den Fäusten auf den Asphalt.

Rosies Nase blutete, ihr Gesicht war zerkratzt, ihr Kleid zerrissen, und sie zitterte vor Angst. Sie hatte noch nie jemanden so toben sehen, jedenfalls nicht in nüchternem Zustand.

Jake hatte Erfahrungen sowohl mit Verrückten als auch mit Betrunkenen, aber Lorraines Kraft hatte ihn überrascht – sie hatte ihm beinahe den Kiefer gebrochen. Jetzt riß er sie hoch und zerrte sie zur Treppe. Dann wandte er sich zwei glotzenden Passanten zu. »Die Show ist vorbei.«

Lorraine wehrte sich nicht. Sie ließ sich von Jake die Treppe hinaufschleppen, und Rosie folgte langsam, hielt vorsichtig Abstand.

Jake setzte Lorraine aufs Sofa und hockte sich dann vor sie. »Verdammt, was soll denn das?«

Lorraine warf Rosie einen haßerfüllten Blick zu. »Sag's ihm!« schrie sie.

Rosie fing an zu weinen, und Lorraine schlug blitzschnell wieder zu. Jake drängte Lorraine zurück. Abrupt hob sie die Hände. »Schon gut... aber wenn sie es dir nicht erzählt, tue ich es eben. Jeden Cent, den ich gespart und für den ich mir den Arsch aufgerissen habe – sie hat alles gestohlen. Von tausend Dollar sind nicht mehr als zwanzig oder dreißig übriggeblieben.«

Jake runzelte die Stirn. »Wo hast du einen Tausender her? Hast du 'ne Bank überfallen?«

»Was ist das hier? Die Inquisition? Es war mein Geld. *Sie* hat es gestohlen. Wieso verhörst du sie nicht?«

Jake erhob sich, fuhr sich durchs schüttere Haar. »Wieviel ist denn noch übrig?«

»Nicht mehr genug, um mich totzusaufen, was ich eigentlich vorhatte.«

»Ach so, du willst sterben. Bescheuerte Kuh. Jeder, der in weniger als einer Woche tausend Eier beschaffen kann, muß irgendwas an sich haben – es sei denn, du hast ein Ding gedreht, aber das bezweifle ich...«

Lorraine sah Jake schräg an. »Na gut. Willst du wissen, was ich getan hab? Einen kleinen schwulen Dreckskerl erpreßt...«

Jake grinste. »Dürfen wir auch mal, oder verrätst du uns diese Quelle nicht?«

»Es war Art von der Galerie; er verkauft Pornos – keine Gemälde, sondern Pornos. Kinderpornos.«

Rooney kam ins Büro und grinste Bean an. »Rate mal: Norman Hastings war Transvestit.«

Bean glotzte, als Rooney ihm die Fotos aus Craig Lyalls Studio zeigte. Norman Hastings mit einer blonden Perücke, aufgetakelt und mit komplettem Make-up, lächelte mit dunkelroten, glänzenden Lippen in die Kamera. »Guter Gott, das glaube ich nicht!«

Rooney war sehr zufrieden mit sich. Er sagte Bean, er solle die Fotos der toten Frauen rüberbringen, und dann hielt er Hastings' Foto hoch.

»Was, wenn unser Mann Hastings für eine Nutte gehalten hat?«

Bean wies darauf hin, daß sie Hastings in Männerkleidung gefunden hatten, also konnte Rooney diese Theorie vergessen.

»Vielleicht kannte er ihn? Vielleicht haben sie sich zusammen verkleidet?«

Wieder bewegten sie sich im Reich der Spekulation, aber zumindest hatten sie jetzt eine Richtung.

»Und wie war der Fotograf?« fragte Bean.

»Schwul, tuntig, vielleicht auch ein Transvestit. Du solltest auch mal mit ihm reden. Ich war so begeistert, als er mir die Fotos zeigte, daß mir vielleicht was entgangen ist.«

»Fellows hatte also recht, wie?« murmelte Bean. Sie waren auf dem Weg nach draußen, als Bean innehielt. »Bill, was ist, wenn Helen Murphy wirklich nicht die Frau aus dem Parkhaus war? Vielleicht sollte noch mal jemand diese Laura Bradley befragen und alles noch mal durchgehen?«

»Was hast du gesagt?« Rooney starrte ihn an. »Hast du ›Laura Bradley‹ gesagt?«

Bean berichtete von den beiden Kollegen, die an der von dem Taxifahrer angegebenen Adresse eine Frau angetroffen hatten.

»Laura Bradley? So hieß sie?« Rooney stand mitten im Flur und blinzelte verwirrt. Er sah das Gesicht des kleinen Mädchens vor sich, und dann das von Lorraine Page. »Sofort überprüfen!«

Lorraine erzählte Rosie und Jake die ganze Geschichte von Nula, Didi und Art und berichtete von ihrem Besuch bei Mike. Sie fühlte sich ausgelaugt, von ihnen, von allem.

Jake strich ihr sanft übers Haar, schob eine widerspenstige Strähne zurück. »Willst du nicht auch noch erzählen, wie du an das Loch in deinem Kopf gekommen bist? An diesem Abend hattest du auch Geld.«

»Heute grillst du mich aber wirklich, Jake was ist denn los?«

»Ich finde einfach, es hilft, wenn man über solche Dinge redet. Willst du dich immer noch umbringen?«

Sie lächelte. »Vielleicht nicht mehr sofort.«

»Gut. Also – das Loch im Kopf …«

Lorraine gähnte. »Also, ihr kennt doch den Lebensmittelladen? Am Ende der Straße? Die Kreuzung direkt daneben? Dort bin ich über die Straße gegangen, ihr kennt doch die Ampel?«

»Ja«, sagten Jake und Rosie im Chor.

»Da bin ich gestolpert und hingefallen.«

Lorraine schaute sie an und mußte kichern, und plötzlich lachten sie alle. Sie lachten immer noch, als sie Schritte auf der Holztreppe hörten. Rosie sah aus dem Fenster.

»Die Bullen.«

Jake sah Lorraine an. Sie war kreidebleich geworden.

Kapitel 8

Lorraine behielt die Nerven. Ruhig griff sie nach ihren Zigaretten und ging in Richtung Schlafzimmer.

»Jake, wenn sie nach einer Laura Bradley fragen, sie ist nicht mehr da. Sie ist eine Weile zu Besuch gewesen und dann wieder gegangen.«

»Kommen die wegen dir?« wollte Rosie wissen.

»Ja, aber ich schwöre, ich habe nichts getan. Nur ein paar unbezahlte Strafzettel; ein Freund von mir muß ihnen gesagt haben, wo sie mich finden können. Bitte, Jake, halt sie mir vom Hals, und ich schwöre dir, daß ich mich nicht umbringe.«

»Das ist ein Wort«, meinte Jake, schob sie ins Schlafzimmer und schloß die Tür hinter ihr.

Rosie sagte kaum ein Wort, nannte nur ihren Namen. Jake erledigte den Rest, glattzüngig, offen und freundlich. Schade, daß er ihnen nicht helfen konnte, aber Laura Bradley war schon wieder abgereist. Der junge Polizist lächelte, tippte an seine Mütze: Mit der Sonnenbrille und dem braungebrannten Gesicht sah er aus, als sei er direkt einem Film entstiegen. Rosie sah ihm und seinem Partner nach, als sie davonfuhren.

Der Streifenwagen blieb einen Block weiter wieder stehen. Der Taxifahrer hatte gesagt, ein kleiner dunkelhaariger Mann und eine dicke Frau hätten der verletzten Frau geholfen, also baten sie über Funk um weitere Anweisungen

Lorraine wünschte sich beinahe, daß sie wiederkämen – und, daß sie von Anfang an offen gewesen wäre, statt Jake und Rosie in die Sache mit hineinzuziehen. Sie hörten die Schritte auf der Treppe, und Lorraine seufzte. »Also gut. Erinnert ihr euch an den Abend, als ich mir den Kopf gestoßen habe? Sagt einfach, wir wären alle bei einem Meeting gewesen, ja? Und bleibt dabei.«

»Warum müssen wir denn lügen?« fragte Rosie, als die Cops schon fast vor der Fliegentür standen.

»Damit ich nicht verhaftet werde, weil ich nicht vor Gericht erschienen bin. Es geht um Verstöße gegen die Straßenverkehrsordnung.«

Es klopfte an der Tür, und Lorraine öffnete. Sie griff nach ihrer Jacke und den Zigaretten und machte einen Witz aus der Sache. »Also gut, Jungs, ich bin Laura Bradley.«

Man brachte sie alle aufs Revier, und Lorraine wurde direkt in Josh Beans Büro geführt. Sie gab sofort zu, gelogen zu haben und daß ihr richtiger Name Lorraine Page sei. Er schien die Ausrede zu akzeptieren, daß sie nicht in irgendwas verwickelt werden wollte, weil sie – wie er wohl bereits wußte – einmal Polizistin gewesen war. Während sie sich unterhielten registrierte sie nebenbei, daß das Faxgerät ständig Papier ausspuckte. Sie war erleichtert, daß Captain Rooney nicht in der Nähe war. Es hatte ihr schon den kalten Schweiß auf die Stirn getrieben, das Gebäude zu betreten.

Bean erklärte, wieso man sie hergebeten habe. Er fragte, wo sie am Abend des Siebzehnten letzten Monats gewesen sei.

Lorraine erklärte, sie sei bei einem Meeting der Anonymen Alkoholiker gewesen, und gab die Adresse an. Bean war schon fast zu freundlich und entschuldigte sich ununterbrochen. »Wissen Sie, wir suchen nach einer Frau, von der wir glauben, daß sie eine wichtige Zeugin ist.«

Sie sah, daß er sie genau beobachtete; er zweifelte offensichtlich daran, daß sie mit der gesuchten Frau identisch war – zum Beispiel hatte sie keine Zahnlücke. Lorraine blieb kühl. »Na ja, in dieser Straße treibt sich allerhand Gesindel rum. Erst gestern abend hat eine Betrunkene das ganze Viertel zusammengeschrien.«

Rosie und Jake hielten sich an die Geschichte vom AA-Meeting. Rosie erzählte, daß sie Lorraine im Krankenhaus kennengelernt habe und wie lange sie schon bei ihr wohnte. Als man sie fragte, ob sie am Abend des Siebzehnten einer Frau mit Kopf- und Gesichtsverletzungen aus dem Taxi geholfen hätten, erwiderten beide, sie seien an diesem Abend nicht zu Hause gewesen. Aber sie wechselten ständig nervöse Blicke.

»Haben Sie in Ihrer Straße je einen blauen Sedan wie diesen hier gesehen?«

Man zeigte ihnen ein Foto von Hastings' Auto.

»Nein, nicht, daß ich mich erinnern könnte.« Rosie betrachtete das Bild. »Das war auch im Fernsehen, nicht wahr?«

»Kennen oder kannten Sie einen Mann namens Norman Hastings?« Rosie schüttelte den Kopf.

»Ist das nicht der Bursche, der umgebracht wurde?« fragte Jake.

»Ich hab' ihn nicht gekannt«, meinte Rosie, »aber ich hab' von ihm in der Zeitung gelesen. Was hat das denn mit uns zu tun?«

Vier Stunden später wurde Lorraine zu einer Gegenüberstellung gebracht. Sie war ruhig geblieben, hatte eine Tasse lauwarmen Kaffee akzeptiert und ein weiteres Päckchen Zigaretten. Als sie hörte, daß ihre Freunde auf sie warteten, bat sie, jemand solle ihnen sagen, sie könnten gehen. Also wurden Rosie und Jake heimgeschickt. Sie hatten keine Ahnung, wieso man Lorraine noch auf dem Revier festhielt. Aber Jake hatte zuviel mit der Polizei zu tun gehabt, um nicht zu wissen, daß es sich um etwas Wichtigeres als eine Geschwindigkeitsüberschreitung handeln müßte.

Der Anbau, in dem die Gegenüberstellungen durchgeführt wurden, war genau wie alle, die Lorraine bisher gesehen hatte, nur größer und besser ausgerüstet. Je länger sie sich in diesem Gebäude umsah, desto mehr beeindruckte sie alles. Sie fragte sich, wie Rooney sich hier fühlen mochte, so weit entfernt von seinem alten, schäbigen Büro mit den rauchverfärbten Wänden.

Sie wählte Platz Nummer sieben; sie wollte weder in der Mitte noch an einer Seite stehen, weil das keine guten Positionen waren. Die anderen elf Frauen kamen herein und stellten sich auf. Einige waren Gefangene, von anderen konnte Lorraine sich kaum vorstellen, wo man sie so schnell hergezaubert hatte. Wahrscheinlich ein paar Nutten, einkaufende Hausfrauen oder

Aushilfen aus der Kantine, die sich gern ein paar Dollar dazuverdienten.

Bean bat Mr. und Mrs. Summers, sich Zeit zu lassen und sich jede Frau genau anzusehen. Wenn sie die Frau erkannt hatten, sollten sie den Raum verlassen und die Nummer nennen.

Mr. Summers schritt als erster langsam die Reihe ab, sah sich jede Frau an, danach seine Frau. Auch sie ließ sich Zeit, aber sie war unsicher, denn sie ging davon aus, daß sie und ihr Mann die Frau bereits identifiziert hatten. Hatten sie etwas falsch gemacht? Beide waren so sicher gewesen, daß die tote Helen Murphy die Frau gewesen war, die sie im Parkhaus gesehen hatten.

»Könnten sie alle mal lächeln?« bat Mrs. Summers nervös. »Ich möchte ihre Zähne sehen.«

Captain Rooney kam herein. Dort war Lorraine, Nummer sieben, größer als alle anderen. Es war merkwürdig, sie so zu sehen, aufrecht, die Karte vor der Brust, mit ausdrucksloser Miene. Er trat dichter ans Glas heran und sah die Narbe, die über ihre Wange lief. Sie sah anders aus, bösartiger, härter, aber immer noch war sie attraktiv. Ihre klaren Augen schienen ihn anzublicken, obwohl das Einwegglas zwischen ihnen war, beinahe, als wüßte sie, daß er dort stand.

Als dritter schritt der Taxifahrer die Reihe ab, schlechtgelaunt und unrasiert, weil man ihn aus dem Bett geholt hatte – er fuhr jetzt Nachtschichten. Er hatte die Frau doch schon identifiziert, oder?

Rooney wandte sich Bean zu: »Was Neues?«

»Ja. Die Summers' meinten beide, es könnte Nummer vier sein – eine Frau aus dem Archiv! Und der Taxifahrer meinte, es wäre die Dünne – Nummer zwei. Sie ist eine Nutte, aber sie hat am Siebzehnten gesessen, weil sie ein Auto geknackt hat.«

»Na großartig.«

Bean schaute sich Lorraines Akte an. »Wir können sie hierbehalten, wenn wir wollen: Landstreicherei, Prostitution; fünfundzwanzig Verstöße gegen die Verkehrsvorschriften, fünfmal nicht vor Gericht erschienen…«

»Ja, ich weiß«, murmelte Rooney.

»Sie sagt, sie sei bei einem AA-Meeting gewesen, und ihre

Freunde bestätigen das. Wir können das überprüfen, wenn Sie wollen.«

Rooney zuckte mit den Achseln. Lorraine entsprach nicht der Beschreibung ihrer Zeugin, sie sah so aus, als käme sie ganz gut zurecht – und sie war nüchtern. »Ich kann verstehen, wieso sie nichts mit uns zu tun haben wollte.« Er streckte die Hand nach der Akte aus. »Ich werde mit ihr reden; du kannst heimgehen. Ruh dich aus, wenn du kannst; bis wir irgendwas rausfinden, wirst du keinen Urlaub mehr bekommen.«

Als man Lorraine hereinführte, nickte Rooney nur flüchtig. Sie setzte sich auf den Besucherstuhl und wartete. Rooney ging langsam um den Schreibtisch, ließ sich schwer auf seinen Stuhl sacken und stützte die Ellbogen auf den Tisch.

»Laura Bradley.«

Sie lächelte. »Ja. Ich weiß nicht, wieso ich das gesagt habe, es ist mir so eingefallen. Vielleicht habe ich die Kleine nie vergessen, ich weiß nicht ... tut mir leid, daß ich Ihre Zeit verschwendet habe.«

Er starrte ihre Akte an.

»Ich nehme an, jemand hat meine Adresse benutzt – ein alter Trick. Haben Sie sämtliche Wohnungen überprüft, auf beiden Seiten? In dieser Straße wohnen ein paar merkwürdige Gestalten, und dann ist da der Schnapsladen an der Ecke ...«

Rooney unterbrach sie. »Ich kenne die Gegend. Wie lange sind Sie schon nüchtern?«

»Ein Jahr«, log sie.

Rooney seufzte. »Der Chief droht, mir den Fall wegzunehmen, wenn ich nicht bald Resultate bringe.«

»Um was für einen Fall geht es eigentlich?« fragte Lorraine.

»Jemand hat sieben Nutten den Schädel mit einem Klauenhammer eingeschlagen. Eine war erst siebzehn, die anderen waren alte Haudegen.« Rooney grinste höhnisch. »Vielleicht Freundinnen von Ihnen. Wollen Sie sich die Bilder mal ansehen?«

»Arsch.«

»Was machen Sie jetzt?«

»Ich arbeite in einer Kunstgalerie, besuche meine Kinder – reichlich langweilig, aber besser als nichts. Darf ich gehen?«

»Nein. Ich muß mit jemandem reden. Was halten Sie von dem neuen Gebäude hier – na ja, inzwischen ist es auch schon fünf Jahre alt?«

Sie steckte sich eine Zigarette an und war überrascht, als er nach vorn sackte, das Gesicht in den Händen vergrub. »Scheiße, ich stehe kurz vor der Pensionierung, und was passiert? Ich kriege einen Fall, der ... Ich gerate von einer Sackgasse in die andere. Nichts ergibt einen Sinn.«

Plötzlich blickte er auf, und dann erhob er sich. »Kommen Sie, sehen Sie sich's mal an, vielleicht kennen Sie eine von den Nutten.«

Sie starrte ihn wütend an, und er lachte. »He! Seien Sie gefälligst nett zu mir. Ich hätte Sie einlochen können. Wissen Sie, wie viele Anzeigen gegen Sie noch offen sind? Fünfundzwanzig, also reißen Sie sich zusammen.«

Sie folgte ihm ins Koordinationsbüro. Die Ermittler dort drehten sich um und glotzten. Rooney verkündete laut, Lorraine sei einmal bei der Polizei gewesen, und zwei Frauen, die von der Gegenüberstellung wußten, tauschten einen Blick. Lorraine steckte sich eine Zigarette an und hörte, wie jemand sagte, das Büro sei eine Nichtraucher-Zone. Sie achtete nicht darauf.

Rooney zeigte ihr die Fotos, nannte die Namen, Fundorte, Daten. Sie sah sich Hastings sehr genau an. Inzwischen hing dort auch ein Foto von ihm in Frauenkleidern.

»Ein Teilzeit-Transvestit. Wenigstens das haben wir rausgefunden«, meinte Rooney, als erwarte er ihren Applaus.

Sie blieb noch fast zwei Stunden. Als sie wieder in Rooneys Büro waren, redete er ununterbrochen. Sie wußte, er sprach mehr mit sich selbst als mit ihr. Sie ließ ihn reden, unterbrach ihn nur selten und fragte sich, ob er sie am Schluß doch festnehmen würde. Dann sagte er: »Denken Sie manchmal noch an den Jungen? Den, den Sie kaltgemacht haben?«

Sie wandte sich ab. Sie dachte nicht an ihn, und plötzlich fühlte sie sich schuldig. Aber Rooney fuhr fort: »Sie waren mal ziemlich gut, das wissen Sie. Ich wünschte, ich hätte jemanden, der so engagiert ist wie Sie damals. Wenn Sie nicht angefangen hätten zu saufen, könnten Sie heute ganz oben sein. Sie waren in der Gosse, oder? Auf dem Straßenstrich?«

»Ja. Also – kann ich jetzt gehen?« Sie stand auf.

»Nein, können Sie nicht. Setzen Sie sich hin, verdammt noch mal.«

Sie setzte sich, und dann sagte er etwas, was sie beinahe umwarf: »Ich möchte, daß Sie für mich arbeiten.«

Sie starrte ihn an.

»Machen wir ein Geschäft.« Er hielt ihre Akte mit Daumen und Zeigefinger hoch und ließ sie vor ihrer Nase baumeln. »Sehen Sie zu, was Sie für mich rausfinden können. Fragen Sie bei den Nutten rum, den...«

»Wollen Sie mich verarschen?«

Er schüttelte den Kopf, seine Stimme war plötzlich tief und gar nicht mehr freundlich. »Nein, ich verarsche Sie nicht. Ich werde das hier vernichten«, wieder hielt er ihre Akte hoch, »wenn Sie mir helfen. Jemand muß diese Frauen gekannt haben, jemand muß irgendwas wissen, vielleicht, wo Helen Murphys Mann sich versteckt. Wir versuchen, ihn zu finden, aber bisher erfolglos, und ich bezweifle sowieso, daß er es war. Wenn Sie irgendwas rauskriegen, irgendeinen Hinweis, ist Ihre Akte wieder sauber.«

Lorraine lachte. »Ich hab schon 'nen Job, Bill.«

Er beugte sich vor, und sie konnte seinen schlechten Atem riechen. »Das hier ist kein Job, Herzchen, das ist ein Handel. Sie helfen mir, oder ich bringe Sie in den Knast.«

»Ich brauche ein Auto...«

»Keine Chance. Sie sind achtmal sturzbesoffen am Steuer erwischt worden. Das kann ich nicht unter den Tisch fallen lassen. Die anderen Sachen ja, das Nichterscheinen vor Gericht, die Prostitution.«

»Was ist mit Spesen?«

Lachend schüttelte er den Kopf. »Sie lassen wirklich nichts anbrennen.«

»Ich muß essen und Miete zahlen. Wenn ich meinen Job aufgebe...«

Er höhnte: »Mach doch einfach dasselbe wie vorher, Lorraine: Verkauf deinen Arsch.«

Sie beugte sich über den Schreibtisch. »Fick dich ins Knie! Nimm doch den ganzen Papierkram und schieb ihn dir in' Arsch – der ist groß genug für die ganze Kartei.«

Er brüllte vor Lachen und schlug mit der flachen Hand auf den Schreibtisch. »Also gut. Fünfzig Eier?«

»Pro Tag?«

»Pro Woche.«

»Quatsch. Ich weiß, wieviel ihr Informanten zahlt, und ich weiß auch, daß ihr einen netten kleinen Fonds habt, den ihr jeden Monat unter euch aufteilt, unter Angabe falscher Namen und Orte. Ich weiß Bescheid, Billy. Fünfzig Eier am Tag. Ich kann mich auf den Straßen, in den Bars und Clubs umhören. Ich werde jemanden finden, der was weiß. Wie Sie schon gesagt haben, ich war mal ziemlich gut.«

Er kratzte sich an der Nase – eine dumme Angewohnheit, dachte Lorraine. Kein Wunder, daß sie so rot war.

»Sie erstatten jeden Tag Bericht?«

»Einmal pro Stunde, wenn Sie Wert darauf legen.«

»Das tue ich«, sagte er leise und klappte die Brieftasche auf.

Lorraine konnte es nicht glauben: Er wollte sie tatsächlich sofort bezahlen. »Kann ich Kopien der Zeugenaussagen bekommen?«

Rooney nickte und zählte hundert Dollar auf den Tisch. »Das ist fürs erste alles, und glauben Sie mir, Lorraine, ich meine es ernst, ich lasse Sie auf der Stelle wieder festnageln, wenn Sie Mist bauen.«

»Ich brauche auch Fotos – alles, was ihr habt.«

Rooney sah sie an, plötzlich unsicher geworden.

»Ich muß wissen, was los ist, Bill.«

»Ja. Das muß wohl sein.«

Er sah ihr nach, als sie das Gebäude verließ und sich ein Taxi nahm. Er erinnrte sich daran, wie er sie damals auf dem Boden des Umkleideraums gefunden hatte, und an ihr Gesicht, als er ihr den Walkman des Jungen unter die Nase gehalten hatte. Sie hatte nur dümmlich gelächelt. Der Junge könnte noch am Leben sein, wenn dieses Miststück nicht gewesen wäre. Er wünschte sich, wütender werden zu können, aber er schaffte es nicht, und das verwirrte ihn. Sie mußte ziemlich hart sein, wenn sie bis jetzt überlebt und sich wieder so weit aufgerappelt hatte. Jedenfalls hoffte er das. Und wenn sie in dieser Minute gerade in eine Bar spazierte, mit der Akte in der einen und seinem Geld in der anderen Hand, würde sie einen hohen Preis dafür zahlen, dafür würde er sorgen.

Lorraine las die ganze Nacht in den Akten, blendete Rosie und die Shows im Fernsehen einfach aus. Als Rosie ins Bett ging, arbeitete sie weiter, ging jede Aussage durch, studierte jedes Foto, machte sich Notizen. Um vier Uhr morgens stand sie auf und reckte sich. Sie hatte mit fest übereinandergeschlagenen Beinen dagesessen, wie früher, wenn sie gearbeitet hatte. Sie massierte ihre Waden, machte ein paar Lockerungsübungen, dann starrte sie ins Leere. Rooney hatte recht: Sie hatten nichts in der Hand, und außer ihr gab es keine Zeugin. Wenn er das wüßte! Lorraine hatte den Mörder gesehen, war beinahe selbst umgebracht worden. Und sie konnte sich auch genau an seine Manschettenknöpfe erinnern. Sie fragte sich, ob Norman Hastings je einen restaurierten Nobelwagen gekauft hatte. Nach dem, was sie bisher gelesen hatte, bezweifelte sie das – aber schließlich hatten sich auch alle geirrt, die ihn für einen ganz normalen, durchschnittlichen Familienvater gehalten hatten.

Sie legte sich erst gegen fünf hin, aber sie war so angespannt, daß sie nicht schlafen konnte. Das Sofa war zu weich, der Rücken tat ihr weh, und ihre Beine waren immer noch völlig verkrampft. Sie döste ein, bis sie plötzlich ein deutliches Bild des Jungen vor Augen hatte. Sie sah, wie er davonlief, sah den gelben Blitz auf der Jacke.

»Stehenbleiben!«

Sie setzte sich auf, plötzlich hellwach. Sie wollte ihn nicht sehen, und nicht sich selbst, wollte nicht wissen, wie er gezuckt hatte, als sich die Kugeln in ihn bohrten. Sie warf die Decke zurück, stand auf und zog den Vorhang zurück. Sie zwang sich, an den Mörder zu denken, sich genau zu erinnern, wo er sie aufgegabelt hatte. Stammte er aus dieser Gegend? Wohl kaum – er war zu gut gekleidet, zu modisch. Aber Murphy, der einzige Verdächtige, paßte auch nicht ins Bild. Lorraine schloß die Augen und stellte sich sein Gesicht vor: die Goldrandbrille, die blauen Augen, die schmale Nase und den breiten Mund mit den dicken, feuchten Lippen. Sie ging noch einmal genau durch, was er gesagt hatte, als er sie angesprochen, als er ins Handschuhfach gegriffen hatte. Und genau, wie sie es bei dem Mörder von Laura Bradley getan hatte, sagte sie immer wieder mit leiser Stimme: »Ich werde dich kriegen.«

Kapitel 9

Rosie war so in die Aussagen und Fotos versunken, daß sie gar nicht hörte, wie Lorraine ins Schlafzimmer kam.

»Das war nicht für dich gedacht, Rosie.«

Rosie blickte auf und zuckte entschuldigend mit den Schultern. »Ich komme nicht von diesen Fotos aus dem Leichenschauhaus los – der Fotograf muß nah rangegangen sein. Ich wußte nicht, daß man so aussieht, wenn man tot ist, was sie mit einem machen können...« Sie hielt das Foto von Helen Murphy hoch. »So hat sie ausgesehen, als sie sie gefunden haben, und hier ist sie im Leichenschauhaus – ich meine, sie sieht aus, als schliefe sie.«

Lorraine ging ins Bad. »Sie haben sie zur Identifizierung zusammengeflickt und geschminkt, das ist alles. Der einzige Verdächtige, den sie bisher haben, ist ihr Mann, ein Fernfahrer, aber es ist sehr unwahrscheinlich, daß er sie umgebracht hat.«

Rosie klappte die Akte zu. »Ich bezweifle, daß jemand um diese Frauen trauert; sie sehen alle ziemlich heruntergekommen aus – tatsächlich wirken einige tot glücklicher, wenn du verstehst, was ich meine. Natürlich nicht das junge blonde Mädchen; sie war irgendwie niedlich.«

Lorraine lehnte sich an die Badezimmertür. »Ja. Sie paßt irgendwie nicht dazu, nicht wahr? Die anderen waren älter, ausgemergelt, hart...«

»Weißt du, was ich denke?« Rosie leckte sich die Lippen. »Ich denke, er hat *dich* auch mitgenommen. Du hast einen Schlag auf den Hinterkopf gekriegt, bist aber irgendwie entkommen. Dann bist du mit dem Taxi hierhergefahren und... Ich weiß jetzt, daß es tatsächlich der Siebzehnte war, letzten Monat.« Dann zuckte sie mit den Schultern. »Aber so kann es ja nicht gewesen sein.«

»Wieso nicht?«

»Weil er an dem Tag schon diesen Norman Dingsbums umgebracht hat. Er hat ja wohl nicht am selben Tag noch jemanden angegriffen.«

»Ich bin hingefallen, Rosie.«

»Ja, und ich werde dauernd mit Sharon Stone verwechselt.«

Lorraine ging unter die Dusche. Rosie überraschte sie – nicht, daß sie etwas besonders Intelligentes oder auch nur Intuitives gesagt hätte; Lorraine war auf den Hinterkopf geschlagen worden, genauso wie es siebenmal in den Akten beschrieben wurde. Aber dann hatte sie diese Möglichkeit einfach beiseitegeschoben, weil der Mann ja wohl kaum Hastings umgebracht und eine Stunde später einen neuen Mordversuch unternommen haben könnte. Lorraine nahm sich vor, die genauen Zeiten aller Morde zu überprüfen.

Sie war müde, aber es war eine angenehme Müdigkeit. Sie hatte letzte Nacht hart gearbeitet, um das Beweismaterial durchzuackern, und obwohl sie es nicht gern zugab, hatte es ihr gefallen, mit Rosie darüber zu reden. Das hatte sie überrascht: Sie hatte für ein paar Minuten wieder das Gefühl gehabt, am Ball zu sein.

Das Wasser sprühte über ihr Gesicht. Früher hatte sie immer mit Mike über ihre Fälle gesprochen, aber nach und nach hatte er sich immer weniger dafür interessiert und gesagt, er wolle nichts mehr von Huren oder den ekelhaften Einzelheiten eines Mordes hören; er müsse arbeiten. Sie hatte niemanden mehr gehabt, mit dem sie darüber reden konnte, hatte alles runterschlucken müssen.

Sie keuchte, drehte das kalte Wasser auf. Ihn wollte sie nicht wieder in ihrem Leben haben, nicht jetzt, nein, bitte nicht Lubrinski, damit konnte sie jetzt nicht umgehen. Es war Lubrinski gewesen, der ihr klargemacht hatte, wie tief sie alles in sich verschloß: den Schrecken, die Wut, den Ekel. Und Lubrinski hatte an einem ganz besonders schrecklichen Abend – sie hatten in einer Pension zwei Teenager gefunden, schon starr, tot, vollgepumpt mit Drogen und stinkend, aber sie waren so schön gewesen, wie erfrorene Engel – darauf bestanden, daß sie sich mit ihm zusammen in einer Bar vollaufen ließ. Und betrunken war sie plötzlich zusammengebrochen, und Lubrinski hatte sie fest umarmt, hatte sogar mit ihr geweint und gesagt, es sei alles in Ordnung, sie könne sich gehenlassen, das Gift herauswaschen und nicht mehr zulassen, daß es sie von innen her auffraß. Lubrinski.

Rosie aß Muffins und hatte mit ihren klebrigen Fingern auch die Akte verschmiert, die Lorraine ihr rasch entriß. »Ferkel!«

Rosie wusch sich demonstrativ die Hände und kehrte dann zu den Aussagen und Berichten zurück. »Dieser Andrew Fellows ist nicht übel, oder? Hast du gelesen, was er über diese Helen geschrieben hat? Der Killer mag es wirklich, wenn sie in mieser Verfassung sind, nicht wahr?«

Lorraine konnte einfach nicht widerstehen. »Mit Ausnahme von Holly.«

»Ja. Aber vielleicht hatte er an diesem Abend einfach nur Glück.«

Lorraine zog sich an und schminkte sich. Als sie zurückkam, saß Rosie immer noch über den Akten.

»Könntest du dir ein Auto leihen? Ich muß nach Santa Monica. Ein bißchen ermitteln. Vielleicht könntest du mir helfen.«

Rosies Miene hellte sich auf. »Werde ich dafür bezahlt?«

»Ja, du wirst auch dafür bezahlt, Rosie.«

Sie fanden schließlich einen Verleiher von Autowracks, bei dem Lorraine hundert Dollar hinterlegen mußte, falls sie dem Mustang noch mehr Beulen beibrachte. Der Mann interessierte sich nicht sonderlich für Rosies Führerschein, aber das Auto kostete fünfzig Dollar die Woche, plus Benzin und Kaution. Rosie machte eine Liste der Beulen, damit sie hinterher nicht betrogen wurden, und in einer Wolke von Auspuffgasen knatterten sie unter Fehlzündungen vom Hof.

Das Verdeck war unten – es ließ sich nicht mehr zuklappen –, und da es ein schöner Tag war, lehnte Lorraine sich zurück und überlegte, wie sie die Mitarbeiter von S & A in Santa Monica ausfragen könnte. Sie wollte eigentlich vor allem wissen, ob sie die Manschettenknöpfe verkauften, wenn ja, wie viele, und wie viele Angestellte sie hatten. Und sie mußte wissen, ob einer davon der Beschreibung des Mörders entsprach. Sie entspannte sich, soweit es Rosies Fahrstil zuließ: Sie war eine unheilbare Huperin und zeigte jedem den Finger, der ihr in die Quere kam. Aber – und wieder war Lorraine überrascht – sie war eine gute Autofahrerin.

Rosie seufzte, als sie in eine weitere Straße einbogen und Lorraine den Kopf schüttelte. Sie konnte sich einfach nicht erinnern, wo die fragliche Werkstatt war oder welche Strecke das Taxi genommen hatte. Sie wußte, daß sie in der Nähe waren, aber sie wollte auch niemanden fragen. Statt dessen bat sie Rosie, zu Mikes Haus zu fahren; vielleicht würde sie den Weg von dort aus finden.

Rosie wendete mit quietschenden Reifen und fuhr in Richtung Strand.

»Fahr weiter, wir sind fast da.« Dann entdeckte sie Mikes Haus. Sie hatte eigentlich nicht gewollt, daß Rosie anhielt, jedenfalls nicht so nahe, aber sie trat fest auf die Bremse. Lorraine fühlte ihr Selbstvertrauen schwinden. »Das da ist es, direkt gegenüber.«

Rosie spähte hinüber. »Sehr nett. Nicht gerade billig.«

»Fahr weiter, Rosie.«

»Aber du weißt doch gar nicht wohin.«

»Fahr einfach, ja? Ich möchte nicht, daß er mich sieht.« Sie versuchte, sich auf die Straße zu konzentrieren. Aber sie konnte nur an Mike und die Mädchen denken. Sie schloß die Augen und wurde nach vorn geschleudert, als Rosie wieder auf die Bremse trat.

»Du schaust ja nicht mal, wo wir hinfahren! Wenn wir so weitermachen, haben wir bald kein Benzin mehr.«

Lorraine riß die Tür auf und stieg aus.

Rosie seufzte. »Haben wir uns schon wieder verfahren?«

Lorraine antwortete nicht, sondern ging zum Geländer und sah aufs Meer hinaus. Rosie blieb noch einen Augenblick im Wagen sitzen, dann gesellte sie sich zu ihr. »Alles in Ordnung?«

»Nicht besonders, Rosie.«

Nebeneinander sahen sie aus wie zwei Komödiantinnen: die

eine so groß und schlank, die andere klein und rundlich. Eine weibliche Ausgabe von Laurel und Hardy, aber alles andere als komisch.

»Ich habe meine Mädchen verloren, Rosie, das weiß ich. Es wäre falsch, wenn ich noch einmal versuchen würde, sie zu sehen. Sie sind glücklich da, es geht ihnen gut; sie nennen sie Mommy. Sie haben mich vergessen – aber ich bin es auch nicht wert, daß man noch an mich denkt.«

»Sag so was nicht. Jeder ist wert, daß man an ihn denkt, und es wird auch für dich wieder besser werden. Man weiß nie. Wenn du sie das nächste Mal siehst, ist es schon nicht mehr so schlimm.«

»Meinst du?«

»Ich weiß es.«

Lorraine schaute in das pummelige, besorgte Gesicht. »Du bist wirklich immer optimistisch, wie?«

»Genau. Deshalb bin ich ja auch wieder auf die Beine gekommen.«

Lorraine umarmte sie und drückte sie fest an sich. »Ich bin froh, daß ich dich gefunden habe, Rosie.«

»Ich auch.«

Lorraine ließ Rosie los und wandte sich wieder der Straße zu. Sie erinnerte sich, daß das Taxi an der nächsten Kreuzung nach rechts abgebogen war. »Okay, fahren wir. Ich glaube, ich weiß jetzt, wo's langgeht.«

»Bist du sicher, daß du das machen willst?«

Lorraine hob frustriert die Hände. »Was glaubst du denn, wieso wir hier sind? Steig schon ein, ich weiß genau, was wir tun werden. Ich gebe dir eine Zeichnung des Manschettenknopfs mit, und du gehst rein und sagst, dein Mann habe einen verloren, und du wolltest ihn ersetzen – hörst du überhaupt zu? Links, du mußt hier links abbiegen!«

Fünf Meilen weiter parkten sie vor dem Gebäude neben den Vorführräumen. Rosie stieg aus, die Zeichnung in der Hand, und die Fragen, die Lorraine ihr eingetrichtert hatte, im Kopf.

Lorraine schaute ihr nach. Wenn sie den Sitz weiter nach hinten schob, konnte sie Rosie in dem verglasten Vorführraum sehen, wie sie an einer langen Mahagonitheke wartete. Dann verlor sie sie aus den Augen, als sie einem Mann zum anderen Ende des Raums folgte. Lorraine steckte sich eine Zigarette an, wandte aber den Blick nicht vom Eingang des Vorführraums. Hatte sie von Rosie zuviel verlangt? Sie war drauf und dran, ihr zu folgen, als sie wieder auftauchte.

»Mein Gott, was hast du denn gemacht? Weißt du, wie lange du da drin warst?«

»Tut mir leid, aber der Kerl wollte überhaupt nicht mehr aufhören zu reden. Willst du die gute Nachricht hören?«

»Ja, ja. Komm schon, sag's endlich.«

»Also gut. Sie verkaufen die Manschettenknöpfe, oder jedenfalls haben sie das mal getan. Ursprünglich gehörten sie zu einer Werbekampagne, die sie 1990 begonnen haben. Du weißt schon, du zahlst fünfundachtzigtausend Dollar für ein Luxusauto und bekommst ein Paar Manschettenknöpfe umsonst.«

»Scheiße!« Lorraine schlug mit der Faust aufs Armaturenbrett. Aber Rosie war noch nicht fertig. Sie wußte die Anzahl der Angestellten, insgesamt achtundfünfzig, die alle mit dem Weihnachtsgeld ebenfalls ein Paar Manschettenknöpfe bekommen hatten. Etwa zweihundertfünfzig Paar waren hergestellt worden – das war die schlechte Nachricht. Besser war schon, daß es eine erste Auflage in billigem Silber gegeben hatte, die so begehrt gewesen war, daß man eine zweite Auflage bestellt hatte. Diese war zum letzten Weihnachtsfest verschenkt worden – und zwar nur an leitende Angestellte, denn sie bestanden aus neunkarätigem Gold. Rosie strahlte. »Es gibt ein Schwarzes Brett, auf dem die Hauptvertreter und Abteilungsleiter aufgelistet sind, ihre Büros und so, also nehme ich an, dabei handelt es sich um die leitenden Angestellten. Insgesamt acht.« Sie wühlte in ihrer Handtasche und zog einen eselsohrigen Mickey-Mouse-Block und einen Filzstift heraus. Sie saugte am Ende des Stifts, und dann schrieb sie alle Namen auf, an die sie sich erinnern konnte. Lorraine sah staunend zu. Rosie kicherte, als sie den letzten Namen unterstrich: Sie hatte sich an alle acht erinnert, sogar an die Titel.

»Das ist wie bei diesen Spielshows, wo sie auf einem Fließband irgendwelches Zeug vorbeilaufen lassen, und man muß sich an alles erinnern! Und, waren die Manschettenknöpfe, die du gesehen hast, aus Gold oder Silber?«

Lorraine konnte sich nicht erinnern. »Hast du jemanden mit blondem Haar, einer Goldrandbrille und einem breiten, feuchten Mund gesehen?«

»Nö. Der Kerl war klein und fett und sah aus, als hätte er hinten in der Hose einen Kartoffelsack ...«

Lorraine grinste, und dann sah sie sich die Liste der Namen an und überlegte, was sie als nächstes tun sollte. Achtundfünfzig Angestellte, alle mit silbernen Manschettenknöpfen, und acht leitende mit Goldknöpfen – und ein paar hundert Oldtimer-Besitzer mit Gott weiß wie vielen.

»Er hat auch gesagt, die aus Silber hätten nicht viel getaugt und wären meist nach kurzer Benutzung gebrochen. Er hat mir welche umsonst gegeben.«

Rosie zog die Schachtel aus der Tasche, und Lorraine entriß sie ihr. Sie klappte sie auf und wußte sofort, daß ihr Angreifer goldene getragen hatte. »Rosie, du bist einfach ein Schatz!«

Kapitel 10

Am nächsten Morgen fühlte Lorraine sich ziemlich saft- und kraftlos und hatte keine Ahnung, wie sie weitermachen sollte, also raffte sie sich um acht Uhr auf und ging ins Fitneßstudio.

»Ich bin immer so müde«, beschwerte sie sich.

Hector zuckte mit den Achseln. »Kein Wunder, nach dem, was du deinem Körper jahrelang angetan hast. Du wirst nicht von heute auf morgen fit. Nichts passiert über Nacht, man braucht Zeit und Motivation.« Er schlug vor, ihr eine Diät und ein Trainingsprogramm für jeden zweiten Tag zusammenzustellen, und schickte sie mit Vitaminpräparaten nach Hause.

Rosie sah sich die Dosen und Pillen an und die Diagramme, die Lorraine aufhängte. »Ich würde ja mitmachen, aber ich habe einen eingebauten Widerstand gegen all dieses Zeug.«

Lorraine lachte. »Ach, du hast so viel Energie, daß du so was gar nicht brauchst. Hast du eigentlich eine Kamera?«

»Im Pfandhaus – seit etwa sieben Monaten.«

»Hat sie ein Zoom?«

»Keine Ahnung, es gab jede Menge Zubehör.«

»Na gut, hol sie ab, ich warte hier auf dich.«

Rosie maulte, weil sie keine Lust hatte, den Laufburschen zu spielen, aber als Lorraine sie fragte, ob sie etwas Besseres zu tun habe, suchte sie den Leihschein heraus und setzte sich in Bewegung.

Lorraine arbeitete sich anhand von Rosies Liste der leitenden Angestellten durchs Telefonbuch. Sie rief jeden einzelnen an und fragte, ob er bei S & A arbeitete, und merzte langsam die falschen Nummern aus. Sie war immer noch beschäftigt, als Rosie zwei Stunden später wiederkam.

Die Kamera hatte einen Motor und ein Zoom. Rosie sah fasziniert zu, als Lorraine schnell alle Zusatzteile überprüfte, die Sucher ausprobierte, die diversen Objektive anschloß und triumphierend grinste, weil das Gerät bestens für Nachtaufnahmen ausgerüstet war.

»Wie kommt es, daß du so viel über Kameras weißt?« fragte sie.

»Das gehörte zu meinem Job. Bei Überwachungen haben wir High-Tech-Ausrüstungen benutzt, und ich hab' ein paar Kurse mitgemacht...«

Das Telefon klingelte. Es war Rooney. »Sie sind nicht auf der Straße? Was machen Sie eigentlich?«

»Himmel noch mal, lassen Sie mir doch Zeit! Wie ich schon sagte, sobald ich was habe, melde ich mich. Aber weil Sie gerade anrufen... dieser Fellows, könnte ich mich mit dem in Verbindung setzen?«

»Warum?«

Lorraine konnte seinen schweren Atem übers Telefon hören. »Ich möchte einfach mit ihm reden. Wenn Sie nicht wollen, lasse ich's bleiben.«

»Halten Sie sich lieber von ihm fern«, meinte Rooney. »Und rufen Sie mich an. Ich brauche alles, was Sie beschaffen können.«

Er legte auf. Wieso wollte sie mit Fellows sprechen? Er erinnerte sich, wie gut ihre Intuition funktionierte. Vielleicht war ihr etwas aufgefallen, was ihm entgangen war – oder nahm sie ihn nur aus?

Bean erinnerte ihn, daß das Team von der zweiten Schicht zur Besprechung angetreten war. Rooney bellte seine Befehle: Die Männer sollten ihre Ermittlungen auf Transvestitenbars ausdehnen. »Ich möchte, daß alle hier mit absoluter Priorität Norman Hastings' Kontakte überprüfen. Hastings ist unsere Hauptverbindung zum Killer, weil er der einzige Mann unter den Opfern ist.«

Er berichtete außerdem, er habe jetzt eine zuverlässige Informantin auf der Straße, die hoffentlich bald etwas liefern würde.

Chief Berillo, der ebenfalls zugehört hatte, gab Rooney ein

Zeichen, ihm in sein Büro zu folgen. »Wer ist Ihre Informantin?«

»Eine Nutte, schon ein paarmal festgenommen worden, sie schuldet mir einen Gefallen. Sie fragt überall rum, die Mädchen, die Zuhälter. Einige von denen würden nie direkt mit uns reden.«

Der Chief nickte. »Ist das alles?«

Rooney versuchte zu bluffen und erwähnte noch einmal den Durchbruch bei Mrs. Hastings. »Das reicht nicht, Bill. So kann es nicht weitergehen, ich stehe unter Druck. Der Bürgermeister sitzt mir im Nacken. Ich brauche eine Verhaftung, Bill. Verdammt, sechs Frauen sind schon tot.«

Das Telefon klingelte, und Berillo nahm ab. Er schrieb etwas auf und reichte Rooney den Zettel: »Sie haben Brendan Murphy und bringen ihn heute über die Staatsgrenze.« Er unterstrich das Wort Staatsgrenze dreimal, dann wiederholte er den Namen »Bickerstaff« und legte auf.

»Gute Nachrichten: Sie haben Murphy, unseren Hauptverdächtigen. Die schlechte Nachricht ist, daß es jetzt eine FBI-Angelegenheit ist, weil sie die Dokumente für die Auslieferung bearbeiten mußten. Er ist in Detroit. Sieht aus, als müßten Sie den gesamten Fall einem Kerl namens Ed Bickerstaff übergeben. Kennen Sie ihn?« Rooney fluchte leise. »Das gefällt mir ebensowenig wie Ihnen, aber ich habe keine andere Möglichkeit. Ich habe mich wirklich für Sie ins Zeug gelegt, vor allem weil ich weiß, daß Sie demnächst pensioniert werden. Bill, wenn Sie nicht bald was auf die Beine stellen, sind Sie schneller im Ruhestand, als sie sich träumen lassen.«

Wieder in seinem Büro, machte Rooney eine neue Flasche Bourbon auf, goß sich einen dreifachen ein und trank ihn in einem Zug. Erst danach entspannte er sich ein wenig und konnte wieder klar denken. Was hatte er vielleicht übersehen? Der FBI-Mann würde alles ganz genau unter die Lupe nehmen. Er war stinksauer, vor allem, da er sicher war, daß Brendan Murphy mit der Sache nichts zu tun hatte. Er rieb sich das Kinn. Das war der komplizierteste Fall, mit dem er je zu tun gehabt hatte, und er tappte völlig im dunkeln. Er hatte so wenig, daß er sogar auf diese Nutte Lorraine Page angewiesen war. Er griff nach dem Telefon, um sie noch einmal anzurufen. Niemand ging an den Apparat.

Lorraine saß mit Rosie im Auto vor der Wohnung des Verdächtigen Nummer eins, eines Mannes namens Sydney Field. Als er vorfuhr, stieg Rosie aus und fragte ihn, ob er Sam Field sei. Er schüttelte den Kopf. Sie hatte ein Klemmbrett dabei. »Ich bin im Auftrag eines Marktforschungsunternehmens hier, Mr. Field. Haben Sie mit Computern zu tun?«

»Nein.« Er war gereizt.

»Aber Sie sind doch Mr. Sam Field, nicht wahr?«

»Nein, Sydney Field. Ich bin Mechaniker und der falsche Mann.« Rosie drehte sich um und nickte Lorraine fast unmerklich zu, die daraufhin zwei Fotos machte. Sie verbrachten den Rest des Tages damit, drei weitere leitende Angestellte von S & A zu überprüfen. Es war ein langer, anstrengender Nachmittag gewesen und ein beinahe noch längerer Abend. Vier hatten sie erledigt, vier standen noch auf dem Programm, und Lorraine hatte den Mann, der sie angegriffen hatte, noch nicht gefunden.

Nachdem sie den Wagen gemietet und die Kamera aus dem Leihhaus geholt hatten, hatte Lorraine schon fast kein Geld mehr, also rief sie am nächsten Morgen Rooney an. »Ich brauche Geld, Bill.«

»Ich will erst was sehen«, gab er zurück.

»Ich bin dabei, was zu überprüfen. Morgen werde ich damit fertig sein.«

»Kommen Sie vorbei, ich gebe Ihnen noch mal hundert, aber aus meiner eigenen Tasche. In achtundvierzig Stunden bin ich raus aus dem Fall. Dann übernimmt das FBI.«

»Mir wäre es lieber, wenn wir uns woanders treffen könnten.«

Er fluchte und vereinbarte dann ein Treffen vor dem indischen Restaurant.

Sie fuhren in die Außenbezirke von Beverly Hills und parkten vor einer gepflegten Reihe von Bungalows in der Ashdown

Road, einer von Schwulen bevorzugten Wohngegend. Männer paradierten auf und ab oder standen an Straßenecken und unterhielten sich. Eine blonde Frau führte auf einem Stück Pappe einen Steptanz vor, den geblümten Hut neben sich auf dem Pflaster.

Ein Wagen fuhr vor, und Rosie stieg aus, das Klemmbrett in der Hand. Lorraine wurde plötzlich aufgeregt. Der da war auch nicht der Richtige, und sie hatten nur noch einen auf ihrer Liste. Das mußte ihr Angreifer sein, wenn – *falls* – sie recht hatte.

Rosie kehrte lächelnd zum Wagen zurück. »Das ist jedenfalls besser als Umschläge zukleben. Wohin jetzt?«

Die letzte Adresse war auf der anderen Seite der Stadt, am Beverly Glen. Mit quietschenden Reifen, ohne anzuhalten, bog Rosie scharf nach rechts ab.

»Dreckskerle, ich hab' Vorfahrt!« Lorraine klammerte sich an den Haltegriff, als Rosie auf den Sunset Boulevard zusteuerte. Sie sah Lorraine an. »Bist du sicher, daß es die richtige Adresse ist? Hier wohnen vor allem Filmstars.«

»Ja, es geht hier rechts ab.«

Sie fuhren eine kurvenreiche Straße entlang, an der Einfahrt zum Bel Air Hotel vorbei. Schließlich hielt Rosie vor einem zweistöckigen Haus, das von einer hohen Mauer umgeben war. Am schmiedeeisernen Tor hing ein Schild, das vor Wachhunden warnte. Hier wohnte Steven Janklow, der letzte auf der Liste. Rosie stieg aus und ging über die Straße, um durchs Tor zu spähen. In der Einfahrt stand ein Buick, daneben ein Mercedes 180 SL. Sie klingelte an der Sprechanlage. »Hallo, ich mache eine Untersuchung über Computernutzung, und wir haben ein paar Fragen an Michael Janklow. Könnte ich einen Augenblick mit ihm sprechen?«

Keine Reaktion. Rosie klingelte wieder und wiederholte den Anfang ihres auswendiggelernten Vortrags, aber die Leitung war schon wieder tot. Ein Gärtner, der sich um den gepflegten Rasen kümmerte, kam auf das Tor zu. Rosie lächelte und winkte ihm zu. »Haben Sie mal 'ne Minute Zeit?«

Er sprach nicht besonders gut Englisch, also mußte sie zwei- oder dreimal fragen, ob Michael Janklow zu Hause sei.

»Nein, er nicht Michael.«

»Arbeitet er mit Computern?«

»Nein, er arbeitet in große Werkstatt. Sie gehen jetzt.«

Rosie kehrte zum Auto zurück. »Ich glaube, das ist unser Mann.« Sie wiederholte, was der Gärtner gesagt hatte, und schrieb die Nummern der beiden Autos auf.

Sie warteten über eine Stunde vor dem Tor, sahen aber nur, wie der Gärtner in einem alten Lieferwagen davonfuhr und sich das Tor automatisch hinter ihm schloß. Dann entdeckten sie einen Schäferhund, der auf dem Gelände herumlief.

Lorraine sagte Rosie, sie solle heimfahren und sie am Fitneßstudio absetzen. Fünf Minuten später tauchte der Captain auf. »Und, was haben Sie für mich?« fragte er, sobald Lorraine ausgestiegen war.

Sie zögerte. »Na ja, ich hab' ein paar Frauen ausgefragt. Ein paar erinnern sich an einen Kerl, der ziemlich komisch und nervös war, und ich versuche, Helens Zuhälter zu finden. Haben Sie irgendwas über eine Werkstatt in Santa Monica, die sich auf ausländische Luxusschlitten spezialisiert hat?« Sie behauptete, eines der Mädchen habe die Manschettenknöpfe gesehen; sie selbst habe daraufhin herausgefunden, daß etwa fünfzig Angestellte ein Paar davon hatten. »Ich versuche, den Kreis einzuengen, fotografiere die Leute, zeige den Mädchen die Fotos. Es könnte unser Mann sein, aber auch nicht. Und es kostet. Ich mußte mir eine gute Kamera besorgen und eine Freundin dafür bezahlen, daß sie mich in einem Mietwagen rumkutschiert.« Rooney zückte die Brieftasche. »Ich möchte doch mit diesem Psychologen reden. Können Sie das für mich arrangieren?«

»Wozu soll das gut sein?«

Lorraine fuhr sich durchs Haar. »Ich will einfach nur mit ihm reden. Ich war immer ziemlich gut, wenn es darum ging, Puzzles zusammenzusetzen, und ich glaube, der Mann weiß, worüber er redet.«

Er gab ihr hundertfünfzig Dollar. »Ich will diese Fotos haben, und in der Zwischenzeit werde ich die Leute überprüfen, die in dieser Werkstatt arbeiten, und nachsehen, ob wir einen davon schon in den Akten haben.«

»Vermeiden Sie jedes Aufsehen, Bill. Wenn unser Mann dort arbeitet, wollen wir ihn nicht warnen.«

Er grunzte.

»Ich melde mich.« Sie hatte die Hand schon auf dem Türgriff.

Rooney zögerte, dann murmelte er widerstrebend: »Ich werde Fellows anrufen. Wenn er einverstanden ist, können Sie sich mit ihm treffen. Und was immer Sie rausfinden, ich brauche es schnell; Sie wissen, wie diese hochnäsigen FBI-Typen sind.«

Sie stieg aus, und er sah ihr nach, wie sie die Straße entlangging. Sie hatte lange Beine und einen festen Hintern. Alle Kollegen hatten damals versucht, sie flachzulegen, aber soweit Rooney wußte, hatte sie nie mit einem aus dem alten Team etwas gehabt. Das hatte alle geärgert, und sie hatten versucht, ihr das Leben so schwer wie möglich zu machen.

»Irgendwelche Beschwerden?« hatte er sie einmal gefragt.

»Keine Beschwerden«, hatte sie ruhig und mit fester Stimme geantwortet. Sie beschwerte sich nie, verriet nie einen Kollegen, selbst wenn sie entdeckte, daß er sich umsonst bei den Nutten bediente. Sie war so zäh, daß niemand je vermutet hätte, sie würde einmal zusammenbrechen. Rooney fragte sich, wie lange sie ihre Sauferei verheimlicht hatte. Er hatte Lorraine gemocht, hatte ihre Hartnäckigkeit bewundert.

Er dachte immer noch an sie, als er eine Stunde später nach Hause kam. Er erinnerte sich auch an Lubrinski. Er war sicher, daß die beiden etwas miteinander gehabt hatten. Sie hatten einander wirklich nahegestanden, waren immer nach der Schicht noch losgezogen, um was zu trinken. Es stimmte Rooney traurig, an diesen dunkelhaarigen, gutaussehenden Mann zu denken. Er war einer der besten Polizisten gewesen, die er je kennengelernt hatte, ein bißchen ein Einzelgänger, aber ein wirklicher Mann. Als Rooney ihn mit Lorraine zusammengebracht hatte, hatte er erwartet, daß sie sich an die Kehle gingen, aber statt dessen waren sie zu einem der besten Teams geworden, die er je gehabt hatte. Ein solches Team fehlte ihm jetzt, aber Leute wie die beiden fand man nur selten…

Nachdem sie sich von Rooney verabschiedet hatte, nahm Lorraine einen Bus zum Sunset und klapperte die Lieblingskneipen der Prostituierten nach Nula und Didi ab, konnte sie aber nicht finden. Schließlich fragte sie nach Curtis und hörte, er sei wahrscheinlich in der Bar Q. Die Bar war dunkel, die Musik ohrenbetäubend laut. Es waren nur ein paar Kunden da, niemand, den Lorraine kannte, also setzte sie sich an die Theke und bestellte eine Cola.

»Wie geht's denn so?« fragte der schwarze Barmann. »Lange nicht gesehen.«

Lorraine grinste. »Ist Curtis hier irgendwo?«

»Ja, er ist hinten, bei einem Spiel.«

Lorraine schlenderte in das kleine Billardzimmer, hielt sich aber im Hintergrund und beobachtete, wie Curtis mit drei anderen Typen in schrillen Anzügen spielte. Bedruckte Seide war im Moment große Mode unter den Zuhältern, eine Erinnerung an Mickey Spillane. Sie hütete sich, das Spiel zu unterbrechen, aber Curtis blickte plötzlich auf. »Willst du was von mir, Herzchen?«

»Wenn du einen Moment Zeit hast.«

Curtis kreidete sein Queue. Als sie wieder nach vorn ging, fragte er einen der anderen: »Wer ist das?« Aber der andere konnte auch keinen Namen mit dem Gesicht verbinden. Curtis spielte weiter.

Lorraine ging zurück an die Bar und bestellte noch eine Cola. Inzwischen waren ein paar mehr Kunden da, und eine gefärbte Blondine mit schweren Brüsten hockte an der Bar und unterhielt sich mit einem Jungen in Leder. Sie war mindestens vierzig, der enge Ledermini hätte kürzer nicht sein können. Der Junge beugte sich vor, als wolle er keines ihrer Worte versäumen, aber sein Blick war auf ihren Ausschnitt gerichtet. Ihre Brüste barsten fast aus dem Lycratop. Lorraine beobachtete amüsiert die professionelle Arbeit der Frau. Jede Bewegung war aufreizend – sie griff nicht mal nach ihrem Glas ohne einen sorgfältig kalkulierten Hüftschwung oder ohne die Beine etwas weiter zu spreizen, und sie berührte ständig ihre Brüste und leckte sich die Lippen. Der Junge schob sich dichter heran, lechzte danach, sie zu berühren, und Lorraine wartete; sie wußte, jetzt würde Blondie vom Geld reden. Genau, jetzt flüsterte sie, lehnte sich zurück, und der Junge saß in der Falle.

Curtis stand plötzlich neben Lorraine. Er bestellte ein Bier.

»Sie kennen Freunde von mir, Nula und Didi. Ich bin auf der Suche nach ihnen, aber sie sind nicht in der Gegend.«

»Ein bißchen früh für die beiden. Was wollen Sie denn von ihnen?«

»Ich bin eine Freundin von Art.«

»Wollen Sie Videos?«

»Kann sein.«

Curtis trat plötzlich näher an sie heran. »Sie kennen also Didi und Nula.« Er zog sie mit Blicken aus, starrte ihr dann auf den Schoß. »Aber Sie sind keine von denen. Interesse an ein paar Freiern?« fragte er lässig, als böte er ihr einen Drink an.

»Nein, ich möchte die beiden nur treffen, aber ich will sie nicht besuchen, weil ich sie nicht bei irgendwas stören will.«

Curtis warf den Kopf zurück und lachte. »Mit diesen Sachen hab' ich nichts zu tun, mein Schatz, nicht mit Kindern, das ist nicht mein Ding.«

Lorraine lächelte. Er entspannte sich, traute ihr, und es wurde noch besser, als eine dünne schwarze Nutte namens Elsa hereinkam und Lorraine entdeckte. »He, wie geht's denn?« rief sie schon von weitem, kam dann herübergetrippelt und umarmte Lorraine. »Lange nicht gesehen, und du hast dir's wirklich gutgehen lassen inzwischen, Baby, du siehst toll aus.«

Dünne, aber starke Arme umschlangen Lorraine, und eine schwarze Perücke kitzelte sie im Gesicht, als Elsa ihr einen Kuß gab. Elsa erzählte Curtis , was für tolle Zeiten sie und Lorraine zusammen verbracht hatten. Sie fuhr mit einem langen, grellrot lackierten Fingernagel über Lorraines Narbe. »O Gott, ich erinnere mich an diese Nacht.«

»Ich weniger«, meinte Lorraine trocken.

Der Barmann rief Curtis ans Telefon, und Elsa setzte sich neben Lorraine. »Und was machst du so, Schatz? Ich dachte, du wärst tot.«

»Nein, ich lebe noch. Willst du was trinken?«

»Klar, wenn du zahlst. 'ne Cola mit Bourbon.«

Sie trugen ihre Gläser zu einer Nische, aber Elsas Blicke schweiften immer wieder zum Eingang; sie wartete auf Kundschaft.

»Hast du Holly gekannt?«

»Klar. Sie war niedlich. Eins von Curtis' Mädchen. Er ist deswegen ziemlich fertig.«

Lorraine wollte wissen, wo Holly immer gestanden hatte, aber Elsa meinte, Holly sei ziemlich oft umgezogen, weil ein paar der Mädchen sich beschwert hätten, sie sei in ihr Revier eingedrungen. Curtis war nur ein kleiner Fisch, er hatte nicht so viel Einfluß wie die anderen Zuhälter. Er hatte vor allem Transvestiten, weil die meisten von denen nichts wissen wollten – Transvestiten und ein paar junge Hühner, mit denen er es selbst öfter trieb als jeder Freier. Holly hatte auch dazugehört.«

»Hast du sie an dem Abend gesehen, an dem sie umgebracht wurde?«

»Nö, ich war im Long Down Motel. Ich hab' da jetzt ein Zimmer.«

Lorraine wollte noch mehr wissen, aber Elsa meinte nur, an dem Tag, an dem Holly ermordet wurde, seien nur wenig Freier unterwegs gewesen. »Es gibt eben gute und schlechte Tage.«

»Genau«, murmelte Lorraine, aber dann kehrte Curtis zurück, und Elsa machte sich auf Kundenfang.

»Bist du immer noch an Videos interessiert? In ein paar Stunden kann ich vielleicht ein paar bekommen, aber jetzt habe ich noch was anderes zu tun. Komm später wieder.« Curtis' Geschäfte mit Videos und Drogen waren nicht der Rede wert. Der Löwenanteil seiner Einnahmen kam von den Mädchen. Lorraine machte ihn irgendwie nervös. Er sah ihr nach, als sie die Bar verließ.

»Elsa!« Elsa kam an seinen Tisch, und Curtis legte eine Hand auf ihren Hintern. »Wer war denn die Blonde?«

Elsa kratzte sich unter der Perücke. »'ne Nutte, hing früher immer in den Billardkneipen rum; hab' hin und wieder mit ihr zusammengearbeitet. Sie war wirklich toll, hatte was drauf, aber versoffen – Lorraine. Wir haben sie immer Lazy Lorraine genannt. Sie hat nie einen Freier angesprochen, immer nur gewartet, bis sie so bedröhnt war, daß ihr alles egal war. Sie ist mit jedem gegangen, es war ihr scheißegal.« Sie zögerte einen Moment. »Du solltest ihr vielleicht nicht unbedingt trauen.«

Curtis packte sie am Handgelenk. »Was meinst du damit?«

Elsa riß sich los, wütend, weil er ihr weh getan hatte. »Es heißt, sie sei mal bei der Polizei gewesen.«

Lorraine klapperte zwei andere Bars ab und entdeckte Nula dann, als diese gerade aus einem Taxi stieg.

»Hast du Zeit für ein Glas?« fragte sie.

»Nein, ich bin eben erst gekommen, ich bin spät dran.«

»Wie geht's Didi?«

Nula zuckte mit den Achseln, und sie gingen zusammen die Straße entlang. »Sie hat immer noch Probleme mit ihrem Fuß, aber sie will nicht zum Arzt gehen – kann die Typen nicht ausstehen.«

Lorraine fragte noch einmal, ob sie nicht Zeit für einen Kaffee habe. Nula schaute auf die Uhr und gab nach. Sie gingen in eine kleine Kaffeebar und tranken Espresso. Nula war nervös, blickte ständig auf die Straße hinaus.

»Ich wollte dich nach dem Abend fragen, an dem Holly umgebracht wurde. Eine Freundin von mir ist von einem echten Kotzbrocken abgeschleppt worden. Er hatte feuchte, schlabbrige Lippen, eine Goldrandbrille, sah aus wie ein braver Bürger, aber er hat sie nervös gemacht. Sie meint, sie habe ihn an dem Abend gesehen, als Holly umgebracht wurde. Na ja, sie hat die Sache hinter sich gebracht und ist so schnell wie möglich abgehauen.«

Nula rührte im Kaffee. »Nein, ich hab' niemanden gesehen, der so aussah. Aber ich sag' dir was. Didi hat den Kerl die Straße langfahren sehen, sie hat gedacht, sie hätte einen, aber Holly ist schneller gewesen.«

»Moment mal. Willst du damit sagen, daß Didi gesehen hat, wie Holly zu dem Kerl ins Auto gestiegen ist?«

»Sie sagt, er habe ein beigefarbenes Auto gehabt.«

»Das könnte der Kerl sein, der sie umgebracht hat.«

»Oder auch nicht. Es war noch früh am Abend, ich hatte gerade erst angefangen, also …« Lorraine wollte nicht weiterbohren. Sie stellte nur noch unwichtige Fragen, wie sie arbeiteten, die Transvestiten, die anderen Nutten, aber Nula war gelangweilt.

»Meinst du, der Kerl, der Holly mitgenommen hat, hatte eigentlich Didi gewollt?«

»Keine Ahnung. Wieso interessiert dich das überhaupt?«

Lorraine steckte sich eine Zigarette an. »Ich bin nur neugierig. Arbeitet Didi heute?«

Nula sagte, sie sei mit einem Stammkunden im Motel, aber sie werde sicher später vorbeikommen. »Ich muß los. Jetzt, wo Art nicht mehr da ist, sind wir knapp bei Kasse.« Nula legte die Hände flach auf den Tisch. »Eigentlich wollte ich gar nicht mehr mit dir reden, wegen Art. Das war wirklich gemein von dir. Art ist ein anständiger Kerl.«

»Komm schon, Nula, er hat Kinder vögeln lassen. Ich hab' die Fotos gesehen, auch die von Holly.«

Nula beugte sich vor. »Wie kommt es, daß du dich so für Holly interessierst? Was hat sie dir schon bedeutet?«

»Sie ist tot. Vielleicht tut sie mir leid – sie war erst siebzehn.«

»Das waren wir alle mal! Weißt du was – ich traue dir und deinen komischen Fragen nicht. Bleib uns von der Pelle.«

Sie ging, und Lorraine nahm die Rechnung mit zur Kasse. Als sie gehen wollte, sah sie Curtis und Nula draußen stehen, und Nula zeigte auf die Kaffeebar. Curtis gab ihr einen Schubs, sie schienen sich zu streiten, und dann drehte er sich um und spähte durchs Fenster. Lorraine rettete sich auf die Toilette, aber es gab keine Hintertür, und als sie eine Viertelstunde später wieder herauskam, stand Curtis immer noch vor der Tür. Sie beschloß, sich ihm zu stellen.

Er fuhr herum, als sie herauskam, und packte sie sofort am Ellbogen. »Wieso quetschst du alle über Holly aus? Was willst du über meine Kleine wissen?«

Sie sah ihm an, daß er sie nicht schlagen würde. Er hatte keine Angst, er war nur aufgeregt.

»Was hat sie dir bedeutet?«

»Sie war mein Mädchen.«

Lorraine riß sich los. »Vielleicht hab' ich sie einfach nur gemocht.«

»Du hast sie gekannt?«

»Ja, nicht besonders gut, aber ich hab' sie gekannt.« Er wollte weitergehen. »Curtis, warte einen Moment.«

Er sah sie an. »Ich weiß nicht, was du willst, aber verschwinde von hier.«

Sie ging das Risiko ein. »Ich arbeite für die Cops.«

Er kam zurück, und jetzt hatte er die Fäuste geballt. Plötzlich wußte sie, wenn sie jetzt allein wären, würde er zuschlagen, und zwar fest.

»Nicht wie du denkst, Curtis – ich bin selbst auf den Strich gegangen. Ich liefere ihnen nur ein paar Informationen. Willst du denn nicht, daß sie Hollys Mörder kriegen? Sie ist dein Mädchen gewesen, das hast du gerade selbst gesagt, und sie war schön, wirklich schön, und ...«

»Und jetzt ist sie tot, also verpiß dich.«

Curtis bog in eine Gasse ein, aber Lorraine folgte ihm. Hier waren keine Passanten mehr, die ihr ein wenig Sicherheit boten.

»Du hast wirklich Nerven. Hau endlich ab.«

Sie stand anderthalb Meter von ihm entfernt, außerhalb der Reichweite seiner Faust. Sie hielt seinem Blick stand, hatte keine Angst, zeigte ihm, daß sie ganz ruhig war.

»Die Bullen bezahlen mich dafür, daß ich mich umhöre, ob jemand Holly an diesem Abend gesehen hat, und den Freier, der sie mitgenommen hat. Sonst will ich gar nichts wissen. Hilf mir. Warum denn nicht? Komm schon, Mann, sie war dein Mädchen.«

Curtis lehnte sich an die Wand und fing zu ihrer Überraschung an zu weinen. Sie wagte sich näher. »Als du sie das letzte Mal gesehen hast, hat sie sich gerade einen Freier geangelt, ganz in der Nähe von Didi und Nula, nicht wahr?« Er nickte. Sie fragte, ob er etwas gesehen habe, und warum Holly im Revier der Transsexuellen gearbeitet hatte. Er schniefte, wischte sich die Nase mit dem Handrücken. »Weiter oben hat sie Ärger gehabt, mehr weiß ich auch nicht. Sie wollte lieber weiter unten arbeiten, und ich wollte ihr einen guten Platz suchen. Ich hab' ihr nie sagen können, daß ich sie wirklich gern hatte...«

»Jetzt hast du die Gelegenheit, noch einmal was für sie zu tun, Curtis. Wenn du irgendwas hörst, jemanden kennst, der was gesehen hat, rufst du mich an, ja?«

»Ich arbeite nicht für die Bullen.«

»Ich bin kein Bulle.«

Immerhin notierte er sich ihre Telefonnummer auf dem Handrücken, bevor er ging.

Lorraine seufzte. Sie wollte sich gerade auf den Heimweg machen, als es sie traf.

»Stehenbleiben!«

Der Junge rannte, der Blitz auf seiner Jacke leuchtete im Neonlicht.

»Stehenbleiben!«

Er drehte sich nicht um, weil er sie nicht gehört hatte, weil die Pistole in seiner Hand ein Walkman war.

Schweiß brach ihr aus, am ganzen Körper. Sie hatte einen ranzigen Geschmack im Mund. Sie konnte nur noch daran denken, wie sie am schnellsten zu einer Flasche kommen würde. Sie fing an zu laufen, die Gasse entlang, die Straße, sie stieß mit Passanten zusammen, ihr ganzer Körper schrie, ihr Hirn schrie nach Alkohol. Eine tödlich kalte Stimme flüsterte ihr zu: »Du hast den armen Jungen umgebracht, er war unschuldig, du hast das ganze Magazin leergeschossen, in den Rücken eines kleinen Jungen. Wie fühlt man sich danach, du versoffenes Miststück? Du hast ihn umgebracht.«

Lorraine rannte, bis die Panik nachließ. Sie setzte sich auf eine Mauer, schnappte nach Luft, wartete, daß ihr Herzschlag sich wieder beruhigte.

»Geht's dir gut?« Didi kam auf sie zugehinkt. »Du bist an mir vorbeigerannt, als hättest du einen Geist gesehen.«

»Hab' ich auch. Ich war auf der Flucht vor dem Alkohol.«

Didi lachte verständnisvoll. »Na ja, wenn du okay bist, verschwinde ich lieber.«

»Nein, bitte, warte noch, ich muß dich was fragen, über den Abend, an dem Holly umgebracht wurde. Bitte warte.«

»Hör mal, ich hab' nichts gesehen, und ich weiß nicht, wieso ich überhaupt mit dir rede. Die Bullen waren hier und haben uns ausgequetscht, das Geschäft mit den Fotos ist im Eimer, wir sind pleite, und alles wegen dir.«

Lorraine starrte sie an. »Ich bin kein Cop. Ich war mal einer, aber das ist so lange her, daß ich mich gar nicht mehr daran erinnern kann. Ich hab' Jahre auf dem Strich und im Suff verbracht, das weißt du.«

Didi zog eine Schnute. »Einmal ein Cop, immer ein Cop.«

Lorraine griff nach Didis Hand, spürte den schweren Ring an ihrem Finger. »Bitte, erzähl mir von dem Kerl. Dem, den du mit Holly gesehen hast. Er hat sie direkt vor deiner Nase aufgelesen.«

»Ich kann mich an nichts mehr erinnern – es war ein Abend wie jeder andere.«

»Komm schon, Didi, immerhin bist du an diesem Abend verprügelt worden! Hast du den Freier gesehen, der sie mitgenommen hat, sein Auto?«

Didi zuckte mit den Achseln. »Vielleicht. Nula hat mit dir geredet, wie?«

»Ja, und Curtis. Beide wollen mir helfen, also sag mir bitte, was an diesem Abend passiert ist.«

Didi erzählte Lorraine fast das gleiche wie Nula – daß der Wagen die Straße entlanggefahren war und angehalten hatte, daß Holly über die Straße gerannt war und sich auf den Beifahrersitz gesetzt hatte.

»Glaubst du, er wollte eigentlich dich oder Nula?«

»Dann hatten wir Glück, nicht wahr?«

»Mach die Augen zu und denk nach, Didi. War er dunkelhaarig, blond, kahl? Stell ihn dir vor.«

Didi versuchte es, aber ihr Kopf war leer.

»Hatte er eine Brille, eine Goldrandbrille mit rosagefärbten Gläsern?« bohrte Lorraine weiter.

»Ja, kann schon sein.«

»War sein Mund breit und feucht? Hatte er kurzes Haar? Kurzes, blondes Haar?«

»Ja, ja, das stimmt.«

»Hast du ihn jemals zuvor gesehen?«

»Ich erinnere mich an jeden, der öfter vorbeikommt, Schatz. Ich hab' den Kerl noch nie gesehen.«

Lorraine legte den Kopf schräg. »Du verheimlichst mir doch nichts? Du sagst nicht einfach nur ja, ja, weil ich es dir vorplappere?«

»Wieso sollte ich? Er sah so ähnlich aus, wie du ihn beschrieben hast, aber es ist auch schon eine Weile her. Hör mal, ich hab' Holly gekannt, und ich will wie alle anderen hier auch, daß dieser Drecksack in den Knast kommt.«

»Wenn dir noch was einfällt, rufst du mich an?«

Didi nickte und hinkte davon, um sich ihren Lebensunterhalt zu verdienen.

Rosie war auf einem Meeting, aber sie hatte eine Notiz hinterlassen, daß Lorraine Rooney anrufen solle. Der Captain klang heiserer als je, sie konnte seinen schweren, rasselnden Atem hören. »Sie können sich mit Fellows treffen, er erwartet Sie, an der Uni – und ich erwarte was für mein Geld, verstanden?«

Rosie war inzwischen zu Janklows Haus zurückgekehrt. Im Dunkeln war es einfacher, hier zu parken und unentdeckt zu bleiben. Sie zog die Kamera heraus, las noch einmal die Bedienungsanleitung und machte ein paar Probeaufnahmen. Sie hörte, daß sich von hinten ein Auto näherte, und dann stand der Mercedes vor dem schmiedeeisernen Tor. Rosie duckte sich. »Komm schon, du Mistkerl, steig aus und zeig dich.«

Der Fahrer öffnete das Tor mit einer Fernbedienung und schaute keine Sekunde in Rosies Richtung. Sie sah seine Brille glitzern, aber sonst nichts. Dann schloß sich das Tor hinter ihm. Rosie stieg aus und hielt sich, die Kamera immer noch in der Hand, dicht an der Hecke, schlich vorsichtig aufs Tor zu, in der Hoffnung, ihn fotografieren zu können, wenn er ausstieg und ins Haus ging. Aber das Zoom hatte sich gelockert, und bis sie es wieder befestigt hatte, war der Mann schon im Haus.

Sie ging zum Auto zurück. Sie hatte es immerhin versucht. Als sie den Motor anlassen wollte, spuckte er nur, und das war's.

Sie versuchte es wieder, wieder das Spucken, und dann gab er mit einem tiefen Brummen seinen Geist auf. »Scheiße!« Drei weitere Versuche bewirkten nur, daß das Brummen leiser und leiser wurde.

Sie war Meilen von der Hauptstraße entfernt. Schon nach kurzer Zeit taten Rosie die Füße weh, und sie geriet ins Schwitzen. Der Riemen der Kamera schnitt ihr in die Schulter; wenn sie sie doch nur im Kofferraum gelassen hätte!

Als sie endlich die Hauptstraße erreicht hatte, waren ihr Janklow und alles andere egal. Sie hatte Hunger, und es war inzwischen ziemlich kalt. Vor einer blinkenden Ampel blieb sie stehen, weil sie wußte, daß sie es nicht mehr schnell genug bis zur anderen Seite schaffen würde. Mit einem Seitenblick registrierte Rosie, daß ein Mercedes vor der Ampel hielt, und im selben Augenblick wurde ihr bewußt, daß es *ihr* Auto war. Sie fummelte an der Kamera herum und tat so, als wolle sie ein Ladenschild fotografieren. Sie hatte die Kühlerhaube des Wagens im Sucher, da sprang die Ampel um, und der Wagen fuhr an. Am Steuer saß kein Mann, sondern eine blonde Frau mit Sonnenbrille und einem Seidenschal um den Hals.

Rosie schaffte es, zwei, vielleicht drei brauchbare Aufnahmen zu machen. Sie nahm einen Bus zum Sunset und rief zu Hause an, aber als niemand an den Apparat ging, beschloß sie, den Film in eine der Tag und Nacht geöffneten Drogerien zu bringen, wo man auf die Fotos warten konnte. Sie mußte auch den Autoverleih anrufen, damit sie den Wagen abholten. Nachdem sie den Film abgegeben hatte, ließ sie sich vor dem Laden mit einem Eis nieder. Sie war noch nicht fertig damit, als sie den Janklow-Mercedes wieder vorbeikommen sah. Die blonde Frau war allein. Mit dem dicken Make-up und der Sonnenbrille erinnerte sie Rosie an einen alten Filmstar – oder vielleicht an jemand anderen? Rosie leckte sich die klebrigen Eisfinger ab und überlegte. Normalerweise konnte sie sich gut an Gesichter erinnern. Und dann fiel es ihr ein: Eine Frau in der Kunstgalerie, in der Lorraine mal gearbeitet hatte, hatte ganz ähnlich ausgesehen. Zufrieden ging sie zurück in den Laden, um die Fotos abzuholen.

Die meisten waren ziemlich enttäuschend, vor allem das, welches sie oben am Haus gemacht hatte, aber es gab ein relativ scharfes von der blonden Frau. Rosie war ganz versessen darauf, es Lorraine zu zeigen, aber zu ihrer Enttäuschung war immer noch niemand zu Haus, als sie heimkam. Sie fütterte die Katze, und dann breitete sie die Fotos auf dem Tisch aus und schaute sie noch einmal an, besonders das Foto der Frau, und plötzlich sah sie es: Das war keine Frau, sondern ein Mann. Wenn man das Foto des Fahrers, der den Mercedes zum Haus gefahren hatte, ganz genau betrachtete – obwohl nur das halbe Gesicht zu sehen war, und auch das nur verschwommen –, konnte man den Eindruck bekommen, daß die blonde Frau und der Mann, den sie für Steven Janklow hielten, ein und dieselbe Person waren.

Kapitel 11

Der Hausmeister des Unigebäudes, in dem sich Fellows' Büro befand, erklärte Lorraine, der Professor sei auf dem Squashplatz.

Niemand beachtete sie. Ein paar lachende Studenten in Tenniskleidung schlenderten vorbei: braungebrannte junge Leute mit rosigen, frischen Gesichtern, blendend weißen Zähnen, glänzendem Haar. Lorraine kam sich alt, verdreckt und schwerfällig vor.

Professor Fellows spielte auf Platz sechs, mit einem Partner namens Brad Thorburn, jedenfalls stand es so auf der Buchungskarte am Tor. Die Bälle verursachten Geräusche wie Donnerschläge, und von Platz sechs donnerte es häufiger. Lorraine setzte sich, von den Spielern unbemerkt, auf eine Bank, von der aus sie das Feld gut überblicken konnte. Sie überlegte, welcher der beiden Männer wohl Fellows war.

Sie setzte auf den, der mit rotem Gesicht und schwitzend über den Platz hechtete. Sie hoffte sogar, daß dieser Mann Fellows war, denn sie fand seinen Partner ausgesprochen attraktiv. Es war schon so lange her, daß sie einen Mann attraktiv gefunden hatte, daß es sie ein wenig aus dem Konzept brachte; aber erst nachdem sie Fellows eingehend beobachtet hatte, wandte sie ihre Aufmerksamkeit Thorburn zu. Jedesmal, wenn ihm ein guter Schuß gelang, rief er: »Ja, ja, ja!«, und wenn er den Ball verfehlte, lächelte er. Es war sein Lächeln, das sie besonders anzog. Er war erheblich größer als Fellows – sie schätzte ihn auf mindestens einsfünfundachtzig – und er war gut proportioniert, mit langen, muskulösen Beinen, braungebrannt, mit nicht zu vielen Haaren, obwohl sie wußte, daß er eine Menge Schamhaare haben würde – dunkelhaarige Männer hatten das immer.

Weil er schwitzte, klebte ihm das Haar am Kopf, dichtes, kurzes Haar, und die Brustbehaarung war sicher entsprechend. Immer, wenn Fellows zu einem Schlag ansetzte, beugte er sich vor und fuhr sich mit dem Schweißband am Handgelenk über die Stirn. Er hatte große, starke Hände. Lorraine reckte den Hals, um sein Gesicht besser sehen zu können. Seine dunklen Brauen waren fein gezeichnet, und seine Augen… Er drehte sich um und schaute zu ihr hin. Sie waren von einem dunklen Grünblau.

Fellows blickte ebenfalls auf und winkte: »Sind Sie Lorraine Page?« Sie nickte. »Wird nicht mehr lange dauern.«

Das Spiel zog sich noch weitere zehn Minuten hin, und dann hatte Fellows wohl gewonnen, weil er begeistert aufschrie und seinen Partner umarmte, der sich ein blütenweißes Handtuch nahm und Gesicht, Arme und Hals abwischte. Er nahm Lorraine nicht weiter zur Kenntnis, als er den Platz verließ. Fellows allerdings grinste sie an und rief ihr zu, sie würden sich in fünf Minuten in der Eingangshalle treffen.

Lorraine blieb noch einen Augenblick sitzen. Sie preßte die Beine zusammen. Sie war schockiert, wie attraktiv sie Brad Thorburn gefunden hatte. Sie konnte sich nicht mehr erinnern, wann sie zum letzten Mal einen Mann gewollt hatte. Es war wie ein Schlag: Sie sehnte sich nach ihm, sie war feucht, und sie hatte Angst, jetzt rauszugehen und ihm zu begegnen. Erst als die alte Lorraine Page wieder an der Oberfläche auftauchte, eine Frau, die sich einen Dreck um irgendwelche Männer scherte, stand sie auf und ging.

Sie wartete in der Eingangshalle. Fellows erschien, noch geröteter als zuvor, in Sporthosen und Hemd, einen Pullover um den Hals geschlungen. »Tut mir leid, daß Sie warten mußten, aber Captain Rooney hat mir nicht genau gesagt, wann Sie kommen.«

»Das macht nichts.« Sie spähte an ihm vorbei, hoffte, seinen Partner zu sehen. Sie sah ihn nicht. Zusammen mit Fellows ging sie in den kühlen Abend hinaus. Während sie den Hof überquerten und zum Hauptgebäude zurückkehrten, schwatzte er freundlich drauflos. Fragte, ob es in Ordnung sei, daß sie zu ihm gingen, um zu reden: Die Laboratorien und sein Büro würden am Abend geschlossen. Er holte sich beim Hausmeister seinen Autoschlüssel ab, und sie gingen hinüber zum Personalparkplatz, wo ein MG – wie der von Mikes Frau, erinnerte sich Lorraine – auf sie zukam. Fellows winkte, und Lorraine sah absichtlich nicht hin, denn sie wußte, das war Thorburn. Statt dessen konzentrierte sie sich auf Fellows und erklärte, wie freundlich es sei, daß er sich mit ihr unterhalten wolle. Wütend auf sich selbst, weil sie immer noch sexuell erregt war, setzte sie sich auf den Beifahrersitz von Fellows' altem, kleinem, japanischem Wagen.

»Ein interessantes Spiel«, sagte sie lahm.

»Ja, das erste Mal in diesem Jahr, daß ich ihn geschlagen habe. Er ist ein alter Freund – wir waren zusammen in Harvard.«

»Unterrichtet er auch hier?«

»Guter Gott, nein. Er ist reich wie Krösus. Er ist eigentlich Schriftsteller, aber er hat auch einen Laden in Santa Monica. Er importiert Autos, läßt sie restaurieren und verkauft sie mit immensem Gewinn. Das Ganze hat damit angefangen, daß er seinen eigenen Wagen herrichten mußte, und jetzt blüht das Geschäft. Alles, was der Mann anfaßt, wächst und gedeiht. Er ist ein netter, bescheidener Mensch. Tut mir leid, daß keine Zeit war, Sie ihm vorzustellen, aber Sie sind ja auch nicht gekommen, um einen alten Collegekumpel kennenzulernen, nicht wahr?«

Er schwatzte weiter über Immobilien und wie sein Haus an Wert verloren habe. Nichts von dem, was er sagte, war von Bedeutung, er versuchte nur herauszufinden, wieso sie plötzlich so angespannt war. Er überlegte, ob es ihr unangenehm war, zur Wohnung eines Fremden gefahren zu werden, aber sie sah wie eine Frau aus, die auf sich aufpassen konnte, und diese Vermutung paßte auch nicht zu dem, was Rooney ihm von ihr erzählt hatte. Als habe sie seine Gedanken gelesen, fragte sie plötzlich, was Rooney ihm gesagt habe.

»Daß Sie einmal Polizistin waren, und zwar eine gute.«

Sie lachte – eigentlich eher ein weiches, tiefes Gurgeln als ein Lachen, das er sehr attraktiv fand.

»Sonst nichts?«

Er hielt an einer Ampel. »Na ja, er hat angedeutet, daß Sie Probleme hatten, aber das hat er nicht weiter ausgeführt.«

»Was hat er Ihnen denn gesagt?«

Fellows fuhr wieder an, bog in die Marmont Avenue ab. »Er erwähnte ein Alkoholproblem.«

Bevor sie weiterreden konnten, standen sie auch schon vor Fellows' Haus, das so ordentlich und gepflegt wirkte wie Fellows selbst. Lorraine schätzte das Haus und das Grundstück auf eine Viertelmillion, vielleicht auch mehr.

Sie stiegen aus, und dann ging die Haustür auf, und eine freundlich aussehende, ein wenig rundliche Frau winkte ihnen zu. »Dilly, das ist Lorraine Page. Sie arbeitet an dem Fall, von dem ich dir erzählt habe.«

Lorraine fühlte sich sofort zu Dilly – eine Abkürzung von Dylisandra – hingezogen. Die Einrichtung des Hauses spiegelte die großzügige Persönlichkeit der Hausherrin wider – es war weitläufig, gemütlich und unprätentiös. Im Wohnzimmer standen dick gepolsterte, einladende Sofas und marokkanische Kaffeetischchen, Spots beleuchteten die Gemälde an den Wänden. Über dem Kamin hing ein ruhender männlicher Akt. Ein beeindruckendes Bild: Ganz gleich, wo im Zimmer man saß, der Blick wurde immer wieder von der Figur angezogen, oder, um genauer zu sein, von dem auffallenden, großen Penis.

Dilly war in der Küche beschäftigt und berichtete in nicht endenwollendem Redefluß, wer alles angerufen hatte.

Das Essen war einfach – grüner Salat und Steaks –, aber liebevoll zubereitet. Lorraine entspannte sich; sie fühlte sich wohl in der Gesellschaft der beiden. Dilly brachte das Gespräch zufällig auf Brad Thorburn. »Das ist der Mann, der mich schwach machen könnte«, sagte sie. »Übrigens, das über dem Kamin ist sein Porträt. Ich weiß, es sieht ihm nicht ähnlich – er hat sich geweigert, lange genug zu sitzen, so daß ich den Kopf nicht richtig hinkriegen konnte, aber ich denke, der Rest ist in Ordnung. Ant meint zwar, ich wäre im Genitalbereich ein bißchen übereifrig gewesen, aber das stimmt nicht. Ich habe nur gemalt, was da war, und um ehrlich zu sein, ich konnte kaum den Pinsel ruhig halten.« Sie warf den Kopf zurück und lachte laut.

Fellows lächelte seine Frau voller Zuneigung und ohne einen Hauch von Eifersucht an. »Ich habe ihm mehr Frauen vorgestellt, als Sie sich vorstellen können, damit er eine Freundin findet. Sie sind alle begeistert von ihm, aber er ist wirklich wählerisch.«

Er stand auf und fuhr seiner Frau durchs Haar. »Aber wir sind nicht hier, um über Brad Thorburn zu reden. Kannst du uns den Kaffee ins Arbeitszimmer bringen?«

Fellows' Arbeitszimmer war voller Bücher und Fotos. Lorraine griff nach einem, das Fellows und Thorburn auf einer Angeltour zeigte. Fellows stand hinter ihr.

»Wo wohnt er denn?«

»Oben am Canyon. Er hat Verwandte auf der ganzen Welt, aber das ist sozusagen der Familiensitz. Er hatte eine etwas merkwürdige Jugend. Sein Vater hat seine Mutter verlassen, als er noch ziemlich klein war, und Gott weiß wie oft wieder geheiratet.«

»Ist er ein Einzelkind?«

»Nein, ich glaube, er hat noch einen älteren Bruder, aber das Geld stammt von Brads Vater.«

Dilly brachte den Kaffee und sagte Gute Nacht. Lorraine mochte sie, und Fellows auch. Er war jemand, mit dem man reden konnte, mit dem sie gern reden wollte, aber nicht über den Mord. Sie spürte, daß sie sich auf ihn verlassen konnte; er war ein ehrlicher Mensch ohne Hintergedanken – so etwas war selten. Fellows umriß kurz, was ihn an dem Mord interessierte. Sie hörte zu; sie wußte vieles von dem, was er sagte, bereits aus den Akten, aber sie mochte den beruhigenden Klang seiner Stimme.

»Ich höre, Rooney hat noch mehr über Norman Hastings herausgefunden – er war Transvestit. Interessant, wie?«

Damit hatte er elegant ihr den Ball zugespielt.

»Ja.«

»Sie wollten mit mir reden. Aus welchem Grund?«

Sie begegnete seinem offenen Blick und wandte sich ab. »Was glauben Sie, wieso mordet dieser Mann?«

Fellows lehnte sich zurück. »Lorraine, niemand weiß, was einen Menschen dazu bringt, zu morden, wenn er nicht beim

Militär oder unter extremer emotionaler Belastung steht. Ich glaube nicht, daß jemand einfach nur so tötet. Es gibt immer einen Grund.«

»Und welchen Grund hat unser Killer?«

»Das weiß ich nicht, weil es kein zusammenhängendes Muster gibt. Die Opfer sind nicht nur alte, abgebrühte Nutten. Einer war ein Transvestit, eine andere erst siebzehn.«

»Und was, wenn die Siebzehnjährige ein Versehen war?«

»Wie meinen Sie das?«

Lorraine wiederholte, was sie von Nula und Didi erfahren hatte, und Fellows beugte sich aufmerksam vor. »Sie meinen also, unser Mörder sei hinter einer Ihrer Freundinnen hergewesen. Ist sie blond?«

»Gebleicht. Sie sagen, der Fahrer habe angehalten, und Holly sei über die Straße gerannt und ins Auto gestiegen. Was Hastings angeht ...«, fuhr sie fort, »ich denke, er kannte den Mörder, und der Mörder ist selbst Transvestit.«

»Warum?«

»Weil er offenbar Frauen haßt, vielleicht Frauen in seinem Alter. Ich glaube, er haßt die Frau, in die er sich verwandelt, die Frau, die er sein möchte, wenn er sich verkleidet.«

Fellows schloß die Augen. »Und wie paßt Hastings da rein?«

»Hastings kannte ihn vielleicht und hat Verdacht geschöpft. Vielleicht wollte er die Polizei informieren ...«

Fellows zupfte sich am Ohr. »Eine Person muß unbedingt gefunden werden: die Frau, die er im Parkhaus angegriffen hat. Ich glaube nicht, daß die Polizei wirklich begreift, wie wichtig diese Zeugin ist. Diese Frau hat ihn gesehen, sein Gesicht, hat ihn gerochen, er hat sie angegriffen, und angeblich war sie blutüberströmt. Dieses Ehepaar und der Taxifahrer haben sie beschrieben – dünn, ein hartes Gesicht, Zahnlücke, strähniges Haar ...«

Lorraines Herz klopfte heftig.

»Aber ich glaube nicht, daß sie eine Nutte war, oder jedenfalls nicht wie die anderen Frauen. Ich denke, sie war irgendwie anders. Sie ist gebildet, weiß genug, um ...« Er sah Lorraine direkt an. »Haben Sie das Transkript dieses anonymen Anrufs gelesen? Eine klare, knappe Beschreibung. Ich habe Rooney schon gesagt, es liest sich wie eine polizeiliche Suchmeldung, als habe sie irgendwann mal mit der Polizei zusammengearbeitet.«

Lorraine hustete. Er war verdammt gut – was wußte er? »Wird er wieder morden?«

»Selbstverständlich, wenn ihm wieder danach ist. Er muß sich ziemlich sicher fühlen – er weiß bestimmt, daß die Polizei nichts in der Hand hat. Selbst die Presse hat sich beruhigt.« Fellows' Ohren zuckten heftig. »Diese Morde sind sein Sexualleben. Er findet anders keine Befriedigung, er ist vermutlich impotent, seine Männlichkeit ist gestört. Er ist sowohl männlich als auch weiblich, aber er tötet als Mann. Das wissen wir, weil die anonyme Anruferin eine gute Beschreibung seiner Kleidung gegeben hat. Wir suchen nicht nach einem Mann, der als Frau verkleidet tötet. Wir suchen nach einem Mann, der zwanghaft töten muß. Und Sie haben vermutlich recht, wenn Sie annehmen, daß er damit die Frau in sich umbringen will.«

Fellows saß auf der Armlehne seines Sessels und ließ ein Bein baumeln. »Rooney hat mir gesagt, daß Sie einen Jungen erschossen haben. Er sagte, Sie wären betrunken gewesen.«

Lorraine war es, als hätte sie jemand geschlagen. Die Art, wie er sie ansah, gefiel ihr überhaupt nicht.

»Erinnern Sie sich, wie es Ihnen damals ging?«

Sie sprach so leise, daß er sie kaum verstehen konnte: »Ich mußte im Dienst mehrere Menschen töten, und man vergißt keinen von ihnen.«

»Sie haben meine Frage nicht beantwortet. Ich wollte wissen, ob Sie sich noch daran erinnern, wie es Ihnen nach der Erschießung dieses Jungen ging.«

»Ja«, sagte sie. »Selbstverständlich erinnere ich mich.«

Er schaute sie forschend an; er wußte, daß sie log, aber die Art, wie sie seinem Blick standhielt, ohne mit der Wimper zu zucken, verblüffte ihn.

»Aber Sie waren betrunken.«

»Ja.«

»Und erinnern sich trotzdem.«

Sie stand auf und zog ihren Rock gerade. »Es ist ziemlich unwahrscheinlich, daß ich das vergesse.«

»Warum?«

»Verdammt, das ist doch wohl klar. Der Junge war unschuldig, und ich war betrunken.«

»Und obwohl Sie betrunken waren, erinnern Sie sich. Wie Sie selbst sagten, so etwas vergißt man nicht. Und an was genau erinnern Sie sich?«

Lorraine seufzte und steckte sich eine Zigarette an. »Ich verstehe nicht, was das soll.« Sie inhalierte tief, ließ den Rauch ausströmen, wollte gerade noch einen Zug nehmen, aber dann hielt sie inne und beschrieb völlig emotionslos die Jacke des Jungen, wie er gefallen war, praktisch in Zeitlupe, wie sein Kopf auf dem ausgestreckten Arm geruht hatte, sein weiches, langes Haar, wie er noch ein paarmal gezuckt hatte... Sobald sie angefangen hatte, konnte sie nicht mehr aufhören. Sie erinnerte sich daran, wie Rooney an ihr vorbeigestürzt war, sie in den Streifenwagen geschickt hatte, wie er ihr den Walkman gezeigt hatte, in einem dreckigen Taschentuch eingewickelt, die Kassette noch drinnen. Daß der Junge nicht bewaffnet gewesen war und sie sechsmal gefeuert hatte. Fellows erwartete eigentlich, sie werde zusammenbrechen und weinen.

»Und was geschah später?« fragte er leise. Er war immer noch verwundert und fasziniert.

Lorraine drückte ärgerlich die Zigarette aus. Sie wollte nicht über ihr Leben reden, sondern über den Mord.

»Ich war wütend, verzweifelt, angewidert, und ich wollte es um jeden Preis vergessen.«

»Wie wollten Sie das vergessen?«

»Natürlich mit Alkohol.«

»Und, hat es geholfen?«

Sie sah ihn herausfordernd an. »Ja. Ich nehme an, Sie erwarten, daß ich nein sage. Nun, ich muß Sie leider enttäuschen: Ich denke nicht daran.«

Fellows spielte mit einem Briefbeschwerer. »Aber Sie haben schon vor der Sache mit dem Jungen getrunken. Wieso sind Sie abhängig geworden?«

»Meine Mutter hat auch getrunken. Es ist doch angeblich erblich, oder?«

»Warum haben Sie getrunken, Lorraine?«

»Mir hat gefallen, wie ich mich dann fühlte, so voller Selbstvertrauen – und ich mußte nicht nachdenken oder fühlen. Können wir jetzt wieder zum Thema zurückkommen?«

»Was war es denn, was Sie nicht fühlen, woran Sie nicht denken wollten?« Er sah ihr direkt in die Augen, besorgt, beinahe entschuldigend. »Es tut mir leid, ich will nicht neugierig sein.«

Sie lachte. »Sie können nicht anders, wie?«

Sanft berührte er ihre Wange. »Sie sind eine kluge und starke Frau – vielleicht die stärkste, die mir je begegnet ist. Es tut mir leid, daß ich mich in Ihr Privatleben wühle, aber ich versuche, Sie dazu zu bringen, so wie er zu denken, ihn zu verstehen. So wie Sie den Drang verspüren, weiter zu trinken, verspürt er den Drang, zu morden. Er leidet Höllenqualen, vielleicht ist irgendwas mit ihm passiert, das ihn aus dem Gleis geworfen hat, verletzt hat, und Töten ist die einzige Möglichkeit für ihn, scheinbar normal weiterzuleben. Wenn diese verzehrende Qual ihn übermannt, ähnlich wie ein Wutanfall, wird er versuchen, sie zu kontrollieren, sie zurückzuhalten, und erst toben, wenn er sein Opfer totschlägt. Nur dann läßt der Zorn nach, und Ruhe und Normalität kehren zurück.«

Fellows ging zur Bücherwand und wies auf die Bücher, die sich mit Serienkillern beschäftigten. »Ich habe schon häufig auf dieses Wutsyndrom hingewiesen. Es manifestiert sich in einem übermäßigen Bedürfnis, zu verwunden, zu zerstören, zu verletzen, Schmerz zuzufügen. Und immer wieder ist der Hintergrund sexueller Natur: Das Opfer wird aufgespürt, beobachtet, und die ganze Zeit weiß der Täter schon, wie sehr er seine Tat genießen wird - auch danach. Viele sammeln Zeitungsausschnitte, um sich daran zu freuen. Die Tatsache, daß sie klug genug sind, nicht erwischt zu werden, erhöht den Grad ihrer Befriedigung. Und wenn alles vorbei ist, fallen sie zurück in ihr heimisches Umfeld. Ihr Geheimnis ist wie ein Geliebter, sie hüten es, bewahren es, nähren es, bis der Schmerz von neuem beginnt. Ein schrecklicher Teufelskreis, der erst durchbrochen werden kann, wenn der Täter festgenommen wird.«

Lorraine steckte Zigaretten und Feuerzeug wieder ein. »Ich muß jetzt wirklich gehen. Würden Sie mir bitte ein Taxi rufen?«

Fellows griff nach dem Telefon und begann zu wählen. Offenbar ganz darauf konzentriert, fragte er beiläufig, wieso sie nicht zugeben könne, daß sie die Frau aus dem Parkhaus sei.

»Weil ich es nicht bin, Professor Fellows.«

Er bestellte das Taxi und schob die Hände in die Hosentaschen. »Ich weiß, daß Sie auf den Strich gegangen sind, und ich weiß, daß die Adresse, die Sie mir gerade für das Taxi gegeben haben, in etwa der entspricht, an der sich die Zeugin absetzen ließ. Sie sind Polizistin gewesen, und natürlich sind Sie imstande, eine perfekte Personenbeschreibung abzugeben. Sie haben bei der Polizei angerufen. Ich verstehe nur nicht, wieso Sie lügen.«

»Das tue ich nicht.« Sie starrte ihn an.

»Rooney hat gesagt, Sie gehörten zu den Besten, mit denen er je zusammengearbeitet hat.«

Lorraine erwiderte, Rooney habe ein großes Maul, aber keine Ahnung, wie sie seit ihrer Entlassung aus dem Polizeidienst gelebt habe.

Fellows reagierte ebenfalls gereizt, schlug eine Akte auf und schob sie ihr über den Tisch. »Ich würde sagen, das hier ist recht aussagekräftig.«

Sie sah sich einer Kopie ihres Strafregisters gegenüber. »Dieser Dreckskerl«, fauchte sie und ließ sich dann entmutigt in den großen Ledersessel zurückfallen. »Weiß er es? Rooney?«

»Nein, tatsächlich war ich selbst nicht sicher, bis ich Sie gesehen und mit Ihnen geredet habe. Sie sind in einer sehr prekären Situation, meine Liebe.«

»Woran haben Sie's gemerkt?«

»Ich habe eigentlich nur geraten«, meinte er grinsend, »und dann alles auf eine Karte gesetzt.«

Sie lachte, ein ehrliches, warmherziges Lachen, das ihn lächeln ließ.

»Die Beschreibung in den Aussagen paßt – groß, blond, nur das mit der Zahnlücke stimmt nicht.«

»Ich hab' sie überkronen lassen.«

Fellows setzte sich auf die Armlehne ihres Sessels. »Ich sehe nicht ein, wieso Rooney das wissen muß, es sei denn, Sie verschweigen noch mehr.«

Lorraine griff nach seiner Hand, drückte sie und blickte ihn dann an. »Ich verschweige nichts, Professor. Im Gegenteil, ich wünschte, ich wüßte noch mehr, um mir die fünfzig Dollar am Tag zu verdienen, wenn man Rooney den Fall entzogen hat. Ich bezweifele, daß ein anderer mir trauen wird.«

»Was für Idioten. Das FBI wird also den Fall übernehmen?«

»Ja, innerhalb der nächsten achtundvierzig Stunden. Was ist eigentlich mit den Daten der Morde? Steckt irgendein feststellbares System dahinter?«

Fellows runzelte die Stirn. »Das bezweifle ich. Er mordet einfach, wenn er das Bedürfnis verspürt.« Er seufzte. »Tut mir leid, daß ich Ihnen nicht mehr helfen kann, aber ich werde alles noch mal durchkämmen. Die Sache interessiert mich, sonst hätte ich nicht so viel Zeit darauf verwendet und, das sollte ich hinzufügen, ohne dafür fünfzig Dollar am Tag zu kriegen.«

Es klingelte. Er brachte sie zum Taxi. »Es ist schon bezahlt, machen Sie sich keine Sorgen. Und rufen Sie mich an, wenn Sie mich brauchen.«

Sie lächelte, und er blieb noch stehen und sah ihr nach, bis das Taxi abbog. Dann ging er nach oben ins Schlafzimmer.

Dilly schlief, die Arme ums Kissen geschlungen. Sie rührte sich kaum, als er ins Bett schlüpfte und die Nachttischlampe ausschaltete. Er verschränkte die Arme hinter dem Kopf und dachte über Lorraine nach. Sie hatte eine Arroganz, die er sehr anziehend fand, und er bewunderte ihre Offenheit. Aber er hatte auch eine tiefliegende, verborgene Wunde gespürt, und er war Fachmann genug, um zu befürchten, daß diese Wunde bald wieder aufbrechen würde.

Kapitel 12

Lorraine bat den Taxifahrer, sie zum Beverly Glen zu bringen, sie würde die Mehrkosten übernehmen. Als sie vor Janklows Haus anhielten, ärgerte sie sich bereits, Fellows nicht gefragt zu haben, ob der Name ihm etwas sagte oder irgendeine Verbindung zu Brad Thorburn bestand. Sie wußte selbst nicht genau, wieso sie noch einmal hergefahren war.

Sie stand in der Nähe des Tors. Der Hund schlief auf dem Grundstück, nur ein paar Meter von ihr entfernt. Er wurde wach und knurrte: Sie sollte ja nicht wagen, auch nur ihre Hand ans Gitter zu legen. Der Mietwagen war längst abgeschleppt, und es gab kein Anzeichen mehr dafür, daß Rosie vor ein paar Stunden hier gewesen war. Das Haus lag im Dunkeln, im Erdgeschoß waren die Rolläden heruntergelassen, die Einfahrt war leer. Es war verdächtig still, wirkte aber trotzdem nicht unheimlich, ganz im Gegenteil. Lorraine trat näher ans Tor und löste damit die Sicherheitsbeleuchtung aus. Der Garten, das Untergeschoß des Hauses, das Tor, selbst der Bürgersteig, wo sie stand, waren plötzlich von grellem Licht überflutet.

Sie war schon fast wieder beim Taxi, als sie eine Stimme hörte. Sie blieb stehen und schaute zurück.

»Bruno muß wieder die Sicherheitsbeleuchtung aktiviert haben. *Bruno!*«

Brad Thorburn, in Shorts und Latschen, tauchte in der Haustür auf. Der Hund rannte auf ihn zu und stellte sich auf die Hinterbeine, um ihm das Gesicht zu lecken. Brad zauste ihm das Fell und sah sich um, aber da er keinen Eindringling entdecken konnte, sagte er zu dem Hund: »Dann mach sie wieder aus.«

Lorraine fuhr herum, als der Taxifahrer hupte. »Wollen Sie hier noch länger bleiben? Ich muß noch jemanden abholen.«

Sie hatte die Hand an der Wagentür, als das Tor aufging. Thorburn sah nach rechts und links und wollte das Tor gerade wieder schließen, als er sie erkannte: »He! Haben wir uns nicht an der Uni gesehen?«

»Entschuldigung«, sagte Lorraine unschuldig. »Sprechen Sie mit mir?«

Er nickte. »Ich habe mit Andrew Fellows Squash gespielt.«

Lorraine lächelte. »So ein Zufall.«

Sie wandte sich wieder dem Fahrer zu. »Noch einen Moment.«

»Haben Sie Schwierigkeiten?« fragte Thorburn.

Lorraine trat zu ihm. »Nein, eigentlich nicht. Ich wollte etwas für einen Freund abholen. Ich dachte, es wäre Nummer hundertachtunddreißig, aber ich muß mich geirrt haben.«

»Müssen Sie irgendwo anrufen? Sie können mein Telefon benutzen.«

»Wird nicht lange dauern«, rief sie dem Fahrer zu, der säuerlich nickte. Sie grinste Thorburn an. »Wir haben schon die ganze Gegend abgeklappert. Ich wollte nicht anfangen, an den Türen zu klingeln, mit all den Sicherheitsmaßnahmen hier.«

Thorburn schloß das Tor und ließ den Hund wieder los, der sich sofort auf Lorraine stürzte, schwanzwedelnd und schlabbernd. »Er hat es noch nicht so recht kapiert, er ist fast noch ein Welpe. Hier lang ...«

Die Eingangshalle war atemberaubend. Barockmöbel, massive Leuchter und Spiegel in Goldrahmen, aber das Ganze wirkte nicht bedrückend, weil der Raum riesengroß war.

»Das Telefon steht auf einem Tisch gleich hinter dem Durchgang. Ich heiße Brad Thorburn.«

»Lorraine Page.«

Er wandte sich nach rechts, und Lorraine ging geradeaus auf den Durchgang zu. Der Raum war etwas tiefergelegt, möbliert mit tiefen, weißen Sofas und einem kleinen Tisch mit einer Glasplatte, auf der ein Blumenstrauß stand, wie sie ihn nur aus Zeitschriften kannte. Alle Gemälde waren riesig, das weiße Telefon war das kleinste Objekt im Raum. Sie rief Rosie an.

»Hallo, ich bin's.«

Rosie setzte sofort zu einer Strafpredigt an – wieviel Sorgen sie sich gemacht hatte, daß sie gerade überlegt hatte, Jake anzurufen und sich auf die Suche nach ihr zu machen.

»Tut mir leid, ich hab' mich verfahren. Ich komme jetzt gleich nach Hause.«

Rosie wollte ihr von den Fotos erzählen, aber Lorraine hörte Thorburns Schritte auf dem weißen Marmorboden der Halle.

»Heute abend nicht mehr, ich hab' ein Taxi warten. Gute Nacht.«

Sie legte auf, bevor Rosie noch etwas sagen konnte.

»Möchten Sie etwas trinken?« Er hatte einen weißen Kaftan über die Shorts gezogen.

»Nein, danke, ich sollte lieber gehen, aber vielen Dank, daß ich Ihr Telefon benutzen durfte.« Sie spürte, wie sie rot wurde, also senkte sie den Kopf.

»Sind Sie bei Andrew gewesen?«

»Ja, wir haben zusammen gegessen, Dilly, Andrew und ich.«

Er lächelte. »Ich hab' ihr Geld geboten, damit sie das Bild endlich abhängt. Ich weiß, daß Sie es gesehen haben, weil Sie mich nicht anschauen wollen.«

Sie hatte nicht mal an das Bild gedacht; er selbst bewirkte, daß sie ihn nicht anschauen konnte. Sie gingen zusammen zur Haustür, die immer noch offenstand. Als sie herauskamen, fuhr ihr Taxi gerade davon.

»Nachdem Ihre Fahrgelegenheit verschwunden ist, ändern Sie vielleicht Ihre Meinung?«

»Nein, danke, aber wenn Sie mir vielleicht ein neues Taxi bestellen könnten...«

Er nahm sie am Ellbogen. »Kommen Sie, setzen Sie sich. Ich hole Ihnen ein Glas Saft oder Wasser, oder möchten Sie einen Kaffee oder Tee?«

Auch die Küche war wie eine Filmkulisse – mehr Geräte und Technik, als Lorraine je in einer Restaurantküche gesehen hatte. Thorburn goß ihr ein Glas Eiswasser ein, ging dann zum Telefon an der Wand und fragte beiläufig nach ihrem Beruf. Sie erzählte, sie habe eine Teilzeitstelle in einer Kunstgalerie. Er drehte sich zu ihr um. »Jemand, den ich kennen könnte?«

»Das bezweifle ich, er ist nicht besonders erfolgreich.« Sie wußte, daß sie die Situation ausnutzen mußte; sie mußte sich konzentrieren, mußte aufhören, sich wie ein mondsüchtiger Teenager zu benehmen. Diese Gelegenheit war einfach zu günstig. Es mochte ja sein, daß er ihr gefiel, aber das mußte sie ignorieren. Sie war allerdings ziemlich sicher – oder machte sie sich etwas vor? –, daß er Signale aussendete. Sie warf ihm einen Blick zu, als er nach dem Hörer griff, aber er drehte sich um und erwischte sie dabei. Er lächelte nicht, aber er sah sie kurz an, dann wandte er sich dem Telefon zu.

»Das Taxi wird in einer Viertelstunde hier sein.«

»Danke.« Jetzt mußte sie endlich tun, was zu tun war. »Das ist ein wunderbares Haus. Wohnen Sie allein hier?«

»Nein, zusammen mit meinem Bruder. Möchten Sie das Haus sehen?« Höflich führte er sie durch einen riesigen, wunderbar dekorierten Raum nach dem anderen. Er war offensichtlich gelangweilt, also ging die Führung ziemlich schnell vonstatten, und Lorraine sagte kaum etwas. Erst als sie im ersten Stock waren, machte seine Nähe sie unruhig. Er berührte wieder ihren Ellbogen, als er ihr das große Schlafzimmer zeigte, einen Raum mit bodenlangen, weißen Seidenvorhängen, in dem man augenblicklich einen dramatischen Auftritt von Barbara Stanwyck erwartete. Es fehlte die Frische der anderen Zimmer.

»Dieser Raum ist ganz anders«, sagte Lorraine und ging ein paar Schritte weiter, wobei sie im dicken, hochflorigen, zartrosafarbenen Teppichboden einsank.

»Das Zimmer meiner Mutter. Das ist ganz ihr Stil.«

Auf dem Frisiertisch standen Fotos in schweren Silberrahmen, mindestens fünfzehn. Das zentrale zeigte eine verblüffend schöne Frau mit hellblondem Haar; eine elegante, klassische Schönheit.

»Meine Mutter.«

»Sie ist hinreißend, unglaublich schön.«

»Ja, das ist sie – oder sie war es. Sie hat sich inzwischen in einen Gipsabdruck ihrer selbst verwandelt, ist kaum mehr als dieselbe Person zu erkennen. Sie weigert sich, zu altern. Es gibt wohl nichts an ihr, was sie nicht versucht hat, mit allen Mitteln zu konservieren. Das da war mein Vater. Ich glaube, das Bild steht nur hier, weil sie darauf so wunderbar aussieht. Er ist schon lange tot.«

Lorraine griff nach einem kleineren Rahmen. »Das ist mein Bruder, na ja, Halbbruder. Ich glaube, ich war etwa vier und er um die zwölf.«

Sie hörten ein Auto in der Einfahrt. Er stellte das Bild zurück, ging zum Fenster und zog den Vorhang auf.

»Ist das mein Taxi?«

»Nein. Eine Hausangestellte kommt zurück.« Rasch ging er zur Tür und wartete ungeduldig auf sie, aber er blieb doch ein Gentleman und hielt ihr die Tür auf. Sie wollte die Treppe hinuntergehen.

»Nein, kommen Sie in mein Büro.« Wieder nahm er sie beim Ellbogen und führte sie den Flur entlang. »Setzen Sie sich, ich komme sofort.«

Er ging zur Treppe zurück und schaute hinunter, als die Haustür zufiel. »Stell die Alarmanlage nicht an, ich warte auf ein Taxi.«

»Gehst du noch aus?« Lorraine war in der Tür zum Arbeitszimmer stehengeblieben. Sie hörte zwar eine Männerstimme, aber auch das Klicken hoher Absätze. »Ich habe Besuch – aber wir bleiben hier unten.«

Das Klicken wurde leiser, und sie hörte, wie eine Tür geschlossen wurde. Brads sogenanntes Arbeitszimmer bestand vor allem aus Fenstern und Bücherregalen. Auf einem modernen Schreibtisch stand ein Computer, daneben lag ein Manuskriptstapel.

»Was für Bücher schreiben Sie denn?«

Er schloß die Tür. »Sie sollten lieber fragen, was ich *versuche* zu schreiben! Ich bin noch längst nicht fertig.«

Er runzelte die Stirn, als Schritte auf der Treppe zu hören waren, aber sie gingen weiter in den nächsten Stock. Er entspannte sich und zeigte auf das Foto eines Oldtimers. »Ich bin Sammler.«

»Haben Sie die alle hier?« fragte Lorraine.

»Nein, ich habe eine Werkstatt mit Garagen. Ich habe sie zuerst nur für mich gekauft und einen Mechaniker eingestellt, um meine eigenen Autos instandzuhalten, aber jeden zweiten Tag tauchte jemand mit einem ähnlichen Wagen auf und fragte, ob mein Mechaniker ihm helfen könne oder wo man Ersatzteile bekäme. So habe ich eine Werkstatt eröffnet, die auf ältere Luxuswagen spezialisiert ist, amerikanische und ausländische.«

Er blickte auf, als über ihnen Schritte zu hören waren. »Entschuldigen Sie mich.«

Sobald die Tür hinter ihm zugefallen war, eilte Lorraine zu seinem Schreibtisch, zog Schubladen heraus, wühlte. Sie fand Stapel von Schreibpapier mit dem S & A-Logo, Zeitschriften und noch mehr Manuskripte. Sie warf einen Blick auf die Bücher – Romane, Theologie, Medizin, Lexika, Biographien, Autobiographien –, dann öffnete sie eine Tür zu einem anderen Zimmer und stand vor einem perfekt ausgestatteten Fitneßraum. Sie horchte auf, als Stimmen laut wurden. Es war frustrierend, weil sie kein Wort verstehen konnte. Eine Tür wurde zugeknallt, und dann hörte sie schnelle Schritte. Sie setzte sich rasch wieder hin.

»Vielleicht sollten Sie noch einmal wegen des Taxis anrufen.«

Er ging zum Bücherregal und zog ein Buch heraus. Die ganze Wand wich zurück und gab den Blick auf ein großes Schlafzimmer frei.

Brad verbeugte sich. »Es gibt sogar eine Treppe, die zum Garten hinunterführt. Wenn das Taxi nachher immer noch nicht da ist, fahre ich dich nach Hause.«

Sie ging an ihm vorbei ins Schlafzimmer. Über dem riesigen Bett hingen diverse Spiegel. Das Zimmer war aufgeräumt, alles in einem hellen Hafermehlton gehalten, sogar der polierte Holzfußboden. An den Wänden hingen Fotos, überwiegend von blonden Frauen.

»Mein Harem, wie Dilly sie nennt.« Lorraine trat näher heran, und er stellte sich dicht hinter sie. »Sie meint, sie wären austauschbar. Was denkst du?«

Sie spürte seine Körperwärme, aber sie blieb ruhig stehen und schaute sich die Mädchen der Reihe nach an. »Ich finde, sie sind reizend.«

Er berührte ihre Schulter, federleicht, und strich ihr dann langsam über den Arm. Er griff nach ihrer Hand und zog sie nach hinten, damit sie seine Erektion spüren konnte.

»Ich will dich haben.« Seine Stimme war kaum vernehmbar.

Sie zog die Hand nicht weg. Ihr ganzer Körper schien in Flammen zu stehen, und dann lachte sie. »Dillys Bild übertreibt wohl nicht?«

Ohne weitere Anleitung bewegte sie ihre Finger, und er stöhnte. Sie schloß die Augen – sie wollte das eigentlich nicht. Mit der rechten Hand knöpfte er langsam ihre Bluse auf und schob sie dann unter ihren BH. Ihre Brustwarzen waren hart, er wußte, daß sie ebenfalls erregt war. Er neigte den Kopf, um sie auf den Hals zu küssen, und sie spreizte unwillkürlich die Beine.

»Nein«, flüsterte sie. »Bitte nicht. Ich will es nicht, ich muß jetzt gehen.«

Sie wollte schreien, wollte, daß er weitermachte. Sie spürte, wie sein Atem schneller wurde, als er ihre Brustwarzen streichelte. Sie wußte, bald würde sie nicht widerstehen können – aber sie mußte dem ein Ende machen, sich von ihm lösen. Sie schob seine Hände weg, aber er drehte sie grob zu sich herum und küßte sie auf den Mund. Es war ein süßer, sanfter Kuß, und sie wollte mehr und drückte sich an ihn. Sie spürte, wie sie unwillkürlich ansetzte, ihn zu umarmen.

»Wie ist denn das passiert?« Er folgte ihrer Narbe mit der Fingerspitze. »Du machst mich verrückt, weißt du das? Es ist so sexy, wie du den Kopf schief legst. Du hast wunderschöne Augen. Ich will mit dir schlafen, Lorraine.«

Sie schämte sich ihres Körpers, ihrer Narben, und sie hörte seine rauhe Stimme, wie er Dinge sagte, die sie nie von einem Mann erwartet hätte, schon gar nicht von einem so gutaussehenden. Sie hätte heulen können.

»Ich muß jetzt gehen. Laß mich los.«

Er wich zurück, und sie knöpfte sich die Bluse wieder zu und strich ihren Rock glatt. Sie mußte reden, weil sie nicht fähig gewesen wäre, nein zu sagen, wenn er sie nur noch ein einziges Mal berührt hätte. »Ich weiß nicht, was du dir einbildest, aber du hast wirklich Nerven. Und jetzt bleib mir vom Leib – fick deine reichen, blonden Studentinnen, aber laß die Finger von mir, sonst wird es dir leid tun, mein Schatz. Bei mir bist du an die Falsche geraten!«

Er trat noch weiter zurück, seine Miene war die eines verwirrten kleinen Jungen. Sie fuhr sich durchs Haar und blickte zu den Spiegeln hoch. »Kleine Mädchen macht dieser Schrott hier vielleicht an, aber leb deine Phantasien nicht mit jemandem aus, den du nicht kennst und nie kennen wirst. Also, hast du mir nun ein Taxi gerufen oder war das nur ein Teil deines geilen kleinen Spielchens?«

»Wieviel verlangst du?« Sein Gesicht war wutverzerrt.

»Ich suche mir meine Kunden selbst. Wie komme ich hier raus?«

Er packte sie am Handgelenk, aber sie befreite sich mit einer schnellen Drehung und schlug ihm ins Gesicht. »Bleib mir vom Leib, reicher Junge.«

»Ich will wissen, wieviel.«

Sie spürte, wie sich ihr Magen zusammenzog – sie wollte, daß er sie in den Arm nahm, daß er sie küßte wie noch einen Augenblick zuvor.

»Nenn deinen Preis!«

Sie sah sich nach der Tür um. Ihn zu schockieren, hatte nicht funktioniert. Er war gedemütigt, wütend und noch attraktiver.

»Ich sagte, nenn deinen Preis.«

Sie starrte ihn an. »Soviel hast du nicht.«

»Wetten? Fünfhundert Dollar? Oder mehr? Siebenhundertfünfzig? Ich finde, du siehst nicht wie ein Tausend-Dollar-Flittchen aus, aber wenn du unbedingt willst...«

Er ging zu einem Schrank, zog ein paar Schubladen auf und holte ein Bündel Scheine heraus. Gerade als er sie ihr hinwerfen wollte, klingelte das Telefon. Er griff nach dem Hörer, horchte, ließ ihn wieder sinken. »Dein Taxi. Warum gibst du mir nicht deine Nummer? Vielleicht klappt es ja ein anderes Mal.«

Sie lachte, als er die Tapetentür zur Treppe in den Garten öffnete. Sie wartete nicht, daß er ihr den Weg zeigte, sondern ging sofort nach unten. Er folgte ihr nicht; er blieb stehen und sah ihr nach.

»Das habe ich ernst gemeint, Lorraine.«

Sie drehte sich um und erwiderte seinen Blick. »Ich bin keine Hure, Brad. Ich will weder dich noch dein Geld. Gute Nacht.«

Er ging ans Fenster und sah ihr nach. Er öffnete das Tor per Fernbedienung und sah, daß sie zögerte, als es aufging, aber sie drehte sich nicht um. Vielleicht wußte sie nicht, daß er sie sehen konnte.

Er legte sich auf sein Bett, starrte sich im Spiegel an, verwirrt und wütend, weil sie ihn abgewiesen hatte. Er war so etwas nicht gewöhnt, auch nicht, daß ihn eine Frau so erregte. Das Telefon klingelte. Er seufzte gereizt und nahm ab.

»Was willst du?«

»Hast du die Alarmanlage wieder eingeschaltet?«

»Ja.«

Steven Janklow legte den Hörer auf und ging ins Bad, schloß leise die Tür hinter sich. Hier im Haus eingeschlossen fühlte er sich sicher. Er ließ den seidenen Morgenmantel fallen, schaute bewundernd an sich hinab und glitt dann zufrieden seufzend ins parfümierte Wasser.

Lorraine wurde stilvoll nach Hause gebracht. Der Wagen war ein riesiger Mercedes, der Fahrer trug Uniform. Er sagte die ganze Zeit über kein Wort. Sie war froh darüber, ihr war nicht nach Reden zumute. Rosie war allerdings noch wach und bereit loszulegen, sobald Lorraine die Wohnungstür öffnete.

»Du hast aufgelegt, ehe ich mit dir reden konnte.«

»Rosie, ich bin todmüde. Hat das nicht Zeit bis morgen?«

»Nein. Ich habe die Fotos entwickeln lassen. Ich war noch mal am Janklow-Haus.«

»Du warst *wo*?« Lorraine schrie beinahe.

Sie warf ihre Handtasche auf den Tisch. »Jetzt hör mir mal zu, Rosie. Das ist kein Spiel. Mach so was nie wieder! Hörst du: *nie wieder!* Du mußt dich mit mir absprechen.«

Rosie schob wie ein Kind die Unterlippe vor. »Ich hab' dir nur helfen wollen, und dann ist das Auto nicht mehr angesprungen. Ich mußte es abschleppen lassen. Ich bin den ganzen Weg vom Janklow-Haus runtergelaufen und ...«

Lorraine unterbrach sie. »Mein Gott, du hast das Auto vor dem Haus stehenlassen? Ich kann es einfach nicht glauben.«

»Gut, daß es passiert ist, denn nachher hab' ich den Mercedes gesehen und ein gutes Foto des Fahrers gemacht.«

Jetzt hatte Lorraine angebissen. »Janklow?«

»Na ja, ich denke schon.« Lorraine starrte die Fotos an, am längsten das mit der blonden Frau am Steuer.

»Ist das ein Mann oder eine Frau, was meinst du?« Rosie machte eine große Show daraus, die beiden Fotos nebeneinanderzulegen, das von Steven Janklow und das von der blonden Frau.

»Schwierig zu sagen, wenn der Mund nicht wäre.«

Ein breiter Mund, ein Mund, der – da war Lorraine vollkommen sicher – zu dem Mann gehörte, der sie angegriffen hatte. Aber sie hatte Angst, daß Rosie sich zu weit vorwagen und vielleicht etwas tun würde, das sie in Gefahr brachte. »Wir lassen sie vergrößern. Und jetzt, wenn du einverstanden bist, gehe ich ins Bett.«

Sie schlüpfte unter ihre Decke auf der Couch und zog sie hoch bis zum Kinn. Sie hatte sich so danach gesehnt, geliebt zu werden, im Arm gehalten, geküßt, aber sie hatte auch solche Angst gehabt – nach all dieser Zeit, nach allem, was sie verloren hatte, war sie überrascht, daß sie noch zu solchen Gefühlen fähig war. Lubrinskis Tod war der schlimmste Augenblick ihres Lebens gewesen. Er allein hatte ihr die Liebe gegeben, die sie sich so von ihrem Mann gewünscht hatte; Lubrinski hatte sie so geliebt, wie sie war, und nie etwas dafür verlangt.

Es begann mit einem einzigen trockenen Schluchzen, das sich seinen Weg unter Schmerzen von tief aus der Magengrube bahnte. Lorraine fürchtete, Rosie könne sie hören, und biß in die Decke, behielt sie zwischen den Zähnen, als das zweite Schluchzen sie erschütterte. »Verdammt, reiß dich zusammen, Page! Es ist wichtig, daß du ruhig bleibst. Fang an zu flennen, und die Leute nehmen uns nicht mehr ernst! Da draußen ist eine Mutter, die wissen will, ob ihr kleines Mächen noch lebt oder tot ist – wenn du irgendwelche Gefühle zeigst, wird sie es nicht ertragen. Wenn du heulen willst, tu das gefälligst zu Hause, nicht im Dienst. Hast du das verstanden, Page?«

»Mrs. Bradley, es tut mir so leid, aber wir haben Laura gefunden, und ich muß Ihnen leider sagen… Laura ist tot, Mrs. Bradley.«

Rosie setzte sich auf. Etwas hatte sie geweckt, und einen Moment lang hatte sie Angst. Dann wußte sie, was es war. Sie warf die Decke zurück und ging zu Lorraine. Sie war ganz steif, hielt die Decke zwischen den Zähnen. Sie klang wie ein verwundetes Tier, gab schreckliche Laute von sich, als sie versuchte, ihre Schreie zu unterdrücken. Rosie nahm sie in ihre Arme und fing an, sie zu wiegen. »Laß es raus, Lorraine, laß es raus. Ich bin's doch nur, nur die dicke, fette Rosie. Du kannst ruhig heulen, komm, heul ein bißchen…«

Der Damm brach, und das Stöhnen explodierte in keuchendes Schluchzen, als die Tränen zu fließen begannen. Lorraine klammerte sich wie eine Ertrinkende an Rosie, als habe sie Angst, sie je wieder loszulassen. Sie schluchzte beinahe zwei Stunden lang. Sie weinte um alles, was sie verloren hatte, um ihre Kinder, ihren Mann, ihre Mutter… Sie weinte um den Jungen, den sie erschossen hatte, sie weinte um Lubrinski und stammelte immer wieder, daß es ihr leid tue, so furchtbar leid, und schließlich weinte sie auch um sich selbst.

Am Ende war sie so erschöpft, daß sie kein Wort mehr herausbrachte. Sie zitterte und gab Geräusche von sich, als hätte sie einen Schluckauf, als Rosie ihr sanft das Gesicht abwischte und sie mit ins Schlafzimmer nahm. Sie half ihr ins Bett, brachte ihr einen nassen Waschlappen, damit sie sich das Gesicht kühlen konnte, und legte sich dann neben sie. Dann nahm sie sie wieder in ihre weichen Arme, wiegte sie und sagte: »Jetzt ist es vorbei, jetzt kann es nur noch besser werden, Schatz. Ab jetzt wird alles viel leichter.«

Als das Telefon klingelte, erschrak Rooney derart, daß ihm das Herz bis zum Hals schlug. Es war Bean. Sie hatten gerade wieder eine Leiche gefunden; eine Weiße, Alter zwischen dreißig und vierzig; sie hatte im Kofferraum eines gestohlenen Autos gelegen. Die Tote hatte eine Wunde am Hinterkopf und schreckliche Verletzungen im Gesicht. Rooney fiel in die Kissen zurück, den Hörer noch an die Brust gedrückt. Seine Frau sah ihn fragend an.

»Lieber Gott, schon wieder eine. Er hat noch eine umgebracht.«

Kapitel 13

Rooney und sein Lieutenant warteten. Sie konnten wenig tun, ehe der Pathologe nicht fertig war. Der gestohlene Wagen, ein Lincoln Continental, war zur Spurensicherung abgeschleppt worden. Der Besitzer hatte das Auto am Tag zuvor als gestohlen gemeldet. Rooney war mürrisch, er wußte, daß die Presse sich auf diesen Mord stürzen würde, und er hatte den Reportern, die vorm Leichenschauhaus warteten, nichts zu sagen.

Er schickte Bean los, die Wärter des Parkhauses, in dem der gestohlene Wagen mit der Leiche gefunden worden war, noch einmal zu befragen.

Nach zwei Stunden gingen endlich die Türen auf, und ein Pathologieassistent mit Gesichtsmaske und OP-Kittel winkte ihn herein. In grüne Laken gehüllt, dominierte die Leiche den ganzen Raum, dessen Leuchtstoffröhren den Instrumenten und Waschbecken ein unwirkliches Strahlen verliehen.

»Morgen, Bill«, sagte Nick Arnold, der Pathologe. Er wusch sich gerade die Hände. »Du bist ja ziemlich ungeduldig. Ich höre, du hast schon gewartet – hättest reinkommen sollen.«

Rooney haßte Autopsien. Er hatte sich nie daran gewöhnen, es nie ertragen können: das Aufschneiden der Leiche, das Zischen stinkender Gase, das Blut, nicht zu reden von den offenen, blicklosen Augen des Opfers.

Arnold kannte Rooney schon lange und verstand, daß der Captain, dessen Gesicht bereits eine grünliche Färbung angenommen hatte, lieber nicht näher hinsehen wollte. »Komm, laß uns einen Kaffee trinken«, sagte er. »Es wird noch eine Weile dauern, bis wir mit den Fotos und Tests fertig sind.« Er gähnte. »Sie haben mich aus dem Bett geholt.«

»Mich auch«, murmelte Rooney und ließ sich auf einen gepolsterten Stuhl sinken – das Kissen ächzte. »Und, was hast du für mich?«

»Der Tod ist am späten Abend eingetreten – mehr kann ich noch nicht sagen. Bis ich die Testergebnisse habe, kann ich die Todeszeit nicht exakter bestimmen, aber es war Abend, und die letzte Mahlzeit des Opfers war Bananenbrot.«

»Das ist eine große Hilfe.« Rooney schlürfte seinen Kaffee.

»Das Opfer war Ende dreißig, möglicherweise sogar vierzig, aber gut in Schuß.«

»War sie blond?« fragte Rooney.

»Ja, aber wer sagt denn, daß ›sie‹ weiblich war?«

»Was?«

Arnold grinste. »Er war beinahe eine Sie, und auf den ersten Blick hätte ich gesagt, auf jeden Fall weiblich, aber er war auch in den unteren Regionen gut ausgestattet. Ein Transsexueller, Bill, und zwar einer, der eine Menge Hormone geschluckt hat. Auch der Adamsapfel ist irgendwann operiert worden.« Er stand auf und wies auf ein paar Zeichnungen. »Ein Hammerschlag hier an der Schädelbasis, der sie mindestens bewußtlos werden ließ. Ihr Gesicht ist zu Brei geschlagen, Nase, Wangenknochen und Stirn zertrümmert, ein Auge tief in die Höhle gedrückt, und auf der anderen Seite ist das Jochbein gebrochen. Kein schöner Anblick mehr, aber ich würde sagen, sie oder er ist früher mal recht attraktiv gewesen. Das Haar ist blond gefärbt, gut geschnitten. Wir haben unter ihren Fingernägeln nichts gefunden, der erste Schlag muß sie vollkommen überrascht haben. Sie hat sich nicht gewehrt.«

Rooney ging zur Spurensicherung, um sich die Kleider des Opfers anzusehen. Sie waren nicht billig, einige von bekannten Firmen, aber nur die Schuhe waren hilfreich. Es waren Stilettos in Übergröße, hergestellt in einer Spezialwerkstatt, die hauptsächlich für Transvestiten und Transsexuelle arbeitete. Rooney war sicher, damit das Opfer bald identifizieren zu können.

Im Büro traf er auf Bean, der auch nicht viel mehr wußte: Keiner der Parkhauswächter konnte sich an den Fahrer des Wagens erinnern. Der Besitzer war eine Woche weggewesen und hatte den Diebstahl seines Autos erst am Tag zuvor bemerkt und gemeldet.

Rooney wies seine Mitarbeiter an, das Parkhaus zu überprüfen. Vielleicht hatte der Mörder den Wagen gestohlen, ihn dort gelassen und war dann mit seinem Opfer in einem anderen Auto zurückgekehrt. Der gesamte Innenraum des Wagens war abgewischt worden, auch das Handschuhfach. Die Spurensicherung hatte allerdings lange blonde Haare gefunden, die überprüft werden mußten. All das brauchte seine Zeit – Zeit, die Rooney nicht hatte. Um halb zehn wurde er zu Chief Berillo gerufen.

Rooney hörte ihm mit finsterer Miene zu. Er sollte weiter die Ermittlungen leiten, aber nur, bis die FBI-Agenten sich mit dem Fall vertraut gemacht hatten. Dann, so drückte der Chief es aus, könne Rooney schon mal anfangen, den Rasen zu mähen. Das klang höhnisch, selbst wenn Berillo es vielleicht nicht so gemeint hatte. Rasenmähen war nicht das, was Rooney sich für seinen Ruhestand vorgestellt hatte, selbst wenn er ihn aus freien Stücken angetreten hätte. Jetzt lastete dieser erzwungene Rücktritt schwer auf seinen fetten, hängenden Schultern. »Sie dürfen nicht glauben, daß Sie wegen Unfähigkeit abgezogen werden. Es ist nur so, daß...«

Rooney stützte sich auf den Schreibtisch. »Sie brauchen einen Sündenbock, ich weiß. Ich habe der Truppe die besten Jahre meines Lebens gegeben, aber das interessiert keinen. Jemand muß verantwortlich dafür sein, daß wir diesen Irren noch nicht gefunden haben, also warum es nicht mir in die Schuhe schieben?«

»Es tut mir leid, wenn Sie das so nennen, Bill.«

»Ich möchte wenigstens noch die Gelegenheit haben, mit Murphy zu reden.«

Der Chief räusperte sich. »Sie sind jetzt gerade bei ihm, aber ich bin sicher, sie lassen Sie später mit ihm reden.«

Keiner von ihnen hatte bisher mit Brendan Murphy sprechen dürfen oder ihn auch nur gesehen. Bean tätschelte Rooneys Schulter. »Das wäre ja noch schöner, wenn die hier mit einem Verdächtigen reinspazieren und alles auf ihn schieben. Und dann kassieren sie die Lorbeeren, und wir stehen wie die Idioten da.«

»Wir müssen die Identität des letzten Opfers feststellen, das hat jetzt oberste Priorität.«

»Captain, soll ich Andrew Fellows informieren?« schlug Bean vor.

»Sicher. Es interessiert mich, ob Großohr noch was einfällt.«

Bean fuhr zu Fellows, der Rest des Teams machte sich auf, um sich bei bekannten Transsexuellen umzuhören und in Schuhgeschäften und Boutiquen nachzufragen, ob man sich an das Opfer erinnerte. Rooney hatte auch zwei Männer abgestellt, die Angestellten der S & A-Werkstatt in Santa Monica zu überprüfen; er hatte sie angewiesen, unauffällig zu arbeiten.

Er selbst nahm den Fahrstuhl ins Tiefparterre zu den Zellen für Untersuchungshäftlinge. Er mußte unzählige Sicherheitstüren passieren und seine Waffe in einem Schließfach lassen, bevor man ihn einließ. Ein Sergeant saß vor der Schalttafel, die anzeigte, welche Zelle in welchem Korridor besetzt war.

»Wo haben Sie den Verdächtigen?«

Der Sergeant zeigte auf Zelle vierzehn.

»Kann ich irgendwie mithören, was da los ist?«

Der Sergeant warf ihm einen Seitenblick zu und legte einen Schalter um. »Das FBI bearbeitet ihn schon seit Stunden.«

Rooney starrte auf den Bildschirm, der den Insassen von Zelle vierzehn zeigte. Brendan Murphy saß auf der Pritsche, die Unterarme auf die Knie gestützt. Er trug eine Jeansjacke und ein fleckiges T-Shirt. Die Schuhe hatte man ihm abgenommen. Sein Bierbauch, noch größer als der von Rooney, hing über den Bund der ausgebeulten alten Jeans. Rooney konnte nicht sehen, wer außer ihm in der Zelle war, aber er hörte eine leise Stimme, die Murphy aufforderte, noch einmal von vorn anzufangen und sich dabei Zeit zu lassen. Murphy fuhr sich über sein stoppliges Kinn.

»Verdammt, wie oft soll ich euch denn noch sagen, daß ich meine Frau fast zehn Monate nicht mehr gesehen habe? Und die andere Frau hab' ich nicht mehr als ein- oder zweimal getroffen, und das ist Jahre her! Ihr habt den Falschen erwischt.«

Rooney zog an der Zigarette. Murphy entsprach ihrer Beschreibung des Mörders wirklich nicht – er hätte kaum unterschiedlicher sein können. Er war untersetzt, übergewichtig, mindestens einsfünfundachtzig groß und hatte, so wie er aussah, in seinem ganzen Leben noch kein Leinensakko getragen. Kläglich wiederholte er noch einmal, wo er am Abend des Mordes gewesen war. »Ich war nicht mal in Los Angeles! Das hab' ich euch doch schon alles in Detroit gesagt! Wegen euch werde ich meinen Job verlieren.«

Rooney hatte genug gesehen. Er wußte, daß Murphy nicht ihr Mann war, also überließ er ihn dem FBI. Je länger sie sich auf ihn konzentrierten, desto besser.

Lorraine weckte Rosie mit einer Tasse Tee. »Ich gehe zum Training, aber zum Frühstück bin ich wieder da«, sagte sie vergnügt.

Im Fitneßstudio trainierte sie unter Hectors Aufsicht. Dann duschte sie eiskalt und fühlte sich fit und wach. Sie lief sogar vom Bus bis zur Wohnung – mit gleichmäßigen Schritten, ohne sich übermäßig anzustrengen oder in Schweiß zu geraten.

Rosie hatte schon ihre Vitamine bereitgestellt, das Eiweißgetränk, Frühstücksflocken, Obst und Joghurt. Lorraine aß hungrig. Trotz der Anstrengungen war sie nicht müde. Sie fühlte sich wie die alte Lorraine Page, bevor diese zur Flasche gegriffen hatte.

»Gestern habe ich einen Mann namens Brad Thorburn kennengelernt«, sagte sie zu Rosie. »Er kennt den Professor, mit dem ich mich an der Uni getroffen habe, Andrew Fellows. Sie haben Squash gespielt, und...« Sie starrte ins Leere, sah ihn wieder vor sich, sein Gesicht, seinen athletischen Körper. »Er wohnt in dem Haus am Beverly Glen. Es gehört ihm. Und die Oldtimer-Werkstatt ebenfalls.« Rosie zog einen Stuhl heran, während Lorraine die Fotos noch einmal genau studierte. Sie betrachtete forschend den Mercedes und dann den Mann, von dem sie annahm, daß er Steven Janklow war. In der Aufnahme waren nur sein Kinn und das rechte Nasenloch scharf zu erkennen. Lorraine griff nach der Aufnahme mit der blonden Frau. »Ich glaube, du hast recht – das ist dieselbe Person.«

Sie blätterte die Akte durch, suchte die Unterlagen über Norman Hastings. »Ich möchte gern mit Hastings' Frau sprechen. Kannst du ein anderes Auto mieten und mich dann dort abholen? Aber vorher solltest du den Ausschnitt aus dem Foto mit der blonden Frau noch vergrößern, damit wir mehr von ihrem Gesicht sehen.« Lorraine zählte ihr Geld. Es war fast nichts mehr übrig.

»Besteht die Chance, daß dieser Freund von dir noch ein bißchen was herausrückt?«

»Ich kann's versuchen, aber ich bezweifle es.« Lorraine gab ihr sechzig Dollar und die Adresse von Mrs. Hastings.

Im Hinausgehen nahm Rosie die Zeitung von der Treppe und warf sie Lorraine zu. »Bis später.«

Die Schlagzeile sprang ihr ins Auge: Hammermörder schlägt wieder zu. Sie gaben nicht den Namen des Opfers an, nur, daß es eine Weiße gewesen war, etwa Ende dreißig, und daß man sie im Kofferraum eines gestohlenen Fahrzeugs gefunden hatte. Der Mord hatte sich am frühen Abend ereignet; die Zeitung teilte die Autonummer und den Fundort des Wagens mit. Dann folgte die übliche Bitte an die Öffentlichkeit um Informationen, die der Polizei dienlich sein könnten. Man hatte einen Verdächtigen verhaftet.

Lorraine rief Rooney an, erhielt aber nur die Auskunft, daß er nicht zu erreichen sei. Sie sah auf die Uhr. Zu spät, ihre Pläne noch zu ändern.

Rooney wartete seit einer Viertelstunde vor Mrs. Hastings' Haus. Sie war nicht da, aber einer Nachbarin zufolge brachte sie wahrscheinlich nur die Kinder zur Schule und würde nicht lange wegbleiben. Er nahm noch einen Schluck aus der Bourbonflasche, die er eingesteckt hatte, schraubte sie dann fest wieder zu und schob sich ein Pfefferminz in den Mund. Er lehnte sich zurück, griff nach einer Zeitung und furzte laut, als er die Schlagzeile sah.

Schließlich kam Mrs. Hastings zurück, beladen mit Einkäufen. Kaum war sie im Haus, entdeckte Rooney im Rückspiegel Lorraine, die die Straße entlangkam. Sie blieb stehen, als wolle sie sich überzeugen, daß sie die richtige Adresse hatte. Als sie an seinem Auto vorbeikam, drehte er die Scheibe herunter. »Morgen«, sagte er laut.

»Hi«, sagte Lorraine. »Ich wollte zu Mrs. Hastings.«

»Ich komme mit.«

Sie zögerte: »Na gut, aber vielleicht kriege ich ohne Sie mehr aus ihr raus.«

»Haben Sie schon die Morgenzeitung gesehen? Es ist noch nicht öffentlich, aber es war keine Sie, sondern ein Er – oder was auch immer. Deshalb bin ich hier: Ich dachte, ich versuche es noch mal mit Mrs. Hastings.«

Lorraine reagierte nicht auf diese Information. Das war der Moment, in dem sie eigentlich von Janklow hätte sprechen müssen, aber sie tat es nicht.

»Es heißt, Sie hätten einen Verdächtigen verhaftet.«

»Brendan Murphy, den Mann eines der Opfer. Das FBI hat ihn aus Detroit hergebracht. Ich hab' nicht mal mit ihm reden können, aber …«

»Aber?«

»Er ist es nicht, ich weiß es. Kommen Sie, reden wir mit Mrs. Hastings.«

»Lassen Sie es mich zuerst alleine versuchen, Bill. Haben Sie die Angestellten von S & A überprüft?«

»Ich hab' heute früh zwei Leute hingeschickt.«

Sie konnte den Alkohol in seinem Atem riechen. »Alles in Ordnung mit Ihnen?«

Er schüttelte den Kopf. »Nein. Sie haben mir den Fall entzogen. Nachher hab' ich eine Besprechung mit den FBI-Typen.«

»Darf ich Ihnen einen Rat geben, Bill? Man kann den Schnaps riechen – den und das Pfefferminz. An Ihrer Stelle würde ich einen Kaffee trinken. Wenn Mrs. Hastings sich über Sie beschwert, liefern Sie sich dem FBI endgültig ans Messer.«

Rooney fluchte und hielt sich die Hände vor den Mund, versuchte, seinen Atem zu riechen. »Na gut, ich komme in einer Viertelstunde wieder. Ich esse erst mal was. Wenn Sie fertig sind, warten Sie hier auf mich.«

Ein paar Blocks weiter fand er einen Imbiß. Als er auf sein Essen wartete, fiel ihm auf, wie absurd es war, daß dieser Rat, erst mal nüchtern zu werden, ausgerechnet von Lorraine kam. Er hatte immer viel getrunken, aber in der letzten Zeit mehr denn je, und vor allem im Dienst. Hatte es bei ihr auch so angefangen? Sie hatte Eheprobleme gehabt, aber die hatten alle Polizisten. Es graute ihm davor, pensioniert zu werden. Es verursachte regelrecht Alpträume, wenn seine Frau davon redete, ein Wohnmobil zu kaufen und im Land herumzufahren. Etwas Schlimmeres konnte er sich kaum vorstellen. Er konnte sich nicht erinnern, wann er seine Frau das letzte Mal zum Essen oder ins Kino ausgeführt hatte. Während er sich durch sein Frühstück pflügte, wurde er immer trübsinniger. Alles, was er tat, drehte sich um das Revier und seine Männer, und von heute auf morgen wäre es vorbei. Schließlich schob er diese bedrückenden Gedanken weg und versuchte, sich auf den Fall zu konzentrieren. Wieso war es Lorraine so wichtig, daß er diese Werkstatt überprüfte. Hatte sie ihm etwas verschwiegen? Auch früher hatte sie nie mit offenen Karten gespielt. Er hatte sie deshalb gerügt, ihr gesagt, sie sei Teil eines Teams. Er erinnerte sich noch, wie sie ihn angefaucht hatte, sobald die Männer sie wie ein Mitglied des Teams behandeln würden, würde sie auch mit ihnen zusammenarbeiten. Damals hatte sie es sich leisten können, ihm eins überzubraten, weil sie einen höheren Rang gehabt hatte. Es hatte ihn immer geärgert – und nicht nur ihn –, daß sie ihre Streifen schneller als manch anderer bekommen hatte.

»Haben Sie Schwierigkeiten mit den Männern?« hatte er damals gefragt. »Wollen Sie sich beschweren?«

»Keine Beschwerde; aber wenn einer von denen mich noch mal auf eine falsche Fährte setzt, zusammen mit diesem Merton, der am liebsten über alles, was ihm vor die Nase kommt, eine Akte anlegen würde, dann beschwere ich mich. Der Mann ist keine Hilfe, er braucht selber welche, das weiß doch jeder.«

Rooney hatte versprochen, sich darum zu kümmern, es aber nie getan. Selbst nach dieser Schießerei, als sie beinahe umgekommen war, hatte er ihr keinen vernünftigen Partner zugeteilt, sondern nur vorgeschlagen, sie solle ein paar Übungsstunden am Schießstand nehmen.

»Ich kann schießen, Bill. Wenn nicht, wäre ich nicht hier, und mein Partner auch nicht. *Er* ist derjenige, der die Übungsstunden braucht.«

Merton war kurz darauf – Lorraine war gerade bei einem Fortbildungskurs – bei einer Schießerei getötet worden. Vielleicht hatte sie recht gehabt, aber niemand machte sich die Mühe einer offiziellen Ermittlung. Man verlieh Officer Colin Merton posthum eine Tapferkeitsmedaille, und Lorraine bekam einen neuen Partner. Rooney hatte erwartet, daß John Lubrinski sich querstellen würde, als er hörte, er müsse mit einer Frau zusammenarbeiten, aber er hatte kein Wort gesagt. War es Lubrinski gewesen, der Lorraine an die Flasche gebracht hatte? Die beiden hatten immer in irgendwelchen Bars herumgehangen; Lubrinski war bekannt für seine Trinkgewohnheiten, und sie bemühte sich offensichtlich mitzuhalten.

Sie hatten drei Jahre zusammengearbeitet. Als er bei einer Schießerei verletzt worden war, hatte sie ihm das Bein mit ihrer Strumpfhose abgebunden. Er hatte drei Kugeln abbekommen, eine in den Oberschenkel, eine in die Schulter und eine in den Bauch. Die letzte hatte ihn getötet. Lorraine hatte sich eine Woche darauf zum Dienst zurückgemeldet und Lubrinski nie wieder freiwillig erwähnt. Auch er hatte eine posthume Tapferkeitsmedaille erhalten, und sie war belobigt worden, was dazu führte, daß viele der Männer andeuteten, wenn Merton und Lubrinski keine Frau als Partner gehabt hätten, wären sie noch am Leben. Lorraine hatte sich auch darüber nie beschwert, aber auch nicht das Angebot angenommen, ein paar Wochen Urlaub zu machen. Sie hatte weitergearbeitet wie zuvor. Vielleicht hatte sie damals angefangen, alleine zu trinken. Dann hatte man sie auf ihr Ersuchen von der Sitte zum Drogendezernat versetzt. Sechs Monate später hatte sie den Jungen erschossen. Niemand hatte je erfahren, wie sie sich an diesem Abend gefühlt hatte oder wieso sie trank.

Rooney schob den halb leergegessenen Teller weg. Zum ersten Mal fühlte er sich schuldig, weil er Lorraine ebenso wie alle anderen die kalte Schulter gezeigt hatte. Er beschloß, mit ihr darüber zu reden, selbst wenn es jetzt zu spät sein mochte. Vielleicht, weil ihm selbst danach war, die Flasche Bourbon leerzutrinken, obwohl er im Dienst war. Ihm war alles egal, und er fragte sich, ob ihr damals auch so zumute gewesen war. War sie wütend gewesen? Irgendwie waren sie sich ähnlich: Auch er hatte sich nie beschwert, er hatte seine Männer immer angetrieben, ganz gleich, wie hart die Arbeit war, Beschwerden waren etwas für Schwächlinge. Ganz gleich ob Mann oder Frau, niemand verdiente, bevorzugt zu werden. Wenn sie das nicht verkraften konnten, verdienten sie seinen Respekt nicht. Jetzt respektierte ihn keiner mehr, ebenso wie damals – so nahm er an – niemand mehr Lorraine Page respektiert hatte.

»Mein Name ist Lorraine Page«, sagte sie zu der nervösen Mrs. Hastings. »Könnte ich vielleicht ein paar Minuten mit Ihnen sprechen, um noch ein paar Unstimmigkeiten im Zusammenhang mit dem Mord an Ihrem Mann zu klären? Es wird nicht lange dauern.«

Als sie im Wohnzimmer saß, gab sich Lorraine vollkommen entspannt und machte Komplimente über die Einrichtung, was Mrs. Hastings sichtlich beruhigte.

»Ich habe diesem Detective Rooney schon alles gesagt. Ich weiß nicht, was es noch zu besprechen gibt. Diese ständigen Fragen machen alles nur noch schlimmer.«

Lorraine klappte ihren Aktendeckel auf und lächelte. »Dann bringen wir's doch so schnell wie möglich hinter uns.«

Sie fragte, ob Norman Hastings je einen Oldtimer besessen habe oder in einer Werkstatt in Santa Monica gewesen war, die sich auf Importautos spezialisiert hatte. Sie ging diverse Automarken durch, aber Mrs. Hastings schüttelte immer wieder den Kopf und sagte, etwas so Teures hätte sich ihr Mann nie leisten können. Lorraine fragte, ob er vor ihrer Ehe ein Auto besessen habe.

»Ja, natürlich, aber ich habe keine Ahnung, was für eins das war.« Lorraine schwieg, scheinbar in ihre Akte vertieft. »Ich glaube, ich habe ein Foto davon«, meinte Mrs. Hastings.

Lorraine blickte auf und lächelte ermutigend. »Darf ich es mal sehen?«

Mrs. Hastings verließ das Zimmer, und Lorraine holte die Fotos heraus, die sie und Rosie gemacht hatten, und eine Zeichnung. Mrs. Hastings kam mit einem Fotoalbum zurück. »Ich glaube, das hier ist es. Ich habe keine Ahnung, was es für ein Modell ist, ich bin sicher, es ist keines von denen, die Sie erwähnt haben.«

Lorraine sah sich das 1979 aufgenommene Schwarzweißfoto an – das Datum war fein säuberlich daruntergeschrieben. Norman Hastings, in Hemdsärmeln, stand neben einem Auto. Es war ein Sportwagen, ein in England gebauter Morgan – und so wie es aussah, ein ziemlich altes Modell.

»Haben Sie eine Ahnung, wo er ihn gekauft hat?«

Wieder schüttelte Mrs. Hastings den Kopf. Sie hatte den Wagen selbst nie gesehen.

»Ihr Mann war ein paar Jahre älter als Sie«, meinte Lorraine und wollte weiterblättern, aber Mrs. Hastings nahm ihr das Album ab.

»Ja, fünfzehn, aber wir waren glücklich.« Sie zögerte. »Ich nehme an, Sie haben von Normans kleinem Problem gehört. Ich habe es diesem Rooney erzählt.«

»Ich glaube, darüber müssen wir nicht sprechen. Es war sehr tapfer von Ihnen, es Captain Rooney zu sagen – es muß sehr unangenehm gewesen sein.«

Sie reichte ihr die Zeichnung. »Das ist kein besonders gutes Bild, aber hatte ihr Mann vielleicht ein Paar Manschettenknöpfe mit diesem Zeichen? Sie könnten golden oder silbern sein, aber mit diesem S & A-Logo in der Mitte.«

Mrs. Hastings warf einen Blick darauf. »Sie sind silbern, aber die Kette ist kaputt.«

»Haben Sie sie noch?«

Wieder verließ sie das Zimmer, und Lorraine lehnte sich zurück. Es lief ganz gut, aber die Frau war unruhig und schwierig. Lorraine hätte sie gerne etwas entspannter gehabt.

Die Manschettenknöpfe waren in einer kleinen Schachtel, und einer war kaputt. Lorraine sah sie sich genau an, ebenso die Schachtel. Kein Datum, nur das Logo und die Adresse in Santa Monica.

»Was ist daran denn so interessant?« wollte Mrs. Hastings wissen.

»Es ist möglich, daß der Mörder ähnliche trug. Darf ich die hier behalten?«

Mrs. Hastings war einverstanden. Sie fing an, nervös an ihrem Kleid herumzuzupfen. »Wird das alles an die Öffentlichkeit kommen? Ich meine, das mit Norman?«

Lorraine steckte die Schachtel in die Tasche. »Das bezweifle ich. Ich bin der Meinung, persönliche Einzelheiten, die keinen Bezug zu dem Fall haben, müssen nicht an die Presse gegeben werden, besonders, wenn die Familie darum bittet.«

Mrs. Hastings umklammerte Lorraines Handgelenk. »Oh, ich danke Ihnen. Ich hab' mir solche Sorgen gemacht – die Kinder und seine Eltern, seine Freunde und Arbeitskollegen.«

»Er war Ingenieur, nicht wahr?«

»Ja, ja, für Kühlschränke und Küchengeräte.«

»Hat er sein Auto selbst repariert?«

»Er konnte alles reparieren, vom Toaster bis zum Auto. Die Nachbarn haben ihn immer gebeten, solche Dinge für sie zu erledigen, und er war ein so netter Mann, er konnte nie nein sagen.«

Lorraine nutzte die Gelegenheit und zeigte ihr das Foto von Janklow. »Hat er je diesem Mann geholfen?«

»Das kann ich nicht sagen, man sieht ihn ja kaum, aber ich glaube nicht.«

Lorraine zeigte ihr weitere Fotos von S & A-Angestellten, und Mrs. Hastings deutete auf eines. »Der da. Der ist einmal hier gewesen, um mit Norman über sein Auto zu reden.«

Lorraine zeigte ihr das Foto des weißen Mercedes mit Janklow in blonder Perücke und Make-up. Mrs. Hastings sah es sich genau an. »Die kenne ich nicht.«

»Haben Sie das Auto schon einmal gesehen?«

Mrs. Hastings nahm das Foto noch einmal und starrte es an. »Ich weiß nicht; es sind so viele Leute hier gewesen. Wie ich schon sagte, er war immer sehr hilfsbereit.«

»Es ist ein Mercedes-Sportwagen, ein Cabrio. Man kann auch ein festes Verdeck draufsetzen. Vielleicht haben Sie das einmal gesehen?«

Mrs. Hastings runzelte die Stirn. »Ich weiß nicht. Es kommt mir irgendwie bekannt vor, aber das ist schwer zu sagen. Welche Farbe hat denn das Verdeck?«

Lorraine riet einfach, ging davon aus, daß, wenn der Rest der Karosserie weiß war, das Verdeck ebenfalls hell sein mußte.

»Nein. Ich erinnere mich, daß mal ein ähnliches Auto in der Einfahrt stand, aber das Verdeck war schwarz.«

Lorraine packte die Fotos wieder ein und fragte ruhig: »Haben Sie den Fahrer gesehen? Wissen Sie, wem es gehörte?«

»Nein, sie waren in der Garage hinten im Hof. Norman hat dort immer ein paar Ersatzteile gehabt, und auch deshalb sind Leute vorbeigekommen. Er hat sich nicht bezahlen lassen – nur die Unkosten; es war sein Hobby, aber ich konnte es nicht ausstehen. Er hatte immer schmutzige Hände und war voller Öl.«

Lorraine stand auf und lächelte. »Ich bin Ihnen sehr dankbar. Sie haben mir wirklich geholfen, und das weiß ich zu schätzen. Stört es Sie, wenn ich noch mal mit einem besseren Foto von dem Mann im Mercedes vorbeikomme?«

»Nein, das macht nichts. Im Gegenteil, es hat mir überhaupt nichts ausgemacht, mit Ihnen zu reden.«

Rooney kam gerade zurück, als Lorraine das Haus verließ. Er öffnete die Beifahrertür, und sie stieg ein. »Halten Sie sich besser von ihr fern – sie ist ziemlich nervös, macht sich mehr Sorgen darüber, ob das ›kleine Problem‹ ihres Mannes, wie sie es ausdrückt, ans Licht kommt, als wegen des Mordes.«

Rooney schnaubte. »Und, haben Sie was für mich?«

»Ich habe vielleicht einen Verdächtigen, aber ehe ich nicht sicher bin, will ich lieber noch ein bißchen rumwühlen – vielleicht noch ein paar Tage.«

»Ich brauche alles, was Sie haben, und zwar jetzt. Ich habe keine paar Tage mehr.«

Sie kniff die Lippen zusammen. »Geben Sie mir noch bis heute abend Zeit. Und ich brauche alles, was Sie über das letzte Opfer haben.«

»Das wissen Sie schon. Es sei denn, in der Pathologie sind sie inzwischen mit den Tests fertig. Sie war ein Mann, und ihre letzte Mahlzeit war Bananenbrot.« Lorraine hatte schon die Hand am Türgriff, als er sagte: »Hatten Sie was mit Lubrinski?«

»Wieso wollen Sie das jetzt noch wissen?«

»Ich versuche nur, mir über Sie klar zu werden.«

»Ein bißchen spät, finden Sie nicht?«

»Ja, ich weiß. Ich habe viel nachgedacht, auch über ihn. Er war ein prima Kerl.«

Sie nickte, antwortete aber nicht. Er griff nach seiner Bourbonflasche und trank einen Schluck. Lorraine warf ihm einen langen Blick zu. »Es ist der Bourbon, der Sie an ihn erinnert. Er hatte immer eine Flasche unter dem Sitz. Warum trinken Sie überhaupt?«

Er biß die Zähne zusammen, als der Bourbon seinen Magen erreichte. »Ich brauche es jetzt. Haben Sie mit ihm gesoffen?«

»Das wissen Sie doch.«

»Im Dienst?«

»Manchmal, aber meistens erst hinterher.«

»Hat er Sie zum Trinken veranlaßt?«

Sie lachte. »Dazu hab' ich Lubrinksi nicht gebraucht, Bill, das hab' ich ganz allein geschafft.«

»Warum?«

Sie wurde wütend. »Wie wäre es mit: weil ich einfach die Schnauze voll hatte, völlig gestreßt war und Angst hatte, Mist zu bauen, und ich konnte die Schuld nur auf mich selbst schieben? Warum fangen Sie gerade jetzt davon an?«

Er trank noch einen Schluck, dann schraubte er die Flasche wieder zu. »Weil ich es gern wissen möchte, und weil ich mich irgendwie schuldig fühlte. Vielleicht hätten wir schon vor Jahren mal darüber reden sollen.«

Sie war ausgestiegen und beugte sich noch einmal zu ihm. »Es ist zu spät, Bill, jetzt können Sie nichts mehr ändern. Was passiert ist, ist passiert. Es ist vorbei.«

»Es tut mir leid.« Das klang mürrisch, und er sah sie nicht an. Sie wollte schon die Tür zuschlagen, aber dann beugte sie sich noch einmal vor und sah ihn an.

»Was Lubrinski angeht, Bill: Er war der beste Freund, den ich je hatte. Ich hätte ihm mein Leben anvertraut, aber er war verrückt, er ist Risiken eingegangen, vor denen ich ihn bewahren wollte, aber er wollte nicht auf mich hören, er hat nie auf andere gehört; und um Ihre Frage zu beantworten: Wir hatten nichts miteinander, wir waren nur Partner.«

Dann warf sie die Tür zu. Rooney fuhr in einer Wolke von Auspuffgasen davon, gerade als Rosie auf der anderen Straßenseite anhielt.

Lorraine bat sie, zur S & A-Werkstatt zu fahren. Dann schloß sie die Augen und lehnte sich zurück. Sie sah Lubrinskis Gesicht so deutlich vor sich, als wäre es gestern gewesen. Sie hatten sich so manchen Abend zusammen vollaufen lassen, hatten über Gott und die Welt geredet, aber nie über ihre Beziehung. Aber schließlich war es doch passiert. Sie war sehr betrunken gewesen, und er hatte darauf bestanden, daß sie mit zu ihm kam, um ein bißchen nüchterner zu werden, damit Mike es ihm nicht übelnahm, seine Frau zum Saufen verleitet zu haben. Er machte immer Witze über Mike, höhnische Bemerkungen über ihren häuslichen Ehemann. Er solle sich um seine eigenen Angelegenheiten kümmern, sagte sie, seine Frau sei auch kein Engel. Sie hatten sich gekabbelt wie Teenager und schließlich feierlich beschlossen, nie wieder über ihre Partner zu reden.

»Macht dich das jetzt zu einer alleinstehenden Frau?«

Sie hatte versucht, ihm eine zu knallen, aber er hatte sich geduckt, und sie hatte die Scheibe des Streifenwagens getroffen. Er hatte ihre Hand genommen und sie an die Lippen gezogen.

An diesem Abend war sie total blau gewesen. Ihm hatte man weniger angemerkt. Erst als sie ihn beim Kaffeekochen beobachtete, wurde ihr klar, daß er ebenso betrunken war wie sie. »Du bist hackezu, Lubrinski, die Blinden führen die Blinden. He, laß mich mal.«

Nachdem sie Kaffee getrunken hatten, hatte er die Schlüssel des Streifenwagens nicht mehr finden können. Er hatte angefangen, Sachen herumzuwerfen und zu fluchen, aber schließlich hatte er mit den Achseln gezuckt und gelacht, tief und dröhnend wie immer. »Ich mach' dir was vor, ich hab' sie hier in der Tasche.« Er zog die Schlüssel heraus und ließ sie vor Lorraines Nase baumeln. »Ich wollte nur, daß du noch ein bißchen länger bleibst, aber jetzt bin ich so stocknüchtern, daß ich mich nicht mehr traue.«

»Was traust du dich nicht?« Sie lachte immer noch.

»Dich in den Arm zu nehmen. Hast du auch nur die geringste Ahnung, wie gern ich dich in den Arm nehmen würde, Lorraine Page?«

Sie hörte auf zu lachen, stand auf, ging zu ihm und umarmte ihn. Er hielt sie ganz fest, aber er küßte sie nicht, und er streichelte sie nicht, er tat nur, was er gesagt hatte: Er hielt sie im Arm. Sie ließ den Kopf an seine Brust sinken, spürte sein Herz schlagen, spürte, wie er zitterte. Sie hatte ihn angelächelt und sich von ihm gelöst. »Ich muß zurück zu den Kindern.«

»Du liebst ihn, nicht wahr?« hatte er gefragt.

Sie war verwirrt. Sie wußte es nicht. Die vielen Streitereien hatten sie ausgelaugt. Mike haßte Lubrinski und machte ständig Andeutungen, er sei mehr als ein Arbeitskollege. Er haßte es, daß sie so viel trank. Auch dafür gab er Lubrinski die Schuld. Mike gab allen und jedem die Schuld, nur nicht sich selbst.

»Ja, ich liebe Mike. Und jetzt gehe ich heim. Wir haben beide schon genug Probleme und müssen uns nicht noch mehr aufhalsen.«

Sie hatte Lubrinski zuvor nie verlegen gesehen, aber an diesem Abend war er es gewesen, hatte sich das lockige, dunkle Haar gerauft. »Für mich ist es ein bißchen anders, Lorraine.« Er hatte sie kopfschüttelnd angesehen. »Du weißt es nicht, oder? Nein, du hast keine Ahnung. Mein Gott, Lorraine, ich liebe dich! Manchmal weiß ich nicht mehr, was ich machen soll, so sehr liebe ich dich, und manchmal habe ich Angst um dich, und ich weiß, das ist alles gar nicht gut, aber ich kann nicht anders, ich liebe dich, ich will dich. Und dir tagein, tagaus so nahe zu sein, das macht mich wahnsinnig. Ich werde mich versetzen lassen. Das hat nichts damit zu tun, daß du ein guter oder schlechter Partner bist, aber ich bin verrückt nach dir, und … na ja, jetzt weißt du's.«

Zwei Tage später war er erschossen worden. Als sie ihm mit ihrer Strumpfhose das Bein abgebunden hatte, damit er nicht verblutete, hatte er noch Witze gerissen, jetzt habe er sie schließlich doch dazu gebracht, sich für ihn auszuziehen. Wenn er geahnt hätte, daß er sich dafür anschießen lassen müßte, hätte er das schon vor Monaten arrangiert...

Im Krankenwagen hatte sie ihn im Arm gehalten. Sein Atem war schwerer geworden, sein Blick trüb. Sie hatte ihm immer wieder gesagt, er müsse durchhalten. Sein letzter Satz war eine Liebeserklärung gewesen, und das letzte, was er gehört hatte, war Lorraines Entgegnung, er sei ein blöder Mistkerl, aber sie liebe ihn auch, und wenn er sich nicht anstrengte und durchhielt, würde sie ihn mit der Strumpfhose strangulieren. Sie sah ungläubig, wie das Leuchten aus seinem Blick verschwand. Sie hatte schon so viele Menschen sterben sehen, war so nah drangewesen, aber bei Lubrinskis Tod hatte sie das Gefühl, er hätte einen Teil ihrer Seele mitgenommen.

Lorraine war nach Hause gefahren, hatte Mike mehr denn je gebraucht, aber er war nicht da gewesen. Sie hatte sich bis zur Bewußtlosigkeit betrunken und war auf dem Bett zusammengebrochen. Mike war zwei Stunden später gekommen. Sobald er sie gesehen hatte, hatte er losgetobt, Lubrinski habe sie schon wieder betrunken gemacht, und sie hatte ruhig erwidert, diesmal habe Lubrinski nichts damit zu tun.

»Ich glaube dir kein Wort. Morgen werde ich mich offiziell über ihn beschweren.«

»Du kannst es ja mal im Leichenschauhaus versuchen, Mike, aber ich glaube nicht, daß er antworten wird; er ist tot.«

Mike war erschrocken gewesen, hatte versucht, sie zu umarmen, aber sie hatte ihn nicht mehr in ihrer Nähe ertragen können. Sie wollte nur noch trinken und alles vergessen. Damals hatte sie angefangen zu glauben, daß Lubrinski ein Stück von ihr ins Jenseits mitgenommen hatte. Nichts, was sie sagte, half, und auch nichts, was Mike sagte. Irgendwie hatte sie weitergemacht, bis sie schließlich vollkommen die Kontrolle verloren und einen unschuldigen Jungen erschossen hatte.

»Wir sind gleich da«, sagte Rosie.

Lorraine schlug die Augen auf. Sie wollte sich betrinken, und zwar sofort; das war alles, woran sie denken konnte. Alles andere war ihr gleich. »Ich muß was trinken.«

Rosie hielt vor einem Lebensmittelladen und stürzte hinein. Sie kam mit ein paar Dosen Cola wieder. »Hier!« Lorraine riß eine Dose auf und trank gierig. Rosie bot ihr ein Stück selbstgebackenes Bananenbrot an.

Lorraine fuhr auf. Was hatte Rooney gesagt? Das letzte Opfer – er oder sie hatte Reste von Bananenbrot im Magen gehabt. Sie spürte, wie ihr kalter Schweiß ausbrach. Konnte es Didi oder Nula gewesen sein? Didi war blond, im richtigen Alter. Rooney hatte von einem Transsexuellen gesprochen – aber das konnte nicht sein, das war unmöglich!

»Ich muß unbedingt telefonieren, Rosie.«

Rosie schaute sie an. »O ja, du glaubst wohl, du kannst jetzt da reinspazieren und anrufen. Hältst du mich für blöd? Ich weiß, was du willst: eine Flasche Wodka. Vergiß es.«

Lorraine war schon halb ausgestiegen. »Scheiße, wenn du mir nicht traust, dann komm doch mit.«

Und Rosie stand dicht neben ihr, als sie bei Didi und Nula anrief. Nula antwortete mit verschlafener Stimme: »Wie geht's dir, mein Schatz?«

»Gut, Nula. Ist Didi da? Ich muß mit ihr sprechen.«

»Nein, sie ist nicht heimgekommen, sie war die ganze Nacht weg, die dumme Kuh. Aber sie wird sicher bald hier sein, weil ein Mädchen zum Haareschneiden vorbeikommt. Soll sie dich zurückrufen?«

»Weißt du vielleicht, wo sie ist?« fragte Lorraine und versuchte, gleichmütig zu klingen.

In diesem Moment klingelte es. Das sei vermutlich Didi, sagte Nula; Lorraine solle warten, sie werde sie ans Telefon holen.

»Nein, ich muß weiter; ich rufe später noch mal an.«

Rosie zog fragend die Brauen hoch. »Um was ging es denn?«

Lorraine zuckte die Achseln. »Ich dachte, Didi wäre was passiert, aber sie ist gerade nach Hause gekommen.«

Sie fuhren weiter. Diesmal wollte sich Lorraine selbst in die Höhle des Löwen wagen. Sie mußte mit dem Mann sprechen, den Mrs. Hastings wiedererkannt hatte. Sie war aber auch sicher, daß Steven Janklow dort sein würde, und in diesem Fall mußte sie eine gute Erklärung für ihre Anwesenheit parat haben.

Nula griff nach ihrem Mantel. Die beiden Polizisten hatten nicht gesagt, wieso sie mitkommen solle, aber sie wußte, daß es etwas mit Didi zu tun haben mußte, weil sie nach Fotos von ihr gefragt hatten. Wenn sie nur wegen Prostitution verhaftet worden wäre, hätten sie das nicht getan. Es war etwas anderes, viel Schlimmeres. Sie hatten nur wissen wollen, ob Nula David Burrow kenne. Niemand nannte Didi mehr David, nur noch die Bullen. Eine halbe Stunde später identifizierte sie Didis Leiche. Sie war derart schockiert, daß sie nichts Zusammenhängendes sagen konnte. Sie flüsterte nur noch Didis Namen, wieder und wieder. Das Gesicht der Leiche erinnerte in nichts an ihre geliebte Freundin. Nur die roten Fingernägel und der große Topasring überzeugten Nula, daß es wirklich Didi war.

Das FBI überprüfte die umfangreiche Liste von Daten, an die Brendan Murphy sich erinnern konnte. Sie riefen die Transportfirmen an, für die er arbeitete, und ließen ihn am Ende frei. Er war tatsächlich nicht in Los Angeles gewesen, als seine Frau umgebracht worden war, und auch nicht in der Nähe der anderen Orte, an denen Opfer gefunden worden waren. Jetzt endlich begannen die Agenten, sich ausführlicher mit der Fallgeschichte zu befassen.

Kapitel 14

Sie stellten den Wagen auf dem Hof der neben S & A gelegenen Firma ab. »Ich gehe rein«, sagte Lorraine. »Du wartest hier, und wenn ich in...«

»Dann schieße ich.« Rosie lachte. Lorraine stieg aus, zupfte ihre Jacke zurecht und ging zielstrebig auf den Verkaufsraum zu. Niemand war zu sehen. Aus einem Lautsprecher erklang langweilige Musik, irgendwas aus den zwanziger Jahren. In Vitrinenschränken standen diverse ähnliche Statuen und Pokale, und überall hingen Fotos von Autos.

In den Schaufenstern standen fünf hochglanzpolierte Wagen: ein Rolls-Royce Silver Cloud, ein Rolls Corniche, ein 1950er Bentley, ein Bristol und ein zweitüriger Mercedes-Sportwagen. Die Lederbezüge waren makellos wie die polierten Chromteile, die hölzernen Armaturenbretter und die großen Lenkräder, die nach modernen Maßstäben fast zerbrechlich wirkten. Lorraine konnte ihr verzerrtes Spiegelbild auf einem der Kühler sehen.

»Hallo, was kann ich für Sie tun?«

Sie stand einem ebenfalls auf Hochglanz polierten Verkäufer gegenüber. Sein Haar glänzte, seine Zähne auch, er war tief gebräunt und seine Augen blitzten. Das S & A-Logo zierte die Brusttasche seines Blazers und seine rotbraune Krawatte. Er lächelte erwartungsvoll, zupfte mit einer Hand die blütenweiße Manschette zurecht – er war überall mit Logos versehen. Sie fragte sich, wieso er sich nicht auch noch eins auf die Stirn gestempelt hatte.

»Haben Sie ein Büro? Ich würde gern etwas mit Ihnen besprechen.«

Wieder glitzerten seine Zähne, als er zu einem neuen Kunstlächeln ansetzte. »Könnten Sie mir sagen, um was es geht?«

»Sicher, in ihrem Büro. Ich bin Mrs. Page, und Sie?«

Er trat hinter die Theke. »Alan Hunter. Ich bin für den Verkauf zuständig. Was kann ich für Sie tun, Mrs. Page?«

Er schaute sie kühl und taxierend an. Obwohl sein Blick ihre Augen nicht losließ, schien er sie genau zu studieren, von den abgetragenen Schuhen bis zu ihrem Second-hand-Kostüm. »Darf ich fragen, was Sie verkaufen möchten?«

Am liebsten hätte sie ihm eine geknallt. Früher hatte sie es genossen, einem solchen arroganten Klugscheißer ihre Marke zu zeigen und zu sagen: »Möchtest du meine Legitimation überprüfen, Herzchen?«

»Ich verkaufe nichts, und ich kaufe auch nichts. Ich muß mit Ihnen unter vier Augen sprechen. Wie, sagten Sie, war noch mal Ihr Name?«

Etwas in ihrer Stimme brachte ihn aus der Ruhe, also wiederholte er seinen Namen.

»Mr. Hunter, ich möchte nicht noch mehr Zeit verschwenden, und ich möchte kein Gespräch in diesem Aquarium von Eingangshalle führen.«

Nervös befingerte er seinen Krawattenknoten, dann wies er auf eine Glastür.

Auf dem Weg dorthin blieb Lorraine vor einem Foto von Brad Thorburn stehen. Er saß in einem Overall auf dem Kotflügel eines Rennwagens. Unter dem linken Arm hatte er einen Helm, in der rechten Hand hielt er ein Glas Champagner.

Hunter riß die Tür auf, ließ sie vorgehen und fragte: »Sind Sie von der Polizei?«

Sie stellte ihre Handtasche auf seinen leeren, polierten Mahagonischreibtisch und holte ihre Zigaretten heraus. »Stört es Sie, wenn ich rauche?«

Hunter protestierte nicht, und Lorraine sah sich um. »Sie scheinen nicht viel zu tun zu haben.«

»Da irren Sie sich. Aber die meisten unserer Kunden werden von uns direkt beliefert, nur wenige kommen hierher. Wir haben hinter dem Vorführraum Werkstätten und Garagen. Darf ich fragen, worüber Sie mit mir sprechen wollten? Geht es um Verstöße gegen die Verkehrsvorschriften?«

Lorraine ließ sich in dem perfekt positionierten Stuhl nieder, nicht zu weit vom Schreibtisch entfernt. »Nein. Es geht nicht um Verstöße gegen die Verkehrsvorschriften.«

»Hat es mit einem …«, Hunter zog die Schreibtischschublade auf und holte eine Karte heraus, »…einem Lieutenant Josh Bean zu tun? Er war erst vor kurzem hier.«

»Damit habe ich nichts zu tun. Ich ermittle in Versicherungsfragen.« Sie zeigte ihm Rosies Foto. »Kennen Sie einen dieser Männer?«

Hunter beugte sich vor, sah die Fotos methodisch durch, sortierte sieben davon aus. Lorraine beobachtete ihn, als er zu dem von Steven Janklow kam. Er runzelte die Stirn, und blickte dann auf. »Diese Männer arbeiten hier.«

Sie tippte auf das Foto von Janklow. »Und was ist mit dem da?«

Hunter nahm das Foto in die Hand. »Das könnte Mr. Janklow sein, aber es ist kein gutes Foto. Ich erkenne eher das Auto als sein Gesicht. Er ist der Bruder und Geschäftspartner von Mr. Thorburn. Hat Ihr Besuch etwas mit Mr. Thorburn zu tun?«

Lorraine nickte und sah sich nach einem Aschenbecher um. Hunter reichte ihr einen, und wieder sah sie dabei die goldenen Manschettenknöpfe mit dem Logo. Sie zeigte auf das Foto der Frau im Mercedes. »Kennen Sie die?«

Er schob die Unterlippe vor, schüttelte den Kopf. »Nein. Es könnte Mrs. Thorburn sein, Mr. Thorburns Mutter, aber das weiß ich nicht, weil ich sie nie gesehen habe. Das Auto ist jedenfalls dasselbe. War es in einen Unfall verwickelt?«

»Nein.« Lorraine zeigte ihm Norman Hastings' Foto. »Kennen Sie diesen Mann?«

Hunter seufzte entnervt. »Er hieß Norman Hastings. Geht es um seine Versicherung? Er ist ermordet worden, geht es darum?«

Lorraine nickte.

»Tut mir leid, aber ich hatte nie mit ihm zu tun. Ich weiß nur, daß er eine furchtbare Nervensäge war. Er hat einmal ein Auto von uns gekauft, lange vor meiner Zeit.« Er lehnte sich zurück, spreizte affektiert die Finger. »Wenn Sie eines unserer Fahrzeuge kaufen, stellen wir Ihnen erstklassige Mechaniker und Ingenieure zur Verfügung. Wir überzeugen uns vorher, daß der Motor vollständig überprüft oder, wenn nötig, auch nachgebaut wurde. Viele Käufer lassen sich die Wagen nach eigenen Vorstellungen herrichten. All unsere Anstrengungen zielen darauf ab, Fahrzeuge zu verkaufen, die perfekt funktionieren, aber man muß auch betonen, daß es sich nicht um neue Autos handelt. Viele von unseren Wagen sind zwanzig, auch dreißig Jahre alt, und manchmal gibt es Probleme. Wir geben eine sechsmonatige Garantie, und während dieser sechs Monate sind wir bereit, das Fahrzeug abzuschleppen und dem Kunden repariert zurückzubringen, falls ein Fehler in der Mechanik auftreten sollte.«

Sein Lachen war so einstudiert wie seine kleine Ansprache. »Einer unserer Kunden – er hatte einen Bentley gekauft – hat sogar angerufen, weil er nicht wußte, wo er das Benzin einfüllen sollte.«

»Norman Hastings?« Lorraine ließ nicht locker.

»Er hatte einen Morgan. Er hat beinahe jeden Tag angerufen und wollte ihn abgeholt und überprüft haben. Und dann haben wir festgestellt, daß er für die Schäden selbst verantwortlich war, weil er ständig den Motor zerlegt und wieder zusammengebaut hatte – das hat jedenfalls Mr. Janklow gesagt.«

»Ist Mr. Janklow heute hier?«

»Ja.«

Lorraine fragte, ob es möglich sei festzustellen, wer am Tag des Hastings-Mordes wann gearbeitet habe, Mr. Janklow eingeschlossen.

Hunter zupfte sich an der Lippe. »Wieso brauchen Sie das für eine Versicherungssache? Außerdem hat Mr. Janklow keine festen Arbeitszeiten. Er kommt und geht, wann es ihm paßt.«

»Gibt es hier einen Parkplatz für die Autos der Angestellten?«

»Hinten. Es ist ein alter Flugzeughangar. Dort stehen unsere eigenen Autos, ein paar, die darauf warten, überholt zu werden, und die, die gerade frisch importiert wurden.«

Lorraine klappte ihr Notizbuch auf und las vor, in welchen

Autos die Leichen gefunden worden waren, aber das half nicht viel. Hunter konnte sich an keines davon erinnern. »Nicht mal an Norman Hastings' blauen Sedan?«

»Doch, den hat er ein paarmal hiergelassen.«

Lorraine unterdrückte ein triumphierendes Lächeln. »Könnten Sie feststellen, wann Sie das Auto zum letzten Mal hier gesehen haben?«

Hunter warf einen Blick auf die Uhr, dann griff er nach dem Telefon. »Sheena, könnten Sie bitte nachsehen, wann Norman Hastings das letzte Mal hier war und sein Auto dagelassen hat? Danke.« Er legte auf. »Die Polizei hat dieselben Fragen gestellt.«

Lorraine steckte sich eine Zigarette an und warf das Streichholz in den Aschenbecher. »Kannte Mr. Thorburn Hastings auch?«

»Ich glaube schon.«

Das Telefon klingelte. Hunter nahm ab, zog sich einen Notizblock heran, sagte ein paarmal »Ja«, bedankte sich und riß das Blatt ab. »Hastings hatte offenbar vereinbart, sein Auto hierlassen zu können – meine Sekretärin weiß allerdings nicht, mit wem oder wann er das letzte Mal hier war.«

»Er hat also hier seinen Wagen geparkt, obwohl er längere Zeit kein Auto mehr bei Ihnen gekauft hat?«

»Sieht so aus.«

»Glauben Sie, daß er das mit Mr. Janklow vereinbart hatte?«

»Keine Ahnung. Mein direkter Vorgesetzter ist Mr. Thorburn, nicht Mr. Janklow.«

»Was halten Sie von ihm?« fragte sie ganz beiläufig.

»Brad? Er ist ein toller Chef. Bei ihm weiß man immer, woran man ist, er kann unnachgiebig sein, aber er versteht auch Spaß.«

»Ich meinte Steven Janklow.«

Hunter verzog angewidert die Lippen. »Ich habe nicht viel mit ihm zu tun, also kann ich darüber nichts sagen.«

»Sie könnten es versuchen.«

»Ich blicke bei ihm einfach nicht durch, das ist es. Er ist launisch. Heute freundlich, morgen stinksauer. Er kann geistreich sein, aber nur dann, wenn er damit andere niedermachen kann.«

»Ist er verheiratet?«

»Nein.«

»Ist er homosexuell?«

Hunter war schockiert. »Keine Ahnung.«

»Könnten Sie sich das vorstellen? Oder könnte er etwas anderes sein?«

»Normal zum Beispiel?«

Lorraine stand auf. »Na gut, Sie halten ihn also für einen netten, normalen Kerl.«

»Wie ich schon sagte, so nett ist er auch wieder nicht.«

Hunter warf ihr einen Seitenblick zu, und sie lächelte. »Und auch nicht ganz so normal?« Dieser gelackte Kerl fing tatsächlich an, ihr zu gefallen. Sie nahm an, daß er ehrlich war, und er war unerfahren genug, ihr ihre Rolle abzunehmen. Sie schaute auf den Hof hinaus.

»Wird er verdächtigt?« fragte Hunter. »Die Polizei hat den anderen Angestellten eine Menge Fragen gestellt, aber für mich haben sie sich nicht besonders interessiert. Ich war in der Woche, als Hastings umgebracht wurde, nicht hier.« Er klang enttäuscht.

Lorraine holte noch einmal das Foto heraus. »Wie wäre es, wenn Sie sich das Foto der blonden Frau noch mal ansehen? Könnte es vielleicht Janklow sein?«

Hunter griff nach dem Foto. Er studierte es eingehend, und dann antwortete er leise: »Ehrlich, ich weiß es nicht, Mrs. Page, und ich möchte Mr. Thorburn keine Unannehmlichkeiten machen. Er ist ein guter Freund.«

»Norman Hastings' Familie kann sein Auto nicht verkaufen und erhält kein Geld von der Versicherung, solange ich meinen Fragebogen nicht vollständig ausgefüllt habe.«

»Steht Mr. Janklow unter Verdacht?«

Lorraine fuhr sich durchs Haar. Es war schwierig, all diese Fragen zu stellen, ohne mehr zu verraten, als sie wollte.

»Es gab mal Gerüchte«, sagte Hunter plötzlich. Sie wartete, während er überlegte, ob er fortfahren sollte. »Ich weiß nicht, ob ich sie wiederholen soll, weil es eben nur Gerüchte sind.« Dann faßte er einen Entschluß. »Er hat ein paar merkwürdige

Gewohnheiten, und er kann ziemlich affektiert sein. Niemand hier weiß viel über seine Privilegien, nur, daß vor ein paar Jahren gegen ihn ermittelt wurde. Er wurde von der Sitte verhört und festgenommen. Aber das blieb ohne Folgen.«

Es klopfte an der Tür, und ein hübsches Mädchen spähte herein. »Tut mir leid, wenn ich störe, aber Sie haben einen Kunden, Mr. Hunter.«

Hunter stellte seine Sekretärin vor, Sheena. Lorraine fragte, ob sie sich kurz mit Sheena unterhalten und dann den Hangar ansehen dürfe. Er meinte, er wollte erst seinen Vorgesetzten fragen.

»Dann warte ich hier mit Sheena«, sagte Lorraine.

Sheena sah Lorraine an. »Sie haben nach Norman Hastings gefragt? Er ist oft hier gewesen. Er hat sein Auto hinten abgestellt – hat sich gern unsere Neuerwerbungen angesehen. Ich mußte es erst heute morgen überprüfen, für die Polizei. Soweit ich mich erinnern kann, hat er sein Auto an jenem Tag hiergelassen. Ich habe den Herren von der Polizei auch eine Kopie gegeben.« Sie reichte ihr eine ordentlich getippte Liste. »Ich war so entsetzt, als ich von dem Mord gelesen habe. Er war ein so ruhiger, bescheidener Mann. Wie mein Dad.«

Lorraine schenkte Sheena ein dankbares Lächeln. »Wenn ich Ihnen eine Liste anderer Autos gebe, könnten Sie feststellen, ob sie jemals im Hangar abgestellt wurden, und wann?«

Sheena biß sich auf die Lippe. »Ich habe schon eine Liste von der Polizei bekommen, aber ich habe ihnen auch gesagt, daß dies hier kein Parkhaus ist; hier stellen nur die Angestellten ihre Fahrzeuge ab, und ein paar Freunde. Manchmal ist gar kein Platz mehr frei.«

»Könnten wir den Hangar mal ansehen?«

Lorraine folgte Sheena über einen ausgedehnten Hof. In den diversen Nebengebäuden waren eine Reihe Mechaniker bei der Arbeit zu sehen. Das Geschäft schien zu blühen, und sie nahm an, daß es erheblich mehr Angestellte gab, als man Rosie gesagt hatte.

Im Hangar war es heiß, und die Autos standen Stoßstange an Stoßstange. Über einige waren Planen gezogen, und sie machten den Eindruck, als stünden sie schon längere Zeit hier. Andere, die darauf warteten, überholt zu werden, waren ziemlich staubig, und dann kam ein größerer Bereich, der für die Autos der Angestellten reserviert war.

»Mr. Thorburn möchte nicht, daß die Fahrzeuge der Angestellten zu sehen sind, er meint, es sei keine gute Werbung. Wir parken hier, und hier stand auch Mr. Hastings' Auto meistens, oft nur für ein paar Stunden, aber er hat immer die Schlüssel abgegeben. Wir müssen die Schlüssel haben, falls eine neue Lieferung kommt und die Wagen bewegt werden müssen.«

Sie hatten den hinteren Bereich des Hangars erreicht, wo drei Rennwagen standen, alle mit silbernen Planen abgedeckt. »Die da gehören Mr. Thorburn. Er ist früher oft Rennen gefahren, aber in letzter Zeit nicht mehr soviel. Eine seiner Frauen hat deswegen eine Menge Ärger gemacht...« Vom Hangar aus führte eine Tür in einen klimatisierten Flur, durch den sie in Sheenas Büro gelangten. Anhand eines großen Logbuchs überprüfte Sheena die Liste der Autos, die Lorraine ihr gegeben hatte. »Von der Polizei habe ich die gleiche Liste bekommen. Außer dem Wagen von Mr. Hastings ist keiner der erwähnten hier abgestellt worden.«

Sheenas Bürotür war nur angelehnt, und sie konnten Schritte hören und dann eine Stimme aus einem der benachbarten Büros: »Guten Morgen, Mr. Janklow.«

Sheena zog ein Gesicht. »Aha. Vielleicht sollte ich Mr. Hunter sagen, daß Sie immer noch warten.«

Lorraine griff nach ihrer Handtasche. »Nein, danke. Ich finde ihn schon selbst. Danke für den Kaffee.«

»Ich hoffe, ich konnte Ihnen helfen. Es war so schrecklich... der arme Mr. Hastings.«

»Haben Sie ihn gesehen, als er das letzte Mal hier war?«

»Nein, aber wenn er Mr. Janklow besucht hat, ist er immer vorbeigekommen und hat mir die Autoschlüssel gegeben. Ich glaube, seine Bank ist weiter oben an der Straße, aber sein Büro ist auch nicht weit weg. Er hat sich immer Sorgen wegen Strafzetteln gemacht. Komisch, wirklich, sich wegen solcher Kleinigkeiten Sorgen zu machen... und dann wird er umgebracht.«

»Und Mr. Janklow war an diesem Tag da?«

»Ja. Möchten Sie mit ihm sprechen?«

»Vielleicht später. Jetzt suche ich erst mal Mr. Hunter. Vielen Dank einstweilen.«

Lorraine ging durch den klimatisierten Flur zurück. Ihr Herz klopfte heftig, als sie an Janklows Büro vorbeikam, aber er war nicht da; sie konnte durch das Fenster mit der Jalousie nur eine Sekretärin sehen, die Akten auf seinen Tisch legte. Auf dem Hof blieb sie einen Moment stehen, um sich zu orientieren, und entdeckte beinahe sofort den Mercedes, der an der Waschstation stand. Sie trat hinter eine Mauer zurück, als sie sah, daß ein Mann dort mit einem Angestellten sprach. Er zeigte auf die Reifen. Dann beugte er sich vor und zeigte ins Innere des Wagens. Sein Gesprächspartner nickte, dann wies er zwei schwarze Jugendliche an, Mr. Janklows Auto zu waschen, Staub zu saugen und die Chromteile zu polieren.

Lorraine wartete, ob sich Janklow noch einmal umdrehen würde, damit sie sein Gesicht sehen konnte, aber sie wollte auf keinen Fall, daß er sie bemerkte. Er trug ein hellblaues Leinensakko, weiße Hosen und Sandalen. Er war schlank und gepflegt, trug sein mittelblondes Haar kurzgeschoren – genau, wie sie ihn beschrieben hatte, da war sie sicher. Wenn sie ihn nur noch einmal genauer sehen könnte!

Hunter erschien in der Tür des Verkaufsraums. »Wir haben einen Kunden, der eine Probefahrt machen möchte, Mr. Janklow. Es geht um den Silver Cloud. Aber es hat uns bereits jemand gebeten, ihn anzurufen, wenn es nach einem Verkauf aussieht.«

Janklow ging langsam auf ihn zu, und Lorraine drückte sich dichter an die Wand. Bevor Hunter die Tür schloß, warf er noch einen Blick über den Hof, entdeckte sie und winkte. »Einen Moment noch, Mrs. Page; tut mir leid, daß Sie warten müssen.« Sobald sie verschwunden waren, huschte Lorraine an dem Mercedes vorbei zur Straße und hoffte, daß Janklow sich ganz auf seine Kunden konzentrieren würde.

Als er zusammen mit Janklow zu den Kunden ging, erwähnte Hunter, daß die Polizei an diesem Morgen dagewesen sei und ihn nach Norman Hastings gefragt habe. »Es ist auch noch eine Dame von der Versicherung da, wegen etwas, das mit Hastings zu tun hat. Sie war in meinem Büro, aber gerade habe ich sie draußen gesehen. Sie wollte wissen, ob Hastings seinen Wagen öfter im Hangar gelassen hat.«

Hunter war an Janklows Stimmungswechsel gewöhnt, aber selbst er war verblüfft, als der Mann sich auf dem Absatz umdrehte und den Weg, den sie gekommen waren, zurückeilte.

»Was ist mit dem Silver Cloud, Mr. Janklow?«

Janklow hatte die Fäuste geballt; er rannte beinahe den Flur zu Sheenas Büro entlang und riß die Tür auf. Sie lächelte nervös, als sie ihn sah. »Wo ist diese Frau von der Versicherung?« fragte er barsch.

»Sie ist gerade gegangen, Mr. Janklow.«

»Was hat sie gewollt?«

Sheena schluckte. »Dasselbe wie die Polizei. Sie hat nach Autos gefragt, die im Hangar abgestellt waren.«

Janklow griff nach dem Logbuch. »Hat sie ihren Namen genannt?«

»Sie hat sich sicher Mr. Hunter vorgestellt. Sie hat heute früh mit ihm gesprochen.«

Er ging in sein Büro, warf das schwere Buch wütend auf den Tisch. Dann rief er im Verkaufsraum an.

Hunter führte gerade den Motor vor, die Kunden schauten ihm interessiert über die Schulter, als das Telefon klingelte. Janklow wirkte hysterisch, schrie ihn an, er solle sofort in sein Büro kommen. Es sei ihm gleich, ob er Kundschaft habe, er solle sich gefälligst beeilen. Bevor Hunter auch nur ein Wort sagen konnte, legte er auf.

Lorraine lief zum Auto und stieg ein.

»Verdammt«, schimpfte Rosie, »ich bin hier draußen fast gebraten worden! Hast du eine Ahnung, wie lange ich hier schon warte? Ich bin schon viermal um den Block gefahren und sterbe fast vor Durst.«

Lorraine schlug mit der Faust aufs Armaturenbrett. »Ich hab' ihn, Rosie, ich weiß, daß er es war. Wahrscheinlich hat er sie alle umgebracht, aber was Norman Hastings angeht, bin ich vollkommen sicher. Wir können Rooney einen erstklassigen Verdächtigen liefern: Steven Janklow.«

Rooney schwitzte trotz der Klimaanlage in seinem Büro. Er erwartete die FBI-Agenten jeden Moment; den Rest des Tages würde er mit Diskussionen über die Morde und über seine mangelnden Fortschritte verbringen. Er hatte noch mehr getrunken, seine Nase war röter denn je, seine Augen blutunterlaufen. Bean stellte einen Becher Kaffee vor ihm auf den Tisch und legte ein Päckchen Pfefferminz dazu. Rooney hatte sich die Berichte über das neueste Opfer kaum angesehen. »Was war sie? Mann, Frau oder was?« murmelte er.

»Eine transsexuelle Prostituierte. Steht alles im Bericht. Sie ist gestern abend gegen halb elf umgebracht worden.«

Im Unterschied zu den anderen Opfern war David »Didi« Burrow der Schädel seitlich eingeschlagen worden; sie hatte keine Wunde am Hinterkopf, aber schwere Verletzungen im Gesicht. Die Waffe war vermutlich ein ähnlicher Hammer gewesen wie in den anderen Fällen.

»Irgendwelche Zeugen?« fragte Rooney.

»Keine. Sie war auf der Straße unterwegs und hat eine Pause einlegen wollen, weil sie Probleme mit dem Fuß hatte.«

»Das ist alles?«

Bean nickte.

»Na ja, diese Klugscheißer werden schon was finden. Hast du sie schon gesehen?«

»Müssen jeden Moment hier sein. Sie sind essen gegangen. Ach, übrigens, Sie wollten doch, daß ich mich mal vorsichtig in dieser Werkstatt umhöre. Hier ist der Bericht. Hastings hat sein Auto öfter dort abgestellt, aber er hat es am Tag vor dem Mord abgeholt. Er hat dort umsonst geparkt – er kennt die Chefs. Soll ich mich noch weiter erkundigen?«

»Wenn seine Scheißkarre am Tag des Mordes nicht dort war, hilft uns das wenig, oder?«

Das Telefon klingelte – Lorraine, aus einer Telefonzelle.

»Haben Sie was für mich?« fragte Rooney sofort.

»Ja, aber darüber will ich nicht am Telefon reden.«

»Ich weiß nicht, ob ich hier wegkomme. Wir haben das letzte Opfer identifiziert.« Er nannte Didis richtigen Namen. »Sie hat sich Didi genannt. Je von ihr gehört?«

Sie machten aus, sich in anderthalb Stunden beim Inder zu treffen. Gerade als Rooney die Berichte durchgehen wollte, klingelte das Telefon wieder. Er wurde zum Chief zitiert.

»Und wohin jetzt, Partner?« wollte Rosie wissen.

»Didi ist tot – eine der Transsexuellen aus der Galerie.«

Rosie ließ den Motor an, und Lorraine meinte, sie solle Vollgas geben; sie müßte noch mit Nula reden, bevor sie sich mit Rooney traf.

»Wirst du ihm alles sagen?« schrie Rosie über das Motorgeräusch. »Wenn du ihm einen Verdächtigen präsentierst, rückt er vielleicht ein bißchen mehr Geld raus.«

Rooney schob den Krawattenknoten näher an den schweißdurchtränkten Kragen seines Hemdes. Der Chief knackte mit den Fingerknöcheln und wartete ungeduldig auf eine Antwort. »Das kann ich wirklich nicht gebrauchen, Bill. Verdammt, wen haben Sie hingeschickt?«

Rooney verschränkte die Arme. »Bean und einen Officer.«

»In der Beschwerde ging es um eine Frau.«

»Sie war früher Polizistin, und sie arbeitet jetzt hin und wieder für mich.«

»Bill, diese Informantin hat sich als Polizistin ausgegeben.« Wieder zerrte Rooney am Krawattenknoten. Er hatte keine Ahnung, was Lorraine bei S & A gewollt hatte oder wieso Berillo sich so aufregte. »Es gibt keinen Bericht darüber, Bill. Was, zum Teufel, hat sie da gemacht? Der Laden gehört den Thorburns, und sie sind ziemlich aufgebracht. Ich möchte, daß Sie persönlich hingehen und das ausbügeln. Wir stehen in der Öffentlichkeit schon schlecht genug da, und ich hab' nicht vor, wegen dieser Sache meinen Job zu verlieren.«

Rooney lächelte müde. »Ist diese Werkstatt denn so wichtig?«

Berillo starrte ihn wütend an. »Es geht nicht um den Laden, es geht um die Familie: Alter Geldadel. Viel Geld. Verdammt, halten Sie sich von dort fern. Los jetzt, raus hier.«

»Was ist mit dem FBI? Ich dachte, ich hätte einen Termin mit denen?«

»Erst klären Sie die andere Geschichte.«

Rooney wußte, wer die Thorburns waren; nicht, daß man dieser Tage viel von ihnen hörte, aber ihre großzügigen Spenden waren Legende. Lorraine würde sich wirklich eine überzeugende Erklärung einfallen lassen müssen.

Nula war verzweifelt. Sie hatte kein Make-up aufgelegt und sah ausgemergelt aus, ihre Augen waren geschwollen und rot vom Weinen. Sobald sie Lorraine sah, brach sie wieder zusammen. Im hellen Tageslicht wirkte die Wohnung mit ihren Draperien und ausgestopften Tieren bedrückend. Rosie hockte in der Ecke und fand es schwierig, nicht ständig die übertrieben erotischen Bilder an den Wänden anzustarrren. Lorraine holte ein Glas Wasser und setzte sich zu Nula, nahm ihre Hand.

»Erzähl mir, was passiert ist.«

Nula wischte sich die Augen mit einem bereits völlig durchnäßten Tuch ab. »Sie hatte eine Reihe Stammfreier, sie ist oft die ganze Nacht weggeblieben. Als sie nicht zurückgekommen ist, hab' ich mir erst nichts weiter dabei gedacht.«

»Hast du eine Liste dieser Stammfreier?« fragte Lorraine.

»Nein, natürlich nicht. Nichts ist je im voraus ausgemacht worden, sie sind einfach aufgetaucht, und manchmal sind sie ins Roselee gegangen, aber die Zimmer dort sind immer teurer geworden. Manchmal hat sie sie auch mit hierher gebracht, aber ich weiß ihre Namen nicht. Ich habe meine eigenen Kunden, und sie hat… O Gott, ich weiß nicht, was ich ohne sie anfangen soll.«

»Kannst du ihre Freier beschreiben? Hast du an diesem Abend einen von ihnen gesehen?«

»*Nein!* Sie war nur kurz draußen, und dann ist sie gegangen.«

Lorraine holte die Fotos heraus. »Erkennst du jemanden auf

diesen Bildern?« Nula sah sich jedes davon an, schniefend und naseputzend. Lorraine hob das mit der blonden Frau im Mercedes bis zuletzt auf. »Was ist mit dieser Frau?«

Nula nahm das Foto. Es war das einzige, an dem sie sich irgendwie interessiert zeigte, aber sie schüttelte den Kopf.

»Bist du sicher? Schau es dir genau an, Nula, und auch das Auto – es ist ein alter Mercedes-Sportwagen. Schau dir die Frau an – ist es eine Frau?«

Nula wandte sich ab. »Ich weiß es nicht. Ich *weiß* es nicht. Bitte, laß mich jetzt allein; ich will jetzt allein sein.«

Rosie beugte sich vor. »Dieser Wagen ist gestern abend den Sunset entlanggefahren. Haben Sie gesehen, wie Didi mit dem Fahrer gesprochen hat – ist sie vielleicht eingestiegen?«

Lorraine zwinkerte Rosie anerkennend zu.

Nula betrachtete das Bild der blonden Frau noch einmal. »Hat diese Frau denn irgendwas mit Didi zu tun?« wollte sie wissen. »Glaubst du, sie hat etwas mit dem Mord zu tun?«

»Das könnte sein. Kennst du sie?«

»Nein, das habe ich doch schon gesagt.«

Lorraine steckte die Fotos ein und stand auf. Nula begann wieder zu schluchzen und vergrub das Gesicht in den Händen.

»Wir finden es schon selbst raus, Nula. Es tut mir wirklich sehr, sehr leid.«

Nula zog den Kimono fester um sich und begann, das Papiertaschentuch mit ihren rotlackierten Fingernägeln zu zerreißen. »Sie war der netteste Mensch, dem ich je begegnet bin, und jetzt bin ich ganz allein. Sie war meine beste Freundin. Ich weiß nicht, was ich machen soll – ich kann mir die Wohnung allein nicht leisten, ich habe kein Geld.«

»Was ist mit Art? Weißt du, wo du ihn erreichen kannst?«

»Er ist nicht mehr hier. Wir haben nichts mehr von ihm gehört, seit er die Galerie geschlossen hat. Ich habe keine Ahnung, wo er ist.«

Nula wartete, bis sie das Auto davonfahren hörte, dann ging sie ins Schlafzimmer und zog eine Nachttischschublade auf. Sie nahm einen schwarzen Taschenkalender heraus und blätterte darin. Schon der Anblick von Didis kindlichem Gekritzel brachte sie wieder zum Weinen, aber sie schluckte die Tränen hinunter und blätterte weiter, bis sie gefunden hatte, was sie suchte. Sie ging in den Flur, zum Telefon, und wählte.

»Hi, hier ist Art. Ich bin nicht da, aber Sie können Ihren Namen und die Nummer hinterlassen, und ich rufe zurück.«

»Art, hier ist Nula. Ruf mich bitte an. Es ist sehr dringend! Wir müssen reden.«

Sie legte wieder auf und ging ins Bad. Sie würde sich ein ausgiebiges Bad gönnen, danach würde es ihr bessergehen. Aber dann ging sie doch wieder ins Schlafzimmer und zog aus der untersten Schublade des Nachttischs einen großen braunen Umschlag. Der Umschlag enthielt eine Reihe Fotos, darunter eines in Schwarzweiß, das eine Frau zeigte. Sie saß auf einem Bett, trug ein langes Abendkleid aus den fünfziger Jahren mit Schulterpolstern und sah ein bißchen wie Barbara Stanwyck aus. Sie war elegant und ausgesprochen schön. Er hatte wie sie aussehen wollen, hatte Didi das Foto gebracht, und sie hatte Stunden an ihm gearbeitet. Er hatte eine Menge Geld für die Aufnahmen gezahlt, und Art hatte die Fotos gemacht, das Zimmer nach seinen Angaben dekoriert, bis hin zu den Blumengestecken. Die blonde Frau war dieselbe wie die auf dem Bild, das Lorraine ihr gezeigt hatte. Nula war ganz ruhig. Sie stand langsam auf und begann, alle Mappen mit Fotos in der Wohnung zu durchsuchen.

Als Lorraine das indische Restaurant betrat, saß Rooney schon am Tisch und hatte ein Bier vor sich. »Ich hoffe, Sie haben einen guten Grund für diesen Auftritt bei S & A. Verdammt, was hatten Sie denn da zu suchen?«

Lorraine griff nach der Speisekarte und fragte, ob er schon etwas bestellt habe, aber er knurrte nur, er habe keinen Hunger.

»Haben Sie die Angestellten der Werkstatt überprüft?«

Rooney leerte sein Glas und setzte es krachend wieder ab.

»Die Sitte muß was über Steven Janklow haben, sie haben ihn vor ein paar Jahren mal festgenommen. Er ist einer der Inhaber. Sein Bruder ist Brad Thorburn.«

»Und wieso ist er so interessant?«

Lorraine legte die Hände flach auf den Tisch. »Ich glaube, er ist unser Mörder.«

Rooney kratzte sich an der Nase. »Haben Sie Beweise?«

Sie rieb sich die Wange. »Nein, aber ich weiß, daß Hastings sein Auto oft auf dem Werkstattgelände gelassen hat.«

»Haben Sie eine Ahnung, wie wichtig Janklows Familie ist?«

Sie zuckte mit den Achseln. »Sie müssen schon sehr wichtig sein, wenn sie Sie so einschüchtern können. Können Sie trotzdem überprüfen, was die Sitte über ihn hat? Wenn eine Akte vorliegt, könnten Sie ihn vorladen und nach seinem Alibi fragen. Er ist es, Bill, ich bin ganz sicher.«

»Wieso?«

Ausführlich legte Lorraine ihm ihre Gründe dar, und zum Abschluß sagt sie, sie sei sicher, Janklow sei der Mann, der sie angegriffen habe. Es dauerte einige Zeit, bis bei Rooney der Groschen gefallen war.

»Sagen Sie das noch mal!«

»Ich sagte, ich glaube, das ist der Mann, der mich angegriffen hat, der Mann, dem ich ein Stück aus dem Hals gebissen habe.«

Er lehnte sich zurück und starrte sie ungläubig an, dann holte er seine Zigaretten heraus und steckte sich eine an. »Du blöde Kuh!«

»Tut mir leid. Ich hatte Angst, mich zu stellen. Ich hab' ihn aufgerissen …«

»Guter Gott.« Rooney schüttelte den Kopf.

»Er hat mich mit einem Klauenhammer geschlagen. Ich bin sicher, daß es Steven Janklow war.«

»Haben Sie ihn in der Werkstatt genau gesehen? Oder, was wichtiger ist, hat er Sie gesehen?«

»Nein, ich hab' mich zurückgehalten; ich wollte ihn nicht warnen.«

Der Kellner kam mit Lorraines Bestellung. Rooney wartete, bis sie wieder allein waren, dann beugte er sich vor. »Sagen Sie, daß er es ist – sagen Sie, er ist der Kerl, der Sie angegriffen hat. Sie können ihn identifizieren …«

Sie hatte die Gabel schon in der Hand, legte sie aber wieder zurück. »Na und? Ich identifiziere ihn, und er streitet alles ab und geht wieder. Was ist das Wort einer versoffenen ehemaligen Nutte gegen das eines braven Bürgers? Er muß nur behaupten, er wäre nicht mal in der Nähe dieser Straße gewesen, und ich muß zugeben, daß ich ihn für ein paar Dollar aufgerissen hab'. Und, was meinen Sie, wem wird man glauben?«

Rooney trank sein Bier aus und bestellte noch eins.

Lorraine schob ihren Teller hin und her. »Ich glaube, er ist Transvestit.«

Rooney fuhr sich durchs Haar. *»Was?«*

»Ich glaube, Janklow ist Transvestit.«

»Sie glauben? Verdammt, ich brauche mehr als das, ich brauche *Tatsachen*. Mein Gott, Lorraine, haben Sie eine Ahnung, wie bekloppt sich das alles anhört?« Er stützte den Kopf in die Hände. Je mehr sie ihm erzählte, desto schlimmer wurde es. »Sie glauben, der Kerl, der Sie angegriffen hat, war Steven Janklow, ja? Sie glauben auch, daß Steven Janklow ein Transvestit ist. Gibt es noch etwas, das Ihnen vielleicht nur entfallen ist – hat er vielleicht auch zwei Köpfe?«

»Hören Sie auf damit. Alle Frauen haben ähnlich ausgesehen, waren im selben Alter.«

»Was ist mit Holly?«

»Ich glaube, es ging ihm gar nicht um sie.«

Lorraine erklärte, daß der Mörder es schon an jenem Abend wahrscheinlich auf Didi abgesehen hatte. Sie erzählte Rooney, beide hätten das Auto gesehen, aber Holly wäre schneller gewesen und hätte sich den Kunden geschnappt. Und nachdem Holly erst mal bei dem Mörder saß, hatte er sie irgendwie loswerden müssen. Vielleicht war er in Panik geraten.

Rooney widersprach: Wieso hatte der Killer Holly nicht einfach wieder rausgeschmissen, wenn sie die Falsche war? Ihm dröhnte der Kopf, und er konnte immer noch nicht glauben, daß Lorraine ihn so hinters Licht geführt hatte.

Lorraine schlug auf den Tisch. »Was, wenn es jedesmal die Falsche war? Was, wenn er die ganze Zeit nur nach Didi gesucht hat? Sie haben alle dasselbe Alter, alle sind blond gefärbt, aber er konnte die, nach der er wirklich gesucht hat, nicht finden.«

»Wollen Sie damit sagen, daß dieser Kerl sieben Frauen erschlug, weil er nach einer bestimmten suchte, von Norman Hastings gar nicht zu reden? Hat er den auch für eine Frau gehalten? Das ist doch Blödsinn, Lorraine.«

Lorraine spielte mit der Gabel. »Also gut, versuchen wir's mal anders. Gehen wir mal alle Opfer durch, Hastings eingeschlossen. Er war Transvestit, ja? Er hat sein Auto oft bei S & A abgestellt, noch Jahre, nachdem er bei ihnen was gekauft hatte. Er kannte Janklow. Vielleicht hat er etwas gewußt.«

Rooney zückte die Brieftasche. »Ich glaube, das ist alles Zeitverschwendung. Ich muß mal pinkeln.«

»Aber hören Sie doch, bei S & A gibt es alle möglichen Arten von Hämmern und Werkzeugen. Kann man das nicht überprüfen? Was, wenn die Hämmer aus der Werkstatt stammen?«

Rooney starrte sie an. »Sie werden keinen Fuß mehr in diese Werkstatt setzen, ist das klar? Ich werde alles noch mal überprüfen lassen – ich werde es sogar höchstpersönlich tun –, aber Sie halten sich fern, klar?«

»Können Sie für mich diese Sache mit der Sitte überprüfen? Rausfinden, weshalb man Janklow festgenommen hat?«

»Für *Sie*? Was glauben Sie eigentlich, wer hier der Boß ist? Von jetzt an übernehme ich. Wenn Sie ihn wegen Körperverletzung anzeigen wollen …«

Sie lehnte sich zurück. »Sie wissen, daß ich das nicht tun werde, aber wenn Sie noch ein paar Beweise finden, kann man den Angriff auf mich als Hebel benutzen. Wir machen eine Gegenüberstellung, Sie lassen ihn wissen, daß ich noch lebe und ihn identifizieren kann, und dann sehen wir, was er macht. Benutzen Sie mich, ihn zu erwischen; ich bin dazu bereit.«

Rooney stand auf. »Ich denke darüber nach.«

Sie folgte ihm, als er auf die Klotür zuging. »Bill, er hat mich mit einem Hammer geschlagen. Er ist es.«

Er fuhr herum. »Ich könnte Sie wegen Behinderung der Ermittlungen festnehmen. Ich habe Sie nur bezahlt, sich auf der Straße, unter den Nutten umzuhören, also halten Sie sich raus. Ich rufe Sie an, wenn ich Sie brauche.«

»Ich brauche ein paar Dollar. Ich bin völlig pleite.«

»Nicht mein Problem.« Er verschwand in der Toilette.

Als er aus dem Restaurant kam, wartete sie an seinem Wagen. Sie lächelte ihn auf ihre merkwürdige, zwinkernde Art an, und er beruhigte sich ein wenig. Obwohl er es nur ungern zugab, hatte sie die Ermittlungen tatsächlich vorangetrieben – hatte ihm sogar einen Verdächtigen geliefert.

»Ich schau mal, was ich rausfinden kann – aber Sie unternehmen nichts, bevor Sie nicht von mir hören, klar? Hier sind ein paar Dollar; gehen Sie heim und warten Sie, bis ich anrufe. Wenn es Janklow ist, können Sie ihn getrost mir überlassen.«

Kapitel 15

Als Rooney um sechs immer noch nicht angerufen hatte, meinte Lorraine: »Wahrscheinlich hat er noch mal über alles nachgedacht und kalte Füße bekommen.«

Rosie fragte sich, was sie nun tun sollten. Ohne Rooneys Unterstützung konnte es gefährlich werden, Janklow gegenüberzutreten. Lorraine griff nach ihrer Handtasche.

»Wo willst du hin?« fragte Rosie nervös.

»Bleib du hier, damit jemand da ist, wenn Rooney anruft.«

»Brauchst du mich nicht?«

»Ich halte es für besser, wenn du am Telefon bleibst. Ich muß ihn mir warmhalten; der alte Dreckskerl ist sonst imstande, mich in den Knast zu bringen.«

Mürrisch blieb Rosie vor dem Fernseher sitzen. Das war also ihre Zusammenarbeit – sie saß zu Hause und wartete auf Lorraine. Als sie ein Auto anspringen hörte, rannte sie zum Fenster und riß es auf. Sie wollte noch hinter Lorraine herschreien, aber sie war schon um die Ecke.

Lorraine war so lange nicht mehr gefahren, daß ihr jetzt die Knie zitterten, aber sie versuchte ruhig zu bleiben und hoffte, daß sie in keine Routinekontrolle geriet.

In Nulas Wohnung brannte Licht. Lorraine seufzte erleichtert und ging ins Haus. Sie klingelte und wartete. Nula fragte, wer da sei, aber Lorraine klingelte einfach weiter, weil sie fürchtete, daß Nula sie nicht reinlassen würde. Sie nahm den Finger nicht von der Klingel, und schließlich spähte Nula heraus, die Kette noch vorgelegt.

»Hau ab.«

»Laß mich rein, Nula, sonst bleibe ich die ganze Nacht hier.«

Nula öffnete die Tür. Lorraine sah Koffer und Taschen herumstehen. Nula war am Ausziehen.

»Was ist los?«

»Ich gehe weg.«

»Wieso denn das?«

Nula warf ein Kissen nach ihr. »Hör mit diesen blöden Fragen auf und laß mich endlich in Ruhe.«

Lorraine zog wieder das Foto des verkleideten Steven Janklow heraus. »Schau dir das doch noch mal an, Nula.«

Nula griff nach dem Kissen und drückte es sich an die Brust. Lorraine hielt ihr das Foto unter die Nase. »Es wird dir nicht wehtun, wenn du hinsiehst. Ist das Steven Janklow?«

»Wenn du weißt, wer es ist, wieso fragst du mich dann?«

»Weil ich sicher sein muß.«

»Ich weiß es nicht.«

Lorraine war ratlos. Sie wußte nicht, was sie als nächstes tun sollte, und ließ sich aufs Sofa fallen.

»Würdest du jetzt gehen?«

Lorraine steckte dasFoto wieder in den Umschlag und stand auf, den großen vierteiligen Wandschirm im Auge, hinter dem sich die Modelle umzogen. Er war übersät mit Fotos von Männern und Frauen, von Männern, die halb Frauen waren. Nula sah erst sie an, dann den Schirm. Lorraine war schon auf dem Weg zur Tür, dann blieb sie wieder stehen und starrte noch mal den Wandschirm an. Sie war sich nicht sicher, also trat sie näher heran, bückte sich und sah genauer hin. Sie richtete sich wieder auf und wedelte mit ihrem Umschlag. »Du kennst ihn nicht? Wieso ist dann sein Foto hier auf dem Wandschirm?«

»Weil es in die Lücke gepaßt hat.«

»Wer hat das Foto gemacht?«

»Warum?«

»Wenn du nicht weißt, wer er ist, dann vielleicht der Fotograf. Wer hat das Foto gemacht, Nula?«

»Art.«

Lorraine verspürte einen Adrenalinstoß. Die ganze Geschichte war mindestens so verrückt, wie Rooney behauptet hatte. »Was macht Art außer Fotos noch?«

»Denk doch mal nach, du bist doch sonst so klug! Was glaubst du wohl, woher er das ganze Geld hat?«

Nula stand auf und lehnte sich an die Tür zum Schlafzimmer. »Du bist mir vielleicht eine Detektivin! Art erpreßt, wen er kann; er ist ein Blutsauger – das solltest du eigentlich wissen, du hast ihm ja selbst ein paar Scheine abgeknöpft. Ich kenne die Blonde auf dem Bild nicht, und ich weiß nicht, wer das in deiner kostbaren Akte sein soll. Das ist nicht mein Wandschirm, er gehört Art. Würdest du jetzt bitte verschwinden und mich in Ruhe lassen?«

»Wo ist Art?«

»Weiß ich nicht.«

Lorraine folgte Nula ins Schlafzimmer. »Hat er Steven Janklow erpreßt?«

Nula trat gegen den Schrank und schrie: *»Das weiß ich nicht, laß mich endlich in Ruhe.«* Sie fing an, Kleider aus dem Schrank zu zerren.

»An dem Abend, als Didi umgebracht wurde…«

»Ja, was war an dem Abend, als Didi umgebracht wurde?«

Lorraine hielt Abstand. Nula wurde zusehends hysterischer, zerrte Sachen von den Kleiderbügeln, warf sie auf den Boden, trat sie weg. Plötzlich fuhr sie zu Lorraine herum. »Er hat uns benutzt. Wenn wir einen Freier hatten, hat er rumgeschnüffelt. Er hat uns nie in Ruhe gelassen, und wir waren von den paar Dollar, die er uns gegeben hat, abhängig; schließlich ist das hier seine Wohnung. Er hat gesagt, wir brauchten keine Miete zu zahlen. Bist du wirklich auf ihn reingefallen? Art hat mich und Didi benutzt, er hat uns beide zahlen lassen. Und wenn du jetzt nicht abhaust, dann schreie ich das ganze Haus zusammen und lasse dich verhaften.«

Lorraine gab nicht auf. »Hat Art Norman Hastings erpreßt?«

Schnell sah sie sich noch einmal die Fotos auf dem Wandschirm an. »Wann hat Art diesen Schirm dekoriert?«

»Schon vor Jahren. Er hat ihn mitgebracht, als er aus Santa Monica weggezogen ist – er hatte dort sein Haus am Strand.« Nula grinste höhnisch.

»Hat er je einen Oldtimer besessen?«

Nula riß die Augen auf. »Wovon redest du?«

»Einen alten Sportwagen oder so.«

»Nö, er hatte mal ein paar Monate einen Bentley, aber dann war er pleite und hat ihn wieder verkauft.«

»Die Blonde auf dem Foto und hier auf dem Schirm, bist du ihr mal begegnet?«

Nula seufzte. »Nein.«

»Und was ist mit Didi?«

Nula hatte ein langes Chiffonkleid in Händen. »Das hier war ihr Lieblingskleid. Es hat ihr nie richtig gepaßt, aber sie konnte sich nicht davon trennen.«

»Nula, bitte! Hat Didi die Blonde gekannt?«

»Kann schon sein; sie hat hin und wieder Perücken frisiert, wenn Art Fotos gemacht hat, also wäre es möglich. Ich weiß nicht, wen sie alles kannte.«

»Hat Didi Art schon vor dir gekannt?«

»Ja, ich habe ihn durch sie kennengelernt.«

Lorraines Gedanken überschlugen sich. Es hatte keinen Sinn, noch länger hierzubleiben. Das Wichtigste war jetzt, sich mit Craig Lyall in Verbindung zu setzen, dem Fotografen, der die Fotos von Norman Hastings gemacht hatte. Sie fragte Nula, ob sie das Telefon benutzen dürfe, und ließ sich von Rosie Lyalls Adresse und Telefonnummer aus den Akten suchen. Für den Fall, daß Rooney anrufen würde, ließ sie ihm ausrichten, sie werde in etwa einer Stunde zurück sein; sie müßte unbedingt mit ihm reden.

»Hast du schon mal von einem Fotografen namens Craig Lyall gehört?« fragte sie Nula.

Nula klappte einen Koffer zu. »Ein Profi, oder?«

»Ja, er macht Familienfotos, Porträts und so.«

Nula zuckte die Achseln. »Der Name sagt mir nichts, aber mit Namen war ich noch nie gut.«

»Was ist mit Didi? Hast du ihr Adreßbuch? Vielleicht hat sie seine Nummer.«

Nula schloß den Koffer ab. »Nein, sie hatte nie eins, und jetzt werde ich ein Bad nehmen. Falls du nicht zusehen willst, wie ich mir die Titten einseife, solltest du lieber gehen.«

»Ich könnte dich irgendwo hinfahren: Ich hab' ein Auto.«
»Ich nehme ein Taxi.«
»Darf ich fragen, wohin du willst?«
»Das darfst du, aber ich wüßte nicht, was es dich angeht.«
»Nur für den Fall, daß ich mich mit dir in Verbindung setzen will.«

Nula trug ihre Koffer zur Tür, stellte sie dort ab und holte noch zwei Reisetaschen.

»Curtis weiß, wo ich zu erreichen bin.«

Lorraine wollte Nula die Hand reichen, aber Nula wandte sich ab. »Auf Wiedersehen, und danke.«

Die Haustür war kaum hinter Lorraine ins Schloß gefallen, da legte Nula die Hände an den Kopf und fing an zu schreien. Sie riß sich die Perücke herunter und schleuderte sie quer durchs Zimmer. Sie schrie und schrie.

Lorraine fuhr zu Craig Lyalls Studio. Sie sah sich nach einer Telefonzelle um, weil sie wissen wollte, ob Rooney angerufen hatte. Er hatte nicht, aber zwei Polizisten in Uniform waren dagewesen. Rosie war nicht allzu verstört, auch deswegen, weil sie Rooney erwartet hatte. Sie hatte sogar gefragt, ob sie in seinem Auftrag gekommen seien. Die Männer hatten ihre Frage nicht beantwortet, sondern sich alle Zimmer angesehen, sogar den Duschvorhang zurückgezogen. Als sie fragten, ob es noch andere Zugänge zur Wohnung gab, war Rosie schließlich doch nervös geworden. Und das war sie auch jetzt noch, weil die beiden draußen in ihrem Streifenwagen saßen und nicht so aussahen, als ob sie ihren Posten demnächst verlassen wollten.

Lorraine fragte sich, was Rooney vorhatte. Sie sagte Rosie, sie werde ihn sofort anrufen und bald nach Hause kommen.

»Wo bist du?«

»Am Ventura Highway. Ich werde mal mit diesem Craig Lyall reden. Bis später.« Sie legte auf und rief in Rooneys Büro an.

»Wo sind Sie?« schnauzte er.

»Ach, ich trinke noch einen Kaffee, und dann gehe ich heim.«

»Tun Sie mir einen Gefallen, und kommen Sie aufs Revier.«

»Gibt's was Neues?«

»Vielleicht. Ich will Sie hier haben, wo ich Sie sehen kann.«

»Sie sollten noch was für mich überprüfen. Einen Fotografen, Art Mathews heißt er. Ich glaube, er hat mit dem Fall zu tun, er produziert Pornos und erpreßt dann seine Kunden. Er kennt Janklow... hallo?« Ihr Geld war zu Ende, der Anruf unterbrochen.

Rooney ließ den Hörer auf die Gabel fallen. Er wartete, hoffte halb, sie werde noch einmal anrufen, und tigerte nervös in seinem Büro auf und ab. Durch die Jalousien konnte er die FBI-Leute an den Computern sehen. Im Grunde versteckte er sich – er war ihnen schon den ganzen Nachmittag und Abend aus dem Weg gegangen.

Bean stürzte herein, und Rooney fuhr zusammen. »Verdammt, klopf gefälligst an, ich hab' fast einen Herzinfarkt bekommen. Hast du je was von einem Pornofotografen namens Art Mathews gehört?«

»Nein.«

»Sieh mal nach, was wir über ihn haben, ja? Und dann laß ihn herbringen. Ich möchte mit ihm reden.«

»Gut. Du wolltest doch wissen, ob die Sitte was über Steven Janklow hat. Es gibt keine Akte, nichts... Aber die Thorburns haben das halbe Labor der Spurensicherung finanziert, und...«

»Danke«, grunzte Rooney.

»Keine Ursache.«

Lorraine ging die Holztreppe zu dem kleinen Fotostudio hinauf. Sie klingelte und wartete. Als eine Stimme durch die Sprechanlage fragte, wer sie sei, bezeichnete sie sich als Freundin von Art Mathews. Lyall öffnete die Tür. Er war kleiner als Lorraine und sehr schick gekleidet.

»Was wollen Sie? Sind Sie von der Polizei?«

»Nein, eine Freundin von Art.«

Sie folgte Lyall die schmale Treppe weiter nach oben. Der Fernseher lief, und er schaltete ihn ab. »Ich war gerade in der Dunkelkammer. Lassen Sie mich die Negative fertig entwickeln, dann habe ich Zeit für Sie. Machen Sie's sich bequem.«

Lorraine blieb stehen und schaute sich die gerahmten Fotos

an. Dann blätterte sie zwei schwere Alben voller Kinder- und Familienbilder durch – sie waren kaum zu unterscheiden von denen, die sie bei Mrs. Hastings gesehen hatte: grinsende Bälger in grellbunten Kleidern.

Lyall kam wieder und bot ihr etwas zu trinken an. Er wirkte beunruhigt.

»Art hat mir viel von Ihnen erzählt.«

»Ach ja?«

»Ja. Er hat Probleme, seit ich ihn kenne.«

»Na ja, diesmal ist er in einen Mord verwickelt.«

Lyall starrte sie an. »Mein Gott, doch nicht schon wieder diese bescheuerte Hastings-Geschichte? Die Bullen waren schon hier und haben mir alle möglichen Fragen gestellt. Ich hab' doch nur ein paar Fotos gemacht – das arme Schwein hat sich gern aufgetakelt. Was soll daran schlimm sein?«

Lorraine setzte sich. »Darf ich die Fotos mal sehen? Nur so ... Ich versuche, Art zu helfen. Ich war nicht besonders ehrlich mit Ihnen – ich bin Privatdetektivin und brauche ...«

Lyall erstarrte vor Schreck. »Ich habe nichts mit ihm zu tun! Ich kenne ihn, das ist alles, und ein paarmal habe ich das eine oder andere Foto für ihn gemacht, oder er hat mir jemanden vorbeigeschickt. Ich bin diskret, okay? Und das ist alles.«

»Haben Sie je mit einer Transsexuellen namens Didi gearbeitet?«

»Wie meinen Sie das?«

»Haben Sie je Fotos von ihr gemacht? Pornographische?«

»Nie. Mit so was habe ich nichts zu tun. Ich mache nur normale Porträts.«

»Aber manchmal haben Sie Transsexuelle oder Transvestiten fotografiert?«

»Ja, wenn sie ein Foto von sich wollten. Warum nicht?« Er wiederholte, daß er schon alle Fragen über Hastings beantwortet habe; die Polizei hatte ihn verhört, ihm Fotos gezeigt.

»Kennen Sie Didi gut?«

»Ja und nein. Sie kann manchmal ganz nützlich sein. Sie ist gut als Visagistin und Friseuse.«

»Hat sie sich um Norman Hastings' Perücken gekümmert?«

»Ja, ich glaube schon.« Er bückte sich zu einer Kommode und holte ein paar Umschläge heraus. »Sie ist gut, kennt alle Tricks, sie hat es fertiggebracht, daß selbst Hastings ganz vernünftig ausgesehen hat.« Er zeigte ihr zwei oder drei Fotos von Hastings. Lorraine machte ihm Komplimente, und Lyall nahm sie dankbar auf, zeigte mehr Fotos. Sie fragte beiläufig, ob er je einen Mann namens Steven Janklow fotografiert habe.

Lyall war noch in die Bewunderung seiner Werke versunken und hatte sie beim ersten Mal nicht verstanden, also wiederholte sie den Namen, und er richtete sich auf. »Hören Sie, ich weiß nicht immer, wer meine Kunden sind. Ich muß vor allem dafür sorgen, daß sie sich entspannen – sie regen sich ziemlich auf, und wenn Didi mit ihnen fertig ist, stehen sie manchmal kurz vorm Orgasmus. Es geilt sie ungeheuer auf, und nach der Sitzung nehmen sie ihre Fotos mit, und das war's.«

Lorraine nickte. Sie erwähnte Janklows Namen nicht sofort wieder, sondern ließ sich Zeit, bis Lyall sich wieder ein bißchen entspannt hatte. »Hat Art bei den Aufnahmen geholfen?«

»Seit Jahren nicht mehr. Er hat es früher mal gemacht – ich hatte keine eigene Dunkelkammer, und er hatte drüben in Santa Monica eine große Wohnung, damals habe ich sein Zeug benutzt. Wenn ich ehrlich bin, hat er mir eine Menge beigebracht. Viele von denen haben ein kleines Problem – die Haut, wissen Sie. Art hat mir beigebracht, richtig zu retuschieren. Ich sorge dafür, daß sie wirklich schön aussehen.«

Lorraine versuchte es noch einmal. »Haben Sie diesen Janklow fotografiert?«

»Ich weiß es wirklich nicht. Einige nennen falsche Namen oder ihren Frauennamen. Ist es denn wichtig?«

»Es ist Arts Alibi.«

»Wieso fragen Sie Janklow nicht selbst?«

»Ich kann ihn nicht finden, und Art meint, er wolle nicht, daß etwas an die Öffentlichkeit gerät – er will nicht, daß seine Familie etwas davon erfährt.«

Lyall packte die Fotos wieder in die Umschläge.

»Kennen Sie S & A in Santa Monica; sie verkaufen und reparieren Oldtimer?«

»Ja, ich weiß. Es ist lange her, aber Art hatte mal einen Bentley. Er hat ihn dort gekauft, aber was Technik angeht, ist Art hoffnungslos. Er hatte nur Probleme mit der Karre.«

Lorraine zeigte ihm das Foto der blonden Frau. »Haben Sie diese Person je fotografiert?« fragte sie.

»Kann ich nicht sagen. Sie haben ja gesehen, wie viele ich gemacht habe, und das sind nur die neuesten.«

Lorraine fragte, ob die Kunden ihre Negative mitnahmen. Das gehörte dazu, meinte Lyall, plötzlich wieder unruhig. »Hören Sie, ich weiß, worauf Sie anspielen. Meine Kunden nehmen immer die Negative mit. Einige warten sogar hier, bis ich sie entwickelt habe. Ich hatte nie Probleme mit der Polizei, und ich würde nie… wir wissen alle, womit Art sein Geld verdient, und ich habe immer gesagt, das ist seine Sache. Ich will nichts damit zu tun haben.«

»Sie sprechen von Pornographie?«

»Nein. Erpressung.«

Lorraine nickte. »Ja, ich habe ihn auch gewarnt, und ich fürchte, daß sein Zeuge sich deshalb nicht meldet. Ich fürchte, Art hat ihn erpreßt.«

Lyall stöhnte. »Art ist unheilbar, selbst der Knast hat ihn nicht abgeschreckt. Er ist immer hinter dem schnellen Geld her; es kotzt mich wirklich an. Diese armen Schweine kommen hierher und sind wie Kinder, wissen Sie, sie zittern vor Aufregung, und sie sind so harmlos. Ich meine, wem tut es denn weh, wenn ein Mann sich ein bißchen hübsch macht? Es ist kein Verbrechen, aber die Gesellschaft zwingt sie, sich zu verstecken.«

Lorraine stimmte ihm zu. »Mir tun Arts Opfer auch leid. Der arme Norman Hastings, ein anständiger, verheirateter Mann; er hatte solche Angst, daß es rauskommen könnte…«

Lyall erklärte eifrig: »Davon habe ich der Polizei nichts erzählt – sonst hätte ich auch von Art erzählen müssen.«

Lorraine fragte, ob sie rauchen dürfe. »Ich kriege Asthma davon, aber rauchen Sie ruhig.« Er holte ihr einen Aschenbecher. Sie blies den Rauch vorsichtig von ihm weg.

»Wie ist Art an Hastings' Foto gekommen, wenn die Kunden, wie Sie sagen, die Negative immer mitnehmen?«

Lyall wurde rot. »Das weiß ich nicht.«

»Sie haben sie ihm doch nicht gegeben, oder?«

»Nein, natürlich nicht... aber vielleicht seine Freundin. Ich habe Hastings' Frau und Kinder fotografiert, ich kenne sie und würde ihnen auf keinen Fall wehtun wollen. Sie sind nicht mal reich. Aber so ist Art eben, er gibt sich sogar mit fünfzig Dollar im Monat zufrieden – schrecklich, ich habe es gehaßt.«

»Mit ›seine Freundin‹ meinen Sie wohl Didi? Sie ist tot.«

Lyall schnappte nach Luft. »Aber wir haben doch gerade erst über sie gesprochen! Wann? Wieso hat Nula mich nicht angerufen? Oder Art? Das kann ich einfach nicht glauben.«

»Gestern abend.«

Lyall schien ehrlich entsetzt, und sie sagte: »Wollen Sie sich nicht das Foto, das ich mitgebracht habe, noch mal ansehen? Ich glaube, es ist ein Transvestit. Sie nicht?«

Lyall griff nach dem Foto und hielt es unter die Lampe. Er sah es sich fast eine halbe Minute lang durch eine Lupe an, dann nickte er. »Ja, aber die Perücke und das Make-up sind sehr gut... Es ist der Unterkiefer, daran erkenne ich es immer.«

»Sie erkennen die Person aber nicht?«

»Ich glaube nicht, ich habe so viele fotografiert...«

»Er ist nie mit Hastings hergekommen?«

»Norman war immer allein, außer er brachte Frau und Kinder mit.«

In der Dunkelkammer ertönte ein Summer, und Lyall sah auf die Uhr. »Ich muß die Bilder bis morgen fertig haben. Es ist ein Porträt zum einundzwanzigsten Geburtstag.«

Lorraine war schon auf dem Weg zur Tür, als er rief: »Aber natürlich! Zeigen Sie mir das Foto noch mal.«

Lorraine beobachtete ihn; sie hätte ihn am liebsten mit reiner Willenskraft gezwungen zu sagen, er *habe* Janklow tatsächlich fotografiert. Statt dessen schüttelte er den Kopf. »Eine Dame, eine der oberen Zehntausend, sehr reich – wie hieß sie nur? Sie hat sich porträtieren lassen, sie war stark verkrüppelt, arthritisch, saß im Rollstuhl. Sie hatte zwei Sitzungen, lehnte die Bilder dann aber ab. Ehrlich, wenn ich noch mehr retuschiert hätte, wäre von ihrem Gesicht nichts mehr übrig gewesen, aber sie hat wenigstens die Sitzungen bezahlt. Ich erinnere mich daran, weil ich ziemlich pleite war, es liegt schon ein paar Jahre zurück.« Angestrengt runzelte er die Stirn, dann strahlte er. »Thorburn, so hieß sie, Della Thorburn, und es muß mindestens acht, neun Jahre her sein. Sie könnte inzwischen längst tot sein. Ist das nicht merkwürdig? Wirklich verrückt.« Lorraine wartete, daß er fortfuhr. »Merkwürdig, daß ich mich so gut erinnern kann, und wegen dieses Fotos; es ist einfach… Lassen Sie mich noch mal sehen.« Wieder benutzte er die Lupe. »Sie kann es nicht sein – sie konnte nicht fahren, sie war wirklich schlimm dran. Aber die Art, wie der Schal drapiert ist, erinnert mich an sie. Sie hat immer diese Chiffonschals getragen, um ihren Hals zu verstecken, und dieses blonde Haar, die altmodische Frisur, eine Grace-Kelly-Rolle im Nacken oder einfach an den Seiten zurückgekämmt.«

»Hat sich Didi auch um ihr Make-up und ihre Frisur gekümmert?«

»Guter Gott, nein. Sie hätte niemanden wie Didi in der Nähe geduldet. Sie stammte aus wirklich altem Geldadel.«

Lorraine war nicht sicher, was diese neue Auskunft bedeutete. Sie fragte, ob jemand Mrs. Thorburn begleitet habe. »Ja, selbstverständlich, sie saß doch im Rollstuhl. Ihr Sohn, wenn ich mich recht erinnere.«

»Wissen Sie, wie er hieß?«

»Na ja, ich nehme an, er hieß Thorburn.«

»Können Sie ihn beschreiben?«

Lyall verdrehte die Augen. »Mein Gott, das ist Jahre her! Ich fürchte, das kann ich nicht. Aber Art vielleicht, er hat ein unglaubliches Gedächtnis.«

»Art war hier?«

»O nein, das war in Santa Monica. Ich habe Ihnen doch gesagt, wir haben manchmal zusammengearbeitet. Aber dann bin ich hierher gezogen.«

»Hat Art ähnliche Aufnahmen gemacht, mit Transvestiten und Transsexuellen?«

»O ja. Er hat mich doch angelernt und mir sogar Kunden geschickt. Das habe ich Ihnen doch schon gesagt.«

Wieder summte es in der Dunkelkammer. »Ich muß jetzt wirklich weitermachen.«

Lorraine ging zurück zum Auto. Eine Weile blieb sie sitzen und dachte darüber nach, was Lyall ihr erzählt hatte. Jetzt hatte sie eine Verbindung zwischen Hastings und Janklow, sogar eine, wenn auch schwache, zwischen Didi und beiden Männern, und Art hatte mit allen zu tun gehabt. Art hatte Norman Hastings erpreßt, überlegte sie, und Hastings hatte vielleicht mit Janklow darüber gesprochen. Aber was, wenn Art auch Janklow erpreßt hatte?

Nachdenklich fuhr sie zurück. Was, wenn sie sich getäuscht hatte und Art der Mörder war? Aber sie wußte, das konnte nicht sein. Ihr Angreifer war nicht Art Mathews gewesen. Worin bestand die Verbindung zwischen den toten Frauen, die, von Holly einmal abgesehen, einander alle in gewisser Weise ähnlich waren? Didi hatte gesagt, der Mörder hätte *ihr* zugewinkt, hätte *sie* gewollt. Was, wenn das stimmte? Der Zusammenhang schien ihr nun ganz klar. Wie sie schon Rooney gesagt hatte, man hätte die Frauen alle irrtümlich für Didi halten können. Auch sie selbst war in etwa so groß wie Didi und blond. Hatte der Mörder nach einer ganz bestimmten Frau gesucht, einer Frau, von der er wußte daß sie auf den Strich ging, einer Frau, die er als Transsexuelle kannte?

Lorraine mußte anhalten, so sehr schwirrte ihr der Kopf von den wirren Fetzen unvollständiger Informationen. Ihr Versuch, alles zu einem Bild zusammenzusetzen, erschöpfte sie. Sie schloß die Augen. An dem Abend, als Holly umgebracht wurde, war Art Mathews noch in der Galerie gewesen. Was hatte er getan, nachdem Lorraine gegangen war? Waren er und Didi und sogar Nula in die Morde verwickelt? Sie war zu müde und zu hungrig, um weiterzudenken. Sie fuhr auf den Freeway und kehrte nach Pasadena zurück.

Art Mathews war aufs Revier gebracht worden. Er hatte versucht zu fliehen, als die Polizisten ihn eigentlich nur bitten wollten, bei den Ermittlungen zu helfen. Aber er hatte sich an ihnen vorbeigedrängt, und sie waren ihm nachgejagt. Nachdem ihn der Versuch, eine stark befahrene Straße zu überqueren, fast das Leben gekostet hatte, gab er auf. Eine Durchsuchung seines Studios förderte Unmengen pornographischer Fotos zutage.

Rooney hatte ihn sich vorgenommen, sobald man ihn aufs Revier gebracht hatte. Mathews war auffällig gesprächig, als stehe er unter Drogen. Er hatte nicht um einen Anwalt gebeten. Er hatte die Herstellung milder Pornographie zugegeben, aber erst als Rooney ihm ein Foto von Holly gezeigt hatte, war das Gespräch richtig in Gang gekommen. Art gab zu, sie gekannt zu haben, er hatte Fotos von ihr gemacht. Aufgeregt und schwitzend versuchte er sich zu erinnern, wo er am Mordabend gewesen war.

Bei fast jeder Wendung belastete er sich mehr. Als er zugab, auch das letzte Opfer des Hammermörders, Didi, zu kennen, spürte Rooney, wie sich ihm die Nackenhaare sträubten. Er wußte, daß er Art einen Anwalt besorgen mußte, und zwar schnell, und er machte einen entsprechenden Vorschlag. Wenn Mathews wollte, würde er das Verhör so lange unterbrechen. Rooney hatte auch gebeten, Mathews ärztlich untersuchen lassen zu dürfen: Wenn er unter Drogen stand, mußten sie das wissen und warten, bis er von was auch immer wieder runtergekommen war.

Plötzlich sprang Art auf, Speichelbläschen in den Mundwinkeln: »Das ist doch verrückt! Sie glauben, ich hätte Holly umgebracht? Wieso hätte ich das tun sollen? Das ist ein Mißverständnis!«

Rooney hatte nicht einmal angedeutet, er verdächtige ihn des Mordes. Sie hatten außer den Pornos nichts gegen ihn in der Hand. Jetzt war er offenbar dabei, sich in eine Mordanklage hineinzureden.

Die Atmosphäre wurde immer gespannter. Rooney fragte ihn nacheinander nach sämtlichen Opfern.

»Was? Wieso denn?« kreischte Art, seine Stimme wurde zunehmend schriller. »Wieso fragen Sie mich nach diesen Frauen? Das ist doch absurd! Sie glauben, ich hätte irgendwas mit diesen Morden zu tun? Das ist verrückt! Gut, ich habe Holly gekannt, und auch Didi…«

Rooney fragte nach Arts Geldquellen, seinem Hintergrund, früheren Vorstrafen. Nun verlangte Art von sich aus nach einem Anwalt; er würde keine weiteren Fragen mehr beantworten. Rooney wußte, daß das meiste, was er zugegeben hatte, vor Gericht nicht standhalten würde, besonders weil er immer noch nicht untersucht worden war. Aber Rooney machte Dampf, auch er wurde immer aufgeregter. Für ihn hing viel davon ab, Resultate vorweisen zu können, vor dem FBI im Ziel zu sein.

Als Art schließlich schwieg, nahm Rooney das als Eingeständnis seiner Schuld. Alle beim Verhör Anwesenden wußten, daß Mathews in dem Moment unkooperativ geworden war, als Rooney die Morde angesprochen hatte. Während sie auf den Anwalt warteten, beteuerte Art weiter seine Unschuld. Immer wieder rieb er sich seinen glänzenden, kahlen Schädel, sah hektisch von einem zum anderen. »Nur weil ich Didi und Holly kannte, heißt das noch lange nicht, daß ich sie umgebracht habe. Sie wollen mich reinlegen! Hat irgend so ein Arschloch versucht, mir das anzuhängen?«

Er wollte wissen, um welche Zeit Didi getötet worden war, da er den ganzen Abend mit Freunden verbracht hatte, aber als man ihn fragte, wo er zwischen einundzwanzig und zweiundzwanzig Uhr dreißig gewesen sei, weigerte er sich plötzlich, ohne seinen Anwalt weiterzureden. Ein Arzt untersuchte ihn und meinte, es sei alles in Ordnung, er müsse nur viel trinken, da er sehr stark schwitzte.

Dann traf sein Anwalt ein und sprach mit ihm unter vier Augen. Danach konfrontierte man Art wieder mit sämtlichen Fragen, die ihm zuvor schon gestellt worden waren. Er hatte auch deshalb nicht sagen wollen, wo er am Abend von Didis Tod gewesen war, weil sie gefilmt hatten. Nachdem er bereits für den Verkauf pornographischer Videos mit Minderjährigen gesessen hatte, bekam er es mit der Angst zu tun, deshalb wieder angeklagt zu werden. Er wurde auch immer besorgter, daß Einzelheiten seiner Erpressergeschäfte ans Licht kommen könnten. Je mehr Fragen man ihm stellte, desto unruhiger wurde er. Als man ihm wieder die Liste der toten Frauen vorlegte, wurde er schließlich hysterisch, schrie, man wolle ihm etwas anhängen, und einige der Morde seien schon vor so langer Zeit geschehen, daß er sich nicht mal erinnern könne, wo er damals gewohnt habe. Vielleicht hatte er sogar gerade im Gefängnis gesessen.

Er wurde in eine Zelle gebracht. Es war beinahe drei Uhr morgens, und Rooney hatte Kopfschmerzen, aber allzuviel hatte das Verhör nicht ergeben. Er war inzwischen ziemlich überzeugt, daß Art nicht der gesuchte Mann war. Mathews hatte im Gefängnis gesessen, als wenigstens zwei der Frauen ermordet worden waren.

»Ich glaube, das Ganze war Zeitverschwendung, Bean. Dieser kleine Mistkerl gehört zwar eingelocht, aber nicht wegen Mordes. Er hat nur seine üblichen Porno- und Erpressergeschäfte betrieben.«

Bean hob resigniert die Hände: »Soll das heißen, Lorraine Page ist auch darin verwickelt?«

Rooney seufzte. »Das weiß ich nicht. Vielleicht sollten wir die Informationen über Mathews dem FBI zugänglich machen. Legen Sie es dem Chief auf den Tisch, er soll ruhig sehen, wie wir geschuftet haben.«

Bean nahm Mathews' Akte mit zum Büro der FBI-Agenten, und Rooney sah auf die Uhr. Es war wirklich zu spät, Lorraine noch einmal anzurufen, aber er nahm nicht an, daß er in dieser Nacht noch viel Schlaf bekommen würde. Er würde es früh am nächsten Morgen versuchen.

Er war gerade im Waschraum und rasierte sich, als Bean hereinkam. »Ich nehme nicht an, daß Mathews mittlerweile sämtliche Morde gestanden hat?« fragte Rooney sarkastisch.

Bean wusch sich die Hände. »Nein. Unser Hauptverdächtiger heult sich die Seele aus dem Leib und hat sich außerdem erinnert, wo er war, als Holly umgebracht wurde, und das wird Ihnen gar nicht gefallen.«

»Jetzt bin ich aber gespannt.«

»Art Mathews hat in der Kunstgalerie neben diesem indischen Restaurant gearbeitet. Er war dort ziemlich lange, und zu seinen Alibizeugen gehört auch Lorraine Page.«

Rooney starrte sich im Spiegel an. Bean trocknete sich die Hände ab. »Die vom FBI werden ihn entweder auf Kaution freilassen oder gleich wegen der Pornos festsetzen. Schade, daß wir nicht mehr haben – draußen warten schon die Reporter. Jemand hat ihnen erzählt, wir hätten einen Verdächtigen.«

»Ja, wahrscheinlich derselbe, der uns den Tip mit Mathews' neuem Studio gegeben hat. Und ich rufe jetzt dieses doppelzüngige Miststück an.«

Bean folgte Rooney auf den Flur hinaus. »Wissen Sie schon, daß Andrew Fellows am Vormittag einen Termin mit dem FBI hat? Vielleicht sollten Sie hierbleiben – die Kantine macht auch bald wieder auf.«

Rooney hatte Lorraine wirklich anrufen wollen, obwohl es erst halb sechs war. Aber dann überlegte er es sich anders. Es war ihm völlig egal, ob sie wach war oder schlief. Er würde noch eins draufsetzen und sie persönlich aus dem Bett werfen. Als er vom Hof fuhr, trafen gerade die FBI-Agenten wieder ein, hellwach, sauber und gepflegt; sie waren nicht mitten in der Nacht geweckt worden. Er fuhr weiter, noch wütender als zuvor. Eine von Lorraines Theorien hatte sich auch auf Art Mathews bezogen, und zum Teil hatte sie recht gehabt: Er hatte Holly und Didi tatsächlich gekannt, aber es gab keine Verbindung zu Steven Janklow – über den auch die Sitte keine Unterlagen hatte. Rooney dachte sogar daran, sich von Lorraine sein Geld zurückgeben zu lassen. Vielleicht sollte er sie festnehmen, wegen Behinderung der Ermittlungen. Am liebsten hätte er ihr den dürren Hals umgedreht! Er hatte die Schnauze voll. Je länger er fuhr, desto wütender wurde er. Als er vor Lorraines Wohnung hielt, war er kurz vorm Platzen. Er mußte jetzt wirklich jemandem die Meinung sagen, und wieso nicht ihr? Dieser doppelzüngigen, verlogenen Hure!

Rosie schoß aus dem Bett, als es klingelte. Sie zog den Bademantel über und eilte zur Tür. Lorraine saß auf dem Sofa und gähnte. »Wie spät ist es?«

»Sechs Uhr! Verdammt, wer klingelt denn um diese Zeit?«

Rosie machte die Tür auf und wich zurück. Rooney lehnte am Türrahmen. Er warf Lorraine einen Blick zu. »Ich werde Sie festnehmen.«

Lorraine zog sich eine Strickjacke übers Nachthemd. »Festnehmen? Wieso?«

Er kam herein, die Mütze auf den Hinterkopf zurückgeschoben. »Art Mathews, Herzchen. Sie waren mit ihm zusammen, an dem Abend, als...« Er konnte sich nicht mehr an Hollys Namen erinnern. »Sie sind sein verdammtes Alibi für den Abend, als dieses Mädchen ermordet wurde. *Sie!*«

Lorraine holte sich ein Glas Wasser und trank gierig. »Und deshalb haben Sie die Bullen hergeschickt?«

Rooney warf die Mütze auf den Tisch. »Als nächstes kommt dann das FBI, Herzchen, es wird Zeit.«

Wütend starrte sie ihn an. »Haben Sie denen von mir erzählt? Bill, haben Sie erzählt, daß ich angegriffen wurde?«

»Sie wissen, daß ich das nicht getan habe, aber verdammt noch mal, das werde ich nachholen, weil Sie mich die ganze Zeit nur anlügen. Ich hab' versucht, Ihnen zu helfen, aber Sie haben nur gelogen!«

Lorraine hielt seinem Blick stand. »Halten Sie Mathews immer noch fest?«

»Soweit ich weiß, ja. Vielleicht haben Sie sich geirrt, was diesen Janklow anging, vielleicht war es ja Mathews, der Sie angegriffen hat, an dem Abend, als Holly ermordet wurde.«

Sie seufzte. »Quatsch. Er ist Rechtshänder.«

»Was?«

»Art Mathews ist Rechtshänder. Der Kerl, der mich angegriffen hat, war Linkshänder, und das stimmt auch mit den Berichten der Spurensicherung und der Pathologen überein. Der Mörder ist Linkshänder, öffnet das Handschuhfach mit der Rechten, hält ihre Köpfe mit der Linken unten...«

Rooney sah sie an, dann wandte er sich ab. »Ziehen Sie sich an. Wir gehen.«

»Nein. Sie bleiben sitzen, wo Sie sind.«

Er schnitt eine Grimasse, dann zog er eine Flasche Bourbon aus der Tasche. Langsam schraubte er sie auf und nahm einen großen Schluck. Er hielt Lorraine die Flasche hin.

Rosie starrte erst die Flasche an, dann Lorraine. Lorraine ging auf Rooney zu.

Rooney beobachtete sie. »Möchten Sie 'nen Schluck?«

Lorraine entriß ihm die Flasche und ging zum Spülbecken, wollte sie ausgießen, als der Geruch sie wie ein Schlag traf. Alles schien zu erstarren, sie konnte nur noch an den Bourbon denken. Art Mathews und Steven Janklow waren ihr vollkommen gleich, sie wollte trinken. Sie hob die Flasche an die Lippen, schloß erwartungsvoll die Augen.

»Tun Sie's nicht, Lorraine.« Das war Rooney. »Gießen Sie's aus, tun Sie's nicht. Es tut mir leid. Lorraine, geben Sie mir die Flasche.«

Rooney mußte ihr die Flasche mit Gewalt abnehmen. Er war entsetzt über sich selbst. Er goß den Bourbon ins Spülbecken, und Lorraine versuchte immer noch, ihm die Flasche wieder zu entreißen. Er drehte Wasser auf, das ins Becken und über ihn spritzte. »Verflucht! Ich bin klatschnaß.«

»Ach ja?« fauchte Lorraine. Sie holte Kaffeetassen aus dem Schrank. »Kaffee für alle?«

Plötzlich klopfte es an der Wohnungstür. Rosie wollte aufmachen, aber Rooney hielt sie zurück. Er spähte aus dem Fenster und schickte Lorraine ins Schlafzimmer. Sie gehorchte sofort und hatte gerade die Tür hinter sich geschlossen, als es zum zweiten Mal klopfte, diesmal lauter.

»Überlassen Sie das mir«, sagte Rooney leise zu Rosie.

Zwei Uniformierte fragten nach Lorraine Page. Rosie hielt die Tür weit offen, damit sie sehen konnten, daß Rooney mitten im Zimmer stand, eine Tasse Kaffee in der Hand. Die Cops waren verblüfft und blieben wie angewurzelt stehen.

»Captain Rooney!«

»Wollen Sie sie mitnehmen?«

Sie nickten, und einer reichte ihm einen Haftbefehl auf Lorraines Namen.

»Ich kümmere mich darum. Ich bleibe hier, bis sie auftaucht. Ihr könnt zurückfahren. Ich melde mich, sobald ich sie habe.«

Rooney steckte den Haftbefehl ein und ließ sich – die Kaffeetasse noch in der Hand – auf dem Sofa nieder. »Es sei denn, ihr wollt auch hierbleiben.«

»Das überlassen wir Ihnen, Captain.«

Als sie weg waren, kam Lorraine wieder heraus. Sie lehnte sich gegen die Tür und sah Rooney an, der friedlich dasaß. »Warum haben Sie das getan, Bill?«

»Das weiß Gott allein; ich muß verrückt sein.«

Sie nahm sich eine Tasse Kaffee und setzte sich ihm gegenüber, während Rosie sich unruhig im Hintergrund hielt.

»Das mit dem Schnaps tut mir leid«, sagte Rooney.

»Schon gut«, sagte Rosie und ging ins Schlafzimmer.

»Scheint 'ne nette Frau zu sein«, meinte Rooney.

»Rosie ist prima.« Lorraine goß sich Kaffee nach. Sie beugte sich über die Sofalehne zu Rooney. »Wollen Sie hören, was ich gestern abend noch rausgefunden habe?«

Er wollte nein sagen, aber er tat es nicht. Statt dessen ließ er sie ohne Unterbrechung reden und hörte fasziniert zu, als sie von ihren Gesprächen mit Nula und Craig Lyall berichtete.

Außerdem erzählte sie noch einmal ausführlich den Vorfall im Parkhaus. Sie beschrieb, wie sie sich gegen ihn gewehrt und ihn in den Hals gebissen, sich mit den Zähnen festgeklammert hatte, als er versucht hatte, sie wegzustoßen. Er war stark, sagte sie. Dieser Griff um ihr Haar war wie ein Schraubstock gewesen, und sie hatte ihre ganze Kraft gebraucht, sich aufzurichten und zuzubeißen. Sie war sicher, wenn die Summers' nicht gewesen wären, wäre sie jetzt tot. Dann beichtete sie, daß sie Norman Hastings' Brieftasche an sich genommen hatte.

Rooney schloß die Augen und machte sie lange nicht mehr auf. Er hatte Angst, er würde sich sonst auf Lorraine stürzen und sie windelweich schlagen.

»Und noch etwas. Anfangs habe ich es nicht für wichtig gehalten. Seine Manschettenknöpfe. Es war ein Logo drauf. Ich hatte es vergessen, bis ich es auf einem Briefkopf wieder gesehen habe. Im Haus meines Exmanns. Mike hat mit dieser Geschichte nichts zu tun, das weiß ich, aber er hat mir den ersten Hinweis auf den Mörder gegeben.«

Rooney rang mühsam seine Wut nieder. Lorraine fuhr fort, beschrieb, wie sie und Rosie zu S & A gegangen waren, wie sie die Liste der Manschettenknopfbesitzer eingeengt und Fotos der Verdächtigen gemacht hatten. Keiner ähnelte dem Mann, der sie angegriffen hatte. Sie holte die Fotos und zeigte sie Rooney, und sie beugte sich zu ihm, als er sich das Bild der blonden Frau ansah.

»Ich denke, das hier ist Steven Janklow. Ich denke, er ist ein Transvestit, und er hat sich sich entweder von Mathews oder Lyall fotografieren lassen. Es kann durchaus neun oder zehn Jahre her sein, als er gerade erst gewagt hat, sich zu dieser Neigung zu bekennen. Ich denke, Mathews hat herausgefunden, wer er war, und hat ihn erpreßt. Vielleicht haben Art und Didi zusammengearbeitet. Sie hat sich bei den Aufnahmen um Make-up und Frisur gekümmert. Sie hat auch Norman Hastings' Perücke für die Fotos frisiert. Vielleicht hat sie sogar Art einen Tip gegeben, denn Lyall meinte, die meisten seiner Kunden nähmen die Negative mit. Sie haben doch auch mit Lyall gesprochen, oder?«

Rooney nickte. Sie hatten nichts so Konkretes herausgefunden wie Lorraine. Unwillkürlich mußte er lächeln: Sie war wirklich gut, war es immer gewesen.

»Es gibt also eine Verbindung zwischen Janklow und Hastings – vielleicht haben sie miteinander über die Erpressung gesprochen. Wer weiß? Hat Hastings am Morgen seines Todes Geld abgehoben, um Mathews zu bezahlen? Oder sonst wen? Allerdings weiß ich, daß man seine Auszüge überprüft hat und alle größeren Ausgaben belegt sind.« Plötzlich blieb sie stehen und schnippte mit den Fingern. »Es sei denn, Hastings hat seinerseits Janklow erpreßt. Es ist jedenfalls merkwürdig, daß man ihm erlaubt hat, sein Auto im Hangar abzustellen. Immerhin hat er seit langer Zeit nichts mehr bei der Firma gekauft. Wissen Sie, daß er einmal einen Sportwagen von S & A hatte? Vielleicht hat er damals herausgefunden, daß er und Janklow sich ähnlich waren. Wie auch immer, wir wissen, daß eine Verbindung besteht, und durch Didi setzt sich diese Verbindung fort zu Mathews. Didi ist sehr wichtig. Sie war vielleicht nicht direkt an Mathews' Erpresseraktivitäten beteiligt, aber ich habe den Eindruck, sie ist eine Art Zwischenträgerin gewesen, oder Janklow glaubte, *sie* sei für die Erpressung verantwortlich. Und damit komme ich zur letzten Spekulation.«

Lorraine nahm die Fotos der Opfer und legte sie nebeneinander aufs Sofa. »Von ihrem Beruf abgesehen, haben Sie eins gemeinsam: Sehen Sie sich mal ihr Make-up an, ihre Kleidung. Und jetzt die Bilder von Didi aus dem Leichenschauhaus ... Legen Sie sie neben die anderen. Sie haben mir gestern nicht geglaubt, daß Janklow nur hinter ihr her war. Er ist ein Thorburn, richtig? Seine Mutter war eine große Dame, und sein Bruder hat das ganze Geld geerbt. Was, wenn Janklow erpreßbar ist, weil er nicht will, daß seine Familie hinter sein Geheimnis kommt? Genau wie Hastings, der sein Privatleben vor jedem, der ihn kannte, verborgen hat.«

Lorraine tippte Rooney auf die Schulter. Er zuckte zurück, verärgert, aber am meisten über sich selbst. Sie hatte ihn und seine Abteilung beschämt, und das machte ihn wütend.

»Sie müssen Art Mathews dazu bringen, seine Erpressungen zuzugeben. Dann haben Sie die Möglichkeit, sich an Janklow zu wenden und ihn aufs Revier zu holen.«

Rooney wurde fast schwindlig bei dem Versuch, alles zu verdauen, was sie gesagt hatte. »Der Kerl muß noch eine Narbe haben von meinem Biß. Vielleicht sind die blauen Flecken weg und die Haut verschorft, aber ich habe wirklich mit aller Kraft zugebissen.«

»Sie sind eine verdammt gute Zeugin, das wissen Sie.«

»Ja.« Sie trat zurück, plötzlich beunruhigt. Er war recht groß, und wenn er ausnahmsweise gerade stand und nicht wie üblich die Schultern hängen ließ, war das ziemlich überraschend.

»Sie werden mit mir kommen müssen. Tut mir leid, Lorraine, es gibt keine andere Möglichkeit.«

»Bill! Sie können mich doch nicht vor Gericht bringen! Ich habe mir gerade überlegt, als Detektivin zu arbeiten. Wenn ich öffentlich aussagen muß, muß ich auch sagen, was ich war, und dann werden sie den ganzen alten Dreck wieder ausgraben, sogar den erschossenen Jungen. Tun Sie mir das nicht an, Bill.«

»Verdammt, der Kerl hat Sie angegriffen! Sie werden nur deshalb vor Gericht erscheinen, aus keinem anderen Grund.«

»Ich weiß, was er getan hat, aber ich werde nicht vor Gericht aussagen. Lassen Sie mich nicht vorladen, Bill!«

»Sie haben Beweismaterial zurückgehalten, und Sie hatten sogar Norman Hastings' Brieftasche! Sie haben mir nie von den Manschettenknöpfen erzählt; was erwarten Sie denn? Sie sind die einzige Zeugin . Ihretwegen habe ich wochenlang meine Zeit verschwendet. Wenn Sie von Anfang an offen gewesen wären, hätte ich den Fall längst geklärt, ich hätte ...«

»Sie hätten vor dem Ruhestand noch mal eine Belobigung bekommen, das ist es, weshalb Sie sich jetzt so aufführen!« schrie sie ihn an. »Statt aus dem, was ich Ihnen die letzte Stunde erzählt habe, was zu machen, trampeln Sie auf mir rum. Wenn Sie wollen, daß ich Steven Janklow bei einer Gegenüberstellung erkenne, dann bitte. Ich fahre sofort mit Ihnen rüber zu seiner Wohnung, aber ich werde nicht vor Gericht aussagen. Ich lasse mich nicht als Ex-Polizistin, Ex-Nutte und Ex-Alkoholikerin vorführen, damit Sie Ihren Vorgesetzten imponieren können. Ich tu es nicht! Ich packe mein Zeug und verschwinde, und Sie sehen mich nie mehr wieder.«

Er zog den Haftbefehl aus der Tasche. »Ich kann Sie festnehmen, Lorraine.«

»Ach, *versuchen Sie's doch!*« Sie hatte die Hände auf den Hüften und starrte ihn wütend an. »Bringen Sie Art Mathews zum Reden, Bill. Sie wissen selbst, daß das wichtiger ist. Ich lasse mich nicht festnehmen, und ich warne Sie! Wenn man mich vor Gericht zerrt, dann werde ich die nächste Flasche nicht mehr in den Abfluß schütten.«

Er zeigte mit dem Finger auf sie. »Sie werden diese Wohnung nicht verlassen, verstehen Sie mich? Ich kann dafür sorgen, daß Tag und Nacht ein Streifenwagen vor der Tür steht.«

Sie setzte sich. »Ich werde nicht abhauen, Bill, ich gebe Ihnen mein Wort. Ich gehe vielleicht mal um die Ecke einkaufen, aber ansonsten bleibe ich hier.«

Er entspannte sich ein wenig, nahm wieder seine übliche krumme Haltung ein und griff nach seiner Mütze. »Ich rufe Sie an. Ich werde sehen, was sich machen läßt; wahrscheinlich werde ich einfach lügen. Aber enttäuschen Sie mich nicht, Lorraine.«

Sie nahm ihn fest in die Arme. Er roch nach Zigaretten und

Schnaps und Essen und grunzte sie an, sie solle ihm vom Leib bleiben. Dann ging er ohne ein weiteres Wort und knallte die Tür hinter sich zu.

Lorraine warf sich aufs Sofa. Sie war verschwitzt, wütend, frustriert und ein bißchen verängstigt. Ob Rooney wirklich den Mumm haben würde, ihre Identität geheimzuhalten? Der Gedanke daran, daß ihre Vergangenheit publik werden könnte und Mike und ihre Töchter in der Zeitung über sie lesen würden, bewirkte, daß ihre Wut einem Gefühl der Demütigung wich. Zum ersten Mal stellte sie sich ihrer Schande. Sie ekelte sich vor sich selbst. Tränen liefen ihr über die Wangen, aber sie gab keinen Laut von sich. Sie war so dumm gewesen, schon von einer neuen Karriere zu träumen, aber wer würde sie schon engagieren wollen, wenn ihre Vergangenheit in jedem Revolverblatt nachzulesen wäre? Natürlich würden die Journalisten auch herausfinden, wieso sie damals den Dienst quittieren mußte. Wieder sah sie den Jungen, den gelben Blitz auf seiner Jacke, sein Gesicht, als er fiel, sein Haar.

Rosie öffnete die Schlafzimmertür, und Lorraine hörte ihre schweren Schritte. Sie wartete und betete, daß Rosie sie in Frieden lassen möge. Sie biß sich fester in die Hand, als sie spürte, daß ihre Freundin sich neben ihr auf dem Sofa niederließ. Rosie streichelte ihr übers Haar. »Ich habe an der Tür gelauscht, falls du mich brauchen würdest.«

Lorraine seufzte. Sie hatte hier keine Privatsphäre. Sie vergaß beinahe, daß dies Rosies Wohnung war.

»Meinst du das ernst, daß du als Privatdetektivin arbeiten willst?« fragte Rosie leise.

»Nein, ich würde nie eine Lizenz bekommen. Ich hab' mich nur selbst verarscht.«

»Das solltest du nicht. Du warst wirklich gut, wie du mit Rooney geredet und alles zusammengesetzt hast. Du bist gut, weißt du, wirklich clever.«

Lorraine sah sie an. »Hast du alles mitgehört?«

»Ja, und dabei habe ich erfahren, daß du noch etwas sehr gut kannst: Du lügst besser als alle, die ich bisher gekannt habe.«

Lorraine lachte leise. »Ja, ich nehme an, man gewöhnt sich

daran, das gehört irgendwie zum Polizistenleben. ›Kein Grund zur Besorgnis‹, wenn das ganze Haus am Einstürzen ist.«

Rosie rieb Lorraine den Rücken, wie sie es bei einem Kind getan hätte. »Vielleicht wäre es gar nicht so schlecht, wenn du aussagen würdest. Vielleicht *sollten* deine Kinder es wissen, vielleicht wären sie stolz darauf, daß du dich wehrst und beweist, daß du etwas wert bist.«

Lorraine grinste. »Rosie, du bist immer so optimistisch.«

»Ja, aber ich denke dabei auch an mich. An diese Art von Arbeit könnte ich mich gewöhnen – Ermittlungen anzustellen, ist erheblich interessanter als Briefumschläge zuzukleben, sogar interessanter als Computer.«

Lorraine entzog sich der tröstenden Wärme von Rosies Hand. »Du weißt nicht alles, Rosie. Es ist nicht nur, daß ich gesoffen habe und auf den Strich gegangen bin…« Und dann erzählte sie ihr von dem Jungen. Rosie sagte nichts, aber sie empfand sogar noch mehr Zuneigung zu Lorraine, besonders, als sie schließlich den Kopf wieder leicht schieflegte und sie traurig anlächelte. »Ich gehe jetzt duschen.«

Das Telefon klingelte, und Rosie ging an den Apparat. Es war Rooney, und sie wußte sofort, daß etwas nicht stimmte.

»Sie duscht gerade, Captain Rooney, soll ich sie holen?«

Rooney hustete. »Rosie, ich hab' schlechte Nachrichten. Art Mathews hat sich umgebracht.«

Rosie schnappte nach Luft. »Mein Gott, aber wie… wie hat er das gemacht?«

Rooney unterbrach sie: »Tut mir leid, aber Sie sollten Lorraine lieber warnen. Ich hab' jetzt keine Möglichkeit mehr, sie rauszuhalten, verstehen Sie?«

»Wie lange dauert es, bis sie hier sind?«

»Sie sind schon auf dem Weg.«

Rosie sah zur geschlossenen Schlafzimmertür hinüber. »Sie wird bereit sein.«

Kapitel 16

Jake hörte zu, ohne Rosie zu unterbrechen. Weil sie ihn noch vor dem Frühstück angerufen hatte, hatte er zunächst angenommen, sie selbst brauche seine Hilfe. Er war erleichtert, sie nüchtern zu finden. Sie zog ihn in die Wohnung, legte den Finger auf die Lippen und zeigte auf die Schlafzimmertür. Sie wollte nicht, daß Lorraine sie hörte, aber sie wußte, sie würde sich beeilen müssen. »Sie wollen sie verhaften, Jake, und dann wird alles, was sie bisher erreicht hat, vergebens sein. Sie wird wieder anfangen zu saufen – das hat sie sogar selbst gesagt.«

Es fiel ihm schwer, ruhig zu bleiben, als Rosie ihm von Lorraines Verstrickung in den Hammermörder-Fall berichtete, aber er hatte auch nicht viel Zeit zum Staunen. Lorraine kam aus dem Schlafzimmer. Sie war überrascht, Jake zu sehen.

»Kommst du zum Frühstück?«

»Nein. Ich wollte fragen, ob ihr beiden mit zu einem Meeting kommt?«

»Was? Spinnst du? Es ist noch nicht mal neun. Und ich kann auch nicht, ich muß in der Wohnung bleiben.«

Rosie verschwand, um sich anzuziehen.

»Na, was hat sie dir erzählt?«

Jake zupfte an seinem Kragen herum.

»Hängt es damit zusammen, daß ich zugegeben habe, wieder trinken zu wollen?«

Jake zuckte mit den Achseln. »Du weißt es vielleicht nicht, Lorraine, aber du hast gerade einen Durchbruch erlebt, auch wenn es im Moment nicht so aussehen mag. Aber ich möchte, daß du heute früh mit mir zu einem Meeting kommst. Rosie meint, du brauchst ein bißchen moralische Unterstützung.«

»Hat sie dir erzählt, daß ich vielleicht verhaftet werde?«

»Stimmt das?«

»Es stimmt, und ich fürchte, ich brauche erheblich mehr als nur moralische Unterstützung.«

»Dann kommst du also mit?«

Bean kam in Rooneys Büro, die Hände in den Taschen. »Sie bringen Mathews gerade weg.«

Rooney kratzte sich an der Nase. »Verdammt, wie hat er das denn angestellt?«

»Seine Brille zerbrochen und sich die Pulsadern aufgeschnitten.«

»Die vom FBI müssen ganz schön Bummel haben«, meinte Rooney mit verächtlichem Schnauben.

»Ja, sie schieben sich gegenseitig die Schuld zu, und im nächsten Moment klopfen sie sich auf die Schulter.«

»Wieso?«

»Na ja, das ist doch offensichtlich, oder? Ich meine, wieso sollte er sich umbringen, wenn er unschuldig war? Sie nehmen an, daß er der Mörder war.«

Wieder schnaubte Rooney. »Quatsch. Wir wissen, daß er zwei gar nicht umgebracht haben kann, weil er zu der Zeit im Knast war. Sie haben doch seine Akte, oder?«

Bean meinte, sie hätten vielleicht ein paar Diskrepanzen in den Daten gefunden. Jedenfalls würde niemand zu tief nachbohren, da der Chief gerade der Presse mitteilte, der festgenommene Verdächtige habe gestanden.

»Hat er denn?« fragte Rooney erstaunt, denn als er Mathews das letzte Mal gesehen hatte, war dieser weit von einem Geständnis entfernt gewesen.

»Wahrscheinlich, aber trotzdem wollen sie seine Komplizin verhören.«

»Seine was?«

»Lorraine Page. Sie bringen sie her.«

Die Polizisten, die Lorraine verhaften wollten, verpaßten sie um Minuten. Die Besatzungen aller Streifenwagen wurden angewiesen, nach der Prostituierten Lorraine Page Ausschau zu halten – einsdreiundsiebzig groß, blond, vermutlich mit einem cremefarbenen Kostüm mit Seidenbluse bekleidet – und sie sofort zu verhaften.

Lorraine wußte selbst nicht so genau, wieso sie sich hatte überreden lassen, zu diesem Meeting zu gehen. Vielleicht war sie doch unsicherer und verängstigter, als sie zugeben wollte.

Die Frau auf dem Podium trug ein schickes Baumwollkleid, ihr Haar war gut geschnitten. Sie sprach leise und wirkte nervös. »Ich heiße Carol. Vor einem Dreivierteljahr war ich noch obdachlos, ich hatte keine Hoffnung mehr. Ich fühlte keine Scham, ich fühlte überhaupt nichts mehr. Ich hatte meinen Mann verloren, meine Kinder, mein Zuhause und meinen Job. Ich habe mich prostituiert, um weiter trinken zu können. Ich habe gestohlen. Ich habe nur besessen, was ich am Leib trug, ich hatte nichts, und ich habe niemanden respektiert, am wenigsten mich selbst.« Carol erzählte weiter, und Lorraine klammerte sich fest an Rosies Hand, verstand zum ersten Mal, was sie fühlte, was sie durchgemacht hatte, und daß sie nicht allein war. Alle hier hatten, das wurde ihr langsam klar, dieselbe Scham und Ablehnung gespürt, kannten Trauer und Demütigungen.

Als alle aufstanden, um Carol zu applaudieren und ihr zu gratulieren, war Lorraine unter den ersten. Zum ersten Mal wollte sie wirklich dazugehören. Und als Kaffee ausgeschenkt wurde, ging sie schüchtern auf Carol zu. Zunächst streckte sie ihr nur die Hand entgegen, aber dann umarmte sie die Frau. »Ich bin auch da gewesen, wo du warst. Ich weiß, wie du dich fühlst«, sagte sie einfach.

Carol erwiderte die Umarmung.

»Was war das Schwerste für dich?« wollte Lorraine wissen.

»Mich mit mir selbst auseinanderzusetzen und nicht wütend zu werden oder mich zu schämen. Ich habe mich jahrelang hinter dem Alkohol versteckt, das weiß ich jetzt, und ich bin entschlossen, nüchtern zu bleiben. Ich habe heute einen Job bekommen. Ich habe ihnen gesagt, daß ich Alkoholikerin bin, und jetzt, nachdem ich weiß, was ich bin, fühle ich mich frei. Zum ersten Mal seit Jahren muß ich mich nicht mehr verstecken.«

»Du sagst, du hättest dich hinter dem Trinken versteckt. Was meinst du damit?«

»Ich hatte Angst, etwas falsch zu machen. Ich war Krankenschwester, und einer meiner Patienten, ein Kind, ist gestorben, weil ich ihm das falsche Medikament gegeben habe, und ich habe mich meinen Schuldgefühlen nie stellen können. Jetzt habe ich es getan. Ich werde sie nie loswerden, aber ich komme damit zurecht. Ich übernehme die Verantwortung für mich selbst, und ich werde nüchtern bleiben. Ich *muß* nüchtern bleiben, oder es geht wieder bergab mit mir.«

Jake beobachtete Lorraine. Er zwinkerte Rosie zu. »Gut, daß wir gekommen sind. Du hattest recht, Rosie, es war wichtig für sie.«

»Für mich auch«, meinte Rosie. »Wenn Lorraine wieder angefangen hätte zu trinken, hätte ich vermutlich mitgemacht.« Jake lächelte.

Lorraine trat zu ihnen. »Danke, daß ihr mich hergebracht habt. Und jetzt sollten wir zurückfahren, falls Rooney mich braucht.«

Rooney beobachtete, wie die FBI-Agenten mit dem Chief sprachen. Er hielt sich im Hintergrund. Die Presse war informiert, und die Agenten hatten durch die Verhaftung Art Mathews' zumindest Zeit gewonnen. Selbst wenn sie nicht beweisen konnten, daß Mathews alle Opfer umgebracht hatte, waren sie damit zufrieden, daß er laut eigener Aussage – die von seinem Selbstmord quasi bestätigt wurde – zumindest drei auf dem Gewissen hatte.

Jetzt diskutierten sie schon längere Zeit mit Andrew Fellows. Er hatte ihren Schlüssen weitgehend zugestimmt, aber Zweifel an der Schuld Mathews' geäußert. Erst als alle ihrer eigenen Stimmen offenbar müde geworden waren, erhob sich Rooney. »Stört es, wenn ich meinen Senf dazugebe?«

Sie hatten vergessen, daß er auch im Zimmer war. Der Chief schaute demonstrativ auf die Uhr. »Geht es um diese Lorraine Page?«

Andrew Fellows runzelte die Stirn. »Lorraine Page?«

»Wir suchen immer noch nach ihr, aber es sollte nicht mehr lange dauern.«

Rooney quetschte sich zwischen Reihen von Stühlen durch.

»Lorraine Page?« fragte Fellows noch einmal, aber niemand ging darauf ein, und Lorraine war sofort vergessen, als Rooney auf ein Foto von Didi zeigte.

»Was, wenn unser Mörder – und schließen wir Mathews für den Moment mal aus – nur auf der Suche nach dieser bestimmten Frau oder diesem Mann – diesem Transsexuellen – war? Weil er sie gesucht hat, weil sie und Mathews ihn erpreßten?« Mehrere der Anwesenden setzten gleichzeitig zu einer Erwiderung an, und Rooney hob die Hand. »Lassen Sie mich ausreden. Sehen Sie sich die Bilder an. Frauen mit gebleichtem blondem Haar, harten Zügen, alles Prostituierte, ebenso wie sie.« Wieder tippte er auf Didis Foto. »Es wäre immerhin ein Motiv, und ich glaube, daß auch Hastings erpreßt wurde, vermutlich von Mathews...«

Die Männer sahen einander an, hörten zu. Der Chief lockerte seinen Krawattenknoten. Mathews hatte nicht zugegeben, jemanden erpreßt zu haben. Rooney fuhr fort, indem er beinahe wörtlich wiederholte, was Lorraine ihm gesagt hatte. Er erwähnte ihren Anteil daran nicht, auch nicht, daß sie die Zeugin war, die von dem Mörder angegriffen worden war. Aber bevor er den Namen des Verdächtigen nannte, spürte er, wie ihm heiß wurde. Die Familie Thorburn war mächtig, und er hatte nur Lorraines Theorie. Sie hatten nicht genug Beweise: Lorraines Aussage, daß Janklow sie angegriffen habe, würde schwer zu belegen sein. Und, wie sie gesagt hatte, ihr Wort würde gegen das von Janklow stehen. Also beschloß Rooney, seinen Namen nicht zu nennen, ehe er selbst nicht mehr wußte.

Es wurde still im Raum. Der Chief starrte Rooney an – alle taten das, und Andrew Fellows lächelte ein wenig. Es war schwer zu sagen, ob es ein ungläubiges oder ein beeindrucktes Lächeln war.

Rooney entschloß sich, ein weiteres Risiko einzugehen. Er zeigte auf Hastings' Foto. »Er hat seinen Wagen oft in einer Werkstatt abgestellt, bei S & A in Santa Monica. Ich habe keine allzu intensiven Ermittlungen in dieser Richtung angestellt, aber einige der Angestellten wurden in Hinblick auf die Beschreibung des Täters überprüft. S & A gehört einem Mann namens Brad Thorburn.« Fellows riß die Augen auf, aber darauf achtete niemand. Rooney fuhr fort: »Ich will nichts weiter sagen, ehe ich nicht mehr Beweise habe. Bis jetzt habe ich nicht einmal meinen Verdacht geäußert.«

»Aber was *könnten* Sie sagen?« fragte Fellows, offensichtlich ziemlich aufgeregt. Rooney sah ihn an, und dann den Chief, dem klar wurde, daß Fellows solche Aussagen eigentlich nicht hören sollte; er legte ihm nahe zu gehen.

Fellows hatte nicht erwähnt, daß er Brad Thorburn kannte. Er wußte selbst nicht wieso, aber man hatte ihn schließlich auch nicht gefragt. Er hatte vorgehabt, nach Hause zu fahren, aber dann fuhr er zu Thorburn.

Jake sah den Streifenwagen schon, bevor er abbog. Lorraine saß auf dem Rücksitz.

»Soll ich an den Cops vorbeifahren?« fragte er.

»Ja, aber es ist nicht so, wie du denkst. Ich werde mich stellen, ich will nur den richtigen Zeitpunkt abwarten. Es gibt jemanden, mit dem ich zuvor reden muß. Ich habe mich in Rooney getäuscht. Er muß ihnen von mir erzählt haben.«

Sie duckte sich, und Jake fuhr an dem Streifenwagen vorbei, bog nach links ab und hielt dann.

»Was jetzt?« fragte Rosie.

»Ich muß mit Andrew Fellows reden. Ich werde nichts Unüberlegtes tun, glaubt mir. Ich möchte ihm nur ein paar Theorien vorlegen.«

»Ich fahre dich«, sagte Rosie.

Lorraine zögerte, dann stimmte sie zu. Jake stieg aus, und Rosie rutschte auf den Fahrersitz. Er sah ihnen nach, als sie davonfuhren, und drehte sich erst um, als sie schon fast außer Sicht waren.

Rooney hatte den Agenten von Craig Lyall erzählt und sich dabei ebenfalls auf Lorraines Informationen gestützt. Als der

Chief zurückkam, quetschte er Rooney aus. Wieso hatte er das alles bisher weder ihm noch den Agenten gegenüber erwähnt?

»Ich habe es mir erst letzte Nacht zusammengereimt. Wie ich schon sagte, es sind nur Theorien. Ich war mit Mathews noch nicht fertig, als das FBI ihn übernommen hat. Sagen Sie mir doch mal, wie es passieren kann, daß ein so wichtiger Verdächtiger sich in diesem hochtechnisierten Zellenblock die Pulsadern aufschneidet? Schieben Sie's nicht auf mich, ich war nicht mal im Haus. Daran ist das FBI schuld.«

Die Agenten nahmen die Anschuldigung mit ausdruckslosen Mienen hin. Einer von ihnen, ein blonder Mann mit ausgeprägtem Unterkiefer, machte sich eifrig Notizen.

»Sie wollen doch nicht ernsthaft behaupten, daß Sie Brad Thorburn verdächtigen?« meinte der Chief. Die Atmosphäre war angespannt. Bean schwieg. Er fragte sich, wieso Rooney *ihm* nie von seinen Ideen erzählt hatte.

»Ich habe nie behauptet, daß Thorburn verdächtig ist. Ich denke eher an seinen Bruder, Steven Janklow.«

Der blonde Agent wollte wissen, ob Janklow der Beschreibung entsprach, die Rooney von der anonymen Anruferin erhalten hatte. Rooney rutschte unruhig hin und her. Er hatte Janklow selbst nie gesehen.

»Ich habe noch nicht mit ihm gesprochen. Ich weiß nur, daß er Hastings kannte und ...«

»Und?« hakte der Chief nach. Rooney hatte das Gefühl, daß alle gegen ihn waren, ihn in die Enge treiben wollten. Er kratzte sich an der Nase und wünschte halb, er hätte sein großes Maul gehalten. Jetzt halfen nur noch Lügen. »Ich habe die Information zurückgehalten, weil ich noch in den Akten nachsehen wollte, ob die Sitte etwas über Janklow hat. Bisher ist mir nicht gelungen, etwas zu finden, und ich weiß davon nur durch jemanden, der in der Firma arbeitet. Ich wollte nicht auf reines Hörensagen handeln, jedenfalls nicht, ehe ich mich mit Ihnen abgesprochen hatte. Ich könnte mich in jeder Hinsicht geirrt haben.«

Der Chief sah wieder auf die Uhr und sagte dann: »Gehen Sie die Akten von der Sitte durch, Bill, und zwar sofort – aber ehe

Sie nicht mehr in der Hand haben, werden wir die Familie Thorburn raushalten. Wenn Janklow unser Mann ist, brauchen wir Fakten, um ihn festnehmen zu können. Die Familie ist sehr einflußreich.« Der letzte Satz galt dem blonden FBI-Mann. »Anders ausgedrückt: Halten Sie sich von den Thorburns fern, bis ich das Zeichen gebe.«

Als Rooney in sein Büro zurückkam, konnte er sich ein Lachen nicht verkneifen; er hatte es diesen Dreckskerlen gezeigt. Er trat die Tür zu.

Bean zog das Sakko aus und hängte es über die Stuhllehne. »Was ist mit Lorraine Page?« fragte er. »Holly und Maynard haben erzählt, daß sie Sie in der Wohnung der Page getroffen haben.«

»Ich bin wieder gegangen, als sie nicht aufgetaucht ist – ist das in Ordnung?«

Bean wunderte sich. »Sie müssen ganz schön geschuftet haben, seit sie gestern nacht hier weg sind. Diesen FBI-Typen ist der Unterkiefer runtergefallen! Ich war mächtig beeindruckt. Zehn Minuten zuvor haben sie sich noch wegen Art Mathews gegenseitig gratuliert. Sie haben ziemlich Druck auf ihn ausgeübt – er hat sich die Augen ausgeweint. Haben Sie den Tip von der Page?«

Rooney zog in gespielter Überraschung eine Braue hoch. »Aber nein, das war selbstverständlich alles meine ungemein effektive Detektivarbeit, Lieutenant.« Dann zog er eine Grimasse. »Ich denke, Mathews hätte auch gestanden, seine eigene Mutter erschossen zu haben, damit sie ihn in Ruhe lassen. Er hatte Angst – ich nehme an, er wollte nicht wieder wegen Erpressung in den Knast. Diesmal wäre er mindestens achtzehn Jahre eingefahren, und das hat er gewußt. Und das FBI wollte einfach jemanden verhaften. Sie hatten Glück, daß er sich umgebracht hat. Wenn ich ihn noch mal in die Finger gekriegt hätte, wäre was anderes dabei rausgekommen.«

Bean seufzte. »Aber wieso hat er sich umgebracht?«

»Weil er wußte, daß er in der Scheiße steckt. Mein Gott, ich hab' denen doch die Akte gegeben, er hat gesessen, als zwei der Frauen umgebracht wurden! Mir ist gleich, was irgendwer beim

FBI von Nachfolgetätern erzählt, diese Leute wurden alle vom selben Mann umgebracht.«

»Oder derselben Frau. Das hat Fellows heute zur Diskussion gestellt.«

»Quatsch.«

»Ganz und gar nicht. Er meint, dieser ganze Mist über die Kraft von Männern oder Frauen wird vollkommen überbewertet. Wenn eine Frau wirklich töten will, kann sie es auf diese Weise tun. Er sagte sogar, deshalb habe sie den Frauen zuerst auf den Hinterkopf geschlagen – damit sie sich nicht mehr wehren konnten.«

»Und was ist mit dieser Zeugin, die uns die Beschreibung gegeben hat? Sie hat den Angreifer doch als Mann beschrieben, oder?«

Bean spielte mit dem Kleingeld in seiner Tasche. »Ich frage mich, wie diese Lorraine Page in die ganze Geschichte paßt. Was, wenn sie es zusammen gemacht haben? Sie war bei Mathews, als Holly umgebracht wurde, das hat er gesagt.«

»Ich weiß, ich weiß…« Sein Magen zog sich zusammen. Was, wenn Bean recht hatte und Lorraine tatsächlich Mathews' Komplizin gewesen war?

Bean setzte sich. »Na ja, jedenfalls ist es nett, Sie wieder mal in Aktion zu erleben, Captain.«

Rooney lächelte. »Ich war immer einer der Besten. Wieso holst du uns nicht ein paar Sandwichs und Kaffee?«

Josh griff nach seinem Sakko. »Wird ein langer Tag, wie?«

Als die Tür hinter Bean zufiel, ließ sich Rooney seufzend nieder. Er war keiner der Besten – war es wohl nie gewesen –, aber Lorraine. Das hatte sie wieder einmal bewiesen. Er hoffte nur, daß sie nicht geflohen war. War es ihm so wichtig, diesen Fall zu klären, daß er sie dafür opfern würde? Er hatte immer noch die Trumpfkarte, daß sie seine Zeugin war. Wenn man ihn in die Ecke drängte… Wie lange würde es wohl dauern, bis sie sie erwischten? Plötzlich wurde ihm kalt. Was, wenn Bean recht hatte? Was, wenn sie gar keine Zeugin war, sondern die Mörderin, und die Beschreibung nur in Umlauf gesetzt hatte, um von sich abzulenken? Er griff nach dem Telefon und wählte ihre

Nummer. Keine Antwort. Verdammt, wo steckte sie denn? Wenn sie nicht innerhalb einer Stunde hier auftauchte, würde er selbst losziehen und sie suchen. Sie war keine Mörderin – das war vollkommen verrückt –, aber er spürte ein schreckliches Ziehen im Bauch. Sie hatte mit Didi und Mathews zu tun gehabt, sie war am Abend des Mordes an Holly bei Mathews gewesen. Er hätte sie mitnehmen sollen, er hätte ihr nicht trauen dürfen. Vielleicht saß sie jetzt schon in irgendeiner Bar und soff sich zu – damit hatte sie ja gedroht…

Bean kam zurück. Er stellte nur zwei Kaffeebecher auf den Schreibtisch.

»Was hat Fellows eigentlich auf die Idee gebracht, daß der Mörder eine Frau sein könnte?«

»Keines der Opfer ist sexuell mißbraucht worden, keine Spermaspuren, nicht mal an Holly. Und die Opfer wurden schon mit dem ersten Schlag gezielt außer Gefecht gesetzt.«

Rooney schluckte. »Haben sie Lorraine inzwischen gefunden?«

»Ändern Sie Ihre Theorie jetzt doch?«

Rooney schnaubte und bedeutete Bean, er solle verschwinden, aber der blieb in der Tür stehen. »Sie war mal bei der Polizei, nicht wahr? Sie kann auf sich selbst aufpassen, eine harte Frau, haben Sie selbst gesagt, und sie ist auf den Strich gegangen. Sie ist vorbestraft. Vielleicht hat sie wirklich genug Haß in sich, Haß auf Frauen, die wie sie selbst aussehen.«

Rooney schlug mit der Faust auf den Tisch. »Nein. Das ist unmöglich.«

Er starrte Bean hinterher. So sehr konnte er sich doch nicht geirrt haben? Er rief sich wieder Lorraines Gesicht vor Augen, ihre hellblauen Augen, diesen stechenden Blick, die Narbe, die ihr Gesicht einmal verwundbar und dann wieder hart aussehen ließ. Noch einmal las er ihre Akte durch: Sie war wieder und wieder festgenommen worden und nicht vor Gericht erschienen, sie hatte Polizisten geschlagen, war schließlich in der Psychiatrie gelandet. Trunkenheit am Steuer und ungebührliches Benehmen, immer wieder. Sie hatte versucht, in einen Schnapsladen einzubrechen – selbstverständlich im Suff –, war erwischt worden und hatte den Polizisten, der sie festnehmen wollte, gebissen, geschlagen und getreten. Vier Leute waren nötig gewesen, um sie in den Wagen zu zerren. Sie war drei Tage in Untersuchungshaft gesessen, danach zwei Monate im Frauengefängnis. Wenn Rooney sie nicht gekannt hätte, hätte er sie ohne zu zögern als gefährlich beschrieben. War sie imstande zu morden? Ihm taten die Füße weh, so viel war er in der letzten Zeit auf- und abgetigert. Er verfluchte Fellows, der diese Theorie entwickelt hatte, dann Lorraine, und schließlich sich selbst.

Als Bean mit den Sandwichs zurückkam, hatte Rooney eine Flasche aus der Schublade gezogen. Er nahm den Deckel vom Kaffeebecher, trank zwei Schluck und goß Bourbon nach. »Überprüf zuerst noch mal, was die Sitte über Janklow hat.« Bean erwähnte nicht, daß er bereits damit angefangen hatte, er ging einfach.

Rooney klappte Lorraines Akte zu. Diese Frau war in der Gosse gelegen, und er verspürte so etwas wie Bedauern. Die Frage war: Hatte sie sich nur wieder aufgerafft, um sich zu rächen? Sollte wer die Kollegen warnen, daß sie gefährlich werden könnte? Er wußte, wenn er das tat und sie sich einer Verhaftung widersetzte, könnte sie erschossen werden.

Er zog die unterste Schreibtischschublade auf, griff nach seiner Waffe und suchte das Holster. Er zog seine Jacke über und war gerade auf dem Weg nach draußen, als Bean zurückkam. »Die Sitte hat nichts über Steven Janklow. Ich habe jetzt zum zweiten Mal nachgefragt, und sie sind bis zur Zeit des ersten Mordes zurückgegangen. Es gibt nichts über ihn und die Thorburns. Nichts. Selbst wenn keine Anzeige erstattet wurde, müßte doch zumindest ein Bericht zu finden sein. Gehen Sie nach Hause?« wollte er wissen, als Rooney sich an ihm vorbeischob.

»Nein. Ich melde mich. Ich brauche frische Luft.«

»Was ist mit Lorraine Page? Sie ist immer noch nicht gefunden worden.«

»Ich bringe sie her. Halten Sie die Stellung, bis ich sie gefunden habe.«

»Soll ich nicht lieber mitkommen?«

Rooney fuhr herum. »Verdammt, bleiben Sie hier sitzen – ich rufe an, sobald ich sie habe.«

Er schlug die Tür so fest zu, daß die Jalousien klapperten.

Lorraine bat Rosie, im Auto zu warten. Sie mußte ein paarmal klingeln, ehe Dilly aufmachte, im Nachthemd und mit einem Tuch um die Schultern.

»Tut mir leid, habe ich Sie aus dem Bett geholt?«

»Nein, ich hatte heute nur keine Lust, mich anzuziehen; ich saß vor dem Fernseher. Kommen Sie rein, ich mache uns einen Tee. Andrew kommt bestimmt bald zurück – er hat schon vor Stunden angerufen und gesagt, er sei auf dem Heimweg.«

Lorraine setzte sich Brads Porträt gegenüber, Dilly aufs Sofa. »Er hat sich mit diesen FBI-Agenten getroffen. Und wenn er erst mal am Reden ist, vergißt er die Zeit.«

»Dilly, erzählen Sie mir von Brad.«

Sie kicherte. »Oh, eine neue Eroberung? Ich muß Sie warnen, er ist zwar ein toller Typ, aber erwarten Sie sich nicht zu viel. Er hat einen schrecklichen Ruf – er treibt's mit allen, ein paar davon hat er auch geheiratet, aber wenn er genug hat, wird er sie ebenso schnell wieder los. Das ist schon so oft passiert, daß ich aufgegeben habe mitzuzählen.«

Das Wasser kochte, und Dilly ging den Tee aufgießen. Lorraine sah sich noch einmal das Porträt an.

»Ihm ist immer alles auf dem Silbertablett serviert worden. Reich und gutaussehend, eine fatale Kombination.« Dillys Kopf erschien in der Durchreiche. »Er ist so faszinierend, fährt Rennen – und wie sexy er in diesen weißen Overalls aussieht! Jetzt schreibt er Thriller oder so, aber er wird nie ein Buch beenden, ich kenne ihn… Nehmen Sie Zucker?«

»Was ist mit seiner Familie?« fragte Lorraine.

»Es hat Sie also wirklich erwischt – wollen Sie Zahlen hören?«

»Ich bin einfach neugierig.«

»Klar doch. Seine Familie ist stinkreich. Und was ich sehr merkwürdig finde… er hat einen Bruder – einen älteren Bruder, wußten Sie das?«

»Erzählen Sie weiter…«

Dilly machte es sich auf dem Sofa bequem. »Ich bin ihm nur einmal begegnet. Die beiden sind wie Feuer und Wasser. Steven ist nicht besonders groß, und Brad ist doch so gut gebaut; er ist dunkel, und Steven ist mittelblond, kurzsichtig, irgendwie zimperlich. Ich hab' ihn nur mal ein paar Minuten gesehen, oben in ihrem Haus. Gott weiß, wie viele Häuser sie haben – na ja, Brad wird es schon wissen; sie gehören alle ihm. Sie hatten verschiedene Väter – aber das ist ja offensichtlich, sie haben auch verschiedene Namen. Janklow war ihr erster Mann, auch nicht gerade arm, glaube ich, aber Thorburn hatte das große Geld. Sie war eine wirkliche Dame der Gesellschaft, schön, verwöhnt, und ich glaube, sie hat früher auch mal in dem einen oder anderen Film mitgespielt. Sie muß uralt sein.«

»Aber sie lebt noch?«

»O ja, in einem teuren Heim. Ich hab' sie nie kennengelernt, ich glaube, Andrew kennt sie. Aber es hat keinen Zweck, ihn zu fragen, er klatscht nie, er erzählt auch nie was über seine Patienten.«

»Sie war seine Patientin?«

»O nein – das glaube ich jedenfalls nicht. Ich weiß nur, daß er sie einmal getroffen hat, und manchmal wohnt sie bei Brad. Sie hat dort dieses Schlafzimmer, ganz im Greta-Garbo-Stil, ganz anders als Brads Geschmack. Er hat es lieber streng, Holz und so, nur das Notwendigste.«

Lorraine wurde langsam ungeduldig.

»Wird es noch lange dauern, bis Andrew zurückkommt?«

Dilly zuckte die Achseln. »Das fragen Sie mich? Ich weiß nur, daß er angerufen und gesagt hat, er sei auf dem Weg. Möchten Sie noch eine Tasse Tee?«

Brad bot Fellows ein Glas Wein an, was dieser ablehnte. Sie gingen ins Wohnzimmer.

»Worüber wolltest du mit mir sprechen?«

Fellows setzte sich; er wußte nicht so recht, wie er anfangen sollte. »Ist Steven zu Hause?«

Brad sah ihn verblüfft an. »Kann sein. Er hält sich meist in seinem Teil des Hauses auf. Wieso fragst du?«

Fellows spielte mit den Fransen am Sofa. »Es geht um etwas, das ich heute zufällig mitbekommen habe. Ich war bei den Bullen – FBI-Agenten, sie sollen sich um diese Morde kümmern. Hast du davon gelesen?«

Brad trank einen Schluck. »Wer nicht? Hast du auch damit zu tun?«

Fellows zupfte sich am Ohr. »Sie haben diesen Norman Hastings erwähnt, eines der Opfer. Haben wir mal über ihn gesprochen?«

Brad lehnte sich zurück. »Kann mich nicht erinnern.«

»Na ja, ich hatte vorgeschlagen, sie sollten nachhaken – vielleicht war ihnen was entgangen. Und dann hat sich rausgestellt, daß ich recht hatte.« Er lächelte. »Hastings war Transvestit.«

»Und?« Brad zog die Brauen hoch, lehnte sich zurück.

Fellows wandte den Blick ab. »Ich sollte es wahrscheinlich gar nicht mitkriegen, diese Sache mit Hastings. Weißt du, daß er sein Auto immer in deiner Werkstatt abgestellt hat?«

Thorburn runzelte die Stirn. »Kann sein, daß es jemand erwähnt hat, aber ich habe die meiste Zeit keine Ahnung, wer dort parkt und wer nicht. Eigentlich ist der Hangar nur für Angestellte.«

»Hat die Polizei mit dir gesprochen?«

»Nein, aber mit allen Angestellten – ich hatte sogar vor, mit dir darüber zu reden ... Ich habe vor, etwas zu schreiben, wofür ich ein paar Informationen über die Mordkommission bräuchte. Ich dachte, du könntest mir vielleicht helfen.«

Fellows stand auf. »Ich glaube, ich möchte doch ein Glas Wein.«

Brad erhob sich geschmeidig und ging in die Küche. Fellows folgte ihm. Als er an der Treppe vorbeikam, schaute er instinktiv nach oben, als würde er von dort aus beobachtet, aber es war niemand zu sehen. »Ist Steven zu Hause?« fragte er noch einmal. Brad goß zwei Gläser Chablis ein. »Ich dachte, ich hätte gerade jemanden auf der Treppe gesehen.«

»Das hast du schon mal gefragt, Andrew! Bist du müde? Du hast auch noch gar nicht gesagt, wieso du hier bist. Willst du unser Squashspiel absagen?«

»O nein, das geht schon in Ordnung, es war ...«

Brad ging vor ihm her. »Erinnerst du dich, als wir letztes Mal Tennis gespielt haben? Diese Frau, die auf dich gewartet hat – Lorraine Page? Sie ist hier gewesen.« Er saß wieder auf dem Sofa. »Sie hat hier in der Gegend jemanden gesucht.«

Er stellte das Glas auf der Sofalehne ab, drehte es hin und her. »Sie ist recht attraktiv; sie hat eine merkwürdige Art, einen anzusehen, ein bißchen heimtückisch, aber nicht ...«

Fellows leerte sein Glas und stand auf. »Halt dich von ihr fern, sie ist nicht gut für dich. Sie ist nicht, was sie scheint.«

»Was soll denn das heißen? Ich dachte, sie wäre eine Freundin von dir. Sie war zum Essen bei euch, nicht wahr?«

Fellows beschloß, ehrlich mit Brad zu sein, ob es nun mit seinem Berufsethos vereinbar war oder nicht. »Sie ist eine Nutte und Informantin der Polizei. Sie wird auch in Verbindung mit diesen Morden gesucht. Und die Bullen haben über deine Werkstatt gesprochen und über die Tatsache, daß Hastings seinen Wagen dort oft abgestellt hat.«

»Sie verdächtigen doch keinen meiner Angestellten, oder?«

»Na ja, Hastings ist tot in seinem eigenen Auto gefunden worden. Vielleicht hat einer deiner Angestellten Zugang dazu gehabt. Vergiß nicht, ich wiederhole nur, was ich zufällig gehört habe.«

Brad brachte Fellows zur Tür. »Vielen Dank für die Warnung, ich werde mich mal umhören.«

Fellows blieb auf der Veranda stehen. »Ich rate dir auch, dich von Lorraine Page fernzuhalten, selbst wenn sie versuchen sollte, mit dir Kontakt aufzunehmen. Die Dame mag begehrenswert sein, ihre Vergangenheit ist es nicht.«

Brad schaute Fellows nach, als er davonfuhr, und dann entdeckte er Steven, der auf seinem Balkon im zweiten Stock stand. Brad ging zurück ins Haus und rannte die Treppe hinauf zu den Räumen seines Bruders. Die Tür war verschlossen. »Steven, mach auf – ich weiß, daß du da bist, also mach die verdammte Tür auf. Ich muß mit dir reden.« Er wartete, klopfte noch einmal, aber niemand reagierte. »Steven, mach auf, oder ich hole den Hauptschlüssel. *Steven?*«

Er drückte das Ohr an die Tür. Drinnen hörte er Wasser laufen. Er holte den Ersatzschlüssel, kehrte zurück zum Schlafzimmer seines Bruders und schloß auf. Er betrat das Zimmer, barfuß, und ließ die Tür hinter sich weit offen.

Er sah sich um. Der Raum war makellos. Das Badewasser lief immer noch. Er würde warten. Steven mußte irgendwann wieder rauskommen. Das Zimmer war anders als sein eigenes, aber dem seiner Mutter sehr ähnlich – geblümte Stoffe, ein Himmelbett mit seidenen Vorhängen, die mit großen Satinschleifen zurückgebunden waren. Der Teppichboden war austernfarben, ebenso wie die Seidentapeten. Die Stereoanlage war hinter Spiegeln eingebaut, und auch der Fernseher konnte hinter einem Spiegel verschwinden, passend zu den Schränken. Stevens CDs und Videos waren ordentlich in alphabetischer Reihenfolge aufgestellt, Hunderte von CDs, alten Schallplatten und Bändern. Brad sah überall sein Spiegelbild – es gab in diesem Zimmer keine Ecke, von der aus man sich nicht selbst sehen konnte. Es war alles sehr elegant, teuer, sogar geschmackvoll, wenn man diesen Stil mochte. Brad haßte ihn.

Der Frisiertisch wirkte eher wie der einer Frau, mit seinen Cremetiegeln und Parfümflakons, den silbernen Handspiegeln und Bürsten, alles ordentlich aufgereiht. Brad war erst zwei- oder dreimal in diesem Zimmer gewesen und sah sich jetzt in aller Ruhe um. Er öffnete eine Tür des Kleiderschranks nach der anderen und entdeckte Reihen von Leinensakkos und Unmengen von Hemden, jeweils in Plastikfolie eingeschweißt. Die Schuhe waren in Schachteln mit Farbangaben. Es gab Halter voller Krawatten, Regalbretter voller Taschentücher und sogar eines mit Strohhüten, von denen ein paar seinem Vater gehört hatten.

Er hörte, wie das Badewasser ablief. Er klopfte, wartete einen Augenblick, klopfte dann noch einmal. Die leise klassische Musik wurde abgedreht.

»Komm schon, Steven, ich muß mit dir reden. Es ist wichtig.« Er schlug mit der Faust an die Tür. »Na gut, dann bleib drinnen. Du kannst zu mir kommen, ich warte nicht mehr. Andrew Fellows hat mich besucht, der Psychologe. Er arbeitet mit der Polizei zusammen. Er wollte mir etwas erzählen, von diesem Norman Hastings, deinem Freund. Wenn du wissen willst, was er gesagt hat… ach, leck mich!«

Brad wartete noch einen Moment, dann entdeckte er Stevens Aktentasche neben dem Frisiertisch. Er wollte sie öffnen, aber sie war abgeschlossen. Auf dem Frisiertisch fand er ein dünnes Papiermesser. Er stemmte das Schloß auf, zog eine Akte heraus und stellte dann die Tasche zurück. Sein Bruder hatte immer noch keinen Ton von sich gegeben, als er das Zimmer verließ.

Zwei Minuten später ging die Tür zum Bad auf; Janklow kam in einem seidenen Morgenmantel heraus. Er schloß die Zimmertür ab und ließ sich dann auf dem rüschenbesetzten Hocker vorm Frisiertisch nieder. Er cremte sich sorgfältig die Hände ein. Jeder Finger wurde massiert, jeder perfekt manikürte Nagel kritisch betrachtet. Er benutzte Wattestäbchen, um die Nagelhaut zurückzuschieben, dann wählte er ein Fläschchen aus einer ganzen Reihe von Klarlacken und begann sich sorgfältig die Nägel zu lackieren. Seine Hände waren ganz ruhig. Er ließ den Morgenmantel zu Boden gleiten und stand nackt vor dem Spiegel, betrachtete sich. Sein schlanker Körper war noch rosig vom Baden, ansonsten war seine Haut sehr blaß. Er ging nie in die Sonne, anders als Brad – er tat nie etwas, was Brad tat, hatte es schon als Kind nie getan.

Er begann mit seinen Yogaübungen, kontrollierte jede Pose im Spiegel. Seine Hoden waren klein, wie Murmeln, und sein Penis schlaff. Er kniete sich hin, preßte die Oberschenkel zusammen und schob seinen Penis dazwischen, bis es so aussah, als habe er keinen. Seine Brustwarzen waren steif und rosig, und langsam massierte er seine Brüste, atmete tief. Der einzige Makel seiner haarlosen Haut war die Bißspur an der rechten Halsseite. Er hatte Arnikaöl benutzt, auch Make-up, um die Zahnspuren zu verbergen. Er mußte dieses Miststück unbedingt finden. Sie konnte ihm wirklich gefährlich werden. Er bemühte sich, tief durchzuatmen, um sich wieder zu beruhigen.

Es war beinahe vorüber, er war beinahe frei. Es war ein schrecklicher Alptraum gewesen. Er hatte sogar daran gedacht, seine Mutter zu töten, damit sie es nie erfahren würde; er hatte das alles nur für sie getan. Sie waren nicht wie Mutter und Sohn, sie waren eins. Deshalb konnte er sie nicht töten. Er konnte den Gedanken, sie zu verlieren, nicht ertragen, ebensowenig wie den, daß sie über ihn Bescheid wußte.

Brad stand im Zimmer seiner Mutter. Er war nicht sicher, wieso er hergekommen war, vielleicht, weil es ihn an Stevens Zimmer erinnerte. Er stand vor ihrem Frisiertisch und sah sich die Fotos an, dann zog er die kleine Schublade in der Mitte auf. Alles hier hatte seinen Platz, alle Parfümflaschen standen in Reih und Glied. Er roch an einem Kristallstöpsel und erkannte den Duft aus dem Zimmer seines Bruders. Als er den Stöpsel zurückstecken wollte, stieß er aus Versehen die Flasche um, die in die offene Schublade fiel, und Parfüm spritzte über die ledernen Schmuckkästchen. Er fluchte, griff nach einem Papiertuch und tupfte die Flüssigkeit vom Leder: Dann zog er die große, fächerförmige Schachtel heraus, um sich zu überzeugen, daß er keinen Spritzer übersehen hatte. Er öffnete sie. Das samtgefütterte Kästchen, das einmal vier Reihen edelster Perlen enthalten hatte, war leer. Er schloß es und öffnete die anderen Schachteln. Leer.

Er pfiff leise, als er die Schubladen zuschob. Er kontrollierte noch einmal, ob die Parfümflasche auch wirklich wieder exakt in ihrer Reihe stand, dann ging er hinaus.

In diesem Augenblick hörte er, wie die Haustür zufiel. »Steven? *Steven!*«

Er rannte die Treppe hinunter, aber er sah nur noch, wie der Mercedes davonfuhr.

Lorraine hatte überhaupt nicht damit gerechnet. Sie war vollkommen verblüfft, als Dilly Fellows mitten im Erzählen über Brad Thorburn in Tränen ausbrach. Sie schluchzte laut, die Hände vors Gesicht geschlagen. »Es ist so dumm, aber es tut so weh, über ihn zu reden, weil ich ihn liebe. Manchmal weiß ich nicht mehr, was ich machen soll. Normalerweise habe ich es unter Kontrolle, aber manchmal bricht es einfach aus mir heraus.«

Lorraine stand auf. »Ich glaube, ich sollte jetzt besser gehen. Meine Freundin wartet draußen.«

Dilly schnüffelte. »Sie hätten sie mit reinbringen sollen. Ich weiß nicht, wo Andrew bleibt, und es tut mir alles furchtbar leid – ich weiß nicht, was Sie jetzt von mir denken. Andrew weiß es nicht. O Gott, Sie werden es ihm doch nicht sagen, oder?« Lorraine schüttelte den Kopf. »Er hat keine Ahnung. Er weiß, daß ich mal in Brad verschossen war – na ja, es war auch nicht zu übersehen –, aber er weiß nicht, wieviel er mir noch immer bedeutet. Ich denke die ganze Zeit an ihn, suche ständig nach Ausreden, ihn anzurufen. Ich benehme mich wie ein Teenager – aber es gefällt mir. Ich mag dieses Gefühl. Es ist schmerzhaft, aber auch erregend, und wenn er mit Andrew herkommt, habe ich einen Orgasmus, wenn ich ihn nur ansehe. Ganz ehrlich, das stimmt, es ist ein unglaubliches Gefühl. Ich stürzte mich voll in die Arbeit, wenn er hier war, ich kann dann stundenlang malen. Hat er Sie angefaßt?«

Lorraine fühlte sich immer unbehaglicher. Dilly war zu aufgedreht, und ihre Stimme ließ auf Hysterie schließen. »Wieso haben Sie mir alle diese Fragen gestellt? Haben Sie ihn gefickt?«

Lorraine griff nach ihrer Handtasche. »Nein, habe ich nicht, und ich muß jetzt gehen. Danke für den Tee.« Sie konnte es kaum erwarten, endlich zum Auto zu kommen.

»Mein Gott, du hast dir ja wirklich Zeit gelassen, ich wollte dich schon holen. Ein paar Minuten, hast du gesagt«, murrte Rosie. Sie hatte Hunger, und es war lange nach Mittag.

Lorraine entschuldigte sich. »Diese Frau spinnt. Ich hab' sie anfangs wirklich gemocht – sie kam mir so warmherzig und freundlich vor, so verflucht normal.«

Sie fuhren los. »Wohin jetzt, nach Hause?« fragte Rosie.

Lorraine zögerte. »Wir fahren nach Hause, und dann muß ich wieder weg. Ich nehme das Auto; ich will einfach nicht, daß du noch mal so lange warten mußt.«

»Na toll, das ist wirklich eine Partnerschaft! Ich habe von nichts eine Ahnung! Die meiste Zeit weiß ich überhaupt nicht, wovon du redest.«

Lorraine wies mit dem Daumen zurück zum Haus. »Das war die Frau des Psychologen, den die Cops auf den Fall angesetzt haben. Wenn du mich fragst, sollte er sich mal um seine Frau kümmern. Sie ist gerade damit rausgeplatzt, daß sie verrückt nach Brad Thorburn ist; ich konnte es kaum glauben.«

Lorraine wußte, sie würde zu Thorburn fahren, sobald sie Rosie losgeworden war, und es war merkwürdig, sie spürte einen dumpfen Schmerz in der Magengrube. Sie wollte ihn sehen, aber es ging nicht nur um den Fall. Aber das wollte sie nicht einmal vor sich selbst zugeben, ebensowenig wie ihre Erregung. Sie weigerte sich, auch nur daran zu denken.

Rosie war immer noch sauer. Lorraine hatte sie vor dem Lebensmittelgeschäft abgesetzt, weil sie noch etwas einkaufen wollte. Sie kam gerade aus dem Laden, als Rooney mit quietschenden Reifen neben ihr bremste.

»Wo ist Lorraine? Sie wird jetzt offiziell gesucht. Rosie, wenn Sie mir verraten, wo sie steckt, tun Sie ihr einen Gefallen, weil jeder Polizist in der Stadt nach ihr Ausschau hält, und wenn sie sich einer Verhaftung widersetzt, könnte sie verletzt werden.« Rosie sagte nichts, und Rooney stieg aus. »Komm schon, Herzchen, wo ist sie? Wenn Sie sich auch nur das geringste aus ihr machen, müssen Sie es mir sagen.«

Rosie schaute die Straße entlang. »Sie ist weggefahren, mit dem Auto.«

Rooney fragte nach der Nummer. Rosie wand sich, aber dann platzte sie schließlich damit heraus und ging weiter.

»Wo gehen Sie hin?«

»Heim, die Katze füttern.«

Rooney befahl ihr, in der Wohnung zu bleiben. Wenn Lorraine zurückkam, sollte sie ihn sofort anrufen. »Sind Sie sicher, daß Sie nicht wissen, wo sie hinwollte? Wann haben Sie sie zum letzten Mal gesehen?«

Rosie schrie, sie habe ihm alles gesagt, was sie wisse, und sie habe Lorraine seit dem frühen Morgen nicht mehr gesehen. Sie rannte die Treppe hinauf. Aus dem Fenster sah sie, daß Rooney gegenüber angehalten hatte und das Haus anstarrte. »Ich weiß nicht, wo sie ist!« schrie sie hinunter. Sie wollte gerade Jake anrufen, als sie hörte, daß er weiterfuhr.

Andrew Fellows schloß die Haustür auf und rief nach seiner Frau. Sie antwortete nicht. In der Küche sah er zwei Tassen und Untertassen auf dem Abtropfbrett. Er fand Dilly im Schlafzimmer, unter der Decke verkrochen, der Fernseher lief.

»Du hattest Besuch?« Sie sah ihn aus rotgeweinten Augen an. »Geht es dir gut?«

»Ja. Der Film ist so traurig.«

»War jemand hier?«

Dilly setzte sich. »Deine Freundin Lorraine Page. Sie wollte mit dir reden – hat eine Ewigkeit gewartet.« Sie schluckte, und wieder traten ihr Tränen in die Augen. »Sie hat mich nach Brad gefragt, und dann ist sie wieder gegangen.«

Fellows setzte sich auf die Bettkante. »Sag mir genau, was sie gewollt hat. Was hat sie wissen wollen?«

Dilly schaltete den Fernseher aus. Sie wiederholte alles, was Lorraine gesagt hatte, sagte aber nichts über ihren eigenen Ausbruch. Fellows ging in sein Arbeitszimmer. Er rief bei Rooney an, erreichte aber nur Bean, der erklärte, er werde sofort jemanden vorbeischicken.

»Sie ist nicht mehr hier, sie ist schon weg.«

Bean verständigte Rooney, daß Lorraine mit Fellows' Frau gesprochen habe. Rooney notierte sich die Adresse; er war schon auf dem Weg. Es war nur eine Frage der Zeit, wann er sie erwischen würde.

Brad sah sich die Papiere an, die er aus Stevens Tasche genommen hatte, Kontoauszüge und andere private Unterlagen. Steven, ordentlich wie immer, hatte sorgfältig jeden Verkauf dokumentiert, wenn er Schmuck aus der Schublade seiner Mutter genommen hatte. Die vierreihige Perlenkette hatte fünftausend Dollar gebracht, obwohl sie für den dreifachen Wert versichert war. Die Diamantringe, Halsbänder, die Rubin- und Saphirarmbänder, der Topasring standen alle auf einer Liste, ordentlich abgehakt. Brad ging davon aus, daß sein Bruder sich auf diese Weise über hundertfünfzigtausend Dollar beschafft hatte, aber er hatte sie nicht auf sein Konto eingezahlt – es sei denn, er hatte noch irgendwo ein anderes.

Brad wußte, daß der Schmuck nach dem Tod seiner Mutter Steven gehören würde. Wußte sie von den Verkäufen? Es war kurz nach drei. Er beschloß, vorerst nicht im Pflegeheim anzurufen; er würde Steven damit konfrontieren, sobald er nach Hause kam.

Er schob die Akte wieder in Stevens Tasche und ging dann noch einmal ins Zimmer seiner Mutter. Eine der Schranktüren war nur angelehnt, und er öffnete sie. Er betrachtete die Reihe von Perücken. Er fand sie geschmacklos, wie alles an ihren zwanghaften Versuchen, jung zu bleiben. Der Schrank war voll mit halbdurchsichtigen Morgenmänteln und Negligés, absolut unpassend für eine Frau in den Siebzigern; sie stammten noch aus der Zeit ihrer größten gesellschaftlichen Erfolge. Das Zimmer war überheizt und der Geruch des Parfüms erdrückend. Brad war übel, und er hatte Schuldgefühle. Sie hatte es nie leiden können, wenn man ihre Sachen anfaßte. Sie hatte sich auch selbst nicht gern anfassen lassen. Wie oft war er als Kind auf sie zugerannt, um sie zu umarmen, aber sie hatte immer die vollendet manikürten Hände abwehrend erhoben, als habe sie Angst, von ihrem eigenen Kind berührt zu werden. Mit Steven war das anders gewesen. Ihn hatte sie sogar ermutigt. Sie hatte ihn eindeutig vorgezogen. Brad erinnerte sich, wie sein Vater einmal in einem Wutanfall die Treppe hochgebrüllt hatte – sie hatte bebend oben gestanden, in blaßgelbem Chiffon –, daß er andere Frauen finden würde, wenn sie ihn nicht wollte. »Andere Frauen?« Sie hatte ihm einen höhnischen Blick zugeworfen, die perfekt geschminkten roten Lippen zu einem boshaften Lächeln verzogen. »Keine anständige Frau würde sich mit dir einlassen. Huren! Du kannst bestenfalls Huren kriegen, und auch das nur, weil du dafür bezahlst.«

»Damit kennst du dich aus, wie? Janklow hat dich doch aus dem Varieté geholt – du warst eine billige Stripperin. Glaubst du, ich weiß das nicht? Filmstar? Du bist einem richtigen Film nie näher gekommen als bis zum Kassenhäuschen.«

Sie fing an, Gegenstände zu werfen, sie tobte und schrie jedesmal, wenn er ihren ersten Mann oder ihre Vergangenheit erwähnte, und er brüllte vor Lachen, freute sich an ihrer Demütigung, ermutigte Brad zuzuhören und warnte ihn, eine Frau aus zweiter Hand zu nehmen. Oft schloß sie sich nach diesen Szenen tagelang in ihrem Zimmer ein. Der einzige, der dann zu ihr durfte, war Steven.

Wieder in seinem eigenen Zimmer, legte Brad sich aufs Bett und blickte an die verspiegelte Decke. Den Spiegel hatte ihm Tom Thorburn hinterlassen. Brad fragte sich, ob seine Vorliebe für junge Blondinen ebenfalls ererbt war. Er hatte jedenfalls genug davon geheiratet. Aber in den letzten Jahren hatte er, ebenso wie sein Vater, Prostituierte bevorzugt und war einer neuen Beziehung ausgewichen. Es kam nicht oft vor, daß eine Frau sich ihm verweigerte; sie waren immer zu haben: auf dem Polofeld, an der Rennbahn, wie Schwärme tschilpender Spatzen.

Er war ein Mann, zu dem man selten nein sagte. Das hatte ihm an Lorraine Page gefallen. Sie hatte nein gesagt, aber beinahe wäre es ein Ja geworden. Allein der Gedanke an sie bescherte ihm eine Erektion. Er dachte nicht mehr über seinen Bruder nach oder darüber, was Andrew Fellows hatte andeuten wollen. Er konnte sogar die Hastings-Geschichte beiseite schieben, weil er sicher war, daß Steven sich wegen des Schmucks seiner Mutter so geheimnisvoll verhalten hatte. Wenn er Andrew doch bloß nach Lorraines Telefonnummer gefragt hätte!

Auch seine Beziehung zu Andrew lag im argen, weil Andrews Frau ihn immer ins Bett zerren wollte, und sie war nicht die erste – das war ihm oft mit den Frauen alter Freunde passiert. Manchmal hatte er nachgegeben, aber es hatte immer ein schlimmes Ende gefunden.

Seine Erektion verschwand, als er begann, über sein Leben nachzudenken. Er hatte es verschwendet, das wußte er. Selbst dieser Versuch, einen Roman zu schreiben, war gescheitert. Er hatte Millionen, aber alles erschien ihm sinnlos. Er haßte, was er geworden war: ein Dilettant, nein, noch schlimmer, ein Klon seines Vaters.

Lorraine fuhr an dem Haus vorbei und stellte den Wagen ein paar Häuser weiter oben ab. Dann lief sie zurück. Sie wünschte, sie hätte Rosie mitgenommen. Das Haus lag in friedlicher Stille da, nur von weit her erklang das Geräusch eines Rasenmähers. Lorraine klingelte, und der Hund tauchte auf. Er bellte, dann blieb er stehen und sah sie durch das Tor hindurch an. Brads Stimme drang durch die Sprechanlage: »Wer ist da?«

»Lorraine Page.« Sie war völlig verwirrt, als er lachte. Das Tor ging auf, und er trat auf die Veranda hinaus, lehnte sich an den Türrahmen, ein Glas Wein in der Hand. Er lächelte und beobachtete sie, als sie langsam auf ihn zukam. Sie war so groß und schlank, und in der Summe sah ihr Haar eher weiß als blond aus. Sie trug hochhackige Pumps und einen gerade geschnittenen Rock mit einem Schlitz an der Seite. Die Jacke saß schlecht, war ein wenig zu groß; sie trug eine weiße Hemdbluse darunter. So, wie sie aussah, war sie ungeschminkt. Sie hatte nur eine kleine Handtasche dabei. Als sie die erste Stufe zur Veranda erreicht hatte, legte sie den Kopf schief; selbst aus dieser Entfernung konnte er die Narbe an ihrer Wange sehen.

»Ich habe gerade an dich gedacht«, sagte er leise. Sie hatte nicht erwartet, daß er so sanft sein würde. »Weißt du, daß die Polizei nach dir sucht?« sagte er und sah sie forschend an. Er versuchte zu erkennen, was sie von ihm wollte, aber eine Haarsträhne verbarg ihr Gesicht.

»Ja, aber ich muß mit dir reden.«

Er führte sie in die Halle, die Hand an ihrem Ellbogen, mit festem, aber nicht bedrohlichem Griff. Sie gingen ins Wohnzimmer. Er blieb in der Tür stehen, trank seinen Wein aus, beobachtete sie.

»Ist dein Bruder zu Hause?«

»Nein?«

»Irgendwelche Dienstboten?«

»Nur die Haushälterin, und die geht um vier.« Er fuhr sich durchs Haar. Das T-Shirt verrutschte, und sie sah ein Stück seiner Schulter.

Sie schwieg. Sie starrte ihn an, und er wandte sich ab, als fürchte er ihren klaren, direkten Blick. Sie holte die Zigaretten aus der Handtasche. »Hast du Feuer?«

Er kam ins Zimmer und stellte sein leeres Glas ab. Sie dachte, er werde das Tischfeuerzeug benutzen, aber statt dessen nahm er ihr die Zigarette aus dem Mund. Er legte ihr die Hand auf den Rücken und zog sie an sich. In ihren hochhackigen Schuhen war sie beinahe so groß wie er. Er küßte sie und ließ seine Hand zu ihrem Po gleiten, zog sie fester an sich. Er küßte sie wieder, und sie reagierte, ihre Zunge folgte seinen Lippen, und sie trat ein wenig zurück, legte seine freie Hand auf ihr Herz. Sie zitterte. Er hob sie hoch – sie war unglaublich leicht – und trug sie die Treppe hinauf. Sie verlor einen ihrer Schuhe, dann den anderen, und sie lehnte sich an ihn. Sie weinte, den Kopf an seiner Schulter vergraben. Als er sie aufs Bett legte, schluchzte sie. Er hielt sie einfach fest, wiegte sie, tröstete sie, küßte ihr Haar, küßte die Tränen weg, die ihr über die Wangen liefen. Er blickte auf und sah sich selbst, wie er sie im Arm hielt, als wäre sie ein Kind. Er hatte Angst vor seinen eigenen Empfindungen für diese Frau, die ihn nicht nur sexuell erregte, sondern auch andere Gefühle weckte, zu denen er sich nicht mehr fähig geglaubt hatte. Er schlang die Arme fester um sie, bis sie aufhörte zu weinen und ihn ansah. Diesmal war sein Kuß nicht sanft, sondern leidenschaftlich, hart und drängend, und sie erwiderte ihn.

Steven Janklow warf einen Blick in die saubere, leere Küche. Die Haushälterin war bereits gegangen. Er nahm das leere Weinglas seines Bruders und stellte es vorsichtig in die Spülmaschine. Dann hob er den Deckel von den beiden Tellern mit dem Abendessen. Er hatte Hunger, aber er wußte nicht auf was, nichts reizte ihn.

Auf der Treppe nach oben hielt er inne. Er sah Lorraines Schuhe, erst einen, dann den anderen. Angewidert betrachtete er sie, billige Schuhe, und trug sie die Treppe hinauf, zum Zimmer seines Bruders. Er wollte sie gerade vor der Tür abstellen – er hatte so etwas schon öfter getan, nicht nur mit Schuhen, sondern auch mit BHs, Röcken und oft genug auch Höschen –, als er ein Stöhnen hörte, eine hohe Stimme. Er zuckte angeekelt zusammen. Sie hörten sich alle gleich an, diese Nutten, mit denen sein Bruder es trieb. Janklow hatte einfach die Schuhe abstellen wollen, aber die Tür war nur angelehnt. Er streckte die Hand aus, um sie zu schließen, und wandte dabei den Blick ab, um auf keinen Fall etwas von ihren nackten, sich windenden Körpern zu sehen. Wieder stöhnte die Frau, und gegen seinen Willen mußte er doch hinsehen.

Ihr Gesicht war ihm zugewandt. Sie hatte die Augen geschlossen, den Mund halb geöffnet. Sie hockte auf seinem Bruder, ihr Körper wirkte eher wie der eines jungen Mannes als der einer Frau – das war es vielleicht, was Janklow verharren ließ. Als sie sich bewegte, sich nach vorn warf, schnappte er nach Luft und schlug sich schnell die Hand auf den Mund. Er schloß die Tür nicht. Lautlos wich er zurück. Erst als er weit genug entfernt war, drehte er sich um und rannte. Geschüttelt von Entsetzen, den ganzen Körper von kaltem Schweiß bedeckt, klammerte er sich an die Klobrille und übergab sich. Er konnte sich nicht geirrt haben, das war nicht möglich. Es konnte keine zwei Frauen mit diesem Gesicht, dieser Narbe geben. Sie war es – die Frau, die ihm in den Hals gebissen hatte, bis er geblutet hatte wie ein Schwein.

Er wusch sich das Gesicht kalt ab und versuchte, sich zu beruhigen, aber seine Hände zitterten. Warum war sie hier? Wie konnte sie ihn bis hierher verfolgt haben? Er versuchte, ruhiger zu atmen. Brad schleppte oft irgendwelche billigen Flittchen an, aber er hätte nie geglaubt, daß er je so tief sinken würde, *so eine* Frau mitbringen würde – sie war widerwärtig. Er ließ sich aufs Bett fallen, sagte sich, es sei nur ein Zufall, nichts weiter, nur ein schrecklicher Zufall. Er rollte sich auf die Seite, ballte die Fäuste, mußte sich anstrengen, nicht vor Angst in Tränen auszubrechen. Dann sah er seine Aktentasche, wußte sofort, daß jemand sie berührt und, noch schlimmer, geöffnet hatte.

Er stand auf und ging ins Zimmer seiner Mutter, wo er die Schmuckkästchen überprüfte. Er sah sofort, daß sie herausgenommen und in der falschen Reihenfolge wieder hineingestellt worden waren. Jemand hatte ihm nachspioniert. Brad? Oder diese Frau? Er ging in sein Schlafzimmer zurück und schloß sich dort ein. Er mußte sie loswerden. Wenn sie ein Callgirl wäre, würde er nur warten müssen. Sie blieben nie die ganze Nacht. Wenn sie ging, würde er ihr folgen. Es war ganz einfach. Er würde sie umbringen, wie er es schon einmal beinahe getan hatte, aber diesmal würde es klappen. Er sah auf den Wecker: Es war beinahe fünf. Wenn sie wie die anderen war, würde sie vermutlich nach einer Stunde oder so wieder gehen und weiterarbeiten. Auf der Straße, wie damals, als sie zu ihm ins Auto gestiegen war. Er erinnerte sich, wie sie die Hand auf die Wagentür gelegt, ihn gefragt hatte, ob er Hilfe brauche. Es stand kein Auto in der Einfahrt, war sie mit dem Taxi gekommen? Oder parkte sie auf der Straße?

Janklow schlich im Haus herum. Er fand Lorraines Handtasche. Sie hatte nur wenig Geld dabei, keine Kreditkarten oder Schecks. In der Handtasche waren nur noch Zigaretten, ein Lippenstift, ein Kamm und – er lächelte – Autoschlüssel.

Er ging die Einfahrt entlang. Er sah Bruno, der aufblickte und träge mit dem Schwanz wedelte. Hoffentlich bellte der Hund nicht. Er blieb stehen, rührte sich nicht, bis der Hund den Kopf wieder senkte. Janklow öffnete das Tor, sicher, daß niemand ihn gesehen hatte. Weiter oben an der Straße war ein Auto abgestellt.

Rooney klingelte Sturm. Als Andrew Fellows öffnete und sah, wer vor seiner Tür stand, seufzte er. »Ich habe Lieutenant Bean schon alles erzählt. Ich halte es für überflüssig, daß noch jemand vorbeikommt, besonders jetzt. Sie war schon vor dem Mittagessen hier.«

Rooney lächelte. »Tut mir leid. Ich wollte nur noch ein paar Dinge durchgehen, und ich würde gern mit Ihrer Frau sprechen.«

Sie gingen in die Küche, wo Dilly saß. Sie sah verweint aus, ganz aufgelöst. Sie wiederholte noch einmal alles, was Lorraine gesagt hatte.

»Könnte ich Sie unter vier Augen sprechen, Professor?« bat Rooney.

»Sicher. Dilly, es wird nicht lange dauern.«

Fellows nahm Rooney mit in sein Arbeitszimmer. Er sah ein bißchen verwirrt aus.

»Sie kennen die Thorburns?«

»Ja.«

»Das haben Sie heute früh aber nicht erwähnt.«

»Niemand hat mich danach gefragt.«

»Sind Sie vom Revier aus direkt nach Hause gefahren?«

Fellows wurde dunkelrot. »Nein, bin ich nicht. Ich... ich war noch bei Thorburn.«

Rooney starrte den Psychologen ungläubig an, als dieser ihm wiederholte, was er Brad erzählt hatte. Fellows wußte offenbar, daß er einen schwerwiegenden Fehler gemacht hatte; er schämte sich. Rooney fragte nach Thorburns Adresse und Telefonnummer. Kurz darauf verabschiedete er sich, ohne Fellows zu rügen; er sagte überhaupt nicht mehr viel.

Fellows fand seine Frau im Schlafzimmer. Sie weinte wieder. Er starrte sie einen Augenblick lang an, dann ging er hinaus. In einem Wutanfall nahm er Brads Porträt von der Wand und schmetterte es gegen den Kaminsims; der Rahmen brach und die Leinwand riß. Er zündete ein Feuer im Kamin an und warf es hinein.

Dann stürmte er in sein Arbeitszimmer. Auch hier hingen überall Fotos von ihm und Brad, beim Fischen, beim Baseball, beim Wasserski in Miami. Sie kannten einander schon sehr lange, hatten immer in sportlichem Wettstreit miteinander gestanden. Was die Frauen anging, hatte sich Fellows nie in Thorburns Kreisen bewegt, hatte es auch nie gewollt. Niemand hätte mit Brads Aussehen und Geld konkurrieren können.

Fellows setzte sich an den Schreibtisch. Er nahm sich die Mordakte und ging noch einmal jede Einzelheit durch. Er war ganz sicher gewesen, daß es zwischen Brad Thorburn und den Morden keine Verbindung gab, aber was, wenn er sich geirrt hatte? Was, wenn er etwas übersehen hatte? Wenn, dann würde er es jetzt finden.

Er wollte Brad Thorburn verletzen, nein, mehr, er wollte ihn zerstören.

Kapitel 17

Sie lagen nackt nebeneinander, das Laken locker über sich gezogen. Lorraine lag auf dem Bauch, hatte die Augen geschlossen. Brad zog das Laken zurück und strich ihr sanft über den Rücken. »Wie bist du an diese Narben gekommen?« Er stützte sich auf den Ellbogen, folgte der Narbe in ihrem Gesicht. »Und an die da?«

Sie wich zurück, stand auf und wickelte sich ins Laken. »Ich sollte mich lieber anziehen.«

Er blieb auf dem Bett liegen, während sie ihre Sachen einsammelte. Suchend sah sie sich um. »Wo sind meine Schuhe?«

Brad nahm einen weißen Kaftan aus dem Schrank und zog ihn über. »Sie müssen unten sein. Ich hole sie.« Er trat hinter sie und küßte sie auf den Nacken. Dann runzelte er die Stirn und strich ihr kurzes Haar nach oben. »Mein Gott, wie ist denn das passiert?«

Die Narbe, rosig und geschwollen, war deutlich zu sehen. Lorraine wollte sich umdrehen, aber er hielt sie fest. »Warum antwortest du mir nicht? Wer hat das getan?«

Sie versuchte sich zu entwinden, aber er hielt sie nur noch fester. »Ich muß mich anziehen.«

Er ließ sie los. »Ich bin unten.«

»Geh nicht, noch nicht, ich muß mit dir reden. Deshalb bin ich eigentlich hergekommen.«

Er seufzte. »Du willst reden, aber wenn ich dir eine Frage stelle, weigerst du dich zu antworten. Na gut, rede.« Er war wütend; er hatte gedacht, sie sei seinetwegen gekommen. Sie suchte weiter ihre Sachen zusammen, und er wartete.

»Hör mal, wenn es das für dich irgendwie leichter macht: Ich weiß, daß du auf den Strich gehst. Brauchst du Geld?«

Sie bewegte sich so schnell und so unerwartet, daß er sich nicht verteidigen konnte. Der Schlag war fest, und er tat weh. Er rieb sich die Wange und lachte.

»Ich bin jedenfalls nicht hergekommen, um das zu tun, was wir gerade getan haben.« Sie trat zurück; sie hatte die Fäuste geballt. Dann fing sie an, auf und ab zu gehen, immer noch in das Laken gewickelt. Sie sah erstaunlich schön aus. Die Art, wie sie das Laken fester um sich zog, hatte etwas sehr Maskulines. »Die Narben habe ich aus der Zeit, als ich auf den Strich gegangen bin. Ich war immer betrunken, ich weiß nicht, was ich getan habe, mit wem ich gegangen bin. Ich habe nie etwas dabei empfunden. Ich habe mich nicht genug für mich selbst interessiert: So hat es mir auch nichts ausgemacht.«

»Und jetzt?« fragte er.

»Jetzt möchte ich einfach, daß du mir zuhörst.«

»Gut.« Er lehnte sich in die Kissen zurück. Was sie gesagt hatte, stieß ihn nicht ab – zum Teil glaubte er es einfach nicht.

»Ich bin mal Polizistin gewesen. Ich war Lieutenant, hier in Los Angeles, bei der Mordkommission.«

Er lächelte, und sie starrte ihn wütend an. Er hob entschuldigend die Hände. Sie fuhr fort: Sie würde derzeit von Captain Rooney als Informantin bezahlt. Er hatte sie angeheuert, weil sie die Mädel auf den Straßen kannte und er mehr Informationen über den Hammermörder brauchte. Jetzt lächelte Brad nicht mehr, sondern starrte sie an. Sie erwiderte den Blick kühl. Sie erzählte ihm von dem Abend, als sie angegriffen wurde, drehte sich halb um, um ihm die Narbe noch einmal zu zeigen. Dann berichtete sie von ihrem anonymen Anruf bei der Polizei, ihrer Beschreibung des Täters. Als sie die Beschreibung wiederholte, beobachtete sie Brad genau. Aber wenn die Einzelheiten auf seinen Bruder zutrafen, zeigte er es nicht. Sie erklärte, wie sie Hastings' Brieftasche genommen hatte. Sie beobachtete ihn ununterbrochen, während sie von Art Mathews, Didi und Nula erzählte. Er hörte schweigend zu. Erst als sie die Manschettenknöpfe mit dem S & A-Logo beschrieb, reagierte er. Er stand auf und holte ein kleines, ledernes Kästchen aus einer Schublade. Er warf es aufs Bett. »Solche?«

Lorraine öffnete die Schachtel und nahm die Manschettenknöpfe heraus. Sie betrachtete sie genau und nickte dann. Sie sagte, sie habe die Angestellten überprüft und erfahren, daß Norman Hastings seinen Wagen am Tag vor dem Mord im Hangar abgestellt hatte. Daß niemand sich erinnern konnte, wann er den Wagen wieder abgeholt hatte, und ob er es selbst gewesen war. Vielleicht hatte jemand, der in der Werkstatt arbeitete, das getan.

Brad saß wieder auf dem Bett. Sie sah, daß ein Muskel an seinem Hals zuckte, wußte, daß er gereizt war. Auch sein Blick verriet ihn, aber er erwähnte seinen Bruder mit keinem Wort, bedeutete ihr nur, sie solle weitermachen. Je mehr sie redete, desto bewußter wurde ihm, daß Lorraine Page tatsächlich nicht wegen Sex oder aus Zuneigung gekommen war, sondern um der Informationen willen. Er hatte sie falsch eingeschätzt, ebenso wie seine eigene Anziehungskraft, er kannte diese Frau überhaupt nicht, und er mißtraute ihr immer stärker.

Lorraine merkte das, aber sie fuhr fort und ließ ihn dabei nicht aus den Augen. Ihr Blick fiel auf den Wecker – es war beinahe halb sechs –, und sie beeilte sich, erzählte Brad, wie sie und eine Freundin seine leitenden Angestellten fotografiert hatten und einer nach dem anderen ausgeschieden war. Aus diesem Grund habe sie auch vor seinem Haus gestanden.

»Wir haben ein paar Fotos von deinem Bruder gemacht, aber sie sind nicht gut; also bin ich noch einmal auf den Mord an Hastings zurückgegangen, habe seine Frau und einen Mann, der Fotos von Hastings gemacht hatte, besucht. Er heißt Craig Lyall.« Sie wartete einen Moment, aber er reagierte nicht, also sprach sie weiter.

»Norman Hastings war Transvestit.«

Brad zog eine Braue hoch. Eine ehrliche Reaktion, ohne jegliches Anzeichen von Schuld.

»Ich glaube, der Mörder ist erpreßt worden«, fuhr Lorraine fort, »und das wahrscheinlich seit längerer Zeit. Hastings vermutlich auch, aber er hat nur sehr wenig zahlen können, weil es sonst seiner Frau aufgefallen wäre; er hatte solche Angst, daß sie hinter sein Geheimnis kommen könnte. Ich glaube, die Erpresser waren Art Mathews und Didi, eines der Opfer, eine Transsexuelle. Sie hat die Männer für Lyalls Aufnahmen geschminkt und hat daher Informationen an Mathews geben können, und er, so nehme ich an, war der eigentliche Erpresser.«

Sie hatte sie gesehen, die geringfügige Veränderung in seinem Blick, als sie auf die Erpressung zu sprechen kam, aber er sagte nichts, nickte, als wolle er, daß sie weiterredete. Sie kämmte sich, beobachtete ihn im Spiegel. »Ich hätte nichts gegen eine Tasse Kaffee«, sagte sie und lächelte, dann fiel ihr ein, daß die Haushälterin schon weg sein mußte.

Er stand sofort auf. »Ich mache welchen.«

»Und schaust du auch gleich nach meinen Schuhen?«

Brad öffnete die Schlafzimmertür. Die Schuhe standen ordentlich davor. Er nahm sie und warf sie ihr zu. Lorraine zog sie an, dann fiel ihr ein, daß sie sie unten an der Treppe verloren hatte. Wer hatte sie vor die Tür gestellt? Die Haushälterin?

Drunten in der Küche begann Brad zu schwitzen. War Steven nach Hause gekommen? Er konnte sich nicht erinnern, die Alarmanlage gehört zu haben; das System arbeitete mit einer Zeitschaltuhr und mußte sich automatisch eingeschaltet haben. Inzwischen war auch der Gärtner heimgegangen. Brad schaute aus dem Fenster, konnte aber den Mercedes nicht sehen. Er war sicher, Steven nicht gehört zu haben. Aber wer hatte dann Lorraines Schuhe vor die Schlafzimmertür gestellt?

Brad zuckte zusammen, als er ihre Schritte auf dem Marmorboden hörte. Sie ging ins Wohnzimmer, holte ihre Handtasche und kam dann in die Küche.

»Sagtest du nicht, die Haushälterin sei um vier gegangen?« fragte sie beiläufig. Sie versuchte sich zu erinnern, um welche Zeit sie ins Schlafzimmer gegangen waren. »Ich frage mich, wer meine Schuhe vor die Tür gestellt hat.«

»Wahrscheinlich Maria, sie ist schrecklich ordentlich. Gehöre ich zu deinen Verdächtigen?« fragte er lächelnd.

»Nein, selbstverständlich nicht.«

Er setzte sich auf den Hocker neben sie. »Soll ich dir ein Taxi rufen?«

Sie berührte sein Gesicht. »Nein, ich habe ein Auto. Können

wir jetzt aufhören, Spielchen zu spielen?« Sie zog ihre Hand zurück. »Erzähl mir von Steven.«

»Was soll mit ihm sein? Na ja, er ist nicht da, aber wenn du mir deine Nummer gibst, kann er dich morgen anrufen.«

»Versuch nicht, ihn zu schützen, Brad. Du solltest lieber ehrlich mit mir sein. Das meinte ich mit den Spielchen. Ich möchte über ihn reden, ich möchte ihn sehen, damit ich ihn von der Liste der Verdächtigen streichen kann. Ich bin gekommen, um deinen Bruder zu sehen – von Angesicht zu Angesicht.«

Brad funkelte sie an. »Wieso hörst *du* nicht auf? Du willst ihn von der Liste streichen? *Du?* Wir wissen beide, daß die Polizei dich sucht, daß ein Haftbefehl gegen dich vorliegt.« Lächelnd schenkte er Kaffee ein. »Weißt du, dieser Monolog war tatsächlich faszinierend. Du siehst dich also als Polizistin, ja? Vielleicht hat der Alkohol deinem Hirn geschadet, Lorraine. Ich weiß, wieso du hier bist.«

Sie war vom Hocker gesprungen, kam auf ihn zu. »Wer hat dir von dem Haftbefehl erzählt – Rooney? Hat er mit deinem Bruder gesprochen?« Brad setzte seine Tasse ab. Lorraine hatte sich plötzlich verändert. Er dachte, sie hätte Angst, aber sie sagte ganz ruhig: »Du solltest mir besser alles sagen, Brad. Dieser Mann hat schon achtmal getötet. Er weiß, daß ich noch lebe, und er sucht nach mir. Ich werde die nächste sein. Wer war hier und hat mit dir gesprochen? Captain Rooney?«

»Nein, er war es nicht, wer immer er sein mag.«

Sie gab ihm einen Schubs. »Wer war es? Hat er mit Steven gesprochen? *Verdammt noch mal, hör mit dem Quatsch auf und sag mir, wer hier gewesen ist!«*

Brad packte ihre Handgelenke. »Das ist doch gleich. Aber du wirst sofort damit aufhören, diesen Dreck und diese Abscheulichkeit über Steven zu verbreiten, über ihn und meine Familie.«

Sie riß sich los. »Wovon redest du?«

»Wieviel willst du? Du bist wirklich clever, Lorraine. Nicht, daß mir so etwas vorher nie passiert wäre, ich dachte nur, ich könnte mich in einem Menschen nicht derart täuschen. Also, wieviel willst du, und was weißt du über Steven? Hast du deshalb so ausführlich von diesen Erpressern erzählt?«

»Du glaubst, ich will Geld von dir?«

»Bist du denn nicht deswegen hier? Unsere Familie ist immer ein leichtes Opfer gewesen, also nenn deinen Preis.«

Sie griff nach ihrer Handtasche. »Nichts, was du zahlen könntest, Brad Thorburn. Du kannst denken, was du willst, ich bin aus keinem anderen Grund gekommen, als ...«

»Was?« Unterbrach er sie. Er war wütend, aber er hatte sich unter Kontrolle.

»Ich halte deinen Bruder für einen Mörder. Du wirst ihn nicht schützen oder freikaufen können. Und weißt du warum? Weil ich es beweisen werde.«

Brad höhnte: »Und du bildest dir ein, daß ich auch nur ein Wort von dem glaube, was du mir erzählt hast? Ich hab' schon erheblich bessere Drohungen gehört, mein Schatz.«

»Was ist mit deinem Bruder? Ist er auch schon bedroht worden?«

»Mein Bruder geht dich nichts an! Und jetzt verschwinde aus meinem Haus! Sofort! Hau ab!«

Lorraine drehte sich auf dem Absatz um. Er hörte, wie sie über den Marmorboden der Halle lief, dann fiel die Haustür hinter ihr ins Schloß. Er wartete einen Augenblick, dann rief er seinen Anwalt an und bat ihn, sofort vorbeizukommen.

Sie war fast amTor, als sie das Blaulicht sah. Sie schob das Tor wieder zu und rannte zu einem Gebüsch. Kaum war sie dahinter verschwunden, da tauchte auch schon Rooney auf.

Er hielt den Finger auf der Klingel. Brad starrte aus dem Fenster und konnte eine Gestalt am Tor sehen. Einen Augenblick lang dachte er, Lorraine sei zurückgekommen. Er ging auf die Veranda, und Rooney bat ihn, das Tor zu öffnen. »Ist Steven Janklow zu Hause?«

Brad schüttelte den Kopf und stellte sich vor. Rooney zeigte seine Marke und seinen Ausweis, und beide Männer gingen ins Haus.

Lorraine hatte alles vom Gebüsch aus beobachtet. Jetzt, wo Rooney hier war, fühlte sie sich sicher. Sie wollte wieder ins Haus zurück; ihr fiel die Hintertür zu dem kleinen Flur ein, der zu Brads Schlafzimmer führte.

Rooney sah sich in dem beeindruckenden Wohnzimmer um. Brad bot ihm etwas zu trinken an, aber er lehnte ab. »Wissen Sie, wo Ihr Bruder ist, Mr. Thorburn?«

»Nein, tut mir leid. Worum geht es denn?«

»Ich denke, das wissen Sie. Andrew Fellows ist schon hier gewesen, nicht wahr? Sparen wir uns das Theater. Ist Lorraine Page hier?«

»Sie war, aber sie ist wieder gegangen.«

»Wissen Sie wohin?«

»Nein, ich weiß nicht. Sie müßten ihr eigentlich unterwegs begegnet sein.«

»Mr. Thorburn, ich will Sie nicht aufhalten, aber wenn Sie ein neueres Fotos Ihres Bruder hätten...«

Rooney ging zum Flügel und betrachtete die silbergerahmten Fotos. Er nahm eines in die Hand und hielt es hoch. »Ist er das?«

Brad sagte nein, das sei sein Vater; er könne aber am nächsten Morgen mit seinem Bruder reden und ihn bitten, Rooney ein Foto zu überlassen.

»Ich würde gerne jetzt eines sehen«, sagte Rooney störrisch.

»Ist das wirklich nötig?«

»Ja. Wir ermitteln in einem Mordfall.«

Brad verschwand, und Rooney blieb breitbeinig stehen. Er war nervös, denn er hatte weder einen Durchsuchungsbefehl noch den geringsten Beweis für Lorraines Theorie. Er wartete, dann ging er zum Telefon und wählte Lorraines Nummer. Rosie ging an den Apparat.

»Rooney hier. Ist sie wieder da?«

»Nein.«

»Rufen Sie mich an, sobald sie heimkommt.«

Dann rief er Bean an. Keine Spur von Lorraine. Plötzlich hörte Rooney ein Auto in der Einfahrt. Er hörte, wie sich zwei Männer unterhielten, wie Thorburn etwas von einem Polizisten sagte. Dann kam er wieder ins Wohnzimmer, zusammen mit einem kleinen, kahlen Mann mit Goldrandbrille und einem Aktenkoffer.

»Das ist Alfred Kophch, Captain Rooney.«

Rooney schüttelte die feuchte Hand des blassen kleinen Mannes und blieb stehen. Man mußte ihm nicht sagen, daß er einen der bekanntesten Anwälte von L.A. vor sich hatte. Kophch setzte sich und klappte seinen Aktenkoffer auf. »Sie möchten ein Foto meines Klienten Steven Janklow, stimmt das? Haben Sie einen Durchsuchungsbefehl?«

Rooney hüstelte und erklärte, in diesem Stadium der Ermittlungen sei so etwas noch nicht nötig. Es sei ein inoffizieller Besuch, und Brad Thorburn habe ihn hereingebeten.

»Wieso wollen Sie ein Foto meines Klienten?«

Rooney wurde dunkelrot. »Um ihn als Verdächtigen ausschließen zu können.«

»Ich möchte gern wissen, wieso Sie sich nicht mit Mr. Janklow in Verbindung gesetzt haben und wieso Sie einen inoffiziellen Besuch um achtzehn Uhr dreißig vornehmen.«

Rooney ließ sich unbehaglich auf der Sofakante nieder. Er fing an zu schwitzen, er kam sich vor wie auf der Anklagebank. Er griff in die Tasche und holte einen zerknitterten Briefumschlag heraus, auf den ein paar Daten gekritzelt waren.

»Ich wollte Mr. Steven Janklow – ebenfalls inoffiziell – bitten, mir mitzuteilen, wo er sich an diesen Tagen aufgehalten hat. Da er nicht hier ist, könnten Sie morgen früh mit ihm aufs Revier kommen und ein Foto mitbringen.«

»Wieso brauchen Sie dieses Foto, wenn Mr. Janklow bereit ist, Sie persönlich aufzusuchen?«

»Jemand ist in einem Parkhaus angegriffen worden. Wir glauben, daß der Mann, der diese Frau, unsere Zeugin, angegriffen hat, etwas mit den Morden zu tun hat.«

Kophch seufzte. »Wollen Sie damit sagen, daß Mr. Janklow in Verdacht steht, der Angreifer zu sein?«

»Möglich.«

»Und der Name der Zeugin?«

Brad beugte sich vor. »Es handelt sich um eine Prostituierte namens Lorraine Page. Sie wird polizeilich gesucht und ist in einen Erpressungsfall verwickelt.«

»Stimmt das?« meinte Kophch.

Rooney rutschte ungehaglich hin und her. »Ich kann die Identität meiner Zeugin noch nicht preisgeben.«

Kophch sah Rooney warnend an. »Erpressung? Das gerät alles ein wenig außer Kontrolle, nicht wahr? Ich schlage vor, wenn Sie konkrete Anschuldigungen gegen meinen Klienten zu erheben haben, setzen Sie sich mit meiner Kanzlei in Verbindung. Ansonsten sollten Sie dieses Grundstück sofort verlassen; außerdem werde ich mich bei Ihren Vorgesetzten beschweren.«

Rooney erhob sich langsam. »Gut. Ich will nichts weiter als einen Mörder finden.«

Kophch starrte ihn an. »Und ich schütze meinen Klienten. Wie Sie vielleicht wissen, sind die Thorburns eine einflußreiche Familie und in der Vergangenheit verschiedenen Erpressungsversuchen ausgesetzt gewesen und...«

Rooney unterbrach ihn: »...und dann war da diese peinliche Situation, als Mr. Janklow vom Sittendezernat aufgegriffen wurde. Deshalb habe ich es vorgezogen, Mr. Janklow zunächst einen inoffiziellen Besuch abzustatten.« Plötzlich hatte er Oberwasser. Er hatte den Blick bemerkt, den Thorburn mit dem Anwalt getauscht hatte, und bohrte weiter. »Allerdings geht es in diesem Fall nicht um homosexuelle Prostitution, sondern um mehrfachen Mord, und die Presse ist entsprechend aufmerksam.«

Kophch war wirklich gut. Er gab nicht klein bei, wie Rooney erwartet hatte, sondern schlug zurück. »In der letzten Ausgabe der Zeitungen wurde allerdings berichtet, ein Mann, der im Zusammenhang mit diesem Fall verhaftet wurde, habe in seiner Zelle Selbstmord begangen. Wollen Sie nun behaupten, dieser Mann habe die Morde nicht begangen?«

Rooney kratzte sich an der Nase. »Vermutlich nicht.«

Brad schnaubte verächtlich. »Es sieht so aus, als stütze sich dieser ganze sogenannte ›Fall‹ nur auf Vermutungen. Ich schlage vor, mein Anwalt sucht Ihren Vorgesetzten auf und bespricht alles mit ihm. Und nun verlassen Sie bitte mein Haus.«

Er führte Rooney hinaus. Die Tore gingen auf und schlossen sich scheppernd wieder hinter dem Captain. Als er zu seinem Auto ging, fiel ihm ein Wagen auf, der am Straßenrand geparkt war. Er überprüfte die Nummer – es war Lorraines Auto. Rooney rief noch einmal im Büro an, um zu hören, ob Lorraine inzwischen gefunden worden war. Als Bean verneinte, verließ ihn der Mut. Er ging wieder zum Haus der Thorburns zurück, wo sich gerade die Flutlichter ausschalteten. Das Haus wirkte bedrohlich dunkel und still, bis auf das Erdgeschoß, wo, wie er annahm, Thorburn und Kophch sich immer noch unterhielten. Die Männer aus dem Streifenwagen wollten wissen, was mit Lorraines Wagen geschehen sollte. »Durchsuchen Sie ihn«, befahl er. In Wahrheit hatte er keine Ahnung, was er als nächstes unternehmen sollte. Wo zum Teufel war sie?

Lorraine hatte die verborgene Tür tatsächlich offen gefunden und sich im Dunkeln die schmale Treppe nach oben in Brads Schlafzimmer und von dort ins Treppenhaus geschlichen. Sie hatte Rooney hereinkommen sehen, und dann den Anwalt, obwohl sie nicht wußte, wer er war. Aber es erschien ihr ohnehin wichtiger, Janklows Schlafzimmer zu finden.

Sie schaute in zwei oder drei Zimmer, bevor sie das betrat, was sie für Janklows hielt. Nachdem sie die Tür hinter sich geschlossen hatte, sah sie sich um, überprüfte das Bad und die Kleiderschränke, halb in der Hoffnung, dort Frauenkleider und Perücken zu finden, aber sie wurde enttäuscht. Eigentlich wollte sie nur ein Foto, etwas, das sie mitnehmen konnte; es gab zwar viele von seiner Mutter und von Janklow und Brad als Junge, aber keines, das ihn als Mann zeigte. Sie wollte gerade wieder gehen, als sie die Aktentasche sah.

Sie hob sie auf und erstarrte, als die Schlösser laut klickend aufgingen, aber es blieb weiter ruhig im Haus. Sie sah die Papiere durch, wie Brad es getan hatte, suchte nach einem Taschenkalender, nach irgend etwas, was ihr mehr über Janklow verraten würde. Sie fand die Quittungen über die Schmuckverkäufe, schob sie aber zurück und sah sich dann Janklows Kontoauszüge an. Ebenso wie Brad stellte sie fest, daß das Geld, das er für den Schmuck erhalten hatte, nicht auf diesem Konto auftauchte. Und es gab noch eine weitere, methodisch zusammengestellte Liste von anderen Schmuckstücken – hatte er die ebenfalls verkaufen wollen? Am Frisiertisch betrachtete sie ein silbergerahmtes Bild nach dem anderen – es gab keines vom erwachsenen Steven Janklow. Sie griff nach einem Foto der strahlenden Mrs. Thorburn – sie sah der Frau im Mercedes, die Rosie fotografiert hatte, sehr ähnlich. Das Foto war eine professionelle Aufnahme, gut beleuchtet und retuschiert. Sie drehte den Rahmen um, wollte ihn gerade wieder zurückstellen, als ihr einfiel, daß sie nachsehen könnte, ob der Fotograf auf der Rückseite genannt war.

Sie öffnete den Rahmen und hätte fast das Glas fallen lassen. Im Rahmen steckte ein zweites Foto. Auf den ersten Blick sah es aus wie ein weiteres Foto von Mrs. Thorburn. Die gleiche blonde Perücke, das gleiche Diamantenhalsband, selbst die Art, wie die behandschuhte Hand das Kinn stützte, war die gleiche. Aber es war nicht Mrs. Thorburn. Es war jemand, der versuchte, wie sie auszusehen – doch keine Retusche der Welt hätte verbergen können, daß die abgebildete Person ein Mann war.

Lorraine nahm das Foto und stellte den Rahmen zurück. Sie überprüfte drei weitere, bevor sie ein weiteres verstecktes Foto desselben Mannes fand. Sie war nicht sicher, ob es sich um Janklow handelte, ob das der Mann war, der sie angegriffen hatte, nur daß hier ein Mann versuchte, wie Mrs. Thorburn auszusehen. Dann hörte sie knarrende Geräusche von oben – jemand ging auf und ab.

Schnell sah sie sich den Rücken des Fotos an und konnte einen verblaßten Stempel des Fotografen und eine Abzugsnummer ausmachen. Sie hätte mehr Licht gebraucht, aber sie nahm an, daß es entweder Art Mathews' oder Craig Lyalls Firmenstempel war. Sie öffnete vorsichtig die Tür und wich zurück, als sie Stimmen hörte, jetzt lauter als zuvor. Sie huschte zur Treppe, um in die Halle zu spähen. Sollte sie die Gelegenheit nutzen, Brad und Rooney die Fotos zu zeigen? Oder verschwinden und zum Revier fahren? Wieder hörte sie die Schritte von oben. War das Janklow? Sie zögerte einen Augenblick, dann ging sie langsam nach unten, eine Stufe nach der anderen. Sie war nur noch wenige Meter vom Wohnzimmer entfernt und konnte die Stimmen jetzt gut verstehen.

»Wie ernst ist diese Sache?« fragte Brad.

»Ich habe keine Ahnung, aber morgen werde ich es erfahren;

ich gehe selbst hin. Machen Sie sich keine Sorgen. Überlassen Sie alles mir.«

Lorraine stand am Fuß der Treppe, ihr Herz klopfte heftig. Sie hätte einfach hineingehen und sich zeigen können – aber wieso hörte sie Rooneys Stimme nicht? Sie fuhr herum, plötzlich sicher, daß jemand sie beobachtete. Sie drückte sich gegen die Wand, versuchte die Treppe hinaufzuspähen.

»Sie glauben doch nicht, daß etwas Wahres an dieser Geschichte ist?« Brad klang müde. Der andere Mann betonte, es bestehe kein Grund zur Beunruhigung; er wisse über Stevens sexueller Orientierung Bescheid und würde dafür sorgen, daß nichts an die Öffentlichkeit drang. Aber er würde gern so bald wie möglich mit ihm sprechen. Wo war er? Brad hatte keine Ahnung, aber er wußte, daß er zuvor zu Hause gewesen war.

Wieso war Rooneys Stimme nicht zu hören? War er überhaupt noch da? Sie warf einen Blick auf die offene Küchentür, schaute wieder zum Wohnzimmer und zog ihre Schuhe aus. Sie schlich bis zur Küchentür und blieb dann stehen. Wieder spähte sie zur Treppe – sie war sicher, jemanden gesehen zu haben.

»Ich bringe Sie raus.« Das war Brad, und die beiden kamen auf die Halle zu. Lorraine schoß in die Küche, gerade noch rechtzeitig. Sie konnte die Männer durch die schmale Ritze zwischen Tür und Rahmen sehen, aber Rooney war nirgends zu entdecken. Er mußte schon gegangen sein.

»Eins macht mir Sorgen, Alfred. Wissen Sie, ob Mutter Steven angewiesen hat, ihren Schmuck zu verkaufen?«

»Ich habe mit Mrs. Thorburns Privatkonten nichts zu tun, aber ich kann es herausfinden.«

»Ich bin sicher, es muß eine vernünftige Erklärung geben. Ich weiß, daß Steven den Schmuck nach Mutters Tod erben wird – ich finde es nur merkwürdig, daß keiner der beiden mit mir darüber gesprochen hat.«

Lorraine hatte Angst sich zu bewegen; sie waren zu nahe. Sie hoffte, durch die Hintertür verschwinden zu können, wenn die Vordertür aufstand, da dann die Alarmanlage ausgeschaltet sein mußte. Sie ging lautlos auf eine Tür zu, die sie für die Hintertür hielt, als Brad etwas sagte, daß sie erstarren ließ.

»Diese letzte Geschichte, ich dachte, es wäre ausgeschlossen, daß etwas davon rauskommen könnte. Sie haben gesagt, es würde keine Folgen haben, und doch hat Rooney behauptet, es wäre noch in den Akten des Sittendezernats.«

Wieder versicherte Kophch, daß er sich darum kümmern werde. Er hatte alles getan, daß keine Akte angelegt wurde, aber er konnte sich nicht für das Schweigen des zuständigen Officers verbürgen.

»Dann bezahlen Sie ihn, egal was es kostet.«

Lorraine drückte sich an die Wand, schob sich langsam auf die Hintertür zu.

»Sie wissen, Brad, auch ich bin nicht allmächtig. Ich darf mich nicht selbst gefährden. Haben Sie Grund zu der Annahme, daß Steven in diese Geschichte verwickelt sein könnte? Sie müssen ehrlich mit mir sein. Diese Zeugin zum Beispiel – wissen Sie mehr über sie?«

Lorraine hörte, wie Brad über ihren Besuch sprach, daß er sicher war, sie habe nur versuchen wollen, ihn zu erpressen.

Der Anwalt unterbrach ihn: »Am besten unternehmen Sie gar nichts. Immerhin geht es um Mord, und wenn die Presse Wind davon bekommt, daß Sie oder Ihr Bruder in irgendwelcher Weise darin verwickelt sind, sind Sie Freiwild, verstehen Sie? Unternehmen Sie nichts, ohne vorher mit mir gesprochen zu haben.«

Brad trat mit seinem Anwalt auf die Veranda. Lorraine hatte die Hand am Türgriff der Hintertür: Sie war tatsächlich offen. Sie sandte ein Dankgebet zum Himmel, aber dann stellte sie fest, daß sie nicht im Garten, sondern in der Garage stand. Die Küchentür fiel hinter ihr zu; Brad schloß die Haustür und schaltete die Alarmanlage wieder ein.

Sie sah sich in der geräumigen Garage um, die mindestens Raum für sechs Autos bot. Neben den Schiebetüren war eine Reihe von Knöpfen angebracht, aber über den Knöpfen schimmerte ein unheilverkündendes rotes Licht. Als sie den Rückweg über die Küche antreten wollte, stellte sie fest, daß die Tür verschlossen war. Sie saß in der Falle.

Rooney saß in seinem Wagen, als der Anwalt vorbeifuhr. Kophch starrte ihn an, hielt aber nicht. Lorraines Auto stand weiterhin an der Straße; die beiden Cops hatten nichts darin gefunden. Rooney blieb sitzen, hoffte, daß sie bald auftauchen würde, und machte sich mehr und mehr Sorgen, je länger es dauerte. Er fragte sich, ob sie noch im Haus war. Er überlegte sogar, ob er zurückgehen und nach ihr suchen sollte, aber er hatte keinen Durchsuchungsbefehl.

Die beiden Kollegen aus dem Streifenwagen warteten ebenfalls. Rooney rieb sich das Kinn; die Stoppeln kratzten. Er war hundemüde. »Ich glaube, sie ist noch im Haus. Ich möchte, daß einer von euch hingeht und fragt, ob er sich mal auf dem Gelände umsehen darf. Ich bezweifle, daß sie das erlauben, aber es ist einen Versuch wert. Wenn wir sie nicht finden, nehmen wir ihren Wagen mit zum Revier.«

Lorraine sah sich um. Ein Rolls-Royce Silver Shadow, Brads Sportwagen, zwei Harley Davidsons, ein Porsche und schließlich der Mercedes. Sie war sicher, auch der Wagen hatte eine Alarmanlage, wie alles andere im Haus. Sie sah sich die Garagentore noch einmal an: überall Drähte. Auf diesem Weg würde sie nicht hinauskommen, sie mußte zurück ins Haus. Dann hörte sie ein Rumpeln, und die Garagentore wurden langsam hochgezogen. Sie duckte sich hinter ein Auto.

»Sie können sich hier umsehen, wenn es sein muß«, sagte Brad gerade, »aber auf keinen Fall im Haus.«

Unter den Autos hindurch sah sie Brads bloße Füße und die dunklen Hosenbeine eines Polizisten, seine schwarzen Schuhe mit den Gummisohlen.

»Ich zeige Ihnen den Rest«, sagte Brad. Er hatte nicht erwartet, Stevens Mercedes in der Garage zu sehen; er war erschrocken. Er war sicher gewesen, daß sein Bruder nicht da war, aber er verbarg seine Verblüffung hinter dem Angebot, den Polizisten herumzuführen.

Lorraine wartete, bis sie außer Sicht waren, dann schlich sie aus der Garage und rannte zum Tor.

Rooney und der andere Streifenpolizist standen an ihrem

Leihwagen. Geduckt huschte sie zu Rooneys Auto. Es war offen, und sie schlüpfte auf den Rücksitz. Rooney sah auf die Uhr; es war beinahe sieben. Sein Magen knurrte, und er ging zum Tor zurück, als der zweite Cop wieder auftauchte, ein junger Mann mit rosigem Gesicht.

»Es ist niemand auf dem Gelände, Captain, und Mr. Thorburn möchte für die Nacht abschließen. Was soll ich jetzt tun? Hier ist alles mit Alarmanlage gesichert, er hat die Hand auf dem Schalter, und er sagt, wir können nicht ins Haus.«

»Haben Sie irgendwas gesehen?«

»Ich bin rundum gelaufen. Ein Sommerhaus, Tennisplätze, Swimmingpool, alles überprüft. Sie ist nicht auf dem Gelände.«

Rooney ging zu seinem Auto zurück und bückte sich nach dem Funktelefon.

»Lassen Sie mich nicht verhaften, Bill«, sagte Lorraine leise.

Rooney drehte sich erschrocken um, aber die beiden anderen hatten sie nicht gesehen. »Einer von euch fährt ihr Auto, der andere folgt. Wir sehen uns auf dem Revier.«

Rooney stieg ein und beobachtete, wie die beiden Männer seinen Anweisungen folgten. Der junge Cop lachte, als er Lorraines Auto kurzschloß, und meinte, wegen so etwas sei er lange nicht mehr erwischt worden.

Nacheinander fuhren sie los.

Nach etwa einer Meile hielt Rooney am Straßenrand und drehte sich zu ihr um.

»Was bilden Sie sich eigentlich ein?«

Sie gab ihm die Fotos. »Die steckten hinter Fotos von Mrs. Thorburn. Sehen Sie sich die Rückseite an. Können Sie erkennen, wer sie gemacht hat?«

Rooney griff nach den Fotos und holte eine Taschenlampe aus dem Handschuhfach. Er leuchtete auf ein zerknittertes Foto.

»Können Sie's lesen?«

»Können Sie?« Er reichte ihr die Lampe, und sie richtete den Lichtstrahl auf den verblaßten Fotografenstempel. »Professional Photo Studio«, sagte sie leise, enttäuscht, daß nicht Art Mathews' Name dastand – aber es konnte natürlich sein Studio gewesen sein. Oder das von Craig Lyall.

»Sie haben ein Foto von einer Frau«, sagte Rooney.

»Das ist keine Frau, Bill, es ist ein Mann. Und er hat sich nicht als irgendeine Frau verkleidet, sondern als Mrs. Thorburn. Ich glaube, es ist Janklow.«

»Mein Gott, was wollen Sie mir denn noch erzählen? Daß er ein Homo ist oder ein Transvestit oder was? Ist er nun der Mann, der sie angegriffen hat, oder nicht?«

»Das weiß ich nicht.«

»Sie wissen es nicht. Na wunderbar.«

»Ich habe ihn nicht gesehen, Bill – deshalb war ich doch dort.«

»Ich habe Ihnen gesagt, Sie sollten in der Wohnung bleiben. Sie haben es mir versprochen. Sie verarschen mich ununterbrochen. Ich muß Sie mitnehmen. Wir haben beide keine andere Wahl.«

»Ich war nur auf einem AA-Meeting. Ich wollte direkt wieder nach Hause und auf Sie warten, aber ...«

Er suchte nach seinen Zigaretten, steckte sich eine an und warf die alte Kippe aus dem Fenster. »Aber dann haben Sie sich's anders überlegt. Ich hab' ganz Pasadena nach Ihnen auf den Kopf gestellt. Sämtliche Streifenwagen suchen nach Ihnen. Was zum Teufel haben Sie getrieben?«

»Fragen Sie lieber, mit wem ich's getrieben hab'«, meinte sie.

»Sehr komisch, Lorraine, Sie waren ja immer für einen Witz zu haben. Aber diesmal lache ich zuletzt. Warum haben Sie mir nicht gesagt, daß Sie am Abend des Mordes an Holly mit Art Mathews zusammen waren? Sie waren sein verdammtes Alibi!«

Sie seufzte und beugte sich vor, um sich auf die Rückenlehne des Beifahrersitzes zu stützen. »Ich war nicht den ganzen Abend mit ihm zusammen. Aber ich bin ziemlich spät gegangen – Rosie wird sich erinnern, irgendwann nach zwölf.«

Er reichte ihr eine Zigarette. »Ich hab' keine Streichhölzer mehr.«

Sie wühlte in ihrer Handtasche. »Um welche Zeit ist Holly denn umgebracht worden?« Er nahm ihre Streichhölzer, dann gab er ihr Feuer. »Danke.« Sie inhalierte, wartete, daß er ihre Frage beantwortete.

Rooney kratzte sich an der Nase. »Es waren so viele; ich weiß es nicht genau.«

Lorraine trippte ihm auf den Arm. »So gegen elf, nicht wahr? Sie hatte gerade erst angefangen zu arbeiten, also muß es so gegen halb elf, elf gewesen sein. Zu dieser Zeit war ich mit ihm zusammen, also kann er es nicht gewesen sein.«

Rooney drehte das Fenster herunter. »Das kann ihm ohnehin gleich sein, er ist tot, aber für *Sie* ist es wichtig, weil das FBI Ihren Namen von ihm erfahren hat. Ich muß Sie mitnehmen.«

Er ließ den Motor an.

»Wohin fahren wir?« fragte sie.

»Zurück aufs Revier, was haben Sie denn gedacht? Ich habe es doch gerade gesagt – ich übergebe Sie dem FBI, ich will Sie nicht mehr sehen. Sie und Ihre Theorien bringen mich noch in die Klapse, von Ruhestand will ich gar nicht mehr reden. Sie haben mich von Anfang an verarscht.«

»Bill, ich schwöre, das habe ich nicht getan.«

Er sah sie im Rückspiegel an, die Augen wäßrig vor Müdigkeit und Rauch. »Holly ist nach zwölf umgebracht worden, Lorraine, ich habe Sie nur prüfen wollen...«

Sie boxte ihm gegen die Schulter. Er hielt wieder an. Plötzlich war er wirklich wütend. »Verflucht, was hatten Sie bei Thorburn zu suchen? Soweit ich es verstanden habe, haben Sie nicht mit seinem Bruder gesprochen, sondern haben versucht, ein paar schnelle Dollar zu machen. Das traue ich Ihnen durchaus zu. Na ja, ich bin jedenfalls fertig mit Ihnen.«

»War er da?« fragte sie.

»Keine Ahnung. Wir werden keinen Fuß in dieses Haus setzen, bevor wir nicht mehr Beweise haben als diesen Mist, den Sie erzählen. Und ich werde alles ausbaden müssen.«

Krachend legte er einen Gang ein, und das Auto schoß vorwärts. Die Straße fiel steil ab, und der Wagen spuckte und knatterte. Plötzlich trat Rooney auf die Bremse. Der Streifenwagen stand mitten auf der Kreuzung, ebenso zwei weitere Autos, und dazwischen eingeklemmt, die Fahrerseite komplett zerdrückt, war Lorraines Wagen. Der junge Polizist war noch drinnen, sein Blut färbte die zersplitterte Windschutzscheibe rot.

Rooney befahl Lorraine, sich auf den Rücksitz zu legen. Als er ausstieg und zu den Autos hinüberging, spähte sie aus dem Fenster. Ein Krankenwagen traf ein, und Feuerwehrleute waren damit beschäftigt, die Leiche des Fahrers aus dem Wrack zu bergen.

Als Rooney zurückkam, drehte er sich nicht einmal zu ihr um, sondern sprach in die Luft: »Er ist tot. Er war noch ein Kind.«

»Ein Unfall?« fragte sie.

»Was glauben Sie denn? Es sind drei andere Fahrzeuge verwickelt. Er hat die Ampel überfahren, und jeder weiß, wie gefährlich diese Kreuzung ist. Er ist direkt darauf zugerast.« Er drehte sich zu ihr um. »Das ist *Ihre* Schuld. Es ist nur Ihretwegen passiert.«

»Wieso?« fauchte sie zurück. »Ich hab' die Scheißkarre nicht gefahren, oder?«

Inzwischen standen ein paar Schaulustige herum, mehr Polizisten waren eingetroffen, und sie hatten den Toten aus dem Wrack geholt. Lorraine sah, wie Rooney und ein anderer Polizist die zerbeulte Kühlerhaube des Wagens aufstemmten. Sie leuchteten mit einer Taschenlampe hinein, ein anderer kroch unter den Wagen. Rooney blieb fast eine Viertelstunde weg. Als er zurückkam, ließ er sich schwer auf den Fahrersitz fallen. »Das Bremskabel ist dick eingefettet und angeschnitten, das Kabel der Handbremse ist durchgeschnitten. Hatte jemand Zugang zu den Autoschlüsseln?«

»Sie waren in meiner Handtasche.«

»Sind sie immer noch da?«

Lorraine holte sie heraus.

»Haben Sie die Tasche im Haus unbewacht gelassen?«

»Ja, eine ganze Zeit, während ich mich mit Brad Thorburn unterhalten habe. Wir waren im Schlafzimmer. Ich hab' die Tasche unten gelassen.« Sie wurde rot.

Er sah sie an und schüttelte den Kopf. »Mein Gott, ich hab' gedacht, Sie hätten einen Witz gemacht. Waren Sie mit ihm im Bett?«

»Ich wollte Informationen, Bill.«

»Jede Wette.«

»Warum fahren wir nicht zurück, Bill? Nur Sie und ich? Wenn Janklow da ist, sollten Sie ihn verhaften, nicht mich! Wenn ich das Auto gefahren hätte, wäre ich jetzt tot.«

Rooney knallte die Tür zu und ließ den Motor an. »Vergessen Sie's. Nicht, ehe ich mit dem Chief darüber gesprochen habe. Tut mir leid, es geht nicht anders.«

Offenbar gab es keine Alternative mehr. Sie würde Zeugin der Anklage werden, mit allen Konsequenzen. Den Gedanken, als Privatdetektivin zu arbeiten, konnte sie abschreiben: Wenn die Presse von ihrem Anteil an den Mordermittlungen erfuhr, würde das fette Schlagzeilen machen. Sie starrte aus dem Fenster; sie wollte einen Drink.

Sie sagte kaum ein Wort, als Rooney sie ablieferte. Der Diensthabende notierte ihre Daten, sie wurde fotografiert, man nahm ihre Fingerabdrücke. Dann wurde sie in Rooneys Büro geführt.

Rooney hatten den Chief angerufen und wartete auf ihn. Er hatte sich rasiert und sein Hemd gegen eines aus dem Spind getauscht, das beinahe noch zerknitterter aussah. Als Lorraine hereingebracht wurde, unterhielt er sich gerade mit Bean. Rooney stellte sie einander vor, Bean reichte ihr die Hand und zog ihr einen Stuhl heran. »Wenn wir soweit sind, werden wir Ihre Aussage aufnehmen. Wir werden auch einen Tonband- und einen Videomitschnitt machen.«

Lorraine fragte, ob schon jemand Interesse an den Filmrechten angemeldet habe, aber niemand lachte. Bean holte ihr ein Glas Wasser und Zigaretten, und da er einen so freundlichen Eindruck machte, fragte sie ihn, ob sie ihre Freundin Rosie anrufen dürfe und ihr sagen, es sei alles in Ordnung.

Sie mußten einige Zeit warten. Man sagte ihr, es werde erst losgehen, wenn die FBI-Agenten eingetroffen seien; weder Rooney noch der Chief konnten ihnen das verwehren. Als sie schließlich in ein großes Zimmer geführt wurde, in dem sich alle versammelt hatten, war es halb zwölf. Sie blieb über vier Stunden in diesem Raum. In dieser Zeit sagte sie alles aus, was seit dem Tag geschehen war, als sie angegriffen worden war. Als man sie fragte, wieso sie sich nicht gemeldet habe, erklärte sie, sie habe Norman Hastings' Brieftasche gestohlen. Sie log nicht, es hatte keinen Sinn mehr. Sie beantwortete sämtliche Fragen direkt und wahrheitsgemäß. Niemand schien von ihren Ermittlungen und ihren Versuchen, die Beweise zu interpretieren, besonders beeindruckt zu sein.

»Wieso waren Sie so versessen darauf, etwas herauszufinden, obwohl Sie das in Gefahr bringen konnte?« fragte einer der Agenten. Der Bursche gefiel ihr überhaupt nicht: Sein kantiger Unterkiefer, sein klar geschnittenes Gesicht, sein blonder Militärschnitt und sein ordentlicher Anzug – er sah aus wie ein Mann aus einem Comic-Strip.

Sie warf Rooney einen Blick zu, und der nickte. »Ich hab' das Geld gebraucht; Captain Rooney hat mich bezahlt.«

Obwohl sie wußten, was sie seit ihrer Entlassung aus dem Polizeidienst getan hatte, schienen sie nicht glauben zu wollen, daß Geld der einzige Grund gewesen sein sollte.

»Vielleicht. Ich dachte, wenn ich der Mordkommission helfen könnte, ist das sicher von Vorteil, wenn ich mich später mal als Privatdetektivin niederlassen will. Aber wenn ich als Zeugin der Anklage auftreten muß, kann ich das vergessen. Ich weiß, daß dieser Fall durch alle Medien gehen wird, und sie werden nicht lange fackeln. Diese Ex-Polizistin/Ex-Nutte-Geschichte wird ihnen gefallen, vielleicht bekomme ich sogar eine ›Madame-Dracula‹-Schlagzeile. Ich könnte zwar wegziehen, aber ich habe meine Kontakte hier, und im Detektivgeschäft braucht man Kontakte, nicht wahr?«

Sie erhielt keine Antwort, aber sie hatten offensichtlich keine weiteren Fragen, denn sie gingen und ließen sie mit einer Polizistin mit steinerner Maske allein. Eine Stunde später kehrten sie zurück. Es war beinahe Morgen, aber Lorraine spürte, daß die Stimmung umgeschlagen war.

Der Chief zog eine Grimasse – sie nahm an, es sollte ein Lächeln sein, aber er war so angespannt, daß er nur die Oberlippe hochzog. »Mrs. Page, wären Sie bereit, uns weiter bei den Ermittlungen zu helfen?« Rooney wich ihrem Blick aus, und der Chief fuhr fort: »Es könnte allerdings riskant werden.«

Lorraine sah den Chief an, dann Rooney. »Sie wollen einen Deal mit mir machen? Na ja, das hängt davon ab…«

»Wovon?« wollte der Chief wissen.

»Davon, was ich tun soll. Wenn ich mit Ihnen zusammenarbeite, wird es schwierig für Sie werden, mich als Zeugin der Anklage einzusetzen. Ich wette, alles, was mit den Thorburns zusammenhängt, wird sich als außerordentlich schwierig erweisen. Also, was soll ich denn nun tun? Wollen Sie mich Janklow gegenüberstellen?«

»Die Situation ist folgende: Wenn Sie Janklow bei einer Gegenüberstellung identifizieren, wird sein Wort gegen das Ihre stehen. Sie sind Alkoholikerin, sind auf den Strich gegangen, waren drogensüchtig…«

»Ich war auch mal Polizistin«, warf sie ein.

Ein FBI-Mann erwiderte: »Das wissen wir, und wir wären verrückt, das publik werden zu lassen. Dadurch würden Sie nur noch unglaubwürdiger erscheinen.«

Der Comic-Strip-Mann beugte sich über den Tisch. »Wir werden Janklow bitten, hierher zu kommen. Sein Anwalt wird ihn begleiten. In diesem Stadium wäre eine Gegenüberstellung falsch. Aber Sie haben ihn ganz aus der Nähe gesehen, er hat Sie angegriffen – wir wollen, daß Sie ihn sich noch einmal gut anschauen. Wir bringen ihn in ein Verhörzimmer mit einem Einwegspiegel, damit Sie ihn in Ruhe beobachten können. Weil Sie hundertprozentig sicher sein müssen, daß der Mann, der Sie angegriffen hat, Steven Janklow ist.«

Rooney schaltete sich ein. »Sie sind unsere einzige Zeugin, und das genügt nicht. Wenn er Sie angegriffen hat, können wir ihn wegen Körperverletzung vor Gericht bringen. Aber wir wissen beide, daß er damit davonkommen wird, weil er Geld und Einfluß hat.«

»Was ist mit dem Paar aus dem Parkhaus?«

»Sie haben den Mann im Wagen kaum gesehen.«

Bisher hatte Lorraine kein Risiko für sich entdecken können, sie bemerkte die Blicke, die die Männer wechselten. Aha, jetzt kommt's, dachte sie. Rooney beugte sich vor. »Sie kennen Brad Thorburn, Sie haben mit ihm geschlafen. Er hat angedeutet, Sie wollten ihn erpressen. Wir wissen bisher nicht, ob er etwas mit den Morden zu tun hatte, aber er *ist* Janklows Bruder, und Sie haben uns selbst erzählt, daß er auch ein Paar von diesen Manschettenknöpfen hat, also …«

»Sie wollen, daß ich ihn erpresse? Brad Thorburn?« Sie lächelte.

»Nein, wir wollen – aber nur, wenn Sie absolut sicher sind, daß Steven Janklow unser Mann ist …«

Der Comic-Strip-Mann hatte das Ruder wieder übernommen, und Lorraine versuchte, ihn einzuschätzen. Er wirkte eiskalt und sehr selbstsicher. Sie nahm an, er wollte sie dazu bringen, ihre Hilfe von sich aus anzubieten – da sie es nicht selbst tun wollten, es ging vermutlich um etwas Illegales oder, wie sie schon angedeutet hatten, Riskantes. Alle beobachteten sie, warteten, ob sie den Köder schnappte. Sie tat ihnen den Gefallen.

»Ich glaube, ich verstehe, was Sie wollen. Wenn ich ihn erkenne und hundertprozentig sicher bin, daß es Steven Janklow war, der mich angegriffen hat, soll ich ihn unter Druck setzen und sehen, was dabei rauskommt; gleichzeitig soll ich rausfinden, ob auch Brad Thorburn in die Sache verwickelt ist, richtig?«

Sie schaute zu Rooney hinüber und lächelte. »Ich werde es machen, aber nur unter einer Voraussetzung: Wenn ich Janklow dazu bringen kann, die Morde zu gestehen und Sie mir ein Mikrofon ankleben und alles mitschneiden, brauchen Sie mich nicht mehr als Zeugin der Anklage. Ich will Ihr Wort, daß Sie meinen Anteil an der ganzen Geschichte verschweigen.«

»Das können wir nicht garantieren«, warf der Chief sofort ein.

»Dann holen Sie ihn her, und machen Sie eine Gegenüberstellung. Tun Sie, was Sie nicht lassen können.«

Die Männer begannen zu murmeln, und sie sah die einzige andere Frau im Zimmer an und fragte, ob sie auf die Toilette gehen könne. Sie ließ sich Zeit; sie war vollkommen erschöpft, und ihre Kleidung war zerknittert. Sie hockte auf dem Klodeckel und dachte über alles nach, was sie besprochen hatten. Als sie zurückkam, waren nur noch Rooney und der Chief da.

Der Chief bot ihr einen Stuhl an. »Wir können uns auf keinen Handel mit Ihnen einlassen, Lorraine, Sie wissen das. Aber wir können eines tun: Wir werden keine Anzeige wegen Behinderung der Ermittlungen erstatten, und wir werden uns bemühen, Ihren Namen aus dem Ganzen rauszuhalten. Ihre Identität bleibt geheim – aber nur, falls Sie in der Lage sind zu beweisen, daß Janklow der Killer ist.«

Sie lächelte müde. »Also gut, ich werde es tun. Obwohl das ein sehr einseitiger Handel ist, von dem vor allem Sie profitieren. Aber zuerst brauche ich jetzt ein paar neue Klamotten und ein paar Stunden Schlaf. Ich brauche auch ein Auto und einen Führerschein, damit ich nicht gleich wieder verhaftet werde.«

Rooney zwinkerte ihr zu, als wolle er sie warnen, es nicht zu übertreiben.

»Wann kommt Janklow?« fragte sie den Chief.

»Wir wollen ihn nicht zu sehr drängen; Sie werden genügend Zeit haben, sich ein wenig auszuruhen.«

»Kann Bill mir Rückendeckung geben?« fragte sie und lächelte Rooney an, der die Augen verdrehte. »Er war immer gut als Rückendeckung, einer der Besten.«

»Nein, ich fürchte, das geht nicht. Bill ist mit Ihnen gesehen worden, und so wie er aussieht, wird er tot umfallen, wenn er nicht ein bißchen Schlaf kriegt. Sie kriegen seinen Lieutenant, Josh Bean. Er ist ein guter Mann, und er wartet jetzt darauf, Sie heimzufahren.«

Lorraine fragte beinahe arrogant: »Fährt er mich auch zum Einkaufen? Ich will gut aussehen.«

Der Chief antwortete, das werde vielleicht gar nicht nötig sein. Zuerst müsse sie Janklow identifizieren, dann könnten sie über die anderen Dinge sprechen – und ihr Mikrofon und Sender anlegen. Bei seinem letzten Satz war sie schon fast aus dem Zimmer und sah nur noch einmal über die Schulter zurück. »Rufen Sie an, wenn Sie mich brauchen.«

»Können wir ihr trauen?« fragte der Chief Rooney.

»So weit wie jeder Frau; sie hat seit neun Monaten nicht mehr getrunken. Sie will wieder ein normales Leben führen.«

»Diese ganzen Theorien stammten also nicht von Ihnen, wie?« fragte der Chief ruhig, und Rooney grunzte. Er hatte gewußt, daß es rauskommen würde, sobald er Lorraine aufs Revier brachte.

»Nein. Sie ist immer schon besser gewesen als die meisten, und ich habe keine Ahnung, wieso sie damals Scheiße gebaut hat.«

»Hoffen wir nur, daß sie diesmal keine baut. Wenn sie auch nur die geringsten Probleme macht, Bill, lasse ich sie auf der Stelle einbuchten. Sorgen Sie dafür, daß sie weiß, was für sie auf dem Spiel steht. Wir müssen diesen Fall knacken. Und wenn sie Mist baut, werden nicht nur wir, sondern vor allem das FBI dafür sorgen, daß sie nie wieder Arbeit bekommt, weder hier noch in einem anderen Bundesstaat. Machen Sie ihr das klar. Wir dürfen uns keine Fehler mehr leisten – es sind schon zu viele passiert.«

Kapitel 18

Rooney hatte sich rasiert und trug ein sauberes Hemd und einen neuen Anzug. Er hatte auch ordentlich zu Mittag gegessen, bevor er zum Revier zurückgefahren war. Er wußte, daß Janklow und sein Anwalt um halb fünf kommen würden, denn der Chief, der immer nervöser wurde, hatte ihn dreimal angerufen.

Bean schwitzte, als sie im Stau festsaßen. Lorraine wirkte ruhig und kühl wie immer, aber Josh wurde immer kribbliger. Er sah auf die Uhr am Armaturenbrett, dann auf seine Armbanduhr. Es war fast vier. Sein Haar war im Nacken feucht, und er reckte immer wieder den Kopf aus dem Fenster, um an dem Stau vorbeizuspähen. Er wußte, wenn Lorraine nicht um Viertel nach vier im Revier war, würde er es ausbaden müssen.

Lorraine gab ihm einen Tip. »Schalten Sie das Blaulicht ein, sonst schaffen wir es nie. Sie können es ja wieder runternehmen, wenn wir in der Nähe des Reviers sind.«

Subtil war es nicht gerade, aber schließlich gab Bean nach und schaltete tatsächlich die Sirene und das Blaulicht ein.

Auf dem Revier wartete Rooney bereits auf sie.

»Ist er schon da?« fragte sie atemlos.

Rooney schüttelte den Kopf, und er und Bean brachten Lorraine eilig zum Beobachtungsraum. Es war ein kleines Nebenzimmer mit einem Tisch und zwei Stühlen und einem Fenster nach nebenan. Lorraine bemerkte, daß Rooney ebenso schwitzte wie Bean. Für Rooney hing viel davon ab, ob sie Janklow identifizieren konnte.

»Machen Sie sich nur kurze Notizen, und schauen und hören Sie vor allem zu. Sie werden alles mithören können.«

»Ach Bill, ich kenne mich doch aus. Wer führt die Befragung durch?«

»Ed Bickerstaff vom FBI. Das ist der Blonde mit dem Army-Schnitt.«

Sie hatten noch fünf Minuten Zeit. Rooney ging hinaus. Lorraine steckte sich eine Zigarette an; ihre Hände zitterten. Sie griff nach einem Stift und fing an, auf dem Notizblock herumzukritzeln. Schließlich sagte sie zu Bean: »Was, wenn ich will, daß Janklow eine bestimmte Frage gestellt wird?«

Bean zögerte. »Sagen Sie sie mir, und ich werde sehen, ob ich ins Verhörzimmer kommen kann, aber nur, wenn sie ...«

»Wichtig ist?« fragte sie lächelnd.

»Genau.«

»Er wird wissen, daß er beobachtet wird – jeder kleine Taschendieb kennt diese Art Spiegel. Was soll die ganze Geheimniskrämerei?«

»Schutz.«

»Sie wollen ihn schützen?«

»Nein, Sie. Sie sind eine wertvolle Zeugin, Mrs. Page.«

Janklows und Kophchs Ankunft in einem chauffeurgelenkten Cadillac rief ein Flüstern in allen Abteilungen hervor. Trotz aller Geheimhaltung war etwas durchgesickert; jeder Verdächtige, der im Zusammenhang mit den Hammermorden vorgeladen würde, hätte Interesse geweckt, aber einer der oberen Zehntausend ...

Bean legte den Hörer auf und sah Lorraine an.

»Sie kommen.« Er zog den Vorhang vor der Scheibe zurück und setzte sich. Bickerstaff saß an der Seite, war kaum zu sehen. Der Tisch war voll mit Akten und Fotos. Als die Tür aufging, erhob sich der FBI-Mann. Lorraine beugte sich vor; noch konnte sie Janklow nicht sehen. Kophch drehte sich um und starrte das Einwegglas an; er wußte genau Bescheid, aber er sagte nichts.

Lorraine sah genau hin, als sich Janklow ihr direkt gegenüber hinsetzte. Kophch saß zu seiner Linken und klappte jetzt den Aktenkoffer auf. Janklow trug ein rehbraunes Kaschmirsakko und ein weißes Hemd mit Krawatte, seine Hosen konnte Lorraine nicht sehen. Er hatte mittelblondes Haar, das er aus dem hageren Gesicht zurückgekämmt hatte. Er sah besser aus, als Lorraine erwartet hatte. Seine Nase war schmal – auch das hatte sie anders in Erinnerung. Sie bezweifelte, daß dies der Mann war, der sie angegriffen hatte. Sie erkannte ihn nicht. Sie lehnte sich zurück, ihr Herz schlug heftig. Sie spielte mit dem Kugelschreiber. »Kann er die Sonnenbrille abnehmen?«

»Das wird er schon. Ganz ruhig.« Bean sah, wie nervös sie war.

Im Nachbarzimmer sagte niemand ein Wort. Es war unheimlich.

»Würden Sie bitte die Brille abnehmen, Mr. Janklow?« Die ruhige Stimme Bickerstaffs.

»Wenn Sie möchten, daß mein Klient sich irgendwelches Beweismaterial ansieht, braucht er die Brille. Mein Klient ist kurzsichtig. Wir müssen diese Bitte ablehnen, tut mir leid.«

Bickerstaff schlug die Akte auf. »Nehmen Sie bitte die Brille ab, Mr. Janklow. Sie können sie wieder aufsetzen, wenn es nötig wird.«

Langsam nahm Janklow die Brille ab. Lorraine wurde kalt. Seine Augen waren hellblau, und er starrte geradeaus, als könnte er sie sehen. Sie hielt den Atem an. Er hatte bisher den Mund fest geschlossen gehabt, aber als er sich jetzt die Lippen leckte, veränderte sich sein Gesicht, als ob sein Mund zum Leben erwacht wäre: breite, feuchte Lippen. Sie kritzelte auf ihrem Block. Das war der Mann, der sie angegriffen hatte. Seine Lippen hatten ihn verraten.

»Er ist es«, sagte sie leise, kaum hörbar. Bean starrte sie an und dann wieder zum Fenster, als die Befragung begann.

Bickerstaff erklärte, er wolle zunächst von Mr. Janklow wissen, wo er sich an bestimmten Tagen aufgehalten habe. Obwohl einige dieser Daten Jahre zurücklagen, solle Janklow einfach nach bestem Wissen antworten. Als er den Tag des ersten Mordes nannte, meinte Janklow: »Ich habe keine Ahnung.«

Sein Anwalt notierte sich etwas. Auch zu dem zweiten, dritten und vierten Datum fiel Janklow nichts ein – er begann sogar, sich für sein schlechtes Gedächtnis zu entschuldigen. Bickerstaff fuhr fort. Für die neueren Daten gab Janklow Orte und Zeiten an. Sowohl sein Bruder als auch seine Mutter würden diese Angaben bestätigen.

Bickerstaff legte die Fotos der Opfer vor Janklow hin. Er betrachtete jedes genau, dann schüttelte er den Kopf. »Nein, ich kenne niemanden davon.«

Lorraine beobachtete jede seiner Gesten, seine schmalen Hände, und sie machte sich eine Notiz wegen des Rings an seinem kleinen Finger. Sie war sicher, daß dies der Mann war, der sie angegriffen hatte, auch wenn sie seine Stimme und den Ring nicht erkannte. Es waren sein Gesicht und seine Hände, die sie überzeugten, und er war Linkshänder.

Bickerstaff ließ sich Zeit. Er hob sich Norman Hastings und Didi – David Burrows – bis zuletzt auf. Als er Janklow Hastings' Foto zeigte, erklärte Janklow, er kenne diesen Mann recht gut. Er gab an, Hastings habe seinen Wagen öfter im Hangar geparkt, leugnete aber, engeren Kontakt mit ihm gehabt zu haben. Als er gefragt wurde, ob ihm bekannt sei, daß Hastings Transvestit war, schaute er schockiert, und als Bickerstaff fragte, ob er Art Mathews kenne, wirkte er verwundert. Nein, meinte er, er habe diesen Namen nie gehört. Dann fragte der FBI-Mann nach Craig Lyall. Diesmal hielt Janklow kurz inne, die linke Hand fuhr zum Mund, er setzte an, den Kopf zu schütteln, überlegte es sich dann aber anders. »Craig Lyall? Ah, ja, ich glaube, ich war mal in seinem Studio. Er ist Fotograf. Ich habe meine Mutter hingebracht, aber er war nicht so gut, wie ich gehofft hatte. Meine Mutter ist sehr anspruchsvoll, das geht auf ihre Zeit beim Film zurück. Sie war in jungen Jahren ein Filmstar.«

Bickerstaff ließ ihn reden, blätterte ruhig weiter in der Akte, dann unterbrach er ihn: »Sind Sie erpreßt worden, Mr. Janklow?«

Janklow richtete sich auf. »Erpreßt? Meinen Sie von Lyall?«

»Ganz gleich von wem.«

»Nein.«

Bickerstaff zeigte ihm das Foto von Didi. Janklow betrachtete es ausführlich, setzte die Brille auf, setzte sie wieder ab. »Nein, ich bin dieser Frau nie begegnet.«

»Es ist ein Mann.« Bickerstaff wartete. »Hat er oder sie Sie nie für ein Foto geschminkt?«

Lorraine sah, wie Janklow den Mund ruckartig zuklappte. Dann leckte er sich wieder die Lippen und lachte gekünstelt. »Nein, ich bin nie geschminkt worden – ich nehme an, Sie meinen, wie eine Frau.«

Bickerstaff ließ sich nicht aus der Ruhe bringen. Ganz beiläufig, mit gesenktem Kopf, fragte er, ob Janklow homosexuell sei.

»Nein, das bin ich nicht«, versetzte Janklow.

»Sind Sie Transvestit?«

»Nein.«

»Sind Sie in der Vergangenheit je wegen homosexueller Vergehen festgenommen worden?«

»Nein.«

Kophch streckte die Hand aus und berührte Janklows Arm. Sein Klient zeigte erste Anzeichen von Unruhe. Lorraine kaute auf dem Ende des Kugelschreibers, wünschte sich, Bickerstaff würde mehr Druck ausüben, aber der FBI-Mann blieb ruhig und zurückhaltend und erklärte nur, es tue ihm leid, wenn einige der Fragen ein wenig persönlich seien, aber das sei leider nicht zu vermeiden.

Kophch sah ihn an und sagte steif: »Mr. Bickerstaff, es ist Ihnen freigestellt, meinem Klienten jede Art von Fragen zu stellen – deshalb sind wir schließlich hier; wir wollen die Unschuld meines Klienten bestätigen. Aber ich möchte Sie daran erinnern, daß Mr. Janklow aus freiem Willen hergekommen ist.«

»Dessen bin ich mir bewußt, Mr. Kophch. Je schneller wir die Fragen durchgehen, desto eher können Sie gehen.«

Lorraine seufzte. Bickerstaff machte fast den Eindruck, als sei er auf Janklows Seite. Sie hatte noch nie gesehen, daß jemand bei einer Befragung derart um den heißen Brei herumredete. Seine methodische Vorgehensweise machte sie wahnsinnig. Sie fragte Bean, wann Bickerstaff wohl einen Zahn zulegen würde. Er starrte nur weiter auf die Scheibe.

Bickerstaff zeigte Janklow als nächstes das Foto von Holly; er stritt ab, ihr je begegnet zu sein. Dann legte der FBI-Mann ihm nochmals das Foto von Didi vor.

»Ich habe schon einmal gesagt, daß ich diese Person nicht kenne.«

Bickerstaff schob das Foto näher zu ihm hin. »Diese Person nannte sich manchmal Didi.«

»Ich kenne sie nicht. Ich kenne diese Leute nicht.«

»Sie haben auch abgestritten, Art Mathews zu kennen.«

»Ich kenne ihn nicht. Sie wiederholen sich.«

Bickerstaff begann, die Schraube ein wenig anzuziehen, nur ein wenig. »Nun, Mr. Janklow, lassen Sie uns zu den Daten zurückkehren und zu den Alibis, die Sie uns gegeben haben. Es ist sehr praktisch, daß Ihr Bruder und Ihre Mutter jeweils die Alibizeugen sind. Sie haben keine anderen Zeugen …«

Janklow unterbrach ihn: »Das ist zufällig die Wahrheit.«

»Mr. Bickerstaff«, warf Kophch ein. »Es ist offensichtlich, daß Sie beginnen, sich zu wiederholen. Wenn Sie keine weiteren Fragen haben, dann sollten wir diese Sitzung vielleicht beenden.«

»Es tut mir leid, Mr. Kophch, aber Ihr Klient war bisher nicht in der Lage, mir für alle genannten Daten Alibis zu liefern.«

»Aber es geht um Daten, die zum Teil Jahre zurückliegen. Wenn man uns Zeit genug läßt, werden wir gern angeben, wo mein Klient sich an den fraglichen Tagen aufhielt.«

Kophch erhob sich, aber Bickerstaff forderte ihn auf, sich wieder hinzusetzen. Lorraine reckte den Kopf. Jetzt ging es los.

»Sie behaupten also, nicht homosexuell zu sein, Mr. Janklow?«

»Ja.«

»Und Sie sind kein Transvestit?«

»Nein.«

»Ist Ihr Bruder einer?«

»Nein. Das ist ja lächerlich.«

»Und Sie sind im Lauf der vergangenen acht Jahre nie im Zusammenhang mit homosexuellen Aktivitäten festgenommen worden?«

»Nein.«

»Sie haben angegeben, am Abend des Mordes an Norman Hastings nicht in Santa Monica gewesen zu sein, Sie waren nicht …«

»Ich war bei meiner Mutter.«

»Ist das hier Ihre Mutter, Mr. Janklow?«

Bickerstaff legte ihm eines der Fotos vor, die Lorraine aus Thorburns Haus mitgenommen hatte. Janklow sah seinen Anwalt an, dann wieder das Foto. Er war sichtlich geschockt. »Ist das Ihre Mutter, Mr. Janklow?« Kophch runzelte die Stirn und schaute sich die Fotos an. Er schien verwirrt, als sein Klient wütend das Gesicht verzerrte.

»Ist das ein Foto Ihrer Mutter, Mr. Janklow?«

»Ja.«

»Sind Sie sicher?«

»*Ja.*«

Bickerstaff holte ein Foto von Mrs. Thorburn aus der Akte und legte es auf den Tisch. »Sehen Sie den Unterschied, Mr. Janklow, zwischen diesem Foto von Mrs. Thorburn und dem, das ich Ihnen eben gezeigt habe?«

Die beiden Fotos lagen jetzt nebeneinander; eines von Mrs. Thorburn, das andere von Janklow selbst.

Er griff danach und starrte es an. »Woher haben Sie das?«

»Würde Ihr Klient bitte die Frage beantworten?«

Janklow wurde immer nervöser. Lorraine stand auf. Jetzt müßte Bickerstaff zuschlagen. Worauf wartete er noch? Kophch verlangte, ein paar Minuten mit seinem Klienten unter vier Augen sprechen zu dürfen. Als man die beiden hinausführte, schlug Lorraine auf den Tisch. »Das glaube ich einfach nicht!«

Die Tür ging auf. Bickerstaff kam herein und fragte leise, ob sie ihm etwas zu sagen habe.

»Ganz bestimmt! Er ist es, und das würde ich vor jedem Gericht der Welt bezeugen. Wenn Sie wollen, gehe ich auch rein und sage es ihm ins Gesicht.«

»Nein«, sagte Bickerstaff mit fester Stimme und ging wieder.

Sie warteten über eine halbe Stunde, bis Janklow und Kophch zurückkamen. Janklow hatte sich gefaßt. Diesmal eröffnete Kophch das Gespräch.

»Mein Klient und ich wüßten gern, wie Sie an diese Fotos gekommen sind.«

Bickerstaff hielt den Kopf gesenkt, als studiere er seine Akte.

»Tut mir leid, Mr. Kophch, das möchte ich Ihnen nicht sagen. Ich würde Ihren Klienten jetzt gern vereidigen und darauf hinweisen, daß alles, was er sagt…«

»Wenn Sie irgendwelche Anschuldigungen gegen meinen Klienten vorbringen wollen, dann möchte ich sie jetzt hören. Wenn es um diese Morde geht, dann werden wir auf keinen Fall…«

»Mr. Kophch, Sie brauchen mir nicht vorzuschreiben, was ich tun oder lassen soll. Ich bin mehr als vertraut mit den Gesetzen, und ich informiere Sie hiermit offiziell, daß Ihr Klient verdächtigt wird, am Abend des siebzehnten April eine Frau schwer verletzt zu haben, deren Identität ich in diesem Stadium der Ermittlungen nicht preisgeben möchte.«

»Sie haben mir nie mitgeteilt, daß mein Klient der Körperverletzung verdächtigt wird.« Kophch hatte ein wenig von seiner sorgsam einstudierten Ruhe verloren. Auf eine Anklage wegen Körperverletzung war er nicht gefaßt gewesen.

Bickerstaff und Kophch stritten sich mehr als zehn Minuten. Lorraine begann, Bickerstaff zu bewundern, der nie die Nerven verlor. Kophch war einer der bekanntesten Anwälte und kannte jede Gesetzeslücke, aber Bickerstaff war ihm immer einen Schritt voraus. Er hatte von vornherein Janklow vereidigen wollen, aber abwarten müssen, bis Lorraine ihn identifiziert hatte. Ab sieben Uhr wurde Janklow also unter Eid vernommen. Sie hatten immer noch nicht genügend Beweise, um ihm einen der Morde zur Last zu legen. Alle wußten, daß es noch schwieriger werden würde, wenn Kophch erst Einblick in die Ermittlungsakten erhielt. Aber sie hatten genug in der Hand, ihn weitere vierundzwanzig Stunden auf dem Revier zu behalten.

Nach einer kurzen Pause für ein leichtes Abendessen wurde Janklow wieder ins Verhörzimmer gebracht. Er und Kophch hatten die Zeit in einer Zelle verbracht.

Lorraine hatte mit Bickerstaff im Koordinationsbüro bei Sandwiches und Kaffee gesessen.

»Ich glaube, Sie sollten wegen seiner Homosexualität mehr Druck ausüben.«

»Die Erpressung wäre ein starkes Mordmotiv, und wenn er und Hastings je darüber gesprochen haben ...«

Aufgeregt beugte sich Lorraine vor. »*Selbstverständlich* ist er erpreßt worden. Was ist mit dem ganzen Schmuck, der Mrs. Thorburn gehört? Wir wissen nicht, ob er ihn mit ihrer Erlaubnis verkauft hat; man könnte versuchen, ihn darüber zum Reden zu bringen – vor allem, weil Mrs. Thorburn sein Alibi für den Abend ist, an dem er mich angegriffen hat.« Bickerstaff wischte sich einen Krümel aus dem Mundwinkel. »Hat schon jemand mit ihr gesprochen?« wollte sie wissen.

Bickerstaff wurde ärgerlich. »Sagen Sie mir nicht, was ich tun oder lassen soll, Lorraine, ich bin durchaus in der Lage, einen Verdächtigen zu verhören.« Schließlich fragte er sie, ob sie das Gefühl habe, Janklow sei der Mörder.

»Ja«, sagte sie. »Er hat ein Motiv – er ist erpreßt worden.«

»Aber Sie haben keine Beweise dafür, es ist nur ein Verdacht, und wir haben nicht für jede dieser Frauen ein solches Motiv.«

Lorraine sah Bickerstaff an, den Kopf schiefgelegt. »Was ist mit Kophch? Er ist nicht so hart, wie ich erwartet habe. Ein paarmal hätte er Janklow vom Haken nehmen können, aber er ließ es durchgehen. Wieso?«

Bickerstaff grinste. »Wir haben ihn in der Tasche. Lesen Sie das mal. Ein pensionierter Cop hat ausgepackt, und unser Prominentenanwalt hat den Hals schon in der Schlinge.« Er reichte ihr eine sorgfältig getippte Aussage. »Steven Janklow ist verhaftet worden, weil er sich in einem Rotlichtviertel prostituiert hat. Er ist verwarnt worden, aber drei Tage später hat man ihn wieder in derselben Gegend aufgegriffen. Deswegen haben sie ihn mit aufs Revier genommen. Sein Anwalt hat den verantwortlichen Officer später dafür bezahlt, den Bericht zurückzuziehen. Kophch wäre am Ende, wenn sich rausstellen würde, daß sein Klient danach acht Frauen umgebracht hat. Aber lassen Sie sich nicht täuschen, der Mann ist ein Hai. Sein wahres Talent zeigt er bei Verhandlungen – Sie wären überrascht, zu was er alles in der Lage ist. Ich habe ihn ein paarmal überrumpeln können – aber glauben Sie nicht, daß er nur ein Schmusekätzchen ist, er hat rasiermesserscharfe Krallen.«

Die Pause ging zu Ende. Janklow wurde wieder ins Verhörzimmer gebracht. Bickerstaff wiederholte jede Frage, die er schon zuvor gestellt hatte, und Janklow antwortete fast mit denselben Worten. Erst als er nach seinen sexuellen Präferenzen gefragt wurde, zögerte er. Schließlich gab er zu, homosexuell zu sein, aber seit fast zehn Jahren keine Beziehung mehr gehabt zu haben. Er weinte beinahe, als er gestand, hin und wieder Frauenkleider anzuziehen, aber nur die seiner Mutter. Er habe nie das Haus als Frau verkleidet verlassen. Die Fotos, die Lorraine gefunden hatte, seien vor vielen Jahren gemacht worden.

»Wer hat diese Fotos gemacht, Mr. Janklow?«

Janklow war noch bedrückter. Er schnüffelte, dann zog er ein sauberes Taschentuch heraus und putzte sich die Nase. »Art Mathews oder einer seiner Assistenten.«

»Wo, Mr. Janklow?«

Wiederholtes Naseputzen. »Santa Monica.«

»Hat Mathews Sie je erpreßt, Mr. Janklow?«

»Nein, und ich habe ihn seit den Aufnahmen nicht wiedergesehen.«

»Wer hat Sie für die Aufnahmen frisiert und geschminkt?« Bickerstaff wiederholte die Frage mehrmals.

Janklow rutschte unbehaglich hin und her. »Es ist möglich, daß es David war.«

»David?«

»Ach, hören Sie doch auf! Sie wissen doch, daß ich David Burrows meine – Didi.«

»Hat David ›Didi‹ Burrows Sie erpreßt, Mr. Janklow?«

»*Nein*. Wieso fragen Sie mich das immer wieder? Ich habe Ihnen doch gesagt, daß ich nie erpreßt worden bin. Weder von Art noch von Burrows oder von sonst jemandem. Ich habe sie seit diesen Aufnahmen vor vielen Jahren nicht mehr gesehen.«

Bickerstaff kritzelte auf dem Aktendeckel herum. »Und Sie haben sich seit, wie sie sagten, vielen Jahren nicht mehr als Frau verkleidet?«

»*Das stimmt!*« fauchte er aufgebracht.

Jetzt zeigte Bickerstaff ihm Rosies Foto. Er starrte es an, kniff die Lippen zusammen. »Das bin ich nicht.«

»Sehen Sie bitte genauer hin, Mr. Janklow.«

»Das ist meine Mutter.«

»Ihre Mutter?«

Wieder putzte sich Janklow die Nase. Seine Augen wurden feucht, und dann flüsterte er: »Also gut, das bin ich.«

Er hatte gelogen – und das unter Eid.

Bickerstaff hakte nach, wollte genau wissen, wie eng seine Verbindungen zu Transvestiten- und Transsexuellenkreisen waren, fragte dann nach Prostituierten – hatte Janklow je Kontakte zu transsexuellen Prostituierten gehabt?

»Nein.«

»Sind Sie sicher, Steven? Sie haben nie einen dieser Männer aufgelesen, gekleidet wie hier ...« Er schob ihm wieder das Foto hin, das Rosie gemacht hatte.

»Ich gebe mich nicht mit Straßendirnen ab.«

»Erzählen Sie mir von David Burrows.«

»Ich kenne ihn nicht.«

»Kommen Sie, Steven, Sie haben zugegeben, daß er Sie geschminkt und Ihnen die Perücke für die Fotos frisiert hat, und nun sagen Sie, Sie kennen ihn nicht. Sie lügen schon wieder.«

Janklow warf Kophch einen hilflosen Blick zu, aber der Anwalt betrachtete sehr konzentriert seine Nägel.

Bickerstaff lehnte sich zurück. »Also gut, Steven, Sie haben weder Didi noch Art Mathews gekannt. Dann erzählen Sie mir von dem Schmuck, den Sie verkauft haben. Er war eine Menge Geld wert, und er hat Ihrer Mutter gehört.«

»Halten Sie meine Mutter da raus!«

»Aber Steven, wenn Sie den Schmuck ohne ihre Erlaubnis verkauft haben, werden wir sie benachrichtigen müssen.«

»Lassen Sie sie in Ruhe. Es geht ihr nicht gut.«

»Das kann nicht sein, Steven, denn sie ist Ihr Alibi für den Abend der Körperverletzung und des Mordes an Norman Hastings. Wir werden Ihre Mutter vernehmen müssen, das sollten Sie doch wissen.«

Janklow schrie Kophch an: »Sagen Sie ihnen, daß sie das nicht tun dürfen.«

»Sie dürfen, Steven.«

Janklow schlug die Hände vors Gesicht. Als Bickerstaff ihn abermals nach dem Schmuck fragte, begann er zu schluchzen. Das war nicht, was der FBI-Mann wollte: Wenn er zusammenbrach, hatte Kophch das Recht, um eine Pause zu bitten. Also wechselte er das Thema.

Lorraine war wütend. »Verdammt, was macht er denn? Wieso bohrt er nicht weiter nach dem Schmuck?«

Rooney kam herein und sah ihr wütendes Gesicht. »Mrs. Thorburn hat uns gerade erklärt, daß sie ihrem Sohn gestattet hat, ihren Schmuck zu verkaufen, und daß er an dem Abend, als er Sie angeblich angegriffen hat, bei ihr war... Ich muß es Bickerstaff sagen.«

»Scheiße.« Lorraine sah ihn an. »Jemand muß sich mit ihr in Verbindung gesetzt haben – Brad vermutlich.«

»Dem Personal zufolge hatte sie keinen Besuch. Aber gestern abend, ziemlich spät, hat Kophch sie angerufen. Als ihr juristischer Berater hat er das Recht dazu. Sie ist wirklich ein alter Drachen und geistig noch sehr rege – hat mich praktisch rausgeschmissen.«

Bickerstaff war wieder zum Thema Norman Hastings zurückgekehrt.

»Er war ein Idiot.« Janklow weinte nicht mehr. Es war unheimlich, ihm zuzusehen: Immer wieder verzog er das Gesicht, seine Lippen wurden immer feuchter und glänzender. »Ein langweiliger, aufgeblasener Idiot.« Kophch berührte seinen Klienten warnend am Arm. »Lassen Sie das, fassen Sie mich nicht an, Sie sind auch nur Geldverschwendung. Das hier ist *Ihre* Schuld, alles Ihre Schuld – Sie hätten mich nie herbringen dürfen. Allein wäre ich besser dran. Ich will Sie nicht mehr sehen.«

Bickerstaff fragte Janklow, wieso er Hastings nicht leiden konnte, einen Mann, von dem er doch behauptet hatte, er kenne ihn kaum. Janklow starrte Bickerstaff wütend an. Kophch versuchte wieder, ihn zu beruhigen, aber wieder reagierte er nicht darauf. »Sie haben keinen Grund, mich hierzubehalten! Sie fischen jetzt seit Stunden im trüben und haben nicht die geringsten Beweise.«

»Wie wäre es mit einer Zeugin, Steven?«

»Lügen. Es hat nie eine Zeugin gegeben.« Janklow zerrte an seinem Sakko und schaute höhnisch drein, wiegte sich auf dem Stuhl vor und zurück.

»Wir haben eine Zeugin, Steven, jemand, den Sie am selben Tag angegriffen haben, als Norman Hastings umgebracht wurde.«

Janklow lachte. »Ach ja? Sie glauben wohl, ich weiß nicht, wer sie ist? Sie hätte vor Gericht keine Chance gegen mich. Sie war mal Polizistin und ist jetzt eine versoffene Nutte. Sie hat einen Jungen umgebracht, weil sie im Dienst betrunken war. Ich weiß, wen Sie schützen! Ich weiß es – und es ist ein Witz!«

Kophch war blaß, seine Züge starr vor Ärger, weil sein Klient alles verdarb. Er hätte nie zugeben dürfen, was sie über Lorraine wußten. Der Anwalt erhob sich. »Ich bestehe darauf, daß wir jetzt eine Pause machen.«

»Setzen Sie sich«, höhnte Janklow. »Es fängt gerade an, mir Spaß zu machen. Los, fragen Sie weiter.«

Bickerstaff sagte ruhig: »Hören Sie, es ist mir gleich, ob unsere Zeugin vom Straßenstrich kommt. Mich interessiert nur ihre Aussage. Sie wird bezeugen, daß Sie versuchten, sie mit einem Klauenhammer umzubringen. Sie kennen diese Sorte Hammer, es muß Hunderte davon in Ihrer Werkstatt geben. Ich bin bereit, Sie gehen zu lassen, Mr. Janklow, aber ich möchte eine Blutprobe von Ihnen. Sie haben einen schwerwiegenden Fehler gemacht. Die Frau hat sich gewehrt, nicht wahr? Sie haben geblutet. Und jetzt haben wir eine Blutprobe aus dem Auto, demselben Auto, in das Sie Norman Hastings' Leiche gestopft haben. Wir glauben, es ist Ihr Blut. Würden Sie bitte Ihr Hemd aufknöpfen?«

Janklow erstarrte.

»Ziehen Sie die Krawatte aus, knöpfen Sie das Hemd auf.«

Lorraine packte Rooneys Arm, als Janklow langsam die Krawatte lockerte, sie vom Hals wegzog und sein Hemd aufknöpfte. Es hatte etwas ungemein Anzügliches an sich – er warf beiden Männern im Zimmer Blicke zu, bevor er seinen weißen Hals entblößte.

Bickerstaff stand auf und verdeckte Janklow damit vor Lorraines und Rooneys Blicken, als er sich den Hals des Mannes ansah. Dann trat er zurück. »Sie haben rechts am Hals eine verheilte Wunde. Wie ist das passiert?«

Janklow zuckte die Achseln. »Ich habe einen Schäferhund. Vor ein paar Wochen, vielleicht sind es auch schon Monate, hat er mich gebissen. Sie können meinen Bruder fragen, er war dabei, er hat es gesehen.«

Bickerstaff setzte sich wieder hin. Er bat seinen Kollegen, Brad Thorburn anzurufen. Janklow knöpfte sein Hemd wieder zu.

»Haben Sie je Norman Hastings' Auto benutzt, Mr. Janklow?«

»Das kann schon sein – ja, genau … gefahren bin ich nicht damit. Ich hab' mal dringesessen und … ja, jetzt erinnere ich mich. Ich habe mich mit Norman unterhalten, und dann habe ich schreckliches Nasenbluten bekommen.«

»Wann soll das gewesen sein?«

»Ich hab' mir sein Taschentuch geliehen. Brad weiß auch davon, denn ich bin schrecklich bleich gewesen, als ich nach Hause kam. Also habe ich auch dafür einen Zeugen.«

Janklow lockerte den Hosengürtel und stopfte die Hemdzipfel wieder in die Hose, wobei er lächerlich anzügliche Blicke in die Runde warf. »Ich habe niemanden umgebracht und niemanden angegriffen, ich bin unschuldig, und jetzt möchte ich gern nach Hause gehen, weil ich müde bin.«

Bickerstaff gab nicht auf. Wieder fragte er, wann genau Janklow Nasenbluten gehabt habe, und wo. Janklow gähnte und erklärte, auf dem Fahrersitz von Hastings' Auto – er habe es für ihn im Hangar geparkt.

»Wann soll das gewesen sein?«

»Keine Ahnung; so um den sechzehnten, glaube ich. Deshalb bin ich am Tag darauf nicht zur Arbeit gegangen, weil es mir nicht gut ging. Ich habe diesen Tag bei meiner Mutter verbracht.«

Bickerstaff sammelte seine Unterlagen ein. »Ich danke Ihnen, Mr. Janklow, Sie können gehen. Wir werden diese Informationen überprüfen und weitere Ermittlungen über Ihre Alibis anstellen, sowohl bei Mr. Brad Thorburn als auch bei Mrs. Thorburn. Und vielleicht könnten Sie uns so bald wie möglich mitteilen, wo Sie sich an den Tagen aufgehalten haben, über die Sie uns zuvor noch nichts sagen konnten.«

»Selbstverständlich. Ich werde in meinen Terminkalendern nachsehen; Mr. Kophch wird sich mit Ihnen in Verbindung setzen.«

Lorraine starrte Rooney ungläubig an. »Die lassen ihn doch nicht einfach gehen?«

»Sieht so aus«, meinte Rooney.

Lorraine trat gegen den Stuhl. »Und was ist mit mir? Zähle ich gar nicht? Ich habe doch gesagt, er war es, ich *weiß*, daß er es war – *das* hat er mir angetan!« Sie zeigte Rooney die Narbe an ihrem Hinterkopf. »Mein Gott, jetzt wird mir klar, wie sich diese Frauen gefühlt haben müssen, die ich verhört habe, Nutten, die man halbtot geprügelt hatte. Sie haben immer gesagt: ›Es wird gar nichts passieren. Es interessiert niemanden, wenn man uns zu Brei schlägt, weil wir unwichtig sind.‹ Sind all diese toten Frauen tatsächlich so unwichtig? Rooney, wenn der Kerl jetzt geht, werden sie ihn nie erwischen.«

Bickerstaff verabschiedete sich von Janklow und Kophch und kam zu ihnen. Lorraine funkelte ihn an. »Geben Sie mir das Mikrofon und den Sender. Ich bringe ihn dazu, sich zu belasten. Ich schwöre bei Gott, ich mache dieses kleine Stück Scheiße fertig!«

Der FBI-Mann war erschöpft, aber er grinste. »Ich hatte gehofft, daß Sie das sagen. Gehen Sie heim und ruhen sich aus. Wir unterhalten uns morgen früh.«

Bean fuhr Lorraine nach Hause und schlief im Streifenwagen vor dem Haus. Bickerstaff hatte ihn beiseite genommen und eingeschärft, Lorraine nicht aus den Augen zu lasssen. Janklow wußte, wer sie war, und vielleicht auch, wo sie wohnte. Am nächsten Morgen sollten sie zusammen einkaufen, bevor Lorraine wieder aufs Revier ging. Jetzt hing alles von ihr ab. Er durfte sie keinen Augenblick unbewacht lassen.

Früh am nächsten Morgen fuhr Lorraine zusammen mit Bean

und Rosie zum Rodeo Drive. Sie suchte sich ein elegantes Kostüm mit einem sehr engen, seitlich hoch geschlitzten Rock und einer locker sitzenden Jacke aus, dazu eine weich fallende Seidenbluse. Außerdem kaufte sie hochhackige Schuhe und eine passende Handtasche. Im Gedanken an die Verkabelung des Mikrofons und des Senders erwarb sie einen leicht gepolsterten BH und das dazugehörige Höschen. Dünne, helle Strümpfe vervollständigten die Ausstattung. Sie ließ sich Strähnen färben, maniküren und schminken. Rosie und Bean trotteten hinter ihr her, insgesamt drei Stunden lang, so daß sie erst gegen zwölf im Revier eintrafen.

Rooney starrte die Rechnungen mit weit aufgerissenen Augen an, und er schaute noch verblüffter, als er Lorraine sah. Dann wurde er rot. Sie hatte immer gut ausgesehen, aber jetzt war sie umwerfend. Er verdarb allerdings alles, als er schließlich sagte: »Ach du Scheiße, das muß ein Haufen Arbeit gewesen sein!«

Rooney war nicht der einzige, den Lorraines Aussehen überraschte. Bickerstaff blieb der Mund offen stehen, und der Chief, der vor Wut über die Rechnungen fast geplatzt war, machte ihr ebenfalls Komplimente. Lorraine fand es höchst amüsant, daß sie sich plötzlich darum rissen, ihr den Stuhl zurechtzurücken, ihr Feuer zu geben. Zufrieden strich sie über das weiche Leder ihrer neuen Handtasche, die Lippenstift, Puder, Seidentaschentücher, eine Kalbslederbörse und ein silbernes Zigarettenetui mit passendem Feuerzeug enthielt.

Sie sollte ein kleines Mikrofon tragen, das als Anhänger an einer goldenen Halskette getarnt war. Es war herzförmig und sendete bis zu fünf Meilen weit. Sie war beeindruckt von diesem Fortschritt der Technik; sie erinnerte sich noch gut an Kästen in einem Gürtel, den man um die Taille binden mußte. Selbst wenn man sie auszog, witzelte Rooney, würde das Mikro schwer zu finden sein. Sie warf ihm einen Blick zu und überlegte, ob eigentlich alle wußten, daß sie mit Brad Thorburn geschlafen hatte. Das schien um so wahrscheinlicher, da man sie warnte zu duschen; damit wäre sicher der Kontakt zum Überwachungswagen unterbrochen.

Lorraine zog sich mit Bickerstaff und seinem Team zurück; Rooney stand finster daneben, als sie besprachen, wie sie sich Janklow nähern sollte. Sie wußten, daß Janklow zu Hause war, ebenso wie Brad Thorburn; aber Thorburn plante – man hatte sein Telefon abgehört –, nach Frankreich zu fahren, und hatte den Flug schon gebucht. Janklow war vom Revier aus direkt nach Hause gefahren und hatte niemanden angerufen. Mrs. Thorburn war noch einmal befragt worden und hatte ihre Aussage wiederholt. Brad Thorburn hatte ebenfalls die Aussagen seines Bruders bestätigt. Zweimal hatte Alfred Kophch bei Thorburn angerufen und gebeten, Janklow solle ihn so bald wie möglich in seiner Kanzlei aufsuchen. Kophch hatte auch gesagt, daß Janklow auf keinen Fall anrufen, sondern nur persönlich mit ihm in seinem Büro sprechen solle.

Während Bickerstaff Lorraine noch über die letzten Entwicklungen informierte, meldete ein FBI-Mann, daß Mrs. Thorburn soeben Brad angerufen und gebeten habe, sie zu besuchen. Sie hatte sich geweigert, mit Steven zu reden.

»Das ist gut«, meinte Lorraine. »Janklow hat gestern nur ein einziges Mal wirklich die Kontrolle verloren, und zwar, als Sie von ihr gesprochen haben. Wenn sie nicht mit ihm reden will, macht ihn das vielleicht noch nervöser.«

Bickerstaff fand sie immer sympathischer. Er tätschelte ihr die Schulter. »Passen Sie auf sich auf – das meine ich ernst. Wenn es gefährlich wird, schreien Sie das ganze Haus zusammen.«

Bickerstaff blickte auf, als Rooney auf die Uhr deutete. Es war Zeit, Lorraine mußte gehen. Sie versuchte, die Atmosphäre ein wenig aufzulockern – sie waren alle so besorgt! – und fragte, ob Andrew Fellows noch für sie arbeite. Rooney winkte ab: Als letztes hatte er die Theorie aufgestellt, der Mörder könne auch eine Frau sein. Alle lachten darüber, daß auch Lorraine unter Verdacht gestanden hatte, und Lorraine lachte am lautesten.

Sie gaben ihr einen Führerschein und einen Mustang, der ebenfalls mit dem Aufnahmewagen verbunden war.

Rooney brachte sie zum Auto. Er öffnete die Tür und bedeutete ihr zu schweigen – wegen des Mikrofons –, dann nahm er seine Pistole aus dem Schulterholster und legte sie ins Handschuhfach. »Wir sind alle in der Nähe. Sie wissen, was Sie zu tun haben?«

Lorraine nickte. Sie hatten das Codewort »Rosie« ausgemacht. Wenn sie diesen Namen erwähnte, bedeutete es, daß sie in Schwierigkeiten steckte. Benutzte sie den Namen in Verbindung mit dem Begriff »Partner«, würden die Cops das Haus stürmen.

Lorraine klappte das Handschuhfach zu. »Danke, Bill.«

Rooney kratzte sich an der Nase. »Und jetzt los.« Sie war gerührt, aber dann zog sie die Tür zu und startete. Sie sah sich nicht mehr um, sondern fuhr direkt zum Beverly Glen. Sie wußte, daß Brad und Janklow zu Hause waren; in der Zwischenzeit hatten sich nicht mehr telefoniert. Die Haushälterin und der Gärtner würden gegen vier gehen. Danach wären die beiden Brüder allein.

Weit hinter Lorraine fuhr der Lieferwagen einer Reinigung. Zwei Polizisten in Overalls saßen vorn, im Laderaum waren Bickerstaff, Rooney und ein weiterer FBI-Agent.

Lorraine stellte den Wagen so ab, daß er vom Haus aus deutlich zu sehen war, und klingelte. Der Lieferwagen parkte ein gutes Stück weiter unten an der Straße.

»Wer ist da?«

Lorraine erkannte Brads Stimme. »Laß mich rein – ich bin's, Lorraine.«

»Bist du allein?«

»Nein, ich habe einen Mannschaftswagen voller Cops dabei. Was glaubst du wohl, Brad? Laß mich rein.«

Das Tor ging auf, und Brad trat auf die Veranda hinaus. Er beobachtete sie, wie sie den Kiespfad hinaufkam, dann runzelte er die Stirn. »Was hast du mit dir angestellt?«

Sie drehte sich, die Arme weit ausgestreckt. »Ich war den ganzen Tag im Schönheitssalon. Wie sehe ich aus?«

»Was willst du?« fragte er abrupt.

»Reden.« Er starrte sie an, und sie lachte. »Wieso bist du so mißtrauisch? Hier, willst du meine Tasche durchsuchen?« Sie warf sie ihm zu und blieb auf dem Kiespfad stehen.

Er fing die Tasche mit einer Hand, öffnete sie aber nicht. »Ich glaube nicht, daß ich dir noch was zu sagen habe.«

Sie trat einen Schritt näher. »Aber du hast mich reingelassen. Wie wäre es mit einem Kaffee?«

Er schaute über die Schulter zurück in die Halle und dann wieder zu ihr. »Das ist keine gute Idee.«

»Wieso hörst du dir nicht wenigstens an, was ich zu sagen habe. Ich bin nicht ohne Grund hier.«

»Kann ich mir denken«, sagte er, drehte sich um und ging ins Haus. Sie folgte ihm, warf einen kurzen Blick zu den Fenstern im oberen Stock. War er dort? Beobachtete er sie? Sie konnte nichts sehen; kein Vorhang regte sich.

In der Küche kippte Brad ihre Handtasche auf dem Tisch aus. »Zufrieden?«

Er ging zum Kühlschrank und goß sich ein Glas Wein ein, dann schaltete er die Kaffeemaschine ein und lehnte sich an die Spüle. Lorraine setzte sich und packte ihre Tasche wieder ein.

»Trägst du eigentlich nie Schuhe?« fragte sie lächelnd.

»Was soll das werden, eine Wiederholung von neulich?«

»Ich weiß, daß sie deinen Bruder verhört haben.«

»Sie haben ihn wieder entlassen.« Er nippte an seinem Wein. »Ich werde verreisen.«

»Wohin?«

»Frankreich.«

»Und wie lange?«

»Weiß ich nicht. Was willst du?«

Sie klappte das Zigarettenetui auf, und er holte ihr eine Tasse. Sie fand immer noch jede einzelne seiner Bewegungen attraktiv, selbst wenn er nur Kaffee eingoß. Er hatte einen phantastischen Körper, aber es waren die Augen, die ihn so aufregend machten. Als er näher kam, merkte sie, daß er nach Seife roch. »Hast du gerade geduscht?«

»Ja, ich habe Tennis gespielt. Ich war mit Andrew zum Squash verabredet, aber er hat sich geweigert, mit mir zu reden.«

»Warum?«

Er lächelte. »Vielleicht hat seine Frau ihm von ihren Phantasien erzählt, in denen wir es miteinander treiben, aber das passiert alles nur in ihrem Kopf.«

»Erfindet Sie es, oder hast du mit ihr gevögelt?«

Er reichte ihr einen Aschenbecher. »Interessiert dich das wirklich?«

»Es war nur eine Frage. Ich mag sie – er ist auch in Ordnung.«

Brad griff nach seinem Glas, hob es ihr entgegen und trank es aus. »Was willst du?«

»Geld.«

Er spülte das Glas aus. »Und, wieviel nimmst du für die Stunde?«

Sie schnaubte. »Ach, hier geht es nicht um Stunden – ich werde dich und Steven sehr viel mehr kosten.«

»*Steven*?«

Lorraine pustete auf den heißen Kaffee und sah ihn über die Tasse hinweg an. »Wir sollten keine Zeit mehr verschwenden, Brad, ich will Geld. Dein Bruder ist vielleicht diesmal noch davongekommen, aber sieh mich mal genau an. Glaubst du wirklich, die Geschworenen werden sagen: ›Ach, die ist nur eine billige Nutte, eine versoffene Expolizistin, die einen Jungen umgebracht hat‹? Sieh mich gut an, Brad, denn ich glaube, ich sehe gut genug aus, um die Geschworenen ins Wanken zu bringen. Und stell dir vor, wie sie mir erst zuhören werden, wenn ich ihnen weinend die Narbe an meinem Hinterkopf zeige. Ich werde ihnen unter Tränen erzählen, was passiert ist – und ich kann weinen, wenn ich es darauf anlege, Brad.«

Er fand sich überhaupt nicht mehr zurecht. Es war, als hätte sie sich in zwei oder drei Frauen gespalten. Diese harte, abgebrühte Frau war eine ganz andere als die, die in seinen Armen geweint hatte.

Er sah sie so verwirrt an, daß sie ihn am liebsten getröstet hätte. Sie steckte sich eine Zigarette an, blies den Rauch hoch in die Luft. »Ich werde gegen deinen Bruder aussagen, und dann werden sie noch mal über diese Morde nachdenken, die alle auf dieselbe Art verübt worden sind. Er wollte mich umbringen – er hat es versucht. Du kannst vielleicht vor Gericht behaupten, daß euer Hund ihn gebissen habe, Brad Thorburn, aber warte, bis ich ihnen weinend erzähle, wie ich um mein Leben gekämpft habe, als er mich mit dem Hammer schlug. Ich habe so fest zugebissen, daß sein Blut floß und er geschrien hat wie ein abgestochenes Schwein... Es war Steven, der mich angegriffen hat, Brad. Warum hören wir nicht mit dem Quatsch auf und denken darüber nach, wieviel du zahlen willst, damit ich die Klappe halte.«

Er starrte sie mit unverhohlener Feindseligkeit an. Sie widerte ihn an.

»Na gut, ich erzähle dir noch etwas. Mir hat ein Schneidezahn gefehlt. Sie werden die Spuren an seinem Hals überprüfen und feststellen, daß sie von meinem Gebiß stammen - und nicht von eurem Hund.«

Er sah sie nicht an.

»Es gefällt dir nicht, wenn ich so rede? Wieso holst du dann nicht Steven her? Wieso besprechen wir nicht zu dritt, wie teuer mein Schweigen sein wird – vielleicht werde *ich* ja nach Frankreich fahren, um zu vergessen, wer mich angegriffen hat.«

»Würdest du das tun?«

»Deshalb bin ich hier.« Brad wußte so offensichtlich nicht mehr, was er tun sollte, daß er ihr beinahe leid tat, aber sie hatte keine andere Wahl. Und doch wünschte ein Teil von ihr sehnlichst, er möge sie einfach rauswerfen, er möge offen und ehrlich bleiben, weil sie ihn so gern hatte.

»Wieviel?« sagte er barsch, ohne sie anzusehen.

Sie inhalierte und blies den Rauch ganz langsam aus, dann stützte sie das Kinn auf die Hand. »Eine Million. Du kannst es dir leisten. Aber ich möchte es bar, in gebrauchten Scheinen.«

Er gab ein Geräusch von sich, das halb Lachen, halb Schluchzen war. »Eine Million.«

»Und ich garantiere dir, daß ich verschwinde; sie werden die Anklage fallenlassen müssen. Plötzlich sieht er nicht mehr wie dein Bruder aus, plötzlich glaube ich, daß ich mich geirrt habe. Er wird nicht mal vor Gericht erscheinen müssen.«

»Ich bezweifle, daß er das je muß«, gab Brad zurück.

»Sollen wir wetten? Wenn die Polizei ihn laufen läßt, werde ich ihn selbst verhaften, wie jeder Bürger es tun kann. Sämtliche feministischen Gruppen in diesem Land werden hinter mir stehen. Du kannst dir nicht vorstellen, was für einen Aufruhr ich verursachen werde. Du und dein kostbarer Bruder und eure geliebte Mutter, ihr würdet von der Presse gejagt wie die Hasen. Dann könnt ihr euch nicht mehr freikaufen, aber ihr könnt es jetzt. Geh und rede mit Steven. Ist er da?«

Brad ging zur Tür, die Fäuste geballt. Er hätte sie am liebsten an den Haaren gepackt und vor die Tür geschleift. Nie hatte er einen Menschen so gehaßt – schon gar keine Frau.

»Oh, du bist ja tatsächlich wütend. Na ja, es liegt ganz an dir. Ich bin offen und fair zu dir. Was bedeutet schon eine Million für einen reichen Jungen wie dich?« Er bewegte sich schnell, vor einer Sekunde hatte er noch in der Tür gestanden, jetzt war er neben ihr. Er schlug hart zu, und sie hielt sich die Wange. »Geht's dir jetzt besser, reicher Junge? Die Summe hat sich gerade um Zehntausend erhöht. Faß mich noch einmal an, und so wahr mir Gott helfe, ich renne hier raus und schreie die ganze Nachbarschaft zusammen. Und jetzt geh und rede mit deinem Bruder – oder bring ihn am besten gleich mit. Laß uns mal hören, was er zu sagen hat.«

Er ging hinaus. Sie zitterte am ganzen Körper – er hatte ihr wirklich weh getan. Sie rieb sich die schmerzende Wange und betrachtete sich im Spiegel der Puderdose. Die Wange war rot, aber ansonsten hatte sie seit Jahren nicht mehr so gut ausgesehen. Sie klappte die Puderdose zu, dann ging sie in die Halle und schaute nach oben. Brad war nirgendwo zu sehen. Sie ging ins leere Wohnzimmer.

»Er ist oben. Ich bin jetzt im Wohnzimmer.« Sie sprach leise, den Kopf zu dem kleinen goldenen Herzen gebeugt.

Dann hörte sie Schritte und trat zum Flügel, als wolle sie sich die silbergerahmten Fotos ansehen.

»Er ist einverstanden – eine Million, aber er kann es dir erst in ein paar Monaten geben.«

Lorraine stützte beide Ellbogen auf den Flügel. »Vergiß es, so lange kann ich nicht warten. Ich will es heute. Wieso übernimmst du das nicht? Du hast doch die Knete, oder?«

»Das ist nicht meine Sache. Ich würde dir keinen Cent geben.«

»Aber du würdest vor Gericht erzählen, daß ihn der Hund gebissen hat, und deine Mutter würde unter Eid aussagen, daß ihr Sohn an dem Abend, als er mich beinahe umgebracht hat, bei ihr war. Ihr seid alle krank, weißt du das? Na gut, scheiß auf dich, und scheiß auf deinen Bruder. Ich gehe jetzt, ich kriege auch einen Haufen Geld, wenn ich der Presse meine Story verkaufe.«

Brad stellte sich in die Tür. »Er hat im Moment nicht soviel Bargeld, und ich ebensowenig. Es ist alles festgelegt in Immobilien und Aktien. Es ist unmöglich, so viel an einem Tag flüssig zu machen.«

»Ich glaube dir kein Wort, und ich will mit deinem Bruder reden. Du gehst mir auf die Nerven. *Steven*?«

Sie hörte Schritte; er kam die Treppe herunter.

Dann stand Steven Janklow in der Tür.

»Hi! Du erinnerst dich doch an mich, nicht wahr, Steven? Du wolltest einen geblasen haben, in der Öffentlichkeit, für zwanzig Dollar. Wir sind ins Einkaufszentrum gefahren, ins Parkhaus. Sicher erinnerst du dich. Sieh ihn dir an, Brad, er erinnert sich. Vielleicht liegt es an meiner Narbe.«

Janklows Gesicht war wutverzerrt. »Ich kenne Sie nicht. Wirf sie raus, Brad.«

Lorraine blieb, wo sie war. Mit Brad zwischen sich und Janklow fühlte sie sich sicher. »Na gut, Brad, wirf mich raus, aber sag ihm erst, worum es geht. Wenn ihr nicht genug Bares habt, nehme ich auch ein paar Sachen, die eurer Mutter gehören. Art Mathews sagte, in Europa bekommt man ordentlich Geld für das Zeug.«

Janklow sah aus, als wolle er sich auf sie stürzen, aber Brad hielt ihn fest. »Ruhig, Steven. Hast du sie je zuvor gesehen?«

Sie gingen hinaus in die Halle, verschwanden aus ihrem Blickfeld. Lorraine mußte sich am Flügel festhalten, so sehr zitterten ihr die Knie. Sie hörte, wie Janklow erklärte, er kenne sie nicht, sie sei eine Lügnerin. Sie eilte ihnen nach. »Ich lüge, ja? Na gut, du wirst schon sehen. Wir treffen uns vor Gericht.«

Sie ging in die Küche, holte ihre Tasche und war schon auf dem Weg zur Haustür, als sie Brads Stimme hörte: »Gib das her! Gib es mir!«

Sie drehte sich um und sah Janklow mit einer Pistole, aber er hatte sie noch nicht einmal in Taillenhöhe gehoben, als Brad sie ihm auch schon abnahm. Janklow sank kraftlos auf die unterste Treppenstufe. Brad steckte die Waffe in die Tasche. Er wandte sich Lorraine zu.

»Du bekommst das Geld, sobald ich es organisieren kann.«

»Und was ist mit dem Schmuck? Ist noch welcher übrig? Art hat immer behauptet, ihr hättet mehr als die Queen.«

Janklow hatte die Hände vors Gesicht geschlagen, aber er sagte: »Art war ein Arschloch.«

Lorraine lachte höhnisch. »Ja, das war er, aber um den brauchst du dir keine Sorgen mehr zu machen.« Sie hatte jetzt wieder festeren Boden unter den Füßen und probierte, wie weit sie sich vorwagen konnte. »Sie hatten ihn wegen der Morde verhaftet, wußtest du das? Offenbar hat er ein paar zugegeben, dann hat er Angst bekommen und sich umgebracht – hat sich mit seiner Brille die Pulsadern aufgeschnitten.«

Janklow starrte sie mit leerem Blick an. Lorraine wich ihm nicht aus. »Aber du hättest Didi nichts antun dürfen. Sie war meine Freundin. Ich weiß, daß sie dich zusammen mit Art erpreßt hat, aber er hat sie dazu gezwungen.«

Janklow sah seinen Bruder an. »Es ist nichts mehr da, Brad. Ich habe kein Geld - ich kann sie nicht bezahlen.«

»Was ist mit eurer Mutter? Die schwimmt doch praktisch im Geld, oder? Wie wäre es denn, wenn ich sie mal besuche? Mir ist das egal, ich möchte nur nicht mit leeren Händen gehen. Wenn Art und Didi dich ausgesaugt haben, dann …«

»Bleib von meiner Mutter weg!« Wieder brach die Wut durch.

»Dann werde ich jetzt einfach gehen. Aber ich habe deinen Bruder schon gewarnt – frag ihn ruhig –, ich gebe nicht auf! Ich verkaufe meine Story der Presse, und dann wird sie sich nach einem Mäuseloch sehnen, weil die ihr keine Ruhe mehr lassen werden. Sie werden alles ausgraben, absolut alles, über sie, über euch …«

Janklow wollte sich auf Lorraine stürzen, aber wieder riß Brad ihn zurück, bevor er sie auch nur berühren konnte. Er drückte ihn an die Wand. »Sag mir die Wahrheit, Steven. Hast du sie angegriffen?«

Schreiend versuchte Janklow, sich Brads Griff zu entwinden, aber sein Bruder verpaßte ihm einen Schlag in den Magen, daß er nach vorn kippte. Dann riß er ihn an den Haaren wieder hoch. »Du solltest jetzt lieber die Wahrheit sagen, denn wenn ihre Geschichte stimmt, müssen wir zahlen.«

Sie drückte sich mit dem Rücken an die Wand. »Er hat mich angegriffen und die anderen umgebracht. Er hat es getan, Brad. Frag ihn. *Los, frag ihn!*«

»*Ja! Ja! Ja!*« schrie Janklow.

Brad lockerte seinen Griff, sah Lorraine an, dann wieder seinen Bruder. »Also gut, wir zahlen. Ich zahle dir, was du willst.«

Janklow zerrte an Brads Arm. »Du Idiot! Sie wird immer wieder kommen, wie dieses andere Miststück. Sie werden dich nie in Ruhe lassen. Wenn du sie hier rausläßt, wird sie dich aussaugen wie ein Blutegel. Sie ist eine Blutsaugerin.«

»Was willst du machen , Steven? Mich umbringen, wie die anderen?«

Lorraine spuckte die Worte förmlich aus, und wieder versuchte Janklow, sich auf sie zu stürzen. Wieder riß Brad ihn zurück, drückte ihn an die Wand. Janklow hatte vor Wut Schaum vor dem Mund, aber Brad war zu stark für ihn. »Sie hatten es verdient! Und wenn *er* dumm genug ist, dich zu bezahlen, werde *ich* dich finden, wo du auch sein magst, ganz gleich, wie lange ich suchen muß!«

Sie zeigte auf Janklow und dann auf Brad. »Hast du das gehört? Du kommst wirklich billig davon. Er hat acht Frauen umgebracht, und ich will nur eine Million. Ich könnte erheblich mehr verlangen.«

Brad starrte erst sie an, dann Janklow, als er endlich begriff. Er war bleich geworden. Er starrte seinem Bruder in das verzerrte Gesicht. Janklow war kurz davor, in Tränen auszubrechen. »Stimmt das, Steven?« Brad schüttelte ihn so fest, daß sein Kopf gegen die Wand stieß. »*Stimmt das? Ist das wahr?*«

Erschöpft hob Janklow die Hände, wie ein Kind, das von seiner Mutter gehalten werden will. Er fing an zu weinen, die feuchten Lippen weit offen, und dann sackte er langsam an der Wand nach unten. »Ich bringe ihn rauf in sein Zimmer. Du bleibst hier.«

Lorraine sah zu, wie Brad Janklow praktisch nach oben trug. Er war völlig fertig und weinte hemmungslos; er klang wie ein kleiner Junge. »Brad«, sagte sie ruhig. Auf halbem Weg blieb er stehen. »Du solltest besser bei ihm bleiben. Läßt du die Pistole hier, die du ihm abgenommen hast?«

Beide sahen sie an. Dilly Fellows hatte recht, sie waren so verschieden wie Feuer und Wasser. Brad zog die Waffe aus der Tasche, und für den Bruchteil einer Sekunde dachte sie, er wolle auf sie schießen, aber dann sagte sie ganz ruhig: »Ich habe ein Mikrofon, Brad. Alles, was wir gesagt haben, wurde aufgezeichnet. Leg bitte die Waffe hin.«

Er ließ sie fallen und schleppte Janklow nach oben. Als sich die Tür hinter ihnen schloß, ging Lorraine zur Sprechanlage und sagte, sie könnten hereinkommen, Janklow und Thorburn seien im Schlafzimmer oben rechts. Sie öffnete das Tor und wartete auf der Veranda. Der Lieferwagen fuhr vor. Rooney war als erster draußen und riß den Daumen hoch. Der nächste war Bickerstaff. Lorraine hatte sich abgewandt und betrachtete den Garten, die Blumen, den Swimmingpool, die Tennisplätze. Ein Bild des Friedens. Dann durchschnitt die Sirene der Streifenwagen die Stille. Lorraine nahm das Mikrofon vom Hals und fragte, ob sie nach Hause gehen könne. Bickerstaff sagte, sie müsse mit aufs Revier kommen.

Brad Thorburn wurde von zwei Uniformierten hinausgeführt, gefolgt von Janklow in Handschellen, ebenfalls flankiert von Cops. Er begann bereits im Wagen mit seinem Geständnis, und zwei Stunden nach der Verhaftung hatte er fünf Morde zugegeben, äußerte sich aber nur vage, was Holly, Didi und eine der noch nicht identifizierten Frauen anging.

Lorraine kam erst spät in der Nacht nach Hause. Rosie hatte auf sie gewartet und wollte sofort die ganze Geschichte hören. Sie nahm ihre Freundin fest in den Arm und war enttäuscht, als Lorraine nicht ausgehen wollte, um ihren Erfolg mit einem guten Essen zu feiern.

»Aber jetzt ist doch alles vorbei, oder?«

Lorraine seufzte erschöpft. »Ja, das nehme ich an, aber mir ist nicht nach Feiern zumute.«

Die nächsten fünf Tage waren lang und anstrengend. Lorraine war gebeten worden, sich bereit zu halten, falls man sie auf dem Revier brauchte. Etwas nagte an ihr, aber sie konnte nicht herausfinden, was. Am Ende schob sie es darauf, daß sie immer noch fürchtete, als Zeugin der Anklage auftreten zu müssen.

Die gute Nachricht kam Anfang der folgenden Woche. Janklow würde sich schuldig bekennen – was bedeutete, daß Lorraine nicht in den Zeugenstand mußte –, und zwar in fünf Mordfällen.

Einen Monat, nachdem sein Bruder verhaftet worden war, verließ Brad Thorburn das Land, um der Aufmerksamkeit der Medien zu entgehen, aber er blieb über seinen Anwalt mit Janklow in Verbindung. Lorraine verfolgte den Fall durch Rooney oder indem sie auf dem Revier vorbeischaute. Ihr Geld wurde knapp, und Rosie schaute jeden Tag die Stellenanzeigen durch, aber ihre finanzielle Situation ließ die Träume von einer eigenen Detektei in weite Ferne rücken.

Es war Rooney, der Lorraine sagte, daß sich ihre Theorie als so falsch erwiesen hatte wie die aller anderen. Weitere Verhöre mit Steven Janklow hatten ergeben, daß er viel länger von Art Mathews erpreßt worden war, als sie angenommen hatten – beinahe neun Jahre –, aber er war Art nur einmal begegnet. Didi hatte immer als Zwischenträgerin fungiert. Janklow hatte Didi gemocht, sagte er, weil sie sich um seine Perücken gekümmert habe und überhaupt sehr nett gewesen sei. Die anderen Frauen hatte er umgebracht, weil sie wie die Huren seines Vaters gewesen waren, dreckige Nutten, die er mit nach Hause gebracht hatte, um sie Janklows geliebter Mutter vorzuführen. Norman Hastings war gestorben, weil er geglaubt hatte, Janklow könne ihm helfen, denn er wurde ebenfalls erpreßt – er hatte sogar in Erwägung gezogen, zur Polizei zu gehen. Janklow hatte nicht gewollt, daß jemand sein Geheimnis erfuhr, und es hatte ihn angewidert, daß ein dicklicher älterer Mann wie Hastings glaubte, es bestehe eine Ähnlichkeit zwischen ihnen, also hatte er ihn umgebracht. Als er nach Einzelheiten der Morde an Angela ›Holly‹ Hollow und David ›Didi‹ Burrows befragt wurde, sagte er, er könne sich nicht erinnern, nähme aber an, sie ebenfalls umgebracht zu haben.

Janklow gab auch zu, Lorraine angegriffen zu haben, und wiederholte, sie sei nicht besser als die Huren seines Vaters, und er hätte das Recht gehabt, sie umzubringen. Die Hälfte der Zeit war er so besessen vom Gedanken an seine Mutter, daß er nicht mehr zwischen sich selbst und ihr unterscheiden konnte, und als er schließlich alles zugegeben hatte, nahm er es ihr nicht übel, daß sie nie gekommen war, um ihn zu besuchen.

Zu seiner Überraschung war Rooney zum Chief gerufen worden und hatte einen großen Bonus bekommen; außerdem hatten die Kollegen gesammelt und ihm einen goldenen Reisewecker und einen Koffer geschenkt. Schon der Gedanke an den Ruhestand brachte ihn fast um, aber er war in der Berichterstattung über den Fall gut weggekommen, und er bedankte sich widerwillig bei Lorraine, wenn er auch betonte, eigentlich müsse sie *ihm* dankbar sein.

Die Medien erfuhren nie von Lorraines Anteil an der Verhaftung Janklows. Materiell hatte ihr die ganze Geschichte nicht mehr eingebracht als die paar Dollars von Rooney, den sauberen Führerschein und die neuen Kleider. Sie und Rosie waren vollkommen pleite.

»Diese Mistkerle! Gibt es denn keine Belohnung?«

Lorraine lachte. »Nein! Aber ich habe meine Selbstachtung wieder, Rosie.«

»Na ja, damit können wir die Miete auch nicht bezahlen – also was machen wir nun?«

Rosie schnitt eine dicke Scheibe Bananenbrot ab und schenkte ihnen Tee ein. »Selbstgebacken – ich hab' es aus dem Lädchen an der Ecke.« Lorraine verschluckte sich plötzlich.

»Was ist denn? Schmeckt es dir nicht?« Rosie sah Lorraine erstaunt zu, als sie nach der Janklow-Akte griff und anfing zu blättern. Eine halbe Stunde später blickte sie auf. »Ich muß gehen. Wenn du was tun möchtest, kannst du ja versuchen rauszufinden, von wem wir den Laden mieten können, in dem Arts Galerie war, und wieviel er kostet. Ich sehe mal, ob ich an ein bißchen Geld kommen kann, und dann machen wir unser Detektivbüro auf. Ich bin bald wieder da, oder ich rufe an, ja?«

Rosie folgte ihr hinaus auf die Treppe. »Wo willst du denn hin?«

Lorraine lief die Treppe hinunter; unten drehte sie sich noch einmal um. Sie winkte und sagte etwas über Bananenbrot, dann zeigte sie auf Rosie und drückte eine imaginäre Pistole ab. Rosie ging wieder in die Wohnung zurück. Was hatte Lorraine nur so plötzlich so aufgeregt? Die Akte war beim Autopsiebericht aufgeschlagen. Angewidert zog Rosie eine Grimasse und widmete sich wieder dem Essen. Es schmeckte nicht mehr so gut. Im Bericht stand, daß David Burrows letzte Mahlzeit aus Bananenbrot bestanden hatte.

Kapitel 19

Ed Bickerstaff war den ganzen Morgen in einer Besprechung gewesen, in der es um Janklows Geisteszustand gegangen war. Seine Familie – vertreten durch die Anwälte – bestand darauf, ihn für unzurechnungsfähig erklären zu lassen.

In den stundenlangen Verhören hatte Janklow beinahe mit Stolz von seinen Taten berichtet. Er zeigte keine Spur von Schuldgefühlen oder Reue, im Gegenteil: Es gefiel ihm, sich in grausigen Einzelheiten zu ergehen. Er war zwar ausweichend, wenn es um Didi und Holly ging, bestand aber darauf, sie ebenfalls umgebracht zu haben. Er lächelte ständig, war immer höflich und devot und redete praktisch ununterbrochen, auch wenn er allein in seiner Zelle war.

Bickerstaff war nicht besonders erfreut über Lorraines Besuch. Es gefiel ihm nicht, daß sie immer wieder aufs Revier kam. Sie wurde in sein Büro geführt – Rooneys altes Zimmer –, und er begrüßte sie mit einem Händedruck.

»Und, ist er verrückt?« fragte sie brüsk.

»Nun, sie setzen alles dran, das zu beweisen.«

»Und Ihre Meinung?«

»Na ja, vielleicht spielt er uns nur was vor – wer kann das schon sagen? Ich habe keine Ahnung.«

Er stützte das Kinn auf die Hand. »Das war eine phantastische Vorstellung, die Sie im Haus der Thorburns gegeben haben – aber Rooney hatte ja schon gesagt, Sie seien gut. Er hat nur nie gesagt, wie gut. Darf ich Sie mal was ganz Persönliches fragen?«

»Fragen Sie.«

»Dieser Vorfall mit dem Jungen – wieso haben Sie sechsmal geschossen, wo doch ein gezielter Schuß genügt hätte?«

Die Frage traf sie völlig unerwartet, und sie antwortete ohne nachzudenken: »Ich war betrunken. Ich habe nicht den Jungen gesehen, nur eine Jacke. Es war ein gelber Blitz drauf... Ich hatte einen Partner, den ich sehr mochte. Er war erschossen worden. Der Kerl, der ihn umgebracht hat, trug einen schwarzen Pullover mit einem gelben Blitz drauf. Ich hab' den Jungen gar nicht gesehen – ich hab' auf einen ganz anderen geschossen.«

Er stand auf und zupfte – wie Rooney früher – an der Jalousie. »Sie könnten sich in Zukunft hin und wieder nützlich machen. Haben Sie schon Pläne?«

Lorraine erinnerte ihn an ihre Idee mit der Detektivagentur. Sie merkte, daß er sie gern wieder losgeworden wäre, aber sie war nicht gekommen, um sich mit Lob und vagen Versprechungen abspeisen zu lassen. Nicht, daß sie ihm ein Wort geglaubt hätte. »Ich brauche das Geld. Ich bin pleite.«

Er runzelte die Stirn. Lorraine steckte sich eine Zigarette an, die sie zwischen den Lippen behielt, als sie weitersprach. »Ich glaube nicht, daß Janklow David Burrows und Holly umgebracht hat.«

Bickerstaff lehnte sich zurück. »Er hat beides zugegeben.«

»So wie es sich anhört, würde er jeden Mord zugeben, der hier seit fünfundsechzig verübt wurde.« Er lachte, und sie nahm die Zigarette aus dem Mund. »Wieviel ist Ihnen der Beweis wert, daß es Art Mathews war? Sie würden dann wegen seines Selbstmords nicht so dumm dastehen. Ich nehme an, man wirft Ihnen vor, Mathews zu sehr unter Druck gesetzt zu haben...«

»Und ich soll Sie als Detektivin engagieren?«

»Das können Sie nennen wie Sie wollen. Ich brauche Geld für Visitenkarten, einen Computer und die Miete.«

»Sie halten doch nicht noch weiteres Beweismaterial zurück, Mrs. Page?«

»Nein, und vielleicht liege ich auch falsch, aber ich glaube, daß Art Mathews sowohl Holly als auch Didi umgebracht hat. Und wenn Art es nicht alleine gemacht hat – vielleicht können Sie dann einen Mittäter vor Gericht bringen.«

»Sie werden mir Namen liefern?«

»Ich habe noch keine, aber ich arbeite daran. Kommen Sie, Sie könnten mich beispielsweise als Informantin einstufen – ich weiß, es gibt eine Kasse für so was. Man kann ja wohl nicht behaupten, das FBI sei pleite, und es könnte dem Ruf Ihres Vereins nützlich sein, Mr. Bickerstaff.«

Ihre Dreistigkeit beeindruckte ihn. »Wieviel?«

Sie drückte die Zigarette aus. »Zehntausend. In bar.«

Er holte tief Luft und schob die Hände in die Taschen. »Machen Sie fünf draus, und wir sind im Geschäft – wenn Sie den Beweis bringen, daß Art Mathews die beiden umgebracht hat.«

Sie strich sich das Haar aus der Stirn. »Also gut, Mr. Bickerstaff. Sie hören von mir.«

Lorraine fand Curtis in einer Bar. Er hatte ein blondes Mädchen im Arm, das Holly ausgesprochen ähnlich sah. Als er Lorraine erspähte, stieß er einen anerkennenden Pfiff aus, und sie drehte sich wie auf einem Laufsteg.

»Ich muß mit dir unter vier Augen sprechen, Curtis.« Sie gingen in ein Hinterzimmer, kamen aber nach zehn Minuten bereits wieder an die Bar.

»Etwas zu trinken, Lorraine?«

»Ich trinke heute nichts, aber danke für das Angebot.« Sie trat wieder hinaus in die helle Nachmittagssonne. Sie hatte nicht geglaubt, daß er anbeißen würde, aber er hatte wirklich sehr an Holly gehangen, und was waren schon ein paar Tausender? Seine Mädchen machten das in einer Nacht.

Sie nahm sich ein Taxi nach Hause, wo Rosie schon wartete. Eine halbe Stunde später verließen sie die Wohnung wieder, Reisetaschen in der Hand. Diesmal mieteten sie kein Wrack, sondern ein vernünftiges Auto. Es war eine lange Fahrt nach San Francisco.

Sie machten nur zum Tanken halt, aber es war schon nach Mitternacht, als sie in San Francisco eintrafen und sich ein billiges Motelzimmer am Stadtrand nahmen.

Lorraine wachte früh auf. Rosie regte sich nicht, also schlüpfte sie ins Bad und nahm eine Dusche. Als sie sich einseifte, fiel ihr Brad Thorburn ein. Sie sah ihn vor sich, seine verletzte, verwunderte Miene. Sie würden einander vielleicht nie begegnen, und er würde nie erfahren, wieviel er ihr bedeutete, was er für sie getan hatte. Er hatte ihr das Gefühl gegeben, geliebt und begehrt zu werden, hatte etwas in ihr wiederbelebt, das sie längst abgeschrieben hatte.

Rosie hatte bisher geduldig geschwiegen, aber nach dem Frühstück wollte sie endlich wissen, wieso sie so weit gefahren waren. Lorraine zögerte – noch immer war sie nicht daran gewöhnt, mit offenen Karten zu spielen –, aber es war nur fair, ihrer Freundin die Wahrheit zu sagen. »Also gut: Ich glaube, daß es nicht Janklow war, der Didi und Holly umgebracht hat. Nula hat mich belogen. Sie sagte, Didi und sie hätten an dem Abend, als Holly umgebracht wurde, beide gearbeitet, aber Hollys Zuhälter hat nur Nula gesehen. Ich glaube auch, daß das etwas mit Art zu tun hat. Und ich glaube, daß Nula gelogen hat, als sie mir sagte, wo Didi am Abend ihres Todes gewesen ist. Wir werden Nula besuchen. Curtis hat mir ihre Adresse gegeben, aber ich will sie nicht verschrecken. Ich möchte nur ein paar Informationen.«

»Wirst du dafür bezahlt?«

»Fünftausend von Ed Bickerstaff, und Curtis hat mir zweitausend versprochen, wenn ich Hollys Mörder finde: Wir werden genug haben, die Agentur zu eröffnen.«

Sie fuhren in die Stadt. Wegen der morgendlichen Staus kamen sie nur langsam voran, und das Einbahnsystem war etwas verwirrend, aber schließlich standen sie vor dem schäbigen Apartmenthaus, in dem Nula wohnte.

Lorraine stieg aus. »Ich bin in etwa einer halben Stunde wieder da. Warte hier.« Rosie nickte und griff dann nach der Zeitung. Lorraine überprüfte die Namensschilder und ging dann die müllübersäte Steintreppe hinauf zum dritten Stock. Sie klopfte fest an die Tür von Wohnung 23 und wartete.

»Wer ist da?«

»Überraschung, Nula, ich bin's!«

Riegel und Kette glitten zurück, die Tür ging auf. »Mein Gott, wie hast du mich denn gefunden?«

»Curtis sagte, du seist hier. Ich bin auf der Durchreise und dachte, ich schaue mal rein.« Nula – barfuß und in einem abgetragenen Kimono – öffnete die Tür weiter, und Lorraine trat ein. »Meine Güte, es ist erst neun Uhr!«

Lorraine entschuldigte sich und folgte ihr in ein chaotisches Wohn-Schlafzimmer. Überall lagen Kleider und standen Taschen, halbausgepackte Koffer und Kisten herum. »Ich bin gerade erst eingezogen. Ein ziemlicher Abstieg, aber es ist ja nicht auf Dauer. Die Wohnung gehört einer Freundin, die mit einer großen Show ein paar Monate auf Tournee ist. Setz dich.« Nula verschränkte die Arme und betrachtete Lorraine kritisch. »Du siehst schick aus, meine Liebe, bist du zu Geld gekommen? Das ist ein sehr teures Kostüm.« Sie setzte sich an den Frisiertisch, zupfte an ihrem Haar und betrachtete prüfend ihr Gesicht. »Ich sehe beschissen aus, aber ich hab' die ganze Nacht gearbeitet. Irgendwo muß das Geld ja herkommen, aber mein Gott, das ist vielleicht ein Dreckloch! Sie zahlen hier nicht halb so gut wie in L. A.«

Lorraine erzählte von Janklow und daß er alle Morde gestanden hatte, auch die an Holly und Didi. Nula seufzte. »Gott sei Dank. Ich habe gebetet, daß sie den Dreckskerl erwischen. Das mit Art war schrecklich. Ich habe mir die Augen ausgeweint. Die Dreckskerle haben ihn unter Druck gesetzt, dabei war er unschuldig! Aber wieso bist du unterwegs?«

»Arbeit. Ich stelle für eine Detektei Ermittlungen an.«

Nula prustete los. »Du warst mal bei der Polizei, nicht? Ich hoffe nur, du bist nicht gekommen, um mich zu verhaften.« Sie lachte, aber sie beobachtete Lorraine im Spiegel. Sie wurde langsam nervös, das spürte Lorraine.

»Was willst du denn nun wirklich?« fragte Nula.

»Na ja, ich versuche, ein paar Unklarheiten auszuräumen. Du hast erzählt, an dem Abend, als Holly ermordet wurde, wärst du mit Didi zusammengewesen, und ihr hättet beide gesehen, wie Holly über die Straße ging und ins Auto stieg, aber Curtis meint, Didi wäre nicht dabeigewesen.« Sie wartete.

Nula bedeutete fortzufahren.

»Nula, ich glaube, daß Art Holly *und* Didi umgebracht hat, aber ich brauche Beweise. Was immer du mir sagst, wird nicht gegen dich verwendet werden – ich halte deinen Namen raus, und Art wird es nicht mehr weh tun, weil er tot ist. Es würde mir wirklich helfen. Es geht um Mrs. Thorburns Schmuck beziehungsweise um die Stücke, die davon noch da sind.«

Nula blinzelte heftig und drehte sich dann herum. »Ich weiß nicht, wovon du überhaupt redest.«

Lorraine stand auf und ging zu ihr hinüber. »Didis letzte Mahlzeit war selbstgebackenes Bananenbrot. Sie war zu Hause, nicht wahr? Nicht, wie du behauptet hast, auf der Straße. Du hast gesagt, sie wäre die ganze Zeit mit einem Stammfreier unterwegs gewesen, aber das stimmt nicht, nicht wahr? Ist Art vorbeigekommen?«

Nula begann sich die Nägel zu lackieren. »Quatsch, Liebes. Sie ist zur Arbeit gegangen, und dann habe ich gehört, sie sei ermordet worden. Du hast doch selbst in der Wohnung angerufen.«

»Dieser Ring, den Didi am Finger hatte, als sie umgebracht wurde, der hat mal Mrs. Thorburn gehört, nicht wahr? Und ich denke, die ganze Sache hat was mit diesem Ring zu tun. Hat Art sie deshalb umgebracht? Wegen des Rings?«

Nula war beim letzten Nagel der rechten Hand angekommen und begann mit der linken. Lorraine beugte sich vor. »Didi und Art haben Steven Janklow erpreßt. Art hat abgesahnt, nicht wahr? Er hat Didi benutzt, den Kontakt herzustellen und den Schmuck abzuholen. Wo hat sie ihn abgeholt? In der Werkstatt? Hat die Übergabe dort stattgefunden?«

Nula lackierte immer noch. »Hör mal, meine Liebe, wieso hörst du nicht endlich auf, Perry Mason zu spielen und verschwindest? Didi war meine beste Freundin, und wir hatten Holly beide sehr gern – keine von uns hätte ihr je weh getan. Was immer Didi mit Art zusammen gemacht hat – sie hat mir nie etwas davon verraten.«

»Vielleicht nicht, aber Art könnte wütend auf sie geworden sein. Vielleicht hat Art Holly im Auto mitgenommen?«

Nula wedelte mit den Händen, um die Nägel zu trocknen. »Um ehrlich zu sein, meine Liebe, ich weiß nicht, worauf du hinauswillst. Du bist umsonst hergekommen.«

»Komm schon, Nula, du mußt davon gewußt haben. Janklow hat eine Liste von Schmuckstücken zusammengestellt, die er nicht verkaufte. Hat er Art damit bezahlt?«

»Das weiß ich nicht«, fauchte Nula.

Lorraine zuckte die Achseln. »Na gut, ich gehe, aber ich werde nicht schweigen. Aber eines sage ich dir noch.« Sie versuchte eine andere Taktik. »Mir macht das auch keinen Spaß, aber ich bin pleite. Ich will Geld, damit ich die Klappe halte, Nula. Ich hab' das mit der Agentur nur erfunden – wer sollte mich schon einstellen?«

Nula schüttelte heftig eine Flasche mit Grundierung und begann mit ihrem Make-up. »Warum, glaubst du, wohne ich in diesem Rattenloch und lutsche Schwänze für zwanzig Dollar? Meinst du, das gefällt mir? Ich habe kein Geld, verstehst du?«

Lorraine ging langsam zur Tür. »Na ja, dann werde ich mich wohl an die Bullen wenden müssen – vielleicht haben die ja ein paar Kröten für meine Informationen übrig.«

Nula lächelte höhnisch. »Craig, wieso kommst du nicht und sagst unserer Detektivin hier Guten Tag?«

Lorraine zog sich in Richtung Tür zurück, als Craig Lyall aus dem Bad kam. Nula begann lässig ihre Kleider einzusammeln. Sie hielt eins hoch und betrachtete sich im Spiegel. »Setz dich, Herzchen. Wir werden eine kleine Party feiern, nur wir drei. Oder besser: nur du. Mach die Flasche auf, Craig, sie wird nicht widerstehen können.« Sie rauschte ins Bad.

Lorraines Herz schlug heftig. Wie lange war sie schon in der Wohnung? Zehn Minuten, fünfzehn Minuten? Würde Rosie etwas unternehmen? Wußte sie überhaupt die Nummer von Nulas Wohnung?

Lyall stand zwischen ihr und der Tür, eine Flasche Wodka in der Hand. »Tu das nicht, Craig. Ich wollte nur meinen Anteil an dem Schmuck, sonst nichts, und Janklow hat die Morde bereits zugegeben. Ich werde den Bullen nichts sagen, das verspreche ich, ich wollte euch nur drohen. Ich hab' es nicht ernst gemeint – ich wollte nur ein bißchen Geld.«

Nula rief aus dem Bad: »Wofür hältst du uns eigentlich? Keine Angst, wir werden nur ein bißchen feiern.«

Sie tauchte wieder auf, in einem schwarzen Seidenhemd und Strümpfen. Sie hielt ein paar Schuhe hoch. »Wenn du deine für schön hältst, dann sieh dir mal die hier an. Dreihundert Dollar, handgemacht.« Sie zog erst den einen, dann den anderen an.

Lyall öffnete die Wodkaflasche und goß ein Glas ein. »Trink einen Schluck, Lorraine. *Los, trink schon.*«

Sie schlug seine Hand weg. Das Glas fiel zu Boden.

»Halt sie fest und schütt es ihr rein.« Nula zog ein elegantes dunkelblaues Kleid mit weißem Kragen aus dem Koffer. Lyall packte Lorraines Handgelenk und zerrte sie zum Bett. Sie wehrte sich, und Nula schlug ihr fest ins Gesicht. »Du tust besser, was wir wollen, oder willst du auf der anderen Seite auch noch eine Narbe haben? Ist es das, was du willst? Ich wußte, daß du ein Miststück bist, seit du Art wegen der Fotos erpreßt hast. Und jetzt *trink*!«

Lorraine sah sich hektisch um. Ging die Wohnung zur Straße hinaus? Wo war die Feuertreppe? Wie hatte sie so dumm sein können? Sie war so sicher gewesen, daß sie sich Nula schnappen, die Informationen aus ihr herausholen und damit triumphierend zu Bickerstaff zurückkehren könnte. Sie hatte wirklich keine Ahnung mehr von Polizeiarbeit. Sie war so wütend auf sich selbst, daß das allein ein Grund gewesen wäre, sich zu besaufen.

»Trink«, sagte Lyall wieder.

Nula stand neben ihm. »Gieß es ihr in die Gurgel! Worauf wartest du noch? Ein Glas, und dann bettelt sie um mehr. Los, mach schon.«

Lorraine sah, wie unsicher er war. »Tu es nicht, Craig. Ich verspreche, ich werde niemandem sagen, daß ihr den Schmuck ...«

Er griff nach ihren Wangen und drückte ihr das Glas an ihre Lippen. Nula packte ihre Haare und hielt ihren Kopf fest.

Rosie hatte die Zeitung von vorn bis hinten gelesen. Jetzt warf sie sie zur Seite und sah auf die Uhr. Sie schaute zur Haustür hinüber und trommelte ungeduldig mit den Fingern aufs Lenkrad. Dann stieg sie aus und versuchte sich an den Namen der Frau zu erinnern, zu der Lorraine gegangen war. Sie warf einen

Blick auf die Klingelschilder neben der Sprechanlage, aber das half ihr nicht weiter. Sie schob die Tür auf und ging die nach Urin stinkende Treppe hoch. Als sie fast im ersten Stock war, wurde eine Tür aufgerissen, und zwei Jugendliche stürmten heraus. Rosie mußte sich an die Wand drücken, als sie an ihr vorbeirannten. Eine Frau trat in die Tür, und Rosie eilte auf sie zu. »Haben Sie eine große, blonde Frau gesehen?« Die Tür wurde zugeschlagen.

Sie ging weiter in den zweiten Stock, wo sie ein älterer Mann barsch ansprach, was sie hier wolle. Der Mann trug einen Overall und hatte einen Besen in der Hand. »Wohnen Sie hier? Was machen Sie hier?« Rosie erklärte, sie suche jemanden. »Welche Nummer?« wollte er wissen.

»Weiß ich nicht. Meine Freundin ist vor einer halben Stunde reingegangen, um jemanden zu besuchen – Nula. Kennen Sie eine Frau namens Nula?«

Er schüttelte den Kopf und schob ihr den Besen vor die Füße. »Los, verschwinden Sie! Das hier ist kein öffentliches Gebäude.«

Als sie zum Auto kam, sah sie, daß die beiden Jugendlichen die Außenspiegel und die Windschutzscheibe zertrümmert hatten. Kreischend stürzten die Kids davon, und Rosie trat wütend die Scherben in den Rinnstein. Sie entfernte die Splitter vorsichtig vom Fahrersitz. Verdammt, wo blieb Lorraine? Als sie sich wieder aufrichtete, sah sie, wie ein Mann mit zwei Koffern das Haus verließ. Er hatte es offenbar sehr eilig, und sie wollte ihn gerade ansprechen, als er in den Hof einbog. Rosie folgte ihm. Er lud die Koffer in ein Auto. Dann rief jemand von oben, und er sah zur Feuerleiter hinauf.

Nula beugte sich übers Geländer. »Hol noch eine Flasche, und beeil dich.«

Lyall stieg ins Auto und ließ den Motor an. Rosie starrte nach oben. Das war die Frau, die Lorraine gesucht hatte. Sie wußte nicht, was sie jetzt tun sollte. Vielleicht unterhielten sie sich nur, und Lorraine würde wütend werden, wenn Rosie einfach hereinplatzte. Andererseits, wenn Lorraine in Gefahr war und Rosie nichts unternahm, würde sie sich genauso aufregen. »Komm schon, Rosie, denk wie eine Detektivin«, murmelte sie. »Was würde unsere superschlaue Lorraine jetzt tun?«

Sie stellte sich auf eine alte Obstkiste und schaffte es, die Leiter der Feuertreppe zu sich herunterzuziehen, dann kletterte sie hinauf. Eine Sprosse zerbrach, und Rosie wäre fast wieder heruntergefallen. Auf halbem Weg fragte sie sich, was sie hier eigentlich tat, aber da war sie schon fast im ersten Stock angekommen.

Sie duckte sich unter dem Geländer durch und stand auf dem ersten Treppenabsatz. Sie hatte Angst, daß jemand sie sehen und verscheuchen könnte, also griff sie sich eine Mülltüte, damit sie aussah wie eine Mieterin, die ihren Müll rausbrachte. Nula hatte im dritten Stock gestanden. Sie mußte noch ein ganzes Stück höher hinauf. Plötzlich riß die Tüte, und der Müll fiel polternd die Treppe hinunter. Rosie erstarrte. Unter ihr ging ein Fenster auf. »Verdammt, was ist denn da oben los?« Das Fenster wurde wieder zugeworfen, und Rosie kletterte mit klopfendem Herzen weiter. Sie fiel beinahe hinunter, als eine weitere rostige Sprosse brach. Es war nur die Wut auf Lorraine, die ihr Kraft zum Weiterklettern gab.

Lyall brauchte nicht lange, um im Laden an der Ecke zwei Flaschen Wodka zu kaufen. Er parkte direkt hinter Rosies Auto, rannte die Treppe hinauf und klopfte an Nulas Tür.

Lorraine lag auf dem Bett, Hände und Füße mit Nulas Strümpfen gefesselt. Die leere Flasche lag neben ihr. Nula war fertig angezogen, und alles stand zur Flucht bereit. Lyall schloß die Tür auf und warf die Flaschen neben Lorraine aufs Bett. Er schwitzte. »Draußen steht ein Mietwagen aus L.A. – ob das ihrer ist?«

»Frag sie doch«, fauchte Nula.

Lyall griff nach den Koffern. »Ich bleibe nicht länger hier, Nula, ich gehe jetzt, mit dir oder allein. Wenn dieses Miststück uns finden konnte, können es die Cops auch. Sie arbeitet wahrscheinlich wieder für sie.«

Nula schraubte eine neue Flasche auf und starrte ihn wütend an. »Du tust, was ich dir sage, und sie auch.« Nula hielt Lorraine die Flasche an die Lippen und kippte sie ein wenig. Der Wodka lief Lorraine über Kinn und Brust. »Trink, Lorraine! *Schluck gefälligst!*«

Lorraine wandte den Kopf ab. Nula schlug ihr fest ins Gesicht und hielt ihr die Nase zu, so daß sie schließlich den Mund öffnen und schlucken mußte.

»So ist's recht. Braves Mädchen, komm, sehen wir mal, ob du die ganze Flasche schaffst.«

Lyall erschrak: »Mein Gott, du wirst sie umbringen!«

Nula lachte. »Was glaubst du denn, was ich vorhabe? Trag die Taschen da zum Auto.« Er öffnete die Tür, aber plötzlich sprang Nula auf und rannte hinter ihm her. »Nein! Ich will nicht, daß du dir in die Hosen machst und abhaust. Wir gehen zusammen. Mach die andere Flasche auf.«

»Das tue ich nicht.«

Nula versetzte ihm einen Schwinger und drückte ihn gegen die Wand. »Wir haben keine Wahl. Sie weiß genug, um die Bullen auf uns zu hetzen, und ich schwöre dir, wenn sie mich erwischen, bist du auch geliefert.«

Nula hockte sich auf Lorraine und zwang sie, noch mehr zu trinken. Lorraine würgte: Nula zog die Flasche zurück und schlug wieder fest zu. Lorraine schloß die Augen, ihr Körper wurde schlaff, und Nula flößte ihr den Rest ein.

Nula stand auf. Lorraine lag jetzt vollkommen reglos. »Komm schon«, drängte Lyall. »Wir werden das Flugzeug verpassen, Nula. *Komm jetzt*!«

Zwischenzeitlich war Rosie im dritten Stock angekommen. Ihre Knie zitterten, und ihre Hände waren zerkratzt von den rostigen Sprossen. Notfalls würde sie ein Fenster einschlagen – sie würde auf keinen Fall weiterklettern, auch nicht mehr nach unten. Es war ihr gleich, ob sie wegen Einbruchs verhaftet werden würde. Und dann sah sie Lorraine.

Sie klopfte ans Fenster. Lorraine drehte den Kopf ein wenig, dann wandte sie sich wieder den Fesseln an ihren Füßen zu. Kichernd fiel sie vornüber. Rosie klopfte noch einmal, aber Lorraine nahm keine Notiz mehr von ihr. Rosie versuchte, das Fenster zu öffnen, aber es bewegte sich nicht. Sie drückte ihr

Gesicht dicht an die Scheibe und sah, wie Lorraine versuchte aufzustehen und dabei erst gegen die Wand, dann über den Frisiertisch fiel. Sie rollte lachend herum und entdeckte dann die Wodkaflasche, die vom Bett gefallen war.

Rosie trat gegen das Fenster. Das Glas brach, aber erst, nachdem sie mehrmals zugetreten hatte, war das Loch groß genug.

Lorraine achtete nicht auf sie. Sie versuchte vergeblich, aus der Flasche zu trinken. Rosie schob sich durchs Fenster. Sie hatte sich an einem Bein verletzt, ihr Arm blutete ebenfalls, und sie keuchte vor Anstrengung. Sie erreichte Lorraine, als diese gerade wieder die Flasche hob, und riß sie ihr aus der Hand. Lorraine schrie auf und versuchte die Flasche festzuhalten, aber Rosie war schneller. Sie lief ins Bad und goß den Wodka ins Waschbecken.

Nebenan wurde es plötzlich sehr still. Rosie ließ die Flasche fallen und eilte hinüber. Lorraine war bewußtlos. Ihr Gesicht war grünlich, ihr Atem rasselte. Rosie hatte schreckliche Angst, sie könnte ersticken; sie zerrte sie ins Bad, hängte sie über die Badewanne und drehte das Wasser auf. Lorraine keuchte und hustete, dann übergab sie sich. Rosie zwang sie unter das kalte Wasser. Sie war schlaff wie eine Stoffpuppe und konnte nur noch würgen.

Rosie riß sie hoch und zwang sie, auf und ab zu gehen. Sie konnte den Kopf nicht aufrecht halten, sie konnte nicht reden, ihr Blick flackerte, und sie schien nicht zu wissen, wer Rosie war. Sie murmelte undeutlich und ließ sich dann zu Boden gleiten. »Laß mich schlafen.«

Rosie riß sie wieder hoch, schleppte sie weiter auf und ab. Sie weinte – sie hatte furchtbare Angst. Sie wußte nicht, ob sie einen Krankenwagen rufen sollte, und sie versuchte immer wieder, Lorraine zum Sprechen zu bringen, aber ohne Erfolg. Erst nachdem Lorraine sich noch einmal heftig übergeben hatte, erlaubte ihr Rosie, sich aufs Bett zu legen.

»Lorraine? Ich bin's, Rosie.«

Lorraine sah sie mühsam an und lächelte schwach. Rosie ging in die verdreckte Küche und kochte Kaffee. Dann kehrte sie zu Lorraine zurück und schüttelte sie. Lorraine stöhnte und schlug nach ihr: Sie wollte endlich ihre Ruhe. Aber Rosie gab nicht auf, zwang sie, sich hinzusetzen, und versuchte sie zum Kaffeetrinken zu bewegen. Nach einer halben Stunde sah es endlich so aus, als käme sie wieder zu sich. Sie fragte, wo sie sei, und Rosie erklärte, sie seien in San Francisco, aber Lorraine schien es nicht zu begreifen. Wieder schloß sie die Augen, aber Rosie ließ sie nicht schlafen; sie drückte ihr in einen Kissenbezug gewickelte Eiswürfel an die Stirn. »Rosie, ich muß schlafen. Laß mich in Ruhe.«

Schließlich verlor Rosie die Geduld. »*Na gut.* Ich lasse dich allein. Du kotzt mich an – gerade jetzt, wo alles so gut für dich aussah. Wieso hast du das getan?«

Lorraine warf das Laken zur Seite. »Ich muß was trinken, Rosie, ich werde noch verrückt! Hol mir was zu trinken.« Sie stützte den Kopf in beide Hände. »Mein Kopf! Ich muß telefonieren – Bickerstaff anrufen. Gibt es hier ein Telefon?«

»In diesem Zustand kannst du niemanden anrufen.«

Lorraine blinzelte sie an. »Sie haben mich dazu gezwungen.« Sie versuchte aufzustehen, aber das Zimmer drehte sich, und sie mußte sich wieder hinsetzen. »Nula – du mußt sie verhaften lassen; sie ist mit dem Fotografen zusammen. Craig Lyall. Ich muß Bickerstaff anrufen.«

Rosie wußte nicht, ob sie ihr glauben sollte. Sie baute sich vor Lorraine auf, breitbeinig, unbeugsam. »Nein, du kannst jetzt gar nichts machen. Sie sind weg.«

»Scheiße.« Lorraine griff nach dem Eisbeutel und legte ihn sich wieder auf den Kopf. »Hast du sie wegfahren sehen?«

»Ja.«

Rosie goß ihr Kaffee und ein Glas Wasser ein. »Trink so viel du kannst – los, mach schon.«

Lorraine trank, aber als sie versuchte aufzustehen, war ihr immer noch flau. »Rosie, durchsuch den Müll. Sieh nach, ob du was findest, was darauf hinweist, wo sie hinwollen.«

In der Küche fand Rosie nichts, aber im Schlafzimmer stand ein kleiner Papierkorb neben dem Frisiertisch, der überwiegend mit Wattebäuschen und Papiertaschentüchern gefüllt war. Sie kippte ihn auf eine alte Zeitung und suchte. Als sie nichts fand, wickelte sie den Müll in die Zeitung – sie stutzte. Anzeigen von Fluggesellschaften waren angekreuzt. »Sieh mal. Was hältst du davon?«

Lorraine zwang sich, die Zeitung anzusehen: Zwei Fluggesellschaften waren angekreuzt. »Ruf an und frag, ob bei einem ihrer Flüge heute nachmittag ein Mr. Lyall an Bord ist.«

»Die werden mir nichts sagen. Sie sagen einem nie, wer an Bord ist – das ist ungesetzlich.«

Lorraines ganzer Körper schrie nach Alkohol, aber sie stürzte das Wasser hinunter. »Sag, es sei ein Notfall, irgendwas mit Kindern... was du willst, aber finde raus, wohin sie geflogen sind.« Lorraine stand mühsam auf. Sie schleppte sich ins Bad, wo sie die Wodkaflasche entdeckte. Ein Tropfen war noch drin, und sie trank ihn, dann mußte sie sich wieder übergeben. Sie sah sich im Spiegel über dem Waschbecken: Ihr Gesicht war grünlich, die Augen blutunterlaufen, die Lippen geschwollen.

Rosie kam herein: »Zwei Plätze für Mr. Lyall in der Vier-Uhr-Maschine nach Las Vegas. Und nun?«

Lorraine hatte die Augen geschlossen. »Sind sie mit einem Taxi gefahren?«

»Nein, einem Privatwagen – ich habe die Nummer.«

Lorraine riß die Augen auf. »Machst du Witze?«

»Nein, du weißt doch, wie ich mit Nummern bin. Und, was machen wir jetzt?«

Sie sagte, Rosie solle Ed Bickerstaff anrufen. »Sag ihm, du wärst meine Partnerin – egal, erzähl ihm, was du willst –, daß es mit den Morden an David Burrows und Holly zu tun hat, verstehst du das? David Burrows und... aber gib ihm die Autonummer, vielleicht erwischen sie sie noch hier, und die Flugnummer und...«

Als Rosie nach dem Telefon griff, ließ Lorraine sich zu Boden sinken.

Ed Bickerstaff legte auf. Er wußte nicht so recht, ob er dieser Frau trauen konnte – Lorraine hatte nie eine Partnerin erwähnt. Aber da er nichts zu verlieren hatte, arrangierte er, daß Craig Lyall und seine Begleiterin in Las Vegas von Agenten in Empfang genommen würden. Außerdem ließ er sich einen Durchsuchungsbefehl für Craig Lyalls Studio ausstellen. Als er gerade das Büro verlassen wollte, kam der Anruf, auf den er den ganzen Tag gewartet hatte: Acht Ärzte und vier Psychiater hatten Steven Janklow für unzurechnungsfähig und verhandlungsunfähig erklärt. Er würde bis zu seinem Lebensende in einer psychiatrischen Klinik für Kriminelle bleiben müssen.

Auf der langen Heimfahrt sprachen sie kaum ein Wort. Lorraine brauchte ihre ganze Willenskraft, Rosie nicht um eine Flasche anzuflehen. Das Bedürfnis zu trinken war stärker als Kopfschmerzen und Übelkeit. Sie war verzweifelt und von Selbsthaß erfüllt. Das war das Ende ihrer Detektivagentur, ihrer Partnerschaft – wieder war sie bei Null angekommen, und das tat weh. Aber nichts war stärker als ihre Gier nach Alkohol. Sie hatte sie nicht besiegt, im Gegenteil.

Als sie in die Wohnung kamen, klingelte das Telefon. Bickerstaff. Rosie bat ihn, später noch einmal anzurufen, und legte auf, bevor er protestieren konnte. Dann rief sie Jake an, der versprach, gleich vorbeizukommen. Als er eintraf, hatte Rosie Spaghetti gekocht und deckte den Tisch. Jake legte ihr den Arm um die Schulter. »Wie geht's dir?«

»Beschissen! Gestern hatte ich noch eine Zukunft und einen Job, und heute – ich weiß nicht. Du mußt mit ihr reden – dieser Bickerstaff ruft immer wieder an.«

Jake nickte und ging ins Schlafzimmer. Lorraine war wach, sie saß im Bademantel auf der Bettkante und sah blaß und krank aus. Sie sah ihn auf ihre merkwürdige Art an, mit schiefgelegtem Kopf, blinzelnd. »Ich schaffe es nicht, Jake. Ich hab's versaut. Ich bin zu arrogant gewesen, hab' mir zu viel zugetraut. Ich hab' mich für so verflucht clever gehalten, aber ohne Rosie wäre ich jetzt wahrscheinlich tot.«

Er nahm ihre Hand. »Es wird immer Teil deines Lebens sein. Du kannst nie wieder nur ein Glas trinken. Selbst wenn du dich für stark genug hältst, wird es nicht funktionieren, weil es eine Krankheit ist, Lorraine.«

Lorraine weinte. »Aber alles, was ich will, ist ein Schnaps.«

Er stand auf. »Ich will dir mal was verraten: Ich will einen, Rosie will einen, wir wollen alle einen – du bist keine Ausnahme. Uns geht's auch nicht anders als dir. Also sieh zu, daß du den Arsch hochkriegst und komm rüber und iß was.«

Er ging ins Wohnzimmer, und sie erhob sich langsam. Als sie an den Tisch kam, rückte er ihr den Stuhl zurecht.

»Danke, daß du mir heute so geholfen hast, Rosie.«

»Keine Ursache, Partner, aber wenn ich das nächste Mal irgendwo warten soll, sagst du mir, wohin du gehst, warum und wie lange du bleiben willst.«

Lorraine bezweifelte, daß es ein nächstes Mal geben würde. Das Telefon klingelte. Rosie ging an den Apparat und reichte dann Lorraine den Hörer. »Bickerstaff. Ich glaube, du mußt mit ihm reden.«

»Hi, Ed. Wir sind gerade erst wiedergekommen. Eine lange Fahrt … Ja, kein Problem. Ich werde da sein … sicher, danke.« Sie legte auf. »Er holt mich hier ab. Ich kann nicht mal klar denken, geschweige denn gerade gehen. Er wird nur einen Blick auf mich werfen und Bescheid wissen. Ich bin immer noch blau.«

Jake zog die Jacke aus und rollte die Ärmel hoch.

»Dann dreh schon mal die Dusche auf.«

Kapitel 20

Man hatte Nula auf dem Weg nach Pasadena von Lyall getrennt, aber sie hatten sich auf dem Flug nach Vegas ihre Geschichte längst zurechtlegen können. Ihr Anwalt beschwerte sich sofort bei Bickerstaff, weil seine Klienten nur auf das Wort einer Frau festgehalten würden, die als Säuferin bekannt und in der Wohnung seiner Klientin in San Franciso erschienen sei, um sie zu erpressen. Als Nula und Lyall diese Mrs. Page das letzte Mal gesehen hätten, sei sie vollkommen betrunken gewesen. Bickerstaff wußte, ohne handfeste Beweise würde er Nula und Lyall nicht länger als vierundzwanzig Stunden festhalten können.

Jake und Rosie traktierten Lorraine immer noch mit Wasser und Kaffee. Sie hatte keinen Kater, aber ihr Selbstvertrauen war schwer erschüttert.

Sie zuckte zusammen, als es klingelte. Sie hatte Angst, Bickerstaff gegenüberzutreten. Der FBI-Mann stand auf der Treppe, das Hemd klebte ihm am Körper, der Krawattenknoten war verrutscht.

»Ich bin schon auf dem Weg«, sagte Lorraine müde.

»Dann kommen Sie. Wir haben nur vierundzwanzig Stunden, und die Zeit wird knapp. Ich hoffe, Sie haben einen guten Grund für die ganze Sache. Mein Vorgesetzter und der Anwalt der beiden sitzen mir im Genick, und die ganze Abteilung wundert sich, was eigentlich los ist – und sie sind nicht die einzigen.«

Lorraine folgte ihm. Sie stieg in den Streifenwagen, er warf die Tür zu und stieg vorne ein.

»Die beiden behaupten, Sie seien betrunken.«

»Sie haben mir massenhaft Wodka eingeflößt, also war ich vermutlich wirklich blau.«

»Und jetzt?«

»Noch ein bißchen wacklig.«

»Sie hätten mir sagen sollen, was Sie vorhaben, und vor allem warum. Vielleicht erklären Sie's mir jetzt.«

Lorraine holte tief Luft. »Ich war mir nicht sicher. Ich wußte nur, daß Nula vermutlich damit zu tun hatte, aber daß Lyall ebenfalls beteiligt war, habe ich nicht geahnt.«

Ed ließ den Motor an. »Ich hab' sie beide verhört, aber sie sind bei ihrer Geschichte geblieben. Sie wollten nach Vegas, um zu heiraten. Sie behaupten, sie wüßten nichts über die Morde an Holly oder David Burrows, und sie wissen, daß Janklow beide zugegeben hat.«

Sie schwieg. Dann fragte Bickerstaff: »Wie wollen Sie vorgehen?«

Vorgehen? Lorraine wollte eigentlich nur etwas trinken. Sie wagte nicht, sich eine Zigarette anzustecken, weil ihre Hände zitterten. »Vielleicht sollten Sie mich mit Lyall reden lassen. Ich glaube nicht, *daß* er direkt an den Morden beteiligt war. Nula hat ihn unter ihrer Fuchtel, vermutlich hat er sogar Angst vor ihr; ich denke, er wird leichter zu knacken sein.«

Bickerstaff war unruhig. In seinem Hirn tickte die Uhr, sie hatten so wenig Zeit, und er verstand immer noch nicht, was Lorraine eigentlich wollte.

»Es hat irgendwas mit Mrs. Thorburns Schmuck zu tun«, fügte sie hinzu. »Ich brauche die Listen, die Janklow aufgestellt hat, und die Fotos von Burrows Leiche.«

Lyall saß in einem Verhörzimmer mit Einwegspiegel. Er war nervös und fragte wiederholt nach seinem Anwalt. Lorraine und Bickerstaff beobachteten ihn durch den Spiegel.

»Na gut«, meinte Bickerstaff. »Versuchen Sie's.«

Lorraine spürte, wie ihre Anspannung nachließ. »Lassen wir ihn noch ein paar Minuten schwitzen. Ich brauche ein Glas Wasser, eine offiziell aussehende Akte, gute Fotos der toten Frauen, eine Menge Papiere, Stifte, Notizblöcke – und halten Sie seinen Anwalt so lange wie möglich auf.«

Bickerstaff sah auf die Uhr. Die Zeit lief ihnen davon, aber Lorraine ging in aller Ruhe Janklows Schmuckliste durch. Sie beobachtete Lyall: Er war unruhig, schob immer wieder den Finger in den Hemdkragen, räusperte sich, schlug die Beine übereinander und streckte sie wieder aus.

»Jemand soll schon mal das Wasser und die Gläser reinbringen, aber er soll kein Wort sagen, selbst wenn Lyall etwas fragt.«

Schließlich war sie bereit. Bickerstaff murmelte »Viel Glück«, als sie hinüberging.

Lyall war offensichtlich überrascht, als Lorraine hereinkam, überwand das aber schnell. Sie ignorierte ihn zunächst, schlug nur die Akte und das Notizbuch auf und legte sorgfältig ihre Stifte, die Zigaretten und das Feuerzeug zurecht. Dann griff sie nach dem Krug und goß sich ein Glas Wasser ein.

Lyall räusperte sich und wippte unruhig mit dem Fuß. Bickerstaff wartete.

Langsam breitete Lorraine die Fotos von Holly vor Lyall aus. »Sehen Sie sich bitte diese Fotos an, Craig.«

Er wandte sich ab.

»Sie war erst siebzehn. Sehen Sie sich mal dieses hübsche Gesicht an!«

Er warf einen Blick auf ein Foto. Dann zeigte Lorraine ihm die Bilder aus dem Leichenschauhaus, auf denen Hollys Gesicht praktisch ausgelöscht war: die gebrochene Nase, die Augenhöhlen voller Blut, den weit offenen Mund, in dem blutige Zahnlücken klafften.

»Jemand hat ihr das Gesicht eingeschlagen, den Schädel und die Nase gebrochen, die Zähne ausgeschlagen. Was für ein Mensch tut so etwas. Was für eine Art von *Wahnsinn* steckte dahinter?«

Lyall starrte die Wand an.

»Ich habe denen immer wieder gesagt, daß ich Ihnen so etwas nicht zutraue, aber sie glauben mir nicht, und wissen Sie warum? Weil ...«

»Ich war es nicht. Ich bin unschuldig.« Seine Stimme war schrill, beinahe hysterisch.

»Das weiß ich ja – selbstverständlich weiß ich das. Sie hatten nur mit der Erpressung zu tun. Ich weiß das, aber ...«

»Es war Janklow – er hat es doch gestanden, oder? Warum

hauen Sie nicht ab und lassen mich in Ruhe? Ich will meinen Anwalt sprechen.«

»Ihr Anwalt kommt sofort, Craig, er kümmert sich gerade um Nulas Freilassung. Ich hoffe, Sie haben eine Vereinbarung wegen des Geldes getroffen, weil sie...«

Bickerstaff schlug die Hände vors Gesicht. Sie ging da ein gehöriges Risiko ein.

»Ich glaube Ihnen kein Wort«, meinte Lyall störrisch.

»Was glauben Sie nicht? Daß sie freigelassen wird?« Lorraine blätterte in der Akte. »Hier habe ich ihre Aussage. Sie können sie lesen, wenn Sie wollen, aber man wird Sie nicht gehen lassen, Craig, weil Nula ausgesagt hat, Sie seien in den Mord an diesem Mädchen und an David Burrow verwickelt gewesen.«

»Sie lügen doch!« höhnte Lyall.

Lorraine schob ihm die Fotos von Didi hin, vorher und nachher. »Ach ja? Sie sind ziemlich naiv, Craig. Sie wissen, daß Nula Didi umgebracht hat, obwohl sie es Ihnen in die Schuhe schieben will – sie behauptet, *Sie* hätten sie zur Wohnung zurückgefahren, mit ihr Tee getrunken, Bananenbrot gegessen. Didi liebte dieses Bananenbrot, nicht wahr? Jedenfalls, laut Nula, haben sie angefangen, sich zu streiten, weil Didi einen Ring behalten hatte, eines der Schmuckstücke von Mrs. Thorburn. Sie hatten eigentlich vorgehabt, alles zu verkaufen, weil der Schmuck wiedererkannt werden könnte, aber Didi hat diesen Ring behalten. Den da. Hier auf dem Foto, Craig, das ist doch der Ring, nicht wahr? Am Mittelfinger ihrer linken Hand.«

Bickerstaff hatte keine Ahnung, wovon Lorraine sprach. Welcher Ring? Stand das in den Akten? »Schnell, hol die Unterlagen her«, sagte er zu einem Kollegen, dann wandte er seine Aufmerksamkeit wieder dem Verhörzimmer zu.

Lyall hatte die Fäuste geballt, die Knöchel zeichneten sich weiß ab. Lorraine legte die Fotos von Didis Leiche, auf denen der Ring deutlich zu sehen war, vor ihn hin.

»Nicken Sie einfach, wenn es derselbe Ring ist, Craig. Sie brauchen nichts zu sagen. Ich versuche nur, Ihnen zu helfen, das wissen Sie doch. Ich werde nicht mal Anzeige erstatten, obwohl Sie mich umbringen wollten.«

»Wer sind Sie eigentlich?« fauchte er.

»Ich bin Privatdetektivin; ich habe nichts mit der Polizei oder dem FBI zu tun; aber weil ich in San Francisco war, hat man mir erlaubt, mit Ihnen zu reden. Sie haben versucht, mich umzubringen, und beinahe wäre es Ihnen auch gelungen, aber Sie wußten nicht, daß ich ein Mikrofon und einen Sender dabeihatte. Alles, was in Ihrer Wohnung in San Francisco gesprochen wurde, ist aufgezeichnet worden. Deshalb hat man Sie beide in Las Vegas verhaftet.«

Er glaubte ihr immer noch nicht.

»Nula muß jemand anderen beschuldigen, um wieder freizukommen. Sie redet, seit sie hier auf dem Revier ist. Sehen Sie sich die Aussage an. Es ist doch seltsam oder, daß Ihr Anwalt noch nicht hier ist?«

Bickerstaff spürte, wie ihm der Schweiß über den Rücken lief. Er war erleichtert, daß außer ihm niemand mithörte, sonst wäre der Teufel los gewesen.

»Ich habe niemanden umgebracht«, protestierte Lyall, aber seine Hände zitterten.

Lorraine trank einen Schluck Wasser. »*Ich* weiß das, Craig, aber lassen Sie mich eine Passage aus Nulas Aussage vorlesen…«

Lyall schwitzte noch mehr als Bickerstaff, der kaum glauben konnte, welches Risiko Lorraine einging – und wie gut sie log.

Sie blätterte in der »Akte« herum, zog ein Blatt heraus und fing an zu lesen.

»›Es hat mit einem Streit zwischen uns dreien angefangen. Didi wollte den Ring nicht zurückgeben, sie sagte, sie bekäme ihn nicht vom Finger. Craig sagte, dann würde er ihn eben abschneiden, und sie wurde hysterisch.‹«

»Das ist nicht wahr«, unterbrach er sie aufgeregt. Lorraine hob die Hand, er solle Geduld haben, und fuhr dann mit derselben ruhigen, gleichmäßigen Stimme fort: »›Craig wurde immer wütender, weil Didi uns alle in Teufels Küche bringen konnte. Art und wir hatten Mrs. Thorburns Schmuck seit Jahren verkauft, Stück für Stück, aber nach den Morden wäre es gefährlich gewesen, Didi mit diesem großen, auffälligen Ring rumlaufen zu lassen. Es war ein Topas mit einer Reihe von Diamanten, und er war viel Geld wert.«

Sie sah Lyall an. »Ich nehme an, wenn sie von Art spricht, bezieht sie sich auf Art Mathews, stimmt das?«

»Wieso stellen Sie all diese Fragen?«

»Ich bin mal Polizistin gewesen, und jetzt arbeite ich für Versicherungsgesellschaften. Bevor Sie weiter verhört werden, will ich wissen, was wirklich passiert ist, und solange Ihr Anwalt nicht da ist, können die Cops nicht mit Ihnen sprechen. Daran ist nichts Ungesetzliches – es ist ja sonst niemand hier.«

Er schwitzte jetzt stark. »Sie meinen, es stimmt – sie lassen Nula wirklich gehen?«

Sie nickte, deutete auf die Akte. »Sie hat ihre Aussage gemacht, und ich will nur noch im Interesse meiner Klienten wissen, was wirklich passiert ist, bevor sie das Land verlassen kann. Es ist mir vollkommen gleich, wer was getan hat, solange ich meinen Job erledigen kann.«

Lyall begriff nicht einmal, wieso sie dort vor ihm saß. Sie war doch vollkommen betrunken gewesen. Wie, zum Teufel, war sie in diesen Raum gekommen?

Bickerstaff schüttelte den Kopf. Lorraine lieferte ihm Stück für Stück das gesamte Puzzle, den gestohlenen Schmuck, die Erpressungen, aber Lyall war bisher nicht in die Falle gegangen.

Lorraine fragte: »Sie haben die Fotos von Janklow gemacht, nicht wahr?«

Lyall seufzte. »Das war Art. Na ja, ich hab' auch einige gemacht, vor Jahren, in Santa Monica. Janklow wollte unbedingt wie seine Mutter aussehen. Zuerst wußte Art nicht, wen er da vor sich hatte – er hat einen falschen Namen angegeben, das tun sie alle –, aber dann hat er ihn bei einem großen Dinner gesehen, zusammen mit seiner Mutter, und angefangen, ihn zu melken. Mehr weiß ich nicht. Ich schwöre, ich hatte nichts damit zu tun. Ich wußte nicht mal, was los war ...« Und dann, mit hilfloser Miene: »Ich weiß nicht, was ich machen soll.«

»Vielleicht sollten Sie mir die Wahrheit sagen, und ich sage Ihnen, als Freund, was ich davon halte und gebe Ihnen einen Rat. Erzählen Sie mir einfach, was mit dem gestohlenen

Schmuck passiert ist. Die Morde interessieren mich nicht. Ob Sie sie begangen haben oder Nula, ist Ihre Sache.«

»Ich war's nicht«, sagte er automatisch. »Ich bin so durcheinander, ich weiß nicht mehr, wem ich trauen kann, und ich glaube Ihnen kein Wort.«

Lorraine klappte die Akte zu. »Wenn das so ist, dann gehe ich jetzt. Ich brauche die Informationen nur für die Versicherung. Es geht um Schmuck im Wert von mehr als drei Millionen. Mrs. Thorburns Sohn Brad hat mich gebeten, der Sache nachzugehen. Die Bullen haben mich mit Ihnen reden lassen, weil sie Sie noch nicht verhören dürfen.« Bickerstaff stöhnte. Sie war jetzt auf sehr dünnem Eis, hatte sogar Namen genannt – das konnte ihm viel Ärger machen.

»Sie können mir gar nichts anhängen«, sagte Lyall aufgeregt.

Lorraine schlug mit der flachen Hand auf den Tisch, und Lyall zuckte zusammen. »Sind Sie wirklich so bescheuert? Nula hat ausgesagt, Sie hätten Holly und Didi umgebracht. Sie werden für sehr lange Zeit hinter Gittern landen. Art Mathews ist tot, also kann sie nur noch Ihnen die Schuld geben. Und wenn Sie leugnen wollen, mit den Morden etwas zu tun zu haben, brauchen Sie ein verdammt gutes Alibi, denn Nula hat der Polizei eine gute Geschichte erzählt. Sie waren immerhin in Nulas Wohnung, nicht wahr? Wenn Sie die beiden nicht umgebracht haben, wer dann?«

Er schnüffelte. »Ich hab' sie nicht angerührt.«

»Wer soll es denn sonst gewesen sein?«

»Sie natürlich. Nula.«

Lorraine hatte das Gefühl, jemand habe ihr in den Magen geschlagen. Sie hatte erwartet, daß er Mathews bezichtigte; an Nula hat sie nicht gedacht.

Lyall schlug die Hände vors Gesicht. »Sie sagte, sie habe Didi geschubst, und Didi habe sich den Kopf am Kaffeetisch angeschlagen. Als wir keinen Pulsschlag mehr feststellen konnten, sind wir in Panik geraten. Wir hatten ja auch Grund genug. Es war schrecklich. Wir konnten den Ring nicht von ihrem Finger abkriegen ... er ist einfach nicht abgegangen.«

Er brach zusammen und begann zu schluchzen.

»Und wer ist dann auf die Idee gekommen, es wie einen weiteren Hammermord aussehen zu lassen?«

»Sie. Sie sagte, niemand würde uns die Wahrheit glauben, vor allem nicht nach Holly.«

Er schluchzte weiter, murmelte vor sich hin, er sei es nicht gewesen, er habe nichts getan.

Lorraine berührte seine Hand. »Craig, was meinen Sie mit ›nach Holly‹?«

Lyall hob abrupt den Kopf. »O Gott, es ist alles so schrecklich! Das darf alles nicht wahr sein, ich weiß es.«

»Craig, kommen Sie, reden Sie es sich von der Seele.«

Er holte tief Luft. »Holly hatte irgendwie von den Erpressungen erfahren – eine ganz verrückte Geschichte! Sie war mit einem Freier in seine Wohnung gefahren und...«

»Wissen Sie, wer das war?«

Lyall biß sich auf die Lippe. »Ich glaube, es war – Sie haben den Namen schon genannt – Brad Thorburn.«

Lorraine rang um ihre Fassung. *»Brad Thorburn?* Sie meinen, er ist auch in die Sache verwickelt?«

»Na ja, nur, weil er mit Holly zu sich nach Hause gefahren ist. Ich weiß nicht, was passiert ist, aber auf einmal wußte sie Bescheid – vielleicht ist sie Janklow dort begegnet –, und sie hat versucht, Geld von Nula und Didi zu erpressen. Die beiden waren völlig verstört und haben es Art erzählt, und als nächstes hörte ich, Holly sei umgebracht worden. Ich weiß nicht, wer es getan hat, aber sie sind damit durchgekommen, weil sie es so hingedreht haben, als wäre es der Hammermörder gewesen. Ich glaube, Art hat es getan. Aber ich schwöre, ich weiß nichts Genaues. Ich hing mit drin, weil ich die Fotos von Norman Hastings gemacht hatte und weil er ein Freund von Janklow war, aber das wußte ich damals nicht. Es war nur... ich wußte nur, daß *sie* es taten, und es schien so verdammt einfach zu sein.«

Wieder war ein Puzzlestück an seinem Platz. »Haben Sie Hastings erpreßt?«

»Ja, aber dann ist er zu Janklow gegangen und hat ihn um Rat gefragt. Und dann war er tot! Ich habe nichts mit diesen Morden zu tun. Ich habe nur Hastings erpreßt.«

Bickerstaff wies einen seiner Untergebenen an, Brad Thorburn herzuschaffen. »Es ist mir scheißegal, wo er ist, hier oder in Frankreich.« Er konnte es kaum erwarten, sich selbst mit Lyall zu befassen, und vor allem freute er sich auf das dumme Gesicht von Chief Berillo,wenn er ihm alles erzählte.

Lorraine ließ nicht locker, und Lyall gestand unter Schluchzen seinen Anteil an den Erpressungen. Sie machte sich nur wenige Notizen, denn sie wußte, daß Bickerstaff alles noch einmal ausführlich durchgehen würde. Sie war nicht einmal stolz, es geschafft zu haben. Immer wieder erschien Brad Thorburns Gesicht vor ihrem geistigen Auge, und sie hörte nur halb zu, als Lyall weitererzählte.

Didi hatte die Männer geschminkt, die sich von Lyall fotografieren ließen. Sie hatten einander durch Mathews kennengelernt, damals in Santa Monica. Als sie sich in Los Angeles wiederbegegneten, setzten sie ihre Arbeit fort, und Mathews stellte Nula und Didi seine alte Wohnung für Aufnahmen zur Verfügung. Didi lieferte weiterhin Material über potentielle Erpressungsopfer. Janklow hatte zunächst Art, dann alle drei für ihr Schweigen bezahlt. Keiner hatte geahnt, daß er ein Mörder war. Er hatte immer klaglos gezahlt und ein Negativ nach dem anderen gekauft, bis er schließlich erklärt hatte, er habe kein Geld mehr, nur noch Schmuck.

Lyall bat um ein Glas Wasser, trank und fuhr dann mit der Fingerspitze am Rand des Glases entlang. Hastings hatte nicht viel zahlen können, nur fünfzig Dollar pro Monat. »Aber als Art davon erfahren hat, ist er durchgedreht.« Das Glas quietschte, als er immer wieder über den Rand fuhr.

»Haben Sie Norman Hastings umgebracht, Craig?«

»Nein, habe ich nicht, und mit den anderen Morden habe ich auch nichts zu tun.«

Lorraine beugte sich vor. »Was war mit Didi?«

Lyall schloß die Augen und seufzte. »Ich habe sie gesehen, in ihrer Wohnung – sie war schon tot. Nula hat mich angerufen. Didi lag auf dem Boden. Ich hab' sie nicht angerührt. Ich glaube, es hatte etwas mit Holly zu tun, aber ich weiß nicht was – sie haben irgendwas gewußt, da bin ich sicher.«

»Was ist mit Mathews? Hatte er mit dem Mord an Holly zu tun? Wollten Sie das sagen? Oder daß Nula und Didi in den Mord an Holly verwickelt waren?«

Seine Stimme war leise, beinahe ein Flüstern. »Ja, aber ich weiß nicht, ob Art auch daran beteiligt war.« Er weinte wieder und biß sich auf die Lippen, um die Tränen aufzuhalten. »Ich schwöre es, ich habe nichts weiter getan, ich habe nur Nula geholfen, die ...« Er schluchzte laut auf, und Lorraine wartete, bis er sich gefaßt hatte. »Ich hab' geholfen, die Leiche wegzubringen, sie zu dem gestohlenen Auto zu tragen.«

»Hatte Didi schon diese Verletzungen, als Sie sie dort hingetragen haben?«

Lorraine legte ihm wieder das Foto von Didis schrecklich zerschlagenem Gesicht vor, und er richtete sich auf.

»Ich weiß es nicht. Als ich sie zum letzten Mal gesehen habe, war ihr Kopf in Plastikfolie gewickelt, ich hab' ihr Gesicht nicht gesehen. Und als sie im Auto lag, bin ich nach Hause gegangen.«

Nach seinem Geständnis war Lyall entspannter. Er weinte nicht mehr, machte einen resignierten Eindruck. Als Lorraine ihre Papiere zusammensuchte, lächelte er schwach. »Ich habe sie gern gehabt, wissen Sie, ich habe Nula wirklich geliebt. Wir wollten tatsächlich in Vegas heiraten – deshalb habe ich ihr geholfen. Aber mehr habe ich nicht getan.«

Lorraine ging zur Tür. »Wenn Sie klug sind, Craig, erzählen Sie der Polizei alles, so, wie Sie es mir erzählt haben. Lassen Sie Nula nicht ungestraft davonkommen.«

Bickerstaff riß Lorraine die Notizen praktisch aus der Hand und wies seine Männer an, mit einem ausführlichen Verhör Lyalls zu beginnen. Lorraine saß erschöpft in seinem Büro, während es um sie herum immer hektischer zuging. Ihr war ganz elend, ihr Kopf dröhnte, aber sie konnte nur an Brad Thorburn denken. Hatte sie sich geirrt? Hatte er doch mit den Morden zu tun gehabt? Hatte er immer schon mehr gewußt, als er zugegeben hatte?

»Was ist mit Thorburn?« fragte sie Bickerstaff scheinbar beiläufig.

»Wir lassen ihn herbringen.« Er zögerte, dann beugte er sich vor. »Was glauben Sie, wie weit steckt dieser aalglatte Dreckskerl in der Sache?«

»Keine Ahnung.«

»Wollen Sie etwa behaupten, daß es an dieser ganzen Angelegenheit etwas gibt, das Sie *nicht* wissen?«

»Ich glaube nicht, daß er etwas damit zu tun hatte.«

Bickerstaff tätschelte ihr die Schulter. »Wir werden das ziemlich schnell genauer wissen.«

Jetzt war Nula dran. Bickerstaff bewegte sich wie ein Mann auf Speed, redete ununterbrochen, feuerte in alle Richtungen seine Anweisungen ab. Lorraine blieb in seinem Büro sitzen, bis alles bereit war, und dachte an Brad Thorburn.

Nula wurde aus der Zelle geholt. Sie schrie nach ihrem Anwalt und wollte Lyall sehen. Sie war aggressiv und beschimpfte alle, die ihr in die Quere kamen; sie spuckte und trat, als man sie ins Verhörzimmer brachte. Lorraine saß im Nebenraum und beobachtete durch den Einwegspiegel, wie Nula den Wasserkrug umstieß.

Sie weigerte sich, ohne ihren Anwalt auch nur ein Wort zu sagen. Aber der saß zur selben Zeit neben Lyall, der nun unter Eid seine Aussage machte. Er beschrieb detailliert seinen Teil an der Erpessung Norman Hastings' und wie Nula Didi umgebracht hatte. Er machte aber keine näheren Angaben zum Mord an Holly, da er nichts damit zu tun gehabt hatte.

Bickerstaff wartete, bis Lyalls Aussage aufgenommen war, bevor er Nula verhörte.

Sie wußte, wessen sie beschuldigt wurde; sie hatte inzwischen noch einmal mit ihrem Anwalt gesprochen. Sie war ruhiger geworden, nachdem sie jetzt eine Stunde gewartet hatte. Sie hatte sich frisch geschminkt und frisiert, jedes Haar lag an seinem Platz, ihre Lippen waren zinnoberrot.

Bickerstaff, zwei Polizisten in Uniform und ein Stenograf betraten das Verhörzimmer, gefolgt von Lorraine. Nula schaute sie überrascht an, dann lachte sie. Sie hatte Lippenstiftflecken auf den Schneidezähnen. »Ich hab' dich unterschätzt«, sagte sie ruhig, offenbar überhaupt nicht verunsichert durch den Aufmarsch. Im Gegenteil, sie schien die Aufmerksamkeit zu genießen. Ihr Anwalt saß neben ihr; das Tonbandgerät lief; der Stenograf war bereit.

Nula wurde sowohl der Erpressung als auch des Mordes bezichtigt. Ihr Anwalt sprach für sie. »Meine Klientin streitet kategorisch ab, an den Verbrechen, deren sie beschuldigt wird, beteiligt gewesen zu sein, und sie hat das Recht zu schweigen. Sie weiß, daß Craig Lyall eine Aussage gemacht hat, die sie belastet. Sie ist bereit, als Kronzeugin gegen Craig Lyall aufzutreten, der für die Verbrechen alleinig verantwortlich ist.«

Bickerstaff wartete einen Moment, dann wandte er sich an Nula direkt und fragte, ob sie etwas mit der Erpressung Steven Janklows zu tun gehabt habe.

Kein Kommentar.

Hatte sie David Burrow im Verlauf eines Streites geschlagen und seine Leiche dann mit Hilfe Craig Lyalls zu einem gestohlenen Wagen getragen und dort versteckt?

Kein Kommentar.

Bickerstaff stellte fast eine Stunde lang seine Fragen. Er erhielt immer dieselbe Antwort.

Während der gesamten Zeit hatte Nula auf ihre Nägel gestarrt, sich den Rock geradegezogen, ihre Rüschenbluse zurechtgezupft. Manchmal hatte sie Lorraine angesehen, scheinbar gelangweilt, gegähnt, hin und wieder die Beine übereinandergeschlagen. Als man ihr die Fotos von Didi zeigte, wandte sie den Blick ab und schaute an die Wand. Als sie gebeten wurde, sich die Fotos anzusehen, seufzte sie und warf einen Blick darauf, dann sah sie ihren Anwalt an.

Bickerstaff legte ihr die Fotos von Holly vor. Diesmal bat ihr Anwalt sie, sich die Bilder anzusehen. Sie griff nach einem, starrte alle im Raum nacheinander wütend an und ließ das Foto dann wieder auf den Tisch fallen. Ungeduldig begann sie, mit den Nägeln auf die Tischplatte zu trommeln.

»Kein Kommentar.«

»Wollen Sie damit sagen, daß Sie sie nicht erkennen? Oder daß Sie sie nicht gekannt haben?« fragte Bickerstaff ungedulig.

»Meine Klientin verweigert die Antwort auf diese Frage, weil sie vielleicht Auswirkungen auf ihre Aussage als Kronzeugin haben könnte.«

Bickerstaff sah Lorraine an. Er nickte ihr kurz zu, dann schlug er eine Pause vor. Beide verließen den Raum.

Bickerstaff schob die Hände in die Taschen. »Das kann noch Tage dauern. Wollen Sie es mal versuchen? Vielleicht geht es dann ein bißchen schneller.«

Sie gingen wieder hinein, und das Tonbandgerät wurde wieder eingeschaltet. Lorraine zog ihren Stuhl dichter an den Tisch. Nula kicherte und beugte sich vor. »Bist du jetzt dran?«

Lorraine ignorierte ihre Bemerkung. »Sie war gerade erst siebzehn, Nula. Warum hast du sie umgebracht? Was hat sie dir getan?«

Nula flüsterte mit ihrem Anwalt.

»Meine Klientin möchte wissen, wieso Mrs. Page bei diesem Verhör anwesend ist. Sie weiß, daß Mrs. Page nicht für das FBI oder die Mordkommission arbeitet. Sie weiß ebenfalls, daß Mrs. Page eine chronische Alkoholikerin ist. Ich möchte eine Beschwerde gegen die Anwesenheit dieser Frau vorbringen.«

Bickerstaff lehnte sich zurück. »Kein Kommentar.«

»Ist sie so etwas wie eine Zeugin?« wollte der Anwalt wissen.

Nula lächelte boshaft. »Die könnte man nie in den Zeugenstand stellen, sie würde nur ausgelacht. Sie säuft, sie ist eine Hure, und sie ist sogar von Art Mathews bezahlt worden. Wahrscheinlich hatte sie selbst mit den Erpressungen zu tun – zumindest ist sie für ihr Schweigen bezahlt worden. Haben Sie sie mal gefragt, wieviel Art Mathews ihr gegeben hat? Ich habe Holly nie angefaßt, und nie hätte ich meiner besten Freundin ein Haar gekrümmt. Das hat sie sich alles nur ausgedacht, wahrscheinlich zusammen mit diesem Perversen Lyall. Ich rieche doch, wie sie nach Schnaps stinkt – der Geruch dringt aus allen Poren. Sehen Sie doch, wie ihre Hände zittern!«

Lorraine blieb unbeeindruckt. Sie lehnte sich zurück und entgegnete Nulas Lächeln. »Ich bin so nüchtern wie du, und du lügst. Ich bin nie von Art Mathews bezahlt worden.«

»Du verlogene Fotze«, spuckte Nula.

»Du mußt ja wissen, wovon du redest«, gab Lorraine zurück.

»Oder nein, du hast ja keine. Hast du Holly deshalb umgebracht? Weil sie jung und hübsch war und alles, was du immer sein wolltest, nur...«

Nula sprang auf; sie schob die Hand ihres Anwalts, der sie zurückhalten wollte, weg. »Die war so unschuldig wie mein Arsch!«

»Sie hat dir die Freier weggeschnappt, wie?« Nula schlug nach ihr.

Auch Lorraine war aufgesprungen. »Komm schon, Nula, zeig ihnen, wie du wirklich bist. Zeig ihnen, was für ein gemeines Miststück du bist – wir wissen, daß du der armen Didi das Gesicht eingeschlagen hast, nach allem, was sie für dich getan hat.«

Keiner der anderen reagierte. Nur einmal hatte einer der Uniformierten dazu angesetzt, sich zu erheben, war aber von Bickerstaff mit einem Blick gebremst worden. Der FBI-Mann wollte, daß der Streit weiterging.

Nula zischte: »*Ich* war es, die alles für *sie* getan hat. Du hast ja überhaupt keine Ahnung!« Mit einer rotlackierten Kralle zeigte sie auf Lorraine. »Die weiß ja nicht, wovon sie redet.«

»Ohne Didi warst du ein Nichts. Sie hat dich aufgetakelt – ohne sie hättest du nie einen Freier gehabt.«

»Scheiße, das muß ich mir nicht anhören.« Nula hatte die Hände auf den Hüften. Ihr Anwalt versuchte sie zum Hinsetzen zu bewegen, aber sie wich aus.

»Sie hat es mir erzählt, sie hat gesagt, du wärst ein nutzloses Stück Dreck.«

Wieder versuchte Nula zuzuschlagen.

»Und als du dann rausgefunden hast, daß sie einen Ring behalten hat, bist du einfach durchgedreht, gib's doch zu.«

Nula grinste selbstzufrieden. »Ich weiß, was du vorhast. Und ich sage kein Wort mehr.«

Sie setzte sich wieder hin und zog sich den Rock glatt, während Lorraine zur Wand ging und sich anlehnte. »Niemand will irgendwas von dir hören, Nula, weil wir schon alles wissen. Wir wissen, daß du versucht hast, ihr den Ring vom Finger zu ziehen – du hast sogar gedroht, ihn abzuschneiden –, aber sie wollte ihn nicht hergeben. Also hast du ihr eine verpaßt, wie ein Mann, der du ja auch bist. All diese Farbe, die Perücken, die Fummel – drunter bist du nur ein grobschlächtiger Kerl. Aber Didi war wirklich schön.«

Nula stieß ihrem Anwalt den Ellbogen in die Rippen. »Sagen Sie ihr, sie soll die Schnauze halten. Das hier ist illegal. Ich will jetzt gehen.«

Bickerstaff sah den Anwalt ruhig an. »Sagen Sie ihr, sie wird noch sehr, sehr lange nicht gehen dürfen.«

Nula sprang wieder auf und schlug um sich. »Ihr Wichser, ihr habt nichts gegen mich in der Hand, nur das, was euch Lyall, die feige Sau, gesagt hat, und der hat nur Scheiße im Kopf.«

»Wieso erzählen Sie uns dann nicht, was wirklich passiert ist?« fragte Bickerstaff.

»Vergiß es, du Arsch, ich sage kein Wort mehr. Ich kenne meine Rechte, ich brauche nichts zu sagen, weil ich weiß, daß nur sein Wort gegen meins steht. Mehr habt ihr nicht, und ehe ihr mir nicht versprecht, daß ihr mich zur Kronzeugin macht, sage ich kein Wort mehr.«

Lorraine stand immer noch an der Wand. »Erzähl uns von Holly. Wieso hast du Holly umgebracht?«

Nula schrie: »Ich hab' sie nie angefaßt, ich hab' Didi nie angefaßt, ich habe nichts getan, und ich weiß, daß ihr mir nichts beweisen könnt. Janklow hat sie umgebracht, genau wie die anderen – es stand in der Zeitung. Es war Janklow – ich habe mit den Morden nichts zu tun.«

»Aber er hat Holly nicht getötet, und Didi auch nicht.«

»*Hat er doch*!« Nula war vor Wut rot angelaufen. »Er ist bekloppt, das wissen doch alle, er ist nicht richtig im Kopf, wird nicht mal vor Gericht gestellt. Wißt ihr denn nicht mal über eure eigenen Geschichten Bescheid? Ich weiß, was ihr gemacht habt: Ihr habt den Armen ins Gefängnis gesteckt und so fertiggemacht, daß er sich umgebracht hat. Und dann habt ihr eine große Pressekonferenz abgehalten: ›Wir haben den Mörder!‹ Wieso wird eigentlich dafür niemand vor Gericht gestellt? Er war unschuldig. Und ich auch.«

Als keiner reagierte, wandte sie sich wieder an Lorraine. »Ich werde die Presse darüber informieren, Mrs. Page, was hier passiert ist. Janklow hat zugegeben, Holly und Didi umgebracht zu haben, Janklow ist krank, ein Perverser und …«

»Du doch auch«, sagte Lorraine leise.

»Schafft sie hier raus, oder«

»Oder was, Nula? Oder du bringst mich um, wie du Holly umgebracht hast?«

»So etwas sollte verboten werden! Sie sagt das alles nur, um mich wütend zu machen. Also gut, ich sage kein Wort mehr. Wenn ihr genug Beweise gegen mich habt, dann führt mich doch den Geschworenen vor. Los, macht schon!«

Bickerstaff sah auf die Uhr. Es war beinahe halb zehn. Er schlug vor, eine Pause zu machen und das Verhör am nächsten Morgen fortzusetzen.

»Heißt das, ich darf gehen?« fragte Nula.

»Wir werden Sie bis auf weiteres hierbehalten.«

»Dürfen die das?« wollte sie von ihrem Anwalt wissen.

»Ja.«

»Drecksäcke«, murmelte sie.

»Du wirst noch viel mehr davon kennenlernen, Nula«, sagte Lorraine ruhig. »Wie viele werden mit ihr in der Zelle sein? Drei oder vier?« fragte sie Bickerstaff. Er antwortete nicht.

»Ich will in den Frauentrakt«, verlangte Nula.

»Das wird nicht möglich sein«, meinte Bickerstaff und wandte sich an den Anwalt. »Bitte erklären Sie Ihrer Klientin, daß sie auf ihrer Geburtsurkunde als männlich bezeichnet wird und daher nicht im Frauentrakt untergebracht werden kann.«

Zum ersten Mal zeigte Nula so etwas wie Angst. Sie klammerte sich an ihren Anwalt. »Aber ich bin eine Frau. Das können sie mir nicht antun.« Er flüsterte ihr etwas zu, und sie sah erst Bickerstaff, dann Lorraine an, bevor sie wieder nach ihr schlug. »Du Sau! Das hab' ich dir zu verdanken! Du weißt genau, was passiert, wenn ihr mich zu diesen Tieren sperrt.«

Lorraine wich Nula aus. »Dann rede, Nula. Sie können dir wenigstens eine Einzelzelle geben. Sag uns die Wahrheit über Holly.«

»Halt die Schnauze, du blöde Kuh.«

»Sag die Wahrheit, Nula. Es war ein Unfall, nicht wahr? Du hast Didi nicht umbringen wollen. Sie war deine beste Freundin – das weiß ich, ich hab' euch beide zusammen erlebt.« Lorraine sah die Veränderung, die in Nula vorging; ihr ganzer Kampfgeist entwich.

»Ja, das war sie«, sagte sie leise, und dann wandte sie sich ab. Tränen traten ihr in die Augen. »Die beste Freundin, die ich je hatte.«

Alle schwiegen abwartend. Nula blickte zur Decke, mit feuchten Augen, und Lorraine setzte sich leise wieder hin. Nula putzte sich die Nase und fing an, das Papiertaschentuch auseinanderzuzupfen. »Na gut, es hat sowieso keinen Sinn mehr. Ihr findet es ja doch raus. Sie ist hingefallen und hat sich den Kopf an der Kante des Glastischs aufgeschlagen. Craig ist durchgedreht, weil er keinen Puls mehr fühlen konnte. Wir dachten, sie sei tot, und was sollte aus uns werden?«

»Habt ihr euch wegen der Erpressungen Sorgen gemacht, Nula?« fragte Lorraine leise.

»Es ist uns alles über den Kopf gewachsen. Wir nahmen alle an, daß Janklow der Hammermörder war, weil wir schon lange wußten, daß er ziemlich durchgeknallt war. Wenn er zahlen sollte, tat er immer so, als wäre es ein Witz, es hat ihn regelrecht aufgegeilt. Art wurde immer gieriger, hat mehr und mehr verlangt, und trotzdem wollte Janklow immer wieder Fotos machen lassen. Wir hatten alle das Gefühl, daß er irgendwann endgültig durchdrehen würde. Deshalb hat Art versucht, noch mehr Geld, mehr Schmuck aus ihm rauszuholen, als hätte er gewußt, daß es nicht mehr lange so weitergeht. Wir waren dagegen, aber er hat nicht auf uns gehört. Ich meine, es ging uns gut, wir hatten Geld, er hat die Galerie eröffnet. Er konnte den Hals nicht vollkriegen; wir hatten ja auch noch eine andere Einnahmequelle, die Fotos. Es war uns noch nie so gut gegangen…«

»Wie seid ihr an das Geld gekommen?«

»Wir sind einfach zu dieser Werkstatt gefahren, eine von uns, und haben so getan, als interessierten wir uns für Autos. Art hatte früher mal einen Bentley, er hat ihn bei S & A gekauft, er kannte sich dort aus. Wir haben uns Männerkleidung angezogen.«

»Wie paßt Hastings in diese Geschichte?« fragte Lorraine.

»Art und Didi haben ihn in der Werkstatt gesehen. Didi hat ihn erkannt, weil sie ihn in Craigs Studio geschminkt hatte. Das hat Art ziemlich beunruhigt, und dann hat er rausgefunden, daß Craig von uns gelernt und Norman Hastings selbst erpreßt hatte. Craig ist so dämlich, er hat nicht mal einen gefunden, der tatsächlich Geld hatte. Art ist beinahe geplatzt – es hätte alles auffliegen können –, und was ihm wirklich Sorgen machte war, daß Janklow und Hastings einander kannten und sie gegebenenfalls zwei und zwei zusammenzählen würden.«

»Aber Janklow muß doch gewußt haben, wer ihr wart«, warf Lorraine ein.

Nula zuckte die Achseln. »Kann sein, aber er hat nie die Polizei eingeschaltet. Wie ich schon sagte, es schien ihn aufzugeilen. Jedenfalls hielten wir es für besser, uns etwas zurückzuhalten – außerdem hatte Art noch mehr Leute, keine so reichen wie Janklow, aber er ist ganz gut zurechtgekommen ...«

»Und Hastings hat mit Janklow über die Erpressungen gesprochen?«

Nula seufzte. »Ich weiß es nicht, aber als er ermordet wurde, sind wir ausgeflippt. Dann ist Janklow aufgetaucht und hat von Art verlangt, er solle ihm eine Art Alibi geben. Er hätte etwas angestellt.«

Lorraine fragte Nula, ob sie sich an das Datum erinnere. Sie dachte einen Augenblick nach und sagte dann, es müsse um den Fünfzehnten gewesen sein, sie sei nicht ganz sicher. Aber es sei nach dem Mord an Hastings gewesen. Nula weinte einen Augenblick, dann wischte sie sich die Tränen ab. »Er sagte, er würde Art gut dafür bezahlen. Er hatte kein Bargeld mehr, aber er gab ihm ein Kästchen mit Schmuck und sagte, mehr sei ihm nicht geblieben.«

»Habt ihr den Schmuck verkauft?«

Nula putzte sich die Nase. »Wir haben Janklows Schmuck immer über Curtis verkauft. Wir haben nicht gesagt, woher wir die Sachen hatten, und er hat nie gefragt.« Nula seufzte. Alle warteten gespannt. »Curtis hat Holly eines der Schmuckstücke geschenkt – einen Ring –, und sie hat ihn getragen und überall rumgezeigt. Er sagte, es sei ein Verlobungsring. Das war der große Topasring mit den Diamanten. Und dann hat sie diesen Freier aufgerissen, der sie mit zu sich nach Hause nahm, und dann hat er sie gefragt, woher sie den Ring habe, seine Mutter habe einen ganz ähnlichen, aber ...«

»Wer war der Freier?«

»Janklows Bruder. Jedenfalls hat Holly zwei und zwei zusammengezählt und geglaubt, es wäre fünf. Sie hat uns nach dem Zeug gefragt, das Curtis für uns verkauft hat. Und als wir es Art erzählten, ging er die Wände hoch, weil er wußte, daß Thorburn Janklows Bruder war und daß Curtis, wenn er davon Wind kriegen würde, auch beteiligt werden wollte.«

Lorraine steckte zwei Zigaretten an und reichte Nula eine davon. Nula inhalierte gierig. »Wir mußten etwas unternehmen – wir hätten alle in Teufels Küche kommen können. Sie hat den Ring überall rumgezeigt – nicht, daß Curtis sie je geheiratet hätte; er hat schon eine Frau und Kinder. Wir wußten, wir mußten uns Holly vom Hals schaffen. Wir nahmen an, daß sie Curtis noch nichts erzählt hatte – er hat uns jedenfalls nie deswegen angesprochen. Art hat an diesem Abend gearbeitet, und wir haben uns in der Galerie getroffen und besprochen, wie wir es machen. Wir sind nach Hause gefahren, und Didi hat Männersachen angezogen. Wir haben ein Auto geklaut und es nicht weit von der Wohnung abgestellt. Ich bin zu meinem üblichen Platz gegangen und habe gewartet, bis Holly kam.«

Sie schluchzte, und jemand reichte ihr ein sauberes Taschentuch. Dann griff sie wieder nach der Zigarette. »Na ja, Holly ist immer gleich zu den Freiern ins Auto gesprungen. Wir wußten, wenn sie ein teures Auto sah, würde sie gleich reinhüpfen. Didi fuhr die Straße lang und hat Holly irgendwie zugewinkt, und natürlich ist sie so schnell über die Straße geschossen, daß ich kaum nachgekommen bin. Sobald sie im Auto war, wußte sie, daß was nicht stimmte, aber inzwischen war ich auch da und bin hinten eingestiegen, und dann ist Didi losgefahren. Wir wollten ihr nur das verdammte Ding abnehmen und ihr Angst einjagen, aber sie war wie eine Wildkatze. Wir sind nicht mal weit gefahren – das konnten wir gar nicht, so sehr hat sie geschrien. Ich glaube, Didi hat sie zuerst geschlagen, dann ich, aber wir hatten nie vor... Wir wollten ihr nicht weh tun. Sie war plötzlich ganz schlaff, es war schrecklich, also haben wir sie in den Kofferraum gepackt. Didi sollte den Wagen abstellen, sie drin lassen und wieder zur Arbeit gehen. Ich bin gleich wieder zurück auf die Straße, um uns ein Alibi zu geben, und habe rumerzählt, Didi habe einen Freier.«

»Und wie ist Art dazugekommen?«

Nula drückte ihre Zigarette aus. »Didi, diese blöde Kuh, ist nicht mehr aufgetaucht. Wir hatten ausgemacht, uns in der Bar Q zu treffen, aber sie ist wieder zurück zur Galerie gegangen. Sie war hysterisch, weil Holly, als sie weiterfuhr, offenbar zu sich gekommen ist. Sie hat gegen den Kofferraumdeckel geschlagen und geschrien.« Nula schlug die Hände vors Gesicht. »Art war stinksauer, als sie mit Holly im Wagen zur Galerie kam, das Gesicht ganz zerschlagen und zerkratzt. Holly war zäh – sie hat sich gewehrt. Wenn sie das nicht getan hätte, hätten wir ihr nie weh getan.«

»Und was ist in der Galerie passiert?«

Nula leckte sich die Lippen. »Ich bin nicht sicher, aber Art sagte, er werde sich um Holly kümmern, und ist rausgegangen. Dann kam er wieder rein und hat sich einen Hammer geholt. Didi ahnte, was er vorhatte, und hat versucht, ihn aufzuhalten; dabei ist ihr der Hammer auf den Fuß gefallen. Jedenfalls, Art hat es getan, und dann kam er zurück und hat Didi gesagt, sie solle den Wagen abstellen. Er hat ihr den Ring gegeben – er hatte ihn Holly abgenommen.«

»Und Didi ist wieder ins Auto gestiegen, obwohl sie wußte, daß Holly tot im Kofferraum liegt? Was dann?«

»Die dumme Kuh sollte nur das Auto abstellen und sich verpissen, aber sie hat sich schrecklich aufgeregt. Ihr Fuß war furchtbar geschwollen, und sie ist nach Hause gefahren, weil sie nicht mehr laufen konnte und Angst hatte, daß jemand sie sah. *Ich* mußte den Wagen dann loswerden. Ich hab' ihn gut abgewischt, wegen der Fingerabdrücke. Es war nicht so schlimm, weil nirgendwo Blut war. Erst als ich ausgestiegen bin und das Stück Stoff aus dem Kofferraum hängen sah, hab' ich's mit der Angst gekriegt. Ich bin wie eine Wahnsinnige nach Hause gerannt.«

Lorraine klang freundlich, war verständnisvoll. »Es muß wirklich schlimm für dich gewesen sein.«

»Das war es, aber es war auch irgendwie vollkommen unwirklich. Didi hat den Ring behalten. Sie wollte sich nicht von ihm trennen, es war, als legte sie es regelrecht darauf an, erwischt zu werden. Sie hat nur noch geweint, und sie konnte nicht schlafen. Ich hab' sie überhaupt nicht beruhigen können. Sie hat mir nicht mal zugehört, und deswegen haben wir uns gestritten. Ich hab' versucht, ihr den Ring abzunehmen, aber sie wurde hysterisch.«

»Also mußtest du ihr den Ring mit Gewalt abnehmen?«

»Natürlich, sie wollte ihn ja nicht hergeben! Wir haben uns gestritten, und sie hat mich geschubst, und dann hab ich sie geschubst, und sie ist hingefallen. Ich dachte, sie wäre tot, aber als... Es war wie mit Holly.«

Nula begann zu weinen, und Lorraine griff über den Tisch nach ihrer Hand. »Schon gut, jetzt wird alles gut werden. Was ist passiert, nachdem sie gefallen war?«

Nulas Lippenstift war verschmiert, ihre Wimperntusche verlaufen. »Ich habe Art angerufen, und er ist rübergekommen. Er sagte, wir sollten es so aussehen lassen, als hätte dieser Serienkiller sie umgebracht, wie wir es bei Holly gemacht hatten. Aber er sagte auch, er habe schon das mit Holly erledigt, jetzt solle ich mich um Didi kümmern, er wolle nichts damit zu tun haben, und dann ist er wieder gegangen.«

»Und?« fragte Lorraine.

»Ich habe mit dem Hammer zugeschlagen, und es muß genau wie bei Holly gewesen sein. Sie hat gestöhnt – sie war noch am Leben, genau wie Holly! Ich konnte ihre Stimme hören, wie sie mir von Holly erzählte, und ich habe immer wieder zugeschlagen, bis sie still war.« Nula zündete sich eine neue Zigarette an, inhalierte tief und trank dann einen Schluck Wasser. »Danach wußte ich nicht mehr, was ich tun sollte. Allein konnte ich sie nicht wegbringen, also habe ich Craig angerufen. Er hat mir geholfen, sie zum Auto zu tragen.« Sie schwieg. Niemand sagte etwas. Sie rauchte die Zigarette bis zum Filter, dann starrte sie sie an.

Lorraine nahm ihr die Kippe ab und warf sie in den Aschenbecher. Sie stand auf.

»Wohin gehst du?« wollte Nula wissen.

»Sie werden jetzt deine Aussage aufnehmen.«

Nula sah Lorraine verängstigt nach, aber Lorraine drehte sich nicht mehr um.

Es war Mitternacht, aber Ed Bickerstaff triumphierte. Lyalls und Nulas Aussagen waren unterzeichnet, die beiden waren in ihre Zellen gebracht worden. Er reichte Lorraine einen Umschlag. »Fünftausend Dollar in gebrauchten Scheinen. Sie waren wirklich gut. Ich hätte nicht geglaubt, daß wir etwas aus den beiden herausholen könnten.«

»Ich werde doch nicht vor Gericht erscheinen müssen, oder?«

»Nicht, solange die beiden bei ihren Aussagen bleiben.«

»Was ist mit Brad Thorburn?«

»Es sieht so aus, als habe er nur den Fehler begangen, es mit einer Prostituierten zu treiben, aber wir werden seine Aussage brauchen. Er war in Frankreich, aber er ist schon auf dem Weg hierher.«

Bickerstaff brachte sie zur Tür. »Wenn ich Sie wieder mal brauchen sollte...«

Lorraine lächelte. »Ich schicke Ihnen meine Karte. Ich kann mir jetzt ein Büro leisten.«

»Darf ich Sie noch etwas fragen? Sie waren vorhin so freundlich zu Nula...«

»Ich hab' nur meine Arbeit gemacht. Das Miststück hätte mich beinahe umgebracht.«

»Aber Sie wollen trotzdem keine Anzeige erstatten?«

Sie warf ihm einen sarkastischen Blick zu. »Nein.«

Als Lorraine nach Hause kam, saß Rosie auf dem Sofa und sah fern. Lorraine grinste. »Du bist wirklich eine gute Freundin, Rosie.«

»Dein Bett ist schon gemacht. Ich schlafe auf dem Sofa.«

Lorraine zwinkerte. »Danke.«

Gerade als sie ins Bad ging, klingelte das Telefon. »Wenn das für mich ist, ich bin noch nicht zurück.« Sie drehte die Dusche auf und hörte deswegen nicht genau, was Rosie ihr zurief. Sie drehte das Wasser wieder ab.

»Es war Brad Thorburn. Er will morgen noch mal anrufen.«

»Ist er wieder in LA?« rief sie.

Rosie trat in die Tür. »Auf dem Weg, er wird morgen früh hier sein. Er war noch in Paris, auf dem Flughafen. Wolltest du mit ihm reden?«

Lorraine wickelte sich in ihr Badetuch und runzelte die Stirn. Brad hatte Holly mit nach Hause genommen, hatte sie vermutlich im selben Bett gevögelt wie sie selbst, die kleine, siebzehnjährige Holly. Brad Thorburn würde vermutlich immer an die Falschen geraten. Sie hätte ihn trotzdem gerne wiedergesehen, aber sie nahm an, er habe nur angerufen, um zu erfahren, wieso die Polizei mit ihm sprechen wollte.

»Wenn er noch mal anruft, sag einfach, ich wäre nicht da. Er ist nicht gut für mich.«

»Wie du willst. Möchtest du einen Tee?«

»Klingt verlockend.«

Lorraine legte sich aufs Bett. Morgen würde sie ihre Agentur eröffnen, Karten drucken lassen, einen Computer kaufen. Als Rosie mit dem Tee kam, schlief sie bereits fest.

Der letzte Eintrag auf ihrer Liste war schon ganz verschwommen gewesen, nur ein halber Gedanke, aber es war das erste, was ihr am nächsten Morgen einfiel.

Rosie blickte schläfrig auf, als Lorraine ins Wohnzimmer kam. »Was hast du gesagt?«

»Laß uns heute früh zu einem Meeting gehen.«

Brad Thorburn sah sich in dem leeren Haus um; alle Möbel waren mit weißen Tüchern zugedeckt. Als er ging, warf er krachend die Haustür hinter sich zu. Er fuhr zum Revier und machte dort eine offizielle Aussage über den Abend, an dem er die junge blonde Prostituierte mitgenommen hatte. Er konnte sich nicht an ihren Namen erinnern; sie war eine von vielen gewesen. Bickerstaff wollte wissen, wann er sie mitgenommen hatte, wie lange sie geblieben war und ob ihm an ihr etwas Ungewöhnliches aufgefallen sei. Brad zuckte die Achseln; er konnte sich nicht erinnern.

»Hat sie über den Schmuck gesprochen?«

Brad dachte nach, und dann fiel es ihm wieder ein. »Sie trug einen großen Ring. Ich erinnere mich nur daran, weil er mich an einen der Ringe meiner Mutter erinnerte, aber sie hat ihn abgenommen und in die Handtasche gesteckt, und dann habe ich nicht mehr daran gedacht.«

»War es dieser hier?« Bickerstaff zeigte ihm den Ring, den Didi getragen hatte.

Brad starrte ihn an. »Ja, das könnte er sein.«

»Könnte das auch der Ring Ihrer Mutter sein?«

»Möglich. Aber ob es ihrer ist oder nicht, könnte ich nicht sagen. Sie hatte ziemlich viel Schmuck – eine ganze Sammlung. Einige Stücke waren Tausende wert, andere billige Imitationen. Sie hatte immer Angst, überfallen zu werden. Tut mir leid, daß ich keine große Hilfe bin.«

Brad hatte einen Immobilienhändler mit dem Verkauf des Anwesens am Beverly Glen beauftragt. Bevor er das Haus endgültig verließ, suchte er aus, was er mitnehmen wollte, und kennzeichnete alles, was untergestellt werden sollte, mit einem roten Aufkleber. Es gab nicht viel, woran er wirklich hing, er wußte, daß er nie mehr in dieses Haus zurückkehren würde.

Am späten Nachmittag fuhr er zu dem Pflegeheim, in dem seine Mutter lebte. Er hatte viermal Lorraine angerufen, aber niemand war an den Apparat gegangen. Er wußte selbst nicht recht, wieso er sie sehen wollte, er war nicht verliebt in sie, aber er konnte die Erinnerung an sie nicht abschütteln, wie schön es gewesen war, sie in den Armen zu halten, und wieviel Zärtlichkeit er für sie empfunden hatte.

Mrs. Thorburn saß an einem Fenster, das auf den gepflegten Garten hinausging. Sie las in der *Vogue*, die arthritischen Hände mit den perfekt manikürten Nägeln glitten über die Seiten und hielten dann bei einem bestimmen Foto inne: Sie rieß einen kleinen Klebezettel von einem Block und befestigte ihn sorgfältig an der Seite. Sie kaufte immer noch begeistert Kleider ein – manchmal sogar ganze Kollektionen.

Brad beobachtete sie ein paar Minuten. Alles an ihr war makellos: ihre Perücke, die falschen Wimpern, die blasse, gepuderte Haut, die straff über die hohen Wangenknochen gezogen war. Die vielen Schönheitsoperationen hatten ihr ein unwirkliches Aussehen verliehen, aus der Ferne hätte man sie für dreißig halten können; nur aus der Nähe sah man die straff gespannte, alternde Haut. Er rief leise ihren Namen, als er sich näherte, und beugte sich zu ihr, um sie auf die Wange zu küssen. Wie immer wandte sie sich ab.

»Vorsicht, mein Haar.«

Er zog einen Stuhl heran, setzte sich neben sie. Sie klappte die Zeitschrift zu und reichte sie einem unsichtbaren Butler. Brad nahm sie ihr ab und steckte sie in ein Seitenfach ihres Rollstuhls.

»Wie geht es dir?«

»Schrecklich. Was hattest du denn erwartet?«

Sie lächelte, zog die perfekten dunkelroten Lippen von den übergroßen, zu weißen Zähnen zurück. »Ich höre, du verkaufst das Haus? Ich konnte es nie leiden. Bringt es ordentlich Geld?«

»Das nehme ich an.«

»Wo wirst du wohnen?«

»In Südfrankreich.«

»Ich habe Cannes immer geliebt, aber es ist nicht mehr das, was es einmal war. Dein Vater hat mich früher oft dorthin mitgenommen, aber wir hatten Probleme mit den Angestellten – vor allem, wenn er sie gefickt hat.«

Brad lächelte über diesen Versuch, ihn zu schockieren, aber er war daran gewöhnt. Sie konnte besser fluchen als jeder Mann, und er empfand beinahe so etwas wie Zuneigung für sie, was ihn überraschte.

»Sie bauen einen neuen Springbrunnen. Ich hoffe nur, sie setzen keinen von diesen pinkelnden Cheruben drauf. Ich hasse diese kleinen wasserspritzenden Penisse. Es hat mich immer überrascht, wie viele Leute sich so was in den Garten stellen;

sehr geschmacklos. Penisse sind so was Ekelhaftes, ganz besonders unbeschnittene. Ich habe dafür gesorgt, daß du beschnitten wurdest – sehr viel attraktiver, besonders wenn ihn dir jemand lutscht.« Sie lachte schrill auf und drückte dann die Hand auf den Mund wie ein ungezogenes Schulmädchen; ihre Diamantenringe glitzerten im Sonnenlicht.

»Erinnerst du dich an diesen großen Topasring? Er war in einen Kranz von Diamanten eingebettet«, fragte er und war selbst überrascht, daß er das Thema angeschnitten hatte.

»Den kann man nicht vergessen. Dein Vater hat mir immer besonders extravaganten Schmuck geschenkt, wenn er es mit einer anderen trieb. Je teurer das Schmuckstück, desto größer die Wahrscheinlichkeit, daß es eine enge Freundin war. Der Topas war sehr schön, und die Diamanten waren rosa. Wieso fragst du?«

»Nur so.«

»Ach, ich nehme an, es war eines der Stücke, die Steven gestohlen oder verkauft hat oder wie immer du es nennen willst. Na ja, es war ein hübscher Ring, aber ein bißchen zu auffällig für meinen Geschmack.« Sie sah Brad an – ihre Augen waren immer noch porzellanblau.

»Wieso hat er so viele andere Frauen gehabt? Mein Vater. Es kam mir immer merkwürdig vor. Ihr müßt euch doch irgendwann mal geliebt haben?«

»Liebe hatte damit gar nichts zu tun, mein Schatz.« Er wollte nach ihrer klauenartigen Hand greifen, aber sie entzog sie ihm und winkte einer Bekannten zu, wie eine Königin bei der Parade. »Er hat mich gehaßt und versucht, mir auf jede mögliche Art weh zu tun. Er hat mich gehaßt, weil ich ihn nicht attraktiv fand. Ich habe ihn nur wegen seines Geldes geheiratet. Ich habe es ihm auch gesagt, aber er hat mir offenbar nicht geglaubt.«

»Ist das wahr?«

Sie schaute ihn an, die porzellanblauen Augen wie Eis. »Was glaubst du denn?«

»Ich weiß nicht, und ich muß jetzt gehen.« Er stand auf. Wieder winkte sie jemandem zu und murmelte etwas von Teezeit.

»Wirst du Steven schreiben?« fragte er.

»Für mich ist er tot. Ich werde ihm weder schreiben noch sonstwie mit ihm in Kontakt treten. Ich habe mein Testament bereits geändert. Du wirst alles erben.«

Er legte ihr die Hand auf die Schulter. »Ich melde mich, und sobald ich mich eingewöhnt habe, mußt du mich besuchen.«

»Das wäre reizend, mein Lieber.« Beide wußten, daß sie logen – sie würde ihn nicht besuchen. Aber in ihrem Blick lag keine Feindseligkeit, keine Ablehnung. Sie streckte die Hand aus, und er küßte sie sanft. Wie oft hatte er schon dieses Blütenparfüm gerochen? Wie oft hatte er sich als Kind danach gesehnt, daß sie ihn umarmte? Selbst jetzt suchte er nach einem Anzeichen, daß er ihr etwas bedeutete. Aber sie entließ ihn, indem sie die Hand zurückzog.

Auf dem Weg nach draußen drehte er sich noch einmal um, hoffte halb, daß sie ihm nachschaute. Aber sie war schon wieder mit ihrer *Vogue* beschäftigt und klebte einen gelben Zettel auf ein langes, cremefarbenes Abendkleid.

Brad Thorburn kehrte nach Frankreich zurück. Er unternahm einen letzten Versuch, Lorraine anzurufen, aber niemand ging an den Apparat.

Rosie und Lorraine hatten das ganze Wochenende geschuftet. Sie hatten ein paar billige Büromöbel gekauft, ein Bücherregal und Aktenschränke. Sie hatten ein Telefon anschließen lassen und einen Computer bestellt. Lorraine stellte sich Hector als neue Nachbarin vor – es war praktisch, das Fitneßstudio gleich neben sich zu haben.

Sie hängten kein großes Schild auf, da gute Agenturen nicht auf solch marktschreierische Weise für sich werben, sie inserierten nur in Zeitungen und Zeitschriften. Lorraine wollte eine Lizenz beantragen und einen Waffenschein, aber sie hatte das Gefühl, sie müsse Bickerstaff noch ein bißchen Zeit lassen, bevor sie ihn um einen Gefallen bat. Sie hatte ihm ihre Adresse gegeben, aber er hatte sich noch nicht gemeldet.

Sie begutachteten beide gerade die Ergebnisse ihrer Arbeit, als es an der Tür klopfte. Lorraine drehte sich um.

»Ich denke, Sie machen Urlaub in Europa.«

Rooney nahm den Hut ab. »Meine Frau ist auch noch dort. Ich bin wegen dieser Lyall-Geschichte zurückgerufen worden.«

Sie legte den Kopf schief, und er lächelte schuldbewußt.

»Also gut, ich habe gelogen. Ich habe Josh angerufen, weil ich wissen wollte, ob es was Neues gibt, und, na ja, dann dachte ich, ich sollte lieber zurückfahren, falls ich gebraucht würde.«

»Und?« fragte sie – am liebsten hätte sie ihn umarmt, hielt sich aber zurück. Rooney war kein Mann, den man einfach in den Arm nahm.

»Sie haben mich rauskomplimentiert. Sind alle mächtig zufrieden mit sich, auch das FBI, nachdem sich keiner mehr über den Selbstmord von Mathews aufregt.«

Er sah sich um. »Sie werden keine Lizenz kriegen, das wissen Sie.«

Sie zuckte mit den Achseln. »Viele Agenturen arbeiten ohne.«

»Und keine guten Klienten, nicht mal einen Waffenschein.«

»Ich sehe mal, was kommt, Bill.«

Er schnaubte. »Haben Sie meine Privatnummer?« fragte er dann, drehte nervös den Hut in der Hand. Er hatte etwas auf dem Herzen, aber er war zu verlegen, damit rauszurücken, das sah sie ihm an. »Ich gehe vielleicht ein Curry essen. Ihr habt wohl keine Lust auf ein Vindaloo?«

»Im Moment nicht, aber ich danke für das Angebot.« Er war schon fast draußen, als sie ihn noch mal rief. »Bill …«

Er drehte sich um, setzte den Hut wieder auf. »Ja?«

Sie ging langsam auf ihn zu, die Arme verschränkt. »Ich weiß, daß Sie im Ruhestand sind und sich aufs Nichtstun freuen, aber ich überlege gerade …«

Er konnte es nicht verheimlichen: Seine Augen blitzten erwartungsvoll.

»Na ja, wie Sie schon sagten, ich bekomme wahrscheinlich keine Lizenz und keinen Waffenschein. Selbst den Führerschein habe ich nur Ihnen zu verdanken. Was hielten Sie davon, mich hin und wieder zu unterstützen – nur stundenweise, mehr möchte ich Ihnen nicht zumuten.«

Sie ließ ihm Zeit für eine Menge Stirnrunzeln und Kopfkratzen, und dann lächelte er. »Ich stelle heute noch den Antrag für die Lizenz. Ich habe eine Menge Kontakte. Wir könnten es schaffen.«

Sie streckte die Hand aus, er griff danach, und dann zog er Lorraine an sich. Dieser große Mann, den niemand zu umarmen wagte, hielt sie ganz fest, die Stimme rauh vor Rührung. »Ich hab' immer gesagt, du bist eine der Besten. Ich bin froh, daß du dich wieder aufgerappelt hast. Ich bin stolz auf dich, Lorraine.«

Rosie wartete, bis er weg war, dann fauchte sie: »Ich dachte, ich wäre dein Partner!«

»Das bist du auch. Wir brauchen ihn, Rosie, er hat Geld, er hat Kontakte. Auf die Kontakte kommt es an, und er gibt eine gute Galionsfigur ab.« Sie legte ihrer Freundin den Arm um die Schultern. »Ich fühle mich prima, Rosie. Und du?«

Rosie war ebenso geschmeichelt, wie der alte Rooney es gewesen war. Wenn Lorraine glücklich war, schaffte sie es immer wieder, Rosie das Gefühl zu geben, daß sie an ihrem Glück Anteil hatte.

»Ich auch, Partner. Ich weiß, daß wir es schaffen, ich weiß es einfach.«

Sie gingen jetzt regelmäßig zweimal die Woche zu einem Meeting. Jake wartete schon auf sie. Dieses Meeting war besonders wichtig, weil Lorraine heute ihre Geschichte mit den anderen teilen wollte.

Rosie glühte vor Stolz. Sie war noch nicht soweit, für sich einzustehen, wie Jake es ausdrückte, aber sie war näher dran als je zuvor, und das, so glaubte sie, verdankte sie auch ihrer Freundin. Rosie hatte eine Zukunft. Es würde nicht einfach sein, das wußte sie – sie war nicht dumm –, aber ihre Situation war heute besser, als sie es sich je hätte träumen lassen. Sie war dankbar, daß sie diese verrückte Gelegenheit ergriffen und diese merkwürdige, heruntergekommene Frau mit dem fehlenden Schneidezahn mit nach Haus genommen hatte, denn sie hatten es beide geschafft. Lorraine dort oben sitzen zu sehen, elegant, stark und lebensfroh, war jede Minute dieser langen, anstrengenden Reise wert gewesen.

Jake zückte sein Taschentuch. Er konnte einfach nichts dagegen tun: Lorraine brachte ihn zum Weinen – nicht mit dem, was sie sagte, sondern weil er, ebenso wie Rosie, furchtbar stolz auf sie war. Er konnte es kaum glauben, daß dieses jämmerliche Geschöpf, das Rosie aus der Klinik mitgebracht hatte, sich dem Dämon jetzt stellte. Sie hatte gekämpft und war beinahe besiegt worden, aber jetzt war Jake sicher, daß sie sich auf dem Weg der Genesung befand. Man konnte ihre Energie und ihren Optimismus deutlich spüren.

»Ich heiße Lorraine, und ich bin Alkoholikerin …«